J.R. Ward vit dans le sud des États-Unis avec son mari. Diplômée de droit, elle a travaillé dans le milieu de la santé à Boston et a été chef de service dans un des plus grands centres médicaux du pays. Elle a toujours été passionnée d'écriture et son idée du paradis ressemble à une journée passée devant son ordinateur en compagnie de son chien avec une cafetière pleine toujours à portée de main. Sa série *La Confrérie de la dague noire* connaît un succès phénoménal dans le monde entier. Et sa nouvelle série *Anges déchus* suit le même chemin.

Du même auteur, chez Milady, en poche :

La Confrérie de la dague noire :
1. *L'Amant ténébreux*
2. *L'Amant éternel*
3. *L'Amant furieux*
4. *L'Amant révélé*
5. *L'Amant délivré*
6. *L'Amant consacré*
7. *L'Amant vengeur*
8. *L'Amant réincarné*
9. *L'Amant déchaîné*
10. *L'Amant ressuscité*

Anges déchus :
1. *Convoitise*
2. *Addiction*
3. *Jalousie*
4. *Extase*

Aux éditions Bragelonne, en grand format :

La Confrérie de la dague noire :
Le Guide de la Confrérie de la dague noire
7. *L'Amant vengeur*
8. *L'Amant réincarné*
9. *L'Amant déchaîné*
10. *L'Amant ressuscité*

J.R. Ward

Extase

Anges déchus – 4

Traduit de l'anglais (États-Unis) par Marianne Feraud

Milady

Milady est un label des éditions Bragelonne

Titre original : *Rapture*

Publié avec l'accord de NAL Signet,
membre de Penguin Group (U.S.A.) Inc.

ISBN : 978-2-8112-0976-6

Bragelonne – Milady
60-62, rue d'Hauteville – 75010 Paris

E-mail : info@milady.fr
Site Internet : www.milady.fr

Pour notre Rachel, qui, en plus d'avoir le cœur sur la main,
m'a présentée à la véritable Fi-Fi.

Remerciements

Avec un grand merci à mes lecteurs !
Et comme toujours, tout mon amour à l'équipe Waud, vous vous reconnaîtrez.
Je voudrais également remercier Steve Axelrod, Kara Welsh, Leslie Gelbman et Claire Zion.
Rien de tout ceci ne serait possible sans ma famille, qu'elle soit de sang ou adoptive.
Oh, et bien sûr, WriterDog.

Chapitre premier

Matthias était sur une tombe.

Pas pour y être enseveli. Ni pour y déposer des fleurs ou s'y recueillir.

Il gisait, nu sur la terre, au beau milieu d'un cimetière s'étendant à perte de vue.

Aussitôt, il songea à l'image qu'il avait fait tatouer en noir sur le dos de tous ses soldats : la Faucheuse, debout dans un paysage de blocs de marbre et de granit.

Quelle ironie alors qu'il risquait à tout moment d'être taillé en pièces par une faux !

Il cligna des yeux, se recroquevilla afin de préserver sa chaleur corporelle, puis attendit que la scène s'estompe et laisse place à la réalité. Aucun changement ne se produisit, et Matthias se demanda où était passé le mur dans lequel il était coincé depuis une éternité.

Était-il enfin parvenu à se libérer de cette prison visqueuse et grouillante ?

Avait-il quitté l'enfer ?

Avec un grognement, il tenta de se redresser, mais il avait déjà de la peine à lever la tête. Il faut dire qu'il y avait de quoi être assommé en découvrant que tous ces bigots avaient raison : les pécheurs échouaient effectivement dans les bas-fonds de la Terre – et pas ceux de la société –, où ils subissaient de telles souffrances qu'en comparaison leurs affres terrestres leur paraissaient aussi bénignes qu'une ampoule au pied.

Le diable existait bel et bien.

Et son antre craignait un max.

Mais ces culs bénis s'étaient trompés sur un point : Satan ne brandissait aucune fourche et n'était pas affublé de cornes, de queue ni de sabots fendus. Du reste, c'était une femme. En revanche, elle était réellement le mal incarné, et elle s'habillait très souvent en rouge. À sa décharge, c'était une couleur qui seyait aux brunes, ou du moins le prétendait-elle.

Il cligna de l'œil gauche, le seul valide, s'attendant à retourner dans la fournaise et les ténèbres, les cris des damnés résonnant à ses oreilles tandis qu'une effroyable douleur remontait le long de sa gorge pour exploser à travers ses lèvres craquelées.

Mais non. Il gisait toujours au même endroit.

Nu comme un ver.

Partout où il regardait, le spectacle était le même : des tombes en marbre blanc, des caveaux de famille décorés d'anges et de statues fantomatiques de la Vierge Marie, cependant moins nombreux que les pierres tombales à même le sol. Les pins et les érables projetaient des ombres sur le gazon printanier dégarni et les bancs en fer forgé. Les lampadaires brillaient d'une lueur orangée, pareils à des bougies sur un gâteau d'anniversaire, et les allées sinueuses auraient paru romantiques en d'autres lieux. Dans ce paysage morbide, elles avaient une allure sinistre.

Surgies de nulle part, des scènes de sa vie passée défilèrent devant ses yeux, et Matthias se demanda s'il n'était pas en train de mourir une deuxième fois. Ou une troisième, en l'occurrence.

Aucune séquence émotion n'émailla cette rétrospective. Pas de gros plan sur une femme aimante ou d'adorables enfants jouant dans le jardin de la maison familiale. Juste des cadavres, par dizaines, par centaines, tous tués de sa main ou de celle de ses subordonnés.

Une existence au service du mal qui lui avait valu son séjour en enfer.

S'efforçant de s'arracher à la terre, il se releva avec l'impression que son corps était un puzzle dont les pièces ne s'imbriquaient plus correctement, que ses os étaient fichés dans des cavités et des articulations trop larges à certains endroits, trop étroites à d'autres. Mais c'est ce qu'on ressentait quand on avait le corps en mille morceaux et qu'on ne pouvait compter que sur les médecins et ses maigres facultés de guérison pour remettre les choses en ordre.

Quand il posa le regard sur la stèle, il fronça les sourcils.

James Heron.

Putain, James Heron…

D'une main tremblante, il fit courir ses doigts sur les lettres, la pulpe s'enfonçant dans les sillons taillés dans le granit gris et étincelant.

Un souffle étiolé s'échappa de sa poitrine, comme si la douleur soudaine derrière ses côtes avait chassé l'air de ses poumons.

Il n'avait jamais soupçonné qu'il existait un châtiment éternel, que nos actes étaient pesés et jugés, qu'une sanction tombait dès que le cœur s'arrêtait. Pour autant, ce n'était pas ça, la cause de sa souffrance. C'était le fait de savoir que, même s'il avait su ce qui l'attendait, il n'aurait pas été en mesure d'agir de manière différente.

— Je suis désolé, dit-il sans savoir à qui il s'adressait. Je suis tellement désolé…

Pas de réponse.

Il leva les yeux vers le ciel.

— Je suis désolé !

Toujours aucune réponse. Mais ce n'était pas plus mal : Matthias avait déjà la tête si pleine de regrets qu'il restait peu de place pour qu'une autre personne vienne y mettre son grain de sel.

Il se leva avec difficulté, les jambes en coton, prenant appui sur la stèle pour garder l'équilibre. Seigneur, il faisait peur à voir avec ses cuisses balafrées, son ventre couvert de lésions boursouflées, et son mollet décharné. Les médecins avaient accompli de petits miracles avec leurs boulons et leurs broches, mais à présent, son corps n'était plus qu'un pantin désarticulé, un jouet cassé réparé à l'aide de ruban adhésif et de colle extra-forte.

D'un autre côté, son suicide n'aurait pas dû échouer, et à cause de Jim, sa vie s'était prolongée de deux années. Jusqu'au moment où la mort l'avait rattrapé, prouvant au passage que nos âmes ne nous appartiennent pas. Leurs véritables propriétaires se trouvent dans l'au-delà.

Par habitude, il chercha sa canne du regard, puis se concentra sur ce qui risquait de lui tomber dessus : des ombres lancées à ses trousses, soit ces créatures visqueuses sorties tout droit de l'enfer, soit des humains.

D'une manière ou d'une autre, il était fichu : en tant qu'ancien chef des XOps, il comptait davantage d'ennemis qu'un dictateur d'un pays du tiers-monde, tous armés jusqu'aux dents ou disposant d'hommes de main. Et en tant qu'évadé de l'enfer, il était impensable qu'il puisse s'en tirer à si bon compte.

Tôt ou tard, on viendrait le chercher, et même s'il n'avait aucune raison de vivre, il devait résister ou, au moins, leur en donner pour leur argent.

Ne serait-ce que par simple fierté.

Il se mit en route en clopinant et avança tel un épouvantail, le corps agité de spasmes qui le forcèrent à adopter une démarche gauche et atrocement douloureuse. Un instant, il serra les bras autour de son corps pour se réchauffer, mais fut contraint de les relâcher, car il en avait besoin pour compenser son boitement.

Marchant comme un zombie, des idées confuses se bousculant dans sa tête, il poursuivit sa route, traversant l'herbe rase, longeant les tombes, l'air froid et humide lui fouettant la peau. Il ignorait comment il était parvenu à s'échapper. Vers quelle destination il se dirigeait. Combien de jours, de mois, d'années s'étaient écoulés depuis sa mort.

Vêtements. Abri. Nourriture. Armes.

Une fois qu'il se serait procuré le strict nécessaire, il serait toujours temps de se soucier du reste. En supposant qu'on ne l'ait pas éliminé d'ici là. Après tout, un prédateur blessé ne tardait pas à se transformer en proie. C'était la loi de la jungle.

Lorsqu'il s'approcha d'un petit bâtiment carré entouré de fer forgé, il s'imagina que ce n'était qu'un caveau de plus. Mais l'inscription « cimetière de la Pineraie » barrant son fronton et le verrou étincelant sur la porte d'entrée indiquaient qu'il s'agissait d'un local utilisé par le personnel.

Par chance, l'une des fenêtres était entrebâillée, mais elle ne bougea pas d'un pouce quand Matthias la poussa.

S'emparant d'une branche morte, il l'inséra dans l'interstice et appuya jusqu'à ce que le bois ploie et que ses muscles se raidissent.

La fenêtre s'ouvrit en laissant échapper un grincement aigu.

Matthias se figea.

Un sentiment de panique, qui ne lui ressemblait pas, mais qu'il avait malheureusement appris à reconnaître, l'incita à tourner la tête et à scruter les ombres. Ce bruit lui rappelait celui que faisaient les sbires de la démone quand ils venaient vous...

Rien.

Juste des tombes et la lueur des lampadaires, qui, malgré tous ses mauvais pressentiments, n'allaient pas se jeter sur lui.

Avec un juron, il se remit à sa tâche, se servant de la branche comme d'un levier jusqu'à s'aménager assez d'espace pour se faufiler à l'intérieur. Il eut toutes les peines du monde à se hisser à travers l'embrasure, mais une fois les épaules passées, il laissa la gravité s'occuper du reste. Quand il se réceptionna sur le sol de béton, il eut le souffle coupé. Le choc lui vrilla les entrailles et il dut marquer une pause alors que la douleur irradiait dans tout son corps…

Au plafond, des néons vacillèrent un instant, puis une lumière vive l'aveugla.

Maudits détecteurs de mouvements. Certes, lorsqu'il s'habitua à la clarté, il bénéficia d'une vue dégagée sur toutes sortes de tondeuses, de sarcleuses et de brouettes. Mais il était aussi visible et vulnérable qu'un diamant dans un écrin.

Sur le mur, suspendues à des crochets telles des peaux de bêtes dépecées, il aperçut des combinaisons étanches et s'empara de l'une d'elles. Ces vêtements étaient conçus pour être portés larges, mais sur lui, ils pendaient lamentablement.

Voilà qui était mieux. Même si ces frusques empestaient l'engrais et ne tarderaient pas à lui irriter la peau. Une casquette de base-ball aux couleurs de l'équipe de Boston était posée sur le comptoir et il s'en coiffa. Puis il balaya la pièce du regard à la recherche d'un objet susceptible de lui servir de canne. Les pelles pèseraient trop lourd à cause de la longueur de leur manche, et les râteaux ne lui seraient d'aucune utilité.

Tant pis. Pour l'heure, la priorité était de s'éloigner du flot de lumière qui l'éclairait comme un projecteur.

Rebroussant chemin, il se faufila de nouveau à travers l'embrasure de la fenêtre et atterrit lourdement sur le sol. Pas le temps de gémir ni de pester ; il devait déguerpir.

Dire qu'avant de mourir et d'être envoyé en enfer, c'était lui qui pourchassait les autres. Merde, toute sa vie, il avait chassé, traqué, acculé et éliminé. À présent, alors qu'il regagnait l'obscurité des tombes, chaque ombre était une menace.

Il espérait être de retour à Caldwell.

Dans ce cas, il n'aurait qu'à garder profil bas et foncer à New York, où il conservait un stock de munitions et de vivres.

Oui, il priait pour être à Caldwell. Le trajet ne lui prendrait pas plus de trois quarts d'heure, et Matthias n'avait pas oublié comment entrer par effraction, ni comment démarrer une voiture à l'aide des fils de contact.

Après ce qui lui parut une éternité, il arriva devant une grille en fer forgé qui ceignait la totalité du cimetière. Haute de trois mètres, elle était surmontée de piques affûtées comme des dagues.

Quand il agrippa les barreaux qui le maintenaient du côté des morts, Matthias sentit le froid du métal le mordre. Levant les yeux, il contempla le ciel et vit les étoiles scintiller.

Curieux. Il avait toujours cru que ce n'était qu'une expression.

Prenant une profonde inspiration, il avala une goulée d'air frais, et s'aperçut qu'il s'était habitué à la puanteur de l'enfer. Au début, c'était ce qu'il détestait le plus, ce relent d'œuf pourri qui s'insinuait dans ses narines pour descendre le long de sa gorge et vicier son estomac. Plus qu'une mauvaise odeur, c'était une infection qui envahissait le reste de son corps jusqu'à en prendre le contrôle.

Mais il avait fini par y devenir insensible.

Au fil du temps, et malgré son martyre, il s'était acclimaté à l'horreur, au désespoir et à la douleur.

Son œil borgne s'embua.

Matthias ne parviendrait jamais à rejoindre les étoiles.

Et ce sursis n'était sans doute qu'une manière d'exacerber la torture. Après tout, rien de tel qu'un instant de répit pour raviver l'intensité d'un cauchemar : quand on vous sort de l'horreur pour vous y replonger, tout ce à quoi on s'était habitué est aussi difficile à supporter que la première fois.

L'enfer viendrait le réclamer. Après tout, Matthias méritait son châtiment.

Mais peu importe le temps qui lui restait, il lutterait contre l'inéluctable, non pas dans l'espoir de prendre la fuite, ni pour profiter de cette pause, mais juste parce que son esprit était programmé ainsi.

Matthias se battait pour la même raison qu'il avait passé son existence à commettre des crimes.

C'était dans sa nature.

S'arrachant au sol, il cala son pied valide entre les barreaux et se hissa lentement. Le sommet lui paraissait à des kilomètres, mais la distance ne faisait que renforcer sa détermination.

Enfin, il referma la main sur une pique et l'enserra.

Malgré toute sa prudence, il ne put éviter la blessure. Lorsqu'il balança la jambe par-dessus la grille, l'une des pointes lui entailla le mollet, arrachant un gros morceau de chair.

Mais il était trop tard pour reculer. Il était lancé, et d'une façon ou d'une autre, la gravité l'emporterait pour lui faire regagner le plancher des vaches. Alors, autant atterrir du côté des vivants.

Quand il se laissa tomber, il leva la tête vers le ciel et tendit la main vers les étoiles.

Les voir s'éloigner de plus en plus lui parut de circonstance.

Chapitre 2

Mels Carmichael était de nouveau seule dans la salle de rédaction.

Vingt et une heures et le dédale de box du *Caldwell Courier Journal* s'était vidé de toute présence humaine. Maintenant que le numéro du lendemain était bouclé, il ne restait plus que les meubles, et le silence, uniquement troublé par le bruit des presses qui s'acquittaient de leur tâche de l'autre côté du grand mur auquel elle était adossée.

Quand elle se renfonça dans son siège, les écrous laissèrent échapper un grincement. Alors, elle le transforma en instrument de musique et joua la mélodie qu'elle avait composée après toutes ces longues soirées passées à faire des heures sup. Celle-ci s'intitulait *Droit dans le mur*, et la jeune femme se mit à siffler la partie soprano.

— Encore là, Carmichael ?

Mels se redressa et croisa les bras.

— Bonsoir, Dick.

Son patron se faufila dans le minuscule espace qui lui avait été attribué, avec son imper plié sur le bras, et sa cravate flottant autour de son cou adipeux, après un énième bilan d'après-match au *Charlie's*, le bar du coin.

— Encore des heures sup ? (Il lorgna sur les boutons de son chemisier, semblant espérer que le whisky qu'il avait avalé l'avait doté de pouvoirs de télékinésie.) Franchement, un joli brin de fille comme vous, ça ne devrait pas rester enfermé. Vous n'avez pas de petit ami ?

— Vous me connaissez, je ne vis que pour mon boulot.

— Vous savez… je pourrais vous donner de quoi vous amuser.

Mels le toisa d'un regard froid et assuré.

— Merci, mais je suis occupée pour l'instant. J'effectue des recherches sur la fréquence du harcèlement sexuel dans des secteurs autrefois dominés par les hommes, comme les transports aériens, le sport… et la presse.

Dick fronça les sourcils, semblant déçu par la réaction de la jeune femme. Un comble quand on savait qu'elle le rembarrait depuis le premier jour où il avait commencé à lui tourner autour.

Cela faisait deux ans que durait ce petit manège. Seigneur, deux ans déjà ?

— C'est très instructif. (Elle se pencha en avant et cliqua sur sa souris, afin de désactiver l'écran de veille.) Beaucoup de données. Ça pourrait bien signer ma première parution dans la presse nationale. La parité homme-femme dans l'Amérique postféministe est un sujet brûlant. Bien sûr, je pourrais me contenter de le reprendre sur mon blog. D'ailleurs, je pourrais peut-être vous interroger afin de recueillir votre opinion ?

— Je ne vous ai pas confié ce sujet.

— J'aime prendre des initiatives.

Il leva la tête, comme pour chercher quelqu'un d'autre à harceler.

— Je ne lis que les articles que j'ai commandés.

— Vous le trouverez peut-être intéressant.

Semblant manquer d'air, Dick fit mine de desserrer sa cravate, mais celle-ci était déjà dénouée.

— Vous perdez votre temps, Carmichael. Sur ce, à demain.

Avant de sortir, il enfila son imperméable, une loque que l'inspecteur Columbo n'aurait pas reniée, avec les revers à la mode des années 1970, et la ceinture qui pendait des passants, comme si une partie de ses intestins ne se trouvait pas au bon endroit. Il avait dû l'acheter à l'époque de ses vingt ans, en plein Watergate, quand les exploits de Woodward et de Bernstein l'avaient incité à entamer une carrière de journaliste qui l'avait conduit… en haut d'un immeuble d'une ville de taille moyenne.

Pas mal comme situation. Simplement, ce n'était pas le bureau d'un rédacteur en chef du *New York Times* ou du *Wall Street Journal.*

Et ça semblait l'agacer.

Du coup, inutile d'être un génie pour imputer son comportement au spleen d'un ancien barreur, qui à l'approche de la soixantaine, les cheveux à présent clairsemés, frustré par des années d'ambitions contrariées, sentait que sa vie était désormais derrière lui.

Ou alors, c'était juste un connard.

Ce dont elle était sûre, c'était qu'avec un physique à la Elvis en fin de carrière, ce type n'avait aucune raison objective de croire que son pantalon renfermait la réponse aux problèmes de toutes les femmes.

Lorsque les portes à double battant se refermèrent derrière lui, elle prit une profonde inspiration et s'imagina un bus laissant des empreintes de pneus au dos de cet imperméable antédiluvien. Malheureusement, à cause de coupes budgétaires, la rue n'était plus desservie après 21 heures et il était à présent… 21 h 17.

Les yeux rivés sur son écran, elle savait qu'elle aurait dû rentrer chez elle.

Son article ne portait pas sur des patrons lubriques qui incitaient leurs subordonnées à fantasmer sur des transports publics transformés en armes de crime. Il traitait de personnes disparues. Les centaines qui s'étaient volatilisées de la ville de Caldwell.

Caldwell, célèbre pour ses ponts jumeaux, détenait le plus fort taux de disparitions du pays. L'année précédente, cette ville de deux millions d'habitants comptabilisait à elle seule le triple des affaires recensées dans les cinq districts de Manhattan et à Chicago… cumulés. Et sur les dix dernières années, le total excédait les statistiques de toute la côte Est. Mais l'étrangeté ne tenait pas qu'à ces chiffres : les gens ne disparaissaient pas juste de manière temporaire. On ne les retrouvait jamais. Pas de cadavres, pas de traces, pas de déménagements dans d'autres États.

Comme s'ils avaient été aspirés dans un autre monde.

Après des mois de recherches, elle avait le sentiment que cet horrible massacre qui avait eu lieu dans une ferme le mois précédent avait un rapport avec ce taux insensé de disparitions…

Tous ces jeunes gens gisant les uns à côté des autres, déchiquetés…

D'après les premières constatations, parmi les victimes identifiées, un grand nombre avaient été signalées disparues à un moment donné de leur vie. Plusieurs d'entre elles étaient d'anciens délinquants juvéniles ou avaient été condamnés pour trafic de drogue. Mais rien de tout cela n'importait aux yeux de leurs familles. Et quoi de plus normal ?

Inutile d'être un saint pour être une victime.

Cette scène macabre dans la banlieue rurale de Caldwell avait fait la une des médias, et toutes les chaînes de télévision avaient dépêché leurs meilleurs reporters sur place, de Brian Williams à Anderson Cooper. La presse n'avait pas été en reste. Et pourtant, malgré tout ce raffut, ajouté à la pression des hommes politiques et aux revendications légitimes d'une population désemparée, l'enquête était au point mort : en dépit de tous leurs efforts, les inspecteurs de la brigade criminelle n'avaient toujours pas trouvé l'auteur de cette boucherie alors même qu'ils travaillaient jour et nuit sur l'affaire.

Il devait exister une explication. Il y en avait toujours une.

Et Mels était déterminée à la découvrir. Pour le repos des victimes et de leurs familles.

Du reste, il était temps pour elle de se distinguer. Elle était arrivée à Caldwell à l'âge de vingt-sept ans, après avoir déménagé de Manhattan parce que la vie à New York était trop chère et qu'elle n'était pas parvenue à faire son trou au *New York Post*. Son plan avait consisté à habiter six mois chez sa mère afin de mettre de l'argent de côté, et à se concentrer sur les grands quotidiens de la presse nationale comme le *New York Times* ou le *Wall Street Journal*, voire à se dégotter un job d'envoyée spéciale chez *CNN*.

Malheureusement, rien ne s'était passé comme prévu.

Reportant son attention sur l'écran, elle parcourut les colonnes qu'elle connaissait désormais par cœur, à la recherche d'un fil conducteur qui lui échappait, déterminée à découvrir la clé de l'énigme, qui déverrouillerait aussi sa propre vie.

Le temps s'écoulait, et elle n'avait pas l'éternité devant elle…

Il était près de 21 h 30 quand Mels quitta la salle de rédaction. Chaque fois qu'elle clignait des yeux, les lignes de données réapparaissaient, comme après avoir joué trop longtemps à un jeu vidéo.

Josephine, sa voiture, était une Honda Civic gris métallisé vieille de douze ans, affichant près de deux cent mille kilomètres au compteur. Fi-Fi avait l'habitude d'attendre la jeune femme dans la nuit glaciale, et quand Mels alluma le contact, le moteur démarra avec un vrombissement de machine à coudre. Puis Mels s'en alla, fuyant un boulot sans avenir… pour regagner la maison de sa mère. À l'âge de trente ans.

Pitoyable. Que s'imaginait-elle ? Que, comme par magie, elle serait réveillée le lendemain par un coup de fil lui annonçant qu'elle avait remporté le prix Pulitzer ?

Prenant la direction de la banlieue, elle s'engagea dans Trade Street, laissant derrière elle les immeubles de bureaux, longeant les boîtes de nuit, avant de traverser un quartier louche et miteux, constitué d'entrepôts abandonnés aux fenêtres condamnées. Le paysage devint plus accueillant lorsqu'elle parvint à la périphérie de la zone résidentielle, où fleurissaient les pavillons et les rues aux noms d'arbres…

— Putain !

Elle fit une embardée afin d'éviter l'homme qui traversait la route en titubant, mais trop tard. Elle le percuta de plein fouet, l'impact le projetant par-dessus le capot et droit sur le pare-brise, qui se brisa dans un vif éclat de lumière.

Et ce ne fut que le premier des trois chocs.

Tout ce qui monte doit redescendre, et elle éprouva une horrible sensation lorsqu'il atterrit avec fracas sur le trottoir. Mais elle devait se concentrer sur ses propres problèmes : la collision lui avait fait quitter la route, et elle avait percuté le trottoir, les freins ralentissant la voiture, mais pas suffisamment pour lui éviter de s'élancer dans les airs l'espace d'un court instant.

Quand elle vit le chêne qui apparut dans la lumière de ses phares, son cerveau opéra un rapide calcul : elle allait s'écraser contre l'arbre, et ça allait faire mal.

Le choc retentit dans un craquement et un bruit sourd, un son mat auquel elle ne prêta guère attention, trop occupée qu'elle était à recevoir l'airbag en plein visage, faute d'avoir bouclé sa ceinture de sécurité.

Elle fut violemment projetée en avant puis en arrière, et de la poudre s'échappa de l'airbag, s'infiltrant sous ses paupières, dans son nez, ses poumons. Elle se mit à tousser, les yeux embués de larmes. Puis tout devint silencieux.

Dans les instants qui suivirent, elle resta pétrifiée, tout comme cette pauvre vieille Fi-Fi. Recroquevillée autour de l'airbag qui se dégonflait peu à peu, elle toussota faiblement…

Quelqu'un sifflait.

Non, c'était le moteur : de la vapeur s'échappait d'un endroit qui aurait dû être hermétique.

Tournant lentement la tête, Mels regarda par la fenêtre du côté conducteur. L'homme gisait au beau milieu de la route, totalement immobile.

— Oh, mon Dieu…

Soudain, la radio se mit en marche, d'abord en grésillant, puis se stabilisant à mesure que l'électricité investissait ses circuits après la coupure qui s'était produite. Cette chanson… qu'est-ce que c'était ?

Fendant la nuit, une lumière jaillit, éclairant le tas de loques qui dissimulait un être humain. Mels cligna des yeux en se demandant si c'était le moment où elle percerait les arcanes de l'au-delà.

Pas vraiment le scoop qu'elle espérait, mais c'était toujours mieux que…

Non, il ne s'agissait pas d'une apparition divine. Juste des phares…

La berline pila et deux personnes bondirent hors du véhicule, l'homme se précipitant vers la victime, la femme se ruant vers elle. Cette dernière dut lutter pour ouvrir la portière, mais ses efforts furent récompensés lorsque l'air frais chassa l'odeur de plastique qui empuantissait l'habitacle.

— Vous êtes blessée ?

La femme avait la quarantaine et semblait appartenir à la bourgeoisie avec son élégant chignon, ses boucles d'oreilles étincelantes, sa tenue chic et coordonnée qui détonnait avec le macabre de la scène.

Elle brandit son téléphone.

— J'ai appelé les secours… Non, ne bougez pas. Vous êtes peut-être touchée à la nuque.

Mels céda à la légère pression sur son épaule, toujours courbée au-dessus du volant.

— Est-ce qu'il est blessé ? Je ne l'ai pas vu traverser. Il a surgi de nulle part.

Du moins, c'est ce qu'elle essayait de dire, car ses oreilles ne perçurent que des grommellements indistincts.

Rien à battre de sa nuque : elle était davantage préoccupée par son cerveau.

— Mon mari est médecin, dit la femme. Il va s'occuper de cet homme. Ne vous souciez pas de lui…

— Pas vu… Pas vu… (Elle fut soulagée de s'entendre parler plus distinctement.) Revenais du travail… Pas…

— Bien sûr que vous ne l'avez pas vu. (La femme s'agenouilla. Effectivement, elle avait l'allure d'une femme de médecin, une impression renforcée par l'odeur du parfum coûteux qu'elle portait.) Calmez-vous. Les secours sont en route…

— Est-ce qu'il est mort ? (Des larmes lui brouillèrent la vue, et, de nouveau, ses yeux la piquèrent.) Oh, mon Dieu, est-ce que je l'ai tué ?

Alors qu'elle se mettait à trembler comme une feuille, elle reconnut la chanson jouée à la radio. *Crash*, de Sum 41.

— Pourquoi est-ce que ma radio fonctionne toujours ? marmonna-t-elle entre deux sanglots.

— Quoi ? Quelle radio ?

— Vous ne l'entendez pas ?

La tape sur l'épaule que lui donna la femme était censée la réconforter, mais produisit l'effet inverse.

— Respirez doucement et restez avec moi.

— Ma radio est allumée…

Chapitre 3

— Il fait chaud, ici. Vous ne trouvez pas ?

Alors que la démone croisait et décroisait ses jambes fuselées et interminables, elle tira sur l'ourlet de sa robe.

— Non, Divine.

Assise en face d'elle, la thérapeute était à l'image du canapé sur lequel elle était installée : accueillante et potelée. Même son visage ressemblait à un coussin, avec ses joues rebondies et ses traits empreints de sollicitude et de compassion.

— Mais je peux ouvrir la fenêtre si ça vous aide à vous sentir mieux, ajouta-t-elle.

Divine secoua la tête et replongea la main dans son sac haute couture. En plus de son portefeuille, de chewing-gums à la menthe, d'une bouteille d'eau et d'une barre de chocolat noir extra-fin se trouvaient plusieurs bâtons de rouge à lèvres Yves Saint Laurent. Du moins… ils auraient dû s'y trouver.

Elle farfouilla à l'intérieur, s'efforçant de dissimuler son trouble, et fit mine de chercher ses clés.

En réalité, elle comptait les tubes de rouge pour s'assurer qu'ils étaient toujours au nombre de treize. En partant de la gauche, elle les déplaça un par un vers la droite. Il en fallait treize. Ni plus ni moins.

Un, deux, trois…

— Divine ?

… *quatre, cinq, six…*

— Divine.

Quand elle perdit le fil, elle ferma les yeux, résistant à l'envie d'étrangler celle qui l'avait interrompue…

La thérapeute se racla la gorge, toussa, puis émit un bruit étranglé.

Divine leva brusquement les paupières et vit la femme avec les mains autour du cou, l'air d'avoir avalé de travers. La voir souffrir, le regard éberlué, lui procurait un plaisir jouissif, aussi puissant qu'une bouffée de crack, et, s'agitant sur son siège, elle aurait voulu que le spectacle continue.

Mais si la femme lui claquait entre les doigts, que deviendrait-elle ? La thérapie commençait à produire des résultats, et trouver une autre psychiatre risquait de prendre plus de temps qu'elle n'en avait.

Lâchant un juron, la démone relâcha le lien invisible qu'elle avait tissé sans s'en rendre compte.

La thérapeute prit une profonde inspiration, poussa un long soupir de soulagement, puis regarda autour d'elle.

— Finalement, je… euh… je crois que je vais ouvrir la fenêtre.

Elle joignit le geste à la parole, sans savoir que ses talents de psychiatre venaient de lui sauver la vie. Depuis deux mois, Divine la voyait cinq fois par semaine pour une discussion de cinquante minutes au prix de 175 dollars la séance. Grâce à cette thérapie, les TOC de la démone étaient devenus un peu plus supportables, et vu la tournure que prenait sa guerre contre Jim Heron, une aide psychologique serait la bienvenue.

Elle n'arrivait pas à croire qu'elle était en train de perdre.

Dans cette ultime bataille pour le contrôle de la Terre, l'ange avait remporté deux victoires, sur trois manches. Il ne restait plus que quatre âmes en jeu. Encore deux défaites, et elle pourrait dire adieu à toutes ses collections : tout disparaîtrait. Tous ces précieux objets qu'elle avait accumulés en l'espace d'un millénaire, tous ces vestiges de son œuvre seraient perdus à jamais. Et ce n'était pas le pire. Ses enfants, ces âmes magnifiques coincées, torturées dans son mur, seraient accaparés par le bien, le divin, la pureté.

Cette simple idée la rendait malade.

Et pour couronner le tout, la démone venait d'être sanctionnée par le Créateur.

Après s'être octroyé une bouffée d'air frais, la thérapeute regagna sa place.

—Alors, Divine, expliquez-moi ce qui vous tracasse.

—Je… euh… (L'angoisse montant, elle souleva son sac et vérifia qu'il n'était pas troué.) J'ai passé une période difficile…

Les bâtons de rouge à lèvres n'avaient pas pu s'échapper. Et elle les avait comptés avant de quitter son antre. Treize. Ni plus, ni moins. Alors, en toute logique, ils devraient tous s'y trouver. Forcément.

Seigneur, elle avait peut-être pris son sac à l'envers, oublié de tirer la fermeture Éclair, et l'un des tubes serait tombé.

—Divine, insista la thérapeute, vous avez l'air très soucieuse. Dites-moi ce qui ne va pas.

Parle. C'est la seule façon de t'en sortir. Même si compter et recompter lui apparaissait comme la solution, elle n'était jamais arrivée à rien en procédant de cette manière. Et cette nouvelle méthode semblait fonctionner. Enfin, plus ou moins.

—Ce collègue dont je vous ai parlé. (Elle prit son sac entre ses bras, serrant tout son contenu contre le corps qu'elle adoptait en présence de ces crétins d'humains.) C'est un menteur. Un sale menteur. Il m'a bernée. Et c'est moi qu'on accuse de tricherie !

Depuis le début de sa thérapie, elle relatait sa guerre contre l'ange déchu sous la forme d'une analogie compréhensible par un être humain du XXIe siècle : elle et son ennemi juré travaillaient dans le même cabinet de conseil et visaient tous deux la vice-présidence. Les âmes qu'ils se disputaient étaient leurs clients. Le Créateur était le P.-D.G., et ils ne disposaient que d'un nombre limité de tentatives pour l'impressionner.

La métaphore n'était pas parfaite, mais elle avait le mérite de lui éviter d'avoir à tout déballer, sous peine que sa thérapeute perde la boule ou qu'elle s'imagine que Divine était folle à lier.

— Vous pourriez préciser ?

— Mon patron nous a envoyés démarcher un client potentiel. Au bout du compte, on a obtenu le marché et ce type a choisi de bosser avec moi. Tout allait pour le mieux. J'étais heureuse, le client était… (Non, pas « heureux ». Matthias n'était pas du tout heureux. Raison de plus pour savourer sa victoire : plus l'âme souffrait, plus la démone jubilait.) Le client était entre de bonnes mains et tout était réglé, le contrat signé, l'affaire close. Et là, j'ai été traînée dans une réunion de merde où on m'a appris qu'on nous remettait en concurrence.

— Vous et votre collègue, vous voulez dire.

— C'est ça. (Elle projeta les mains en l'air.) C'est dingue ! Tout est fini, on décroche le contrat, et il faut tout recommencer ? Non, mais je rêve ! Et là, le chef ajoute : « Oui, mais vous conserverez votre commission. » Comme si ça arrangeait tout !

— Mieux vaut ça que perdre tout le contrat.

Divine secoua la tête. La psy ne comprenait pas. Une fois qu'une âme lui appartenait, elle avait l'impression qu'on l'amputait d'un membre si elle devait l'abandonner ou si on la lui retirait. Et c'était précisément ce qui s'était passé : Matthias avait été arraché à son mur et renvoyé sur Terre.

Pour être sincère, le pouvoir du Créateur était la seule chose qui l'effrayait.

À part ses obsessions.

Incapable de supporter le stress, elle ouvrit de nouveau son sac et se remit à compter…

— Divine, vous faites du bon travail avec ce client, non ?

La démone marqua une pause.

— Si.

— Et vous vous entendez bien avec lui, n'est-ce pas ?

— Oui.

— Alors, vous êtes mieux placée que votre collègue, non ?

La thérapeute esquissa un geste apaisant de la main.

— Je n'avais pas vu les choses sous cet angle.

Car la colère l'avait aveuglée.

— Vous devriez. Mais un détail me chiffonne. Pourquoi votre P.-D.G. a-t-il éprouvé le besoin d'intervenir ? Surtout si votre client est sous contrat avec votre société, et satisfait, de surcroît ?

— Il n'approuve pas certaines… méthodes… utilisées pour conclure le marché.

— Vous parlez des vôtres ?

Comme Divine hésitait, la thérapeute jeta un regard en direction du décolleté de sa patiente.

— Oui, répondit la démone. Mais bon sang, j'ai décroché le contrat et personne ne peut remettre en cause mon dévouement : je travaille vingt-quatre heures sur vingt-quatre. Littéralement. Je n'ai aucune vie sociale.

— Et vous ? Est-ce que vous approuvez les tactiques que vous employez ?

— Tout à fait. J'ai obtenu le marché. C'est tout ce qui compte.

Le silence qui suivit laissait deviner que la thérapeute n'était pas d'accord avec ce point de vue selon lequel la fin justifie les moyens. Mais c'était son problème, et sans doute la raison pour laquelle elle avait les courbes d'un sofa et passait ses journées à écouter les gens se plaindre de leur vie.

Au lieu de dominer les enfers et d'avoir l'air sexy en diable perchée sur des escarpins.

Envahie par une nouvelle bouffée d'angoisse, Divine entama un nouveau décompte, déplaçant un par un les tubes de rouge à lèvres de gauche à droite. *Un, deux, trois…*

— Divine, que faites-vous ?

L'espace d'une seconde, elle faillit lui sauter à la gorge. Mais la raison prit le dessus : elle était sur le point d'être submergée par l'anxiété. Or, elle avait besoin de toute sa concentration pour affronter un ennemi de la trempe de Jim Heron.

— Mon rouge à lèvres. Je veux juste m'assurer que je l'ai pris.

— Je vois. Eh bien, je voudrais que vous arrêtiez.

Divine leva des yeux emplis d'un désespoir sincère.

— Je… je ne peux pas.

— Mais si, rappelez-vous : les objets n'ont rien à voir là-dedans. L'enjeu, c'est de gérer votre peur d'une manière plus efficace et permanente qu'en cédant à vos pulsions. Vous savez que le soulagement que vous ressentez à la fin de ce rituel ne dure que quelques secondes. Et ça ne résout pas le problème. En fait, plus vous vous soumettez à vos obsessions, plus elles resserrent leur emprise sur vous. La seule voie vers la guérison est d'apprendre à supporter le stress de manière à dominer vos pulsions, et non pas l'inverse. (La thérapeute se pencha, avec un regard qui signifiait : « Je vais être cruelle, mais c'est pour la bonne cause. ») Je veux que vous jetiez un des tubes.

— Quoi ?

— Jetez un des rouges à lèvres. (La psy se pencha sur le côté pour ramasser une corbeille blanche.) Allez-y.

— Non ! Seigneur, mais vous êtes folle ?

Un frisson de panique gagna les extrémités de son corps : ses paumes s'emperlèrent de sueur, ses oreilles se mirent à bourdonner et ses pieds s'engourdirent. Dans quelques instants, l'onde se propagerait à travers tout son être : son estomac se retournerait, sa respiration deviendrait saccadée, son pouls s'accélérerait. Des symptômes qui lui étaient familiers depuis une éternité.

— Je ne peux pas…, reprit-elle.

— Mais si, et du reste, il le faut. Choisissez celui dont la teinte vous plaît le moins et jetez-le dans la corbeille.

— Je n'ai pas de préférence : ils sont tous identiques.

—Alors n'importe lequel fera l'affaire.

—Je ne peux pas… (Des larmes lui montèrent aux yeux.) Je ne…

—Des petits pas, Divine. C'est le principe de la thérapie comportementale et cognitive. Il faut quitter votre zone de confort, vous exposer à la peur de manière à vous prouver que vous pouvez la surmonter. Exercez-vous plusieurs fois et vous verrez que vos pensées et vos décisions seront de moins en moins influencées par vos TOC. Par exemple, à votre avis, que se passera-t-il si vous jetez un de ces tubes ?

—Je vais avoir une crise d'angoisse. Surtout quand je serai rentrée chez moi.

—Et ensuite ?

—J'en achèterai un autre pour le remplacer, mais comme ce ne sera pas le même, ça ne servira à rien. Je risque juste de devenir encore plus dépendante…

—Mais vous ne serez pas morte.

Bien sûr que non, puisqu'elle était immortelle. À condition qu'elle remporte la victoire contre Jim Heron.

—Non, mais…

—Et le monde ne se sera pas écroulé.

Pas dans ce cas de figure, non.

—Mais c'est l'impression que j'aurai.

—Les émotions fluctuent. Elles ne durent jamais. (La femme agita la petite corbeille.) Allez, Divine. Prenez votre courage à deux mains. Si c'est vraiment au-dessus de vos forces, vous pourrez le récupérer. Mais il faut bien s'attaquer au problème.

Aussitôt, une boule d'angoisse se forma au creux de son estomac, mais, de manière ironique, la peur lui permit de la surmonter : peur d'être entravée par ce stress incontrôlable ; peur que Jim ne remporte la victoire non pas parce qu'il avait l'avantage, mais parce qu'elle craquait sous la pression ; peur de ne jamais réussir à changer…

Divine plongea la main dans son sac et s'empara du premier bâton qu'elle trouva. Puis elle le jeta dans la corbeille. Sans autre forme de procès.

Le bruit sourd qui s'éleva quand l'objet atterrit au-dessus des monceaux de Kleenex laissés par les précédents patients lui donna l'impression que les mâchoires de l'enfer se refermaient sur elle.

— Bravo, dit la thérapeute, comme si elle félicitait une fillette de cinq ans qui aurait correctement récité son alphabet. Comment vous sentez-vous ?

— J'ai envie de vomir.

Tandis qu'elle contemplait la corbeille, la seule chose qui l'empêchait de régurgiter était de savoir qu'elle dégobillerait sur son précieux rouge à lèvres.

— Sur une échelle de un à dix, à combien évalueriez-vous votre stress ?

Lorsque Divine répondit par un « dix », la psychiatre se lança dans une longue tirade sur les vertus apaisantes de la respiration, bla-bla-bla…

La femme se pencha de nouveau, semblant deviner que Divine ne tenait pas le choc.

— L'important, ce n'est pas le rouge à lèvres, Divine. Et l'angoisse que vous éprouvez ne durera pas éternellement. Je ne vous pousserai pas au-delà de vos limites, et vous serez stupéfaite des progrès accomplis. Il est possible de reprogrammer le cerveau humain et de forger de nouvelles voies neuronales. La thérapie d'exposition fonctionne. Vous devez y croire, Divine.

D'une main tremblante, la démone essuya la sueur qui lui maculait le front. Puis, s'efforçant de se ressaisir, elle acquiesça.

La psy avait raison. La stratégie qu'elle avait employée jusque-là ne fonctionnait pas. Son état empirait alors que les enjeux augmentaient de jour en jour.

Non seulement elle perdait, mais elle était aussi tombée amoureuse de son ennemi.

Une pensée qu'elle aurait préféré éviter.

— Je ne vous demande pas de vous persuader que ça va marcher, Divine. Vous devez simplement croire aux résultats. C'est difficile, mais vous pouvez y arriver. J'ai confiance en vous.

Divine croisa le regard de la thérapeute et envia sa conviction. Pour posséder une telle confiance en soi, il fallait soit être mégalomane… soit l'avoir acquise à travers de longues années d'expérience et de formation.

Autrefois, Divine aussi était sûre d'elle.

Et elle devait le redevenir.

Jim Heron s'était révélé bien plus qu'un adversaire redoutable doublé d'un bon coup. Et il fallait qu'elle reprenne le dessus. La défaite était inconcevable. Une fois cette séance terminée, elle devrait avoir les idées claires et se remettre au travail, sans se laisser distraire par toutes ces conneries.

Fermant les yeux, elle se renfonça dans son fauteuil, posa les mains sur les accoudoirs rembourrés, et enfonça ses ongles dans le tissu de velours.

— Comment vous sentez-vous ? demanda la thérapeute.

— Comme quelqu'un qui va remporter la bataille.

Chapitre 4

— Dites-moi juste s'il est vivant, demanda Mels.

L'infirmière fit mine de ne rien avoir entendu et se contenta de sortir un stylo.

— Signez cette décharge et je vous établirai une ordonnance pour…

Va te faire foutre avec ton Bic, se dit Mels.

— J'ai besoin de savoir s'il a survécu.

— Je ne suis pas autorisée à divulguer ce genre d'informations. C'est le règlement. Maintenant, signez et vous pourrez partir.

Sous-entendu : « Lâche-moi la grappe. J'ai du boulot. »

Jurant intérieurement, Mels griffonna sur la ligne, s'empara des deux feuilles de papier ainsi que du double qu'elle conserverait, puis l'infirmière tyrannique s'en alla terroriser un autre patient.

Bon Dieu, quelle nuit. La bonne nouvelle, c'était que la police avait conclu à un accident après avoir admis que Mels n'avait pas commis d'imprudence ni conduit sous l'influence d'alcool ou de stupéfiants. Mais elle n'était pas tirée d'affaire pour autant.

Baissant les yeux sur sa permission de sortie, elle parcourut les notes. Légère commotion. Entorse cervicale. Contrôle médical dans une semaine, ou plus tôt en cas de diplopie, de nausée, de vertiges, ou d'aggravation de la migraine.

Sa voiture était sans doute bonne pour la casse.

Il était impossible que cet homme s'en soit sorti.

Poussant un gémissement, elle se redressa. Le changement de position lui fit tourner la tête et le monde se mit à tanguer autour d'elle. Marquant une pause, elle jeta un coup d'œil à la chaise en plastique orange à l'autre bout de la pièce. On lui avait permis de garder sa nuisette, son soutien-gorge et son pantalon pendant l'examen. Son chemisier, sa veste et son manteau l'attendaient là bien sagement.

Elle n'avait pas appelé sa mère.

La famille avait déjà été traumatisée par un accident de voiture. Celui de son père, qui n'avait pas survécu à ses blessures.

Aussi, elle s'était contentée de lui envoyer un texto pour la prévenir qu'elle sortait avec des amis et qu'elle rentrerait tard. Elle voulait à tout prix éviter que sa mère ne s'inquiète et n'insiste pour venir la chercher, surtout compte tenu de ce qu'elle s'apprêtait à faire.

Mels s'habilla avec précaution, et pas uniquement pour satisfaire les médecins. De toute évidence, jouer les mannequins de *crash-test* n'était pas le genre d'expérience dont on ressortait fraîche comme une rose. Elle se sentait éreintée, fourbue, et vaguement terrifiée.

L'idée qu'elle ait pu tuer quelqu'un était… indéfinissable.

Mels rangea la paperasse dans son portefeuille, puis écarta le rideau verdâtre pour se retrouver face à une scène de chaos organisé : telles des boules de flipper, des gens vêtus de blouses et de vestes blanches rebondissaient d'une chambre à l'autre, certains donnant des ordres, d'autres en prenant note.

Vu qu'elle sortait à peine d'une collision, elle prit soin de raser les murs tout en se dirigeant vers la sortie.

Qu'elle n'emprunta pas.

La salle d'attente était remplie d'estropiés, dont un type avec un œil au beurre noir et une main sanguinolente, entourée d'un bandage de fortune. Lorsqu'il l'aperçut, il hocha la tête d'un air compatissant, semblant croire qu'elle aussi avait été impliquée dans une rixe de bar.

Ouais, t'aurais dû voir la tronche de ce chêne après que je me suis occupée de lui.

Devant l'accueil, elle s'appuya au comptoir et attendit que le personnel la remarque. Lorsqu'un homme s'approcha, elle sourit, comme si de rien n'était.

— Bonjour, je cherche la chambre de ce type qui vient d'avoir un accident de voiture.

— Hé, je vous connais. Vous êtes journaliste.

— Oui. (Elle fouilla dans son sac, sortit sa carte de presse et l'exhiba comme s'il s'agissait d'un insigne du FBI.) Vous pouvez m'aider ?

— Bien sûr. (Il se mit à pianoter sur son clavier.) Il est dans la chambre 666. Prenez l'ascenseur là-bas et suivez les indications.

— Merci. (Soulagée, elle donna une petite tape sur le comptoir : au moins, l'homme respirait toujours.) Je vous suis très reconnaissante.

— Vous savez, vous n'avez pas l'air en super forme, dit l'infirmier en esquissant un cercle autour d'un œil.

— Sale nuit.

— Je vois ça.

Le trajet jusqu'au sixième étage soumit son cerveau à un exercice de gestion de données auquel il échoua lamentablement. Alors qu'elle flageolait sur ses jambes, l'ascension fut une véritable épreuve pour son oreille interne et Mels dut se cramponner à la rampe qui lui arrivait au niveau de la taille. Riche idée d'avoir prévu ce dispositif ; d'un autre côté, ils devaient avoir l'habitude de transporter des personnes dans les vapes. Autre point positif, les parois étaient constituées de métal gris mat. Elle ne s'était pas regardée dans une glace depuis l'accident, mais étant donné l'accueil qu'on lui avait réservé à la réception, l'airbag qu'elle avait reçu en pleine figure n'avait pas dû améliorer son teint.

Une sonnerie joyeuse retentit, mais les portes s'ouvrirent lentement, comme épuisées.

Se conformant aux instructions de l'infirmier, elle suivit les flèches et s'engagea dans un long couloir percé d'innombrables portes surdimensionnées.

L'atmosphère était plus calme à cet étage, même si personne ne s'intéressa à elle quand elle passa devant le bureau des infirmières. Tant mieux : elle ne voulait pas courir le risque d'être interrogée puis rembarrée.

La chambre se trouvait quasiment au bout du couloir, et Mels s'attendait presque à trouver un flic en faction devant. Mais non. Juste une porte comme les autres, avec une plaque beige numérotée sur le montant et un battant en contreplaqué imitation pin.

Elle actionna la poignée et passa la tête par l'entrebâillement. Dans la faible lumière, elle distingua le pied du lit, une fenêtre sur le mur opposé et un écran de télévision fixé au plafond. Le « bip » des machines et l'odeur de désinfectant lui confirmèrent qu'il ne s'agissait pas d'une chambre d'hôtel.

Elle se racla la gorge.

— Ohé ?

Aucune réponse ne lui parvint. Alors, Mels entra, laissant la porte entrouverte. Puis elle longea la salle de bains et s'arrêta net en face du patient.

Effarée, elle se plaqua une main en travers de la bouche.

— Oh… mon Dieu.

Au-dessus du garage, dans le minuscule appartement qu'il louait, Jim Heron ne parvenait pas à trouver le sommeil.

Autour de lui, tout le monde roupillait : lové au pied du lit, les pattes agitées de soubresauts, Rex rêvait de lapins et de rongeurs… ou peut-être d'ombres noires aux crocs acérés.

Tassée dans un coin, la silhouette massive d'Adrian était adossée au mur, les muscles tendus malgré une respiration régulière. Quant à Eddie ? Il était mort, alors il ne risquait pas de faire les cent pas.

Assailli par l'envie de fumer, Jim se faufila hors du lit pour éviter de déranger Rex et s'empara de son paquet de cigarettes. Avant de quitter la pièce, il s'approcha d'Adrian afin de vérifier que tout allait bien.

Oui. L'ange dormait assis.

Avec une dague de cristal à portée de main, au cas où quelqu'un voudrait s'en prendre à son ami.

Pauvre bougre. La disparition d'Eddie représentait une perte irremplaçable pour l'équipe, mais surtout pour cet électron libre, bardé de piercings et de tatouages, qui montait la garde depuis le jour de sa mort.

Pourquoi éprouvait-on plus de tristesse à voir un homme supporter son chagrin avec dignité qu'à le voir hurler et fondre en larmes ?

Et puis, ça faisait bizarre d'avoir des équipiers.

À l'époque où Jim était assassin au sein des XOps, il travaillait toujours en solo. À présent, une foule de choses avaient changé, depuis son patron jusqu'à sa fiche de poste en passant par ses armes de prédilection. Et c'est Eddie Blackhawk qui lui avait montré la voie, appris ce qu'il devait savoir, joué les pacificateurs quand Jim et Adrian se mettaient sur la tronche et incarné la voix de la raison quand la situation semblait n'avoir ni queue ni tête… comme lorsqu'on se retrouvait face à face avec son propre corps. Ou qu'on affrontait une démone aimant les tenues haute couture et les hommes qui la repoussaient. Ou qu'on portait sur ses épaules l'avenir de toutes les âmes, bonnes ou mauvaises, défuntes et à naître.

Le genre d'expérience qui donnait envie de bosser dans un fast-food.

Lâchant un juron, il gagna le canapé, saisit un blouson de cuir et le posa sur les jambes d'Adrian. L'ange grommela et bascula sur le sol, mais demeura sous le manteau. Parfait : le but était de le maintenir au chaud, pas d'entamer une discussion.

Jim n'avait aucune envie de parler.

Sur ce front-là au moins, rien de nouveau.

Sur le seuil, l'air froid cingla la peau de son torse nu. Avant d'avoir un colocataire et un chien, il avait toujours dormi en tenue d'Adam. À présent, il portait des pantalons de survêtement. Et puis, en avril, les nuits étaient encore fraîches à Caldwell.

Non pas qu'il dorme beaucoup.

Le paquet de Marlboro était encore enveloppé de Cellophane quand Jim le coinça sous sa main en refermant doucement la porte. L'un des avantages à être à la fois un être de chair et une créature immortelle était qu'on pouvait ressentir l'effet de la nicotine sur son système nerveux sans se soucier du cancer.

Et puis, inutile de chercher un briquet dans ses poches.

Ouvrant le paquet, il sortit une cigarette, la coinça entre ses lèvres, et leva les mains. Aussitôt, son index se mit à briller d'une lueur rouge, et tandis que Jim songeait de nouveau à Eddie, il éprouva l'envie de tuer Divine.

Au moins, les gentils avaient une victoire d'avance sur le mal. Plus que deux, et il aurait rempli sa mission : sauver l'humanité de la damnation, garder sa mère à l'abri dans la Demeure des âmes… et délivrer sa Sissy de l'enfer.

Enfin, ce n'était pas vraiment sa Sissy.

Alors qu'il expirait, le doute s'insinua dans son esprit, car Jim n'était pas sûr d'avoir raison sur ce dernier point. Pourtant, c'était logique, non ? Si les anges l'emportaient et que Divine soit réduite à néant, il serait en mesure de libérer cette pauvre innocente de sa prison. L'enfer lui appartiendrait. N'est-ce pas ?

À ce propos, il se demanda qui serait la prochaine âme en jeu.

Songeant à son nouveau patron, il entendit la voix de Nigel dans sa tête, avec ce ton doux et hautain qui avait le don de l'exaspérer : *« Vous la considérerez à la fois comme une vieille connaissance et comme l'un de vos récents adversaires. La voie à suivre vous sautera aux yeux. »*

— Super, marmonna-t-il en soufflant la fumée. Ça m'avance vachement, tiens.

En quoi pouvait-il être juste que son ennemie connaisse la cible et pas lui ?

Quel bordel.

Lors de la dernière manche, il avait obtenu l'information en dupant Divine, qui ne tomberait pas deux fois dans le panneau. On pouvait accuser la démone de nombreux défauts, mais ce n'était pas une blonde écervelée. Si bien qu'une fois encore il était au point mort alors que le camp adverse avait probablement une longueur d'avance.

Exactement comme quand il avait perdu la bataille visant à sauver l'âme de son ancien patron. Dès le début, il avait cru que la cible était Isaac Rothe alors qu'il s'agissait de Matthias.

Jim s'en était rendu compte trop tard, et cet imbécile de Matthias avait fait le mauvais choix, assurant la première victoire de l'équipe adverse.

Dans ces conditions, les dés étaient pipés, du moins tant que Divine continuerait à interagir avec les âmes. Selon le règlement, Jim était le seul à y être autorisé, mais dans les faits, la démone était autant sur le terrain que lui. Naturellement, Nigel, le chef des boy-scouts, était convaincu que sa tricherie serait sanctionnée. Et ce serait peut-être le cas. Mais quand ?

En attendant, Jim devait rester aux aguets en espérant ne pas se tromper une nouvelle fois.

Il devait gagner. Pour sa mère… et pour Sissy.

Tirant de nouveau sur sa cigarette, il regarda la volute de fumée s'élever dans l'air froid avant de disparaître. Soudain, l'image de Sissy Barten lui apparut, cette ravissante jeune fille, suspendue tête en bas au-dessus d'un bac à douche en porcelaine blanche, ses cheveux blonds souillés de sang rouge vif, le ventre gravé de symboles qu'il n'avait jamais vus auparavant, mais qu'Eddie ne connaissait que trop bien…

Un léger grattement interrompit le fil de ses pensées, et Jim ouvrit la porte du studio. Rex sortit en boitillant, son pelage tout ébouriffé. Mais c'était son style, et non pas dû au fait qu'il s'était endormi dans une position bizarre.

— Salut, mon pote, dit Jim d'une voix douce tandis qu'il refermait la porte. T'as besoin de sortir ?

En général, le chien avait du mal à descendre l'escalier, alors Jim le prenait dans ses bras pour le déposer en bas. Et tandis que ce dernier se penchait pour s'acquitter de sa tâche, Rex posa son arrière-train sur le seuil, sa façon à lui de signifier qu'il voulait qu'on le porte.

— Reçu cinq sur cinq.

Rex, dont Jim connaissait toutes les habitudes, était bien plus qu'un chien errant, et quand il le souleva, il trouva l'animal léger comme une plume et aussi chaud qu'un bec Bunsen.

— Je lui ai dit de penser à toi, raconta Jim en éloignant sa cigarette du chien, juste au cas où il aurait eu tort de croire que Rex était plus qu'un simple animal. J'ai dit à Sissy de t'imaginer en train de mâchouiller mes chaussettes. Je veux qu'elle t'imagine en train de t'ébrouer dans l'herbe verte quand les choses seront trop…

Il ne put terminer sa phrase.

Au cours de son existence, il avait pourtant commis son lot d'atrocités, torturé et tué assez de salopards pourris jusqu'à la moelle pour devenir insensible à toute émotion…

Enfin, à vrai dire, ça avait commencé à l'adolescence. Le jour où sa vie avait basculé.

Le jour où sa mère avait été assassinée.

Mais peu importe. De l'eau avait coulé sous les ponts.

Le fond du problème était qu'imaginer Sissy emprisonnée dans le puits d'âmes de la démone rendrait fou même le plus expérimenté des guerriers.

— Je lui ai dit… de penser à toi, quand elle serait sur le point de craquer.

Rex agita sa queue courtaude de gauche à droite, comme s'il approuvait.

Oui, avec un peu de chance, Sissy se servirait de l'image de Rex pour supporter ses souffrances.

Dieu sait qu'elle n'avait rien d'autre à quoi se raccrocher.

— Je dois trouver la prochaine âme, marmonna Jim avant de tirer une nouvelle fois sur sa cigarette. Je dois découvrir qui est concerné. On doit remporter cette partie, Rex.

Alors que le chien le reniflait de sa truffe froide et humide, Jim prit soin de souffler la fumée par-dessus son épaule.

Le fait qu'il soit censé connaître cette âme ne lui était d'aucune aide. Il avait connu des tas de gens au cours de son existence.

Il ne pouvait qu'espérer qu'il s'agirait de quelqu'un susceptible d'être rallié à sa cause.

Chapitre 5

Matthias sentit immédiatement qu'il n'était plus seul : autour de lui, la lumière s'intensifia, ce qui signifiait qu'une porte s'était ouverte, et donc que quelqu'un était entré.

Par réflexe, il serra la main droite, comme pour empoigner un revolver invisible. Mais que pouvait-il faire d'autre ? La douleur le clouait sur place, aussi sûrement que s'il était enchaîné à la chose sur laquelle il était allongé. Un lit. Il était étendu sur un lit… et d'après les « bips » qui retentissaient dans la pièce, il se trouvait dans un hôpital. Encore.

Finirait-il un jour par se remettre de cet…

Le fil de ses pensées s'interrompit.

Rien qu'un trou noir.

Il ignorait comment il avait atterri là. Et pourquoi il avait si mal. En fait, il ne se souvenait de rien hormis de son prénom, Matthias.

Pris de panique, il ouvrit les paupières…

Une femme se tenait à son chevet. Une main en travers de la bouche, elle affichait une expression d'horreur et de stupeur mêlées. Elle avait un œil au beurre noir et un bandage sur le front. Des cheveux châtains lissés en arrière. De jolis yeux. Et elle était grande…

Des yeux magnifiques, en fait.

— Je suis tellement désolée, murmura-t-elle dans un souffle.

— Hein ? À quel propos ?

Sa voix était rauque, sa gorge sèche. Et l'un de ses yeux ne fonctionnait pas correctement…

Non, il ne fonctionnait pas du tout. Et depuis longtemps. Oui, il était borgne depuis l'époque où il travaillait pour…

Il fronça les sourcils alors que sa mémoire lui échappait de nouveau.

— Je vous ai percuté avec ma voiture. Je suis tellement désolée… Je ne vous ai pas vu arriver. Il faisait si noir et vous avez déboulé avant que j'aie eu le temps de m'arrêter.

Malgré la douleur et la confusion, il éprouva le besoin urgent d'apaiser la jeune femme et s'efforça de tendre la main.

— Ce n'est pas votre faute. Non… Ne pleurez pas. Calmez-vous…

En un sens, il n'aurait jamais cru que quelqu'un puisse s'apitoyer sur son sort. Ce n'était pas le genre d'homme à inspirer cette réaction.

Non, pas lui. Cela étant, il en ignorait la raison…

La femme s'approcha, et il la contempla tandis qu'elle glissait sa main douce dans la sienne.

À son contact, il sentit une chaleur envahir son corps, comme s'il s'était plongé dans un bain.

Bizarre. Il n'avait pas eu l'impression d'avoir froid avant qu'elle le touche.

— Je serre, dit-il de sa voix cassée. Au cas où vous ne l'auriez pas remarqué.

De fait, elle ne l'avait pas senti resserrer son étreinte, mais avec tact, elle s'abstint de tout commentaire. Et pour une raison étrange, lorsqu'il croisa son regard, il eut envie de lui dire qu'il n'avait pas toujours été dans cet état. Autrefois, il avait été capable de se tenir droit, de courir loin, de soulever des poids lourds. À présent, ce n'était plus qu'une épave.

Mais pas à cause d'elle. Non, il était brisé depuis des lustres.

Sa mémoire lui revenait-elle ?

— Je suis désolée, répéta-t-elle.

— C'est dans cet accident que vous vous êtes… (Il désigna son propre visage, mais ce geste ne fit qu'inciter la jeune femme à le regarder de plus près, et quand elle grimaça, il comprit que sa laideur devait être une vision difficilement soutenable.) Que vous avez été blessée ?

— Oh, je vais bien. Est-ce que la police est venue vous interroger ?

— Je n'en sais rien. Je me réveille à peine.

Lâchant sa main, elle fouilla dans un immense sac à main.

— Tenez, voici ma carte. Ils m'ont parlé pendant l'examen et je leur ai dit que je prenais tous les torts à ma charge.

Elle tourna le bristol vers lui, mais l'œil valide de Matthias refusait de faire le point. Et il ne voulait pas la quitter du regard.

— Comment vous appelez-vous ?

— Mels Carmichael. Enfin, Melissa. (Elle se toucha la poitrine.) Mes amis m'appellent Mels.

Tandis qu'elle posait la carte sur la petite table de chevet, il fronça les sourcils et ressentit aussitôt un élancement à la tête.

— Comment vous êtes-vous blessée ?

— Prévenez-moi si vous avez besoin de quoi que ce soit. Je n'ai pas beaucoup d'argent, mais je…

— Vous n'aviez pas bouclé votre ceinture de sécurité, c'est ça ?

La femme regarda autour d'elle comme si elle avait déjà eu droit à cette question de la part de la police.

— Ah…

— Vous devriez toujours la porter…

La porte s'ouvrit à la volée, et l'infirmière qui entra s'affaira aussitôt, comme en territoire conquis.

— Je suis là, annonça-t-elle en se dirigeant vers les machines près du lit. J'ai entendu l'alarme.

La première chose qu'il remarqua fut une poitrine imposante. Puis une taille fine et de longs cheveux bruns épais et brillants comme de la soie.

Et pourtant, elle lui donnait la chair de poule. Au point qu'il voulut se redresser, histoire de s'éloigner de cette…

— Chuuuuuuut… Tout va bien. (L'infirmière lui sourit et manqua de bousculer Mels.) Je suis là pour vous aider.

Ses yeux. Des yeux noirs qui lui rappelaient un autre endroit… Une prison où l'on était étouffé par les ténèbres, incapable de s'échapper…

La brune se pencha vers lui.

— Je vais prendre soin de vous, déclara-t-elle.

— Non, refusa-t-il d'une voix forte. Je ne vous laisserai pas…

— Mais si, mais si…

Des alarmes retentirent aux confins de sa conscience, des signaux qu'il ne parvenait pas à interpréter, comme des volutes de fumée avant l'explosion d'une bombe. Il n'en saisissait pas tous les détails. Ses souvenirs ressemblaient à des bunkers camouflés dans un paysage vu à travers des lunettes de vision nocturne ; il savait que l'ennemi avait établi des fortifications, mais impossible de les distinguer avec clarté.

— Si vous n'y voyez pas d'inconvénient, dit l'infirmière à Mels, je dois prendre soin de mon patient.

— Oh, oui. Bien sûr. Je vais… je vais y aller. (Mels se pencha pour le regarder.) Bon, eh bien… à plus tard.

Matthias dut lui aussi se contorsionner et ses abdominaux se raidirent lorsqu'il fit passer son poids…

L'infirmière lui bloqua la vue.

— Soyez gentille, fermez la porte derrière vous. Merci.

Puis ils se retrouvèrent seuls.

La brune lui sourit et s'assit sur le bord du lit.

— Et si on faisait une petite toilette ?

C'était plus un ordre qu'une question. Et soudain, Matthias se sentit nu, d'une façon déplaisante.

— Je ne suis pas sale, rétorqua-t-il.

— Oh, si. (Elle posa la main sur son avant-bras, à l'endroit où la perfusion pénétrait dans sa veine.) Vous êtes dégoûtant.

Surgie de nulle part, une force s'insinua en lui et son corps se revigora, aussi sûrement que s'il avait profité de bonnes nuits de sommeil, de journées de repos, et d'une nourriture abondante.

L'énergie venait de la brune, comprit-il. Mais comment était-ce possible ?

— Qu'est-ce que vous me faites ?

— Rien. (Elle sourit.) Vous vous sentez mieux ?

Il la regarda droit dans les yeux, à la fois attiré et écœuré par le noir sans fond de ses prunelles, et ils restèrent ainsi pendant Dieu sait combien de temps, unis par le contact de sa paume, ce lien unilatéral qui lui faisait l'effet d'un remède miraculeux.

— Je vous connais ? dit-il à voix haute.

— Ça fait toujours bizarre quand on éprouve cette sensation à propos d'un inconnu.

La puissance qui s'infiltrait en lui avait quelque chose de maléfique et de très familier.

— Je ne veux pas…

— Pas quoi, Matthias ? Te sentir mieux, plus fort, vivre pour l'éternité ? (Elle se pencha plus près.) Es-tu en train de me dire que tu ne veux pas redevenir un homme ?

Il ouvrit la bouche, mais aucun son ne franchit ses lèvres tandis qu'une torpeur s'abattait sur lui alors qu'elle retirait sa main. L'esprit brumeux et confus, il s'efforça de s'éveiller, mais c'était comme si elle l'avait drogué.

— Et maintenant, je vais te laver, annonça-t-elle en baissant les paupières, son sourire évoquant des plaisirs sensuels plutôt que des bassins hygiéniques.

Alors qu'elle se dirigeait vers un lavabo, Matthias inspira, sans ressentir d'élancement quand son thorax se gonfla, puis expira, laissant échapper un souffle régulier, sans à-coups. La douleur s'était volatilisée, ce qui lui donnait l'impression de ne pas avoir éprouvé un tel bien-être depuis des années. Voire des siècles.

— Quel jour sommes-nous ? marmonna-t-il pendant qu'elle faisait couler de l'eau dans une bassine.

L'infirmière jeta un coup d'œil par-dessus son épaule.

— C'est vrai. Tu es amnésique.

Un instant plus tard, elle s'approcha de nouveau du lit, apportant la table roulante avec elle. Quand elle fit descendre les draps sur les hanches de Matthias et desserra les liens de sa blouse d'hôpital, il leva sa tête lourde et examina son propre corps : la partie supérieure n'était pas en trop mauvais état, juste une cicatrice par-ci par-là. Mais le reste était un champ de bataille.

Le gant était doux et chaud.

Tandis que l'infirmière lui effleurait le torse, il contempla la peau de la jeune femme, lisse et éclatante, comme peinte au pistolet, sa chevelure d'une incroyable volupté, et ses lèvres douces et luisantes, aussi appétissantes qu'un fruit.

Je ne la désire pas, se dit-il.

Mais il ne pouvait pas bouger.

— Tu dois te remplumer, fit-elle remarquer en passant le gant sur ses pectoraux. Tu es trop maigre.

D'un geste évoquant davantage une amante qu'une garde-malade, elle fit glisser le tissu-éponge le long de sa poitrine en s'attardant sur ses abdominaux. Et avec une soudaine clarté, il prit conscience qu'à une époque elle aurait été impressionnée par ses muscles. Son corps avait toujours suscité l'admiration des femmes avec qui il couchait, du temps où il…

Minute, était-ce vraiment la réalité ?

Quand elle voulut tirer les couvertures encore plus bas, il l'arrêta.

— Non, dit-il en lui saisissant le poignet.

— Si. Assurément.

Les yeux rivés dans les siens, elle se dégagea de l'étreinte et le dénuda d'un geste sec. La violence de cet acte le fit frissonner au plus profond de son être. Pour quelle raison, il l'ignorait.

— Aurais-je touché un point sensible ? demanda-t-elle en sachant que c'était le cas.

D'une manière ou d'une autre… elle savait qu'il aimait le danger.

— Alors, Matthias ?

— Peut-être.

Tout à coup, sa voix était plus forte. Plus grave…

— Et maintenant ?

Elle toucha son sexe, le tissu rêche raclant doucement sa peau.

Lorsqu'elle se lécha les lèvres, tout émoustillée, il éclata de rire. Quelle que soit la raison qui la poussait à enfreindre tous les protocoles, elle n'obtiendrait aucune réaction en échange. Ce qui l'arrangeait bien, vu qu'il n'avait aucune envie d'elle : elle aurait pu se déshabiller et commencer à le chevaucher, il n'y avait aucune chance pour que ce morceau de chair flasque se dresse au garde-à-vous.

Même frappé d'amnésie, Matthias le savait de la même manière qu'il se savait borgne. C'était un fait, pas un souvenir.

— Je n'ai pas perdu que la mémoire, dit-il d'une voix amère.

— Vraiment ?

Quand elle lui caressa le gland, il sursauta. Mais impuissance ne signifiait pas incapacité à éprouver des sensations. Juste une impossibilité physique à…

Le flot d'énergie se déversa de nouveau en lui, plus fort cette fois. Et avec un gémissement, il s'arc-bouta en se cambrant malgré lui vers la source.

— C'est ça, dit-elle d'une voix déformée. Sens-moi. Je suis en toi.

La tension sexuelle explosa en lui et, avec elle, toutes ces émotions qu'il n'avait plus ressenties depuis si longtemps : cette agressivité, ce besoin de pénétrer… cette preuve qu'il était un homme, et pas une sorte d'androgyne brisé…

Oh, merde, c'était si bon. Bordel, si bon…

— Regarde-moi, ordonna-t-elle en le masturbant. Regarde-moi.

Il avait été si émerveillé par ces sensations nouvelles qu'il avait oublié qui les lui prodiguait, et à la vue de la jeune femme, il perdit aussitôt toute envie ; toutes ses émotions se tétanisèrent, alors même que son corps réagissait de façon incontrôlée aux caresses de la brune. Elle était aussi belle et dangereuse qu'une plante vénéneuse.

— Ça ne te plaît pas, Matthias ?

Non, ça ne lui plaisait pas. Pas du tout, même.

— Pas le moins du monde.

— Menteur. Et on doit finir ce qu'on a commencé, toi et moi. Oui, il le faut.

À 5 heures du matin, Divine pénétra chez *Saks Fifth Avenue*, un grand magasin situé dans la *Galleria*, le centre commercial de Caldwell. Passant à travers la vitrine remplie de mannequins vêtus de robes pastel, elle resta un moment à les imiter, le dos courbé, sentant sa poitrine étirer les coutures du chemisier sous son manteau.

Les beaux jours étaient de retour et elle allait enfin pouvoir découvrir ses hanches.

Et tant qu'à s'être déplacée, autant en profiter pour étoffer sa garde-robe.

Prise d'une envie de shopping, elle se pencha vers le dispositif d'alarme et neutralisa les détecteurs de mouvements. Un instant, elle envisagea de laisser fonctionner les caméras de vidéosurveillance, pour le fun.

Quoi de plus amusant que d'être observée, même si c'était juste par un humain bedonnant, assis à son bureau après avoir passé la moitié de son service à dormir.

Mais elle était là pour une raison sérieuse.

Ses escarpins claquaient sur le marbre poli, un bruit si agréable aux oreilles de Divine qu'elle se mit à marteler le sol afin que son règne sur le néant résonne dans toutes les directions. Seigneur, elle adorait l'odeur qui flottait dans l'air : la cire, le parfum, l'eau de Cologne et… l'argent.

Longeant les boutiques de luxe alignées le long du mur, elle jeta un coup d'œil aux marques de grands couturiers. Les accessoires avaient l'air somptueux malgré la faible lueur des éclairages de sécurité, et l'un d'eux accrocha son regard. Passant à travers le grillage, elle s'empara d'un sac en python vert foncé, puis reprit sa route.

Bon sang, hormis le sexe, les grands magasins étaient son péché mignon : des milliers de mètres carrés remplis d'articles, tous biens ordonnés, étiquetés et catalogués. Et protégés.

Un paradis pour les victimes de TOC.

Voilà pourquoi elle devait se surveiller. Elle sentait le lien s'établir, et faute d'y remédier, elle risquait de développer un sentiment de possession envers tous ces magnifiques objets. Et ce n'était pas une bonne idée, ni pour elle ni pour personne : elle serait forcée de tuer tous les humains qui viendraient les acheter et ce serait épuisant.

Ce qui lui rappela qu'elle devait numériser ses propres collections. Une tâche qu'elle confierait à la prochaine vierge qu'elle sacrifierait pour protéger son miroir.

Après tout, le monde pullulait de programmeurs informatiques qui vendraient leur âme au diable pour avoir l'occasion de tirer un coup.

Traversant le rez-de-chaussée, elle trouva l'espace maquillage, les marques groupées les unes à côté des autres. Chanel, avec son enseigne noire et brillante, Lancôme, tout de verre vêtue… et Yves Saint Laurent dont les présentoirs étaient cernés d'or.

Divine disparut pour réapparaître derrière le comptoir, puis fit sauter le verrou du casier inférieur, et lorsqu'elle s'accroupit, une boule de lumière s'éleva de sa paume pour éclairer les minuscules étiquettes collées sur les emballages.

Il ne lui fallut qu'un instant pour trouver le rouge à lèvres qu'elle cherchait. Elle s'en empara avec délicatesse, ouvrit le carton et fit glisser le tube de métal étincelant. Ravissant, splendide, pur et immaculé, vierge de tout contact. Elle tremblait presque lorsqu'elle en tourna la base et fit sortir le cône rouge aux formes parfaites.

L'odeur, fleurie et délicate, la plongea dans l'extase.

La thérapeute avait raison : la crise de panique qu'elle avait éprouvée dans son cabinet en jetant son bâton de rouge n'avait duré qu'un temps, puis, lorsque Divine avait repris son travail, l'angoisse avait été noyée sous un flot d'autres préoccupations. Cependant, celle-ci avait refait surface quand la démone était rentrée chez elle et qu'elle s'était assise devant son miroir, prête à descendre dans son puits d'âmes pour passer un joyeux moment en compagnie de ses enfants.

Les ennuis avaient alors commencé.

Ses pensées s'étaient bousculées dans sa tête, et des images d'ordures compactées, de poubelles débordantes, de décharges puantes lui avaient envahi l'esprit au point qu'elle s'était retrouvée au bord des larmes.

Elle aurait pu repêcher ce fameux tube dans la corbeille de la psy, mais elle adhérait au jugement de cette dernière : il aurait été tout à fait conforme à son caractère de devenir obsédée par ce rouge à lèvres, et de tout mettre en œuvre pour le récupérer.

Sauf qu'elle ne pouvait pas continuer sur cette voie. Voilà pourquoi elle se trouvait dans ce magasin, munie d'un rouge à lèvres flambant neuf pour remplacer celui qu'elle avait sacrifié sur l'autel du développement personnel.

Il y avait cinq autres tubes de cette teinte, empilés les uns sur les autres en une ravissante petite tour. Dévorée par l'envie de tous les emporter pour servir de réserves à ses treize autres exemplaires, elle tendit le bras, mais se ravisa, referma le casier, et disparut, comme par enchantement.

Elle était fière d'elle lorsqu'elle s'éloigna du stand.

Mais la pause avait suffisamment duré ; il était temps de se remettre au travail.

Regagnant la vitrine par laquelle elle était entrée, elle s'arrêta devant l'un des mannequins. Coiffé d'une perruque blonde, il était vêtu d'une robe à fleurs que Divine n'aurait jamais osé porter par crainte du ridicule…

Mais d'une manière exaspérante, elle se demanda comment Jim Heron la trouverait dans cette tenue.

C'était tout à fait son genre : féminine, jolie, pas trop aguicheuse. Simple.

Cet enfoiré de Heron. Ce menteur de Heron. Ce traître de Heron.

Et bien sûr, qu'il l'ait bernée en beauté lors de la dernière manche ne le rendait que plus attirant…

Divine fronça les sourcils alors que la voix de la thérapeute lui revenait en mémoire. La thérapie comportementale et cognitive… une reprogrammation du cerveau à travers l'expérience.

La démone se pencha et effleura la perruque, ses longs cheveux lisses jaune paille…

Sissy Barten, la bien-aimée de Jim, avait exactement la même coiffure. Elle aurait adoré ce genre de robe. Elle se serait tenue dans le noir en attendant que Jim s'approche, sans esquisser le moindre pas en avant, bien campée dans son rôle de vierge.

Rien qu'à l'idée, Divine eut envie de les tuer tous les deux… et concernant cette petite cruche, ce ne serait pas la première fois, vu qu'elle l'avait déjà égorgée au-dessus de ce bac à douche…

Divine esquissa un sourire, puis éclata de rire.

D'un geste vif, elle s'empara de la perruque et se faufila à travers la vitrine.

Chapitre 6

Adrian devait rêver

Oui, il ne pouvait s'agir que d'un rêve. Pourtant, tout lui paraissait extrêmement réel, depuis le canapé en velours sous ses fesses jusqu'à la bière froide dans sa main en passant par la chaleur de cette boîte de nuit.

Il n'osait pas tourner la tête, terrifié à l'idée de se retrouver seul dans cet endroit bruyant, empli de désespoir, peuplé de gens hagards semblables à lui-même.

Cela signifierait qu'Eddie était bel et bien mort.

Avalant une gorgée de bière, il rassembla son courage et se retourna…

Adrian posa doucement la bouteille, vidant tout l'air de ses poumons.

— Salut, mon pote, murmura-t-il.

Eddie tourna ses yeux rouges vers lui.

— Euh… salut. (Il s'agita dans son siège.) Écoute, est-ce que tu te sens bien ?

— Oui, je suis juste…

— Alors pourquoi tu me regardes comme ça ?

— Tu m'as manqué, avoua Ad à voix basse. J'ai cru que je ne te reverrais jamais.

— Juste parce que je suis parti aux toilettes ? (Eddie sourit.) En général, je reviens.

Ad tendit la main. S'il pouvait toucher son ami, il aurait la preuve qu'il ne rêvait pas…

Eddie fronça les sourcils et s'écarta sur le côté, dévisageant Adrian comme s'il lui était poussé une corne sur le front.

— Mais qu'est-ce qui te prend ?

Ces traits étaient en tout point identiques à ceux d'Eddie, avec son teint mat assombri par une barbe naissante, ce regard vif, sans être soupçonneux ni naïf, et cette grosse natte descendant le long de son dos massif et musclé.

— Je ne… (Ad se frotta le visage.) Je ne sais pas.

— Tu veux qu'on y aille ?

— Non, surtout pas.

— OK. (Eddie reporta son attention sur la foule.) Bon, alors tu vas encore m'obliger à baiser ?

Ad éclata d'un rire sonore.

— Comme si je te forçais la main.

— Me jeter dans les bras d'une nana…

— Je ne t'ai jamais jeté…

— En choisissant celles qui me plairont à coup sûr…

— Bon, d'accord, mais…

— Pour m'entraîner sur le chemin de la perdition.

Lorsqu'il se tourna de nouveau vers Ad, ce dernier reprit son sérieux.

— Ça, personne n'y arriverait.

— Ouais, t'as raison. Avant d'être un ange, j'étais une vierge, pure et chaste, et c'est resté.

— D'où les cheveux.

— Non, ça, c'est parce que ça me donne un air sexy.

Ad s'esclaffa de nouveau et se renfonça dans son siège, soudain saisi d'un regain d'énergie. Il éprouvait un tel soulagement que ce drame n'était pas survenu, que tout était redevenu comme avant, qu'il avait l'impression de planer. Pris d'une bouffée d'optimisme, il scruta la foule, sa libido reprenant ses droits, un bonheur indicible transformant ces filles vulgaires et obscènes en reines de beauté.

— Tu vois une nana qui nous plairait ? demanda Eddie d'une voix sèche.

— Sans moi, tu ne baiserais jamais.

— Ça, c'est toi qui le dis.

— T'es trop honnête.

— Zut.

Ah oui, cette rousse ferait l'affaire, songea Adrian. Et sa copine brune…

Il se raidit, les sourcils froncés. Quelqu'un les observait, tapi dans l'ombre, à l'autre bout du club.

— Allez, on y va, dit Eddie. Soit on le fait, soit on commande une autre tournée. Ad. Ohé ?

Adrian se secoua.

— Euh, ouais… D'accord.

Son meilleur ami le dévisagea de nouveau avec stupeur.

— Mais putain, c'est quoi ton problème ?

Bonne question, se dit Adrian en se levant.

— Donne-moi une minute pour en choper une.

— Prends ton temps, mais fais vite.

— C'est pas un peu contradictoire ?

— Pas quand il s'agit de toi.

Adrian rit de bon cœur, puis se concentra sur les deux filles, qui se mirent à glousser lorsqu'il s'avança vers elles. Une réaction prévisible, mais loin d'être aussi excitante que les orgasmes qu'elles allaient avoir.

— Je m'appelle Adrian, dit-il en s'approchant.

À la vue de son sourire charmeur, les deux femmes commencèrent à battre des cils et à rajuster leur posture, bombant la poitrine, rentrant le ventre et avançant les jambes afin d'exhiber davantage de chair.

— J'aime ton parfum, dit-il en penchant la tête vers le cou de la rousse.

En réalité, il ne l'avait pas encore senti et se fichait bien de savoir ce que…

Il inspira et se figea. Cette odeur, cette…

— Ravie que ça te plaise, dit-elle en promenant les mains le long de son dos, avant de les poser sur ses fesses. Je l'ai mis spécialement pour toi.

Adrian s'écarta, pris d'un violent mal de tête. Ou alors c'était sa poitrine ?

— Ouais. Super.

Il regarda par-dessus son épaule. Eddie était affalé sur le sofa, mais observait la scène d'un regard intense, semblant prêt pour le sexe.

Jusque-là, rien d'anormal.

Ad adressa un signe de tête à son pote.

— Je suis venu avec un copain. Vous vous joignez à nous ?

— Elle a un petit ami, murmura la rousse, comme si c'était une tare.

— Désolée, s'excusa l'autre fille.

Comme si ça importait.

— OK, juste toi, alors. Tu te sens capable de gérer deux mecs ?

Quand elle acquiesça avec enthousiasme, il lui prit la main, et son parfum entêtant les suivit, l'amenant à regretter que la brune n'ait pas été célibataire et consentante, et cette Jessica Rabbit fardée de noir celle avec le petit copain. Mais il était trop tard pour faire machine arrière. Trouver une nouvelle recrue représentait trop d'efforts, et du reste, ce n'était pas pour une relation sérieuse. Aucun d'eux n'avait jamais eu de liaison sérieuse.

Mais cette putain d'odeur fleurie lui donnait la chair de poule.

Lorsqu'il regagna le sofa, la rousse s'installa à califourchon sur eux, et Eddie se mit à l'embrasser avec fougue.

Pour un soi-disant ascète, il avait toujours eu un sacré appétit.

Alors qu'Adrian les observait tout en caressant la taille et les seins de la jeune femme, il se dit que certains cauchemars étaient incroyablement réalistes. Il avait l'impression que tout ce qu'il avait rêvé s'était réellement produit : ce toxico surgi de nulle part qui avait planté un couteau dans le ventre d'Eddie, alors qu'il était censé être immortel. Puis son agonie, dans le hall de cette banque, à deux pas de là. Et enfin sa propre souffrance, le sentiment qu'il avait perdu toute raison de vivre…

Adrian fronça les sourcils en se demandant pourquoi toutes ces pensées lui venaient à l'esprit.

La rousse se cambra et écarta les jambes, l'invitant manifestement à se joindre à la fête. Et tandis qu'il obtempérait, Eddie s'empara des seins de la jeune femme, et, avec une agressivité inhabituelle, abaissa son haut de dentelle noire pour exhiber deux seins bien plus petits qu'ils ne l'avaient paru.

Au moment même où Adrian glissait une main sous sa jupe, la serveuse apparut avec de nouvelles bouteilles. De toute évidence, elle avait l'habitude de ce genre de scènes, puisqu'elle se contenta de poser les bières sans sourciller.

— C'est pour moi, annonça Ad en extrayant tant bien que mal son portefeuille pour en sortir un billet de 20 dollars qu'il tendit à la serveuse.

Quand elle s'en alla, il jeta un coup d'œil aux bières, puis foudroya Eddie du regard.

— De la bière allégée ? C'est une blague ?

Rompant le baiser, l'autre ange haussa les épaules.

— Je surveille mon poids.

Ad leva les yeux au ciel, puis reporta son attention sur la fille. Glissant ses mains plus haut sous la minijupe, il découvrit à sa grande surprise une culotte en tissu aussi épaisse et aussi large qu'une tente de l'armée. Bizarre. D'un autre côté, une gaine coûtait sûrement moins cher qu'une liposuccion.

Le parfum fleuri lui envahit de nouveau les narines, laissant supposer qu'il ne provenait peut-être pas de la rousse.

Ad balaya la salle du regard, mais ne vit rien d'inhabituel…

— Je crois que tu devrais la baiser en premier, déclara Eddie tout en lui pelotant les seins… qui semblaient flasques à présent.

Et ces cheveux. À un moment, ils étaient épais et ondulés, et désormais, ils semblaient frisotter.

La femme sourit, dévoilant des dents mal alignées.

— Vas-y, Adrian… baise-la. (Les yeux d'Eddie étincelaient dans l'obscurité.) Je veux te regarder.

La femme prit la main d'Adrian et la posa entre ses cuisses, se frottant contre sa paume…

Se détachant de la foule, une silhouette grande et fière, vêtue d'une toge blanche, apparut dans son champ de vision. Lorsqu'elle s'approcha, l'odeur de fleurs devint si puissante qu'elle embaumait toute la salle…

Eddie.

C'était le vrai Eddie qui se dressait de toute sa hauteur, sain et sauf, au milieu d'une foule de morts-vivants.

— Oh, merde, juste quand les choses devenaient intéressantes.

Ad tourna brusquement la tête. Divine était assise à côté de lui, de l'autre côté du sofa, et pour une fois, sous sa véritable apparence, celle d'un cadavre en putréfaction, la peau se détachant de ses os gris, ses mains monstrueuses et griffues posées sur les seins de cette femme au physique incertain. La démone paraissait agacée, serrant tant bien que mal ses lèvres pendantes et sa mâchoire tombante.

Adrian poussa un cri et voulut bondir du canapé, mais la rousse le retint par la main. Et tandis qu'elle l'agrippait avec une force surhumaine, elle prit les traits de la créature qu'elle était vraiment : une charogne en décomposition, sa beauté artificielle disparue comme si elle ne parvenait plus à maintenir l'illusion.

Alors qu'il tentait de se dégager, une ombre noire remonta le long de son bras, s'étendant de ses doigts à son poignet pour gagner son coude.

Adrian hurla et s'agita dans tous les sens, mais il était coincé comme une mouche sur du papier collant, une souris prise au piège…

Eddie, le véritable Eddie, celui qui était mort, rompit le lien d'un simple contact, non pas avec Ad, mais avec la rousse : surgi à leurs côtés, il se pencha et, du bout du majeur, toucha l'épaule de la harpie, qui se volatilisa.

Tandis que Divine maudissait l'ange, Adrian tira d'un geste sec et parvint à se libérer. Lorsqu'il tomba en arrière sur le canapé, il ne quitta pas Eddie des yeux, et son cœur se serra à mesure que la souffrance reprenait ses quartiers.

— Va te faire foutre, cracha Divine à l'ange.

Le visage d'Eddie, ce merveilleux visage, beau et intelligent, demeura impassible. D'un coup de menton, il désigna les bières et dit d'une voix traînante :

— Dans ton état, je me soucierais de bien d'autres choses que de mon poids.

Divine lâcha un chapelet d'insultes, mais ne riposta pas, si bien qu'Ad en vint à se demander quelle magie avait bien pu opérer Eddie avec son doigt tendu comme celui d'E.T.

Puis Eddie dévisagea Adrian pendant ce qui parut une éternité, comme si le manque était encore plus douloureux pour lui que pour Ad.

— Je ne suis jamais loin, déclara-t-il d'une voix rauque.

— Non… Ne pars pas, gémit Adrian. Reste…

— Comme c'est émouvant. (Un éclat de rage brillait dans les yeux noirs de Divine). Vous voulez baiser ensemble avant qu'il parte ?

Eddie commença à s'éloigner, aussi rigide qu'une statue sur une plate-forme roulante, son corps immobile traîné à travers la foule grouillante, emportant avec lui ce parfum de champs fleuris.

— Eddie !

Alors qu'Ad se penchait en avant, la tache sur son bras avait presque atteint son épaule.

— Je suis en toi, dit Divine d'un air satisfait. Et tu ne peux rien y changer. Il est trop tard.

Adrian poussa un hurlement.

Chapitre 7

Matthias fut réveillé par un rayon de soleil qui lui frappait le visage. Il n'était pas sûr du moment où l'infirmière aux mains baladeuses était partie, mais il avait eu la ferme intention de s'en aller juste après son départ. Impossible : un sommeil de plomb s'était emparé de lui et l'avait aspiré de manière irrésistible.

Pour tout dire, il était surpris d'en être sorti.

La chambre d'hôpital avait l'air normale. D'un autre côté, pourquoi aurait-elle changé pendant la nuit ? Et il se sentait mieux, comme une voiture amenée au garage pour une révision complète.

Qui aurait dit qu'une branlette forcée pouvait provoquer un tel changement ?

Promenant le regard sur la pièce, il se dit que c'était un miracle qu'il soit toujours de « l'autre côté ». Mais l'autre côté de quoi ? D'une prison ? D'un hôpital psychiatrique ? D'un endroit encore pire ?

L'esprit embrumé, il s'efforça de se rappeler les événements de la nuit précédente, avant qu'il se réveille dans ce lieu.

« Je vous ai percuté avec ma voiture. Je suis tellement désolée. »

Fermant les yeux, il se remémora cette femme, Mels Carmichael. Quelque chose en elle avait percé le brouillard qui nimbait Matthias et l'avait touché au plus profond de son cœur. Pourquoi ? Il l'ignorait. Mais en d'autres circonstances, il aurait aimé passer plus de temps avec elle.

Bien plus de temps.

Pourtant, il savait au fond de lui qu'il n'était pas du genre romantique.

Quand il se souleva des oreillers, il fut surpris de ne pas éprouver de vertiges. Aussi, il prit quelques instants pour laisser une chance à son corps de le contredire, ce qui aurait été plus cohérent avec le fait qu'à peine douze heures plus tôt, il avait servi de ballon de foot à un pare-chocs.

Non. Aucune nausée. Aucune douleur.

Tire-toi. Et vite.

Évidemment, ce serait plus facile s'il savait qui le traquait, ou pourquoi il fuyait, mais il n'avait pas le temps de répondre à ces questions alors qu'il contemplait la porte avec un mauvais pressentiment…

— Vous ne savez peut-être plus qui vous êtes, mais nous, si.

Matthias tendit la main vers un revolver imaginaire et leva la tête. L'infirmière était de retour et se tenait de l'autre côté de la pièce, sa présence aussi discrète qu'un courant d'air.

Son attitude était différente à la lumière du soleil. Elle ne jouait plus les séductrices.

Peut-être était-elle un vampire ? Ha ! ha !

— On a retrouvé votre portefeuille, expliqua-t-elle en brandissant l'objet en cuir noir. Tout y est : pièce d'identité, carte de crédit, oh ! et votre carte de sécurité sociale. La facture sera salée, mais la plupart des frais seront couverts.

Elle s'approcha et le posa sur la table de chevet, juste à côté de la carte de visite de la journaliste. Puis elle recula comme pour éviter d'envahir son espace.

Une longue pause suivit.

— Merci, dit-il pour combler le silence.

Elle portait une tenue décontractée : un jean, des sabots noirs, une parka d'un blanc immaculé. Ses cheveux lui descendaient jusqu'aux épaules et elle les lissa en arrière, même s'ils étaient aussi souples et brillants que ceux qu'on voyait dans les magazines.

— Je vous ai aussi trouvé des vêtements. (Elle fit un signe de la tête par-dessus son épaule.) Ils sont dans le placard, là-bas. J'espère qu'ils vous iront.

— Alors, les médecins vont me laisser partir ?

— Ils n'ont pas de raison de vous garder si vous êtes en bonne santé. Est-ce que quelqu'un vous attend, chez vous ?

Il ne répondit pas. Non qu'il ignore la réponse. Il avait coutume de ne jamais répondre à une question. C'était dans sa nature.

Une nouvelle pause.

L'infirmière se racla la gorge en évitant le regard de Matthias.

— Écoutez, à propos d'hier soir…

Ah, nous y voilà.

— Je vais oublier et vous aussi, répondit-il d'une voix sèche.

Dieu sait qu'il avait d'autres chats à fouetter qu'une branlette forcée.

Il y avait des expériences pires dans la vie. Surtout en comparaison de toutes les saloperies qu'il avait commises au cours de son existence…

Des souvenirs flottaient sous la surface de sa conscience, des images choquantes et monstrueuses menaçant d'émerger.

Qui suis-je ? se demanda-t-il.

Soudain, l'infirmière riva ses yeux noirs, ces miroirs de l'âme, dans les siens.

— Je suis vraiment désolée. Ce n'était pas correct de ma part. Je n'aurais pas dû…

Revenant au présent, Matthias trouva étrange qu'en pleine journée tout le pouvoir qu'elle avait exercé sur lui ait disparu. Elle n'avait même pas l'air du genre de femme capable d'une telle agressivité. C'était juste une jeune et jolie infirmière, avec un corps à se damner et de magnifiques cheveux, et un air vulnérable.

Avait-il rêvé ? Les médecins lui avaient probablement administré des analgésiques, et Dieu sait que ça pouvait vous retourner le cerveau.

Mais si rien n'était arrivé, elle n'aurait pas été en train de s'excuser.

— C'était une violation du protocole, et je n'ai jamais fait un truc pareil auparavant. C'est juste que… vous aviez si mal et vous en aviez envie… et…

Il en avait eu envie ? Bizarre. D'après ses souvenirs, c'était exactement le contraire. Mais qu'en savait-il, après tout ? Il était persuadé d'avoir joui. Peut-être que ça aussi, c'était le fruit de son imagination.

Ce qui serait logique.

— Enfin, bref, je voulais juste vous dire ça avant de m'en aller. Et vous serez parti avant mon retour de congé.

Elle semblait sincèrement désolée et honteuse. Et pour une raison étrange, il avait le sentiment qu'il était tout à fait conforme à son caractère de tirer avantage de cette femme sous le simple prétexte d'accroître son malaise.

— C'est ma faute, dit-il. (Et dès que ces paroles franchirent ses lèvres, il crut à cette confession.) C'est moi qui devrais être désolé.

Après tout, qu'il y ait orgasme ou pas, le sexe par compassion partait du même principe : « Oh, je me sens si mal… Est-ce que tu pourrais t'occuper de ma queue ? Merci, chérie. »

L'infirmière fit courir une main d'albâtre sur le pied du lit en contreplaqué.

— Je voulais juste… Enfin, je ne voulais pas vous laisser croire que c'était une habitude, chez moi. (Elle partit d'un rire gêné.) Je ne sais pas pourquoi ça m'importe, mais c'est le cas.

— Vous n'avez pas à vous justifier.

Lorsqu'elle le regarda, son air gêné se transforma en un franc sourire. Au point qu'il jeta un coup d'œil à son annulaire pour y chercher une alliance.

Rien. Le doigt était nu.

— Merci d'être aussi compréhensif. (Elle regarda en direction de la porte.) Bon, je dois y aller. Prenez soin de vous et, surtout, n'oubliez pas de consulter votre médecin traitant. Les blessures à la tête et les pertes de mémoire ne doivent pas être prises à la légère.

— Oui, j'y penserai.

Il sortit ce mensonge avec tant de facilité qu'il sut qu'il avait débité un tas de salades au cours de sa vie. Et en la saluant d'un geste de la main, il se comportait avec elle comme il aurait traité une note de service ou un e-mail.

Pas comme on traite un humain. Et ce n'était pas la faute de la jeune femme.

Il avait l'impression qu'il était programmé ainsi.

Génial. Rien de tel que de se réveiller et de découvrir petit à petit qu'on est une pourriture finie.

Il jeta un coup d'œil à la table de chevet.

La carte de visite et le portefeuille étaient posés côte à côte, l'un épais et noir, l'autre blanche et fine.

Il tendit la main, sans savoir lequel il visait…

Le portefeuille l'emporta. Matthias l'ouvrit et contempla le permis de conduire glissé dans la fente transparente. La photo était… Enfin, il ne reconnut pas le type, mais l'infirmière au toucher magique avait l'air de croire qu'il s'agissait de lui. Est-ce qu'il ressemblait vraiment à ça ? Un homme aux cheveux noirs et au visage attrayant mais froid ?

Les caractères imprimés lui apprirent qu'il avait les yeux bleus, et ils semblaient tous les deux fonctionner ainsi rivés sur l'objectif. La date de naissance correspondait au mois actuel. Le permis expirait au même moment.

Le prénom, Matthias, était bien le sien, et l'adresse était située à Caldwell, dans l'État de New York, ce qui résolvait l'énigme géographique, dont il n'avait même pas été conscient d'ailleurs.

Caldwell, État de New York.

Encore une fois. Du moins, c'est ce que lui soufflait son instinct.

Tire-toi. Et vite.

Malgré ce sentiment d'urgence, il s'employa à sortir du lit avec précaution, mais n'y parvenant pas, il retira les perfusions de sa veine ainsi que les électrodes sur son torse. Puis il se pencha vers le matériel de surveillance et éteignit les alarmes avant de se diriger vers la salle de bains.

La lumière était éteinte, et lorsqu'il appuya sur l'interrupteur, la réalité lui explosa à la figure.

Quand il aperçut son reflet dans le miroir surplombant le lavabo, il prit une inspiration rauque. D'un côté, son œil était d'un blanc laiteux, et son visage portait les traces indélébiles d'un passé marqué au fer rouge ainsi qu'une cicatrice blanchâtre à la tempe, près de sa prunelle meurtrie.

Le portrait sur la carte d'identité était bien le sien, si vous ajoutiez un peu de gris aux tempes, mais il avait été pris avant qu'il…

— Monsieur, je vais vous demander de regagner votre lit. Vous risquez de chuter. Et vous n'auriez pas dû ôter le…

Il ne prêta pas attention à la nouvelle infirmière.

— Je pars. Tout de suite. À mes risques et périls, oui, je sais.

Il lui claqua la porte au nez et actionna la douche. Pour une raison étrange, alors qu'il reportait son attention sur le miroir, il songea à Mels Carmichael. Pas étonnant qu'elle ait été horrifiée en le voyant.

Ce n'était pas une vision très…

Seigneur, mais qu'est-ce qui lui prenait ? Pourquoi s'inquiétait-il de ce qu'elle pensait de lui ?

En une succession de gestes vifs et coordonnés, il rouvrit la porte de la chambre et passa la tête par l'embrasure. L'infirmière avait disparu, mais ne tarderait pas à revenir avec un médecin. Pas de temps à perdre. Il saisit la carte de visite et la fourra dans son portefeuille. Puis il s'empara des vêtements suspendus dans le placard et s'enferma dans la salle de bains.

Dix minutes plus tard, il était douché et vêtu d'un jean avec un tee-shirt et un coupe-vent noirs.

Sur le chemin de la sortie, il saisit une canne qui semblait avoir été posée là à son intention.

La béquille trouva sa place naturellement dans sa paume, et il marchait d'un pas bien plus alerte grâce à son aide. Comme s'il avait l'habitude de cet accessoire.

Quand il se dirigea vers l'ascenseur, il ne s'arrêta pas en route : pas d'au revoir, pas de signature sur la ligne en pointillés. La comptabilité de l'hôpital le retrouverait à l'adresse mentionnée sur le permis de conduire.

Et lui aussi s'y retrouverait peut-être.

Le hurlement d'Adrian réveilla Jim en sursaut. Bondissant du lit, le sauveur se réceptionna en position d'attaque. Une dague de cristal dans une main et un automatique dans l'autre, il était prêt à affronter l'ennemi, humain ou démon.

Rex, prudent, se contenta de se réfugier sous le sommier.

— Je vais bien, bredouilla Adrian avec toute la conviction d'un homme blessé à mort.

C'est ça, ouais, se dit Jim en déboulant auprès de son coéquipier.

Dans la lumière qui filtrait à travers les rideaux vaporeux, l'ange avait une gueule de déterré. Vautré sur le sol, il arborait des cernes sous les yeux, ses cheveux noirs étaient en bataille, et ses mains tremblaient tandis qu'il tirait sur l'encolure de son tee-shirt. Ses piercings, ces bouts de métal qui entouraient sa lèvre inférieure, remontaient jusqu'aux lobes de ses oreilles et lui bardaient le front, étaient les seules choses qui brillaient. Tout le reste était plongé dans l'obscurité, vivant mais mort.

Sa lumière intérieure s'était éteinte.

Jim se dirigea vers lui et lui tendit un bras.

— Allez, debout.

L'autre ange lui saisit la main, et l'espace d'un instant, Jim se raidit, un picotement désagréable remontant le long de son avant-bras pour faire vibrer ses instincts. Mais au moment où il souleva Ad du sol, la sensation disparut.

— T'es allé voir Nigel et les autres ? demanda Adrian, commençant à faire les cent pas comme s'il essayait de chasser ce qui s'était emparé de lui.

— Pour quoi faire ?

— Bonne question.

Sur ce, Ad gagna la salle de bains et s'y enferma. Jim entendit le bruit de la chasse d'eau, puis celui de la douche et du lavabo.

Alors, il s'appuya contre l'encadrement et parla à travers la fine cloison.

— Il parlait de quoi, ce rêve ?

Aucune réponse ne lui parvenant, il frappa à la porte.

— Adrian. Dis-le-moi.

Dieu sait que Divine usait de toutes sortes de ruses pour arriver à ses fins. L'idée qu'elle ait pu s'introduire dans l'esprit d'Adrian pendant qu'il dormait n'était pas si inconcevable.

Il tambourina de plus belle.

Aucune réaction. Alors, faisant fi de toute pudeur, il déboula à l'intérieur.

À travers le rideau de douche en plastique, il aperçut Adrian de nouveau à terre, cette fois sur du carrelage : recroquevillé dans le minuscule espace, il était assis, les genoux levés, les coudes contre la poitrine et la tête enfouie entre les mains.

Mais il n'était pas en train de pleurer, de pester ni de craquer. Et c'était peut-être ça le plus effrayant. Il restait prostré sous le jet d'eau chaude, son corps massif replié sur lui-même.

Jim abaissa le couvercle des toilettes et s'assit dessus.

— Parle-moi.

Au bout d'un moment, l'ange dit d'une voix rude :

— Elle était Eddie. Dans mon rêve, elle était Eddie.

Merde.

— Il y a de quoi flipper, en effet.

— Il était là, lui aussi. En fait, il m'a réveillé. Bordel, Jim… Le voir… Ça m'a fait un tel…

Il laissa sa phrase en suspens et Jim examina la lame de la dague avec attention.

— Ouais, je sais.

— Je vais la tuer.

— Seulement si tu y arrives avant moi.

Adrian laissa ses bras retomber sur le côté, si bien que ses poignets reposaient dans la flaque houleuse qui se formait autour de ses fesses. Il avait l'air anéanti, mais ce n'était que provisoire. La colère glaciale referait surface dès l'instant où la démone les approcherait de nouveau, et pour tout dire, Jim redoutait sa réaction : il n'est jamais bon que votre coéquipier veuille se lancer dans sa propre vendetta, et il est difficile de faire entendre raison à quelqu'un animé de cette intention.

— Je crois que tu devrais demander à Nigel de t'envoyer quelqu'un d'autre, dit Adrian d'une voix douce, comme s'il avait lu dans ses pensées.

— Je ne veux personne d'autre.

Mais c'était un mensonge. Il n'était pas encore habitué à l'ensemble de ses pouvoirs. Bien sûr, l'apprentissage n'était plus aussi ardu qu'au début, mais Jim était loin d'avoir atteint son plein potentiel. Et Divine n'était pas le genre d'adversaire contre qui on pouvait se satisfaire d'une performance médiocre.

Voilà pourquoi il avait besoin de solides renforts.

En toute honnêteté, Eddie lui manquait cruellement. Et c'était précisément la raison pour laquelle la démone l'avait tué.

Cette salope.

— Tu connais quelqu'un d'autre ? demanda Jim.

— Oui. Un type au-dessus de moi et d'Eddie. Quasiment au niveau de Nigel et de Colin. Mais il a eu des problèmes. La dernière fois que j'ai entendu parler de lui, il se trouvait au purgatoire. D'un autre côté, c'est une véritable tête brûlée. Alors tu ferais tout aussi bien de me garder auprès de toi.

— Il faut trouver un moyen de ramener Eddie...

— Lui seul aurait su comment procéder. (Adrian laissa échapper un grognement et se leva, sa silhouette massive se dressant tel un arbre.) Hormis Colin, peut-être.

Jim acquiesça et reporta son attention sur la dague de cristal. L'arme était aussi diaphane qu'un glaçon, aussi résistante que l'acier, aussi légère qu'un souffle. Un cadeau d'Eddie...

Un couinement puis un bruit sourd lui firent tourner la tête vers son équipier. Ad avait pris le savon, puis l'avait lâché. Les mains levées devant lui, il bougeait les lèvres comme s'il articulait un juron silencieux.

— Qu'est-ce qui se passe ?

— Oh... merde... (Ad fit pivoter ses mains.) Merde, non...

— Quoi ?

— Elles sont noires. (Il tendit les bras.) Tu ne vois pas ? Elle est en moi... Divine est en moi... et elle prend le contrôle...

Jim resta un moment déconcerté, mais il savait qu'il devait intervenir et ramener Adrian à la réalité. Posant sa dague sur le lavabo, il écarta le rideau en plastique et saisit les poignets de l'ange...

De nouveau, un mauvais pressentiment l'envahit, attisant les terminaisons nerveuses de ses doigts et de ses paumes aussi sûrement que s'il les avait plongées dans de l'acide. Les yeux rivés sur la peau de l'ange, il se demanda ce qui s'était passé au juste dans ce rêve.

Mais il ne vit rien. Et il était normal de craquer quand on venait de perdre son meilleur ami.

Cependant, ils ne pouvaient pas rester comme ça.

— Adrian, mon pote… (Il secoua l'ange comme un prunier.) Hé, regarde-moi.

Quand celui-ci finit par obtempérer, Jim plongea dans ses yeux comme s'il cherchait à atteindre les tréfonds de son cerveau.

— Tu vas bien, affirma-t-il. Il ne se passe rien. Elle n'est pas en toi, elle n'est pas là, et…

— Tu as tort.

Ces paroles lugubres stoppèrent Jim net. Puis il secoua la tête.

— Tu es un ange, Adrian.

— Vraiment ?

D'une voix sinistre, Jim rétorqua :

— Eh bien, disons que ça vaudrait mieux.

Après un silence tendu, Jim remua les lèvres, des mots sortant de sa bouche, des paroles sensées et apaisantes comblant la distance qui les séparait. Mais en son for intérieur, il adressait une prière muette à quiconque était à l'écoute.

Divine était un parasite qui s'insinuait dans les gens pour les infecter.

Il était logique qu'une personne émotionnellement instable soit plus vulnérable.

Mais malgré toute l'affection qu'il portait à Adrian, Jim ne pouvait se permettre d'avoir à surveiller ses arrières.

CHAPITRE 8

— Qu'est-ce qui t'es arrivé à l'œil ?

Sans répondre, Mels entra dans la cuisine de sa mère et se dirigea droit vers la cafetière. Le fait que la machine se trouvait dans le coin opposé et que Mels pouvait boire son café en gardant le dos tourné à sa mère constituait un avantage en plus de la caféine.

Fichu fond de teint. Le maquillage était censé couvrir ce qu'on voulait cacher. Comme les taches, les boutons… les hématomes dus à des accidents de voiture qu'on aurait préféré dissimuler à ses proches afin de ne pas les inquiéter.

— Mels ?

Elle ne se retourna pas pour voir ce qui se trouvait derrière elle : sa mère, petite et menue, paraissant plus jeune que son âge, serait assise à la table, le *Caldwell Courier Journal* ouvert devant elle, à côté d'un bol de céréales à haute teneur en fibres et d'une tasse de café. Ses cheveux bruns, mêlés de fils d'argent, seraient lissés en une coupe propre et nette, et elle porterait une tenue décontractée, mais parfaitement repassée.

Sa mère était l'une de ces personnes qui avaient toujours l'air apprêtées même au saut du lit. Comme si elle était née avec une bombe d'amidon et une brosse à cheveux sous chaque bras.

Mais elle était fragile. Comme une figurine, emplie de bonté et de compassion.

Une poupée de porcelaine comparée à l'éléphant qu'avait été le père de Mels.

Bien consciente que la question restait en suspens, Mels versa la boisson, la sirota, puis arracha une feuille de papier absorbant pour nettoyer le plan de travail, pourtant propre et sec.

— Oh, rien. J'ai glissé et je suis tombée. Je me suis cognée au robinet de la douche. Juste un stupide accident.

Un silence suivit.

— Tu es rentrée tard hier soir.

— J'ai fini chez une amie.

— Tu m'avais dit que c'était un bar.

— Oui, j'y suis allée après.

— Oh. Je vois.

Mels contempla la fenêtre au-dessus de l'évier. Avec un peu de chance, sa tante appellerait d'un instant à l'autre, comme elle en avait l'habitude, ce qui lui éviterait de mentir sur la raison qui la contraignait à prendre un taxi pour se rendre au bureau.

Tandis que la cuisine s'emplissait de légers bruits de mastication et de déglutition, Mels s'efforça de trouver un sujet de conversation neutre. La météo ? Le sport ? Non, sa mère ne s'était jamais intéressée aux loisirs impliquant un terrain, des ballons ou des palets. La littérature ferait l'affaire, même si les lectures de Mels se résumaient à des statistiques criminelles et celles de sa mère à des sélections d'un club qui avait suspendu ses activités.

Seigneur… À des moments pareils, son père lui manquait tellement qu'elle en avait mal. Avec lui, elle n'avait jamais éprouvé de malaise. Ils parlaient de tout et de rien, de la ville, de son boulot de policier, de l'école… ou alors, ils ne disaient rien, et le silence ne posait aucun problème. En revanche, avec sa mère…

— Alors… (Mels porta de nouveau le mug à ses lèvres.) Qu'est-ce que tu as prévu, aujourd'hui ?

Une réponse lui parvint, mais Mels ne l'entendit pas tant elle était obnubilée par le besoin de partir.

Après avoir fini son café noir – sa mère agrémentait le sien de crème et de sucre –, Mels rangea la tasse dans le lave-vaisselle et prit son courage à deux mains.

— Bon, eh bien, à ce soir, dit-elle. Je ne serai pas en retard. Promis.

Sa mère leva la tête pour croiser son regard. Le bol rempli de nourriture saine était orné de petites fleurs roses. D'autres, minuscules et jaunes, apparaissaient sur la nappe et d'autres encore, bleues, plus grandes, décoraient le papier peint.

Des fleurs partout.

— Est-ce que tu vas bien ? demanda sa mère. Tu as besoin de voir un médecin ?

— C'est juste un hématome. Rien de grave. (Elle jeta un coup d'œil au salon. De l'autre côté d'une table parsemée de napperons, derrière un voilage écru, une Chevrolet jaune vif s'arrêta le long du trottoir.) Mon taxi est là. J'ai laissé ma voiture au bar parce que j'avais bu plus de deux verres de vin.

— Oh, tu aurais pu prendre la mienne.

— Tu en auras besoin. (Elle se tourna vers le calendrier fleuri suspendu au mur en priant pour qu'un rendez-vous y soit noté.) Tu as bridge à 16 heures.

— J'aurais pu te déposer. Je le peux toujours, si tu veux…

— Non, c'est mieux comme ça. Je veux récupérer ma voiture et rentrer avec.

Merde. Elle venait de se piéger elle-même. Fi-Fi n'aurait pu aller nulle part à moins d'être tractée par une dépanneuse. La pauvre avait été évacuée vers une station-service.

— Oh. Bon, très bien.

Alors que sa mère se taisait, Mels eut envie de s'excuser, mais le mot « désolée » était trop difficile à formuler. Merde, elle avait peut-être simplement besoin de déménager. Être constamment exposée à tous ces sacrifices et à cette bonté infinie était un fardeau au lieu d'être un réconfort. Sa mère avait toujours une suggestion, une proposition à…

—Je dois y aller. Merci quand même.

—Pas de problème.

—À ce soir.

Mels déposa un baiser sur la joue douce qui lui était offerte, puis s'empressa de franchir le seuil. Dehors, l'air était frais, délicieux, et le soleil brillait assez pour donner envie d'un déjeuner en terrasse.

Grimpant à l'arrière du taxi, elle s'adressa au chauffeur.

—Les bureaux du *Caldwell Courier Journal* sur Trade Street.

—OK.

La suspension était souple comme un bloc de ciment et les sièges aussi confortables qu'un banc en bois, mais Mels se fichait d'être ballottée dans tous les sens : elle était trop bouleversée pour se soucier de ses fesses ou de ses molaires.

Elle n'arrivait pas à chasser de son esprit cet homme blessé, qui était aussi présent que s'il s'était trouvé à ses côtés.

Elle avait passé toute la nuit dans cet état.

Laissant retomber sa tête en arrière, elle ferma les yeux et se rejoua la scène de l'accident pour s'assurer qu'elle n'aurait rien pu faire pour éviter de le percuter. Puis, une pensée en entraînant une autre, elle le revit immobile, aux aguets, dans ce lit d'hôpital.

Même blessé, et grièvement à certains endroits, il donnait l'impression d'être un… prédateur.

Un homme viril, puissant, sexy…

Bon, à présent, elle perdait vraiment la boule. Et elle avait peut-être besoin d'examiner avec attention sa vie amoureuse, d'ailleurs inexistante…

Mais elle ne pouvait chasser le sentiment qu'il l'avait hypnotisée. Une conviction mal à propos. Mels aurait plutôt dû se soucier de la santé et du bien-être de cet homme, ainsi que de la forte probabilité pour qu'il lui intente un procès et essaie de lui extorquer le peu d'économies qui lui restait.

Au lieu de cela, elle songea au timbre rauque de sa voix et à la façon dont il l'avait détaillée du regard, comme si tout en elle lui avait paru remarquable et fascinant…

Ses blessures dataient d'un long moment, se dit-elle. Les cicatrices sur le côté de son œil avaient blanchi au fil du temps.

Que lui était-il arrivé ? Comment s'appelait-il ?

Tandis qu'un flot de questions sans réponse lui traversait l'esprit, le chauffeur s'acquittait de sa tâche en silence. Seize dollars, dix-huit minutes et un coccyx en miettes plus tard, elle pénétrait dans la salle de rédaction.

L'endroit bruissait déjà d'effervescence ; les gens parlaient et couraient dans tous les sens. Mais curieusement, ce chaos l'apaisait, de la même manière que les cours de yoga la rendaient nerveuse.

Elle s'assit à son poste, consulta son répondeur et ouvrit sa boîte mail. Puis elle s'empara de la tasse qu'elle utilisait depuis qu'elle avait hérité de ce bureau, plus d'un an et demi auparavant. Gagnant la cafétéria, elle dut choisir entre six boîtes de café différentes. Aucune ne proposait du décaféiné, trois contenaient du soluble et les autres renfermaient cette infâme mixture au lait, ce *macchiato* machin chose.

Veto sur ce dernier. Si elle avait voulu un milk-shake au caramel, elle en aurait pris un au déjeuner. Cette boisson n'avait pas sa place dans une tasse.

Se versant un café noir, elle songea à l'ancienne propriétaire du mug, Beth Randall, la journaliste qui avait occupé ce box pendant… eh bien, plus de deux ans. Un après-midi, elle avait quitté le bureau et n'était jamais revenue. Même si elle ne l'avait pas bien connue, sa disparition avait attristé Mels, qui s'était sentie gênée d'obtenir enfin une promotion en de telles circonstances.

Elle avait gardé la tasse sans raison particulière. Mais alors qu'elle buvait dedans, elle comprit que c'était dans l'espoir que cette femme reviendrait. Ou du moins, qu'elle était en bonne santé.

On aurait dit qu'elle était entourée par des personnes disparues.

En tout cas, c'était le sentiment qu'elle avait ce matin-là. Surtout quand elle songeait à la victime de l'accident. Cet homme qu'elle ne reverrait jamais, mais qu'elle n'arrivait pas à oublier.

Ce n'était pas sa maison.

Quand le taxi s'arrêta devant le pavillon d'un quartier modeste, Matthias sut qu'il n'avait pas vécu sous ce toit. Et qu'il n'y vivrait jamais.

— Vous sortez, ou quoi ?

Matthias croisa le regard du chauffeur dans le rétroviseur.

— Accordez-moi une minute.

— Je laisse le compteur tourner.

Matthias acquiesça et descendit de voiture. S'appuyant sur sa canne, il longea l'allée en décrivant un large cercle avec sa jambe blessée pour éviter de plier le genou. Le paysage n'avait rien d'enchanteur : une branche était tombée sur la haie broussailleuse qui s'étendait sous la baie vitrée. Le gazon était une jungle et le caniveau était envahi de mauvaises herbes qui s'élevaient vers le soleil, loin, très loin au-dessus d'elles.

La porte d'entrée était fermée ; aussi, il mit ses mains en coupe et regarda par la fenêtre, des deux côtés de la maison. Des moutons de poussière. Des meubles dépareillés. Des rideaux pendant lamentablement de leurs tringles.

Une boîte aux lettres en étain bon marché était vissée aux briques. Il ouvrit le clapet. Des prospectus. Un carnet de bons de réduction adressé à « l'habitant ». Pas de factures, pas de formulaires de carte de crédit, pas de lettres. Le seul autre courrier était un magazine provenant d'une association d'aide aux personnes âgées, adressé au même nom que celui inscrit sur le permis de conduire que l'infirmière lui avait donné.

Matthias roula le magazine, le fourra dans son coupe-vent et regagna le taxi. Non seulement ce n'était pas son domicile, mais personne n'y habitait. A priori, l'ancien occupant était mort, quatre à six semaines auparavant, assez longtemps pour que sa famille ait eu le temps de solder ses comptes, mais pas assez pour vider la baraque avant de la mettre en vente.

Montant dans le taxi, il regarda droit devant lui.

— Où on va, maintenant ?

Poussant un grognement, Matthias remua dans son siège et ouvrit son portefeuille. Lorsqu'il sortit la carte de Mels Carmichael, il fut gagné par l'intime conviction qu'il ne devait pas impliquer cette femme.

Trop dangereux.

— Alors, quelle direction ?

Mais merde, il devait bien commencer quelque part. Et son cerveau ressemblait à une connexion Internet mal configurée.

— Trade Street, répondit-il à travers ses dents serrées.

Alors qu'ils se dirigeaient vers le centre-ville, ils se retrouvèrent coincés dans un bouchon. Matthias jeta un coup d'œil aux autres voitures et vit les gens boire un café, parler aux passagers, s'arrêter aux feux rouges, repartir aux verts. Tout cela lui paraissait si étranger. Le genre de routine qui consistait à prendre sa voiture pour aller au boulot, et à travailler huit heures par jour jusqu'à ses soixante-douze ans, était à des années-lumière de son mode de vie.

Mais alors, qu'est-ce qui s'en approchait ? demanda-t-il à son cerveau embrumé. Quel était son gagne-pain, bordel ?

Pour seule réponse, il fut saisi d'une violente migraine.

Lorsque l'immeuble du *Caldwell Courier Journal* se dressa à l'horizon, Matthias sortit un billet de 20 dollars de son portefeuille.

— Gardez la monnaie.

Le chauffeur sembla plus que ravi de se débarrasser de lui.

Campé à côté de la porte d'entrée, Matthias flâna à la lumière du soleil en prenant soin d'éviter les regards. Et ils étaient nombreux. Pour une raison étrange, il attirait l'attention, surtout celle des femmes. D'un autre côté, la gent féminine était connue pour aimer jouer les infirmières, et il ne manquait pas de cicatrices sur le visage.

Quelle pensée romantique.

Quelques instants après, il traversa la rue et se réfugia sous l'abribus. Assis sur le banc en plastique dur, il resta là un long moment, respirant la fumée des gens impatients de voir leur bus arriver. Attendre ne le dérangeait pas. C'était comme s'il était habitué à rôder, et pour passer le temps, il s'amusa à mémoriser les visages des gens qui venaient et sortaient des bureaux du *Caldwell Courier Journal*.

Il était extrêmement doué pour cela. Un seul regard et la personne était stockée dans sa base de données.

Au moins, sa mémoire à court terme fonctionnait...

La porte d'entrée s'ouvrit en grand, et Mels apparut.

Matthias se redressa tandis que les cheveux de la jeune femme brillaient sous le soleil, la lumière leur conférant des reflets cuivrés. Mels Carmichael, journaliste adjointe, était accompagnée d'un type assez costaud qui dut remonter son pantalon avant de descendre les marches. Ils discutaient avec animation, à la manière de deux amis, puis Mels sourit, semblant avoir remporté le débat...

Soudain, comme si elle s'était sentie épiée, elle jeta un coup d'œil de l'autre côté de la rue et se rembrunit. Touchant la manche de son ami, elle lui murmura quelques mots, puis le quitta pour traverser en direction de Matthias.

Prenant appui sur sa canne, Matthias se leva en lissant ses vêtements, sans même savoir pourquoi il tenait à paraître présentable. D'un autre côté, il aurait été difficile de faire pire : ces habits n'étaient pas les siens, il sentait l'hôpital à plein nez et, faute de mieux, il s'était lavé les cheveux avec une solution antiseptique.

Naturellement, la première chose qu'elle regarda fut cet œil hideux et mutilé. Et quoi de plus normal ?

— Bonjour, dit-elle.

Bon sang, elle était ravissante avec ce pantalon, cette veste en laine et cette écharpe beige qui protégeait son cou. Une tenue décontractée qui lui donnait l'élégance d'un mannequin, jugea Matthias.

Et pas d'alliance.

Bien, se dit-il sans raison apparente.

Portant le regard sur la droite, dans l'espoir que son infirmité serait moins visible, il lui retourna son bonjour.

Bon, et maintenant ?

— Je ne vous suis pas, je vous le jure. (*Menteur.*) Et je vous aurais bien passé un coup de fil, mais je n'ai pas de téléphone.

— Ce n'est pas grave. Que puis-je pour vous ? La police m'a appelée ce matin pour me tenir au courant et je crois qu'ils avaient l'intention de vous interroger.

— Oui. (Il n'en dit pas plus à ce sujet.) Écoutez, je…

Laisser une phrase en suspens lui semblait contre nature, mais son cerveau tournait dans le vide.

— Asseyons-nous, proposa-t-elle en désignant le siège. Je n'arrive pas à croire qu'ils vous aient laissé sortir.

À ce moment-là, un bus arriva et s'arrêta en vrombissant, sa silhouette masquant le soleil, son souffle chaud, chargé d'essence, faisant tousser Matthias. En silence, ils s'installèrent sur le banc, tandis que les badauds grimpaient dans le véhicule en file indienne.

Quand le bus reprit sa route, le soleil réapparut et les baigna d'une lumière dorée.

Pour une raison idiote, Matthias se mit à cligner très fort des yeux.

— En quoi puis-je vous aider ? s'enquit-elle d'une voix douce. Vous avez mal ?

Oui. Mais ce n'était pas physique. Et la douleur empirait dès qu'il posait le regard sur elle.

— Comment savez-vous que j'ai besoin d'aide ?

— J'imagine que la mémoire ne vous est pas revenue comme par magie.

— Non. Mais ce n'est pas votre faute.

— C'est moi qui vous ai renversé. Alors j'ai ma part de responsabilité.

Il désigna ses membres inférieurs.

— J'étais comme ça avant.

— Est-ce que vous vous souvenez de quoi que ce soit ? Avant l'accident, je veux dire.

Il secoua la tête.

— Vous ne seriez pas le premier soldat à revenir dans cet état, murmura-t-elle.

Ah… Oui, l'armée, la marine, l'armée de l'air, songea-t-il. Et ça collait, en partie. Le gouvernement… Oui, il avait eu des relations avec le ministère de la Défense, ou la sécurité nationale… ou…

Mais ce n'était pas un invalide de guerre, car il ne s'était jamais comporté en héros.

— Ils ont retrouvé mon portefeuille, bredouilla-t-il.

— Oh, c'est super.

Pour une raison étrange, il le lui donna.

Lorsqu'elle l'ouvrit et jeta un coup d'œil au permis de conduire, elle acquiesça.

— C'est bien vous.

Il posa le regard sur le logo du *Caldwell Courier Journal* surplombant la porte par laquelle elle était sortie.

— Écoutez, dit-il, tout ça reste entre nous, d'accord ?

— Absolument.

— Et j'aimerais avoir une autre solution. Vraiment… Je ne veux pas vous mettre dans le pétrin.

— Vous ne m'avez encore rien demandé. (Elle le regarda droit dans les yeux.) Qu'avez-vous en tête ?

— Pourriez-vous m'aider à découvrir de qui il s'agit ? (Il désigna le permis de conduire.) Parce que ce n'est pas moi.

Chapitre 9

Dire qu'elle avait été persuadée de ne jamais revoir cet homme.

Dans le silence qui suivit, ce fut la seule pensée qui vint à l'esprit de Mels.

De toute évidence, le destin en avait décidé autrement.

Assis à côté d'elle, il était vêtu de noir, un homme musclé, sans un gramme de graisse, qui donnait l'image d'un guerrier expérimenté avec ses yeux plissés et sa mâchoire carrée... mais qui semblait avoir honte de ses cicatrices et de son handicap.

Reportant le regard sur le permis de conduire, elle l'examina avec attention. La photo semblait authentique, les hologrammes aussi ; la taille, le poids et la date de naissance correspondaient ; l'adresse était située à Caldwell, non loin de chez sa mère, d'ailleurs.

Il rentrait probablement chez lui quand elle l'avait percuté. Tout comme elle.

Se concentrant sur l'homme, elle eut l'impression qu'il ravalait sa fierté en lui demandant de l'aide. Il était clair qu'il n'aimait pas dépendre d'autrui, mais de toute évidence, la vie ne lui avait pas laissé le choix.

Pas de souvenirs. Peu de ressources.

Et avec son regard hanté et son corps rafistolé, il ne pouvait s'agir que d'un soldat, revenu de la guerre d'un point de vue physique, mais qui avait laissé son âme sur le champ de bataille.

Naturellement, la journaliste en elle n'aimait rien tant qu'un bon mystère, et le fait qu'elle se sentait en partie responsable de son amnésie constituait une raison de plus pour foncer. Mais elle n'était pas idiote. Elle n'avait aucune envie d'être impliquée dans un drame, surtout si cet homme était victime de délires ou paranoïaque.

La photo était la sienne, sans l'ombre d'un doute.

— Ça m'embête de vous mettre dans cette position. (D'un geste assuré, il caressa de ses doigts élancés la canne posée en équilibre contre sa cuisse.) Mais je n'ai personne d'autre, et cette adresse n'est pas la mienne. Je ne sais pas où j'habite, mais je suis absolument certain que ce n'est pas là. Et j'ai jeté un coup d'œil au courrier pendant que j'y étais. (Il se pencha sur le côté et sortit un magazine roulé en esquissant une grimace.) J'ai trouvé ça. Le nom est le bon, sauf que je n'ai pas la soixantaine. Qu'est-ce que ça fiche dans ma boîte aux lettres, et pourquoi ça me serait adressé ?

Elle déroula la revue et le logo de l'association d'aide aux personnes âgées apparut au-dessus d'une photo représentant une vieille dame aux traits distingués, vêtue d'une tenue de sport. Elle était adressée à Matthias Hault, avec un numéro et une rue identiques à ceux mentionnés sur le permis. Cependant, il aurait pu être domicilié chez son père et porter le même nom.

Mais dans ce cas, papa n'aurait-il pas dû accueillir son fils à bras ouverts ?

— Je pourrais solliciter les services d'un détective privé, dit-il, mais ça coûte de l'argent, et je n'ai que 200 dollars. Enfin 180 après la course en taxi.

— Vous êtes sûr que personne ne vous cherche ? (Il resta silencieux et elle s'imagina qu'il fouillait dans le trou noir qu'elle avait provoqué dans son cerveau.) Qu'ont dit les médecins ? Encore une fois, pour être honnête, je suis étonnée que vous soyez sorti.

— Alors, est-ce que vous allez m'aider ? rétorqua-t-il.

Sa détermination forçait le respect. Mais elle aussi en avait à revendre.

— Si j'accepte, vous devrez me parler. Qu'ont dit les médecins ?

De son œil valide, il balaya la rue du regard, comme s'il cherchait une échappatoire.

— Je suis parti contre avis médical.

— Quoi ? Mais pourquoi ?

— Je ne me sentais pas en sécurité. Et je ne peux pas vous en dire plus. C'est tout ce dont je me souviens.

Stress post-traumatique, diagnostiqua-t-elle. C'était forcément ça.

Si elle parvenait à confirmer son identité, il serait peut-être apaisé, ce qui contribuerait à sa guérison.

— Très bien, je ferai mon possible, consentit-elle.

Il resta tête basse, comme si demander de l'aide était une sorte d'échec.

— Merci. Et je n'ai besoin que d'une recherche sur ce nom. Un point de départ.

— Je peux regagner mon bureau et m'en occuper dès maintenant. (Elle désigna un endroit sur la droite.) Il y a un snack-bar près du fleuve, environ deux rues plus loin. Allez donc manger un morceau et je vous y rejoindrai au plus vite. Euh… en supposant que vous soyez en état de…

— J'y arriverai, dit-il à travers ses dents serrées.

Même s'il devait en mourir, songea-t-elle en jaugeant l'angle de sa mâchoire.

Qui n'avait rien à envier à celle de Schwarzenegger, d'ailleurs.

L'homme se leva péniblement du banc avec l'aide de sa canne.

— À tout à l'heure. Et prenez votre temps.

Alors qu'il levait la tête vers la rue, la lumière lui frappa les yeux, à la fois celui qui voyait et celui qui ne voyait pas.

— Vous voulez mes lunettes ? demanda-t-elle. Ce sont des Ray-Ban. Un modèle unisexe et sans ordonnance.

Plutôt que d'attendre qu'il joue les durs à cuire et repousse sa proposition, elle sortit l'étui de son sac et le lui tendit. Matthias Hault la considéra un long moment, comme si cette marque de gentillesse le laissait perplexe.

— Prenez-les, dit-elle d'une voix douce.

Sa main tremblait un peu quand il les accepta, et il évita son regard.

— J'en prendrai soin. Et je vous les rendrai au restaurant.

— Rien ne presse.

Lorsqu'il chaussa les lunettes, son visage se transforma et prit un air… indéniablement dangereux.

Et foncièrement sexy.

Un frisson traversa Mels, la piquant à un endroit qui n'avait pas bronché depuis une éternité.

— C'est mieux ? demanda-t-il d'une voix rude.

— Je crois.

Il refusait toujours de la regarder, gardant les épaules et le dos droits, la mâchoire serrée. Un homme fier, coincé en position de faiblesse…

Cet instant restera gravé dans ma mémoire, se dit-elle sans raison apparente. Oui, ce moment précis, où la lumière du soleil tombait sur ses traits durs et séduisants.

C'était un tournant de son existence, se rendit-elle compte. Cette rencontre en apparence fortuite changerait le cours de sa vie.

— Je voulais vous poser une question, dit-il.

— Laquelle ? murmura-t-elle, absorbée par un sentiment qu'elle ne comprenait pas.

— Où s'est produit l'accident ?

Elle se secoua, ramenant son cerveau à la réalité.

— C'était… euh… devant le cimetière de la Pineraie. Près de là où j'habite, non loin du quartier où se trouve votre maison.

— Un cimetière.

— C'est ça.

Quand il acquiesça et commença à marcher en direction du restaurant, elle aurait pu jurer l'avoir entendu dire : « Comme par hasard. »

Pour un snack-bar, le *Riverside Diner* sortait de la norme : sièges en similicuir, rideaux en vichy, serveuses avec tablier et caractère bien trempé. Les plats étaient gras, mais savoureux, et quand Matthias piqua dans ses œufs brouillés avec une fourchette en inox, son estomac gargouilla comme s'il n'avait rien avalé de solide depuis des années.

Il était tard pour un petit déjeuner, mais rien n'accompagnait mieux le café que des œufs au bacon.

Tout en mangeant, il se félicita d'avoir accepté les lunettes de soleil de la journaliste, car elles lui permettaient de suivre les allées et venues, le ballet incessant des serveuses, les allers et retours des clients aux toilettes et le temps qu'ils y restaient.

Mais Mels ne les lui avait pas données pour espionner les gens.

Bordel. Mais qu'y avait-il chez cette femme qui le poussait à vouloir redevenir lui-même ?

— Encore un peu de café ? demanda la serveuse par-dessus l'épaule de Matthias.

— Oui, merci. (Il poussa sa tasse dans sa direction et elle versa la boisson, de la vapeur s'élevant du broc.) Et remettez-moi la même chose.

Elle sourit, semblant calculer son pourboire.

— Vous avez bon appétit.

Mieux vaut manger quand on ignore où et quand aura lieu son prochain repas, répondit-il dans sa tête.

La journaliste entra juste après qu'il eut fini son deuxième service. Elle regarda des deux côtés, puis lorsqu'elle le repéra, près de la sortie de secours, elle se mit à arpenter la longue rangée d'alcôves vides.

Quand elle s'assit en face de lui, elle avait les joues rouges, comme si elle avait couru.

— Ça devait être bondé quand vous êtes arrivé.

— Oui.

Foutaises. Il s'était assis au fond pour pouvoir s'échapper à la moindre alerte.

La serveuse revint avec la cafetière.

— Bonjour. Un café ?

— Oui, merci. (Mels se débarrassa de son manteau en se contorsionnant.) Et pour le reste, comme d'hab'.

— Déjeuner ou petit déjeuner ?

— Déjeuner.

— Je vous apporte ça tout de suite.

— Vous mangez ici souvent ?

— Deux ou trois fois par semaine depuis que j'ai commencé au journal.

— Et c'était quand ?

— Il y a un million d'années.

— Bizarre, vous n'avez pas le physique d'un dinosaure.

Esquissant un sourire, elle sirota son café puis reprit son sérieux, prête à lui livrer les résultats de son enquête.

Bon sang… Elle était sexy quand elle pinçait les lèvres, les paupières mi-closes. Cette intensité. Cette concentration. À cet instant précis, elle lui faisait penser à lui-même…

Un vrai miracle, étant donné qu'il en savait autant sur lui que sur elle. C'est-à-dire rien.

— Je vous écoute, dit-il.

— Vous êtes mort.

— Tout à fait mon sentiment.

Pendant la pause qui suivit, il sentit son regard le scruter.

— Vous n'avez pas l'air surpris, rétorqua-t-elle.

Il contempla sa tasse à moitié vide et secoua la tête.

— Je savais que quelque chose ne collait pas avec cette maison.

— L'homme qui portait ce nom est décédé d'une insuffisance cardiaque congestive il y a cinq semaines. Il avait quatre-vingt-sept ans.

— Comme fausse identité, on peut faire mieux.

— Vous parlez comme si vous connaissiez bien le sujet. (Comme il n'émettait aucun commentaire, elle se pencha.) Est-ce que vous ne feriez pas partie d'un programme de protection des témoins ?

Non, il était de l'autre côté de la loi… Même s'il n'avait aucune idée de ce que ça signifiait au juste.

— Si c'est le cas, dit-il, la police ne s'occupe pas bien de moi.

— J'ai une idée. Retournons au cimetière. À l'endroit précis où l'accident a eu lieu, pour voir si ça n'éveille pas un souvenir.

— Je ne peux pas vous demander ça.

— C'est moi qui vous l'ai proposé. (Elle s'interrompit, fronça les sourcils puis se massa les tempes.) Seigneur, j'ai l'impression d'entendre ma mère.

— Est-ce qu'elle aime les cimetières ?

— Non, c'est une longue histoire. Quoi qu'il en soit, j'ai emprunté la voiture d'un ami. Je peux vous y conduire après le repas.

— Non, mais c'est gentil.

— Pourquoi m'avez-vous demandé d'enquêter sur votre identité si vous ne voulez pas creuser plus loin ?

— Je veux dire, je peux prendre un taxi.

— Oh.

La serveuse apparut avec la commande de Mels, qui était constituée d'une salade au poulet avec des toasts, accompagnée de tomates et de frites.

— Je crois que je devrais vous conduire, dit-elle en tendant la main vers le ketchup.

Matthias avisa deux flics qui entraient et s'asseyaient au comptoir.

— Je peux être honnête avec vous ?

— Allez-y.

Baissant le menton, il la regarda fixement par-dessus ses lunettes.

— Je ne veux pas que vous soyez seule avec moi. C'est trop dangereux.

Elle se figea, une frite à mi-chemin de sa bouche.

— Ne vous vexez pas, mais vu votre état physique, je pourrais vous casser les deux jambes et vous assommer en un clin d'œil. (Alors qu'il écarquillait les yeux, elle hocha la tête.) Je suis ceinture noire de karaté, j'ai un permis de port d'armes, et je ne vais nulle part sans un couteau bien affûté ou mon flingue.

Elle lui adressa un sourire fugace, piqua dans sa salade, puis avala une bouchée.

— Alors, qu'en dites-vous ?

Chapitre 10

Heureusement que ce n'était pas un rancard, songea Mels. Parce que dire à un homme qu'il était une loque humaine n'était pas la meilleure façon d'entamer ou de finir un repas.

Non, c'était un rendez-vous professionnel. Certes, l'histoire de cet homme, quelle qu'elle soit, avait peu de chances de faire la une des journaux, mais c'était un mystère à résoudre, et Mels n'était pas femme à laisser passer ce genre d'occasion.

— Impressionnant, dit-il au bout d'un moment.

— Mon père m'a appris à me défendre toute seule. C'était un flic, de la vieille école.

— C'est-à-dire ?

Elle s'essuya la bouche avec une serviette en papier et sirota de nouveau son café en regrettant de ne pas avoir opté pour un soda.

— Disons que… à l'ère des voitures de patrouille équipées de caméras de surveillance, de la police des polices, et des procédures en triple exemplaire, il n'aurait pas tenu un mois avant d'être suspendu. Mais il faisait son boulot et la population était en sécurité grâce à lui. Il était du style à prendre les choses en main.

— Un dur à cuire ?

— Oui, mais juste.

— Et vous approuviez ses méthodes ?

Elle haussa les épaules.

— Je l'approuvais, lui. Quant à sa façon d'opérer, c'est une autre histoire... Disons juste que c'était une époque différente. Avant l'ADN et Internet.

— Tout à fait mon genre d'homme.

Mels ébaucha un sourire, mais à la pensée de la mort de son père, elle se rembrunit et tourna les yeux vers le fleuve pour contempler les mouettes qui survolaient la houle indolente.

— Il ne s'est jamais montré sadique ni violent. Mais parfois, les criminels ne comprennent que quand on emploie leur propre langage.

— Vous avez des frères et sœurs ?

— Non, je suis fille unique. Et papa se fichait que je sois une fille. Il me traitait de la même manière que s'il avait eu un fils. Il m'a tout appris en matière d'armes et d'autodéfense. (Elle s'esclaffa.) Ma mère en était épouvantée. Et elle l'est toujours.

— Il est à la retraite, maintenant ?

— Décédé. (Elle reporta son attention sur ses toasts.) Tué au cours d'une mission.

Elle marqua une pause.

— Je suis désolé, dit Matthias d'une voix douce.

Elle n'osa pas lever la tête, parce qu'elle en avait trop dit, et qu'avec ces lunettes sur le nez, elle ignorait où était posé son regard. Sur elle, sans aucun doute.

— Merci. Mais assez parlé de moi. Et de ces conneries de « c'est trop dangereux ». Je sais prendre soin de moi et je le fais depuis longtemps. Je ne vous aurais pas proposé mon aide si j'avais eu peur de vous.

Il éclata de rire.

— Vous semblez très sûre de vous.

— Je connais mes limites.

— Mais vous ne me connaissez pas. D'ailleurs, moi non plus.

— C'est bien ce que nous voulons régler, non ?

L'homme se renfonça dans son siège.

— Oui.

Quand elle eut fini ses toasts, laissant une bonne partie de ses frites, Mels paya l'addition et se leva.

— Alors, allons-y.

Lorsqu'il la regarda, elle sentit un frisson la traverser de nouveau, cette pointe d'attirance qui l'envahissait d'une bouffée de chaleur, même si ça n'avait aucun sens.

— Promettez-moi une chose, dit-il d'une voix calme.

— Ça dépend.

— Ne vous mettez pas en danger.

— Promis.

Hochant la tête, il se saisit de sa canne, fit pivoter ses jambes, puis attendit un instant, comme s'il préparait son corps à l'épreuve. Mue par l'instinct, elle voulut passer un bras sous le sien pour le soutenir, mais elle savait qu'il n'aurait pas apprécié son aide. Et contempler sa fragilité n'aurait pas été plus respectueux. Aussi, elle pivota sur le côté et fit semblant de regarder le menu fixé au mur derrière le comptoir.

Un grognement lui apprit qu'il s'était levé, et elle se dirigea vers la sortie. Tandis qu'ils passaient devant les autres clients, elle sentit leurs yeux se poser et s'attarder sur l'homme qui la suivait.

Seigneur, quel enfer de devoir subir le regard des gens à longueur de temps. Même si… il y avait de grandes chances pour que les femmes le considèrent de la même manière qu'elle : pas comme un être diminué. Bien au contraire.

À l'instar de Fi-Fi, la voiture de Tony était une vieille guimbarde, mais loin d'être aussi propre. On aurait plutôt dit une poubelle sur roues.

— Ne faites pas attention au désordre, dit-elle en déverrouillant la Toyota.

Après avoir grimpé à l'intérieur, elle tendit le bras et ôta les journaux du siège passager. Sans surprise, Matthias eut de la peine à se pencher, et quand il fit pivoter ses genoux, ses chaussures écrasèrent le tas de détritus jonchant le sol, les emballages de hamburgers, de tacos et de sandwichs s'amalgamant sous ses pieds.

— Votre ami a l'air d'aimer les fast-foods, fit-il remarquer.

— C'est un puits sans fond, répondit-elle.

Elle démarra et s'engagea dans la circulation, s'insinuant dans un minuscule espace entre un taxi et une camionnette.

— Ceinture, dit-il.

Elle le regarda.

— Oui. Vous en portez une.

— Vous voulez mourir, ou quoi ?

— Les ceintures ne sauvent pas toujours les vies.

— Donc tous les gens autour de nous ont tort ?

— Ils font ce qu'ils veulent, et moi aussi.

— Vous n'avez pas peur d'une contravention ?

— Je ne me suis jamais fait arrêter. Et si ça arrivait, je paierais l'amende.

— Pas « si ». « Quand ».

Le cimetière de la Pineraie se trouvait à une bonne dizaine de minutes, mais avec la conduite de Mels, la distance s'avéra bien courte. Elle n'était pas imprudente, mais efficace, choisissant les trajets qui évitaient les feux rouges et les travaux qui avaient lieu autour du parc.

— C'est par là, sur la droite. (Elle tourna le volant et regarda par le pare-brise.) C'est un endroit plutôt joli, à vrai dire. Il y a une certaine sérénité qui se dégage des cimetières.

Matthias émit un son dédaigneux.

— Toute cette histoire de repos éternel est une illusion.

— Vous ne croyez pas au paradis ?

— Une chose est sûre, je crois à l'enfer.

Elle n'eut pas le temps de le questionner davantage, car ils arrivèrent devant l'entrée.

— L'accident s'est produit par là… devant le portail. Juste un peu plus loin… Voilà. Ici.

Elle gara la voiture, et Matthias sortit avant même qu'elle ait coupé le contact. S'appuyant sur sa canne, il marcha d'un pas rapide et s'arrêta au milieu de la route, à l'endroit où la chaussée portait les marques de l'accident. Il regarda vers la droite, puis vers la gauche, avant de rebrousser chemin pour examiner les traces de pneus de Fi-Fi, l'arbre amoché… et enfin la grille, qui cernait le cimetière sur trois mètres de haut.

Le summum du gothique. Constituée de barreaux et couronnée de fleurs de lys en acier, l'enceinte du cimetière de la Pineraie était imposante… et dangereuse pour qui se risquait à l'escalader.

Et, en s'approchant, elle vit du sang sur la pointe de l'une des piques acérées, ainsi qu'un bout de vêtement. Comme si quelqu'un avait escaladé la clôture.

— Je m'en charge, dit-elle en sautant pour s'emparer du morceau de tissu arraché. Tenez.

Matthias l'examina.

— Une salopette. Et je parie que ce sang séché est le mien. J'ai une blessure récente à la jambe.

Pourquoi n'avait-il pas emprunté l'entrée principale ? Mais celle-ci aurait été fermée à cette heure de la nuit.

— Est-ce qu'on peut entrer ? demanda-t-il.

— Allons-y.

Ils remontèrent en voiture, puis elle pénétra dans le cimetière et prit à gauche, en direction de l'endroit où il avait, semblait-il, gravi la grille. Parvenue à destination, elle s'arrêta de nouveau, descendit, et attendit que la mémoire lui revienne.

Si elle lui revenait un jour.

Mels regarda autour d'elle afin de lui laisser un peu de temps et d'intimité. La brise qui soufflait à travers les pins verts et touffus produisait un doux murmure, la lumière du soleil lui réchauffait les épaules… et elle s'efforça de ne pas penser à la tombe où reposait son père…

Un peu plus loin, vers le milieu, entre le caveau de la famille Thomas et celui de trois frères du nom de Krensky.

De toute évidence, elle n'avait pas oublié.

La dernière fois qu'elle était venue, c'était le jour de l'enterrement. À cette époque, elle travaillait à New York depuis cinq ans. Il avait été si fier de voir sa fille mener à terme ses études de journaliste et entamer sa carrière dans la grande ville…

— Par ici, dit Matthias d'un air absent.

Tandis qu'il traversait les talus de gazon printanier, elle s'arracha au passé afin de se concentrer sur le présent, et ils avancèrent d'un pas rapide, même s'il s'appuyait sur sa canne pour garder l'équilibre. De temps à autre, il marquait une pause, semblant recalculer son trajet, et elle se garda de l'interrompre par des questions.

Le bâtiment qui finit par se dresser devant eux se fondait à merveille dans ce paysage de marbre, sa structure de pierre faisant écho à la guérite de l'entrée et aux colonnes ponctuant la grille en fer forgé.

— J'étais nu, dit-il. Je suis venu là, je suis entré par effraction et je me suis emparé d'une…

Il tira la porte, qui s'ouvrit avec un grincement. À l'intérieur, il se dirigea vers le mur du fond et compara le bout de tissu arraché à une salopette cirée.

Nu ? se dit-elle.

— Où sont vos vêtements ?

Il haussa les épaules.

— Tout ce que je sais, c'est que j'étais là hier soir.

Ressortant, il revint sur ses pas, puis se mit à zigzaguer, pour suivre une piste ou pour s'efforcer de la retrouver, elle l'ignorait et s'abstint de le lui demander. En chemin, ils longèrent d'innombrables monuments, des employés qui tondaient la pelouse et désherbaient les parcelles, ainsi que d'autres personnes venues se recueillir.

Finalement, à près d'un kilomètre de l'endroit où ils avaient laissé la voiture, il s'arrêta.

— Là. C'est là… Oui, c'est là que ça a commencé. J'en suis sûr.

La stèle sur laquelle il rivait son regard se dressait au-dessus d'une des tombes les plus récentes. Et sur la terre meuble dont on avait récemment recouvert le cercueil apparaissait l'empreinte d'un corps, comme si quelqu'un de la taille de Matthias s'était étendu là en position fœtale.

— C'est là que ça a commencé, répéta-t-il.

S'appuyant sur sa canne, il s'accroupit. Puis, il effleura la terre et murmura :

— Juste là.

— James Heron, dit-elle en lisant l'inscription sur la tombe. Vous le connaissiez ?

Matthias parcourut le cimetière du regard.

— Oui.

— D'où ?

— Je dois y aller. (Il se leva et s'écarta d'elle.) Merci.

Elle fronça les sourcils.

— De quoi parlez-vous ?

— Vous devez partir, tout de suite…

— Vous n'êtes pas en état de rentrer à pied. Et ici, vous n'avez aucune chance de trouver un taxi.

— S'il vous plaît, vous devez partir.

— Expliquez-moi pourquoi et j'accepterai peut-être.

D'un mouvement brusque, il s'approcha jusqu'à se retrouver nez à nez avec elle. Le souffle coupé, Mels dut se forcer à rester immobile… et, à sa plus grande surprise, elle comprit que c'était parce que son corps voulait finir de combler la distance qui les séparait.

Il aurait suffi d'un pas en avant pour que leurs corps se touchent.

Une idée peu judicieuse vu que son côté prédateur semblait avoir pris le dessus. Mais elle ne voulait pas être raisonnable.

Elle le voulait, lui.

Mais c'était hors de question.

Elle leva le menton d'un air obstiné.

— Si vous pensez me faire peur avec cette posture menaçante, vous vous mettez le doigt dans l'œil. Et j'attends toujours une explication.

Il se pencha vers elle, le basculement de ses hanches lui rappelant avec force que, malgré ses blessures, il était bien plus grand et fort qu'elle. Et ses yeux brillaient même à travers ses lunettes de soleil.

— Parce que vous mourrez si vous restez près de moi, déclara-t-il d'une voix grave et sinistre.

Chapitre 11

Lieu confidentiel, État de Washington.

— Voici votre cible.

La photo qui atterrit face vers le haut glissa sur la surface brillante de la table.

L'homme qui s'en empara reconnut aussitôt le visage sur le cliché, mais qui au sein des XOps ne le connaissait pas ?

L'agent leva la tête vers son chef.

— Où se trouve-t-il ?

— À Caldwell, dans l'État de New York.

L'adresse lui fut donnée par oral, comme toutes les autres instructions. De même, il ne conserverait pas la photo. Et sa chambre, située dans un bâtiment ordinaire de la capitale des États-Unis, ne garderait aucune trace de son passage. Pas de piste. Jamais.

— Bien sûr, il est considéré comme armé et extrêmement dangereux.

Inutile de le préciser. Il l'avait toujours été. Mais les lauriers n'étaient pas éternels et il n'y avait pas d'anciens éléments parmi les XOps. Juste des « service actif » et des « décédé ».

Et en l'occurrence, il allait devoir en faire un « décédé ».

— Les règles habituelles s'appliquent, dit la voix.

Bien sûr : il effectuerait sa mission en solo, serait seul responsable de son succès, et, s'il se faisait prendre, prierait pour être tué au plus vite. Ou il s'en chargerait lui-même.

Toutes ces règles étaient bien connues du petit groupe d'agents qui avaient été recrutés par le diable en personne…

Matthias. L'homme qui les avait dirigés pendant dix ans. Le joueur d'échecs rusé, le génie manipulateur, le sociopathe sanguinaire qui menait la danse au sein des XOps.

Pendant un moment, cela avait paru étrange d'obéir aux ordres de quelqu'un d'autre. Mais vu l'identité de la cible…

Cependant, les XOps devaient continuer et celui qui était désormais son chef avait gravi les échelons à toute allure, se positionnant clairement comme l'héritier du trône. Ce qui expliquait sa motivation actuelle. Hors de question de laisser un détail au hasard.

—Autre chose que je devrais savoir ?

—Ne foirez pas. Vous avez vingt-quatre heures.

L'agent tendit une main gantée et s'empara de la photo. Mémorisant le visage, il songea que si on lui avait prédit les changements qui avaient eu lieu au cours des deux dernières années, il aurait été convaincu d'avoir affaire à un fou.

Pourtant, il était là, les yeux rivés sur la photo de l'homme extrêmement puissant qui avait désormais un contrat sur sa tête : si l'agent échouait à le tuer, l'organisation enverrait quelqu'un d'autre. Puis un autre. Et encore un autre. Jusqu'à ce que le boulot soit achevé.

Et connaissant la cible, ça ne réussirait peut-être pas du premier coup.

Son chef saisit la photo et se dirigea vers une porte d'aspect ordinaire. En réalité, il s'agissait d'une cloison insonorisée résistante aux balles, au feu et aux bombes. Comme l'étaient les murs, le plafond et le plancher.

Après un scan rétinien, le panneau s'ouvrit puis se referma, laissant l'agent seul pour considérer les solutions qui s'offraient à lui, ce qui était la procédure normale : une fois la mission confiée, l'agent avait carte blanche quant au mode opératoire. Les gros bonnets ne se souciaient que du résultat.

Caldwell n'était qu'à une heure de vol, mais mieux valait conduire. Il ignorait de quelles ressources disposait sa cible et un avion était bien plus facilement repérable qu'une voiture banalisée.

Tandis qu'il s'apprêtait à partir, il se fichait bien de savoir qu'il signait peut-être son arrêt de mort. Et c'était en partie la raison pour laquelle il avait été choisi parmi tous les autres soldats et civils qui « postulaient » au sein des XOps. Les candidats subissaient des tests psychologiques et physiques pendant des années, et non pas des mois ou des semaines, avant d'être recrutés. Mais c'était un boulot qui exigeait des compétences hors du commun en matière de réactivité, de gestion des priorités, de logique, d'autonomie, de discipline physique et mentale.

Ainsi que le simple plaisir de tuer d'autres êtres humains.

Pour tout dire, il prenait son pied à jouer à la Grande Faucheuse, et travailler pour le gouvernement était le seul moyen légal d'assouvir son vice. Même le plus rusé des tueurs en série finissait un jour par se faire attraper.

Sa seule limite était sa capacité à survivre.

Chapitre 12

Matthias avait dû se résoudre à laisser partir Mels. Il n'avait pas eu le choix. Debout dans ce cimetière auprès d'elle, le regard rivé sur la tombe de Jim Heron, il lui était apparu évident qu'ils étaient séparés par un abîme. Et qu'elle était du côté de la vie.

Il voulait qu'elle y reste.

Après quelques protestations, elle l'avait quitté, s'éloignant d'un pas rapide dont il s'était félicité. Le temps qu'elle remonte dans la voiture de son ami, il était resté près de la dernière demeure de Jim, et quand il avait fini par rejoindre le portail du cimetière, la poubelle ambulante avait disparu.

Mels avait eu raison au sujet des taxis, mais il avait trouvé un arrêt de bus non loin de là, et même s'il avait dû attendre un long moment, il était parvenu à regagner le centre-ville.

C'était mieux ainsi. Une coupure nette. Du moins d'un point de vue physique, car dans sa tête, les choses n'étaient pas aussi tranchées.

Toutefois, il conservait une part d'elle auprès de lui sous la forme de ses lunettes de soleil. Elle n'avait pas demandé à les récupérer et il avait oublié qu'il les portait.

Cependant, il lui serait bien utile de couvrir son œil mutilé.

Matthias pénétra dans le *Starbucks* de la Quinzième Rue et scruta l'endroit derrière ses Ray-Ban. La foule du midi avait quitté les lieux et les employés de bureau n'étaient pas encore arrivés pour remédier à leur somnolence du milieu d'après-midi. Les seules personnes présentes étaient deux clients qui sirotaient leur café au lait et un couple de serveurs de l'autre côté du comptoir.

Il opta pour celle avec le visage bardé de piercings et des cheveux bleu et rose hérissés sur la tête, comme s'ils ne s'étaient pas remis du choc de ces perforations cutanées.

Ou alors ils étaient en pétard à cause de cette coloration grotesque.

Quand il s'approcha, elle leva les yeux avec un air de profond ennui, mais cette expression laissa rapidement place à une autre qu'il connaissait bien.

Du désir.

Il avait opéré un choix judicieux.

— Bonjour, dit-elle en étudiant le visage de Matthias… puis ce qu'elle voyait de sa canne et de son coupe-vent noir.

Matthias lui sourit, comme s'il était lui aussi fasciné.

— Euh, écoutez, j'étais censé retrouver un ami ici, et il n'est toujours pas là. Je voulais l'appeler sur mon portable, mais je me suis aperçu que je l'avais oublié chez moi. Est-ce que je peux utiliser votre téléphone ?

Elle jeta un coup d'œil à son collègue. Le type était adossé aux percolateurs, les bras croisés sur son torse malingre, le menton baissé, comme s'il dormait debout.

— Oui. D'accord. Venez.

Matthias la suivit en longeant le comptoir, exagérant son boitement.

— Je devrai d'abord appeler les renseignements parce qu'il était dans mes contacts. Mais ne vous inquiétez pas, c'est un appel local. Je n'arrive pas à croire que j'ai oublié mon téléphone.

— Ça arrive à tout le monde. (Elle était toute fébrile, levant les yeux vers lui pour les détourner, comme si sa beauté l'aveuglait.) En revanche, je vais devoir composer le numéro pour vous, car on est dans une zone interdite aux clients.

— Pas de problème. Merci, répondit-il avec un sourire charmeur.

La serveuse redoubla de nervosité. Au point qu'elle dut s'y reprendre à deux fois pour accéder aux renseignements.

Quand elle lui passa le combiné par-dessus la cloison, il s'en empara, puis se retourna et riva son regard sur l'entrée, feignant d'attendre toujours son ami.

— Ville et État, s'il vous plaît, lui demanda une voix enregistrée.

— Caldwell, New York. (Une pause en attendant qu'un humain prenne le relais.) Oui, le numéro de James Heron.

Tandis qu'il patientait, la fille ramassa un torchon et s'employa à nettoyer le comptoir, comme si de rien n'était. Cependant, elle dressait l'oreille en fronçant ses sourcils percés d'anneaux.

— H.E.R.O.N., épela Matthias. Comme l'oiseau, mais sans accent. Prénom : James.

Putain, il n'y avait pas trente-six manières d'écrire ce fichu…

La voix revint en ligne.

— Je suis désolé, mais je n'ai personne sous ce nom-là à Caldwell. Souhaitez-vous effectuer une autre recherche ?

Et merde. Mais d'une certaine manière, il n'était pas surpris. Trop facile. Pas assez sûr.

— Non, merci. (Matthias se retourna vers la serveuse et lui rendit le combiné.) Pas de veine. Liste rouge.

— Vous avez dit « Heron » ? demanda la fille alors qu'elle raccrochait. Vous parlez du gars qui est mort ?

Matthias plissa les yeux, mais les lunettes le cachèrent à la vue de la serveuse.

— Plus ou moins. C'est le frère de mon ami, en fait. Ils vivaient ensemble et le téléphone était au nom de Jim. Comme je vous l'ai dit, mon pote et moi étions censés nous retrouver ici pour en parler. C'est si dur de perdre un être cher ; je m'inquiète de ce qui pourrait lui passer par la tête.

— Oh, mon Dieu, c'était si triste. (La fille transféra le chiffon d'une main à l'autre.) Mon oncle travaillait avec Heron. Il était là quand il a été électrocuté sur le chantier. Et dire qu'il a été abattu quelques jours plus tard. C'est dingue. Je suis vraiment désolée.

— Votre oncle connaissait Jim ?

— C'est le directeur des ressources humaines de la société de construction pour laquelle il travaillait.

Matthias prit une profonde inspiration, comme s'il ravalait un sanglot.

— Jim était un type génial… On a fait la guerre ensemble. (Il tapa le pommeau de sa canne contre la séparation.) Vous savez ce que c'est.

Quatre… Trois… Deux… Un…

— Écoutez, laissez-moi appeler mon oncle. Il a peut-être le numéro de Jim. Attendez.

La fille disparut de l'autre côté du comptoir, s'arrêta, puis hocha la tête, convaincue de faire une bonne action.

Tandis que Matthias attendait son retour, il sonda sa conscience, guettant sa réaction après cette manipulation.

Comme elle demeurait silencieuse, il fut un instant troublé par sa facilité à mentir. Comme si cet acte était si familier et insignifiant qu'il n'avait pas plus de conséquences qu'un battement de cils.

La serveuse revint cinq minutes plus tard avec un numéro rédigé d'une écriture ronde qui jurait avec ses allures de « punkette ».

— Je vais composer le numéro pour vous.

Revenue derrière le comptoir, elle lui tendit de nouveau le combiné et il écouta les « bips » tandis qu'elle appuyait sur les touches.

« Dring. Dring. Dring. Dring. Dring. Dring… »

Pas de répondeur. Pas de réponse.

Il lui rendit le téléphone.

— Personne.

D'un autre côté, c'était logique. Quand on se réveille sur la tombe d'un type, on peut raisonnablement s'attendre à ce que ce dernier figure aux abonnés absents. Et les communications téléphoniques ont du mal à passer six pieds sous terre.

— Il est peut-être en chemin ?

— Peut-être. (Matthias dévisagea la fille pendant un moment.) Merci. Je vous suis très reconnaissant.

— Vous voulez du café en attendant ?

— Je ferais mieux d'aller chez lui. Face à un drame, les gens réagissent parfois… bizarrement.

Elle acquiesça d'un air grave.

— Je suis vraiment désolée.

Et c'était la vérité. Une parfaite inconnue était sincèrement désolée pour ce qu'il était censé traverser.

Il songea aussitôt à Mels, qui elle aussi lui avait offert son aide.

Des gens bien. Compatissants. Et sa mémoire défaillante lui soufflait qu'il n'en faisait pas partie.

— Merci, dit-il d'une voix rude avant de sortir en boitant.

Le 40 millimètres que tenait Jim dans sa main droite pesait neuf cents grammes, renfermait dix balles dans son chargeur et une autre dans la chambre.

Il garda l'arme le long de la cuisse alors qu'il sortait du garage. Après la scène de la salle de bains, Adrian était parti prendre l'air et chercher à manger, chevauchant sa Harley sans casque. Rex était en sécurité dans l'appartement, endormi sur le lit sous un rayon de soleil. Jim était resté monter la garde.

« Tu ne vois pas ? Elle est en moi… Divine est en moi… et elle prend le contrôle… »

Et merde.

Au moins, il avait une planque : l'avantage du garage était qu'il se trouvait tout au bout d'une ferme, et la bâtisse blanche, avec son porche et sa cheminée en briques rouges, était vide depuis le jour où il avait emménagé.

Personne ne le verrait. Mais ce n'était pas suffisant.

Fourrant sa main libre dans son pantalon, il sortit un silencieux. Ce dernier ajoutait trois cents grammes au poids de l'automatique et en modifiait l'équilibre, mais Jim était habitué à cet équipement.

Et de cette manière, personne ne l'entendrait non plus.

Debout sur le gravier de l'allée, il prit une bouffée de sa cigarette, puis la tint dans sa main gauche. Les yeux rivés sur une branche située à dix mètres du sol, il leva son arme et la pointa en direction du bout de bois de trois centimètres d'épaisseur.

Respirant calmement, il ferma les yeux et s'imagina le visage de Divine.

« Crac ! »

Grâce au silencieux, aucun bruit ne s'échappa du pistolet, aucun « pop », juste le choc contre sa paume et l'impact sur le bois.

« Crac ! »

La détente, comme la crosse et le chargeur, n'était pas juste une extension de son bras, mais de son corps, et il n'avait pas besoin de ses yeux pour ajuster la trajectoire. Il savait exactement où se ficherait la balle.

« Crac ! »

Calme. Concentré. Respirant par le ventre et non par la poitrine. Immobile, à l'exception de son majeur, puis des muscles de son avant-bras qui absorbaient le léger recul de l'arme.

L'impact de la dernière balle fut plus subtil, mais Jim avait déjà bien entamé le bois.

Il ouvrit les yeux au moment même où la branche dégringolait, rebondissant contre ses semblables qui ralentirent sa chute sans toutefois l'empêcher de percuter le sol.

Coinçant de nouveau sa cigarette entre ses dents, il la ramassa, écrasant les aiguilles de pin et l'herbe rêche sous ses bottes. Une coupure franche. Pas aussi nette qu'avec une scie, mais étant donné la distance et l'outil, un résultat plutôt satisfaisant...

— Vous êtes un fin tireur.

En entendant l'accent britannique et hautain qui s'éleva dans son dos, Jim fut saisi de l'envie de tout canarder autour de lui.

— Nigel.

— Est-ce que j'arrive à un mauvais moment ?

— Il me reste sept balles. À vous d'en juger.

— Divine a été sanctionnée. (Quand Jim pivota d'un bloc et plissa les yeux en direction de l'archange, celui-ci hocha la tête.) Je voulais que vous le sachiez. Je me suis dit que c'était important de le porter à votre connaissance.

— Peur que je perde la boule ?

— Tout à fait.

Jim sourit.

— Comme quoi, vous pouvez être franc quand ça vous arrange. Alors, qu'a fait votre Créateur contre mon ennemie ?

— Votre adversaire, pas...

— Ennemie.

Nigel noua les mains derrière le dos et se mit à faire les cent pas, sa silhouette élancée vêtue d'un costume sur mesure, le genre que Jim n'aurait jamais porté.

— Qu'est-ce qui se passe, chef ? marmonna Jim. Vous avez perdu votre langue ?

L'archange le fusilla du regard.

— Vous n'êtes pas le seul à avoir un caractère bien trempé, et j'aimerais vous rappeler de surveiller votre ton et votre langage avec moi.

Jim rangea son arme dans le creux de ses reins.

— Très bien. Trêve de bavardages. Que puis-je pour vous ?

— Rien. Je me suis juste dit que ça vous apaiserait de savoir que le Créateur a pris des mesures. Je vous avais conseillé de laisser la démone outrepasser les limites. Je vous avais dit d'attendre la réaction, et elle est venue.

— Que lui a-t-Il fait ?

— Les victoires que vous avez remportées et la défaite que vous avez subie restent acquises. Les scores sont immuables. Personne, pas même le Créateur, ne peut y remédier. Mais Il a décrété que les actes de la démone ne pouvaient rester impunis…

— Attendez, je ne comprends pas. Si en trichant Divine a changé l'issue d'une manche, alors sa victoire devrait être annulée.

— Ce n'est pas ainsi que ce tournoi est réglementé. Les victoires sont… (l'archange leva les yeux vers le ciel) comme une propriété personnelle, pour employer une métaphore.

— La mienne ?

— En un sens, oui.

— Alors si elle a enfreint les règles et que ça affecte le résultat, le Créateur devrait me rendre ce qui m'appartient de plein droit. Et tant qu'on y est, j'aimerais préciser que, s'agissant de Matthias, si j'avais su que c'était lui la cible, je ne me serais pas concentré sur Isaac.

— Ce qui a été corrigé.

— Comment ?

Au loin, de l'autre côté du champ, une voiture apparut sur la route principale et bifurqua dans l'allée qui longeait la maison.

Merde. Les visiteurs n'étaient pas les bienvenus. Et la couleur jaune du véhicule indiquait qu'il s'agissait d'un taxi, qui ne s'arrêta pas devant le bâtiment principal.

Nigel haussa les sourcils.

— Je crois que ça ira de soi.

Sur cette remarque sibylline, son patron disparut.

— Merci, mon pote, marmonna Jim. Tu m'as bien aidé. Comme d'hab'.

Se faufilant derrière le bâtiment, Jim se plaqua contre le revêtement en aluminium. Le pistolet ne resta pas dans la ceinture de son pantalon. Le brandissant de nouveau, le sauveur était prêt à tirer.

Le taxi continua sa route puis s'arrêta devant le garage.

Un instant plus tard, un homme qu'il ne se serait jamais attendu à revoir descendit de la banquette arrière… Un cauchemar en chair et en os… Une réminiscence d'un passé qu'il croyait mort et enterré.

Alors c'était ça, la solution du Créateur ?

— Enfoiré, cracha Jim.

CHAPITRE 13

En sortant du taxi, Matthias demanda au chauffeur de l'attendre. Le garage qui se dressait devant lui était un bâtiment d'un étage, avec un escalier sur la gauche. La porte du rez-de-chaussée était fermée ; idem avec l'autre sur le palier. Les rideaux étaient tirés…

À l'étage, les voilages de la baie vitrée s'écartèrent, et un chien au pelage hérissé apparut, semblant appuyer ses pattes sur le bord de la fenêtre.

De toute évidence, l'endroit était habité.

— Dis au taxi de partir.

Matthias tourna brusquement la tête sur la droite… et faillit perdre l'équilibre en voyant l'homme qui émergeait de derrière le bâtiment, sa mémoire faisant jaillir un souvenir d'une grande clarté.

Jim Heron. Revenu d'entre les morts.

Et d'après ce qu'il savait d'instinct, ce type n'avait pas changé d'un pouce : un corps massif et musclé, des cheveux blonds, un visage dur et froid. Il n'y avait pourtant aucun contexte, aucun sous-titre pour l'éclairer sur la manière dont il connaissait cet homme, sur ce qu'ils avaient vécu ensemble. Mais une chose était claire, même sans tenir compte du pistolet, il était évident que ce n'était pas le genre de type à affronter si on se retrouvait sans arme et sans véhicule pour s'échapper.

Matthias donna un petit coup contre la vitre, tendit un billet de 20 dollars au chauffeur, puis congédia le taxi.

Tandis que ce dernier faisait demi-tour et descendait l'allée, le bruit des pneus crissant sur le gravier lui parut aussi bruyant qu'une volée de plomb.

— C'est un pistolet que tu tiens le long de ta jambe, ou tu es juste content de me revoir ? demanda Matthias d'une voix sèche.

— C'est un pistolet. Et tu veux bien m'expliquer ce que tu fiches ici ?

— Je le ferais si je le savais. D'ailleurs, tu peux peut-être m'aider à ce sujet ?

— Quoi ? (Comme Matthias ne répondait pas, Heron le toisa d'un regard cynique.) Tu es sérieux. C'est une question sincère.

Matthias haussa les épaules.

— Interprète-le comme tu veux. Et pendant que tu réfléchis, je te signale que tu es censé être mort.

— Comment m'as-tu retrouvé ?

— Les renseignements. Enfin, façon de parler.

Tandis que Heron s'avançait, Matthias remarqua que la position du pistolet muni d'un silencieux avait changé, si bien que le canon était pointé droit sur sa propre poitrine. Et il était prêt à parier que Heron n'aurait pas hésité à appuyer sur la détente. Ce qui signifiait que soit ce type aux allures de soldat était paranoïaque… soit il estimait, pour une raison ou une autre, que Matthias était dangereux.

— Je ne suis pas armé, annonça Matthias.

— Ça ne te ressemble pas.

Gardant le 40 millimètres braqué sur Matthias, Heron le toisait toujours avec une sorte d'avertissement dans les yeux.

— Tu ne me crois pas, dit Matthias.

— Après tout ce qu'on a traversé ? Pas le moins du monde, mon vieil ami.

— On a été amis ?

— Non, tu as raison. On a été beaucoup de choses, mais pas ça. (Heron secoua la tête.) Bordel, chaque fois que je m'attends à ne plus jamais te revoir, tu réapparais.

Heron détenait les réponses, songea Matthias. L'homme en face de lui incarnait la voie qui lui permettrait de découvrir qui il était.

— Eh bien, murmura Matthias, étant donné que tu respires encore, et que j'étais sur ta tombe il y a environ une heure, je ne suis pas le seul à être passé maître dans l'art de la prestidigitation. Tu pourrais me dire de quand date notre dernière rencontre ?

— Tu te fous de ma gueule ? (Quand Matthias secoua la tête, Heron l'imita.) Tu veux dire que tu ne te rappelles pas ?

Matthias leva les mains, paumes vers le haut.

— Non.

— Seigneur.

Un court instant, la méfiance céda place à de la surprise.

— Possible. Mais d'après mon passeport, je m'appelle Matthias.

Jim gratifia ce trait d'esprit d'un rire glacial.

— Ça te dérange si je te fouille ?

Matthias appuya sa canne contre sa jambe et leva les bras.

— Vas-y.

Jim effectua la palpation d'une main et, quand il recula, lâcha un juron.

— Cette fois c'est clair, tu as perdu la boule.

— Non, juste la mémoire. Et j'ai besoin que tu me la rafraîchisses.

Il y eut un long silence, comme si Heron essayait de trouver des failles dans l'histoire de Matthias.

— On verra si je peux combler quelques trous de ton passé. Mais je t'aiderai. Ça, tu peux en être sûr.

— Ça ne me suffit pas. J'ai besoin de ces infos. Maintenant.

— Tu te crois vraiment en position d'exiger ?

Tandis que Jim escortait cet enfoiré de Matthias dans son studio, il était totalement déboussolé. Et même s'il se creusait le cerveau, il nageait dans le brouillard le plus complet.

Est-ce que c'était ça dont Nigel avait parlé ? Le châtiment infligé à Divine ?

« Vous le considérerez à la fois comme une vieille connaissance et comme l'un de vos récents adversaires. La voie à suivre vous sautera aux yeux. »

Manifestement, pour cette manche-ci, il ne risquait pas de se tromper d'âme. En supposant qu'il interprète correctement les insinuations de Nigel et que Matthias soit de nouveau la cible.

Ce qui n'était sûrement pas le meilleur moyen de sanctionner Divine, bordel !

La seule bonne nouvelle – s'il y en avait une dans ce remake du *Retour des morts-vivants* – était l'amnésie de son ex-patron. L'ancien Matthias n'aurait jamais supporté une telle faiblesse, alors il ne faisait pas semblant. Et ce vide d'informations était un sacré avantage.

De cette manière, Jim n'aurait qu'à lutter contre la nature. Et non contre une expérience acquise au sein d'une organisation meurtrière.

Jim ouvrit la porte et s'écarta.

— Bienvenue dans mon modeste foyer.

Tandis que Matthias entrait en boitant, Rex se précipita vers lui en frétillant de la queue, manquant de déraper sur le plancher.

Vu cet accueil, Jim en déduisit que Divine n'avait pas pris possession du corps de Matthias. Un bon tuyau s'il en était.

Jim ferma la porte et contempla son ancien patron. Même infirmité. Même voix. Même visage. Et les lunettes de soleil n'avaient rien de surprenant étant donné l'état de son œil.

— Je t'offrirais bien à manger, mais je dois attendre le retour de mon colocataire. Mais tu peux t'asseoir en attendant.

Matthias poussa un grognement en s'affalant dans un siège.

— Tu fumes toujours, à ce que je vois, dit-il en désignant le paquet sur la table.

— Je croyais que tu ne te souvenais de rien.

— Certains trucs… refont surface.

Jim se dirigea vers la cuisine et s'adossa à l'évier. Pour une raison étrange, il voulait se rapprocher d'Eddie.

— Alors, commençons par ce dont tu te souviens.

— Je sais que je me suis réveillé sur ta tombe.

— La mort est une chose relative.

— Alors nous sommes tous les deux des miraculés.

Jim haussa un sourcil.

— L'un de nous, du moins. Quant à l'autre, ça reste à voir. Comment m'as-tu trouvé ?

— L'annuaire téléphonique.

— Cette ligne n'est pas à mon nom.

— Tu as donné ce numéro à ton ancien employeur. Je suis allé à la bibliothèque, j'ai effectué une recherche inversée sur Internet et me voilà. Pas géniale, comme planque.

— Je ne me cache pas.

— Alors pourquoi faire semblant d'être mort ?

— Restons concentrés sur toi, d'accord ?

— OK. Alors, pourquoi as-tu peur de moi ? (Alors que Jim grinçait des dents, Matthias sourit, dévoilant une rangée de dents blanches et pointues.) Ce n'est pas la mémoire qui me revient, en fait. Je le vois au pistolet dans ta main. On est chez toi, hors de vue… Si je n'étais pas une menace, tu le poserais.

Enfoiré.

Fils de pute.

Même amnésique, ce type était un salopard.

Sur cette pensée, Jim s'approcha, gardant l'œil sur les lunettes noires que portait Matthias. Le silencieux braqué sur lui, il posa l'arme sur la table basse et la fit glisser sur le bois grêlé.

— Pour toi.

— Tu me files un flingue ?

— Bien sûr. Pourquoi pas ? Considère-le comme un cadeau de bienvenue.

— C'est chez moi, ici ?

— Pas particulièrement. Tu ne peux pas rester là. Et tu n'y as jamais habité.

Matthias esquissa un sourire.

— À vrai dire, je ne tiens pas à squatter chez moi.

— Et où est-ce ?

L'homme fourra la main dans sa poche, sortit un portefeuille et posa un permis de conduire sur la table, à côté de l'arme.

Jim jeta un coup d'œil à la pièce d'identité. Celle-ci était bien imitée, et les hologrammes semblaient conformes. Bien sûr, le nom de famille était faux, mais le prénom et le cliché étaient authentiques.

— Que sais-tu sur moi ? demanda Matthias.

— Jolie photo, dit Jim en se détendant.

— Je ne te demande pas ce que tu penses de mon avenir en tant que mannequin. Et pourquoi évites-tu mes questions ?

— J'essaie de déterminer comment placer mes pions.

— Ah, parce qu'on joue, là ?

— Oui. Et les enjeux sont au-delà de ton imagination. (Jim décida de s'asseoir auprès de son invité.) Comme je disais, pourquoi ne pas commencer par ce dont tu te souviens ?

Les lunettes de soleil s'abaissèrent, l'homme braquant le regard sur le sol. Ou sur ses bottes. Ou sur sa canne.

— J'ai été renversé par une voiture devant le cimetière de la Pineraie hier soir et je me suis réveillé à l'hôpital sans la moindre idée de qui ni où j'étais. Aujourd'hui, j'ai essayé de retracer mon parcours et j'ai découvert ta tombe. (Il secoua la tête.) J'ai reconnu ton nom dès que je l'ai vu. Idem pour ton visage.

Jim garda un air impassible.

— Ça ne m'étonne pas. Toi et moi, on se connaît depuis un bail. Et c'est pour ça que je vais t'aider.

— Alors, dis-moi comment j'ai écopé de… (Matthias balaya son corps d'un geste maladroit) tout ça.

— Les blessures ?

— Non, du tutu et des ballerines. À ton avis ?

— Retire tes lunettes.

— Pourquoi ?

— Je veux pouvoir te répondre en te regardant droit dans les yeux.

Matthias s'exécuta d'une main tremblante, mais Jim était prêt à parier qu'il s'agissait d'une faiblesse physique et non mentale. Et le regard qui lui apparut n'avait pas changé d'un iota.

— D'où viennent ces blessures ? insista son ancien patron d'une voix grave.

— Tu as essayé de te suicider. Tu as posé une bombe dans le sable et tu as marché dessus, juste sous mes yeux.

Matthias contempla ses jambes, les sourcils froncés, comme s'il essayait de reconstituer les pièces d'un puzzle.

— Pourquoi ?

Comment répondre sans trop en dire ?

— Tu détestais l'homme que tu étais devenu. Tu ne pouvais plus te supporter, alors tu as décidé d'en finir.

— Mais je ne suis pas mort ?

— Non, pas cette fois. (Jim se leva.) Mon colocataire est de retour.

Une fraction de seconde plus tard, le vrombissement d'une Harley retentit à travers les fenêtres, le bruit s'amplifiant jusqu'au moment où l'engin se gara au-dessous d'eux.

— Tu as une excellente ouïe, fit remarquer Matthias.

Jim se retourna vers l'homme en se demandant comment agir pour que la situation tourne à son avantage.

— C'est le moindre de mes talents, murmura-t-il avec un sourire malicieux.

Chapitre 14

— Tu veux que je fasse quoi ?

Pour toute réponse, une boîte siglée « L'Oréal » fut projetée à travers la pénombre, et la femme s'en saisit en se disant : *Génial. Magnifique début de soirée.* Elle était déjà crevée, attendant impatiemment 1 heure du matin pour rentrer chez elle, et son « client » était un fétichiste des colorations capillaires ?

Elle en avait ras le bol de son boulot de prostituée. Elle en avait marre de ces chambres d'hôtel glauques et de ces types hideux aux lubies ridicules. Sans parler de son « patron ».

— Tu veux que je me teigne en blonde. Sérieusement ?

Une liasse de 500 dollars apparut dans la main de l'homme qui se tenait dans le coin de la pièce, la lumière du plafonnier faisant briller les billets dans la pièce mal éclairée. On les aurait dits tombés du ciel, surtout sachant que ce crétin avait déjà payé la même somme pour être autorisé à passer une heure dans cette chambre d'hôtel.

— Bon, d'accord, céda-t-elle. (Elle s'avança et s'empara des billets.) Autre chose ?

— Je veux que tu te lisses les cheveux, répondit l'homme à voix basse.

— C'est tout ?

— C'est tout.

— Pas de sexe ?

— Je n'ai pas besoin de toi pour ça, non.

Un frisson glacial naquit au creux de ses reins et remonta le long de son échine jusqu'à sa nuque. Pourtant, elle n'avait rien à craindre. Des filles bossaient dans chacune des chambres voisines, et son mac se trouvait sur le parking, à moins de trois mètres cinquante de là. De plus, elle possédait une bombe lacrymo.

Que pourrait-il lui faire ?

Marmonnant tout bas, elle se dirigea vers la salle de bains et alluma la lumière. Dans le miroir, elle avait l'air d'avoir quarante ans, avec ses cernes et ses cheveux secs comme des feuilles de maïs. Par chance, il s'avérait qu'elle avait bien besoin de retoucher ses racines : une ligne sombre descendait tout le long de sa raie, un brun terne recouvrant le sommet de son crâne. Mais pas pour ressembler à Marilyn.

Elle aimait être rousse. Et bon sang, si ses cheveux étaient déjà abîmés, cette coloration n'arrangerait rien…

Oh. Un masque nutritif était à l'intérieur. Quelle délicate attention.

Elle sortit la bouteille en plastique remplie de saloperie crémeuse, le tube de coloration en métal et le pot de soin gluant. Lire les instructions lui prit un petit bout de temps, car elle n'avait jamais été très douée à l'école, mais ce n'était pas non plus de la physique quantique.

À travers l'embrasure, elle vit que son client s'était assis au fond de la pièce, les pieds écartés, les mains posées sur les genoux. Elle ne voyait pas grand-chose de lui, la lumière qui le surplombait n'éclairant que ses jambes. C'était mieux comme ça. Ça le rendait plus anonyme.

Bizarre, elle ne se rappelait pas que ces chambres étaient aussi sombres.

Revenant à sa teinture, elle perça l'opercule du tube grâce au capuchon en plastique, versa le baume puant dans la bouteille au bec pointu, puis secoua la mixture comme si elle masturbait un homme. Les gants en plastique étaient fixés au dos des instructions, et elle les enfila. Dieu merci, ils étaient larges, car il restait de la place au bout de ses faux ongles.

Recouvrir les racines ne présenta aucune difficulté, mais les nœuds l'empêchèrent d'aller jusqu'au bout des mèches. Sortant une brosse de son sac, elle se démêla les cheveux jusqu'au moment où elle put appliquer la coloration sur l'ensemble de sa chevelure.

Le mélange, qui sentait le désodorisant mélangé à de la colle chimique, avait la texture du sperme.

Et ce truc excitait ce type ?

Décidément, les mecs étaient des porcs.

Pendant le temps de pause, alors que son crâne chauffait et que son nez la piquait, elle envoya des textos à des amis pour leur raconter la mésaventure improbable qui lui arrivait. Aucune raison de parler au client. Assis dans son coin, il était aussi immobile qu'une statue.

Trente-cinq minutes plus tard, elle pénétra dans la cabine de douche avec une bouteille de shampoing qui traînait sur le comptoir. Celle-ci était à moitié vide, mais il en restait assez pour se laver la tête. L'eau chaude la détendit et le masque nutritif dégageait une odeur bien plus agréable que le produit de décoloration.

Quand elle sortit, ses cheveux avaient la couleur du blé, le blond doré donnant une teinte verdâtre à sa peau blafarde. Une image qui ne s'améliora guère lorsqu'elle enfila de nouveau sa tenue de prostituée.

Décrochant le sèche-cheveux, elle pivota sur ses pieds nus.

— T'es prêt ?

L'homme se leva et s'avança dans la lumière. Il était plutôt beau gosse, mais pour une raison étrange, elle eut envie de lui rendre son fric et de prendre ses jambes à son cou.

— Je prends le relais, lui dit-il en s'emparant du séchoir et de la brosse.

Le bruit de l'air chaud vrombit à ses oreilles tandis qu'il faisait passer les brins en nylon à travers ses cheveux d'un geste lent et assuré. Comme s'il était habitué.

Flippant.

Quand le brushing fut parfait, il éteignit l'appareil et le posa sur le meuble du lavabo à côté d'elle.

L'homme croisa son regard dans le miroir et le soutint un long moment.

Elle se racla la gorge.

— Je dois y aller…

Soudain, le visage du type arbora une expression bizarre, ses traits se brouillèrent et semblèrent se transformer en…

Elle ouvrit la bouche et inspira son dernier souffle pour pousser un cri au moment même où la lame s'élevait derrière sa tête.

D'un geste vif en travers de sa gorge, le monstre ouvrit un nouveau passage à l'air contenu dans ses poumons, mais le soupir qui s'en échappa ne fut pas assez puissant pour se muer en appel à l'aide.

Sa dernière vision fut celle d'un cadavre putréfié dont un sourire fendait le visage en décomposition.

— Que la fête commence, dit une voix féminine.

Chapitre 15

Un suicide.

Tandis que Matthias ressassait cette pensée, un colosse entra dans le studio. Avec son blouson noir, ses gants et son pantalon en cuir, on aurait dit un *Hell's Angel*, une impression renforcée par son visage dur, bardé de piercings, qui indiquait qu'il valait mieux ne pas lui chercher des noises.

Jim fit les présentations, désignant Matthias comme « un ami », et le colocataire-blouson noir comme « Adrian ».

Un suicide.

S'évertuant à assimiler le concept, Matthias attendit que d'autres souvenirs lui reviennent : un contexte, un endroit, un événement déclencheur. Malgré tous ses efforts pour raviver les souvenirs enfouis dans son cerveau, rien ne faisait surface quand soudain…

Avec une clarté brutale, sa mémoire s'éclaira.

— Le désert.

Jim s'arrêta de parler à son ami et acquiesça.

— Oui, ça s'est passé là-bas.

— Et tu étais présent. (Tandis que Heron hochait de nouveau la tête, Matthias sentit la frustration monter d'un cran.) Bordel, dis-moi d'où on se connaît…

Toute tentative de réponse fut interrompue par le bruit d'une voiture s'arrêtant devant le garage. Aussitôt, les deux hommes dégainèrent leurs armes et Matthias les imita, s'emparant du pistolet posé sur la table.

Seigneur… le contact de la crosse était si agréable. Si naturel.

Matthias pivota d'un bloc, et, comme le chien un peu plus tôt, jeta un coup d'œil à travers les voilages. Dès qu'il aperçut le véhicule stationné dans l'allée, il se détendit tout en maugréant.

— Fait chier.

— Tu la connais ? demanda Jim depuis la porte vitrée.

Se retournant de nouveau, Matthias vit Mels descendre de la Toyota et examiner la Harley. Qu'elle ait découvert cette adresse ne l'étonnait pas ; s'il y était arrivé, elle en était tout aussi capable. Mais il ne comprenait pas qu'elle soit venue jusque-là. Quand ils s'étaient retrouvés au cimetière, il lui avait balancé la vérité nue à la figure, et la plupart des gens se seraient tirés de ce guêpier avant qu'il ne soit trop tard.

« Je suis ceinture noire de karaté, j'ai un permis de port d'armes, et je ne vais nulle part sans un couteau bien affûté ou mon flingue. »

— Je m'en charge, dit-il en s'approchant de la porte avant d'écarter Jim du chemin, même si ce dernier pesait bien vingt kilos de plus que lui. Et que les choses soient claires : personne ne la touche. Pigé, vous deux ? Personne.

Il était physiquement affaibli, mais appuyer sur une détente ne requérait pas beaucoup de force. Et si quelqu'un s'approchait trop près de cette ravissante jeune femme, il le traquerait et le tuerait, même si ça devait lui coûter la vie.

Dans le silence pesant, les deux hommes haussèrent les sourcils, mais aucun n'éleva la moindre protestation.

Sage décision.

Dès que Matthias sortit sur le palier, Mels leva la tête vers lui.

Les mains sur les hanches, elle le regarda droit dans les yeux, même si elle se trouvait au bas des marches.

— Surprise !

— Vous devez partir, rétorqua-t-il en gardant le revolver hors de vue.

D'un coup de menton, elle désigna la Harley.

— La moto d'un mort ?

— Bien sûr que non.

Les sourcils froncés, elle traversa soudain l'allée de gravier et ramassa ce qui ressemblait à un caillou. Mais un éclat métallique étincela au soleil.

Se redressant, elle porta l'objet à ses narines et renifla.

— Vous vous entraînez au tir ?

Elle exhiba la douille et il réprima un juron. Surtout lorsqu'elle sourit avec froideur.

— Elle a été tirée il y a vingt minutes à peine. Peut-être trente étant donné qu'elle provient d'un pistolet.

Rangeant l'arme au creux de ses reins, il descendit aussi vite que lui permirent ses membres et, quand ils se retrouvèrent face à face, il se sentit plus impuissant qu'il ne l'avait jamais été de toute sa vie. Il avait tenté de l'effrayer pour la faire fuir, et de toute évidence, le subterfuge n'avait pas fonctionné. Peut-être que la sincérité serait plus efficace.

Il fit courir son regard sur son beau visage obstiné.

— Je vous en prie, dit-il d'une voix douce. Je vous en supplie. Laissez tomber cette histoire.

— Vous n'arrêtez pas de parler de danger, mais tout ce que je vois, c'est un homme sans mémoire embarqué dans une quête impossible. Écoutez, parlez-moi et…

— Jim Heron est mort. Et j'ignore à qui appartient cette Harley, ou qui a tiré…

— Alors à qui parliez-vous, là-haut ? Et si vous me répondez « à personne », vous mentez. Vous n'auriez jamais pu conduire cet engin jusqu'ici. Impossible. Et le moteur tourne toujours. Je parie que si je touche le radiateur, il sera encore chaud.

— Vous devez vraiment laisser tomber…

— Je n'écrirai rien dans le journal, nous nous sommes déjà mis d'accord là-dessus. Tout ce que vous me direz restera entre nous…

— Alors pourquoi vous soucier de moi ?

— Mon boulot n'est pas ma seule préoccupation.

Il leva les mains en l'air.

— Mais pourquoi diable est-ce que je discute avec vous ? Déjà que vous refusez de boucler votre putain de ceinture de sécurité, je me demande bien pourquoi vous écouteriez quand je vous dis…

À ce moment, la porte s'ouvrit et Jim Heron s'avança dans la lumière du soleil.

Mels leva les yeux vers lui et secoua la tête.

— Pincez-moi, je rêve… Vous savez que vous ressemblez comme deux gouttes d'eau à un ouvrier du bâtiment qui a été abattu il y a environ deux semaines ? D'ailleurs, j'ai collaboré à l'article du *CCJ* qui a été écrit sur vous.

Matthias plissa les yeux.

— Fils de pute…

La première bonne nouvelle, songea Jim, était que cette femme projetait une ombre, donc il ne s'agissait pas d'un hologramme créé de toutes pièces par Divine.

La deuxième consistait en cette petite scène de jalousie jouée par Matthias. Ce salopard sans cœur ne s'était jamais intéressé à personne, hormis les cibles, et n'avait jamais éprouvé d'instinct de protection envers qui que ce soit. Mais cette journaliste au regard ardent et au caractère bien trempé avait réussi à percer sa carapace. Et ce n'était pas négligeable.

La femme dévisagea Matthias… ou plutôt le fusilla du regard.

— Vous ne nous présentez pas ?

— Je vais m'en charger moi-même, déclara Jim en descendant l'escalier.

— Quel plaisir de voir que les bonnes manières ne sont pas mortes, marmonna-t-elle. D'un autre côté, avec vous, les mecs, la mort est un terme un peu vague, non ?

Derrière ses lunettes, Matthias n'était pas ravi de la situation, mais il devrait s'en accommoder. De ça et d'autres choses.

— Je m'appelle Jim. (Il lui tendit une main.) Enchanté de vous rencontrer.

À son expression, l'ange comprit qu'elle ne se laisserait pas si facilement amadouer. Malgré tout, elle lui serra la main.

— Vous allez daigner m'expliquer de quoi il retourne ou…

Dès qu'elle lui toucha la paume, Mels fut plongée dans une transe : elle le regarda d'un air hagard, détendue, prête à écouter, sa mémoire à court terme totalement effacée.

Parfait. Il avait douté de sa faculté à réussir ce petit tour de passe-passe.

Matthias lui agrippa le bras et le serra comme dans un étau.

— Qu'est-ce que tu lui as fait ?

— Rien. Juste un peu d'hypnose. (Il regarda son ancien patron.) Voilà ce qui va se passer : elle ne se souviendra de rien. Et surtout pas de moi. Ce sera bien plus simple pour tout le monde. Et tu vas la conduire à l'hôtel où je vais te réserver une chambre…

Matthias ne quittait pas la journaliste du regard.

— Mels ? Mels, est-ce que ça va ?

Jim intercala sa tête dans le champ de vision de Matthias.

— Elle va bien. Tu n'as jamais entendu parler du Grand Heron ?

Matthias sortit alors son arme et braqua le canon droit sur le cou de Jim, ses traits redevenus tels qu'ils avaient toujours été : durs, froids, implacables.

— Qu'est-ce que tu lui as fait, bordel ?

Ce n'était pas une question. Plutôt un compte à rebours avant d'appuyer sur la détente.

— Tout doux, dit Jim d'un ton posé. Si tu me tires dans la carotide, tu ne la récupéreras jamais.

À vrai dire, Matthias n'avait aucune chance de le tuer. Mais l'atmosphère était assez tendue comme ça, et Jim n'était pas sûr de pouvoir opérer sa magie sur deux personnes à la fois. Et surtout, vu la fragilité de l'état psychologique de Matthias, l'ange ne voulait pas courir le risque de lui faire péter un câble en lui révélant la vérité sur cette histoire d'anges et de démons. Pas encore, du moins.

Matthias ne baissa pas son flingue.

— Réveille-la. Tout de suite.

— Conduis-la à ta chambre d'hôtel.

— C'est moi qui suis armé. C'est moi qui donne les ordres.

— Réfléchis un peu. Si tu restes avec elle, tu pourras la protéger.

— Tu ne sais pas à qui tu as affaire, dit Matthias en baissant d'un ton.

— Toi non plus. (Jim se pencha vers lui.) Tu as besoin de moi. Je suis le seul à pouvoir te dire ce que tu veux savoir, crois-moi. Je sais mieux que toi à quelle profondeur ton passé est enfoui et personne ne pourra briser cette barrière à part moi. Alors monte dans cette putain de bagnole, demande-lui de te conduire jusqu'au *Marriott* et je te rejoindrai au centre-ville quand je serai prêt.

Matthias ne broncha pas, gardant l'arme braquée sur Jim.

— Je pourrais te tuer, si je le voulais.

— Alors, fais-le.

Matthias fronça les sourcils et porta sa main libre à sa tempe comme s'il avait mal à la tête.

— Je t'ai tiré dessus, n'est-ce pas…

— On a un long passé commun, toi et moi. Et si tu veux en savoir plus, alors reste avec elle. Pas de discussion. Pour une fois, je te tiens par les couilles, et c'est moi qui décide. Et crois-moi ça fait un bien fou.

Jim remonta l'escalier, laissant Matthias indécis. Parvenu sur le palier, il claqua des doigts pour la frime et disparut à l'intérieur du studio. Caché derrière les rideaux, il vit la femme revenir à elle et discuter avec Matthias.

— Alors, Matthias est l'âme à sauver, dit Ad entre deux bouchées de son sandwich.

— On dirait bien.

— Tu es sûr de vouloir entraîner cette nana dans ce bordel ?

— Tu as vu la façon dont il la regarde ?

— Peut-être qu'il veut juste la baiser ?

— Eh bien, il n'est pas près d'y arriver, marmonna Jim. Et oui, elle sera un atout pour nous.

À présent, la question était de savoir où se trouvait le carrefour. Tôt ou tard, Divine le forcerait à faire un choix, et d'ici là, Jim devrait inciter un despote assoiffé de pouvoir et dénué de conscience à opérer un virage à cent quatre-vingts degrés.

Génial. Magnifique.

Il éprouvait tellement de joie pour son boulot qu'il en étouffait littéralement.

— Allons à l'hôtel, dit-il.

— Lequel ?

— Au *Marriott*.

Il fouilla dans son portefeuille et en sortit une carte de crédit au nom de Jim Heron. MasterCard ignorait qu'il était mort puisqu'il ne l'avait pas prévenu.

Adrian s'essuya la bouche avec une serviette en papier.

— Tu es sûr de ne pas vouloir rester planqué ? Le centre-ville est très fréquenté, et Divine adore être au cœur de l'attention.

— Oui, mais elle aura les mains liées à cause du manque d'intimité. Primo, elle serait obligée de nettoyer tout le bordel, et deuxio, elle va devoir marcher sur des œufs au cours de cette manche, car je ne pense pas que tuer des civils innocents soit la meilleure façon de plaire au Créateur.

Jim se dirigea vers la penderie et sortit ses holsters. Il les enfila, rangeant sa dague d'un côté et un nouveau pistolet dans l'autre. Puis il palpa ses poches pour voir combien de cigarettes il lui restait…

Le bout de papier plié dans la poche de son jean l'interrompit dans sa fouille, et le sauveur ferma un instant les yeux.

Il n'avait aucune raison de lire l'article ; il le connaissait par cœur. Chaque mot, chaque paragraphe, et surtout la photo.

Sa Sissy.

Qui n'était pas vraiment la sienne.

Toujours avec lui. Gravée dans son esprit.

S'assurant qu'Adrian ne le regardait pas, il sortit le morceau de papier, déplia la page et jeta un coup d'œil au visage de la jeune femme. Tuée par la démone à l'âge de dix-neuf ans, coincée pour l'éternité dans ce mur d'âmes…

Jim fronça les sourcils et leva les yeux vers la porte. Matthias avait séjourné dans ce lieu de supplices. Qu'avait-il vu… ?

Et qu'avait-il fait ?

L'idée que cette fille souffrait le martyre rendait Jim fou de rage.

— Grouille-toi, Ad, marmonna-t-il. Il faut y aller.

Chapitre 16

Assis dans le siège passager de la Toyota, Matthias avait l'impression que le paysage défilait à vitesse accélérée. Pourtant, non seulement Mels respectait le code de la route, mais ils se traînaient à dix kilomètres-heure à travers une zone en chantier, cernés de marteaux-piqueurs et d'épandeurs d'asphalte.

Il se tourna vers elle. Derrière le volant, elle paraissait calme, tranquille, même avec le souvenir effacé de sa rencontre avec Jim Heron.

Mais que lui avait-il fait ?

En temps normal, Matthias n'aurait jamais cru à ces conneries. Hypnose, mon cul. Sauf que… eh bien, il était plus ou moins dans le même cas, même si son trou de mémoire recouvrait toute sa vie, et non quelques minutes.

Et d'ailleurs, que signifiait « en temps normal » à présent ?

Lorsqu'ils s'arrêtèrent à un feu rouge de l'autre côté du terrain défoncé, il regarda par la fenêtre.

— J'ai horreur de ne pas maîtriser la situation.

— Ça ne plaît pas à grand monde. (Mels prit une profonde inspiration.) Je suis contente que vous me laissiez vous reconduire à votre hôtel.

« Si tu restes avec elle, tu pourras la protéger. »

Il glissa les doigts sous la monture des lunettes et se frotta les yeux.

— On est presque arrivés, dit-elle.

Comme si elle le croyait sur le point de défaillir.

Pourtant, il n'avait pas de bouffées de chaleur.

— Vous me faites perdre mes moyens.

— Je ne crois pas que ce soit dû à ma présence, mais plutôt à votre état.

— Non, c'est vous.

Il avait le sentiment que si elle n'était pas là, les choses seraient plus claires, même s'il ne devait plus jamais se rappeler un seul événement de sa vie : dans cette hypothèse, il n'aurait qu'à se soucier de lui au lieu d'avoir deux problèmes sur les bras.

— J'ai essayé de faire ce qu'il fallait, marmonna-t-il avant de se demander à qui il parlait.

— Et vous le faites. En prenant un peu de repos. Ces dernières vingt-quatre heures ont été éprouvantes. Vous avez besoin de dormir.

Laissant sa tête basculer en arrière, il ferma les yeux et repensa au moment où il s'était retrouvé face à Jim, prêt à appuyer sur la détente et à le tuer.

Apparemment, il n'avait pas besoin de sommeil, mais d'une paire de menottes et d'un examen psychiatrique : quand il avait braqué son arme sur Heron, il n'avait pas hésité un instant. À la vitesse de l'éclair, il avait pointé le canon sur la jugulaire de Jim, sans se soucier des témoins ni éprouver le moindre scrupule à l'idée d'ôter une vie.

Était-il un ancien soldat ? Parce que ce n'était pas le comportement d'un civil, mais bien celui d'un militaire.

Oui, se dit-il, c'était ça. Et il avait appartenu à cette catégorie de combattants parmi les plus redoutables… ceux qui avaient un glaçon à la place du cœur, et qui étaient donc capables du pire.

« Tu détestais l'homme que tu étais devenu. »

Lorsque le feu passa au vert, Mels longea une rangée de petits centres commerciaux, les magasins imbriqués comme des Lego de chaque côté de minuscules parkings. C'était le genre de chose qu'il ne remarquait jamais : les cafés au charme suranné, les boutiques qui vendaient des objets folkloriques, les bijouteries bon marché et les bazars. Si banal. Si ordinaire. Si normal…

— J'ai tenté de me suicider.

Mels appuya une fraction de seconde sur la pédale de frein, même si la circulation était fluide sur la route à quatre voies.

— Vraiment ? (Elle se racla la gorge.) Est-ce que la mémoire vous revient ?

— Par bribes.

— Qu'est-ce qui s'est passé ? Enfin, si ce n'est pas trop indiscret.

Repensant à Jim Heron, il répondit en citant les paroles de ce dernier.

— Je n'aimais pas l'homme que j'étais devenu.

— Et qui étiez-vous ?

Noir comme la nuit, froid comme l'hiver, mortel comme un poignard. Mais il garda cette analyse de sa personnalité pour lui.

— Vous n'abandonnez jamais, hein ?

— Eh bien, je suis journaliste. Ça fait partie du boulot.

— Je vois.

Matthias ferma de nouveau les yeux et se laissa bercer par le ronronnement du moteur. Quand une source de chaleur recouvrit son poignet, il sursauta. Mels avait posé sa main délicate sur la sienne.

À certains égards, il n'arrivait pas à croire qu'elle voulait le toucher.

Il déglutit, lui pressa brièvement la main, puis retira son bras.

Une dizaine de minutes plus tard, ils arrivèrent devant le *Marriott*. L'hôtel, qui se dressait au-dessus d'une haie bien taillée et d'une petite pelouse, était un lieu de réceptions comme il en existe dans toutes les grandes villes. Pénétrant sous l'auvent, ils se retrouvèrent pris dans un flot de porteurs, de chariots et de clients munis de bagages. Mais il était plus de 15 heures, soit l'heure de pointe pour les voyageurs.

— Vous montez ? s'enquit-il tout en se demandant s'ils n'avaient pas été suivis, et quelle était la nature du lien qui l'unissait à Jim Heron.

Certes, ce dernier avait proposé de l'aider, mais Matthias ne pouvait s'empêcher de s'interroger sur ses motivations, et vu la situation, mieux valait se méfier.

— Je vais vérifier que vous êtes bien installé. Ça vous va ?

— Euh… OK.

Il aurait tout de même préféré une rupture claire et franche, mais dorénavant, c'était impossible.

Tout ça à cause de Heron.

Même si… ce n'était pas désagréable d'avoir l'occasion de passer un peu plus de temps avec elle.

Mels se faufila entre les chariots en laiton et les types en livrée qui rangeaient les valises dans les coffres avant de se diriger vers le parking. L'odeur des gaz d'échappement s'insinua à travers les grilles d'aération de la Toyota et Matthias abaissa la vitre. Une idée stupide, étant donné que l'air extérieur était la source de cette infection.

Ils confièrent leur véhicule à un voiturier, qui n'avait pas l'air ravi d'avoir à garer ce pot de yaourt, puis s'engagèrent dans un tourniquet pour pénétrer dans un petit hall avec des tapis rouges et des murs dorés. Malheureusement, et malgré tout ce faste ou peut-être à cause de ce dernier, la décoration évoquait davantage un bordel qu'un quatre étoiles, comme une tentative ratée d'imiter le luxe d'un palace.

— J'ai toujours trouvé que cet hôtel essayait vainement de ressembler au *Waldorf Astoria*, dit Mels en appuyant sur le bouton de l'ascenseur. Mais on est à Caldwell, pas à New York.

— Marrant, c'est exactement ce que je pensais.

— Excusez mon cynisme. Ça doit être le mal du pays.

— Vous venez de New York ?

— Eh bien, je suis née ici, mais ma vie est là-bas. J'ai hâte d'y retourner.

— Qu'est-ce qui vous retient à Caldwell ?

— Tout. Rien. (Elle le regarda.) D'une manière bizarre, j'envie votre amnésie.

— Vous ne devriez pas.

Il le pensait sincèrement, et pas parce qu'il était un gentleman. Debout à côté d'elle, il mourait d'envie de tout savoir sur elle, sa famille, l'endroit où elle avait grandi, les événements qui l'avaient menée jusqu'à cet instant.

— Mels…

Avant qu'il ait pu l'interroger, une famille se joignit à eux pour attendre l'ascenseur, les fillettes courant dans tous les sens, les parents semblant coincés dans une version de l'enfer qui sentait le chewing-gum, peuplée de petites diablesses en costume de fée qui réclamaient des glaces toutes les trois minutes.

La sonnerie de l'ascenseur retentit.

Lorsque les portes s'ouvrirent, il posa la main au creux du dos de Mels pour la pousser doucement dans la cabine. Même s'il n'avait aucune envie de la lâcher, il retira son bras sous les regards curieux des enfants.

À l'étage de la réception, ils découvrirent que le chaos du dehors avait envahi le hall principal, une foule faisant la queue auprès d'un chef chasseur qui montait la garde devant un cordon de velours.

— C'est un cauchemar, marmonna Matthias d'une voix sèche.

— Ça pourrait être pire. Vous avez déjà entendu parler des *Formule 1* ?

— Bien vu.

Enfin parvenus à la réception, il déclina son nom, sans savoir ce qui se passerait ensuite. D'ordinaire, on devait présenter la carte de crédit qui avait servi à la réservation pour obtenir la chambre…

—Ah oui, monsieur Hault, vous êtes déjà enregistré. (La femme pianota à toute vitesse sur l'ordinateur.) J'ai juste besoin de votre permis de conduire.

Matthias jeta un coup d'œil autour de lui. Comment Heron avait-il pu se trouver là avec sa carte de crédit et opérer la transaction ? La circulation avait été mauvaise, mais ils avaient pris un raccourci. Jim n'aurait eu aucun moyen de les devancer, à moins d'avoir emprunté un hélicoptère.

Et la carte de crédit ? Est-ce qu'elle appartenait à Heron ? Ce fils de pute était censé être mort, alors où la banque le facturait-elle ? Au cimetière ? D'un autre côté, il était aussi facile de se procurer un faux moyen de paiement que de falsifier une carte de bibliothèque pourvu de connaître les bonnes personnes. Et vu l'allure du colocataire de Heron, il n'aurait eu aucune difficulté à accéder au marché noir.

—Monsieur ? Votre permis ?

—Ah oui. Désolé.

Quand il le lui tendit, la réceptionniste lui adressa un sourire professionnel, son expression figée aussi accueillante qu'une porte de prison.

—Voici votre passe. Prenez l'ascenseur jusqu'au sixième. Votre chambre est la numéro…

Pas 666, songea-t-il sans raison valable.

—… 642. Voulez-vous qu'on fasse monter vos valises ?

—Non, merci, ça ira.

—Bon séjour parmi nous, monsieur.

Tandis que Mels et lui se dirigeaient vers les autres ascenseurs, il scruta le hall sans bouger la tête. La foule qui arpentait les lieux n'avait rien de spécial… Juste des gens ordinaires tirant des valises, parlant au téléphone, ou se disputant avec leurs femmes/maris/petits amis. Personne ne lui prêtait attention. Voilà pourquoi les lieux publics étaient parfois les endroits les plus sûrs quand on cherchait à passer inaperçu.

Malgré tout, il se félicitait d'avoir emporté le pistolet de Jim.

L'attente pour le second ascenseur fut plus longue que la première, et quand la cabine arriva, Mels s'avança en même temps qu'un autre couple.

Lui saisissant le bras, Matthias l'attira en arrière.

— On prendra le prochain.

Les portes se refermèrent alors qu'elle lui jetait un regard interrogateur.

— Claustrophobe ?

— Oui.

Cette fois, il ne retira pas sa main tout de suite. Debout derrière elle, il la dépassait d'une bonne tête, même si elle n'était pas petite, et il se demanda ce qu'il éprouverait à son contact.

Une pensée étrange à plus d'un titre.

Mais qui ne manqua pas de faire surgir une image dans sa tête…

— En voilà un autre, dit-elle en s'arrachant à son étreinte. Et cette fois, on sera seuls.

Bon sang, l'idée d'être seul avec elle n'était pas pour lui déplaire.

L'ascension se déroula sans histoire… enfin, hormis toutes celles qui naissaient dans sa tête. Autre point positif, la chambre 642 se trouvait tout près d'une sortie de secours. Parfait.

Meublée d'un bureau et d'un lit, la pièce de trente-cinq mètres carrés n'avait rien d'extraordinaire. Pourtant, lorsque la porte se referma derrière eux, il ne put détourner son regard du matelas.

Mais Mels ne cherchait pas une aventure avec un inconnu, et de toute façon, il était impuissant.

Tandis qu'il traversait la pièce pour fermer les rideaux, Mels alluma la lumière de la salle de bains et se pencha dans l'embrasure.

— Vous avez une jolie baignoire.

Sans le vouloir, il la détailla de haut en bas, s'attardant sur son pantalon qui moulait ses fesses à merveille.

Merde, il la désirait. Comme un dingue. Il la voulait nue sous lui, les jambes écartées, le dos arqué tandis qu'il la prenait avec fougue.

Il se racla la gorge.

— Je peux vous inviter à dîner ? demanda-t-il d'une voix rauque. Je sais qu'il est un peu tôt, mais j'ai faim.

D'elle. Rien à foutre de la bouffe.

Se redressant, elle le regarda et il fut soulagé de ne pas avoir ôté ses lunettes de soleil. Rien de bon ne pouvait résulter de la lueur affamée qui brillait à coup sûr dans son œil. Le désir n'avait pas sa place ici, pas en ces circonstances…

Qui l'aurait cru ? Il était peut-être un tueur implacable, mais il avait quand même une certaine décence.

— D'accord. (Elle esquissa un sourire.) Pourquoi pas ? Moi aussi, j'ai un petit creux.

Matthias se dirigea vers le bureau et farfouilla à la recherche du menu en se persuadant qu'il ne faisait qu'agir conformément à la recommandation de Jim : tant qu'il restait auprès d'elle, elle serait en sécurité.

Parce qu'il avait beau ignorer son passé, il était sûr d'une chose :

Même si ça devait lui coûter la vie, il ferait tout pour protéger cette femme intelligente, généreuse… avec un cul à damner un saint.

Chapitre 17

Cette fois, Mels put enfin finir ses frites.

Les pommes de terre étaient accompagnées d'un hamburger avec un steak haché cuit à point, parsemé de cornichons suffisamment piquants pour lui chatouiller les sinus, et d'un soda glacé qu'on aurait dit tout droit sorti d'une pub avec son verre givré.

Sur la console en acajou, la télé était branchée sur une chaîne locale, le présentateur entamant le journal de 17 heures.

— Je dois avouer, murmura-t-elle en s'emparant de la dernière frite qu'elle trempa dans une petite flaque de ketchup, qu'elles sont bien meilleures qu'au *Riverside*.

Assis sur le lit, Matthias semblait concentré sur son sandwich, mais elle sentait bien qu'il la regardait. Même à travers les lunettes.

Il lui arrivait souvent de braquer le regard sur elle comme s'il aimait sa façon de bouger, même en étant assise. Et pour une raison étrange, ça le rendait encore plus sexy… au point qu'elle se demanda ce que ça ferait de le voir nu.

En parlant de son regard, bien sûr.

Sans les lunettes, donc.

Bordel, elle se rendait nerveuse toute seule.

— Tu sais, tu peux les retirer, dit-elle d'une voix douce. Les lunettes.

Il se figea, puis se remit à mâcher.

Il déglutit.

— Je suis plus à l'aise avec, rétorqua-t-il enfin.

— OK. À ta guise.

Il n'avait pas pipé mot sur sa quête de Jim Heron, ni sur la manière dont il avait trouvé l'adresse du garage, se contentant de monter dans la voiture de Tony et de la laisser le conduire jusqu'à l'hôtel.

Mais elle se garderait bien de le questionner.

— Personne ne t'attend chez toi ? demanda-t-il d'une voix désinvolte.

— Euh, pas vraiment. Ma vie privée n'est pas très intéressante, je dois dire.

— Je sais à quel point ça peut être… (Il s'interrompit.) Merde, en fait, je sais que c'est…

Elle attendit qu'il poursuive, mais il resta planté, l'œil rivé sur son assiette à moitié entamée comme s'il s'agissait d'un poste de télévision.

— Dis-moi, s'obstina-t-elle.

Il haussa les épaules.

— Pas de femme. Pas d'enfants. Pas de relation sérieuse. C'est pour ça que personne ne me cherche. Enfin, personne de ma famille, du moins.

— Je suis désolée. Et tes parents ?

Matthias grimaça puis sembla se ressaisir.

— Pas de parents ? insista-t-elle.

— Je n'ai rien à dire sur eux.

Dans le silence qui suivit, elle s'employa à ramasser son plateau et le sortit dans le couloir. En son for intérieur, elle savait qu'il était temps de partir.

Et sans doute temps de lâcher l'affaire, aussi.

Jim Heron était mort, du moins à en croire les archives du *CCJ*, sinon cette fichue stèle. Elle avait trouvé son adresse grâce à l'une des sources qui avait témoigné sur cette histoire, mais bien sûr, il n'y était pas quand elle…

Une migraine lui vrilla les tempes, mais la douleur s'apaisa quand Mels reporta ses pensées sur Matthias Hault. Il était en sécurité dans cet hôtel et se requinquait. Quant à sa mémoire, il était le seul en mesure d'agir. Elle avait fait tout son possible pour lui fournir les bases ; pour le reste… elle paierait s'il lui intentait un procès, même si ça n'avait pas l'air d'être à l'ordre du jour.

Certes, un détail clochait à propos de cette maison qu'il était censé habiter, et certaines pièces manquaient dans ce puzzle : qui donc s'était trouvé dans cet appartement au-dessus du garage, par exemple. Mais elle ne comptait pas rédiger un article sur cette affaire, qui donc ne la concernait plus.

Mels s'avança et s'assit sur le bord du lit. Lorsqu'il écarta son plateau et la regarda, de nouveau, une pointe de désir la traversa.

Elle était clairement attirée.

Surtout, dans cette pièce, seule avec lui. Sauf qu'elle n'avait aucune envie de ce genre de complication.

— Je ferais mieux de partir, dit-elle en sondant son visage.

— Alors, vas-y, murmura-t-il en la regardant droit dans les yeux à travers ses lunettes de soleil.

Aucun des deux ne bougea, Matthias gardant son corps élancé aussi immobile que le sien.

Seigneur… elle voulait qu'il l'embrasse. Une pulsion totalement dingue…

— Tu me donnes envie de…

Matthias prit une profonde inspiration.

— De quoi ?

Se penchant en avant, il tendit le bras et lui caressa le visage.

— Tu me donnes envie d'être différent.

Au contact de sa main, le cœur de Mels s'interrompit, puis recommença à battre de plus belle.

— Je crois que tu te dévalorises.

— Et c'est ce qui me terrifie.

— L'idée que tu sois un type bien ?

— Non. Que tu le croies.

Mels détourna brièvement le regard en se demandant ce qu'elle fichait dans cette chambre d'hôtel avec lui… à vouloir qu'ils se débarrassent de leurs vêtements ainsi que de leurs inhibitions. Mais bon sang, ils étaient tous les deux adultes et elle en avait marre de vivoter, d'attendre une carrière qu'elle n'avait pas, de faire une croix sur ses rêves et de ne pas recevoir grand-chose, voire rien, en retour.

Elle voulait mordre la vie à pleines dents. Comme elle le faisait avant la mort de son père, avant son emménagement à Caldwell, avant qu'elle se referme sur elle-même.

Les sourcils froncés, elle se demanda depuis combien de temps elle éprouvait ce sentiment.

Et là…

Elle ne savait pas exactement ce qui la poussa à agir. Sa voix ? Ses yeux, qu'elle ne pouvait pas voir, mais qu'elle sentait posés sur elle ? Sa fierté inébranlable mêlée à ce manque de confiance qui couvait en lui ?

Sa libido de femme ?

Quelle que fût sa motivation, Mels pressa ses lèvres contre les siennes. Un contact bref, chaste, mais puissant.

Quand elle s'écarta, il avait l'air abasourdi.

— Encore plus paumé, hein ? dit-elle d'une voix douce.

— Tu as le chic pour… oui.

Pour tout dire, elle était médusée par sa propre audace. Simplement, elle ne trouvait aucune raison de résister à l'attirance qu'elle éprouvait pour lui. La vie était courte… et après ces deux dernières années, elle était prête à saisir la moindre occasion, quitte à foncer droit dans le mur.

— Ça t'embête si je reprends là où tu t'es arrêtée ? demanda-t-il dans un grognement.

— Ne te gêne surtout pas pour moi.

Sur ce, Matthias glissa la main derrière sa nuque et l'attira vers lui, prenant le contrôle de la situation. Et juste avant qu'il ne pose sa bouche sur la sienne, Mels songea avec émerveillement que même s'ils ne se connaissaient pas vraiment, ce qu'il dégageait était plus important que tout le reste : elle se sentait en sécurité auprès de lui, malgré tous ses efforts pour lui prouver le contraire.

Et bon sang, elle le désirait.

Un sentiment réciproque, de toute évidence.

Matthias l'embrassa avec fougue, puis s'écarta… avant de revenir vers elle, comme s'il n'avait pas eu sa dose. Lorsqu'il insinua sa langue dans sa bouche, il garda ses lèvres pressées contre les siennes, la plaquant contre lui, inclinant tour à tour sa tête et celle de Mels. Alors qu'une chaleur l'embrasait à un endroit resté si longtemps glacial, elle se sentit prise d'un désir ardent et sauvage, et c'était exactement ce dont elle avait besoin. De cet instant, là, avec lui.

De faire l'amour dans cette chambre, sur son lit. Avec lui.

Soudain, Matthias se recula comme pour reprendre son souffle.

— Ça t'arrive souvent d'embrasser les sujets de tes articles ? demanda-t-il d'une voix éraillée.

— Tu n'es pas un sujet. Tout ça reste entre nous, je te le rappelle.

— C'est vrai. (Il parcourut son corps du regard.) Je veux te voir nue.

Mels esquissa un sourire.

— Pas vraiment une surprise vu la façon dont tu viens de m'embrasser.

Avec un grognement, il revint vers elle et l'étendit sur le matelas avant de rouler au-dessus d'elle. Bon sang, avant son « accident », il avait dû être extrêmement dominateur envers les femmes. Pas d'une manière violente – elle ne se sentait ni contrainte ni entravée – mais plutôt bestiale.

Surtout lorsqu'il glissa sa jambe entre les siennes et frotta sa cuisse contre son sexe. Mels s'arc-bouta et noua les bras autour de son cou…

D'un léger mouvement, il la tint à l'écart, puis s'arrêta net. Tandis qu'il s'éloignait d'elle, il avait le corps et le visage tendus, mais pas à cause du désir.

— Quoi ? demanda-t-elle d'une voix rauque. Qu'est-ce qui se passe ?

Matthias se traîna jusqu'au bord du lit, les poumons en feu, et prêt à se frapper la tête contre un mur. Bordel, il était en compagnie de cette magnifique jeune femme, pleine de vie, dans un état d'excitation avancé, et il était incapable de bander.

Il la désirait. Mais il ne pouvait rien pour y remédier.

Repensant à cette infirmière qui avait réussi à le faire jouir, il se dit que c'était un comble que son problème soit revenu en cette circonstance : ils auraient beau s'embrasser, se caresser, se frotter nus l'un contre l'autre, la distance entre lui et la journaliste était telle que rien ne pourrait la combler. Ils étaient de nouveau de part et d'autre d'une tombe ; elle du côté des vivants, lui du côté des morts.

Pour une raison étrange, il brûlait d'autant plus de la posséder. Et dans un instant de lucidité, il sut que, par le passé, il avait eu toutes les femmes qu'il désirait, et n'avait pas manqué de volontaires. Pourtant, ses partenaires n'avaient rien représenté à ses yeux.

Mais avec Mels, c'était différent. Mels était différente.

Mais à cause de son corps détraqué, il ne pourrait jamais la combler.

— Qu'est-ce qui se passe ? insista-t-elle.

Il ne voulait pas qu'elle sache. Même si plus tard, elle découvrait son infirmité, il voulait préserver encore un moment l'illusion qu'il était un homme à part entière. En supposant qu'il la revoie un jour.

— Je n'arrive pas à croire qu'on soit en train de faire ça, prétexta-t-il.

Ce qui était la vérité. Depuis son réveil sur la tombe de Heron jusqu'à l'accident de voiture, tout lui semblait louche. Il avait l'impression d'être victime d'un coup monté, comme si on lui avait ôté la mémoire dans un but bien précis.

— Moi non plus, répondit-elle, les yeux rivés sur sa bouche, semblant vouloir reprendre là où ils en étaient restés.

Elle ne lui paraissait pas du genre à enchaîner les coups d'un soir. Rien dans sa tenue, dans sa façon de bouger ni dans ses gestes ne la désignait comme une fille facile. Et elle semblait hésitante, mais prête à essayer, comme si elle n'avait pas eu de relation depuis longtemps, mais désirait sincèrement qu'il se passe quelque chose entre eux.

Dis-lui de s'en aller.

L'impuissance mise à part, il y avait tant d'autres raisons pour lesquelles ils ne devraient pas être ensemble ce soir. Ni jamais.

S'allongeant de nouveau à son côté, il glissa une main autour de sa taille et l'attira vers lui. Mais pas trop près. Pas contre ses hanches.

Dieu qu'elle sentait bon.

Et les sensations étaient réelles à l'intérieur de son corps : la chaleur couvant dans son bassin, son cœur battant la chamade, ses bras et jambes semblant plus forts qu'ils ne l'avaient jamais été. Seule sa queue était aux abonnés absents.

Mais peut-être était-ce mieux ainsi, puisqu'il devait lui dire de…

— Est-ce que je peux te donner du plaisir ? bredouilla-t-il.

Rien à voir avec les mots d'adieu qui étaient censés sortir de sa bouche.

— Tu l'as déjà fait.

— Je suis certain que je peux faire mieux.

— Eh bien, loin de moi l'idée de m'opposer à l'excellence.

Il s'approcha pour l'embrasser de nouveau en se demandant à quoi elle ressemblerait une fois son chemisier ouvert et son soutien-gorge dégrafé, les pointes de ses seins dressées vers sa bouche, la peau douce de son ventre l'entraînant vers ses trésors cachés.

À cette pensée, une sensation délicieuse l'envahit. Délicieuse et inédite. Et pas simplement parce que c'était sa première fois avec elle. Il avait l'impression qu'il n'avait jamais fait l'amour auparavant. Cela étant, s'il devait se fier à sa mémoire défaillante… il n'y avait jamais eu personne avant elle…

Surgie de nulle part, une vision l'assaillit, et il se vit debout contre un mur en compagnie d'une femme à la peau mate et douce. Une main autour de sa gorge, ses jambes nouées autour de ses hanches, il la baisait comme un fou…

Matthias fit un bond en arrière. Tout à coup, un flot d'images submergea son esprit, un rappel de toutes les femmes avec qui il avait baisé… jeunes quand il l'avait été lui-même, plus vieilles, plus piquantes lorsqu'il avait mûri ; puis une série de nanas extrêmement provocantes et obscènes.

Il se vit tour à tour dans chacune d'elles, son corps puissant et intègre, son esprit clair et concentré, son cœur froid comme un roc. Il vit ces femmes, nues ou à moitié dévêtues, certaines armées, d'autres non, toutes s'arc-boutant, se contorsionnant sous ses coups de reins.

— Quelque chose te revient ? demanda Mels au loin.

Il ouvrit la bouche pour parler, mais la pluie de noms, de visages, de lieux, s'abattait sur lui en un déluge qui noyait ses neurones, l'amenant au bord de l'évanouissement. Et lorsqu'il s'effondra, perdant toute maîtrise, il sentit Mels le caler contre les oreillers.

Il porta les mains à sa tête en poussant un juron.

— J'appelle un médecin…, annonça-t-elle.

D'un geste brusque, Matthias lui saisit le poignet.

— Non, je vais bien.

— Mon cul, oui.

— Laisse-moi juste une minute.

Respirant par petites bouffées, il décida d'arrêter de lutter. Ce fut la bonne réaction ; au lieu de le percuter, les souvenirs s'infiltraient, facilitant le processus de réminiscence. Du moins… jusqu'à la dernière image, lorsqu'il se vit en compagnie d'un… monstre. Impossible. Il devait s'agir d'un cauchemar, mais, Seigneur, la créature était hideuse, et prenait possession de lui pour l'entraîner dans un cachot au bout d'un long tunnel ténébreux…

La panique lui fit l'effet d'un électrochoc, l'onde si puissante que sa poitrine se cabra et que son torse se contracta. Mais il ne lâcha pas le poignet de Mels afin de l'empêcher de s'emparer du téléphone.

— Je t'en prie, l'entendit-il dire.

— Pas… de médecin… Ça s'estompe…

Au bout d'un moment, il relâcha son étreinte, ôta les lunettes de soleil et se frotta les yeux.

— J'aurais pensé que ce serait plus doux de retrouver la mémoire.

— Tu ne veux vraiment pas que j'appelle un médecin ? (Elle ramassa un classeur et l'exhiba devant Matthias.) Regarde, l'hôtel en a même un à disposition.

— Non, sincèrement, ça va. C'était juste étourdissant. Je crois qu'on ne se rend pas compte du nombre d'infos qu'on stocke là-dedans. (Il se tapota le crâne.) Des tonnes de données.

— De quelle sorte ?

Il détourna le regard.

— Eh bien, disons juste que je ne suis pas puceau et restons-en là.

— Ah.

Un long silence gêné s'installa. Puis Mels se racla la gorge.

— Tu sais quoi ? Je crois que je ferais mieux de partir.

— Oui.

Elle se leva du lit, empoigna son manteau et l'enfila.

— Avant… (Elle s'avança et griffonna quelques chiffres sur un petit calepin posé sur la table de chevet.) Je te redonne mon numéro de portable…

Une sonnerie retentit dans sa poche.

— Quand on parle du loup, murmura-t-il en la regardant finir d'écrire avant de décrocher.

— Allô ?

Sa voix était vive et professionnelle, et il admira sa facilité à changer de registre aussi rapidement.

D'un autre côté, il admirait beaucoup de qualités en elle.

Mels fronça les sourcils.

— Où ça ? Est-ce qu'on connaît son identité ? Comment est-elle morte… ? Vraiment ? Oui, j'arrive tout de suite. J'ai toujours la voiture de Tony. OK. (Elle raccrocha et s'empara de son sac.) Je dois y aller.

— Un article sur le gril ?

— Oui. Et mon patron a dû être touché par la grâce parce qu'il m'envoie sur une scène de crime.

— Il ne reconnaît pas tes talents ?

— Pas ceux que j'aimerais qu'il reconnaisse, en tout cas. (Elle marqua une pause devant la porte.) Tu es sûr que ça ira ?

— Tu as toujours été une sainte ?

— Pas avant de te connaître.

— Mels, dit-il au moment où elle s'esquivait.

Elle le regarda par-dessus son épaule, la lumière qui filtrait au-dessus de la porte illuminant son visage. Quand leurs regards se croisèrent, il aurait payé cher pour une seule nuit avec elle.

Je ne m'en sortirai pas vivant.

Alors si jamais une nouvelle occasion de l'embrasser se présentait, il ne s'en priverait pas. Et qui sait, peut-être que la deuxième tentative briserait la malédiction ?

En supposant que la compilation de ses exploits sexuels ne soit pas en deux volumes.

— Boucle ta ceinture de sécurité, ordonna-t-il d'une voix grave.

— Et toi, appelle un putain de docteur, rétorqua-t-elle avec un petit sourire.

Il adressa un juron à la porte qui se refermait derrière la jeune femme. Puis il songea à ce qu'il avait éprouvé en l'embrassant.

Baissant les yeux sur son bassin, il se prit à souhaiter être de nouveau un homme à part entière.

Chapitre 18

Le bar du *Marriott* portait le nom du premier propriétaire de l'hôtel, un dénommé Sasseman. Du moins, c'est ce que la serveuse expliqua à Adrian d'une voix rauque, aguicheuse, tandis qu'elle prenait sa commande ainsi que celle de Jim. Elle trouva aussi une excuse pour faire tomber son stylo et se pencher avant de s'éloigner en roulant des hanches.

D'un autre côté, le reste de la clientèle était composé d'hommes d'affaires au regard lubrique, sans doute sous Viagra, alors qu'elle était une séduisante jeune femme d'une vingtaine d'années.

À l'époque où Eddie était vivant, Ad lui aurait sauté dessus.

À présent, il n'avait le cœur à rien.

Le canapé sur lequel Jim et lui étaient assis était recouvert de Skaï rouge, et à chacun de leurs mouvements, il émettait le bruit d'un coussin péteur. Hormis cela, l'endroit était parfait pour espionner en toute discrétion : il avait vue sur le hall à travers la grande ouverture du bar. Personne ne pouvait entrer ni sortir à leur insu.

Cela étant, grâce au radar de Jim, ils auraient pu suivre Matthias et la journaliste même depuis le parking : l'ange avait pris soin de les toucher, et même Ad percevait leurs signaux à travers les étages de l'hôtel. Ils se trouvaient au sixième, très proches l'un de l'autre.

À se demander à quoi ils pouvaient bien jouer.

Sûrement au Scrabble.

C'est ça, ouais.

Les minutes s'égrenaient pour se transformer en heure, le silence seulement troublé par le brouhaha des clients attablés autour d'eux. Les apéritifs se transformaient en repas. Le temps paraissait… interminable.

Quelle barbe d'être immortel quand plus rien n'a d'intérêt. Tout ce qu'on a, c'est du temps. Des heures et des heures à s'ennuyer à mourir sans avoir le moindre espoir d'y parvenir.

Mais quel boute-en-train il était, ce soir.

Et son humeur ne s'améliora pas lorsqu'il baissa les yeux sur ses mains. La tache noire qu'il avait vue dans la salle de bains n'était pas réapparue, mais il ne pouvait s'empêcher de vérifier toutes les trente secondes. Jusque-là, tout allait bien, hormis cette déprime abyssale.

Il avait l'impression que son corps avait été vidé de tous ses organes, ne laissant que du vide entre ses côtes squelettiques…

— Elle descend, annonça Jim en avalant son restant de bière. Elle a quitté sa chambre.

Ad ne prit pas la peine de finir son verre. De toute façon, le goût ne lui plaisait pas.

Enfin, c'était tout de même mieux que de la bière light.

— Suis-la, dit Jim alors qu'ils pénétraient dans le hall. Je ne veux pas qu'elle soit seule.

— Je croyais que c'était Matthias l'âme à sauver ?

— Je crois aussi. Et si tel est le cas, elle est la clé de cette affaire.

— Tu en es sûr ?

— J'ai vu la façon dont il la regarde. Et ça me suffit. (Jim donna un coup de menton en direction de la journaliste qui sortait de l'ascenseur.) Reste avec elle. Je vais attendre que Divine débarque.

Ad n'avait aucune envie de jouer les chaperons. Il voulait attendre la démone. Être face à elle et espérer qu'elle lui décocherait une nouvelle pique à propos d'Eddie, afin de lui montrer qu'il était devenu insensible à ses attaques verbales. Puis il la regarderait droit dans les yeux tandis qu'elle bouillonnerait de rage, avant de se ruer sur lui.

Auquel cas, il aurait l'occasion de mettre un terme à son existence. De combattre jusqu'à la mort. De partir en guerrier.

Cette salope le terrasserait. Ça ne faisait aucun doute. Mais quel bonheur de lui arracher des lambeaux de chair. Et quel soulagement d'en finir une bonne fois pour toutes.

— Adrian ? Tu m'écoutes ?

— Je veux rester là.

— Et j'ai besoin que tu suives cette femme. Elle doit rester en vie pour influencer Matthias. Si Divine a vent de ses sentiments pour cette nana, on retrouvera son corps échoué sur les rives de l'Hudson. Ou pire.

Tandis que Jim le dévisageait, le sous-entendu était clair : c'était au plus fort des deux d'affronter Divine, et en cet instant, ce n'était pas Adrian. Et pas simplement parce qu'il n'avait pas la vivacité de Jim.

— Est-ce que tu veux gagner ? demanda Jim à voix basse. Ou est-ce que tu veux tout faire foirer ?

Lâchant un juron, Ad tourna les talons et s'élança à la poursuite de la jeune femme à petites foulées, parce qu'il aurait été malavisé de disparaître au vu de tout le monde, même si personne ne lui prêtait particulièrement attention.

Se dirigeant vers l'ascenseur menant au parking, Mels marchait d'un pas décidé, et il envia sa détermination. En revanche, il n'enviait pas sa voiture. Hormis un moteur et un toit, la vieille guimbarde n'avait pas grand-chose pour elle.

Juste pour le fun, il se rendit invisible et s'installa sur la banquette arrière, noyé au milieu d'une tonne de vieux papiers et de magazines qui auraient pu remplir la bibliothèque du Congrès. Par chance, elle choisit ce moment précis pour démarrer le moteur, mais elle entendit tout de même le bruit de ses fesses écrasant d'innombrables pages de journaux. Tournant brusquement la tête, elle regarda droit vers la place qu'il occupait, et pour être poli, il la salua d'un petit geste, même si, pour ce qu'elle en savait, elle était seule dans cette fichue bagnole.

— Je perds la boule, marmonna-t-elle tandis qu'elle passait la première et s'en allait.

Bonne conductrice. Rapide dans ses manœuvres, judicieuse dans ses trajectoires.

Ils se retrouvèrent à l'ouest du centre-ville, devant un motel aussi miteux qu'un chenil. Quand ils descendirent de voiture – lui demeurant invisible, elle marchant d'un pas pressé –, ils rejoignirent un groupe de flics et de journalistes dont l'attention était focalisée sur une chambre à gauche du…

Fronçant les sourcils, Adrian s'intéressa brusquement à la scène. Tandis que la femme qu'il était censé surveiller s'avançait vers les flics montant la garde devant un cordon de ruban jaune, il se faufila de l'autre côté et se glissa au travers de la foule postée devant la porte.

Qu'est-ce que c'est que ce bordel ?

Il sentait la présence de Divine partout dans la pièce, sa puanteur planant dans la brise comme si une benne à ordures avait déversé toute sa cargaison jusque dans les moindres recoins.

Adrian s'enfonça dans la chambre et dut se couvrir le nez pour éviter de respirer l'odeur fétide qui n'atteignait pas les sinus des êtres humains.

Il aperçut alors un corps à travers l'embrasure de la salle de bains.

Quatre ou cinq flics se tenaient devant le cadavre d'une femme : jambes blanches, tatouages sur les cuisses, vêtements déchirés semblant indiquer qu'elle s'était débattue. Elle avait été égorgée et du sang imbibait le haut à paillettes qu'elle portait, et s'étalait sur le carrelage ébréché sur lequel elle gisait.

Elle était blonde. Mais décolorée. Les restes d'un kit de teinture étaient éparpillés sur la tablette du lavabo et des gants en latex maculés de produit mauve étaient visibles dans la poubelle. Et elle s'était fait un brushing, grâce au sèche-cheveux et à une petite brosse dont les poils étaient sombres à la base et plus clairs à la pointe.

— Salope de Divine, marmonna Ad.

— Est-ce que la photographe est arrivée ? aboya un homme au regard las.

Les flics se regardèrent d'un air embarrassé, semblant peu enclins à lui annoncer la mauvaise nouvelle.

— Pas encore, inspecteur De La Cruz, répondit quelqu'un.

— Cette femme me rend dingue, marmonna le type en sortant son portable avant de faire les cent pas.

Tandis que les policiers s'agglutinaient autour de l'inspecteur pour entendre la photographe se faire engueuler, Adrian en profita pour entrer dans la salle de bains et s'accroupir.

Espérant ne rien découvrir, Ad souleva le bas du vêtement imprégné de sang.

— Oh, non…

Sous le haut scintillant, des symboles avaient été gravés sur la peau blême du ventre de la femme, des runes qui n'étaient pas adressées à l'être humain qu'elle avait été, pas plus qu'à ceux qui l'avaient découverte, ni à la famille qui la pleurerait.

C'était un message de Divine.

Qu'Adrian ferait disparaître afin que Jim n'en prenne jamais connaissance.

Jetant un coup d'œil en arrière, Ad s'assura que l'attention des flics était toujours focalisée sur l'inspecteur qui parlait au téléphone. Puis, la main à plat, il esquissa quelques cercles au-dessus de la chair mutilée.

Par chance, la peau n'avait pas encore perdu toute son élasticité, mais il éprouva beaucoup de peine à effacer les marques.

— Ramenez vos fesses immédiatement, cracha l'inspecteur, sinon je prendrai les photos moi-même. Vous avez quinze minutes pour arriver…

Ad fronça les sourcils, se concentrant de toutes ses forces. Par endroits, les entailles atteignaient plus d'un demi-centimètre de profondeur, et elles étaient irrégulières, comme pratiquées au moyen d'un couteau à dents… ou, plus probablement, assenées par une griffe.

— Allez… Allez…

Il regarda par-dessus son épaule. La pause-café était terminée et l'inspecteur revenait sur ses pas.

Retirant sa main, il se leva d'un bond… puis se rappela qu'il était toujours invisible.

— Qui a touché au corps ? brailla l'inspecteur. Qui a touché à ce putain de corps ?

Merde. Le haut était resté retroussé jusqu'au bas des seins. Et la peau portait une marque brun-rouge qui paraissait peu naturelle, au regard non seulement de l'origine ethnique de la victime, mais aussi du stade de décomposition du cadavre. Cependant, l'ange avait atteint son objectif, et tant pis s'il laissait ces humains dans un abîme de perplexité.

Mais à quoi Divine jouait-elle ?

— Cette salope le paiera, siffla Adrian en sortant.

Jim en avait ras le bol de scruter les va-et-vient dans le hall, mais il ne quitta pas sa place même si la nuit commençait à tomber : Matthias était toujours dans sa chambre, ce qui signifiait que Jim devait rester sur le qui-vive.

C'était comme ça quand on planquait : de longues périodes d'inactivité entrecoupées de courts moments de frénésie.

Bon sang, c'était comme au bon vieux temps… qui n'avait pas été si bon et ne lui paraissait pas si lointain en cet instant, car le passé de Matthias n'était pas le seul auquel il songeait.

Depuis qu'il avait entrepris son boulot d'ange, ce dernier avait vampirisé sa vie, au point de prendre le pas sur tout ce qu'il avait vécu auparavant. Mais il n'avait pas tout oublié. Être distrait ne provoquait qu'une amnésie temporaire.

Levant les yeux vers le plafond voûté, il fronça les sourcils. Matthias avait quitté sa chambre.

Un instant plus tard, les portes de l'ascenseur s'ouvrirent et l'homme pénétra dans le hall en s'appuyant sur sa canne. Avec ses lunettes de soleil alors qu'il faisait nuit, il attirait tous les regards. Mais ce n'était pas une nouveauté : Matthias avait une telle aura que tout le monde se retournait sur son passage, même ceux qui avaient la chance de ne pas le connaître.

Quittant son invisibilité, Jim se posta en travers du chemin de son ancien patron.

— Un rendez-vous nocturne ?

Pour toute réaction, Matthias tourna brusquement la tête.

— Tu joues les baby-sitters ?

— Oui, et la paie est minable. (Jim désigna le tourniquet vitré.) Tu vas quelque part ?

— Non, j'ai juste besoin d'un peu d'air frais. Je me sens... (Matthias se passa une main dans les cheveux) enfermé. Et je ne peux plus voir ces murs en peinture... Quoi ? Pourquoi est-ce tu me regardes comme ça ?

Avant que Jim ait pu inventer un mensonge, il répondit :

— Tu es tellement plus humain, maintenant.

— Et c'est censé signifier quoi ?

Jim haussa les épaules.

— Rien, laisse tomber. Ça t'embête si je t'accompagne ?

— J'ai le choix ?

— Tu peux toujours essayer de te sauver.

— Ce n'est pas gentil de se moquer des infirmes.

— T'en vois un, toi ?

Matthias éclata de rire.

— Très bien. À ta guise.

Dehors, l'air était plutôt chaud pour la saison. Une brume épaisse étouffait l'atmosphère et l'humidité planait entre les nuages et le sol, semblant hésiter à se transformer en pluie.

Jim sortit ses cigarettes, en alluma une et souffla une volute de fumée. Entre le brouillard, les Marlboro et l'écho de leur pas qui retentissait sur le pavé, l'ange se serait cru en plein film noir... Surtout, lorsqu'ils arrivèrent en vue d'une petite bande qui s'avançait vers eux... ou, en l'occurrence, qui marchait droit sur eux.

Qu'est-ce que c'était que ce bordel ?

Les six hommes étaient tous vêtus de blousons de cuir, ce qui aurait pu les faire passer pour des goths s'ils n'avaient pas eu l'air de défiler derrière leur chef comme des soldats.

Une fois parvenus à leur hauteur, Matthias et Jim s'écartèrent, et le type de devant tourna la tête dans leur direction.

Un homme laid comme un pou, avec un regard noir, foncièrement agressif.

Dans son ancienne vie au sein des XOps, Jim aurait peut-être caressé l'idée de les recruter. À les voir, on aurait dit qu'ils auraient pu tuer tous ceux qui croisaient leur chemin, surtout l'homme à la tête du groupe. Mais Jim avait changé et Matthias aussi, du moins l'ange l'espérait-il.

— Je me suis souvenu de quelque chose, dit son ancien patron, après avoir repris possession du trottoir.

— Ah oui ?

— Juste un truc perso. Rien qui t'intéresserait.

Alors que le silence devenait aussi pesant que le brouillard, Jim prit une nouvelle bouffée et souffla la fumée.

— Tu t'attends à ce que je fasse la conversation ?

— C'est toi qui as insisté pour m'accompagner. Tu pourrais au moins te rendre utile.

— Et moi qui croyais que ma beauté suffisait.

— Pas pour moi, mon pote. (Comme Jim ne répliquait pas, Matthias le regarda.) J'ai beaucoup pensé à toi.

— Pas d'un point de vue sexuel, j'espère ?

— Non. Apparemment, j'aimais beaucoup les femmes.

— J'aimais ?

Matthias s'arrêta et se tourna vers lui.

— Ce que je veux savoir, c'est…

À l'autre bout de la rue, une silhouette s'avança sur le trottoir avec la souplesse d'un homme entraîné à tendre des embuscades, et le coup de feu tiré dans leur direction n'émit aucun bruit. Tout ce que Jim vit fut le bref éclat de lumière lorsque la balle quitta l'extrémité du silencieux.

Lâchant un juron, il plongea et poussa Matthias dans une ruelle. Sous l'impact de ses cent kilos, celui-ci perdit l'équilibre et les deux hommes tombèrent au sol au ralenti. En pleine chute, et en parfaite synchronisation, ils dégainèrent leurs armes, pointèrent leurs canons en direction du tireur et appuyèrent sur la détente. Et lorsque leurs rafales quittèrent leurs canons, Jim pivota, si bien qu'il fut le premier à atterrir sur le trottoir mouillé, son corps amortissant la chute de Matthias.

Il fallait réagir vite, et il n'eut pas besoin de le signifier à son ancien patron. De toute évidence, son attrait pour le sexe n'était pas le seul souvenir de sa vie d'avant : Matthias s'était levé d'un bond, prêt à se réfugier derrière une camionnette qui se trouvait trois mètres plus loin…

De nouveaux coups de feu retentirent, les balles rebondissant sur le macadam, sur l'aile arrière du véhicule, sur le passage de roue. Le tireur les avait suivis et se rapprochait, tapi dans l'ombre.

Encore une bonne raison de le considérer comme un pro. Leur agresseur s'était faufilé sans le moindre bruit, et ce n'était pas uniquement dû au fait qu'il utilisait le même genre d'arme que celle que Jim pressait contre sa paume : aucun bruit de pas, pas même un souffle. Ce type opérait dans son élément ; celui d'un tueur aguerri.

Les XOps, songea Jim.

Lâchant un autre juron, il considéra ses options. La camionnette n'était pas un abri sûr à cause du réservoir : il savait où se trouvaient ses limites en matière de survie, mais ignorait où se positionnait Matthias sur le spectre de l'invulnérabilité, et provoquer une explosion n'était pas un bon moyen de tester ce concept.

Attrapant Matthias par le bras, il l'aida à courir jusqu'à l'arrière de la fourgonnette, qui était garée devant l'entrée de service de l'hôtel. Jim se précipita vers les poignées, puis tira et tourna.

Fermée.

Merde.

Projetant une décharge d'énergie, il fit sauter le verrou et, d'un coup d'épaule, enfonça les portes métalliques. Alors qu'elles cédaient en grinçant, Matthias se figea, son corps se raidissant comme transi de peur.

Jim traîna l'homme à l'intérieur et referma derrière eux. Soutenant Matthias, il propagea une nouvelle onde de chaleur en direction des battants, cette fois plus puissante et plus longue, afin de souder l'acier et de gagner un peu de temps.

Par chance, l'opération fonctionna, et son ancien patron était trop occupé à vérifier son chargeur pour remarquer le tour de passe-passe.

Sa canne dans une main, l'automatique dans l'autre, Matthias se ressaisit.

— Par là, aboya-t-il d'un ton péremptoire. Il doit y avoir une issue.

Plutôt que de jouer à qui était le chef, Jim passa un bras sous l'aisselle de Matthias et le traîna en avant, jetant de temps à autre un coup d'œil par-dessus son épaule.

Inutile d'être un génie pour comprendre qui était visé. Matthias avait été à la tête des XOps et était considéré comme mort. La procédure normale consistait à constater le décès, et étant donné qu'Isaac Rothe s'était débarrassé du corps, personne n'avait été en mesure de le confirmer.

D'une manière ou d'une autre, les XOps avaient découvert que Matthias se trouvait à Caldwell.

Divine avait peut-être des « contacts » dans l'organisation ?

— T'as refermé la porte ? grogna Matthias.

— Oui.

Mais il y avait de fortes chances pour que l'assassin ait de quoi…

L'explosion fut courte et feutrée, à peine plus intense qu'un éclat de lumière. Puis le grincement retentit de nouveau alors que l'agent déboulait dans le couloir.

Jim jeta un coup d'œil aux environs. Pas de porte. Pas d'abri. Juste une ligne droite.

D'un bloc, Matthias et lui pivotèrent et appuyèrent sur la détente, vidant leurs chargeurs. L'assassin répliqua et des balles ricochèrent tout autour d'eux. Aussi, Jim se plaça devant Matthias pour servir de bouclier humain.

Quelques tirs l'atteignirent, provoquant une piqûre désagréable, mais rien qui soit susceptible de le tuer ou de le distraire. Puis Matthias et lui tombèrent à court de munitions.

Idem pour le tueur.

Il y eut une courte pause. De toute évidence, l'agent rechargeait, et Jim n'avait pas d'autre choix que de prendre la fuite. Les sorts de protection étaient très efficaces contre les séides de Divine, beaucoup moins contre une volée de plomb. Gardant son corps entre le tueur et Matthias, il opta pour une direction et fonça dans le couloir. Lorsqu'ils passèrent devant un tas de chaises empilées, Matthias fit de son mieux pour courir, même si vu l'état de ses jambes, il aurait mieux valu qu'il se tienne tranquille et se laisse traîner comme un poids mort.

Mais ce n'était pas le moment d'en débattre.

Ils avaient parcouru près de trois mètres quand Jim remarqua qu'aucune balle ne sifflait à leurs oreilles.

Aucun professionnel ne mettrait autant de temps à recharger son arme. Qu'est-ce que…

À ce moment-là, il sentit la présence de Divine, comme une ombre passant sur sa propre tombe.

Il ne manquait plus que la démone.

Chapitre 19

— Allez, Monty, t'as bien un tuyau à me refiler!

Contrairement aux autres journalistes présents au motel, Mels n'était pas massée derrière le cordon de sécurité cernant la chambre ouverte. Elle se trouvait de l'autre côté, campée dans la brume qui s'était engouffrée, en compagnie de son vieil ami « Monty la Balance ». Monty était un bon flic, mais ce qui le rendait particulièrement utile, c'était son ego. Il adorait partager ses infos, juste pour prouver qu'il savait des choses, et cette faiblesse s'avérait bien pratique.

Sauf que, cette fois, il s'agissait de son propre article. Elle n'allait pas à la pêche aux renseignements pour le compte de quelqu'un d'autre.

Mels se pencha par-dessus la bande de ruban adhésif.

— Je suis sûre que tu sais ce qui s'est passé

Monty remonta son pantalon sur sa bedaine et passa une main à travers ses cheveux gominés. On l'aurait dit tout droit sorti des années 1970. Le crâne rasé et une sucette dans la bouche, on aurait pu le prendre pour Kojak.

— J'ai été un des premiers à arriver sur les lieux. Alors, oui, j'ai des billes.

Le problème avec Monty, c'est qu'il fallait lui tirer les vers du nez.

— Quand est-ce qu'on t'a appelé ?

— Il y a deux heures. Le gérant a appelé la police et c'est moi qui ai décroché. Le type qui a payé la piaule l'a louée pour une heure aux environs de 17 heures, mais la réception a attendu 21 heures pour s'apercevoir qu'il n'était toujours pas parti. J'ai frappé à la porte. Pas de réponse. Le gérant a utilisé son double, et voilà.

— Qu'est-ce qui s'est passé, selon toi ?

C'était important de lui demander son avis.

— C'était une prostituée bien connue de la police, alors il y a trois possibilités.

Il laissa sa phrase en suspens, et Mels prit le relais, comme elle était censée le faire.

— Maquereau, client ou petit copain jaloux.

— Pas mal, pas mal. (De nouveau, il rajusta sa ceinture.) Pas d'effraction. Des signes de lutte évidents vu l'état de ses vêtements. Mais tout n'est pas « blanc bleu » dans cette histoire.

« Blanc bleu » était une référence à la couleur du couloir que des générations d'inspecteurs avaient arpenté pour conduire des suspects au commissariat central. Au fil du temps, le terme s'était codifié pour désigner une affaire lambda.

— Et quelle était la surprise ?

Monty se pencha, comme pour dévoiler un secret d'État.

— Elle avait les cheveux colorés. Pour une raison bizarre, ça faisait partie du deal. Elle s'est transformée en blonde aux cheveux lisses. Et là, il l'a tuée.

— Comment sais-tu que c'est un homme ?

Monty la dévisagea, l'air de dire qu'il n'était pas tombé de la dernière pluie.

— Et non, je ne peux pas te donner le nom de la victime. Il n'a pas encore été révélé parce qu'on veut d'abord contacter sa famille. Mais je la connaissais, et elle a eu de la veine d'avoir survécu à ces deux dernières années. Elle a un casier bien chargé et de multiples condamnations pour agression.

— OK. Eh bien, appelle-moi quand tu en sauras plus. Je ne cite pas mes sources. Tu le sais bien.

— Oui, t'es cool. Cela dit, ne te vexe pas, mais t'es pas souvent en signature des articles. Hé, tu pourrais pas me rencarder auprès de ton pote, Tony ? En général, c'est son rayon, ce genre de plan.

À cet instant, elle avait perdu tout respect pour Monty. Non pas parce qu'il avait pointé du doigt son manque de références au sein du *CCJ*, mais parce que, nom de Dieu, ce n'était pas une *rock star*, que ce n'était pas un « plan », et que sa manie de remonter son ceinturon l'exaspérait au plus haut point. C'était une scène de crime et, ce soir, quelqu'un avait perdu sa fille ou sa sœur, voire sa petite amie ou sa femme.

Il pourrait au moins éprouver une certaine gêne ou un sentiment d'indécence à divulguer ce genre d'informations. Comme c'était le cas de Mels.

— Dick m'a assigné cette affaire, dit-elle.

— Ah oui ? Hé, peut-être que tu prends du galon. Et d'accord, je t'appellerai si tu promets de ne pas citer mon nom.

— Promis.

— À plus tard. (Il donna un coup de menton vers le côté, lui faisant signe de partir.) Et décroche quand je t'appellerai. J'ai un étrange pressentiment à propos de cette affaire.

Elle leva son portable.

— Je réponds toujours.

Alors que Mels tournait les talons, elle porta les mains à sa nuque, soudain parcourue d'un frisson. Balayant les lieux du regard, elle ne vit que des gens dont la présence était légitime : flics, inspecteurs, une photographe s'avançant vers le ruban jaune, l'air furieux. Il y avait aussi deux équipes de télé à l'autre bout du parking, dont l'une était en train de filmer, le projecteur braqué sur une journaliste aux cheveux bruns.

Mels se retourna de l'autre côté et se frotta le cou de plus belle.

Bon sang, cette brume était flippante.

Consultant sa montre, elle sortit son portable et composa un numéro. Quand sa mère décrocha, Mels mit la main en coupe autour de sa bouche.

— Maman ? Salut, c'est moi. Écoute, je sais que je t'avais dit que je rentrerais tôt, mais je suis toujours au boulot. Quoi ? Désolée, je ne t'entends pas… Ah, ça y est, je te capte. Oui, je suis… Oh, non, ne t'inquiète pas. Je suis entourée de la moitié du commissariat… (Sans doute pas très rassurant.) Non, maman, je vais bien, mais c'est une grosse affaire et je suis contente que Dick me l'ait confiée. Oui, je te le promets. D'accord. Oui, écoute, il faut que j'y aille… Et je frapperai à ta porte dès que je rentrerai à la maison.

Elle raccrocha, consciente que ce ne serait pas de sitôt. Mais elle était prête à patienter, quel que soit le temps que ça prendrait. Le corps devait être photographié et la police scientifique ne tarderait pas à arriver, avant que le cadavre soit enfin emmené.

Mels resterait jusqu'au moment où la police achèverait son travail, où les équipes de télé plieraient bagage et où les autres journalistes jetteraient l'éponge.

Se dirigeant vers la voiture de Tony, elle lui envoya un texto pour l'informer qu'elle n'avait pas bousillé la Toyota, et qu'elle l'inviterait à déjeuner le lendemain, en plus de passer le prendre à 8 h 30 sur le chemin du bureau.

Puis elle s'emmitoufla dans son manteau et s'adossa au pare-chocs de la voiture de son collègue.

Aussitôt, elle se redressa et jeta un coup d'œil derrière elle. Rien que les lampadaires aux confins du parking du motel. Pas de satyre lorgnant sur elle. Personne, en fait.

Alors pourquoi avait-elle l'impression d'être espionnée ?

Elle se massa les tempes en se demandant si la paranoïa de Matthias n'était pas contagieuse. Même si leurs ébats étaient bien plus certainement à l'origine de la confusion qui régnait dans son esprit.

Matthias ne se souvenait peut-être plus de grand-chose, mais il savait se servir de sa bouche à merveille…

D'un certain point de vue, elle n'arrivait pas à croire que c'était arrivé. Elle n'avait jamais eu d'aventures sans lendemain, pas même à la fac. Pourtant, si Matthias ne les avait pas arrêtés, elle aurait pu laisser l'attirance aboutir à sa conclusion naturelle et charnelle.

Ce qui la surprenait de sa part. Encore plus en sachant qu'elle n'hésiterait pas à recommencer.

Si elle en avait un jour l'occasion.

Figé dans le couloir souterrain du *Marriott*, Jim Heron le protégeant de son corps, Matthias avait l'impression d'être un boxeur. Et pas du genre Mohammed Ali ou George Foreman. Plutôt de celui de leurs partenaires d'entraînement, les gars que les stars tabassaient au gymnase avant de défoncer la tronche d'adversaires dignes de ce nom : pistolet vide pendant mollement près de sa cuisse, le souffle court, pris de vertiges, il était épuisé à cause de toute cette agitation et de son accident. Cependant, il ne pensait pas avoir été touché.

Lui non, mais le tireur, oui. Une odeur de sang frais leur parvenait, accompagnée d'un bruit de goutte-à-goutte qui évoquait un tuyau percé. Et qui n'était sûrement pas lié à la plomberie de l'hôtel.

— Reste là, ordonna Jim.

Comme s'il était une gonzesse ?

— Aucune chance.

Ensemble, ils s'avancèrent vers le tueur blessé, Jim en tête, car il marchait plus vite.

Juste derrière la porte qu'ils avaient défoncée, un homme vêtu d'une tenue noire et moulante gisait sur le dos, les yeux ouverts et les pupilles dilatées. Il avait été égorgé, les artères et les veines tranchées d'un geste net.

— Y en a partout, marmonna Matthias, qui jeta un coup d'œil autour de lui en se demandant comment se débarrasser du corps… et, surtout, qui avait bien pu les sauver.

Alors qu'il considérait les avantages et les inconvénients des différentes techniques de nettoyage, il avait vaguement conscience d'être totalement indifférent à la mort, au cadavre, au choc d'avoir été pris pour cible : c'était la routine, son seul souci étant de trouver un moyen de garder la police hors de cette affaire.

C'était ce qui avait constitué sa vie, songea-t-il. C'était son élément.

S'appuyant sur sa canne, il s'accroupit, son genou craquant comme une branche d'arbre.

— T'as une bagnole ?

— Non, mais je peux gérer. Tu veux bien le…

Avant que Jim ait pu finir sa phrase, Matthias était déjà en train de fouiller l'assassin, récupérant deux chargeurs supplémentaires, un couteau ainsi qu'un autre pistolet.

— Bon, dit Jim d'une voix sèche. Je vais jeter un coup d'œil dehors et regarder si la voie est libre.

— Donc, toi non plus, tu ne sais pas qui est notre bon samaritain ?

— Non.

La porte métallique grinça de nouveau quand Jim l'ouvrit, et l'espace d'une fraction de seconde, Matthias fut pétrifié de peur, la terreur figeant son corps depuis son cœur jusqu'à ses talons. Le regard fou, il scruta les ombres dans le corridor sombre, s'attendant à ce qu'elles lui sautent dessus.

Rien ne bougea.

Marmonnant dans sa barbe, il se ressaisit et remonta la chemise du tueur. Son gilet pare-balles était percé d'un trou : au moins, ils n'avaient pas gâché toutes leurs munitions. Pas de téléphone portable. Et en supposant que Jim ne se soit pas fait tirer dessus, personne ne les attendait, tapi dans un coin, pour prêter main-forte à ce soldat.

Se détendant, Matthias examina la porte en acier. Au centre s'étendait une marque noire après que leur agresseur avait fait sauter le verrou à l'aide d'une minibombe…

Soudain, Matthias se rappela ses propres mains sur un détonateur et se revit en train de manipuler un engin explosif improvisé. Il l'avait fabriqué lui-même, dosant électronique et effet de souffle avec minutie, de manière à se procurer une porte de sortie…

Jim avait tort. Matthias ne s'était pas détesté, ni ce qu'il était devenu. Il était simplement épuisé d'être ce qu'il était.

C'est-à-dire…

Une migraine atroce lui vrilla soudain la tête, comme si son cerveau souffrait d'une crampe, la douleur effaçant sa mémoire, bloquant ses souvenirs.

Merde, il voulait accéder à ce qui était caché, mais il ne pouvait pas se permettre d'être surpris sans moyen de se défendre, penché au-dessus d'un cadavre.

Jetant un coup d'œil au visage du macchabée, il s'extirpa de son état et remarqua que la peau du type commençait à changer, son teint rougeaud dû à l'effort laissant place à un gris opaque. Observant le processus de la mort, se concentrant sur lui et lui seul, il revint péniblement au présent.

— On se connaît ? demanda-t-il à la dépouille.

Une partie de lui était convaincue que oui. Le visage était celui d'un jeune homme blanc, sec, blême comme s'il avait l'habitude d'opérer la nuit. D'un autre côté, combien de millions de Caucasiens âgés d'une vingtaine d'années y avait-il ici-bas ?

Non, se dit-il. Il connaissait ce gosse.

D'ailleurs, il avait le sentiment d'avoir choisi cet enfoiré.

Avait-il été recruteur pour l'armée ?

Dans le couloir, Jim revint sur ses pas, ferma la porte et s'adossa au battant, les bras croisés, l'air de vouloir défoncer un mur.

— La voie est libre ? demanda Matthias.

— Ça en a tout l'air.

Soudain, il remarqua les trous dans la chemise de Jim Heron.

— Heureusement que tu portes un gilet, toi aussi.

— Quoi ?

Matthias fronça les sourcils.

— Tu as été touché…

Tout à coup, son cerveau expulsa de nouvelles bribes du passé : il les revit dans une pièce entièrement métallique, des deux côtés d'un cadavre allongé sur une table, Matthias braquant son arme et appuyant sur la détente… en direction de Heron.

— Je t'ai tiré dessus dans une morgue, dit Matthias dans un souffle. Je t'ai tiré… droit dans le cœur.

Chapitre 20

Génial, se dit Jim alors que Matthias le dévisageait comme s'il était un extraterrestre.

Le moment était vraiment mal choisi pour que ce souvenir lui revienne : manifestement, ils étaient traqués par les XOps. C'était la seule explication logique, même si ce n'était pas ça qui le tracassait le plus.

De toute évidence, Divine leur avait sauvé la peau.

Elle était intervenue et s'était barrée. Et comme la démone n'agissait jamais sans raison, il se demandait dans quelle mesure cette tentative d'assassinat faisait partie du jeu. Peut-être aucune. Après tout, si elle voulait influencer Matthias, il fallait que ce dernier soit en vie au moment où le carrefour se présenterait.

Et Jim n'avait manifestement pas été très doué pour protéger cet enfoiré.

— Je t'ai tiré dessus…, répéta Matthias.

Jim lui jeta un regard dédaigneux.

— Et alors ? Tu veux une médaille ? Je t'en achèterai une sur Internet. Mais avant de te poser des questions existentielles, c'est à ça que servent les gilets pare-balles, non ?

— Tu n'en portais pas. (Matthias retira ses lunettes de soleil et plissa les yeux.) Pas plus que maintenant.

— OK. Écoute, on est dans un lieu public avec un cadavre farci de plombs provenant de nos pistolets. Tu crois vraiment que c'est le moment d'avoir cette discussion ?

— Je le connais. (Matthias désigna leur agresseur.) Mais je ne sais pas d'où.

— Bon, je vais me débarrasser de lui. Si tu pouvais avoir la gentillesse de ramener ton cul jusqu'à ta chambre…

— Dis-moi. Sinon, je ne bouge pas.

L'espace d'une fraction de seconde, Jim se rappela avec une grande clarté pourquoi il l'avait toujours surnommé « cet enfoiré de Matthias ».

— Très bien. Tu étais son patron.

— Et quel genre de patron ?

Ils n'avaient pas le temps d'en discuter.

— Pas le genre que j'apprécie, si tu veux tout savoir.

— J'étais le tien, aussi, hein ? (Comme Jim ne répondait pas, Matthias montra les dents.) Putain, mais pourquoi tu me fais poireauter comme ça ? D'une façon ou d'une autre, je finirai par assembler les pièces du puzzle, et là, ça commence à me gonfler.

Merde. Il était bien décidé à ne pas broncher, et Divine risquait fort de débouler. Ou alors, ce qui ne valait guère mieux, les flics ou la sécurité de l'hôtel.

— D'accord, dit Jim d'une voix bourrue. J'ai peur qu'en te mettant au courant tu ne finisses en enfer. Ça te va ?

Matthias esquissa un mouvement de recul.

— T'as pourtant pas l'air d'un bigot.

— Je ne le suis pas. Maintenant, est-ce qu'on peut arrêter ces conneries et se tirer ?

Matthias s'accroupit, accrocha sa canne par-dessus son épaule et s'approcha des chevilles du type.

— Tu n'esquiveras pas la question éternellement.

— Mais qu'est-ce que tu fous ?

— On va s'en occuper tous les deux…

— Non, hors de…

Un bruit de sirènes interrompit la dispute, et ils regardèrent tous deux vers la porte. Avec un peu de chance, les flics ne s'arrêteraient pas, et les véhicules s'éloigneraient…

Pas de bol. Un témoin avait entendu les détonations et composé le numéro des urgences.

Alors qu'une voiture pilait dans la ruelle en faisant crisser ses pneus, Jim fut d'avis d'opter pour la solution de facilité : plonger Matthias dans une transe, faire disparaître le cadavre, et hypnotiser les flics qui étaient en train de sortir de leurs véhicules, armés de lampes torches. Mais c'était coton de manipuler l'esprit de plusieurs personnes à la fois. Et mettre le feu au cadavre ne ferait qu'aider les flics à les localiser.

Avec un peu de veine, ils perdraient quelques minutes à fouiller la ruelle.

— La ferme, aboya-t-il en attrapant Matthias par la taille avant de le projeter sur son épaule et de s'élancer dans le couloir.

— Noooooon maaaaais t'eeeeeees maaaaaaala… deeeee ?

Les protestations s'arrêtèrent net. Peut-être parce qu'à force d'être secoué comme un prunier Matthias avait avalé sa langue ou subi une hémorragie cérébrale. Mais, nom de Dieu, ils parvinrent au bout du couloir interminable et cette fois, Jim n'eut pas besoin de se cacher pour faire sauter la serrure. Enfonçant la porte, il…

Oh, merde.

… déboula en plein milieu d'un des restaurants de l'hôtel.

Par bonheur, la pièce semblait servir de salle de réception pour le petit déjeuner et le déjeuner ; là, on aurait dit une ville fantôme, les cuisinières et les meubles en inox étincelants, prêts pour le prochain service. Malheureusement, l'effraction avait déclenché l'alarme et des lumières rouges se mirent à clignoter dans tous les coins.

— Par ici, dit Matthias en désignant des portes à double battant percées de hublots. Et laisse-moi descendre.

Jim le posa à terre et ils se remirent en route, longeant un fourneau monumental, puis un évier assez large pour y laver un éléphant. Tandis qu'ils parcouraient le carrelage rouge en trombe, Jim chercha du regard le système d'alarme, un boîtier de contrôle, mais bien sûr, ils ne l'auraient pas installé en plein milieu de la pièce. Du reste, même s'il parvenait à le désactiver, le signal avait déjà été envoyé.

Ouvrant la porte à la volée, ils déboulèrent dans une salle meublée de tables carrées, dressées pour des clients qui ne descendraient prendre leur petit déjeûner que sept heures plus tard.

À travers les vitres teintées qui séparaient la salle à manger du hall, Jim aperçut trois personnes en train de courir. Sûrement les vigiles de l'hôtel.

Matthias et lui regardèrent tous deux vers la gauche, où de longs rideaux étaient tirés devant de vieilles fenêtres démodées.

Sans un mot, ils foncèrent vers la seule issue possible. Lorsqu'ils y parvinrent, Matthias ne tenta pas de jouer les héros, ce qui était tout à son honneur ; il s'arrêta net et laissa Jim ôter le loquet et saisir la poignée à la base du rebord.

L'ange ne se contenta pas de tirer sur la pièce en laiton. Rassemblant un peu d'énergie mentale, il se concentra sur la fenêtre, qui s'ouvrit avec un craquement, comme si elle se libérait de la couche de peinture qui la recouvrait.

Quatre mètres les séparaient du sol.

— Bordel, pesta Matthias. Tu vas devoir me rattraper.

— Pigé.

D'un bond souple, Jim passa par-dessus la balustrade et s'abandonna à la loi de la gravité. Il se réceptionna droit sur ses jambes et tendit les bras. Matthias eut plus de difficultés à franchir l'obstacle, ses genoux peinant à plier, mais il ne manquait pas de ressource. Agrippant la fenêtre, il la referma derrière lui, alors que ses fesses tenaient à peine sur le rebord.

Tandis qu'il se laissait tomber, son coupe-vent noir se mit à claquer dans l'air, comme un parachute percé.

Jim attrapa son ancien patron en poussant un grognement, l'empêchant de s'écraser sur le trottoir.

— Ils ont trouvé notre ami, dit Matthias en se dégageant.

Effectivement, un peu plus loin le long du bâtiment, les flics avaient ouvert la porte et étaient entrés dans le couloir, l'éclat de leurs torches brillant dans la ruelle, comme s'ils balayaient la scène à la recherche du fuyard.

Il était temps de détaler.

Évoluant vite et en silence, ils se dirigèrent dans la direction opposée. Contrairement aux XOps, la police de Caldwell n'intervenait jamais sans demander de renforts, et bien entendu, de nouvelles sirènes se mirent à retentir à travers la nuit.

Près de cinquante mètres plus loin, Matthias et lui s'arrêtèrent au coin de l'hôtel, s'assurèrent que la voie était libre, puis émergèrent de la ruelle, comme si de rien n'était.

— Retire tes lunettes, dit Jim en scrutant le trottoir d'en face.

— Déjà fait.

Jim jeta un coup d'œil à son ancien patron. Le menton levé, il regardait droit devant lui. Les lèvres légèrement entrouvertes, il soufflait comme une locomotive, mais on ne s'en rendait pas compte à moins de chercher des signes d'hypoxie.

Aux yeux des badauds, ils n'avaient rien de louche ; juste deux types en balade.

Jim fut saisi de l'envie absurde de féliciter Matthias. Mais c'était ridicule. Ils avaient tous deux été entraînés par le même sergent instructeur, passé des années à s'exercer aux différentes techniques de fuite, pratiqué diverses versions de ce scénario bien précis.

Au moment où ils pénétrèrent dans le hall, Matthias avait repris son souffle.

Il allait sans dire qu'il continuerait de demeurer au *Marriott*. Maintenant que les XOps avaient tenté de l'assassiner, ce qui s'était terminé par la mort du tueur et l'arrivée des flics, il était beaucoup plus risqué et compliqué d'effectuer de nouvelles tentatives, du moins au cours des deux prochains jours.

En outre, ils avaient fait le tour de la cuisine. Très professionnelle.

Il aurait été dommage de ne pas goûter leur bouffe.

La ténacité de Mels finit par payer… d'une triste manière.

Les équipes de télévision levèrent le camp après minuit, puis les flics commencèrent à se disperser. Monty lui-même s'en alla. Au final, il ne restait que les techniciens de la scientifique, deux inspecteurs et elle-même.

Le ruban jaune de la police s'était écourté au fur et à mesure que le personnel s'était réduit et elle s'était rapprochée de la porte ouverte de la chambre d'hôtel. Alors quand vint l'heure d'emmener la victime, elle avait une vue bien dégagée sur l'opération. Deux hommes entrèrent avec un grand sac noir et, à cause de l'exiguïté de la salle de bains, ils durent l'étaler à plat sur le tapis avant de sortir la femme et de la déposer dessus.

Pauvre fille.

— Ouais, c'est affreux.

Mels se retourna, sans s'être aperçue qu'elle avait parlé à voix haute. Un homme, grand, l'air menaçant, se tenait derrière elle, un colosse avec des piercings plein le visage et un blouson de cuir. Sauf que son expression dénotait une tristesse qui modifia aussitôt l'opinion qu'elle s'était forgée de lui au premier abord. Il ne la regardait pas ; il avait les yeux rivés sur la fille dont les membres sans vie étaient ramenés près du corps avant qu'une glissière ne la fasse disparaître dans les plis noirs de l'épais plastique.

Mels se retourna vers la scène.

— J'ai de la peine pour son père.

— Vous le connaissez ?

— Non, mais j'imagine sa douleur. (D'un autre côté, il s'était peut-être totalement fichu d'elle, ce qui expliquerait en partie pourquoi elle avait fini sur le trottoir.) C'est juste… qu'elle a été gosse. Elle a bien dû connaître des moments d'innocence à un moment de sa vie.

— C'est à espérer.

Une pointe de curiosité l'incita de nouveau à le détailler du regard.

— Vous logez au motel ?

— Non, je suis juste un badaud. (L'homme poussa un étrange soupir de désespoir.) Bon sang, je déteste la mort.

Pour une raison bizarre, Mels se prit à songer à son père. Lui aussi avait été emmené dans un sac à la suite de l'accident de voiture, après avoir été extrait de la carcasse par l'engin de désincarcération.

Était-il au paradis ? Les regardait-il ? Ou la mort n'était-elle qu'une sorte d'extinction des feux, comme un moteur coupé ou un aspirateur débranché ?

Il n'y avait pas de vie après la mort pour les objets. Alors pourquoi les humains s'imaginaient-ils que leur sort était différent ?

— Parce qu'il l'est.

Elle regarda par-dessus son épaule et sourit d'un air gêné.

— Désolée, j'ai pensé à voix haute.

— Ce n'est pas grave. (Il esquissa un sourire.) Et il n'y a rien de mal à espérer que ses chers disparus sont en paix ni à avoir la foi. C'est même une bonne chose.

Mels reporta son attention sur la chambre du motel en s'étonnant d'avoir une conversation aussi franche avec un parfait inconnu.

— J'aimerais juste en avoir la certitude.

— Ah, mais vous êtes journaliste. Vous ne pourriez pas garder le secret.

Elle s'esclaffa.

— Parce que le paradis et l'enfer sont des informations confidentielles ?

— Exactement. Les humains ont besoin de deux éléments pour se reproduire : le manque et l'inconnu. Si nos proches étaient toujours auprès de nous, on ne se soucierait pas autant d'eux, et si on avait la certitude d'être réunis, ils ne nous manqueraient jamais. Ça fait partie du plan de Dieu.

Jamais elle ne l'aurait cru si croyant.

— Possible.

Ils reculèrent alors que les policiers s'emparaient des poignées en nylon du sac et commençaient à évacuer la victime. Tandis qu'elle contemplait la procession macabre, Mels eut le sentiment de savoir pourquoi Dick lui avait confié cette mission. Prostituée assassinée, scène glauque, bas-fonds de Caldwell… C'était tout à fait le genre d'enfoiré à se venger après s'être fait rembarrer par elle.

Et de fait, elle était ébranlée, comme le serait toute personne douée d'une conscience. Malgré tout, elle continuerait à faire son boulot.

Passant la tête par l'embrasure, elle s'adressa à l'homme chargé de l'enquête.

— Inspecteur De La Cruz ? Une déclaration ?

L'inspecteur leva les yeux de son calepin à la Columbo.

— Vous êtes encore là, Carmichael ?

— Bien sûr.

— Votre père serait fier de vous, vous savez ?

— Merci, inspecteur.

Quand De La Cruz s'approcha d'elle, il n'accorda pas un regard à l'armoire à glace qui se tenait à son côté. Mais il était comme ça. Imperturbable.

— Je n'ai rien à dire pour le moment. Navré.

— Pas de suspects ?

— Aucun commentaire. (Il lui pressa l'épaule.) Saluez votre mère de ma part, d'accord ?

— Et à propos de cette décoloration ?

Il se contenta d'esquisser un signe par-dessus son épaule et continua son chemin avant de monter dans une Crown Victoria gris foncé et de quitter le parking.

Alors que le dernier flic refermait la porte, la verrouillait et apposait le sceau de la police, elle se tourna vers l'homme derrière elle…

Il avait disparu, comme par enchantement.

Bizarre.

Lorsqu'elle se dirigea vers la voiture de Tony, elle aurait juré être suivie, mais personne ne se trouvait à proximité. Pourtant, l'impression persista jusqu'au moment où Mels démarra, au point qu'elle se demanda si la paranoïa n'était pas un virus contagieux.

Matthias était certes à cran, mais il avait peut-être une bonne raison de l'être.

Elle n'en avait aucune.

Mels prit le plus court chemin pour rentrer, c'est-à-dire en évitant les tunnels, et lorsqu'elle longea de nouveau le cimetière, elle décida d'effectuer un petit détour.

La maison devant laquelle elle s'arrêta était située dans une rue où tous les autres garages étaient flanqués de lanternes de chaque côté de la porte.

Cette demeure-là était plongée dans l'obscurité, et vue de l'extérieur, on aurait dit un trou noir parmi toutes les maisons éclairées.

Mels posa la main sur la portière avec l'intention de jeter un petit coup d'œil, de regarder par les fenêtres, voire de trouver un moyen d'entrer dans le garage. Mais dès qu'elle effleura la poignée, une onde de peur la submergea, aussi sûrement que si un croque-mitaine s'approchait derrière elle avec un couteau.

Mels marqua une pause en attendant que l'angoisse s'estompe, au cas où il ne s'agirait que d'une brûlure d'estomac due au hamburger et aux frites qu'elle avait mangés au

Marriott, mais quand elle constata que le poids restait sur sa poitrine, elle redémarra et fit demi-tour au milieu de la rue.

Probablement la brume qui planait encore dans l'air.

Oui, c'était ça, le tueur en série, et cet écran de brouillard qui rendait la nuit plus sombre et plus dangereuse qu'elle ne l'était en réalité.

S'éloignant, elle enclencha le verrouillage centralisé des portes et se cramponna au volant.

Elle ne se détendit qu'au moment où elle s'arrêta dans l'allée de sa mère, les phares de la voiture de Tony balayant la façade de la maison dans laquelle elle avait grandi.

Pour une raison étrange, elle riva le regard sur les volets du premier étage, ceux qui recouvraient la lucarne de sa chambre.

Son père les avait posés quand elle avait dix ans : après qu'une tornade venue du nord-est les avait arrachés, il s'était procuré une échelle en aluminium et avait hissé les deux lourds vantaux en bois avant de les plaquer contre les rives et de resserrer les fixations.

Mels avait tenu le bas de l'échelle, juste parce qu'elle voulait participer. Elle n'avait pas eu peur qu'il tombe. Pour elle, ce jour-là, il était Superman.

Comme tous les jours, en fait.

Elle songea à cet inconnu devant le motel, le type aux piercings qui avait prêché la bonne parole. Il avait peut-être raison sur cette histoire de manque et de certitude, du moins s'agissant du commun des mortels. Mais en ce qui la concernait, si elle avait la conviction que son père allait bien, elle se sentirait apaisée.

Étrange. Jusqu'à ce soir, elle ne s'était pas rendu compte d'à quel point elle en avait besoin.

Mais il est vrai que depuis le décès de son père… elle s'était efforcée de ne pas s'appesantir sur ces sujets.

C'était trop douloureux.

Chapitre 21

À peine 5 heures du matin et Jim était assis dans un coin de la chambre de Matthias, les yeux rivés sur la télévision silencieuse. Près de deux heures auparavant, il avait reçu un texto d'Adrian l'informant que la journaliste était en sécurité chez sa mère et que l'ange allait passer voir Eddie et sortir le chien. Quarante-cinq minutes plus tard, Ad avait renvoyé un autre message annonçant qu'il allait essayer de dormir.

Sur le lit double, Matthias était plongé dans un profond sommeil : allongé sur le dos, au-dessus des couvertures, la tête sur l'oreiller, les mains croisées sur le ventre. Il ne manquait qu'une rose blanche entre ses doigts et un orgue en fond sonore pour que Jim lui présente ses respects.

Mais pourquoi Divine les avait-elle aidés ?

Bon sang, il aurait encore préféré l'affronter plutôt que de lui être redevable. D'autant qu'il aurait très bien pu s'en tirer tout seul. Il avait ses propres pouvoirs, bordel, et si elle n'était pas intervenue, il aurait provoqué un son et lumière explosif.

Peut-être essayait-elle de se racheter auprès du Créateur ?

Décidément, la démone avait le don de le foutre en rogne.

Le journal de 5 heures commença par un reportage sur un meurtre commis dans le centre-ville, la journaliste se tenant devant un motel avant de se retourner pour désigner une chambre dont entraient et sortaient des policiers. Puis l'image passa à celle d'un kit de coloration capillaire, suivie de la photo d'une femme, abîmée par la vie, aux cheveux roux et filandreux.

Quel monde sordide, songea Jim.

Et à ce propos, il avait besoin de se ravitailler en munitions.

Quand la télévision afficha une pub pour des saucisses, son estomac gargouilla.

— Est-ce que tu peux au moins me dire comment je m'appelle ?

Jim jeta un coup d'œil vers le lit. Matthias avait les yeux ouverts, mais il n'avait pas bougé, tel un serpent lové sous le soleil.

— Je ne te connais que sous le nom de Matthias.

— On a été entraînés ensemble, n'est-ce pas ? La nuit dernière, on a eu exactement les mêmes réflexes au même moment.

— Oui.

Sentant où menait cet interrogatoire, Jim sortit ses cigarettes, en coinça une entre ses dents, puis se rappela qu'il était interdit de fumer. Ça aurait été sacrément ironique de se faire virer de l'hôtel pour avoir allumé une clope après être entrés par effraction, avoir échangé des coups de feu, abandonné un cadavre, et pris la fuite.

Jim reporta son attention sur la télé, qui montrait une pub pour un déodorant. L'espace d'une fraction de seconde, il envia les types dépeints dans cette scène, dont le seul souci était l'odeur de leurs aisselles, et pour qui il suffisait d'un « pschitt » pour régler tous leurs problèmes.

Si seulement l'arme absolue contre Divine se trouvait sous forme d'aérosol ou de stick.

— Dis-moi comment je suis mort. (Comme Jim ne répondait pas, Matthias insista.) Pourquoi as-tu tellement la trouille de m'en parler ? À première vue, t'as pas l'air d'une chochotte.

Jim se frotta le visage.

— Tu sais quoi ? Tu devrais dormir un peu moins. T'es vraiment chiant une fois reposé.

— Bon, j'imagine que t'es juste une chochotte, alors.

Jim laissa échapper un long soupir en regrettant que ce ne soit pas de la fumée.

— Très bien. Tu veux savoir ce qui me fout les boules ? Qu'une fois que tu auras découvert qui tu as été, tu redeviennes le même homme et que je te perde. Ne te vexe pas, mais en ce qui te concerne, cette renaissance est une bénédiction.

— À t'entendre, j'étais le mal incarné.

— Tu l'étais. (Jim croisa le regard de son ancien patron.) Pourri jusqu'à la moelle, au point que j'étais persuadé que tu étais né comme ça. Mais à te voir maintenant… (il esquissa un geste de la main) il semblerait que je me sois trompé.

— Qu'est-ce qui m'est arrivé, bon sang ? murmura Matthias.

— Je ne sais rien sur ton passé avant ton arrivée au sein des XOps.

— C'était le nom de cette organisation ?

— Ça l'est toujours. Et oui, toi et moi on s'est entraînés ensemble. Avant ça, je ne sais rien. Des rumeurs couraient sur ton compte, mais ce n'étaient sûrement que des présomptions basées sur ta réputation.

— Qui était…

— Tu étais un sociopathe. (L'homme étouffa un juron et Jim haussa les épaules.) Écoute, je n'étais pas un saint non plus. Pas avant d'être recruté et certainement pas au cours de mon service. Mais toi… tu as élevé le sadisme au rang d'art. Tu étais… d'une autre trempe.

Un instant de silence s'installa.

— Tu restes vague. Sois plus précis.

Jim se frotta la tête en songeant que ce n'étaient pas les exemples qui manquaient.

— D'accord. Parlons du colonel Alistair Childe, tiens. Ça te dit quelque chose ? (Quand Matthias secoua la tête, Jim regretta au plus haut point de ne pas pouvoir en griller une.) C'était un type bien, avec une fille avocate et un fils complètement paumé. Sa femme était morte d'un cancer. Il habitait Boston, mais passait beaucoup de temps à Washington à cause de ses affaires. Il s'est montré trop curieux.

— À quel sujet ?

— Celui des XOps. Tu as donné l'ordre de le kidnapper et de le conduire à la fumerie de crack de son fils, où tes agents ont injecté au gosse une overdose d'héroïne et filmé Alistair en train de hurler pendant que de la bave sortait de la bouche de son fils agonisant. Et tu prétendais avoir fait une fleur à ce type, parce que, selon tes propres termes, tu avais tué l'enfant qui était vicié. Sous-entendu : si Childe ne la fermait pas, tu n'hésiterais pas à buter sa fille.

Matthias ne broncha pas, se contentant de cligner des yeux, respirant à peine. Mais sa voix le trahit : rauque, éraillée, au point qu'il eut du mal à formuler les mots :

— Je ne m'en souviens pas.

— Ça viendra. Un jour ou l'autre, tu te rappelleras tout un tas de saloperies de ce genre, et d'autres que je ne peux même pas imaginer.

— Et comment es-tu au courant ?

— De l'affaire Childe ? J'étais là quand tu as commencé à traquer sa fille.

Matthias ferma les yeux, et sa poitrine se gonfla puis retomba comme si elle supportait un terrible poids.

Jim fut pris d'une bouffée d'espoir. Avec un peu de chance, cette révélation l'éloignerait davantage du péché.

— Si c'est vrai, je ne vois pas pourquoi tu te soucies de mon sens moral.

— C'est la pure vérité. Et comme je te l'ai dit, ce n'est qu'un exemple parmi d'autres.

Matthias se racla la gorge.

—Comment je me suis fait ça ?

Tandis qu'il désignait son œil, Jim se retrouva aspiré dans leur passé commun.

—Je voulais démissionner, mais les XOps ne proposent pas de plan de retraite, et tu étais le seul à pouvoir me renvoyer à la vie civile. On s'est disputés à ce propos, puis tu t'es pointé alors que j'étais en mission dans le désert. Tu m'as donné rendez-vous à minuit, très loin du campement, et je me suis dit que j'allais être pris en embuscade, que c'était la fin. Au lieu de ça, tu étais tout seul. Tu m'as regardé droit dans les yeux pendant que tu posais le pied sur le détonateur. Le souffle… s'est propulsé à la verticale, plutôt que vers l'extérieur. Ce n'était pas dirigé contre moi, et ce n'était pas un accident. (Des souvenirs l'assaillirent et il se revit dans cette hutte, des grains de sable dans les yeux, de la fumée lui remplissant les narines.) Ensuite, je t'ai sorti de là et je t'ai emmené à un endroit où on pouvait te soigner.

—Pourquoi tu ne m'as pas laissé mourir ?

—J'en avais marre de jouer selon tes règles. Il était temps que tu apprennes la frustration.

—Mais si tu voulais te tirer et que tu m'aies tué, qui serait venu te chercher des noises ? En supposant que tu me dises la vérité, tu aurais été libre.

Jim haussa les épaules.

—Je te tenais par les couilles. Tu ne voulais pas que cette histoire de suicide s'ébruite, alors j'avais le beurre et l'argent du beurre : j'étais libre et tu allais passer le reste de ta misérable existence à souffrir comme un chien.

Matthias éclata d'un rire sec.

—Curieusement, ça ne me choque pas. Mais je ne pige toujours pas pourquoi tu m'aides maintenant ?

—Changement de taf. (Jim tendit le bras vers la télécommande.) Regarde, on passe aux infos.

Tandis qu'il montait le volume, la télé diffusait un reportage sur le cadavre qui avait été découvert à l'endroit précis où ils l'avaient laissé. Pas de suspect. Pas de pièce d'identité sur la victime. Débrouillez-vous avec ça, les poulets. Et même s'ils découvraient une piste, les alias des XOps étaient impénétrables. De plus, le compte à rebours était enclenché pour le médecin légiste. D'un instant à l'autre, le corps disparaîtrait de la morgue. Si ce n'était pas déjà fait.

Juste une affaire non résolue de plus, qui finirait par moisir dans les archives du commissariat.

— Et tu fais quoi comme boulot, maintenant ? demanda Matthias.

— Entrepreneur indépendant.

— Ça n'explique toujours pas pourquoi tu files un coup de main à un type que tu détestes.

Jim le dévisagea en songeant à ce que Matthias représentait dans sa guerre contre Divine.

— À présent… j'ai besoin de toi.

Tandis que Mels s'apprêtait à partir au travail, elle se cassa un ongle en s'habillant, puis renversa du café sur son chemisier dans la cuisine. Si la règle du « jamais deux sans trois » s'avérait exacte, une autre catastrophe ne tarderait pas à lui tomber sur le coin de la figure. Seule bonne nouvelle, sa mère était déjà partie à un cours de yoga, ce qui signifiait qu'elle pouvait s'esquiver sans avoir à s'engager dans une longue discussion.

Parler de son boulot avec sa mère n'était pas toujours facile, comme pour le meurtre de cette pauvre fille au motel.

Pas vraiment le genre de nouvelle qu'on avait envie d'entendre au petit déjeuner.

Du reste, Mels ne se sentait pas d'humeur bavarde. La nuit avait été longue, entre la rédaction de son reportage et l'envoi au journal pour relecture et mise en ligne immédiate. Et ce matin, elle devait effectuer des recherches afin de soumettre un article plus fourni pour l'édition papier du lendemain.

Avec un peu de chance, poussé par l'envie de jouer les commères, Monty lui passerait un coup de fil dans la journée.

Avant de récupérer Tony, elle se retrouva coincée dans la queue du McDrive, mais il était hors de question de frapper à la porte de son ami les mains vides. Enfin, armée d'un sac contenant deux buns à la saucisse et de deux cafés nichés dans la console, elle reprit la route au volant de la Toyota.

Alors qu'elle s'arrêtait devant son immeuble, Tony se leva des marches sur lesquelles il était assis et se dandina jusqu'à la voiture, sa corpulence le faisant paraître bien plus grand qu'il ne l'était en réalité.

— Je t'ai dit récemment combien je t'aime ? demanda-t-elle quand il grimpa dans le véhicule.

Tony esquissa un rictus.

— Si c'est un petit déjeuner que je sens, alors, oui.

— Je t'ai pris deux buns. (Elle lui tendit le sac.) Un des cafés est pour moi.

— Toi, tu sais me parler. (Il déplia l'un des emballages blancs.) Hum, ça a l'air mangeable.

— J'apprécie vraiment que tu me laisses emprunter ta voiture.

— Arrête, où tu veux que j'aille ? Tant que je peux me rendre au travail et rentrer, je suis content. (Tout en mâchant, il fronça les sourcils et sortit un reçu du cendrier.) Tu étais au *Marriott*, hier ?

Mels mit son clignotant et s'inséra dans la circulation en regrettant que son ami soit si observateur.

— Ah, euh, oui.

— Vers quelle heure ?

Mels garda les yeux sur la route devant elle, sentant venir l'interrogatoire.

— C'était la nuit dernière. Je rendais juste visite à un ami.

—Alors, tu as assisté à tout ce bordel ?

—Ce bordel ?

—Tu ne sais pas ce qui s'est passé ?

—J'ai été appelée sur une scène de crime à l'ouest de la ville. De quoi tu parles ?

—Attends, tu as été envoyée sur cette affaire de prostituée aux cheveux teints ?

—Oui. Alors, qu'est-ce qui s'est passé au *Marriott* ?

Tandis que Tony prenait tout son temps pour finir son fichu McMachin, Mels avait l'estomac noué. Bon sang, si jamais il s'attaquait au second, elle mourrait d'une crise cardiaque…

—Une fusillade a éclaté au sous-sol de l'hôtel. Eric a été envoyé pour couvrir l'affaire. Des tirs ont été échangés dans la ruelle, et un individu a pénétré par effraction par l'une des entrées de service du restaurant. Un témoin a appelé les secours et la police a trouvé un homme sans papiers ni arme, mort d'un coup de couteau.

—Je croyais que tu avais parlé de coups de feu ?

—On lui a tiré dessus, mais ce n'est pas ce qui l'a tué. (Tony esquissa un geste en travers de sa gorge.) Égorgé.

Un frisson parcourut Mels.

« Parce que vous mourrez si vous restez près de moi. »

Mels s'escrima à garder son sang-froid. C'était un gros hôtel dans un coin plutôt malfamé de la ville. Les meurtres n'étaient pas rares, surtout parmi les trafiquants de drogue et leurs clients…

Tony plongea la main dans le sac pour en sortir le second bun.

—Apparemment, le type aurait succombé aux coups de feu s'il n'avait pas porté un putain de gilet pare-balles. D'après Eric, les flics bavaient devant ce truc. Ils n'en avaient jamais vu d'aussi cool.

Le léger bruissement d'un emballage en papier emplit l'air, suivi d'une appétissante odeur de malbouffe.

— Alors, qu'as-tu découvert la nuit dernière ? demanda-t-il tout en mâchant.

Mels s'arrêta à un stop et tourna à gauche sur Trade Street, l'esprit totalement embrouillé : Matthias s'apprêtait à se coucher quand elle l'avait quitté, mais il aurait très bien pu sortir après…

— Ohé ? Mels ?

— Désolée, quoi ?

— Quand tu étais au motel… qu'est-ce que tu as découvert ?

— Ah… oui, navrée, pas grand-chose. La femme a été tuée après s'être teint les cheveux. Égorgée.

— Deux en une nuit. C'est une épidémie.

Étrange coïncidence, en effet. Personne ne pouvait se trouver à deux endroits à la fois, si ?

OK, là, elle délirait.

— Oui. Bizarre.

Cinq pâtés de maisons plus loin, ils arrivèrent devant l'immeuble du *CCJ*, et elle se gara sur le parking. Puis elle rendit les clés à Tony tandis qu'ils se dirigeaient vers l'entrée de derrière.

— Merci encore, dit-elle.

— Je te le répète, n'hésite pas. Surtout si ça me vaut un petit déjeuner. Et arrête de glisser des billets dans mon tiroir quand tu me piques un biscuit. Tu sais que je t'autorise à puiser dans mon stock.

C'était vrai. Tony planquait une tonne de sucreries dans son bureau et il lui arrivait de se servir. Pour autant, elle n'avait aucune envie de passer pour une pique-assiette.

Mels ouvrit la porte et la tint pour Tony.

— Je ne veux pas te voler.

— Si je t'ai donné la permission, ce n'est pas du vol. Et puis, tu ne prends pas plus d'une barre chocolatée ou deux par mois.

— Du chapardage reste du chapardage.

Ils grimpèrent la volée de marches qui menait à l'entrée de la salle de rédaction et Tony s'écarta pour lui livrer passage.

— J'aimerais que tout le monde pense comme toi.

— Tu vois ? Ce n'est pas à toi de nourrir toute la boîte.

Dès qu'ils pénétrèrent à l'intérieur de la pièce, les sonneries des téléphones, les voix pressées et les pas précipités résonnèrent comme une vieille rengaine qui se propagea dans le corps de Mels pour la porter jusqu'à son siège. Tandis qu'elle s'asseyait, le rugissement s'assourdit alors que l'angoisse montait en elle, et elle alluma son ordinateur d'un geste machinal…

Une enveloppe kraft atterrit sur son bureau avec un bruit sec, et Mels sursauta.

— J'ai un truc sympa à vous montrer, déclara Dick avec un sourire radieux.

Elle plongea la main dans le paquet et en sortit…

Bonne idée d'avoir donné les buns à Tony, se dit-elle en contemplant les photos du cadavre de la prostituée, agrandies au format A4.

Tandis que Dick rôdait autour d'elle, guettant une réaction d'épouvante, elle refusa de lui donner satisfaction, même si elle avait des haut-le-cœur à la vue de ces clichés… surtout le gros plan sur la gorge de la femme, l'entaille si profonde qu'on apercevait le muscle rose et rouge ainsi que le cartilage écru.

Quand Mels posa les photos, elle prit soin de placer cette dernière en haut de la pile, et remarqua que Dick, malgré sa tendance à jouer les gros durs, évita de la contempler pendant tout le reste de la conversation.

— Merci. (Elle le regarda droit dans les yeux.) Ça m'aidera beaucoup.

Dick toussota, semblant regretter d'avoir poussé le bouchon un peu trop loin, même pour un macho de son genre.

— Amenez-moi votre papier dès que possible.

— Entendu.

Alors qu'il s'en allait d'un pas nonchalant, elle secoua la tête. Il aurait dû se garder de défier la fille d'un flic aguerri. D'ailleurs, cette simple intention était déjà répugnante en soi.

Ça lui faisait penser à Monty, qui n'hésitait pas à se servir des drames pour se mettre en avant.

Les sourcils froncés, elle parcourut de nouveau les clichés, puis examina celui pris à la morgue. Une étrange rougeur apparaissait sur le ventre de la victime, comme un coup de soleil…

Lorsque son portable sonna, elle décrocha sans même consulter le numéro.

— Carmichael.

— Bonjour.

La voix grave l'envahit d'une bouffée de chaleur. *Matthias.*

Pendant une fraction de seconde, elle se demanda comment il avait obtenu ses coordonnées. Puis elle se rappela les avoir écrites au dos de sa carte de visite.

— Tiens, tiens, répondit-elle. Bonjour.

— Comment vas-tu ?

Elle demeura silencieuse, tiraillée entre ce que Tony lui avait appris dans la voiture et ce qu'elle avait éprouvé en embrassant Matthias.

— Mels, tu m'entends ?

— Oui. (Elle se frotta les yeux, mais dut s'interrompre à cause de la douleur provoquée par l'hématome.) Désolée. Ça va. Et toi ? D'autres souvenirs te sont revenus ?

— À vrai dire, oui.

Mels se raidit dans son siège, sa curiosité piquée à vif.

— Du genre ?

— J'imagine que la détective en toi ne verrait pas d'inconvénient à vérifier quelque chose pour moi ?

— Pas du tout. Dis-moi ce que tu veux savoir. (Il lui expliqua ce qu'il cherchait et elle écouta en écrivant, notant quelques noms, ânonnant des « hum hum » lorsqu'il s'interrompait.) D'accord. Pas de problème. Tu veux que je te rappelle ?

— Oui, ce serait sympa.

Une étrange pause suivit.

— Très bien, dit Mels avec maladresse. Alors, je t'appelle dès…

— Mels…

Elle ferma les yeux et le sentit près d'elle, son corps plaqué contre le sien, sa bouche prenant possession de la sienne, son côté dominateur prenant le dessus.

— Tu es au courant de ce qui s'est passé à ton hôtel hier soir ? demanda-t-elle soudain.

— Oui. Je n'ai pas cessé de penser à toi.

L'espace d'un instant, elle cilla, luttant contre la tentation.

— La police a trouvé un cadavre. Vêtu d'un gilet pare-balles hors normes.

Une autre pause.

— Ah. Des suspects ? s'enquit-il d'une voix posée.

— Pas encore.

— Je ne l'ai pas tué, Mels, si c'est ta question.

— Je n'ai pas dit ça.

— Mais tu le penses.

— Qui sont ces gens sur lesquels tu veux que je me renseigne ? l'interrompit-elle en encadrant les noms.

— Juste des souvenirs qui me sont revenus. (Sa voix devint distante.) Écoute, je n'aurais pas dû te demander ça. J'obtiendrai ces infos par un autre biais…

— Non, rétorqua-t-elle d'un ton ferme. Je m'en charge et je te rappelle.

Après avoir raccroché, elle riva les yeux dans le vide. Puis elle se leva de sa chaise et longea quelques box. Se penchant par-dessus l'une des cloisons grises, elle esquissa un sourire factice que son collègue ne déchiffra pas, faute de mieux la connaître.

— Salut, Eric, ça va ?

L'homme détourna le regard de son écran.

— Salut, Carmichael. Qu'est-ce que je peux faire pour toi ?

— J'aimerais en savoir plus sur ce meurtre au *Marriott*.

Le journaliste sourit, l'air de jouer au chat et à la souris.

— Un détail en particulier ?

— Le gilet pare-balles.

— Ah, le gilet. (Il farfouilla parmi les papiers posés sur son bureau.) Le gilet, le gilet… (Il déterra une feuille et la tourna vers elle.) J'ai trouvé ça sur Internet.

Mels fronça les sourcils en lisant la fiche technique.

— Cinq mille dollars ?

— C'est ce qu'ils coûtaient avant d'être améliorés. Et le sien l'était.

— Mais qui peut s'offrir un équipement pareil ?

— C'est exactement ce que je me demande. (Il farfouilla de nouveau.) Les grosses sociétés de sécurité en ont les moyens. Le gouvernement américain aussi, mais pas pour un agent lambda, c'est sûr. Il faudrait qu'il soit de très haut niveau.

— Des personnalités résident à l'hôtel ?

— Il se trouve que c'est ce que j'ai cherché hier soir. Officiellement, le personnel n'est pas autorisé à divulguer de noms, mais j'ai entendu le veilleur de nuit parler à l'un des flics. Aucune personnalité ne loge chez eux en ce moment.

— Et le quartier ? C'est quel genre ?

— Eh bien, il y a de grosses sociétés dans les parages, mais elles étaient toutes fermées à cette heure-là de la soirée. Et j'imagine mal un grand ponte se promener à Caldwell, et l'un de ses gardes du corps tenter de l'agresser pour se retrouver avec un coup de couteau en travers de la gorge.

— Ça s'est passé quand ?

— Vers 23 heures.

Soit après son départ pour la scène de crime.

— Et aucun indice sur l'identité de la victime ?

— Non, pas le moindre. Ce qui nous amène à l'autre fait étonnant. (Eric mâchouilla le bout d'un stylo bleu.) Aucune empreinte.

— Sur la scène ?

— Non, sur le corps. L'homme n'avait pas d'empreintes digitales. Elles ont été effacées.

Les oreilles de Mels se mirent à bourdonner.

— D'autres signes distinctifs ?

— Un tatouage, semble-t-il. J'essaie d'obtenir des photos de ce dernier, ainsi que du cadavre, mais mes sources sont plutôt lentes. (Il plissa les yeux.) Pourquoi ça t'intéresse autant ?

Un étrange gilet pare-balles. Pas d'empreintes…

— Et des armes ?

— Aucune. On a dû le dépouiller. (Eric se pencha en avant.) Dis-moi, tu n'essaierais pas de convaincre Dick de te confier un article ?

— Grand Dieu, non ! Je suis juste curieuse. (Elle tourna les talons.) Merci pour l'info. J'apprécie vraiment.

Chapitre 22

Quand le téléphone sonna près d'une demi-heure plus tard, Matthias se borna à le contempler. C'était sûrement Mels qui le rappelait…

Bon sang, quel bordel…

Après que Jim était parti petit-déjeuner ou faire Dieu sait quoi, son premier réflexe avait été d'appeler Mels pour essayer de savoir si cette histoire de père et de fils à Boston était vraie. Il ne lui était pas venu à l'esprit qu'elle aurait entendu parler de la fusillade dans le sous-sol. Il devait vraiment être dans le coaltar pour ne pas s'en être douté. C'était à la une de tous les journaux. Tout le monde était au courant.

La sonnerie s'interrompit. Mais Mels insisterait.

Seigneur, sa voix quand ils avaient discuté… Elle avait paru soupçonneuse, et c'était peut-être mieux pour elle. Et pourtant, sa méfiance le tuait.

Quand le téléphone sonna de nouveau, Matthias ne put le supporter. Empoignant sa canne, il sortit de sa chambre et se dirigea vers l'ascenseur. Il descendit, sans la moindre idée de l'endroit où il se rendrait. Peut-être prendre un petit déjeuner.

Oui, bonne idée.

C'était ce que faisaient les gens normaux à 9 heures du matin.

Et évidemment, le seul restaurant ouvert était celui dans lequel ils avaient déboulé la veille au soir. Aussi, lorsqu'il longea la baie vitrée colorée, il décida de sortir de l'hôtel pour...

— Matthias ?

Au son de la voix féminine, il se retourna. C'était l'infirmière de l'hôpital, celle qui lui avait donné un coup de main, pour ainsi dire. Elle était fraîche comme une rose, avec ses cheveux bruns tombant sur ses épaules et une robe blanche qui lui arrivait au-dessous des genoux.

On aurait dit une mariée.

— Qu'est-ce que vous faites là ? demanda-t-elle en s'approchant. Je vous croyais chez vous à reprendre du poil de la bête.

Quand elle avança, toutes les têtes se retournèrent sur son passage, une lueur de convoitise brillant dans les yeux des hommes et une pointe de jalousie ou de mépris dans ceux des femmes. Mais il est vrai qu'elle était extraordinairement belle.

— Je vais bien. (Il évita de la regarder. Sa vue était aussi aveuglante que celle du soleil.) Et vous ?

— Ma mère est venue me rendre visite. Son avion était censé atterrir il y a une demi-heure, mais il a été retardé à cause des orages. Depuis, je me demande si je l'attends ou si je rentre chez moi. On devait prendre le petit déjeuner. Vous aussi ?

— Euh, oui.

— Alors, allons-y ensemble ? Je suis affamée.

Ses yeux noirs étincelaient littéralement, au point qu'ils lui faisaient penser à une nuit étoilée. Mais ça ne suffisait pas à lui donner envie de manger un morceau avec...

— D'accord, s'entendit-il répondre, comme si une tierce personne avait pris possession de sa bouche.

Ils se dirigèrent vers l'accueil du restaurant.

— Deux personnes, dit Matthias au maître d'hôtel qui lorgna l'infirmière avant de se figer comme un cerf pris dans les phares d'une voiture, hébété devant tous ses attraits.

— J'aimerais m'asseoir près de la fenêtre, dit-elle en lui adressant un sourire charmeur. Peut-être par…

Pas la fenêtre par laquelle il était sorti, pria Matthias.

— … là.

Bingo.

— Oh, oui, désolé, tout de suite. (Le maître d'hôtel s'affaira aussitôt, saisissant deux menus reliés de cuir avant de les mener vers leur table.) Mais vous aurez une plus belle vue sur le jardin de l'autre côté de la salle.

— Nous ne voulons pas trop de soleil.

Elle posa la main sur le bras de Matthias et le pressa légèrement, comme pour lui signifier qu'elle prenait soin de ses yeux esquintés.

Bon sang, il détestait son contact.

Tandis qu'ils traversaient la salle, l'infirmière provoqua une vive agitation, les hommes jetant un coup d'œil par-dessus leur *Wall Street Journal*, leur tasse de café et parfois même la tête de leur femme. La brune avança sans sourciller, semblant avoir l'habitude de ce genre de manège.

Après s'être assis devant la fenêtre qu'il avait forcée avec Jim, un serveur leur apporta des cafés, et ils se plongèrent dans la lecture du menu. Les salamalecs qui accompagnèrent leur choix parmi la cinquantaine de plats proposés lui tapèrent sur les nerfs. Et il ne voulait pas manger avec elle. Avec personne, à vrai dire.

Cette histoire avec Mels le tourmentait. Certes, il l'avait appelée afin qu'elle enquête sur les Childe, mais en vérité, il avait juste eu envie d'entendre sa voix.

Elle lui avait manqué pendant toute la nuit…

— À quoi pensez-vous ? demanda l'infirmière d'une voix douce.

Matthias regarda par la fenêtre en direction du bâtiment de l'autre côté de la ruelle.

— Je viens de me rendre compte… que je ne connais pas votre nom.

— Oh, désolée. Je croyais qu'il était inscrit sur le tableau blanc dans votre chambre.

— Sans doute, mais il aurait pu être écrit en lettres de néon que je ne l'aurais pas remarqué.

C'était un mensonge, bien sûr. En fait, aucune infirmière n'avait son nom affiché, juste celui d'un médecin, et aucun badge n'avait été agrafé à sa blouse.

Ce qui semblait un peu étrange, à bien y réfléchir…

Elle posa une main élégante sur sa poitrine, ce qu'il interpréta comme une invitation à contempler son décolleté.

— Appelez-moi Dee.

Il garda l'œil rivé sur son visage.

— Pour Deidre ?

— Non, pour Divine. (Elle détourna le regard, comme si elle refusait de s'attarder sur le sujet.) Ma mère a toujours été très pieuse.

— D'où votre robe.

Dee secoua la tête d'un air triste et lissa sa jupe.

— Comment savez-vous que cette tenue n'est pas mon genre ?

— Eh bien, d'abord, elle a l'air d'appartenir à une femme de quarante ans. Les jeans et les parkas sont plus de votre âge.

— Quel âge me donnez-vous ?

— Vingt-cinq ans, environ.

Et c'était peut-être la raison pour laquelle il n'aimait pas son toucher. Elle était jeune, trop jeune pour lui.

— Vingt-quatre, jour pour jour. C'est pour ça que ma mère vient me voir. (Elle se toucha de nouveau la poitrine.) C'est mon anniversaire.

— Joyeux anniversaire.

— Merci.

— Votre père vient aussi ?

— Oh… oui. Non. (Elle se referma comme une huître.) Non, il ne viendra pas.

Bordel, il n'avait aucune envie de parler de la vie privée de la jeune femme.

— Pourquoi ?

Elle se mit à tripoter sa tasse, la faisant tourner sur sa soucoupe.

— Vous êtes tellement bizarre.

— Pourquoi ?

— Moi qui n'aime pas parler de moi-même, voilà que je me mets à jacasser.

— Vous ne m'avez pas révélé grand-chose, si ça peut vous rassurer.

— Non, mais… j'en ai envie. (L'espace d'une fraction de seconde, elle posa le regard sur les lèvres de Matthias, comme si elle envisageait des baisers qui n'arriveraient jamais.) J'en ai envie.

Non. Jamais.

Surtout après Mels.

Dee se pencha en avant, ses seins menaçant de s'échapper de son corsage.

— Je n'ai pas cessé de penser à vous.

Génial. Magnifique. Parfait.

Dans le silence tendu qui suivit, Matthias jeta un rapide coup d'œil à la fenêtre à côté d'eux. Il s'était déjà enfui une fois par là.

Si la situation devenait embarrassante, il connaissait le chemin.

Dans son bureau, Mels raccrocha et s'enfonça dans son siège. Le petit couinement que celui-ci laissa échapper se transforma en chanson lorsqu'elle se mit à se balancer d'avant en arrière.

Pour une raison étrange, elle braqua le regard sur le mug laissé par la précédente journaliste.

Quand son portable sonna, elle sursauta et l'agrippa d'un geste nerveux. Un rapide coup d'œil à l'écran lui donna envie de pousser un juron. À cause non pas de qui c'était, mais de qui ça n'était pas.

Matthias était peut-être sous la douche.

Les gens prenaient des douches le matin.

Oui, mais pendant une demi-heure ? Elle l'avait appelé toutes les cinq minutes.

— Allô ? répondit-elle.

— Salut, Carmichael. (C'était « Monty la Balance » ; elle le reconnaissait au craquement de sa mâchoire.) C'est moi.

Bah, au moins, c'était pour la bonne cause.

— Bonjour.

— J'ai du nouveau. (Il baissa la voix, comme s'il était un agent secret.) C'est de la bombe.

Mels se redressa, mais refréna son enthousiasme. Avec sa chance, cette annonce relevait plus de l'abus de langage que du sensationnel.

— Ah oui ?

— Quelqu'un a manipulé le corps.

— Pardon ?

— Comme je te l'ai dit, je suis arrivé le premier sur les lieux et j'ai pris des photos… tu sais, dans le cadre de mes fonctions officielles. (Un bruissement retentit sur la ligne, puis une conversation étouffée, comme si Monty avait couvert le combiné.) Désolé, je suis au commissariat. Laisse-moi sortir et je te rappelle.

Il raccrocha avant qu'elle ait pu ajouter un mot, et elle s'imagina le policier se pressant vers le parking en esquivant ses collègues à la manière d'un joueur de football américain.

Sans surprise, lorsqu'il rappela, il était essoufflé.

— Tu m'entends ?

— Oui.

— Donc, mes photos du cadavre comportent un détail qui n'apparaît pas sur les clichés officiels.

Cette nouvelle était censée la surprendre, et en l'occurrence, Mels n'eut pas à feindre sa stupéfaction.

— Quelle est la différence ?

— Rejoins-moi et je te montrerai.

— Où et quand ?

Après avoir raccroché, elle consulta sa montre et composa une nouvelle fois le numéro de la chambre de Matthias. Pas de réponse.

— Hé, Tony, dit-elle en se penchant par-dessus la cloison séparant leurs box. Je peux emprunter tes…

L'homme lui lança les clés sans perdre le fil de sa conversation téléphonique. Elle lui souffla un baiser, et il se couvrit le cœur en feignant de défaillir.

Sortant de la salle de rédaction, elle grimpa dans la voiture de Tony et partit en direction de l'autre bout de la ville, via un trajet qui passait comme par hasard par l'hôtel *Marriott*.

Et elle était en avance d'une bonne demi-heure pour son rendez-vous avec Monty.

Par chance, elle trouva une place libre juste en face de l'entrée. Sauf qu'il lui fallut deux tentatives pour effectuer un créneau, ses manœuvres un peu rouillées à force d'utiliser des parkings souterrains depuis qu'elle avait emménagé à Caldwell.

De plus, jouer les rôdeuses ne l'aidait pas.

Elle traversa le hall avec l'impression qu'un vigile allait l'arrêter et lui faire quitter l'hôtel, mais personne ne lui prêta attention. Ce qui l'amena à se demander combien d'autres personnes avaient des choses à se reprocher.

Elle monta dans l'ascenseur et effectua le trajet jusqu'au sixième étage en compagnie d'un homme d'affaires dont les vêtements froissés et les yeux rouges laissaient penser qu'il avait passé la nuit dans un avion qui venait d'arriver d'un pays lointain.

Sortant de la cabine, elle tourna à droite et emprunta un couloir moquetté. Des plateaux étaient posés à côté des portes, véritables chausse-trappes avec leurs assiettes souillées, leurs tasses à moitié vides et leurs serviettes sales. Tout au bout, un chariot était posté devant une chambre ouverte, la lumière de l'intérieur éclairant des rouleaux de papier toilette, des serviettes pliées et une rangée de pulvérisateurs.

La pancarte « Ne pas déranger » était toujours suspendue à la poignée de la porte de Matthias, signe qu'il n'avait pas quitté l'hôtel. Collant l'oreille au battant, Mels implora le ciel qu'il ne choisisse pas ce moment pour ouvrir.

Pas d'eau qui coulait. Pas de télé en marche. Pas de voix grave au téléphone.

Elle frappa doucement, puis un peu plus fort.

— Matthias, dit-elle. C'est moi. Ouvre.

Tandis qu'elle attendait en vain une réponse, elle jeta un coup d'œil à la femme de chambre sortie avec un sac-poubelle rempli à ras bord. L'espace d'un instant, elle songea à feindre d'avoir oublié sa clé, mais après les événements du 11 Septembre, elle avait le sentiment que la ruse ne fonctionnerait pas… et qu'on la flanquerait à la porte de l'hôtel.

De mieux en mieux : ce n'était pas la peur d'envahir l'intimité de Matthias qui la retenait ; c'était celle de se faire choper.

Écœurée par elle-même, et énervée contre lui, Mels reprit la direction de l'ascenseur et descendit au rez-de-chaussée avec la ferme intention de marcher droit vers la voiture de Tony, de grimper dans cette fichue bagnole, et d'arriver sacrément en avance pour son rendez-vous avec Monty.

Au lieu de cela, elle flâna dans le hall, scruta la boutique de cadeaux, se promena jusqu'au spa…

Oui, parce que Matthias était du genre à acheter des peignoirs et à se faire poser un masque au concombre sur le visage.

Lorsqu'elle arriva devant le seul restaurant ouvert, elle avait quasiment jeté l'éponge, mais autant lancer un dernier coup d'œil…

De l'autre côté de la salle, assis près d'une fenêtre, Matthias mangeait en compagnie d'une brune vêtue d'une robe blanche.

Qui était-elle… ?

N'était-ce pas cette infirmière de l'hôpital ?

— Une table pour une personne ? demanda le maître d'hôtel.

Ah. Non, sans façon. Sauf équipée d'un sac à vomi.

— Non, merci.

De l'autre côté, la brunette éclata de rire et projeta la tête en arrière, ses cheveux virevoltant tout autour d'elle. Elle était d'une beauté telle qu'on aurait dit une photo de mode retouchée à tous les endroits stratégiques.

Assis en face d'elle, Matthias arborait une expression indéchiffrable, et dans un absurde accès de jalousie, Mels fut soulagée de le voir porter ses lunettes. Comme si ça revenait à marquer son territoire.

— Vous attendez quelqu'un ? demanda le maître d'hôtel.

— Non, répliqua-t-elle. Je crois qu'il est occupé.

Chapitre 23

Le rire de Dee était… eh bien, divin, à vrai dire. Au point qu'il fit disjoncter une partie du cerveau de Matthias, incapable de voir ce qu'il avait pu dire de si drôle.

—Alors, cette mémoire ?

—Capricieuse.

—Ça reviendra. Ça fait quoi ? Un jour et demi ? (Elle se pencha sur le côté lorsque son assiette d'œufs, de saucisses, de toasts et de purée arriva.) Donnez-lui un peu de temps.

Le bagel qu'il avait commandé paraissait anémique en comparaison.

—Vous êtes sûr de ne rien vouloir d'autre ? (Elle esquissa un geste avec sa fourchette.) Vous devez vous remplumer. J'ai la conviction qu'un petit déjeuner copieux est la seule façon de démarrer la journée.

—Ça fait plaisir de voir une femme qui ne chipote pas avec la nourriture.

—Oui, ce n'est pas mon genre. (Elle fit signe à la serveuse d'approcher.) Il prendra la même chose que moi. Merci.

Il semblait grossier d'indiquer que s'il mangeait autant, il risquait d'exploser. Aussi écarta-t-il son bagel sur le côté. Elle avait sans doute raison. Il se sentait ailleurs et faiblard. Il faut dire qu'à cause du tueur d'élite à ses trousses il avait depuis longtemps brûlé les calories du sandwich qu'il avait mangé en compagnie de Mels.

—Ne m'attendez pas, dit-il.

— Je n'en avais pas l'intention.

Matthias ébaucha un sourire froid et balaya la salle du regard pour passer le temps. La plupart des clients ressemblaient à des hommes d'affaires ou à des touristes... à l'exception d'un type dans un coin qui détonnait totalement dans cet environnement : tiré à quatre épingles, il portait un costume qui semblait démodé, même pour quelqu'un qui ne prêtait aucune attention à la mode.

Merde, on l'aurait dit tout droit sorti des années 1920 ou d'un bal costumé.

Comme s'il avait senti qu'on l'observait, l'homme leva les yeux d'un air hautain.

Matthias reporta son attention sur sa compagne de table. Dee piquait dans son plat d'un geste précis, les pointes de la fourchette s'enfonçant sans peine dans les œufs brouillés et la purée.

— C'est parfois une chance de ne pas se rappeler, dit-elle.

Oui, songea-t-il. Et il avait l'impression que c'était particulièrement vrai dans son cas. Bon sang, si cette histoire que lui avait racontée Jim était...

— Et je ne voulais pas être évasive au sujet de mon père, ajouta-t-elle. C'est juste... que je n'aime pas penser à lui. (Elle posa sa fourchette sur le rebord de son assiette tandis qu'elle regardait par la fenêtre.) Je donnerais tout pour l'oublier. C'était un homme... violent. Violent et cruel.

Elle reporta le regard sur lui sans ciller.

— Vous voyez de quoi je parle, Matthias ?

Soudain, une nouvelle migraine s'empara de lui, interrompant le fil de ses pensées et lui vrillant les tempes, la douleur le brûlant comme un tisonnier de chaque côté du crâne.

Dans une sorte de brouillard, il vit bouger la bouche rouge et parfaite de Dee, mais les mots ne parvenaient pas jusqu'à lui ; c'était comme s'il s'était échappé de son corps, alors même qu'il n'avait pas bougé. Puis, le restaurant commença à s'estomper, aussi sûrement que si les murs s'étaient effondrés, la salle se métamorphosant à la manière d'*Inception* jusqu'au moment où il ne fut plus assis dans une cafétéria huppée du *Marriott*, mais ailleurs…

Il se trouvait au premier étage d'une ferme, de grosses planches en bois brut recouvrant le sol, les murs et le plafond. L'escalier en face de lui était raide, la rampe en pin noircie par la sueur des innombrables mains qui l'avaient agrippée.

L'air était vicié, étouffant. Pourtant, il ne faisait pas chaud.

Matthias regarda derrière lui et aperçut une chambre qu'il reconnut comme la sienne. Le lit était garni de couvertures dépareillées et dépourvu d'oreiller… Le bureau était zébré de rayures et les poignées étaient à moitié arrachées. Il n'y avait pas de tapis. Mais sur la petite table de chevet était posé un poste de radio flambant neuf avec des rebords couleur bois et un cadran argenté qui détonnait dans cet environnement.

Baissant les yeux, il vit qu'il portait un pantalon en loques, et que ses pieds dépassaient largement de l'ourlet ; de même pour ses mains, trop larges comparées à ses avant-bras grêles, ses extrémités trop grosses par rapport au reste de son corps.

Il se rappelait cette étape de sa vie, savait qu'il était jeune. Quatorze ou quinze ans…

Un bruit lui fit tourner la tête.

Un homme montait l'escalier. Sa salopette était sale, ses cheveux luisants de sueur comme s'il avait porté une casquette vissée sur le crâne pendant des heures, ses pas lourds.

Un homme grand, costaud.

Méchant.

Son père.

D'un coup, tout changea. Sa conscience s'était dissociée de sa chair, si bien qu'il n'était plus en mesure de contrôler le corps qu'il incarnait, quelqu'un d'autre s'étant emparé des commandes.

Il ne pouvait que regarder à travers ses orbites tandis que son père, parvenu en haut des marches, tournait à l'angle et s'arrêtait devant lui.

L'homme avait le visage tanné comme du cuir, et lorsqu'il esquissa un rictus, Matthias vit qu'il lui manquait une dent.

Son père allait mourir, songea Matthias. Là, tout de suite.

Aussi improbable que ça puisse paraître étant donné leur différence de statures, l'homme allait tomber au sol et mourir dans quelques instants…

Soudain, Matthias se sentit parler, sa bouche formant des sons qui ne parvenaient pas jusqu'à lui. En revanche, les mots eurent de l'effet sur son père.

Son expression changea, son sourire s'évanouit et le trou entre ses dents disparut alors qu'il pinçait les lèvres en une fine ligne. Un instant, il plissa ses yeux bleu électrique de rage, la colère cédant rapidement la place à de la stupéfaction. Comme si une de ses convictions venait de s'écrouler.

Et pendant tout ce temps, Matthias continuait de parler, d'une voix lente et régulière.

C'était à cet instant que tout avait commencé, songea-t-il en considérant l'homme, ou plutôt le salopard avec qui il avait vécu seul pendant trop longtemps, ce malade mental qui l'avait « élevé ». Mais l'heure était venue de rendre des comptes, et le Matthias adolescent débitait son texte avec froideur, parfaitement conscient d'avoir enfin mis le monstre en cage.

Son père agrippa le revers de sa salopette, juste au-dessus du cœur, ses ongles sales et fendillés mordant dans le tissu qui se tordait dans sa poigne.

Et Matthias parlait sans discontinuer.

Son père tomba à genoux, projetant une main vers la rampe, la bouche grande ouverte, laissant apparaître les emplacements des autres dents manquantes, celles du fond.

Il n'aurait jamais cru se faire choper un jour : voilà ce qui l'avait mené à sa perte.

Enfin, d'un point de vue technique, ce fut plutôt un infarctus du myocarde. Mais la révélation de leur vilain secret avait agi comme détonateur.

La mort prit tout son temps.

Alors que son père gisait sur le dos et portait la main à l'aisselle gauche comme si la douleur était insoutenable, Matthias se contenta de regarder la mort achever son œuvre. Apparemment, le vieux avait du mal à respirer, son torse s'élevant et s'abaissant en vain : sous son teint buriné, le visage de son père perdait ses couleurs.

Quand la vision se reporta sur la chambre, Matthias s'aperçut qu'il avait tourné les talons et se dirigeait vers la radio. Il s'assit et l'alluma. Pendant ce temps, son père continuait de se débattre comme une mouche prise au piège, les membres agités de spasmes, la tête rejetée en arrière comme s'il espérait qu'un changement de position augmenterait le flot d'oxygène.

Mais ça ne changerait rien. Même un ado de quinze ans élevé dans une ferme savait que si le cœur cessait de battre, le cerveau et les organes vitaux s'asphyxieraient malgré tout l'air que vous inspireriez.

Là-bas, dans la prairie, ils ne captaient que cinq stations dont trois étaient religieuses. Les deux autres jouaient de la country et de la pop, et Matthias tourna le cadran, passant sans cesse de l'une à l'autre. De temps en temps, juste parce qu'il savait que son père allait rencontrer son Créateur d'un instant à l'autre, il laissait retentir un sermon.

Matthias se sentait frustré de ne pas avoir la possibilité d'écouter du hard-rock. Il lui semblait que Van Halen serait un accompagnement sonore bien plus adapté aux soubresauts de son père que Johnny Cash ou ce crétin de Phil Collins.

Hormis cela, il était d'un calme olympien, aussi serein qu'un ciel d'été, aussi inébranlable qu'un roc. En fait, il se fichait que les sévices soient bientôt finis. Il avait juste voulu voir s'il pouvait se débarrasser de son vieux, comme s'il s'agissait d'un devoir de sciences : il avait conçu le plan, mis les pièces en place, puis s'était réveillé un beau matin avec la ferme intention de faire tomber le premier domino à l'école.

Grâce à une femme particulièrement malléable, compatissante, et très croyante : sa professeure principale.

Debout dans le couloir, il avait pleuré devant elle en lui racontant l'enfer qu'il vivait, mais ce flot de larmes n'avait eu d'autre motif que de renforcer la motivation de la jeune femme. En vérité, ce grand déballage ne lui avait pas fait plus d'effet que ça : il lui disait la vérité dans le seul but de la manipuler, demeurant froid comme de la glace à l'intérieur, ne tirant aucune satisfaction dans le fait d'avoir achevé la première partie de son plan, ni d'excitation à l'idée que son calvaire allait enfin se terminer.

Ensuite, tout s'était précipité, et c'était la seule chose qu'il n'avait pas prévue : il avait aussitôt été envoyé à l'infirmerie, puis des flics étaient venus lui faire remplir de la paperasse, et il avait signé son entrée dans le système judiciaire.

Ils n'avaient envoyé que des femmes pour l'interroger, comme si ça lui faciliterait les choses. Surtout pendant « l'examen corporel », qu'il aurait pu mal supporter d'après eux.

Et qui était-il pour leur refuser cette faveur ?

Cependant, il ne s'était pas attendu à se retrouver en foyer deux heures plus tard.

En fait, le seul but de tout ce manège avait été de voir son père mourir sous ses yeux. Du coup, il avait été obligé de s'enfuir et de voler une voiture pour être rentré avant que la police n'embarque son père, une fois celui-ci revenu des champs de maïs. Tout aurait été gâché s'il avait foiré le final.

Mais tout s'était bien passé.

Pendant les derniers moments de la misérable vie de son père, Matthias tourna le bouton de la radio pour la caler sur l'une des stations religieuses… et marqua une pause. Le sermon traitait de l'enfer.

Voilà qui semblait approprié.

Il resta les yeux rivés sur son père tandis que l'homme poussait son dernier souffle et se figeait. C'était étrange de voir un être humain happé de l'autre côté, passer de vie à trépas, devenir aussi inanimé qu'un grille-pain, un tapis ou un radioréveil.

Matthias attendit encore un peu, le temps que ce visage blême vire au gris. Puis il se leva, débrancha sa radio et la coinça sous son bras.

Les yeux de son père étaient ouverts et regardaient fixement le plafond, un peu comme Matthias l'avait fait pendant toutes ces nuits des années durant.

Il ne retourna pas le corps sur le ventre. Pas plus qu'il ne lui cracha dessus ni ne lui donna de coup de pied. Il se contenta de lui passer devant et de descendre l'escalier. Lorsqu'il quitta la maison, sa dernière pensée fut qu'il avait apprécié cette petite épreuve mentale…

Et qu'il voulait voir s'il serait capable de recommencer…

— Matthias ?

Lâchant un cri, il bondit sur son siège, le restaurant lui revenant en pleine figure, les murs se remettant en place, le cliquetis des couverts et les murmures des conversations filtrant de nouveau à travers son cerveau.

Alors que d'autres clients se retournaient vers lui, Dee se pencha en avant.

— Ça va ?

Son beau visage était empreint de compassion et elle avait la bouche ouverte comme si elle avait du mal à respirer à la vue du désespoir de Matthias.

Le détachement qu'il avait éprouvé en revoyant son père mourir s'insinua de nouveau au centre de sa poitrine, comme si ce souvenir avait recalibré son programme interne, resserré les boulons telle une voiture dont on aurait réglé le parallélisme :

à présent, il toisait la femme en face de lui avec une objectivité glaciale. Un gouffre immense s'était creusé alors que leurs chaises ne s'étaient pas éloignées davantage.

Les émotions étaient si faciles à feindre. Il était bien placé pour le savoir.

Le rictus qu'il afficha éveilla en lui une sensation bizarre, mais aussi très familière.

— Parfaitement bien.

Juste à cet instant, la serveuse s'approcha avec son petit déjeuner gargantuesque, et quand elle le posa, il aurait juré voir Dee se renfoncer dans son siège, un petit sourire satisfait flottant sur ses lèvres.

Campée à côté du maître d'hôtel, Mels décida d'arrêter les frais. C'était déjà assez pénible d'avoir joué les espionnes, alors trouver Matthias en compagnie de cette infirmière ?

À présent, elle avait deux raisons d'être écœurée : elle avait perdu tout respect pour elle-même, et sa rivale aurait pu damer le pion à la jeune Sophia Loren.

Alors qu'une énorme assiette était posée devant lui, Matthias adressa un sourire en coin à la femme et…

Sans raison valable, il tourna la tête juste au moment où Mels s'apprêtait à partir.

Leurs regards se croisèrent, et aussitôt, son rictus cynique se transforma en une expression indéchiffrable… et dont elle se fichait bien, se persuada-t-elle.

Peu importe. Ce n'étaient pas ses oignons.

Et elle n'allait pas faire une scène. Sûrement pas. Non, elle se dirigea d'un pas calme vers le tourniquet du hall…

— Mels ! souffla une voix derrière elle.

Elle ne pouvait pas faire comme si elle ne l'avait pas entendu et n'avait aucune raison de le traiter avec mépris.

— Je ne voulais pas interrompre ton petit déjeuner, dit-elle en marquant un temps d'arrêt pendant qu'il s'approchait. Et on m'attend à un rendez-vous. Comme tu ne répondais pas au téléphone, j'ai eu envie de venir faire un tour.

—Mels…

—Cette histoire que tu m'as demandé de vérifier était vraie. Sauf que le nom de famille s'écrit avec un « e. » « Childe ». Le fils est mort d'une overdose et le père était sur place quand c'est arrivé. La fille est toujours vivante ; elle est avocate à Boston. Le père travaille pour le gouvernement dans différentes agences. Du moins, c'est ce qui était écrit dans les journaux. Je ne peux rien affirmer en dehors de ce qui est dans le domaine public. (Alors qu'il se contentait de la regarder, elle releva le menton.) Tu t'attendais à quoi ?

Il se frotta le visage, semblant avoir mal à la tête.

—Je ne sais pas. Je… Quand le fils est-il mort ?

—Il n'y a pas très longtemps. Deux ans et demi, peut-être…

—Votre petit déjeuner refroidit.

Mels jeta un coup d'œil à l'infirmière. La femme approcha, les yeux braqués sur Matthias, comme s'il était seul.

Elle était d'une beauté renversante, son corps transformant sa robe discrète en une tenue sexy en diable…

Et quand elle avisa cette poitrine opulente, Mels se rappela qu'elle en revanche devait porter des Wonderbra pour atteindre la catégorie des bonnets C.

—Je dois y aller, de toute façon, dit Mels. Sinon, je vais être en retard à mon rendez-vous.

À cette phrase, l'infirmière lui jeta un regard dédaigneux, ses yeux noirs l'avertissant non seulement de ne pas parler à sa proie, mais de déguerpir au plus vite.

—Venez, regagnons la table.

Matthias se contenta de regarder fixement Mels, au point qu'elle se demanda s'il essayait de lui dire quelque chose. Mais des œufs froids et une femme chaude comme la braise l'attendaient ; il avait donc de quoi se repaître.

Elle les salua d'un signe et s'engagea dans le tourniquet.

Au-dehors, le soleil brillait quand elle regagna la voiture de Tony, et il faisait chaud dans l'habitacle. Lorsqu'elle s'installa au volant, elle se réprimanda avec vigueur avant de mettre le contact, mais malheureusement, le sermon n'eut pas grand effet sur elle.

Pas même la partie lui disant qu'il était normal qu'un homme mystérieux et inaccessible paraisse bien plus attirant qu'un type lambda aux yeux d'une journaliste ; ça ne faisait pas de lui un prétendant idéal pour autant.

C'était peut-être pour ça qu'elle était toujours célibataire. Les invitations à sortir ne manquaient pas, mais elles provenaient toujours d'hommes charmants, qui avaient un boulot bien confortable et toute leur mémoire…

Pas de failles. Pas d'excitation.

Non, elle s'était éprise d'un type au passé louche qui petit-déjeunait en compagnie d'une femme avec les mensurations de Barbie et des cheveux comme on n'en voit que dans les pubs télévisées.

« Brillants de santé. »

Démarrant la voiture, elle se coula dans la circulation, son rendez-vous avec Monty ayant lieu dans un parc à environ sept pâtés de maisons de l'hôtel.

Au moins, ce rendez-vous avait un avantage : si Mels avait dû regagner la salle de rédaction et feindre de travailler, le regard dans le vide, elle aurait fini par disjoncter.

Au diable les hommes, se dit-elle en trouvant une place libre avant d'exécuter un créneau et de descendre.

Conformément aux instructions que Monty lui avait données, elle se dirigea vers un banc sous un érable bien précis avec l'impression de jouer dans un film d'espionnage. Il ne lui manquait plus qu'un journal pour se cacher derrière ainsi qu'un mot de passe, et ils auraient été comme dans un *James Bond*.

Monty se pointa dix minutes plus tard, en civil, dans une tenue qui le faisait passer pour un type branché. Il paraissait de bonne humeur, le subterfuge semblant lui apporter la dose de drame dont il avait besoin.

— Suis-moi, dit-il à voix basse quand il la dépassa.

Misère.

Lorsqu'il la devança d'environ trois mètres, Mels se leva et garda ses distances en se demandant pourquoi elle se prêtait à ce cirque.

Après une petite balade, ils se retrouvèrent au bord du fleuve, devant un grand hangar à bateaux d'où les gens partaient se promener en canoë ou en voilier dès que les températures se réchauffaient.

Mels s'engouffra à l'intérieur du bâtiment, et il lui fallut un moment pour que ses yeux s'habituent à l'obscurité, les fenêtres barrées de croisillons ne laissant filtrer que peu de lumière. La salle semblait pleine à craquer avec toutes ces rangées de barques, ces piles de bouées, ces rames alignées et ces voiles enroulées. Et en un sens, c'était aussi bruyant : tout autour d'eux, l'eau s'agitait contre les pontons, les clapotis des vagues résonnant à travers les cales vides…

Dans un fracas soudain, des hirondelles s'élancèrent de leurs embryons de nids et fondirent sur eux avant de s'échapper au-dehors.

Tandis que son rythme cardiaque reprenait une cadence normale, elle demanda :

— Alors, qu'est-ce que tu as déniché ?

Monty sortit une grande enveloppe qu'il lui tendit.

— J'ai imprimé ça ce matin.

Mels écarta le trombone.

— Qui d'autre est au courant ?

— Pour l'instant, personne.

Elle sortit un par un les trois clichés de la victime : le premier était une photo en pied, le deuxième un plan rapproché sur son ventre avec son haut retroussé, le troisième un gros plan sur ce qui semblait être une série de symboles.

Cecilia Barten.

Ce nom lui traversa l'esprit tandis qu'elle examinait les images : Sissy était une autre fille, plus jeune, avec un mode de vie très éloigné de celui où se faire assassiner faisait partie des aléas du métier. Son corps avait été tout récemment retrouvé dans une carrière, avec le même genre de caractères gravés sur l'abdomen. Elle aussi avait été égorgée. Et elle aussi était blonde.

— Tu as vu des photos de la scène de crime, n'est-ce pas ? s'enquit Monty.

— Oui. (Mels reporta son attention sur le dernier cliché.) La peau était rouge, mais il n'y avait rien de ce genre dessus. Attends, alors dis-moi, officieusement si besoin, qu'est-ce qui s'est passé ? Tu m'as dit être arrivé parmi les premiers sur les lieux.

— Le premier. Je suis entré dans la chambre avec le gérant et j'ai suivi la procédure. J'ai installé un périmètre de sécurité autour de la porte et appelé des renforts.

— Où était ton équipière ?

— Elle avait appelé pour prévenir qu'elle était malade, alors j'étais seul. Les coupes budgétaires, tu sais ce que c'est. Pas de remplaçant. En même temps, j'ai pu prendre des photos pendant que j'attendais.

Mels détestait les gens qui utilisaient l'expression « en même temps ».

— Tu as retroussé le haut de la victime.

— J'examinais le corps et la scène dans le cadre de mes fonctions officielles.

Pauvre type.

— Mais pourquoi prendre des photos alors que le photographe officiel n'allait pas tarder à arriver ?

— La vraie question est : où sont passés ces signes ?

Oui, c'est louche.

—Alors, je peux les exploiter ? demanda Mels en le regardant.

—Pour l'instant, non. Je ne veux pas être accusé d'avoir manipulé le cadavre.

Mais c'est pourtant le cas.

—Alors pourquoi me donner ces photos ?

—Quelqu'un doit être mis au courant. Je vais peut-être aller voir De La Cruz, ou alors tu pourrais en parler dans le *CCJ* en te bornant à citer une source anonyme. L'heure du décès est estimée aux environs de 17 ou 18 heures, donc le meurtre a eu lieu peu après que le type a pris possession de la chambre. Je suis arrivé là-bas vers 21 h 15, ce qui laisse à peu près quatre heures au coupable pour faire son œuvre et se tirer.

Ce qu'il omettait de préciser, peut-être à dessein, était que ces symboles avaient disparu entre le moment de son arrivée et celui où la photographe de la police avait pris les clichés. Le corps n'avait pas pu rester seul bien longtemps et les scarifications n'apparaissaient et ne disparaissaient pas comme par magie.

C'était vraiment très louche.

—D'accord, fais-moi signe quand tu sauras comment procéder.

Il hocha la tête comme s'ils avaient signé un pacte, puis tourna les talons.

—Attends, Monty, juste une dernière question sur un autre sujet.

Sa source s'arrêta dans l'embrasure.

—Oui ?

—Tu te souviens de l'homme qui a été découvert mort au *Marriott* ?

—Oh, tu parles du cadavre à l'entrée des livraisons ? Celui qui a disparu de la morgue ?

Mels eut le souffle coupé.

— Hein ?

— Tu ne savais pas ? (Il s'approcha d'elle pour lui confier la nouvelle.) Le corps a disparu. Ce matin même.

Impossible.

— Quelqu'un l'a volé ? À la morgue de St. Francis ?

— Il semblerait.

— Comment est-ce possible ? (Tandis que Monty haussait les épaules, elle secoua la tête et sut que cette disparition n'augurait rien de bon.) Eh bien, j'espère qu'ils trouveront ce fichu cadavre. Au fait, tu ne saurais pas quel genre de balles a été retrouvé dans le gilet de la victime ?

— Des 40 millimètres.

— Et j'ai entendu dire qu'il portait un tatouage ?

— Je ne sais pas. Mais je peux me renseigner.

— Je t'en serais reconnaissante.

Il lui adressa un clin d'œil, puis un sourire en coin.

— Pas de problème, Carmichael.

Quand elle se retrouva seule, Mels examina de nouveau les photos une par une… et en conclut que Caldwell avait affaire à un nouveau tueur en série.

La police et la presse avaient du boulot garanti pour les semaines, voire les mois, à venir.

Et Mels en vint à se demander si le coupable n'était pas un flic.

Chapitre 24

Divine plia sa serviette à côté de son assiette vide en adressant un sourire à sa proie. Dans l'ensemble, tout se passait bien. Matthias commençait à retrouver la mémoire, et cette petite porte qu'elle avait ouverte dans son esprit à propos de son père avait rallumé le genre de lumière qu'elle aimait voir briller dans l'œil de l'ex-agent.

Son vieux avait été un élément décisif, bien sûr, la racine du mal, la preuve que l'infection pouvait se transmettre d'humain à humain, et pas juste de démon à humain.

Cependant, rien n'était joué et elle marchait sur des œufs.

— Je vais payer l'addition, annonça Matthias en levant la main pour faire signe à la serveuse.

— Quel gentleman ! (Elle fouilla dans son sac et se mit à transférer ses rouges à lèvres de gauche à droite en les comptant.) Je suis contente qu'on se soit rencontrés.

... trois, quatre, cinq...

— Coup de chance. (Il jeta un coup d'œil à la fenêtre, l'air de planifier quelque chose.) Quel hasard, hein ?

... six, sept, huit...

— Qu'allez-vous faire aujourd'hui ? demanda-t-elle, son pouls s'accélérant alors qu'elle se rapprochait de la fin du décompte.

... neuf, dix, onze...

Il lui répondit quelque chose qu'elle n'entendit pas. Mais c'était compréhensible : elle était proche de la fin.

Douze.

Treize.

Poussant un soupir de soulagement, elle sortit le dernier tube et fit sauter le capuchon. Fixant Matthias du regard, elle le contraignit, par la simple force de sa volonté, à observer sa bouche tandis qu'elle exhibait la pointe douce et émoussée et commençait à l'appliquer sur ses lèvres.

Il obtempéra, mais sa réaction ne fut pas celle qu'elle désirait. Il la toisait d'un regard froid et non lascif. Comme s'il contemplait un objet qu'il envisageait d'utiliser.

Divine fronça les sourcils. Quand il avait quitté la table pour courir après cette fichue journaliste, cette distance n'avait pas existé. Il s'était mis à nu, focalisé sur cette femme comme si elle était une partie de lui, plutôt qu'un élément distinct et extérieur.

La démone pinça les lèvres puis les relâcha, sentant sa bouche reprendre ses formes pulpeuses. Et pour s'assurer qu'il comprenne bien le message, elle planta une idée dans sa tête, le forçant à imaginer sa bouche autour de sa queue, le suçant, l'aspirant, l'engloutissant.

Aucun résultat.

Il se contenta de poser le regard sur la serveuse, de prendre l'addition qu'elle lui tendait et d'y inscrire son numéro de chambre.

Au bruit d'une rafale secouant les vitres du restaurant, toutes les têtes se tournèrent, y compris celle de Matthias : assise en face de lui, Divine fulminait, sa rage s'embrasant au point d'atteindre les éléments au-dehors et de soulever une tempête au sud.

Elle ne pensait qu'à la manière dont Jim l'avait manipulée. Et voilà que ce misérable éclopé, qui retournerait en enfer dès la fin de cette manche, la rembarrait.

Sales connards.

Elle se leva et mit son sac sur son épaule.

— Combien de temps resterez-vous ? lança-t-elle.

— Quelques jours tout au plus.

Effectivement. Les choses avançaient vite en ce qui le concernait, même s'il n'en avait pas conscience, et cette manche serait rapidement terminée.

Un instant, elle songea à le conduire dans sa chambre pour lui rappeler qu'il était un homme, pas un robot. Et que le « handicap » dont il souffrait ne serait pas un problème tant qu'il serait avec elle.

Alors qu'avec la journaliste…

— Bien, au revoir, déclara-t-il.

Comme s'il la congédiait.

Divine plissa les yeux, puis se rappela qu'elle avait un rôle à jouer.

— Je suis sûre qu'on se reverra.

— Possible. Bonne chance avec votre mère.

Divine le regarda partir avec la soudaine envie de le baiser, mais pas pour remporter la partie. Il avait la même force que Jim. Et la même faculté à lui résister.

Elle aurait dû lui prêter plus attention quand elle l'avait eu en sa possession. Heureusement, il serait bientôt de retour.

En attendant, elle devait s'occuper de cette journaliste. Son influence n'était guère souhaitable dans ce tournoi.

Et un accident est si vite arrivé.

Le Créateur ne pourrait pas en accuser Divine.

Matthias prit un taxi pour se rendre aux bureaux du *CCJ* et attendit sur le parking derrière le bâtiment. Il se figurait que Mels avait emprunté cette Toyota pour se rendre à l'hôtel, et de fait, la voiture de son ami n'était pas garée au milieu des autres vieilles bagnoles, elles aussi remplies de détritus.

Comme si conduire une poubelle faisait partie du boulot de journaliste.

Près de la porte de derrière, il s'adossa contre le mur en s'appuyant sur sa canne. Au-dessus de lui, des nuages s'amoncelèrent et masquèrent le soleil, les ombres sur le bitume chassant la lumière du jour.

Il était espionné.

Pas par les traînards qui entraient et sortaient du bâtiment… ni par les fumeurs qui allumaient leur cigarette et tiraient dessus comme des pompiers avant de regagner leur bureau… ni par les gens qui faisaient le tour du parking bondé pour essayer de trouver une place.

Quelqu'un l'épiait depuis une position fixe sur la droite.

Peut-être un type dans l'une des voitures garées le long du trottoir bordant l'immeuble. La seule autre option était le toit du bâtiment d'en face, vu que ses murs étaient dépourvus de fenêtres.

Il devait se dégotter des munitions. Sans balles, le 40 millimètres avec silencieux qu'il avait « emprunté » à Jim n'était qu'une arme contondante. Ce qui n'était pas négligeable, mais pas assez létal ni d'une portée suffisante…

La Toyota qu'il attendait apparut à l'angle et s'arrêta. Quand la voiture pila, il sut que Mels l'avait vu.

La jeune femme se gara sur la première place disponible, sortit, et s'avança, le menton levé, ses cheveux flottant dans la brise.

— Tu fais une promenade digestive ? demanda-t-elle.

Une petite douleur lui vrilla la poitrine, et s'intensifia peu à peu, au point de lui entraver la respiration.

— Je suis désolé, dit-il d'une voix rude.

— De quoi ?

Il ne put que secouer la tête, incapable de parler. La clarté froide, calculatrice, qu'il avait éprouvée après avoir revu ces images du passé avait disparu. Au lieu de cela, il se sentait ouvert aux quatre vents, exposé.

— Matthias ? Ça va ?

D'une manière ou d'une autre, l'impensable arriva : il s'avança, posa les mains sur ses hanches… puis la serra contre lui, enfouissant le visage dans ses cheveux, qu'elle avait détachés.

— Qu'est-ce qui s'est passé ? demanda-t-elle d'une voix douce alors qu'elle lui caressait le dos.

— Je ne… (Oh, merde, il perdait la boule.) Je n'arrive pas…

— Ce n'est pas grave…

Ils restèrent enlacés alors que le tonnerre grondait comme si les cieux désapprouvaient leur étreinte, et un éclair zébra le dessous de la couverture nuageuse.

Pourtant, il aurait voulu rester là pour toujours : quand il se retrouvait contre le corps chaud de cette quasi-inconnue, le passé et l'avenir n'existaient plus. Il ne restait que le présent, et cette absence d'arrière-plan formait comme un abri…

La pluie se mit à tomber à grosses gouttes, au point qu'il eut l'impression d'être canardé de billes.

— Rentrons, dit-elle en lui prenant la main avant d'utiliser une carte magnétique pour pénétrer dans le bâtiment.

Un étrange parfum chimique dans l'air lui chatouilla les narines. Mais il ne s'agissait pas de cire ni de nettoyant pour vitres ; c'était l'encre des presses.

— Viens, dit-elle en se dirigeant vers une porte bordeaux, avant de tourner une poignée et d'ouvrir la voie d'un coup de hanche.

La salle de conférence était meublée de sièges dépareillés et d'une longue table composée d'un curieux mélange de différents éléments, semblant tout droit sortie de l'imagination d'un savant fou. Une fontaine à eau se trouvait dans un coin. Mels se dirigea vers elle et remplit un gobelet en plastique.

— Bois ça.

Il obtempéra, en tentant de se ressaisir.

D'un bond, elle s'assit sur le rebord de la table, ses jambes se balançant dans le vide.

— Parle-moi.

Oh, merde, comment lui avouer ce qui lui était revenu ? Et pourquoi l'avoir suivie là, déjà ?

À vrai dire, il avait la réponse à la seconde question. Il voulait être honnête avec quelqu'un. Pour une fois dans sa vie. Et pour cela, il n'avait qu'à établir le lien avec elle, comme s'il était en chute libre, qu'elle soit la corde à saisir, et qu'il suffise de parler pour assurer sa prise.

— J'ai tué mon père.

Mels s'immobilisa, les épaules tendues.

— C'était après des années de… (*Dis-le. Dis-le, putain !*) C'était un homme violent et il buvait. Il s'est passé des choses qui n'auraient pas dû arriver et j'ai…

La lumière changea peu à peu dans les yeux de Mels, la compassion revenant au-devant de la scène.

Mais quand il crut qu'elle allait descendre et le prendre dans ses bras, il l'arrêta d'un geste.

— Non, je ne pourrai pas… Je n'arriverai pas à parler si tu me touches.

— Très bien, dit-elle d'une voix lente.

— Je ne sais même pas pourquoi je te raconte ça.

— Il ne faut pas forcément une raison.

— J'ai l'impression que si.

— Tu sais que tu peux me faire confiance, hein ? Je suis peut-être journaliste, mais je pense ce que je t'ai dit : c'est mon boulot, pas qui je suis.

— Je sais. (Il se frotta la tête puis ôta ses lunettes de soleil.) Désolé, mais j'ai besoin de te voir avec netteté.

Elle fronça les sourcils.

— Inutile de t'excuser.

Il tourna les Ray-Ban dans sa main.

— Je pensais que tu me préférais avec. Tu sais, au restaurant… pour t'épargner de voir mon visage.

— Ce n'est pas pour ça que je t'ai dit de les garder. Je ne te trouve pas laid, Matthias, loin de là. Et tu n'as pas à te cacher.

D'une certaine manière, il savait que ça ne durerait pas. Il avait le sentiment que plus la mémoire lui reviendrait, plus le tableau qu'il aurait de lui empirerait. Comme un dessin par numéros où on s'imaginait esquisser un joli portrait, pour se retrouver face à celui du tueur en série du film *Halloween*.

— Je l'ai dénoncé, s'entendit-il dire. Je suis allé voir ma prof principale, puis l'infirmière de l'école, et je leur ai tout dit, expliqué les absences, les hématomes, et les… autres trucs. J'avais quinze ans. Jusque-là, j'avais tout gardé pour moi…

— Oh, Seigneur, Matthias…

— Mais j'ai craché le morceau, et la police a pris le relais. Mon père a eu une crise cardiaque quand je lui ai annoncé que son secret était éventé.

— Et c'est pour ça que tu crois l'avoir tué ? Matthias, tu n'as rien fait de mal.

— Si. Je l'ai regardé mourir. Je n'ai pas appelé les secours, je ne suis pas allé chercher de l'aide. Je suis resté planté là pendant qu'il s'effondrait sous mes yeux.

— Tu étais victime de sévices et en état de choc. Ce n'est pas ta faute…

— Je l'ai fait exprès.

De nouveau, elle plissa les yeux.

— Je ne comprends pas.

— Je me fichais de ce qu'il m'avait infligé. Ces saloperies, c'était plus un désagrément qu'autre chose. (Il haussa les épaules.) Le fait de le confronter, c'était juste un exercice mental pour moi. Tu comprends, je le connaissais. (Il se tapota la tempe.) Son mode de pensée, ce qui le faisait réagir. Il aimait être sadique et exercer du pouvoir sur moi. C'était un pauvre type qui maltraitait les animaux et bossait dans des champs de maïs toute la journée. Ce n'est qu'au moment où il a dû avoir affaire à des adultes que son complexe d'infériorité a émergé. Il me menaçait de me tuer si je parlais à qui que ce soit. Garder le secret était extrêmement important pour lui, et pas uniquement parce que c'est illégal d'abuser d'un gamin. Je savais que si quelqu'un était au courant, ça le tuerait, et… c'était ça que je voulais, plus encore que de mettre fin aux sévices.

—Attends, laisse-moi te poser une question. Depuis combien de temps vivais-tu avec lui ?

—Ma mère est morte en couches.

—Toute ta vie, donc.

—J'ai passé un moment ailleurs, mais ensuite je suis revenu auprès de lui.

—Quand tu étais petit.

—Oui.

—Et il ne t'est jamais venu à l'esprit que tu étais juste un gosse qui essayait de se sauver ?

—Ça a abouti à ce résultat, mais je ne l'ai pas dénoncé dans ce but. Et c'est ce qui m'a méchamment ébranlé.

Mels secoua la tête.

—Je crois que tu devrais être plus indulgent envers toi-même.

Et merde, elle refusait de comprendre. Il le lisait dans ses yeux : elle s'était forgé une opinion sur lui et rien ne la ferait changer d'avis.

—Matthias n'est pas mon vrai prénom

—C'est quoi alors ?

Ça lui était revenu au cours du petit déjeuner.

Il la contempla pendant un long moment, s'attardant sur son visage, son cou, son corps élancé… puis il reporta le regard sur ses yeux vifs.

Il ne lui révélerait pas cette information. Il ne le pouvait pas.

Dans le silence qui suivit, il éprouva un besoin irrépressible d'être de nouveau seul avec elle, et pas dans un lieu public. Dans cette chambre d'hôtel. Dans ce lit dont les draps sentaient le citron. Il voulait un peu d'elle avant de partir, comme si elle était un médicament nécessaire à sa survie.

Car il avait conscience d'être au seuil de la mort.

Ce n'était pas de la paranoïa. C'était… aussi inévitable que son passé était gravé dans le marbre.

— Je n'ai plus beaucoup de temps, dit-il d'une voix douce. Et je veux le passer avec toi avant de partir.

— Où vas-tu ?

— Loin, répondit-il au bout d'un moment.

Chapitre 25

Mels s'arrêta de respirer, frappée par la conviction que Matthias était une personne portée disparue, indépendamment du fait qu'il possédait un permis de conduire et un domicile : il avait beau se tenir debout devant elle, le regard rivé dans le sien, on aurait dit qu'il n'était même pas dans la pièce.

Là un instant, puis disparu à jamais.

— Pourquoi tu t'en vas ?

Quand il se contenta de secouer la tête, elle demanda :

— C'est pour ça que tu refuses de me révéler ton nom ?

— Non. C'est juste que ça n'a pas d'intérêt. Ce ne sont que des syllabes. Ça fait si longtemps que je ne suis plus cette personne que c'est devenu hors sujet.

— Je n'en suis pas si sûre. (Il haussa les épaules et elle insista.) Et rien ne t'oblige à t'en aller.

Personne ne pouvait prédire l'avenir. Si Matthias partait, ce serait de son plein gré et il pourrait toujours revenir sur sa décision.

Mais pour tout dire, elle partageait son sentiment, cette impression qu'ils n'avaient pas l'éternité devant eux. Leurs vies s'étaient télescopées à cause d'un accident de voiture et leur relation ne durerait pas plus longtemps que cet impact.

La blessure, en revanche, resterait à jamais.

Mels avait l'horrible pressentiment qu'elle ne se remettrait jamais de cette rencontre.

— Combien de temps reste-t-il ? s'enquit-elle.

— Je ne sais pas.

Elle se leva de la table, s'approcha et le prit dans ses bras, posant la joue contre le cœur qui battait derrière ses côtes. Alors qu'il l'enlaçait à son tour, elle se demanda pourquoi elle éprouvait une telle attirance envers lui. Les autres hommes, ceux qui étaient plus conventionnels, la laissaient de marbre.

Alors que lui…

Matthias s'écarta et lui toucha le visage.

— Je peux t'embrasser ici ?

— Tu veux dire sur la joue ou dans cette salle de réunion ?

— Eh bien, c'est ton lieu de travail et…

Elle le fit taire d'un baiser. Rien à foutre de l'endroit où ils se trouvaient. Les relations au boulot étaient légion, de même que les gens qui avaient fait entrer leurs maris, femmes ou conjoints dans le bâtiment.

Du reste, si son patron se permettait de la harceler sexuellement, alors elle avait le droit d'embrasser l'homme qu'elle désirait sous ce toit.

Fermant les yeux, elle inclina la tête sur le côté et effleura ses lèvres des siennes avant d'appuyer sa bouche. Et quand il lui rendit son baiser, elle aurait voulu capturer cet instant et le transformer en un objet qu'elle pourrait tenir dans ses mains, ou garder à l'abri comme s'il s'agissait d'un livre ou d'un vase.

Mais la vie n'était pas comme ça. On ne pouvait pas serrer les moments qui vous avaient marqués ou toucher les émotions. Du moins pas physiquement. Le destin était aussi insaisissable que le ciseau d'un sculpteur : il plongeait sur vous sans crier gare et vous remodelait avant de passer à un autre tas d'argile.

D'un geste vif et assuré, Matthias glissa la main jusqu'à la naissance de son cou. Et quand il insinua la langue entre ses lèvres, Mels s'abandonna à lui en regrettant de ne pas être dans un endroit plus intime tandis qu'une boule de chaleur se formait au creux de ses reins et embrasait tout son corps. Plus chaud, plus vite, plus chaud…

Mels fronça les sourcils en sentant un objet dur au creux du dos de Matthias.

Ce n'était pas un appareil orthopédique.

Ça n'avait rien de médical.

Glissant la main sous son coupe-vent, elle trouva… la crosse d'un revolver.

Tirant l'arme de la ceinture de son pantalon, elle recula.

C'était un 40 millimètres, et elle jeta un rapide coup d'œil à la chambre. Vide. Idem pour le chargeur.

— Tu n'es pas la seule à avoir un permis, fit-il remarquer d'une voix distante.

Elle lui rendit son automatique.

— Apparemment. Je peux te demander où tu l'as eu ?

— Je l'ai acheté.

— Et tu as oublié les munitions ?

— Elles n'étaient pas incluses avec.

— Tu sais quoi ? Le cadavre retrouvé à ton hôtel la nuit dernière a été touché avec un pistolet du même calibre.

— Et tu me crois coupable juste parce que je suis à court de munitions ?

Mels haussa les épaules.

— Tu me dis de ne pas m'impliquer avec toi sous peine de me faire tuer. Tu te pointes avec un pistolet après qu'un meurtre a eu lieu au *Marriott*. Je sais encore combien font deux plus deux.

— Je n'ai pas tué cet homme.

— Comment sais-tu qu'il s'agit d'un homme ?

— Ça a fait tous les gros titres.

Mels croisa les bras et riva le regard sur le sol en songeant qu'il ne sortirait rien de bon de cette conversation.

— Je crois que je ferais mieux d'y aller.

— Oui, dit-elle.

Tu parles d'une douche froide ! À un moment, ils s'embrassaient, et l'instant d'après, il la quittait.

— Je suis désolé, murmura-t-il, une fois devant la porte.

— Pourquoi t'excuser ?

— Je n'aime pas te laisser comme ça.

Dans ce cas, ils étaient deux.

Alors que la porte se refermait derrière lui, Mels se demanda si elle reverrait un jour Matthias. Puis elle s'enjoignit à garder la tête froide et à ne pas laisser sa libido la fourrer dans le pétrin. Son père aurait désapprouvé son attitude, indigne d'une femme sensée.

Bon sang…

Après quinze minutes passées à se sermonner, elle monta jusqu'à la salle de rédaction, se servit une tasse de café noir et serré, puis regagna son bureau.

— Dis-moi que tu n'as pas bousillé ma voiture.

Elle sursauta et jeta un regard à Tony.

— Hein ? Oh, non. Tiens, voilà les clés.

— À ta tête, on jurerait que tu viens d'avoir un autre accident.

Comme c'était étonnant.

Se calant dans son siège, elle regarda fixement son écran.

— Ça va ? Tu veux une barre chocolatée ?

Mels s'esclaffa.

— Je crois que je vais d'abord essayer le café.

— Qu'est-ce qui t'arrive ?

— Je me demande juste comment il est possible que des cicatrices s'effacent toutes seules d'un cadavre.

Certes, ce n'était pas la question qui la préoccupait le plus, mais elle la remplacerait avantageusement. Du reste, Mels l'aurait posée tôt ou tard, car Tony était une encyclopédie ambulante.

À son tour, son ami se renfonça dans son siège, les yeux dans le vide.

— Impossible. Des cicatrices sont des cicatrices.

— Alors, comment expliquer deux séries de photos, l'une montrant des symboles gravés sur la peau et l'autre où ils n'apparaissent pas ?

— Facile. On les a retouchées.

— C'est ce que je pense aussi.

Ce qu'elle ne comprenait pas, c'était le motif. Même si elle avait des soupçons quant à l'auteur de cette supercherie.

Mels laissa sa tête tomber sur le côté. La manipulation n'aurait pas pu être effectuée par la photographe officielle. Même si celle-ci avait pris des dizaines de clichés, elle avait été en permanence entourée par des flics, et si elle avait retouché les photos par la suite, ils auraient remarqué la différence dès l'instant où ils auraient vu les photos.

Ce qui laissait Monty, un homme qui se masturbait l'ego en déballant ses informations à la presse et inventait des drames là où il n'y en avait pas. Quelles étaient les chances pour qu'il se soit amusé à toucher au cadavre ?

Mels décida de passer à l'action et de fouiller dans la base de données du *CCJ*.

— C'est soit ça, ajouta Tony, soit une intervention divine.

— J'ai une photo du tatouage.

À 17 heures, Mels leva les yeux de son article sur la prostituée. Eric se tenait devant elle, un dossier à la main, le visage grave.

— Celui de la victime qui a disparu de la morgue ?

— Celui-là même.

— Tu me fais voir ? dit-elle en tendant la main.

— C'est, euh… oui. (Il lui passa les clichés.) Pas mon style. Je préfère le tribal.

Lorsqu'elle ouvrit le rabat, Mels haussa les sourcils. La photo était en couleurs, mais c'était inutile. Du moins, en ce qui concernait l'encre. La Faucheuse était représentée en noir et blanc, et avec une foule de détails… au point que, même sur la photo, les yeux brillants sous la capuche élimée et la main squelettique pointant vers le spectateur semblaient s'adresser à elle, et à personne d'autre.

— Plutôt macabre, hein ? fit remarquer Éric. Et joli cimetière, aussi, n'est-ce pas ?

Effectivement, la silhouette sinistre se tenait dans un paysage de tombes, les stèles s'étendant à perte de vue, le grand manteau décrépit balayant et dissimulant ce qui semblait se prolonger à l'infini.

— C'est quoi ces marques en bas ? demanda-t-elle.

— On dirait une sorte de décompte. Et pas des jours avant le début des vacances, si tu veux mon avis.

— C'est peut-être lié à un gang.

— C'est ce que je me disais, surtout sachant qu'un autre cadavre se trouvait récemment à la morgue avec à peu près le même tatouage, d'après ma source.

— Qu'en pense la police ?

— C'est ce que je suis en train d'essayer de savoir.

Mels leva la tête.

— Donc tu as cherché l'image sur Internet ?

— Il existe des milliers de représentations de la Faucheuse sur la toile. Et certaines sous forme de tatouages. D'après ce que j'ai pu trouver, aucun ne ressemble exactement à celui-là, mais tous s'y apparentent, si tu vois ce que je veux dire.

— Comment ta source se les est-elle procurées ? J'ai entendu dire que tout avait été effacé du dossier d'admission.

St. Francis était sens dessus dessous depuis l'incident ; c'était comme si ce type n'avait jamais intégré leur système.

Propre. Très propre.

— Mon pote est fana des tatouages. Il a pris les photos avec son téléphone à l'arrivée du cadavre.

— Voilà qui tombe bien, murmura-t-elle en rendant le dossier à Eric. Donc, si nous supposons que le tatouage est lié à un gang, que faisait ce type avec un gilet pare-balles ultrarésistant ? Et comment aurait-il pu disparaître ? Les gangs ne disposent pas des moyens logistiques ou financiers pour se procurer ce genre d'équipement, et ne sont pas obnubilés par leurs morts au point d'entrer dans un hôpital pour récupérer un corps, puis d'effacer toute trace informatique. Pareil pour la mafia.

Eric mâchouilla le bout de son stylo.

— Ça ne peut être lié qu'au gouvernement. Je veux dire, qui d'autre pourrait s'en tirer comme ça ?

Elle songea au chargeur vide de Matthias.

— J'ai entendu dire que les balles étaient du 40 millimètres ?

— Celles du pistolet utilisé contre ce type ? Oui, et la bonne nouvelle, c'est que la police a emporté le gilet en même temps que les vêtements et les bottes pour les mettre sous scellés. C'est déjà ça qu'ils n'auront pas volé. (Son collègue plissa les yeux.) Alors, tu vas me dire pourquoi tu es si intéressée ?

— La fille du motel a été égorgée, elle aussi.

Même s'il y avait peu de chances pour que les deux meurtres soient liés.

— Ah. Donc tu te passionnes pour les blessures au cou ?

— Je suis juste rigoureuse.

— Et ton article sur cette prostituée ? Du nouveau ?

— Je travaille dessus.

— Préviens-moi si tu as besoin d'aide.

— Et toi de même.

Alors qu'Eric s'éloignait, elle s'aperçut que la salle de rédaction était quasiment déserte. Et elle avait presque atteint l'heure butoir pour rendre son article.

En le relisant, elle se sentit insatisfaite. Aucune information nouvelle hormis l'identité de la victime, et quand Mels avait téléphoné à la famille, ils n'avaient pas manifesté le moindre signe d'intérêt, se contentant d'un austère : « Pas de commentaires. »

Comment rester de marbre devant la mort de sa propre fille ?

Mels n'avait pas envie d'envoyer l'article tel quel. Le style était convenable, et le correcteur orthographique avait fait son boulot, mais la véritable histoire se trouvait dans les photos de Monty, dont elle ne pouvait pas encore parler.

Lâchant un juron, elle cliqua sur « Envoyer » en se jurant de découvrir la vérité, même si elle n'était jamais publiée.

Sur son écran, elle réexamina le montage qu'elle avait effectué une heure plus tôt en juxtaposant deux photos : elles représentaient des symboles similaires gravés dans de la chair humaine. L'une était celle de Cecilia Barten, cette jeune fille découverte dans la carrière à la lisière de la ville, quelques jours auparavant... et l'autre montrait ce qui apparaissait sur le ventre de cette prostituée, à en croire Monty.

Le motif des éraflures semblait constituer un genre de langage : certains caractères étaient identiques sur les deux clichés, même s'ils n'apparaissaient pas dans le même ordre. Ce qui, selon elle, n'excluait pas la théorie selon laquelle Monty les aurait retouchées : c'était le moyen parfait de lier le meurtre de cette prostituée à celui de Cecilia Barten sans rendre la manipulation trop évidente.

D'ailleurs, plus elle y réfléchissait, plus la supercherie semblait coller avec la personnalité de Monty. Quel pied il prendrait à être « l'inventeur » d'un nouveau tueur en série...

Sauf qu'un truc clochait. Que ferait-il si aucune autre fille n'était retrouvée égorgée ? De plus, il risquait de perdre son boulot. Il marchait déjà sur la corde raide à force de livrer des informations à la presse. Augmenter les risques en mentant et en se livrant à de telles pratiques relevait de l'inconscience.

Ou alors il devenait simplement négligent.

Mais... et la couleur des cheveux ? La prostituée avait effectué une teinture juste avant de mourir, pour obtenir un blond similaire à celui de Cecilia Barten. Voilà un détail troublant qui n'avait pas changé entre les deux photos.

Et si Monty imitait les crimes d'un tueur en série ?

— T'en es où, côté voiture ?

Quand Mels sursauta, Tony cessa de remballer ses affaires.

— Ça va ?

— Oui, désolée. J'étais plongée dans mes pensées.

Son ami mit son sac sur son épaule.

— Tu as encore besoin de ma bagnole ?

Mels hésita.

— Oh, je ne voudrais pas t'embêter avec…

— Pas de souci. Raccompagne-moi à la maison et elle est toute à toi, à condition que tu m'offres un nouveau petit déjeuner demain. (Il leva la main et agita le porte-clés Kiss devant elle.) Je n'en ai vraiment pas besoin.

— Juste une nuit de plus, dit-elle.

— Et deux nouveaux buns à la saucisse avec un café.

Ils s'esclaffèrent tandis qu'elle éteignait son ordinateur. Elle se leva, s'empara des photos que Monty lui avait données, les fourra dans son sac, et ils s'en allèrent en discutant.

— Tu es un prince. Tu le sais ?

Il sourit.

— Oui, mais c'est sympa de se l'entendre dire de temps en temps.

— Au fait, est-ce que tu aurais un ami qui s'y connaîtrait en photo ?

— Pourquoi ? Tu veux te faire tirer le portrait ?

— Non, juste un avis d'expert.

— Ah. (Il lui tint la porte.) Il se trouve que je connais quelqu'un à qui tu pourrais parler… et qu'on pourrait passer voir en chemin.

Chapitre 26

Jim ne s'était pas attendu à se retrouver de sitôt à la morgue de l'hôpital St. Francis. Une fois lui avait suffi.

Certes, il n'avait pas eu à mourir cette fois. Et la dépouille qu'il contemplait n'était pas la sienne.

Génial comme critère de comparaison.

En fait, la situation était trop calme en ville, si bien qu'il était parti à la recherche de Divine. Et il s'était imaginé que le meilleur endroit pour commencer était là où se trouvait le corps de cet agent.

Il ne croyait toujours pas que la démone n'avait pas eu une idée derrière la tête quand elle était apparue pour les « sauver ». Et après une journée passée à filer Matthias et à attendre que Divine se manifeste, il avait dit à Adrian de garder l'œil sur eux pendant qu'il faisait un tour au pays du désinfectant, du carrelage vert et des balances utilisées pour peser les cerveaux et les foies.

Il voulait examiner le cadavre de cet « agent ».

Dans la précipitation de la nuit précédente, il n'avait pas pu prêter beaucoup d'attention au macchabée. Et même s'il ignorait ce qu'il pourrait lui apprendre, c'était le seul vestige de l'homme…

En supposant qu'il lui mette la main dessus avant les troupes des XOps.

Il y avait quelque chose de pourri au royaume des Parques. Le premier détail qui lui mit la puce à l'oreille fut la présence de policiers dans le couloir : ils étaient partout, massés autour du sous-sol, discutant les uns avec les autres. Puis lorsque Jim se faufila à travers les portes de la morgue, il découvrit un autre groupe de flics devant l'accueil, ceux-là conversant avec des membres du personnel médical.

D'une façon ou d'une autre, c'était devenu une scène de crime.

Ça alors, quelle surprise !

— À quelle heure êtes-vous arrivé ?

Le légiste interrogé devant le bureau croisa les bras et leva son menton mal rasé.

— Je vous l'ai déjà dit. Je commence à 9 heures du matin.

— Et c'est à cette heure-là que vous êtes arrivé ?

— Oui, comme vous le confirmera la pointeuse. Écoutez, ça fait la deuxième fois…

Laissant l'interrogatoire dégénérer, Jim quitta la section administrative pour pénétrer dans la partie froidement clinique. Traversant la porte marquée « Réservé au personnel », il pénétra dans une zone éclairée au néon, qui contenait davantage d'acier qu'une fonderie, entre les cinq établis, la demi-douzaine d'éviers abyssaux, et toutes ces fichues balances.

Sur le mur du fond, les rangées de frigos étaient verrouillées, comme si le personnel de St. Francis craignait que les zombies ne soient pas qu'une fiction. Tous, excepté un, à l'angle. Celui-là était grand ouvert, et devant lui, plusieurs types habillés de polos bleu marine cherchaient des empreintes tout autour de la bouche béante.

Et bien évidemment, la dépouille avait disparu.

Lâchant un juron, Jim s'approcha sans repérer aucun signe de la présence de Divine. D'habitude, celle-ci laissait dans son sillage une odeur nauséabonde, comme un désodorisant périmé. Là ? On sentait un léger relent à l'intérieur du frigo, mais rien de récent.

Apparemment, les XOps avaient joué les prestidigitateurs, et non la démone.

— Et merde.

Comme il avait parlé à voix haute, deux flics tournèrent la tête dans sa direction, comme s'ils s'attendaient à voir un de leurs collègues.

Quand ils froncèrent les sourcils et se remirent au travail, Jim songea à rendre une petite visite là-haut. Et il ne parlait pas des urgences ni des chambres de l'hôpital. Mais qu'est-ce que l'archange Nigel aurait pu faire pour lui ? Ses allers et retours au paradis ne l'avaient pas vraiment aidé par le passé, et Dieu sait qu'il était déjà assez en rogne et frustré.

Il était sur le point de partir quand une idée germa dans son esprit.

Longeant les frigos, il jeta un coup d'œil aux noms imprimés sur des bristols glissés dans des porte-étiquettes.

Et bien entendu, à l'autre bout, il trouva une porte marquée « BARTEN, CECILIA ».

À certains égards, il était surpris que la dépouille de la jeune femme soit encore là, mais d'un autre côté, il avait l'impression qu'une éternité s'était écoulée alors qu'il ne s'était passé que quelques jours depuis la découverte du corps dans cette carrière. Du reste, sa mort faisait l'objet d'une enquête criminelle.

Non pas qu'un membre de la police soit en mesure de trouver Divine et de lui coller ce meurtre sur le dos.

C'était le boulot de Jim.

Levant la main, il effleura l'inox. Tôt ou tard, la mère de Sissy enterrerait son enfant, un aboutissement aussi glacial que les frigos dans lesquels étaient conservés les corps.

Une sorte de chambre froide où son chagrin resterait enfermé jusqu'à la fin de ses jours…

Jim fronça les sourcils et tourna la tête, tous ses sens aux aguets.

Lâchant un juron, il entra dans la salle d'examen, traversa l'accueil puis se retrouva dans le couloir.

Cherche… et tu trouveras.

Par malheur, tout le monde débarqua au même moment.

— Tu sais ce que je préfère dans les hôpitaux ? demanda Tony.

Mels l'accompagna jusqu'à l'un des immenses bâtiments de St. Francis, puis attendit que la porte automatique leur livre passage.

— Pas la bouffe, j'espère ?

— Non, les distributeurs.

Tandis qu'ils franchissaient le seuil, il fourra les mains dans les poches de son treillis et en sortit une foule de petites pièces.

— Ils ont une sélection fabuleuse, ici.

— Range ta monnaie. C'est ma tournée.

— Explique-moi un truc… Pourquoi est-ce qu'on ne sort pas ensemble ?

Avec un rire forcé, elle se dit… qu'il valait mieux ne pas répondre. Pour lui comme pour elle.

Parvenus devant un groupe de médecins et de visiteurs jouant au bingo avec les ascenseurs, ils placèrent leur mise sur le premier, car c'était le moins bondé. Quelques secondes plus tard, ce dernier arriva, en partance pour le sous-sol.

— Je nous félicite de ce choix judicieux, dit Tony d'une voix hautaine.

Mels s'esclaffa tandis que des vigiles en uniforme sortaient de la cabine ; puis ils montèrent en compagnie d'un ouvrier de chantier équipé d'une ceinture à outils.

C'était un miracle que cet homme puisse encore marcher malgré tout l'attirail qui lui entourait les hanches.

Une fois au sous-sol, Tony et elle tournèrent à gauche. L'ouvrier leur emboîta le pas, puis les dépassa rapidement pour se diriger vers l'endroit d'où retentissaient des bruits de scie et de marteau.

— Il faudra peut-être attendre, dit Tony alors qu'ils suivaient les panneaux indiquant la morgue. Suraj m'a dit qu'il sortirait quand on arriverait, mais…

Ils s'arrêtèrent net après avoir tourné à l'angle.

L'endroit grouillait de flics, bloquant l'entrée de la morgue.

— Apparemment, ils sont sur les dents, marmonna-t-elle. Tu es sûr que ton pote pourra nous rejoindre ?

— Ouais, je vais voir comment il s'en sort, répondit Tony en envoyant un texto.

Mels, enfin focalisée sur un autre sujet que Matthias, se réjouit de cette diversion et se prit à espérer qu'ils en auraient pour un bout de temps. La dernière chose dont elle avait besoin était de disposer de temps libre et d'une voiture. Elle était fichue de retourner au *Marriott*, où Matthias serait peut-être en train de dîner avec la brune incendiaire… ou pire.

Mais le fait qu'il possédait un 40 millimètres ne signifiait pas qu'il avait tué qui que ce soit. Elle-même avait un 9 millimètres dans son sac, et ça ne la rendait pas suspecte de tous les meurtres commis en ville…

— Fait chier.

Tony la regarda.

— Hein ?

— Rien. Je suis juste frustrée.

— Attends, ça marchera peut-être… (Son portable laissa échapper une sorte de piaillement et Tony consulta le texto.) Ah, parfait, Suraj ne va pas tarder. Allons l'attendre près de… Oh, regarde. Des distributeurs. Quelle bonne surprise !

Effectivement, de l'autre côté de la morgue se trouvait une salle de repos équipée de toutes sortes de machines à sous riches en calories.

— Tu avais tout prévu.

— Sauf les flics.

Ils entrèrent, et pendant que Tony étudiait l'offre, Mels se mit à faire les cent pas autour des tables, qui étaient vissées au sol, et des chaises en plastique orange, qui ne l'étaient pas, probablement parce qu'elles étaient si laides et inconfortables que personne ne songerait à les voler.

Se rappelant sa promesse, Mels sortit son portefeuille et compta ses billets.

— Fais-toi plaisir. J'en ai plein en réserve.

— C'est juste un en-cas avant le dîner. Et je n'aime pas manger seul. (Il jeta un regard par-dessus son épaule.) Ohé ?

Quelle tristesse de trouver reposant le fait de ne penser à rien sauf au genre de cochonnerie qu'elle allait manger.

Un signe évident qu'elle avait besoin de vacances. Et d'une vie sociale.

— Tu as fait ton choix ? demanda-t-elle alors que le grincement de la scie à ruban retentissait de nouveau à l'autre bout du couloir.

— Oh que oui.

Après avoir inséré sept billets dans la machine, Tony se retrouva avec un tas de paquets de chips et de barres chocolatées dans les mains.

— À ton tour, dit-il.

— Je n'ai pas ton métabolisme.

Tony se massa le ventre.

— Moi non plus.

Elle opta pour un sachet de M&M's – les classiques, ceux qu'elle adorait quand elle était gosse – mais elle se retrouva à court de billets. Fouillant ses poches, elle sortit une poignée de monnaie et se mit à la recherche de pièces de vingt-cinq cents…

Mels se figea.

— Qu'est-ce qu'il y a ? demanda Tony depuis son siège.

Une douille ? Dans sa putain de poche ?

La mémoire lui revint alors qu'elle récupérait l'objet parmi le tas de pièces… Ce garage à la campagne. Où elle avait trouvé une Harley au moteur encore chaud, le mensonge qui se lisait sur le visage de Matthias et…

Quelqu'un d'autre…

Une violente migraine s'empara d'elle, la douleur bloquant le flot de ses pensées et occultant tout… hormis la conviction qu'elle avait vu quelque chose d'important là-bas. Mais quoi ?

Malgré tous ses efforts, son esprit ne parvenait pas à identifier ce souvenir, et plus elle essayait, plus elle avait mal.

— Mels ?

— Je vais bien. Non, vraiment, c'est juste… J'ai probablement besoin d'un peu de sucre.

Tony acquiesça tout en ouvrant un sachet de chips.

— Un petit coup de fouet ne fait jamais de mal.

Un homme trapu vêtu d'une blouse blanche entra.

— Désolé de vous avoir fait attendre.

Tony se leva pour lui serrer la main.

— Hé, salut, Suraj.

Se forçant à se ressaisir, Mels rangea la douille dans son sac et lutta pour aller jusqu'au bout des présentations.

— Nous ne voulions pas vous détourner de votre travail, dit-elle alors qu'ils s'installaient tous autour d'une table.

— Bah, je n'ai pas beaucoup bossé aujourd'hui (Suraj sourit, ses dents blanches contrastant avec son magnifique teint mat.) La police nous interroge depuis ce matin.

— Qu'est-ce que tu peux nous dire ? demanda Tony tout en croquant dans sa barre.

— Officieusement, il s'agit du type qui a été tué dans le sous-sol du *Marriott* la nuit dernière. (Suraj haussa les épaules et se cala dans son siège orange comme si ses fesses étaient habituées à ces chaises hideuses.) Je ne sais pas grand-chose. Je suis arrivé à midi pour prendre mon poste, et ça grouillait de flics. Rick est celui qui a été cuisiné le plus longtemps, vu que c'est lui qui a découvert que le corps avait disparu. Il allait le sortir pour effectuer l'autopsie quand… rien. Le cadavre s'était volatilisé. C'est hallucinant. Je veux dire, ce n'est pas comme si un macchabée pouvait se lever et partir. Sauf qu'aucune alarme n'a été déclenchée, et un cadavre, ça ne passe pas inaperçu quand même. Et puis, ici, c'est truffé de caméras de surveillance…

— Est-ce qu'il y a déjà eu un précédent ? demanda Mels.

— Si c'est le cas, c'était avant que je sois embauché. Je ne suis là que depuis deux ans. C'est un mystère.

— Tu nous préviendras quand tu seras en mesure de faire une déclaration ? intervint Tony.

— Mon patron s'en chargera, mais je ferai mon maximum pour te filer des infos en douce. Bon, alors, qu'est-ce que je peux faire pour toi ?

Tony jeta un coup d'œil à Mels alors qu'il levait un sachet de chips en direction du médecin.

— Suraj n'est pas seulement doué pour son boulot. Il a aussi le truc pour analyser des photos, d'où la raison pour laquelle je crois qu'il peut t'aider.

Suraj esquissa un nouveau sourire.

— Je suis un touche-à-tout en fait. La preuve, je fais un excellent poulet tikka masala.

— Accompagné de naan à l'ail, ajouta Tony. Un délice.

— Alors, de quel genre de photo s'agit-il ?

Mels sortit le dossier que Monty lui avait donné.

— Avant tout… sachez que je ne peux pas vous révéler qui me les a confiées ni dans quel contexte elles sont arrivées en sa possession.

— Autrement dit, je devrai oublier les avoir jamais vues.

— Exactement.

Tandis que l'homme empoignait le dossier et l'ouvrait, Mels fronça les sourcils et balaya la pièce du regard. Le sentiment d'être observée la tenaillait de nouveau, lui hérissant la nuque et l'incitant à serrer les poings. Sauf qu'il n'y avait personne dans l'entrée. Personne dans le couloir. Personne tapi derrière les distributeurs ni sous ces fichues chaises ou ces tables rivées au sol…

— Je connais cette affaire, déclara Suraj en parcourant les photos tandis que Tony se penchait pour y jeter un coup d'œil. Oui, c'est la prostituée qu'on a retrouvée au motel. Je reconnais les fringues. Mais ces marques n'étaient pas présentes quand elle est arrivée ici.

— Et c'est bien le problème. (Mels réprima sa paranoïa.) Les photographies officielles du cadavre ne montrent rien, mais celles-là, si, et elles auraient été prises avant celles de la police. Alors je veux savoir si ces clichés ont été retouchés d'une quelconque manière.

Suraj la regarda par-dessus la table.

— Vous avez les fichiers de ces images ? Des JPEG ? Des GIF ?

— Non, on m'a juste donné les sorties papier, et je n'aurai rien d'autre.

— Je peux vous les emprunter pour les examiner sur ma paillasse ? J'ai un microscope là-bas.

Mels se rapprocha.

— La police n'est pas au courant de l'existence de ces photos, murmura-t-elle à voix basse, et je ne suis pas sûre des intentions de leur propriétaire.

— Alors n'en parlez à personne.

— Mais sachez que je ne ferai pas obstruction à la justice si on en arrive là. Je ne les détiens que depuis peu et je coopérerai volontiers avec la police.

— Mais si je pouvais me passer de les scanner pour effectuer mon analyse, ce serait mieux, n'est-ce pas ?

— Je préférerais éviter les copies, surtout sous forme numérique.

— D'accord, je peux voir plein de choses au microscope. (Il se leva.) Donnez-moi dix minutes et je verrai ce que je peux faire.

Alors que Suraj quittait la pièce et que Tony s'exerçait aux lancers francs avec l'une des corbeilles en plastique, Mels se frotta la nuque et songea à la douille qui se trouvait dans sa poche.

— J'imagine que tu n'aurais pas un expert en balistique parmi tes connaissances ?

— Il se trouve que si. Qu'est-ce que tu as ?

Mels se massa les tempes.

— Une migraine, à vrai dire.

— Tu n'as toujours rien acheté à manger, et donc tu n'as rien dans le ventre.

— Tu as raison. (Elle se leva et se dirigea vers le distributeur.) C'est tout à fait vrai.

Chapitre 27

Dans la salle de repos, de l'autre côté de la morgue, Jim prit conscience que si l'invisibilité avait des avantages, elle mettait parfois vos nerfs à rude épreuve.

Il avait senti la présence de Mels Carmichael dès l'instant où elle était entrée dans le complexe médical, et vu le nombre de flics au sous-sol, il n'était pas surprenant qu'elle ait foncé droit vers l'endroit où l'ange se trouvait. Malheureusement, il avait aussi perçu l'ombre de Divine planer aux alentours, sans réussir à la localiser.

Puis il avait vu ces photos.

Contrairement à la journaliste, à l'homme aux chips et au scientifique en blouse blanche, il savait précisément ce qu'étaient ces symboles, qui en était l'auteur…

Les runes gravées sur la peau de cette femme étaient exactement les mêmes que celles qu'il avait vues sur le ventre de Sissy. Un langage, une marque, peut-être même un message. Et ce n'était peut-être qu'un sort, une illusion : après tout, la beauté que Divine affichait n'était qu'une image masquant son corps squelettique et putréfié.

Quelqu'un aurait très bien pu effacer son œuvre…

Quand le type portant un badge de l'hôpital accroché au revers de sa blouse sortit pour examiner les photos, Jim lui emboîta le pas, même s'il était dans l'incapacité d'agir et que ce n'était sans doute pas une bonne idée d'abandonner la journaliste.

Mais pourquoi Divine se serait-elle amusée à tuer une humaine choisie au hasard ? Elle avait d'autres chats à fouetter, comme trouver un moyen de remporter la manche, et de toute évidence, cette prostituée n'avait pas été vierge, alors il y avait peu de chances pour que la démone l'ait utilisée pour protéger son miroir…

La coloration. Blonde.

Des cheveux lissés.

Comme ceux de Sissy.

Tu parles d'une coïncidence.

— La salo…

Le légiste s'arrêta net au milieu du groupe de flics, et, quand il jeta un coup d'œil derrière lui, Jim se rappela qu'il devait rester silencieux.

L'homme emprunta un couloir et pénétra dans un bureau exigu, bourré d'appareils high-tech. Jim se tint à l'écart, adossé à un tableau blanc sur lequel on avait dessiné une grille avec des noms, des dates et des procédures. Quand le téléphone sonna quelques minutes plus tard et que le type se laissa distraire, Jim eut envie d'arracher le câble du mur et de l'obliger à reprendre sa concentration.

Mais au fond il savait déjà à quoi s'en tenir ; la question était : contre qui était-il le plus en rogne ? Divine ou lui-même ?

Jim fronça les sourcils lorsqu'une idée le frappa. Lors de son compte-rendu matinal, Adrian avait mentionné qu'il avait été sur une scène de crime en compagnie de la journaliste.

Troublante coïncidence.

Il fallut attendre une bonne demi-heure avant que le type lève le nez de son microscope pour rejoindre la journaliste et son ami bouffeur de glucides.

— Alors, quel est le verdict ? demanda-t-elle tandis qu'il s'asseyait.

— OK, d'abord une mise en garde. Sans le fichier électronique, ni la possibilité de numériser ces clichés et de les examiner au scanner, je ne peux pas vous donner une réponse fiable à cent pour cent…

Entendant un bruit métallique, ils levèrent la tête et se protégèrent les yeux lorsqu'une fine pluie de poussière tomba des dalles du plafond.

— Depuis combien de temps dure ce chantier ? s'enquit Tony lorsque suivit le grincement aigu d'une scie.

— Une éternité. (L'homme posa les photos sur la table.) Quoi qu'il en soit, voilà ce que je pense. D'après mon examen, il semblerait qu'aucune retouche n'ait été opérée. Mais c'est juste une opinion puisque je ne dispose que des tirages, et que les gens peuvent manipuler des images de manière très subtile s'ils ont du bon matériel.

Mels prit une profonde inspiration.

— Eh bien, je vous remercie…

Suraj leva la main.

— Attendez, je n'ai pas fini. J'ai vu ce cadavre. La peau du ventre était rougie, mais rien à voir avec ces marques. Et je me souviens de ces symboles… Je les ai vus sur cette fille découverte dans la carrière…

Un autre bruit, plus fort, semblable à un coup de tonnerre qui résonnait à travers tout le bâtiment… comme si un objet lourd était tombé sur les dalles juste au-dessus de leurs têtes.

La dernière vision de Jim avant que le chaos ne s'installe fut Mels jetant un regard noir au plafond. Une seconde plus tard, un énorme bloc se décrocha des poutres enchevêtrées et bascula, toujours suspendu d'un côté…

Droit en direction de Mels.

Jim bondit pour la plaquer au sol et la mettre hors de portée. Son dos et ses épaules encaissèrent le gros de l'impact, le bord tranchant mordant dans sa chair et lui arrachant un bout de peau tandis que tout le monde poussait des hurlements et plongeait pour se mettre à l'abri.

La douleur l'obligea à abandonner son invisibilité, mais ce n'était pas le plus gros problème. Levant les yeux vers le trou béant, il croisa le regard d'un… ouvrier en bâtiment, éclairé par la lumière projetée depuis la salle de repos.

Debout sur les chevrons, les mains sur les hanches, l'homme qui se tenait dans le vaste espace au-dessus de Jim avait un air louche.

Ses yeux étaient aussi noirs que les profondeurs de l'enfer.

— Divine, siffla Jim.

Tout à coup, l'ouvrier se serra la poitrine et chancela en avant pour s'effondrer avec une grâce étonnante, le bout de ses outils s'échappant de sa ceinture comme les cheveux d'un mannequin devant un ventilateur.

De nouveau, Jim réagit vite, saisissant le type avec maladresse parce qu'il est plus compliqué d'attraper un corps inerte qu'un morceau de plafond, même s'il pèse moins lourd.

Il y eut un éclat de voix, mais Jim n'y prêta pas attention, trop occupé qu'il était à étendre l'ouvrier inconscient sur le sol tout en sentant Divine décamper.

Et merde…

— Oh, Seigneur, dit Mels en s'accroupissant.

L'homme au badge écarta Jim d'un brusque coup d'épaule et s'agenouilla auprès du blessé pour prendre son pouls. Jim s'éloigna et…

— Jim Heron.

L'intéressé jeta un coup d'œil à la journaliste, qui se relevait en le dévisageant.

Oh, putain, se dit-il alors qu'elle le défiait du regard.

— Eh bien ? demanda-t-elle sans se soucier du fait qu'elle venait d'échapper à la mort. Et ne le niez pas. J'ai vu votre portrait à de nombreuses reprises.

— Je suis son frère jumeau.

— Ah oui ?

Le type en blouse blanche leva les yeux.

— Appelez les secours sur ce téléphone. Dites-leur qu'on est devant la morgue.

La journaliste se mit en mouvement et suivit la consigne avec calme et rapidité. À son retour, elle se dirigea vers son collègue, qui, malgré le chaos, était parvenu à déchirer l'emballage d'un Snickers et à l'entamer.

— Tu n'as rien ? lui demanda-t-elle.

— Il s'en est fallu de peu, marmonna-t-il en contemplant l'homme gisant au sol.

Mels reporta son attention sur Jim, puis se massa les tempes en grimaçant, semblant avoir mal à la tête.

Un attroupement commença à se former lorsque d'autres ouvriers du chantier arrivèrent, talonnés de près par du personnel médical, des vigiles et deux flics alertés par le bruit.

Quand l'homme qui était tombé à travers le plafond fut enfin allongé sur un brancard, il ouvrit les yeux. À présent, ses iris étaient bleu azur.

Rien d'étonnant.

Bon sang, cette démone avait un sacré culot : si, conformément à la théorie communément admise, Dieu était omniscient, alors il était au courant de tout ce qui se passait à chaque instant sur la planète, depuis l'éclosion d'une fleur jusqu'à l'envol d'un moineau, en passant par… un ouvrier du bâtiment qui atterrissait dans la salle de repos d'un grand hôpital parce qu'il avait été temporairement possédé.

Il était évident que Divine avait escompté que ce morceau de plafond s'écraserait sur Mels. Voilà qui aurait fait basculer la partie : Matthias tombe enfin amoureux d'une femme, et celle-ci meurt subitement ?

Des conditions idéales pour influencer une prise de décision.

Et dire que Jim avait trouvé la démone trop silencieuse.

Restant à l'écart du groupe, il redevint invisible en pensant que Mels s'imaginerait qu'il était parti. Au lieu de cela, il resta là où il était, et suivit de près la journaliste, qui força son admiration. Sans se laisser démonter, elle répondit aux questions que les vigiles lui posèrent, gardant son sang-froid pour protéger son ami ainsi que le type qui avait effectué l'examen au microscope, tout cela sous le regard de la foule alors que le blessé était évacué sur le brancard.

De temps à autre, elle jetait des coups d'œil furtifs autour d'elle, semblant chercher Jim, mais au bout du compte, elle dut se contenter de décrire son « sauveur » aux vigiles de St. Francis en se gardant de le nommer. D'un autre côté, elle ne savait pas vraiment qui il était, n'est-ce pas ?

En ce qui la concernait, il ressemblait simplement trait pour trait à un homme mort. Et c'était tout.

Curieux. Autant Jim n'approuvait aucune des actions entreprises par son ancien patron au fil des années, autant il ne trouvait rien à redire quant à son goût en matière de femmes.

Et il devait les rabibocher au plus vite. Pas simplement parce que, de cette manière, il serait plus facile de les protéger tous les deux, mais parce qu'il ignorait quand surviendrait le carrefour… et quand Matthias devrait opérer un choix.

Plus son ex-patron passerait de temps avec cette femme… mieux ils s'en porteraient tous.

Mais où diable est passé Jim Heron, se demanda Mels quand Tony et elle furent enfin autorisés à s'en aller.

— Heureusement que j'ai dévalisé le distributeur, dit son collègue alors qu'ils regagnaient l'ascenseur qu'ils avaient emprunté pour descendre au sous-sol, une éternité plus tôt. Il est 20 heures !

— Je sais. (Elle appuya sur le bouton « RDC ».) Je sais…

Tony lui posa la main sur l'épaule.

— Ça va ?

Elle prit une profonde inspiration alors que la cabine s'ébranlait.

— Repose-moi la question quand on sera sortis de cet ascenseur. Après avoir renversé un homme en voiture et être passée à deux doigts de la mort, j'ai peur d'un autre accident. Jamais deux sans trois, je te le rappelle.

— C'est juste une superstition.

— J'espère que tu as raison.

Dire qu'elle s'en était inquiétée après avoir renversé du café et s'être cassé un ongle. La série de catastrophes qu'elle subissait s'avérait plus grave que tout ce qui pouvait se résoudre à l'aide d'une feuille d'essuie-tout ou d'une lime à ongles... Au bout d'un moment, elle dit :

— Ah, Tony, j'ai un autre service à te demander.

Seigneur, mais qu'est-ce qui lui prenait ?

— Vas-y.

— Tu te souviens quand je t'ai demandé si tu connaissais un expert en balistique ? J'ai besoin de faire examiner une douille.

— Ah oui, bien sûr. Je connais deux types que je pourrais appeler. Il te faut une réponse quand ?

— Dès que possible.

— Laisse-moi passer quelques coups de fil et voir qui serait prêt à faire ça pour toi.

— Tu me sauves la vie.

— Non. Le type au sous-sol, c'est lui le héros.

— Ne te sous-estime pas.

Lorsqu'ils arrivèrent au rez-de-chaussée, elle sortit et... surprise ! Jim Heron, ou son frère jumeau, l'attendait en face, adossé au mur, aussi visible que n'importe quel type mesurant plus d'un mètre quatre-vingts et bâti comme une armoire normande.

Posant la main sur le bras de Tony, elle l'arrêta et lui rendit ses clés.

— Finalement, je vais prendre un taxi.

Son ami fronça les sourcils.

— Je peux te raccompagner. Ça ne fait pas un si grand détour.

— Je compte faire un tour à la rédaction…

— Il est tard, et la soirée a déjà été éprouvante.

Il avait raison. Et il y avait de fortes chances pour qu'elle revive longtemps cet instant où elle avait frôlé la mort. Mais elle ne raterait pas l'occasion de parler à un super-héros qui était intervenu juste au bon moment… et qui semblait désormais l'attendre.

Mels se pencha et déposa un baiser sur la joue de son ami.

— À demain.

Tony lui dit « au revoir » et se dirigea d'un pas tranquille vers le tourniquet. Lorsqu'il sortit son téléphone, elle était prête à parier que c'était pour se faire livrer une pizza, et pour une raison étrange, elle éprouva un soudain élan d'affection pour lui.

Pivotant, elle se retrouva face à face avec Heron – si c'était bien lui – et remarqua qu'il ne fallait pas se fier à sa posture désinvolte. Sa taille lui donnait une allure vaguement menaçante, et son visage grave évoquait le danger.

Pourtant, elle n'avait pas peur quand elle s'approcha de lui.

Frère jumeau, mon cul…

Cela étant, pourquoi traîner dans un endroit public où quelqu'un risquait de le reconnaître ?

— Je vous croyais parti, dit-elle.

— Eh non.

— Quelqu'un à voir à l'hôpital ?

— En quelque sorte.

— Les vigiles veulent vous parler.

— Je n'en doute pas.

Lorsqu'il se tut, elle attendit que quelque chose, n'importe quoi, se produise. Rien. Il se contenta de rester là, croisant son regard comme s'il était prêt à le soutenir pendant des siècles.

— J'imagine que je devrais vous remercier de m'avoir sauvé la vie, marmonna-t-elle.

— Inutile. Je ne suis pas sentimental.

— Eh bien, vous avez l'air de vouloir me parler…

— Matthias a besoin de vous.

Elle haussa les sourcils, puis détourna rapidement le regard. Et même si elle avait parfaitement bien entendu, elle murmura :

— Pardon ?

— Est-ce que vous pouvez venir avec moi ? Il est de retour à l'hôtel.

Mels le regarda de nouveau.

— Ne le prenez pas mal, mais je n'irai nulle part avec vous. Et si je peux me permettre – encore qu'elle se fiche pas mal de l'offenser –, qu'est-ce qu'il représente pour vous ?

— Un vieil ami que j'essaie d'aider. Ça fait longtemps qu'il est mal dans sa peau et la façon dont il parle de vous me redonne de l'espoir.

Elle le dévisagea, éberluée.

— Il me connaît à peine.

— Est-ce que c'est si important ?

Elle éclata de rire.

— Euh… oui.

Le « jumeau » de Heron secoua la tête.

— Écoutez, je me fais du souci pour lui depuis des années. Et là, il fonce droit dans le mur, comme une mouche prise au piège, et je suis tout à fait le genre de connard prêt à entraîner n'importe qui dans ce bordel pourvu qu'il ou elle soit en mesure de lui montrer la voie.

— Et vous croyez que c'est moi ?

— Non. Je sais que c'est vous.

Elle laissa échapper un nouveau rire.

— Eh bien, vous auriez dû voir avec qui il déjeunait ce matin.

L'homme poussa un juron.

— Laissez-moi deviner. Brune avec des jambes interminables ?

— À vrai dire… oui. Qui est-ce ?

— Un oiseau de mauvais augure. (Il passa une main à travers ses cheveux blonds.) Écoutez, j'ai juste… J'ai vraiment besoin de votre aide. Je ne peux pas entrer dans les détails, mais Matthias et moi avons servi ensemble pendant vingt ans, et inutile de vous dire ce que la guerre fait aux gens. Vous êtes journaliste. Vous êtes un être humain. Vous pouvez le déduire par extrapolation. Il a besoin d'une raison de vivre.

Elle songea au pistolet coincé dans la ceinture de Matthias, puis se rappela l'homme se pelotonnant contre elle sur ce parking, derrière les bureaux du *CCJ*.

« Je vais bientôt partir. »

— Si vous croyez qu'il est un danger pour lui-même, dit-elle d'une voix rude, vous devriez vous adresser aux autorités compétentes. Hormis cela… je suis vraiment désolée. Mais je ne peux pas…

— Je vous en prie. (Les yeux de l'homme semblèrent briller, non pas de larmes, mais d'une lueur qui lui évoquait un lever de soleil sur l'océan.) Il est allé trop loin pour tout perdre maintenant.

Bon sang, ces pupilles l'hypnotisaient. Et elle avait l'impression de les avoir déjà vues… de les avoir vues et de…

Sentant la migraine menacer, elle ferma les yeux et se demanda si elle avait de l'ibuprofène dans son sac.

— Qu'est-ce qui vous fait croire que je pourrais l'aider ?

Mais en prononçant cette phrase elle songea au lien qui les unissait et sut que Heron avait raison.

— Je ne devrais pas être si importante pour lui, ajouta-t-elle.

Ou plutôt : « Il ne devrait pas être si important pour moi. »

Il était armé, bon sang ! Et il logeait dans un hôtel où un meurtre avait été commis…

— Et pourtant, c'est le cas.

Mels écarquilla les yeux, puis fronça les sourcils.

— Soyez honnête avec moi. Vous m'avez suivie ce soir ?

— Oui. Je voulais discuter avec vous, mais j'ignorais comment vous aborder sans vous effrayer.

— Eh bien, vous avez résolu le problème, dit-elle d'une voix amère. Il vous suffisait de me sauver la vie.

— Donc vous me devez une faveur, n'est-ce pas ?

Elle s'esclaffa.

— Je ne peux pas croire que vous me fassiez du chantage.

— Je vous l'ai dit, je suis prêt à tout pour le sauver.

— Le sauver ? Intéressant choix de mots.

Quand il demeura silencieux, elle le dévisagea pendant un long moment.

— Fait chier.

— Ça veut dire « oui » ?

Tournant les talons, elle se dirigea vers la sortie, et il la suivit jusqu'à la file de taxis alignés devant le trottoir.

— Dites-moi une chose, monsieur Heron. C'est bien votre nom, n'est-ce pas ? Jim Heron. (Il ne répondit pas, mais rien ne l'y forçait.) Est-ce que vous croyez à l'expression « jamais deux sans trois » ?

Lorsqu'un taxi s'avança devant eux, Heron lui ouvrit la portière.

— Je ne sais pas. En ce qui me concerne, les emmerdes ont plutôt la forme d'une brune.

Lâchant un autre juron, Mels se faufila à l'intérieur du véhicule… et se laissa embarquer.

Chapitre 28

Matthias errait dans les ténèbres. Mais pas celles qu'on trouve en entrant dans une pièce obscure ou en se promenant le soir dans la campagne. Ni celles qui règnent quand on ferme les yeux et qu'on enfouit la tête sous une couverture.

Ce noir-là s'infiltrait à travers la peau et s'insinuait dans votre corps, plongeait la chair dans un état de pourriture permanente, faisait table rase du passé et de l'avenir, vous laissant englué dans le chagrin et le désespoir.

Matthias n'était pas seul dans cette horrible prison. Alors qu'il se débattait dans ce néant absolu, d'autres s'agitaient de la même manière, leurs voix se mêlant à la sienne, des plaintes s'échappant de leurs lèvres craquelées, tandis que leurs interminables supplications s'élevaient et retombaient tel le souffle d'une bête monstrueuse. De temps à autre, des monstres pourvus de griffes et de crocs acérés se jetaient sur lui pour le déchiqueter. Les blessures qu'ils lui infligeaient guérissaient aussi vite qu'elles étaient apparues, fournissant une toile toute neuve à leur œuvre vorace.

Le temps et l'âge n'avaient pas de signification. Et Matthias savait qu'il ne s'échapperait jamais.

C'était sa punition.

Son châtiment éternel pour la façon dont il avait mené sa vie : il avait mérité cette place en enfer à cause de ses péchés sur Terre, et pourtant, comme les autres, il criait à l'injustice.

Une affirmation discutable. Il existait peu de preuves de sa bonté pour étayer sa demande de liberté ; et surtout, personne ne l'écoutait.

Il avait eu sa chance. Il avait choisi sa voie.

Mais, Seigneur, s'il avait su, il aurait combattu ses penchants, fait échouer ses actions, détourné les conséquences qui avaient entraîné la perte de tant de vies, y compris la sienne.

Coincé dans l'obscurité, torturé avec les autres pécheurs, seul et désespéré au-delà de ses pires cauchemars, il fondit en larmes, submergé par ses émotions…

— Matthias ?

Il se réveilla en sursaut, sa tête s'écartant brusquement de l'oreiller, les poings serrés comme si un ennemi fondait sur lui.

Mais rien ne se trouvait devant lui. Personne ne s'en prenait à lui.

Et il y avait de la lumière.

Dans la faible lueur de la salle de bains, Mels… sa magnifique Mels… se tenait au pied du lit dans sa chambre d'hôtel. Elle portait son manteau et son sac, comme si elle venait d'arriver du travail… et son expression n'avait rien de détaché, au contraire.

Un mauvais rêve. Ce n'était qu'un mauvais…

Mauvais rêve, mon cul…

— Matthias, dit-elle d'une voix douce, est-ce que tu vas bien ?

Au début, il ne comprit pas pourquoi elle lui posait cette question. Oui, il avait fait un cauchemar, mais…

Oh merde, est-ce qu'il pleurait ?

S'essuyant les joues d'un revers de main, il s'extirpa du lit et se dirigea vers la salle de bains. Pleurer devant elle ? Génial.

— Donne-moi juste une minute.

Se réfugiant à l'intérieur, il posa les mains sur le meuble et pencha la tête au-dessus du lavabo. Après avoir tourné le robinet pour feindre une activité quelconque, il tenta de se convaincre qu'il n'avait jamais séjourné dans cet endroit qui lui était apparu en rêve.

En vain.

L'enfer qu'il venait de voir était un souvenir, pas un cauchemar. Et à cette simple idée, ses mains se mirent à trembler.

Il s'aspergea le visage d'eau puis s'essuya avec une serviette blanche, mais cela ne dissipa pas son malaise. Après s'être servi des toilettes, il ressortit, juste parce qu'il y était obligé. S'il était resté plus longtemps, Mels aurait pu s'imaginer qu'il s'était pendu à l'aide de sa ceinture.

Quand il émergea, il la trouva assise près de la fenêtre, les mains sur les genoux, tête basse, comme si elle se demandait si elle devait se couper les ongles.

Conscient qu'il n'était vêtu que du tee-shirt et du caleçon qu'il avait achetés dans la boutique de l'hôtel, et que ses jambes bousillées étaient exposées jusqu'à mi-cuisses, il se replongea sous les couvertures.

— Je suis surpris de te trouver ici, dit-il d'une voix douce tout en chaussant ses lunettes.

— Le soi-disant frère jumeau de Jim Heron m'a conduite en taxi et m'a ouvert la porte.

Maudit soit-il, songea Matthias.

Mels haussa les épaules, semblant deviner son agacement.

— Et tu sais quoi ?

— Quoi ?

— Je ne crois pas une seule seconde à cette histoire de frère jumeau. Je crois qu'il s'agit bel et bien de Jim Heron, et que pour une raison quelconque, il a mis en scène sa mort. Et je crois que tu sais pourquoi.

Dans le silence qui suivit, il était évident qu'elle attendait des réponses, mais le cerveau de Matthias s'était mis en veille. Il n'aimait pas la savoir en compagnie de Heron, encore moins seule avec lui. Parce qu'il ne pouvait se fier à personne. Surtout en ce qui la concernait.

—Tu étais avec lui quand je t'ai trouvé dans ce garage, n'est-ce pas ?

—C'est compliqué. Quant à son nom, ce n'est pas à moi de te le dire.

—Il a prétendu que vous aviez servi ensemble dans l'armée. (De nouveau, elle attendit qu'il lui donne des renseignements.) Il est clair qu'il se sent responsable de toi.

Alors que le passé bouillonnait derrière le voile de son amnésie, il se félicita de ne pas avoir à lui mentir.

—Pour une très grande partie, c'est… une nappe de brouillard. Rien de plus. (Il la détailla du regard.) Je suis content que tu sois venue.

Une longue pause suivit.

—Tu veux bien me dire ce qui te bouleversait autant, il y a juste un instant ?

—Je ne pense pas que tu me croirais.

Elle partit d'un petit rire.

—Après ces dernières trente-six heures, je suis bien plus réceptive, crois-moi.

—Pourquoi ?

—Rien n'a de sens. Je veux dire, tout a pris un tour si bizarre. (Elle braqua le regard sur lui comme si elle l'auscultait depuis l'autre côté de la pièce.) Parle-moi, Matthias. Tu dois t'ouvrir. Et si tu ne peux pas me confier tes souvenirs, dis-moi au moins ce que tu ressens.

Il ferma les yeux, se sentant acculé, incapable de répondre comme de faire la sourde oreille.

—Que dirais-tu, murmura-t-il au bout d'un moment, si je te disais que je crois à l'enfer. Et pas d'un point de vue religieux, mais parce que j'y ai séjourné. Et je crois que j'ai été renvoyé sur Terre dans un but précis. (Seigneur, qu'elle était silencieuse…) Je ne sais pas lequel, mais je vais tâcher de le découvrir. Peut-être une seconde chance ; peut-être… autre chose.

Un silence encore plus long s'ensuivit.

Rouvrant les yeux, il la mesura du regard.

— Je sais que ça a l'air dingue, mais… je me suis réveillé nu sur la tombe de Jim, et je crois qu'on m'y a déposé. Je n'ai aucun souvenir de ce qui s'est passé avant, et pourtant, j'ai le sentiment que je suis censé accomplir quelque chose, qu'il y a un but à ma présence… et que je n'ai pas l'éternité devant moi.

Mels recula sa chaise et se racla la gorge.

— Ce trou de mémoire est dû à ton amnésie.

— Ou peut-être que je ne suis pas censé me rappeler. Je jure… que j'ai été en enfer. J'étais coincé là-bas avec un nombre incalculable de gens, dans une prison où seule la souffrance existait. Pour l'éternité. (Il se frotta le torse, et laissa sa main posée au-dessus de son cœur.) Je le sens. Dans ma poitrine. Tout comme je sais que toi et moi étions destinés à nous rencontrer cette nuit-là, et à être ensemble en ce moment. Et oui, c'est dingue, mais si l'au-delà n'existe pas, alors pourquoi tant de personnes y croient ?

Mels secoua la tête.

— Je n'ai pas la réponse à cette question.

— Je suis content que tu sois là, dit-il.

Plus elle demeurait silencieuse, plus il regrettait de lui avoir parlé… mais elle esquissa un sourire triste.

— Mon père croyait au paradis et à l'enfer. Et pas juste en théorie. Plutôt ironique, vu la façon dont il menait sa vie. Peut-être se sentait-il investi du devoir d'exprimer « la colère de Dieu » sur Terre.

— Il allait à l'église ?

— Tous les dimanches. Réglé comme une horloge. Peut-être espérait-il obtenir le pardon pour toutes ces fois où il s'était servi de ses poings pour corriger certains comportements ?

— Rien ne peut l'excuser.

Quand elle lui jeta un regard perçant, il se maudit. Quel tact de suggérer que son père séjournait en enfer.

— Ce que je veux dire, c'est…

— Il a aussi fait beaucoup de choses admirables. Sauvé des femmes et des enfants de situations dramatiques, protégé les innocents, contribué à ce que les coupables aient le châtiment qu'ils méritent.

— Alors, ça devrait jouer en sa faveur. (Pitoyable. Vraiment pitoyable.) Écoute, je ne voulais pas insinuer…

— Ce n'est pas grave…

— Si, c'est grave. Je ne sais plus ce que je dis. (Il leva les mains en un geste apaisant.) Oublie ça… C'était juste un cauchemar merdique. Oui, juste ça, et je ne sais rien. Rien du tout.

Bien sûr, il mentait. Mais à la vue du léger soulagement qu'il perçut chez elle, depuis le relâchement de ses épaules jusqu'au soupir imperceptible qu'elle laissa échapper, il sut que cela en valait la peine. Sans l'ombre d'un doute.

— Il s'appelait Thomas, dit-elle subitement. Mais tout le monde l'appelait « Carmichael ». Il était tout pour moi, tout ce que je voulais devenir. Seigneur, je ne sais pas pourquoi je te raconte ça.

— Ce n'est rien, répondit-il d'une voix douce, avec l'espoir qu'elle continuerait à parler s'il se faisait le plus discret possible.

Malheureusement, elle s'interrompit, et il fut surpris de constater à quel point il avait envie qu'elle poursuive. Bordel, n'importe quel sujet aurait fait l'affaire : sa liste de courses, son avis sur la pollution atmosphérique, ses tendances politiques… la théorie de la relativité.

Mais bon sang, des détails sur son passé ? Sur ses parents ? C'était de l'or en barre.

— Et ta mère ?

— En fait, je vis avec elle, depuis qu'il est mort. C'est… un peu tendu. J'avais bien plus de points communs avec lui.

Avec elle, je me sens comme un éléphant dans un magasin de porcelaine. Elle est très différente de lui.

— C'est peut-être pour ça que leur couple fonctionnait. Les contraires s'attirent.

— Je ne sais pas.

— Comment est-il…

— Mort ? Dans un accident de voiture. Il poursuivait un suspect quand ce dernier a crevé un pneu. Papa s'est déporté pour tenter de l'éviter, et il a perdu le contrôle de son véhicule avant de percuter un semi-remorque à l'arrêt. Ils ont dû le désincarcérer pour l'extraire de son siège.

— Je suis… désolé.

— Moi aussi. Il me manque tous les jours, et même s'il a disparu, j'essaie encore de l'impressionner. C'est débile.

— Je crois qu'il serait fier de toi.

— Ça, je n'en suis pas si sûre. Caldwell est une petite ville.

— Celle dans laquelle il travaillait.

— Mais pas en tant que journaliste de bas étage.

— Vu la manière dont tu t'es comportée avec moi, comment pourrait-on ne pas être fière de toi ? Tu as… été d'une extrême gentillesse avec un inconnu.

Mels le regarda par-dessus le lit.

— Est-ce que je peux être honnête avec toi ?

— Bien sûr.

Elle marqua une longue pause.

— Tu ne me donnes pas l'impression d'être un inconnu.

— C'est pareil pour moi, répondit-il d'une voix douce. J'ai l'impression de t'avoir connue toute ma vie.

— Tu as perdu la mémoire.

— Je n'ai pas besoin de me souvenir pour le savoir.

Elle baissa de nouveau les yeux sur ses mains, sur ses ongles arrondis.

— Écoute, je voudrais que tu me parles de ce pistolet…

— Comme je te l'ai dit, Jim me l'a donné, quand je suis allé le voir au garage. Je l'ai pris parce que je ne me sentais pas en sécurité sans arme.

— Alors Heron est vivant, et j'ai raison de dire qu'il ment en prétendant être son jumeau ? (Elle croisa son regard.) J'ai besoin de savoir.

Il se frotta le visage.

— Oui, mais soyons clairs : les raisons qui l'ont poussé à se faire passer pour mort ne regardent que lui. Je ne suis pas impliqué dans ce bordel, et je n'ai aucune intention de l'être.

Au bout d'un moment, elle acquiesça.

— D'accord, merci de m'avoir répondu. Et j'imagine que je peux lui pardonner étant donné qu'il m'a sauvé la vie ce soir.

Matthias eut un sursaut de surprise et un picotement lui traversa la main, comme s'il cherchait à s'emparer du pistolet.

— Il t'a sauvée ? Comment ?

Quand Matthias se redressa sur le lit, il avait l'air d'une bête féroce, submergé par un instinct de protection mêlé à une colère si intense qu'il semblait capable de n'importe quoi pour la défendre.

Mels se retourna, sentant l'attirance resurgir.

— Comment t'a-t-il sauvée ? grogna-t-il.

— Eh bien… (Tout en cherchant ses mots, elle se débarrassa de son manteau, le laissant glisser de ses épaules et tomber sur la chaise.) J'étais à l'hôpital St. Francis pour un de mes articles et une partie du bâtiment était en chantier. Un type bossait à l'étage supérieur, et manifestement, le plafond n'était pas assez solide pour supporter son poids. Un tas de poutres et de dalles sont tombées, et surgi de nulle part, Heron a bondi dans la pièce pour servir de bouclier. Il a encaissé le choc, malgré le poids des matériaux. Puis l'ouvrier est tombé à travers le trou. J'imagine qu'il a eu une crise cardiaque.

On était accompagnés d'un des types qui bossent à la morgue et il lui a aussitôt prodigué les premiers secours. C'était bizarre.

Matthias prit une grande inspiration, comme s'il éprouvait un profond soulagement.

C'était ce genre de réaction qui incitait Mels à se fier à lui. Malgré tout le reste.

La jeune femme secoua la tête.

— C'était juste un accident, bête et effrayant. Ça s'est joué à un cheveu. Mais bon sang, j'ai eu de la chance qu'il soit là.

— Je peux te demander une faveur ?

— Bien sûr.

— Viens là. (Il lui tendit la main.) Je ne vais pas tenter quoi que ce soit. Je veux juste…

Mels se leva et parcourut la distance qui les séparait pour s'asseoir auprès de lui. Il lui prit la main et, du bout du pouce, lui massa l'intérieur du poignet.

La caresse, plus que n'importe quelle parole, lui donna l'impression d'être précieuse à ses yeux.

— Je suis vraiment content que tu sois venue, répéta-t-il.

— Moi aussi.

Se penchant en avant, elle retira les lunettes de soleil du visage de Matthias, et il baissa les yeux, semblant avoir du mal à la laisser le voir sans cet artifice.

— Je t'ai dit que tu n'avais pas à avoir honte, dit-elle doucement.

Il eut un petit rire sardonique.

— À quel propos ?

— De ton physique.

Il reporta le regard sur elle.

— Et si je te disais que ce n'est pas le problème ?

— Alors c'est quoi ?

— Je ne suis pas sûr que tu tiennes à le savoir.

Elle se pencha et effleura les cicatrices sur sa tempe, puis le sourcil au-dessus de l'œil qui ne voyait plus.

— J'aime la franchise.

Il jura dans sa barbe.

— Bordel, tu me tues.

— Non.

L'espace d'un instant, Matthias ferma les yeux, comme s'il puisait au plus profond de lui-même pour essayer de retrouver son sang-froid.

— Tu sais ce que je regrette le plus en ce moment ?

— Quoi ?

— De ne pas t'avoir connue avant. Si c'était le cas, je pourrais…

— Tu pourrais quoi ?

Lorsqu'il riva le regard sur sa bouche, elle éprouva le besoin soudain de s'humecter les lèvres, et quand elle céda à cet instinct, il s'agita sous les couvertures, comme si son corps la réclamait.

La température monta d'un cran.

— Je veux te faire l'amour, Mels. Ici et maintenant. En fait, je t'ai toujours désirée. Dès l'instant où je t'ai vue à l'hôpital… C'est là que ça a commencé.

Touchée. Et elle aurait pu jouer les effarouchées, mais elle n'avait aucune envie de lui cacher son attirance.

— Moi aussi. (Seigneur, est-ce qu'elle avait vraiment dit ça ?) Je veux dire… écoute, ça fait un bail que je n'ai pas eu envie d'un homme, alors ça me surprend énormément… mais j'ai perçu quelque chose de différent en toi dès que je… (Elle partit d'un petit rire.) Dès que je t'ai percuté avec ma voiture.

Capturant de nouveau la main de Mels, Matthias reprit ses caresses.

— Merci, dit-il.

— De quoi ?

— Je ne sais pas.

Elle n'était pas sûre de le croire.

— Tu te trouves vraiment repoussant ?

— Tu viens de me voir en caleçon.

Mels secoua la tête.

— Je ne suis pas l'une de ces filles superficielles qui fantasment sur les types bardés de muscles. C'est bien plus profond que ça.

— Peut-être, mais je suis certain que tu aimerais que ton compagnon soit capable de te faire l'amour.

Mels ouvrit la bouche, puis la referma et l'ouvrit de nouveau.

— Voilà.

Merde. Elle aurait dû s'en douter au vu des cicatrices qui lui couvraient le bas du corps…

— Pour être franc, Mels, la seule raison pour laquelle je ne t'ai pas sauté dessus, c'est parce que je ne peux pas. Je… ne peux pas. (Il leva sa main libre et la laissa retomber sur le dessus-de-lit.) Et tu sais le pire ? J'ai couché avec beaucoup de femmes.

Elle éprouva une douleur à la poitrine.

— Avant ton accident…, dit-elle.

Il acquiesça.

— Et il a fallu que ce soit le seul souvenir qui me revienne…

Et encore un autre coup de poignard.

— Tu t'en souviens ?

— Oui, et c'est horrible. Parce que j'échangerais tous ces coups d'un soir contre une seule nuit avec toi. (Il lui effleura le visage du bout des doigts puis posa le pouce sur sa bouche. Avec la même douceur que pour son poignet, il lui caressa la lèvre inférieure.) J'abandonnerais toutes ces filles sans aucun remords. Pour tout dire, j'ai l'impression… d'être maudit, d'avoir enfin trouvé quelqu'un comme toi, mais trop tard. Et c'est à ça que ça revient. C'est trop tard pour moi, Mels, et c'est pour ça que tu me tues. Quand je te regarde, quand je te vois bouger, quand tu souris ou que tu inspires, je… meurs un peu. Chaque fois.

Mels sentit des larmes la picoter au coin des yeux, une émotion indéfinissable faisant vibrer son cœur.

— Tu as aimé m'embrasser, dit-elle d'une voix rude.

— Non, j'ai adoré ça. J'aimerais être en train de le faire. J'aimerais… te faire d'autres choses, juste pour te donner du plaisir. Mais ça n'irait pas plus loin. Et même si ça me comblerait, je sais qu'à un moment donné, ce soir, demain, la semaine prochaine… ça ne te suffirait plus.

Elle lui déposa un baiser sur la main.

— Je croyais que tu devais partir.

— C'est le cas. C'était juste un exemple rhétorique.

Peut-être. Mais ça donnait à Mels un peu d'espoir, et elle en éprouva soudain le besoin, comme d'une bouffée d'air.

— Mels, je…

Se penchant, elle l'interrompit en plaquant sa bouche contre la sienne. Au début, Matthias demeura impassible, mais l'instant d'après, il se frottait contre elle, l'embrassant fougueusement, léchant, mordillant les lèvres de la jeune femme.

Quand elle s'écarta enfin, elle était essoufflée.

— Ne pense pas à ma place, d'accord ?

Il était évident qu'il la désirait aussi, car son torse s'élevait et s'abaissait à une vitesse qui excitait Mels au plus haut point.

— Je n'ai pas besoin de sexe pour être heureuse avec toi, lui dit-elle. Ce n'est vraiment pas si important…

D'un bond, il se jeta sur elle pour la plaquer contre le matelas et l'embrasser avec ardeur. Son corps contre le sien, il insinua sa langue dans la bouche de Mels, l'étreignant avec une vigueur telle que tous les hommes avec qui elle avait couché auparavant lui paraissaient fades.

La chaleur qui avait couvé en elle explosa soudain, le sang bouillonnant dans ses veines.

Et c'était avant qu'il entreprenne de la déshabiller.

Chapitre 29

Alors que la température montait en flèche dans cette chambre d'hôtel, Adrian s'en alla discrètement, passant à travers la porte fermée et débouchant dans le couloir.

Jim lui avait demandé de veiller sur Matthias puis avait pris la poudre d'escampette dès l'arrivée de la journaliste au *Marriott*. Ce qui ne posait aucun problème à Adrian, sauf qu'il n'était pas amateur de porno en public, à moins d'être personnellement impliqué. Cependant, il était bien décidé à ce que Divine ne vienne pas mettre son grain de sel. Fermant les yeux, il plaqua la paume sur l'encadrement de la porte et apposa un sceau, pas simplement devant l'entrée, mais tout autour de la pièce, jusque dans la salle de bains.

Puis il s'adossa au papier peint uni et fourra les mains dans ses poches.

À présent, il comprenait pourquoi Jim fumait. Ça aidait à passer le temps.

Pauvre bougre, se dit-il au sujet de Matthias. D'un autre côté, être impuissant n'était pas le pire des handicaps. Et puis, c'était ce qui arrivait quand on marchait sur une mine ou une bombe : si on se faisait péter la tronche, il ne fallait pas s'attendre à avoir une vie sexuelle épanouie…

À l'autre bout du couloir, les portes de l'ascenseur s'ouvrirent et une femme en sortit, accompagnée de sa fille, âgée de cinq ou six ans. La mère avait l'air hagard : les cheveux en bataille, elle portait une flopée de sacs sur ses épaules voûtées et traînait une valise à roulettes comme un chien réticent. La fillette en revanche débordait d'énergie, gambadant dans tous les sens en poussant de petits cris assez stridents pour briser un verre.

Ou pour vous donner l'envie de vous en servir pour vous assommer.

Invisible, Adrian se détendit tandis que la parade défilait devant lui. Mais la petite fille détecta sa présence et s'arrêta, les yeux rivés sur l'endroit où il se tenait.

— Viens, Lisa, dit la mère. C'est plus loin.

— Maman, il y a un ange…

— Mais non.

— Si, maman ! Il y a un ange juste là !

— Il n'y a personne. Bon, tu viens ?

Alors que la gamine le regardait avec ses yeux noisette écarquillés, la mère, épuisée, s'approcha et la tira par la main.

Mais la mère avait mis le doigt dessus, se dit-il.

Il n'avait pas le sentiment d'être un ange. Il ne l'avait jamais eu, en fait. Et la mort d'Eddie lui avait ôté tout sens des responsabilités, toute envie d'être à la hauteur de la tâche. C'était son ami qui avait incarné l'exemple à suivre, le bien et l'honnêteté. Avec sa mort, Ad avait perdu tous ses repères.

Incapable de tenir en place, il se redressa et se dirigea vers l'ascenseur.

Il appuya sur le bouton d'appel et les portes s'ouvrirent aussitôt, la cabine restée à l'étage après que la mère et sa fille en furent sorties. Pendant la descente, il redevint visible, se recoiffa devant le miroir en bronze, puis ajusta son blouson de cuir.

Ce petit fignolage ne fit rien pour améliorer son image. Mais le problème venait de son expression. Il avait la gueule de quelqu'un prêt à arracher la tête du premier venu.

Ding !

Quand les portes s'ouvrirent, il sortit et marcha à grandes foulées vers le bar. Par malheur, ce dernier n'était pas assez sordide pour attirer le genre de nana qu'il recherchait : pas de goths à moitié vêtues, défoncées aux antidépresseurs et promptes à écarter les cuisses. Mais ça ne signifiait pas qu'il ne trouverait pas de volontaire.

S'installant dans un coin sombre, il laissa son envie de sexe s'échapper de son corps et planer dans l'air.

Aussitôt, toutes les femmes qui entraient, passaient devant lui ou même qui s'enregistraient à la réception, de l'autre côté du hall, tournèrent la tête dans sa direction.

La serveuse qui s'était occupée de Jim et lui la veille avança droit vers sa table.

— Salut.

Elle le considérait d'un air lascif, et son sourire n'avait rien de professionnel. Surtout lorsqu'elle baissa les yeux vers une partie précise de l'anatomie d'Adrian.

Qui s'avérait inclure une arrogante érection.

— Qu'est-ce que vous prendrez ? susurra-t-elle d'une voix traînante.

Elle avait la beauté de la jeunesse, un teint radieux, des cheveux doux et brillants, un corps à se damner. En examinant ses traits de plus près, l'ange devina que vingt ans plus tard, lestée de dix kilos de plus, elle perdrait tout attrait, mais Ad s'en fichait. Tout ce qui comptait, c'était le présent.

— Vous avez droit à une pause ? s'enquit-il à voix basse.

Le sourire de la serveuse s'élargit.

— Oui, répondit-elle.

— Quand ça ?

— Dans dix minutes.

— Où est-ce que je peux te prendre ?

Elle entrouvrit les lèvres, semblant manquer d'oxygène.

— Où est-ce que tu me veux… ?

— Ici. Maintenant. (Il balaya la salle du regard.) Mais ça ferait un peu exhibitionniste.

Reportant son attention sur elle, il la détailla du regard et s'imagina la prendre en missionnaire, les jambes nouées autour de la taille d'Adrian, sa queue allant et venant tandis qu'il contemplerait son sexe…

En fait, le fantasme ne l'excitait pas plus que ça, mais c'était la différence entre du porno et une véritable pénétration. Et seul le réel l'intéressait.

Quelques murmures plus tard, le plan était au point, mais il ne s'agissait pas d'une transaction commerciale. Ad n'était pas en train de s'acheter une pute ; cette femme au caractère bien trempé voulait baiser autant que lui.

Une fois l'affaire réglée, Adrian quitta le bar, le corps vibrant, le cœur aussi glacial qu'une chambre froide. Comme prévu, il tourna à gauche et emprunta l'escalier sculpté qui menait au spa. Tandis qu'il descendait les marches, le bruit de ses bottes résonnait jusqu'au plafond en marbre, l'odeur de sels et de minéraux marins lui donnant envie de respirer par la bouche plutôt que par le nez.

Parvenu en bas, il éternua et se félicita de ne pas avoir à traverser les portes vitrées du spa. Si l'odeur était aussi forte à l'extérieur, ses sinus auraient sûrement fondu à l'intérieur.

Tournant de nouveau à gauche, il longea un mur blanchi à la chaux, ponctué de photos en noir et blanc qui représentaient des femmes nues prenant des poses lascives. Au bout du couloir, la porte était marquée d'une petite pancarte « Réservé au personnel » et il attendit, bouillant d'impatience, inspirant l'air chargé qui lui encrassait les poumons.

Merde. Il n'arrivait plus à respirer…

La serveuse ouvrit et lui prit la main.

— Par ici.

Il se retrouva dans un univers totalement différent. Pas de photos, pas de murs lisses, juste de vieilles briques brutes et un sol avec un gros trou d'usure au milieu. Mais Ad se fichait bien des apparences. Du moins de celles de l'hôtel.

Quand elle regarda par-dessus son épaule, la femme arborait un sourire un peu fou, comme si elle ne s'était jamais autant amusée pendant son travail.

— Si on nous voit, tu es mon cousin de la campagne, d'accord ?

— Si tu veux.

À condition qu'on ne les surprenne pas en plein acte. Car Ad ne se contenterait pas de l'embrasser.

Le vestiaire dans lequel il la suivit était un véritable capharnaüm, jonché de sacs et de vêtements en tout genre, éparpillés autour de meubles dépareillés. Le mélange de plusieurs parfums créait une odeur de renfermé qui rendait l'endroit encore plus étouffant. De l'autre côté, une autre porte donnait sur un couloir encore plus défraîchi, qui, de toute évidence, constituait la colonne vertébrale de la structure originelle de l'hôtel.

Et qui désormais servait, du moins en partie, de réserve : alignées contre les murs bruts, des chaises de réception étaient empilées sur près de deux mètres, les pieds en laiton et les sièges en velours bordeaux offrant une intimité toute relative.

— On a quinze minutes, annonça-t-elle en passant les bras autour du cou de l'ange.

Adrian s'empara de sa bouche comme il s'apprêtait à le faire du reste de son corps, avec fougue, insinuant sa langue et trouvant la sienne. En réponse, elle lui griffa le dos, ses ongles s'enfonçant dans le cuir de son blouson tandis qu'elle levait une jambe pour la nouer autour de la taille d'Adrian. D'un geste brusque, il retroussa sa jupe. Elle portait des bas qui lui avaient semblé plutôt austères tout à l'heure au bar, mais suspendus à des jarretières, et un string.

Les fesses auxquelles il se cramponnait étaient fermes et haut perchées. D'un mouvement vif, il la fit pivoter, les cheveux de la serveuse tournoyant autour de ses épaules tandis qu'elle se retrouvait face au mur. S'agenouillant, il mordit un côté du postérieur de la jeune femme, plongeant ses dents dans la chair tout en faisant descendre le morceau de lingerie.

Le désir qui l'animait n'avait rien à voir avec elle. Aux yeux d'Ad, elle n'était qu'un appareil de cardio-training, un défouloir, un exutoire pour déverser son trop-plein de colère, de tristesse et de frustration.

Et vu la facilité avec laquelle elle l'avait rejoint, embrassé et laissé agir… il avait le sentiment que ce n'était pas la première fois qu'elle se laissait abuser de la sorte.

Peut-être se servait-elle de lui pour la même raison.

Quand la serveuse se retrouva avec son string autour des chevilles et sa jupe au-dessus de la tête d'Adrian, l'ange glissa le long des jambes de la jeune femme et la prit avec sa bouche, la pénétrant de la langue. Son sexe, vibrant de désir, lisse et humide contre ses lèvres, avait un goût délicieux, et dégageait une odeur propre et fraîche, semblant indiquer qu'elle prenait grand soin de son intimité.

Après l'avoir fait jouir deux fois – non pas qu'il tienne les comptes, car pour tout dire, il s'en fichait –, il se leva et échangea sa place avec celle de la serveuse. Une fois qu'il fut adossé au mur, la jeune femme s'accroupit pour le sucer, approchant ses ongles vernis de la braguette de l'ange, mais il l'interrompit en la prenant par la taille avant de lui écarter les jambes d'un coup de hanches.

Il ne voulait pas de sa bouche sur lui.

Trop intime, aussi bizarre que cette aversion puisse paraître.

Au moment même où Ad allait la prendre, il se figea.

Jim Heron se tenait en face d'eux, les bras croisés, les yeux plissés, l'air furieux.

Génial. À point nommé.

Mais Ad n'avait pas l'intention de s'arrêter. Il avait les couilles tendues comme des cordes de piano et son gland était sur le point d'exploser.

Ad haussa les épaules en direction de l'ange et pénétra la femme. Si Jim voulait mater, grand bien lui fasse. Il pouvait même se joindre à eux, si le cœur lui en disait.

Même si c'était peu probable vu son regard hargneux.

Peu importe.

Fermant les yeux, Ad s'abandonna à la pression moite qui lui avait apporté tant de réconfort par le passé.

Seigneur, Eddie lui manquait tellement que c'en était douloureux.

Six étages plus haut, dans sa chambre, Matthias avait perdu tout contrôle, toute inhibition, tout repère.

Tout en embrassant Mels, il porta les mains aux boutons de son chemisier en soie et les détacha un par un, le tissu délicat s'écartant pour dévoiler une peau encore plus douce… et deux seins recouverts de coton qui le laissèrent sans voix. Bon sang, c'était déjà trop. Le bruit de leurs baisers, leur respiration saccadée, le bruissement de leurs habits, la vue de son corps… Et puis la façon dont elle bougeait, son corps ondulant, ses seins remontant contre son torse, ses hanches frottant contre les siennes.

Il voulait sa bouche partout sur elle, et tout de suite, en commençant par sa gorge. Lui mordillant la peau, il descendit le long de sa nuque jusqu'à sa clavicule, et porta la main juste au-dessous de sa poitrine, effleurant du bout du pouce le bonnet de son soutien-gorge.

Il avait l'intention de la titiller un peu… Ce fut de courte durée.

— Oh, Seigneur, oui…, dit-elle tandis qu'il la caressait.

À ce gémissement, il dut marquer une pause pour reprendre ses esprits, et enfouit la tête dans les cheveux de la jeune femme en s'efforçant de se ressaisir. Le besoin de la prendre était si violent qu'il en était un peu ébranlé, parce qu'il ne se connaissait pas suffisamment pour être sûr de ne pas lui faire de mal.

Mais impossible de faire machine arrière.

Quelques secondes plus tard, le soutien-gorge s'était envolé : après avoir fait sauter l'agrafe de devant, Matthias contempla ses tétons roses et ses courbes pâles.

À cet instant, il poussa un grognement. Du moins il supposa que le son émanait de lui.

Ou alors un puma s'était faufilé dans la pièce.

Matthias baissa la tête et attira une pointe dans sa bouche, léchant, suçant, donnant de petits coups de langue. Pour autant, il ne délaissa pas l'autre – c'était impossible : il pinça puis titilla le téton dur, lui signifiant de ne pas s'impatienter ; il s'occuperait de lui dans une seconde…

Une pointe de douleur le piqua à la naissance du cou lorsqu'elle y planta ses ongles, et soudain, elle écarta les cuisses, ses mouvements semblant dictés par le désir, son sexe brûlant de recevoir ce qu'il avait à lui offrir.

Ou plutôt… brûlant de ce qu'il aurait pu lui offrir s'il en avait eu les moyens.

Merde.

Alors même qu'elle se frottait contre son bassin, et malgré toute la fièvre qui lui embrasait les veines, son corps n'était pas en mesure de lui répondre comme celui de n'importe quel mâle le devrait : aucune érection pour s'enfoncer en elle, pas de sexe tendu à saisir entre ses doigts, pas de membre épais à prendre entre ses lèvres pour le récompenser du plaisir qu'il s'apprêtait à lui donner.

Tandis qu'une tristesse infinie s'emparait de lui, menaçant de couper court à leurs ébats, elle poussa un gémissement et aussitôt, il reprit ses esprits : rien de tout cela n'importait. Il ne voulait que lui donner du plaisir, si bien qu'au moment où il devrait prendre la main – ou plutôt prendre Mels – il n'aurait qu'à faire preuve d'un peu d'imagination.

Levant la tête, il contempla son visage empourpré et ses yeux fous. Ses cheveux étaient épars, les boucles étalées tout autour de l'oreiller, et ses joues rouges comme des pivoines.

Bon sang, elle était magnifique.

Sans détourner le regard, il se décolla d'elle pour s'agenouiller entre ses jambes écartées. Et durant cette pause, avant que les choses ne deviennent vraiment sérieuses, il s'imagina comme il l'avait été, autrefois : fort, puissant, son corps aussi ferme que sa volonté.

En l'occurrence, il se félicitait d'avoir gardé son tee-shirt. Et il se sentait… très chanceux.

Elle avait tout à offrir ; lui n'avait rien. Et pourtant elle le désirait quand même.

C'est à ce moment-là qu'il tomba amoureux de Mels.

Basculer dans cet état n'avait aucun sens, et pourtant c'était irrésistible. Son cœur était baigné d'une chaleur qu'il n'avait jamais éprouvée auparavant : Matthias savait sans en connaître les détails qu'il avait passé sa vie à côtoyer la cruauté sous toutes ses formes, et pourtant il se retrouvait nu devant elle, accepté pour ce qu'il était intrinsèquement et non pour ce qu'elle attendait de lui.

Cette révélation le transforma au plus profond de lui-même, et l'incita à refréner la frénésie avec laquelle il s'était jeté sur elle.

D'un geste déterminé, il tendit les mains vers le pantalon de Mels qu'il déboutonna sans précipitation. Puis il ouvrit la fermeture Éclair en grand et déposa un baiser sur son bas-ventre, à mi-chemin entre son nombril et le haut de sa culotte, anodine mais prodigieusement érotique.

Qui avait besoin de toute cette dentelle ? En ce qui le concernait, un simple sous-vêtement en coton faisait parfaitement l'affaire, tant que c'était Mels qui le portait.

Bon sang, il avait envie de l'aspirer à travers ce fichu tissu.

— Je vais te déshabiller, déclara-t-il d'une voix sensuelle.

Avec un nouveau gémissement, Mels pencha la tête sur le côté et le regarda faire glisser le slip, une main déviant vers sa bouche pour se poser dessus.

Matthias se hissa et plaça les doigts de Mels entre ses lèvres.

— Suce-les. Oh, putain, oui…

Elle obtempéra, ses joues se creusant alors qu'elle se pliait au désir de Matthias, sa langue s'enroulant autour de son index et de son majeur avant de les reprendre dans sa bouche.

— Tu aimes ? demanda-t-elle après les avoir retirés.

Il dut fermer les yeux pour s'empêcher de défaillir… parce qu'il ne cessait d'imaginer sa queue dans cette étreinte chaude et humide, Mels agenouillée devant lui, sa tête basculant d'avant en arrière.

— Tu es si belle, grogna-t-il en jetant le pantalon de la jeune femme par-dessus son épaule.

Il était temps de passer aux choses sérieuses.

Il posa ses lèvres sur le haut de sa culotte avant de s'aventurer vers une hanche tandis qu'il faisait courir ses doigts sur sa bouche, l'effleurait, la caressait. Puis il bascula sur le côté et fit glisser la culotte de la jeune femme le long de ses jambes.

Il lui fit l'amour avec sa bouche.

Ce fut la meilleure expérience sexuelle de toute sa vie. Il aimait tout en elle : sa façon de bouger, ce qu'elle appréciait, jusqu'où il pouvait aller avant de la laisser jouir… et c'était fantastique. D'ailleurs, il n'avait aucune intention de s'arrêter. Passant les mains sous son bassin, il le souleva tandis qu'il s'allongeait, prêt à rester ainsi une éternité.

Et à prendre possession d'elle.

Avec sa langue, il pénétra son intimité en rythme, s'enfonçant et la léchant tour à tour, lui titillant le haut du clitoris. Plus vite. Plus profond. Plus fort. Il voulait qu'elle jouisse contre ses lèvres, la faire exploser puis redescendre sur terre pour le reste de leurs vies.

— Donne-moi ce que je veux, gémit-il. Donne-moi ce dont j'ai besoin.

Il mit ses doigts dans sa bouche et les plongea en elle. Dieu que c'était bon. Surtout lorsqu'elle eut un orgasme, les ondes l'enserrant avant de se propager dans son propre corps, comme s'il avait joui avec elle.

Quand tout fut terminé, il marqua une pause pour reprendre son souffle, et la contempla, magnifique, abandonnée, sa poitrine se soulevant, son corps détendu, son visage enflammé.

Il fallut un long moment à Mels pour retrouver ses esprits. Elle essaya même de parler à deux reprises, mais impossible de sortir un traître mot.

De quoi rendre sa virilité à un homme.

— C'était… incroyable.

Elle prononça ces paroles dans un feulement et Matthias en éprouva une sorte de ravissement.

Tandis qu'il lui souriait, il fut pris d'un sentiment pervers, non pas au sens malsain, mais comme se sent un homme quand la femme qu'il convoite se retrouve allongée nue sur son lit, et qu'il a bien l'intention de la couvrir d'attentions.

— Tu veux que je continue ? s'enquit-il d'une voix grave et traînante.

Chapitre 30

Debout dans ce couloir souterrain, Jim était prêt à flanquer une trempe à son coéquipier.

Bien sûr, pour ce faire, il serait obligé de décoller la serveuse de l'autre ange, et même s'il aimait caresser les femmes, il n'avait aucune envie de s'approcher d'aussi près de leurs organes génitaux.

Enfoiré.

D'autant que cette petite séance de « frotti-frotta » l'agaçait encore plus : il était venu au *Marriott* dans l'intention de passer un savon à Adrian au sujet des photos de cette prostituée, et au lieu de le trouver occupé à monter la garde devant la porte de Matthias, il trouvait ce salopard occupé à baiser cette nana à l'endroit même où l'agent avait été tué par Divine la nuit précédente.

Comme si Jim n'était pas déjà assez en rogne.

Ces clichés, ces putains de clichés…

Adrian s'était rendu sur une scène de meurtre avec Mels, et voilà que la journaliste avait exhibé des photos d'une femme retrouvée égorgée, avec des cheveux teints en blond et des symboles gravés sur le ventre, qui s'étaient depuis volatilisés.

L'ange était forcément à l'origine de cette disparition.

Aussi, il était temps d'avoir une petite discussion avec Monsieur l'Effaceur.

Regardant Adrian droit dans les yeux, Jim le défia de continuer cette partie de jambes en l'air. Et, surprise, cet enfoiré poursuivit comme si de rien n'était.

La serveuse prenait son pied… du moins d'après ce que Jim en voyait : pendue au cou d'Adrian, elle avait la tête secouée dans tous les sens, ses cheveux virevoltant autour d'elle. L'espace d'un instant, Jim repensa à ses propres exploits sexuels, mais les souvenirs qui lui revinrent n'avaient rien d'agréable.

Il se revoyait avec Divine. Violé par ses séides et elle dans son puits d'âmes.

Il ignorait pourquoi il songeait à ces saloperies. Ça n'avait rien à voir avec le sexe ; ça n'avait été que de la torture, pure et simple. Et Dieu sait qu'il avait été entraîné à y résister.

Pourtant, ces images le hantaient, planaient dans l'air comme une puanteur.

Ça n'avait aucun sens. On lui avait brisé les os, donné des coups de couteau, on l'avait suspendu par les pieds puis roué de coups… sans oublier ce jour à Budapest où il avait été enlevé dans une voiture, conduit à la campagne, et laissé pour mort après avoir été torturé à l'aide d'un marteau fendu…

Soudain, la serveuse gémit comme le font les femmes lorsqu'elles ne simulent pas : ce n'était pas un son artificiel, conçu pour faire croire au type qu'il était un dieu du sexe. C'était authentique, le bruit d'une femme qui jouissait si fort qu'elle n'avait même pas conscience de pousser des grognements gutturaux.

Elle était plaquée contre le mur et Adrian la soutenait avec une facilité déconcertante. Il faut dire qu'elle était cramponnée à son cou, collée à lui comme de la glu. Leurs mouvements étaient bestiaux, lui la pénétrant sur un rythme toujours plus rapide, elle absorbant, savourant ses coups de reins. Jim aurait sûrement dû être excité par ce spectacle. Au point de vouloir les rejoindre.

Au pire, il aurait dû rester furieux.

Au lieu de cela, une bouffée de panique s'insinua aux confins de son esprit, une fine pellicule de sueur lui couvrant la lèvre supérieure au souvenir de ses bras immobilisés et de ses jambes écartées.

Il se retourna, non pas parce qu'il avait des envies de meurtre, ni par dégoût ou par pudeur.

Il avait des haut-le-cœur.

D'une main légèrement tremblante, il sortit son paquet de cigarettes et ferma les yeux l'espace d'un instant quand Adrian finit par jouir.

Naturellement, cet enfoiré repassa aussitôt à l'action.

Et Jim ne pouvait pas fumer tant que la fille était là.

Génial.

Quand les va-et-vient cessèrent enfin, Jim jeta un coup d'œil par-dessus son épaule. Adrian avait posé la fille à terre, la tête de la serveuse posée sur son torse. Il lui caressait les cheveux d'un air absent, au point qu'il aurait tout aussi bien pu se trouver dans un autre État. Pour tout dire, hormis les moments où il avait joui, on aurait dit qu'il avait passé tout ce temps en mode « pilote automatique ».

Dans ces conditions, pourquoi prendre la peine de baiser ?

La serveuse consulta sa montre, se rhabilla, et embrassa l'ange sur les lèvres. Juste avant de partir, elle sortit un stylo et saisit la main d'Ad. À grands gestes, elle inscrivit un numéro sur sa paume, puis lui replia les doigts comme si elle lui avait offert un cadeau. Ensuite, tortillant l'une de ses mèches, elle s'en alla, sautillant presque le long du couloir qui la mènerait à la cuisine du restaurant.

Adrian referma en vitesse la braguette de son pantalon.

— Avant de monter sur tes grands chevaux, sache que j'ai placé un sort de protection sur la chambre. Ils sont en sécurité.

Jim alluma sa cigarette et souffla longuement, une volute de fumée s'échappant de sa bouche.

— Qu'est-ce qu'Eddie en penserait, à ton avis ?

Le regard glacial, l'ange plissa les yeux, ses pupilles se réduisant à deux fentes.

— Pardon ?

— Tu m'as très bien entendu.

Adrian agita un doigt avec colère.

— Ne t'aventure pas sur ce terrain. Jamais.

— Qu'est-ce qu'il penserait du fait que tu sois là, en train de baiser une nana, en pleine mission ? (Jim fit tourner sa clope et contempla l'extrémité incandescente.) Et tu n'avais même pas l'air d'apprécier. Alors tu n'avais aucune raison de quitter ton poste.

Des ondes de rage firent crépiter l'air entre eux, la colère d'Adrian si palpable qu'elle en devenait presque visible.

— Je vais te dire une chose, gronda-t-il, et je ne le répéterai pas…

— Eddie n'aurait pas été impressionné par ce…

L'assaut fut si rapide, si vicieux que Jim n'eut pas le temps de jeter sa cigarette. Quand Ad lui serra la gorge, le mégot s'envola… et atterrit droit dans le col de sa chemise.

Mais la brûlure était le cadet de ses soucis.

Glissant ses mains entre eux, il repoussa l'ange et lui décocha un coup de tête dans le nez. Sauf qu'apparemment Adrian était devenu insensible à tout, y compris à la douleur : il répliqua aussitôt par un crochet du droit qui percuta Jim à la tempe comme un trente-huit tonnes.

Chancelant sur le côté, le sauveur s'agrippa à une pile de chaises et fit volte-face pour se jeter sur l'ange, qui avait adopté une posture offensive et semblait prêt à transformer cette rixe en une séance de combat libre.

Pour tout dire, Jim était lui aussi partant pour un bon corps-à-corps sanglant. Mais difficile de sermonner Adrian sur son comportement quand lui-même était prêt à éclater la tronche de ce « queutard ».

Un coup bien placé mit fin à la dispute.

Quand Jim fit semblant de viser sa tête, Ad était si aveuglé par la colère qu'il tomba dans le piège, laissant son nombril exposé. Jim lui assena un direct à l'entrejambe d'un geste si rapide qu'Adrian n'avait aucune chance de le parer.

Ce fils de pute aurait une voix de castrat pendant un bon bout de temps.

Adrian s'écroula, les mains en coupe autour de ses bijoux de famille, formant une coquille de protection qui aurait pu être efficace s'il avait eu ce réflexe trois secondes plus tôt.

Jim secoua sa chemise pour se débarrasser du mégot écrasé. Il avait une brûlure au niveau de l'épaule, mais ce n'était rien comparé au gong qui résonnait dans ses oreilles.

Il se demanda s'il n'avait pas un traumatisme crânien.

Or, il aurait besoin de toutes ses cellules grises pour cette manche.

Jim s'approcha d'Adrian et le regarda droit dans les yeux.

— Je sais ce que tu as fait, déclara-t-il d'une voix gutturale.

Adrian laissa tomber un genou au sol, puis l'autre.

— Sans blague ? T'as même maté, je te signale.

— La prostituée. Les symboles sur son ventre. Tu les as effacés, n'est-ce pas ?

Ad remua les lèvres, mais le juron ne porta pas.

— Entendons-nous bien… (Jim se pencha jusqu'à se retrouver nez à nez avec l'ange.) Si jamais tu me caches encore une fois des informations, tu perds ta place. Et si Nigel ne s'en occupe pas, je m'en chargerai moi-même. Pigé ?

Ce n'était pas une question.

Quand Adrian leva la tête, il avait deux chalumeaux à la place des yeux, mais Jim s'en fichait. L'ange pouvait bien le foudroyer du regard, leur collaboration ne continuerait que dans ces conditions.

Quand Ad prit enfin la parole, il parlait d'une voix rauque, ses poumons davantage préoccupés par le besoin de s'oxygéner après le coup aux testicules que par son envie de pester.

— Tu crois que Divine a commis ce crime pour t'apaiser ?

— Ce n'est pas le problème. (Jim secoua la tête.) Tu n'as pas à changer les règles du jeu…

— Oh, alors je suis un salaud parce que j'essayais de t'aider…

— Je dois savoir ce qu'elle mijote.

Ad se renversa en arrière et se frotta le visage.

— Jim, ouvre les yeux ! Elle essaie de t'embrouiller parce que tu refuses de la baiser. Une fois que t'auras pigé ça, on pourra avancer. Et tu le sais, bordel. Alors les détails de ce message n'ont aucune importance.

— Si je ne peux pas me fier à toi, je ne peux pas agir.

— Et si elle t'attrape dans ses filets, je vous aurai perdus tous les deux, Eddie et toi.

Leur joute verbale évacua les derniers vestiges de leur colère, les laissant tous deux épuisés.

— Fais chier, cracha Jim en s'asseyant auprès d'Adrian.

— Tu m'ôtes les mots de la bouche.

Jim sortit ses Marlboro. Le paquet était écrasé, les cigarettes cassées et donc inutilisables. Mais il en trouva une qui avait résisté au choc.

Il l'alluma et jeta un coup d'œil à l'endroit où Ad avait baisé la serveuse. La faiblesse qu'il avait éprouvée à ce moment-là lui donnait une raison de plus de détester Divine.

Adrian le regarda.

— Eddie aussi aurait effacé ces symboles.

— Non.

Le regard d'Adrian se durcit.

— Tu ne le connais que depuis quelques semaines. Crois-moi, il n'avait aucun scrupule quand ça s'avérait nécessaire, et tout ce qui a trait à Sissy Barten est ton talon d'Achille.

— Me cacher des informations…

— Est-ce qu'on peut passer…

— … est un acte grave et inconsidéré.

— … à autre chose ?

Alors que les esprits recommençaient à s'échauffer, comme des casseroles sous lesquelles on aurait rallumé le feu, Jim lâcha un juron. Maintenant qu'Eddie était mort, il n'y avait plus personne pour arbitrer leurs différends et les renvoyer chacun dans leur camp.

Plus de voix de la raison.

Et Ad n'avait pas tort. Jim était obnubilé par Sissy, et Divine assez futée pour l'avoir deviné. Mais après des années passées au sein des XOps, Jim connaissait l'importance des renseignements, et les considérait comme la meilleure arme et le plus solide rempart contre un ennemi. Savoir ce que celui-ci pensait, ce qu'il faisait, où il se trouvait et où il allait était la seule manière d'élaborer une stratégie.

— J'avance en terrain miné, dit Jim au bout d'un moment. Je me bats sur des sables mouvants, contre un adversaire qui fait claquer ses escarpins sur du béton. On est déjà dans la merde jusqu'au cou, et si tu me caches des trucs, je vais devoir gérer un souci de plus.

Adrian le regarda, le visage grave.

— Je n'essayais pas de te baiser. Vraiment.

Jim laissa échapper un juron en soufflant la fumée.

— Je te crois.

— Je ne le referai pas.

— Bien.

Même s'ils ne tombèrent pas dans les bras l'un de l'autre, Jim se félicita de la tournure des événements : cette prise de bec s'était bien mieux passée que la première. À l'époque, Eddie avait été obligé de les séparer. Manifestement, ils faisaient des progrès.

— Une dernière question.

Adrian tourna la tête vers lui.

— Je t'écoute.

— Qu'est-ce que le message disait ?

Le silence s'étira et Jim se figura que ce n'était pas bon signe. Oui… quand quelqu'un comme Ad pèse ses mots, c'est de très, très mauvais augure.

— Tu veux gagner, oui ou non ? demanda l'autre ange. Et je ne parle pas juste de cette manche. Je parle de toute cette fichue guerre.

Jim plissa les yeux.

— Oui.

Et avec consternation, il s'aperçut que c'était la vérité.

— Alors, ne me demande pas de traduire. Rien de bon n'en sortira.

Un long silence suivit, durant lequel Jim toisa son équipier : bon sang, Adrian le regardait droit dans les yeux, sans ciller, le corps immobile comme s'il priait pour que Jim prenne la bonne décision.

Merde, rester dans l'ignorance donnait à Jim des brûlures d'estomac, pire qu'une indigestion… mais difficile de protester face au visage grave d'Adrian.

— Bon, dit Jim d'une voix bourrue. D'accord.

Au sixième étage, dans la chambre de Matthias, Mels, abasourdie, était étendue sur le lit, les bras ballants, les jambes tressaillant de manière involontaire.

Elle avait l'impression d'avoir vécu la meilleure séance de gym de sa vie, suivie d'un incroyable cours de yoga, couronnée par une visite dans un spa spécialisé dans les massages profonds et la réflexologie.

Oh, et de s'être assise chez un glacier pour commander un *sundae* nappé de sauce au caramel parsemée de truffes au chocolat.

Un délice. Un pur délice. Le rapport sexuel le plus intense qu'elle ait jamais eu.

À côté d'elle, Matthias était allongé en chien de fusil, la tête sur le seul oreiller laissé sur le matelas, un bras replié, un petit sourire satisfait sur son visage buriné. En le regardant, elle eut la surprise de sentir des larmes lui piquer les yeux. Il s'était montré si généreux, ne demandant rien en échange, manifestement comblé par le simple plaisir qu'il lui donnait.

— Qu'est-ce qui se passe ? s'enquit-il d'une voix douce en balayant une larme de son index. Je t'ai fait mal ?

— Non, Seigneur, non… J'ai juste… (C'était difficile à expliquer sans courir le risque qu'il ait l'impression de ne pas être à la hauteur. Et c'était la dernière chose qu'elle voulait, après tout ce qu'il avait fait pour elle.) Juste un trop-plein d'émotions, j'imagine.

— Conneries. Tu sais de quoi il s'agit. (Il avait la voix posée et lui caressait les cheveux d'un geste assuré.) Et tu peux me le dire.

— Je ne veux pas gâcher ça. (Elle ravala un sanglot.) C'était si parfait.

— Alors pourquoi pleurer ? (Matthias fit pivoter son index pour lui montrer la larme luisante.) Parle-moi, Mels.

— J'aimerais vraiment te donner le même plaisir… Tu sais, je veux te faire les mêmes choses.

Son expression ne changea pas, mais Mels sut qu'elle l'avait frappé à un endroit sensible : elle le vit à son souffle qui s'interrompit avant de reprendre brusquement. Comme s'il s'était rappelé qu'il devait respirer.

— Moi aussi, j'aimerais, répondit-il d'une voix rauque. Mais même si ma tuyauterie fonctionnait, ce que j'ai à t'offrir n'est pas agréable à voir, encore moins à toucher.

— Je te l'ai dit, tu te…

— Du reste, ce qu'on a fait me suffit largement. (À présent, il souriait mais son regard restait grave.) Je ne l'oublierai jamais. Et toi non plus.

Un frisson d'angoisse la parcourut, chassant la chaleur.

— Tu dois vraiment partir ? demanda-t-elle au bout d'un moment.

— Oui.

Mels se pencha en avant et tira les couvertures sur elle.

— Quand ?

— Bientôt.

— Tu veux bien me rendre un service ?

— Tout ce que tu veux.

— Préviens-moi avant de t'en aller. Ne me laisse pas le découvrir toute seule parce je ne serai pas arrivée à te joindre. Promets-le-moi.

— Si je le peux, je le ferai…

— Ce n'est pas suffisant. Jure-moi que tu me le diras. Parce que je ne peux pas… Je ne veux pas vivre avec cette incertitude. Ce serait l'enfer pour moi.

Il ferma brièvement les yeux.

— D'accord. Je te le ferai savoir. Mais accorde-moi une faveur en échange.

— Quoi ?

— Reste avec moi ce soir. Je veux me réveiller auprès de toi.

Elle se détendit, soulagée.

— Moi aussi.

Quand il tendit les bras, elle se nicha contre lui et posa la tête sur son torse, écoutant les battements de son cœur tandis qu'il lui caressait le dos en esquissant de larges cercles. Parler de sexe et d'adieux l'avait rendue nerveuse, mais ce contact l'apaisa au point qu'elle commença à s'assoupir.

Malheureusement, elle avait l'impression qu'il n'en était pas de même pour lui. Elle aurait aimé trouver un moyen pour qu'il se détende. Mais manifestement, c'était encore un autre aspect à sens unique de leur relation.

— Matthias ?

— Oui.

Je t'aime, finit-elle dans sa tête. *Je t'aime même si ça n'a aucun sens.*

— Est-ce que tu reviendras un jour ?

— Je ne veux pas te mentir, répondit-il d'une voix éraillée.

— Alors mieux vaut que tu ne répondes pas.

Matthias tourna la tête et lui embrassa les cheveux.

— Je ne te laisserai pas m'attendre.

Pourtant, ce serait le cas. Une fois que tout serait terminé, elle avait le sentiment qu'elle le chercherait dans la foule, sur tous les trottoirs, au détour de chaque coin de rue.

Pour le restant de ses jours.

La perte est la pire des épreuves, songea-t-elle. Et on pourrait croire qu'au fil du temps et de l'expérience on finissait par s'y habituer.

Au lieu de cela, elle semblait raviver le souvenir des autres personnes qui vous manquaient le plus au monde : le fait que Matthias s'apprêtait à sortir de sa vie lui donnait l'impression d'avoir perdu son père la veille.

Mels l'enlaça à son tour. Et bien sûr, dès que ses mains entrèrent en contact avec son corps, Matthias se raidit. Mais tant pis. Il devrait la laisser le toucher.

Malgré toutes ses blessures et ses cicatrices, aux yeux de Mels, il était magnifique.

— Je ne pourrai plus jamais être avec un autre homme, tu sais.

Il éclata d'un rire cynique.

— Pas à moins d'aimer les monstres à la Frankenstein…

Mels leva brusquement la tête.

— Arrête. Juste… arrête. Tu ne pourras pas m'empêcher d'avoir des sentiments pour toi, et si j'ai envie de poser mes mains sur toi, tu devras t'y faire.

Dans la faible lueur émanant de la salle de bains, il ébaucha un sourire, mais reprit rapidement son air sérieux, une étrange émotion se peignant sur ses traits.

— Tu es un ange, tu sais ? murmura-t-il.

Mels roula des yeux et reposa la tête sur son torse.

— Loin de là. Tu ne m'as pas encore entendue jurer.

— Qui a dit que les anges n'avaient pas la langue bien pendue ?

— Impossible.

— Ah non ? Et quand en as-tu rencontré un pour la dernière fois ?

Pour une raison idiote, l'image de Jim Heron bondissant pour s'interposer entre la dalle et elle jaillit dans son esprit.

S'il n'était pas apparu à ce moment précis, elle serait peut-être morte.

— En fait, tu as peut-être raison, dit-elle en frissonnant. Je les imagine assez bien comme tu les décris.

Chapitre 31

— Tu te fous de moi, Pablo ? (La femme bondit en avant dans son siège.) Ça, c'est… blond.

À son ton outré, on aurait dit que le coiffeur venait de lui raser la tête.

Plutôt que de transformer sa chevelure rousse ringarde en un blond platine qui seyait à merveille à son teint éclairci par un peeling chimique.

Franchement, Divine était vexée. Cette couleur était pourtant si sexy.

Regardant la femme à travers les yeux de Pablo, la démone posa les mains sur ses hanches en se disant que, décidément, elle n'était pas faite pour ce métier. Quelle barbe ! Cette emmerdeuse était arrivée avec une demi-heure de retard à son rendez-vous, avait exigé un soda comme si elle se croyait au restaurant, puis s'était plainte de la température de l'eau du bac.

Et voilà qu'elle maugréait encore.

— Yé crois que ça vous plaira quand cé séra sec.

La voix que Divine avait empruntée était douce, avec un léger accent sud-américain, impossible à localiser avec précision. D'un autre côté, Pablo était un personnage, sorti tout droit de l'imagination d'un homme qui, comme elle, avait choisi de revêtir une apparence, une voix, des origines plus attirantes que ce qu'elles étaient en réalité.

En fait, Pablo venait du New Jersey.

La démone avait effectué des recherches sur Google pendant que sa cliente se trouvait sous le casque, histoire de tuer le temps. Et Dieu sait qu'entendre jacasser cette pimbêche lui donnait envie de se tirer une balle. Ou en l'occurrence de loger une balle dans la tête de Pablo.

Peut-être n'aurait-elle pas dû congédier les employées ? Non, parce qu'alors elle aurait dû les supporter, elles aussi.

— Laissez-moi arranger ça, dit-elle en passant les mains de Pablo à travers les longues boucles humides. Yé vais arranger ça. Vous allez voir.

La cliente se lança dans une tirade qui rappela à Divine ces cinglées qu'elle avait vues dans un programme de téléréalité l'autre soir, ainsi que la raison pour laquelle elle ne pourrait jamais devenir lesbienne. Même la perfidie, le machisme et les airs supérieurs de Jim Heron étaient plus supportables que cet interminable mélodrame, hypocrite et barbant.

— Bla-bla-bla ! Bla-bla ! Bla-bla-blablablablabla ! Bla-bla…

Le monologue se poursuivit quelques minutes, mais comme tous les déluges, il finit par s'interrompre.

— Très bien, déclara la cliente. Mais vous avez intérêt à ce que ça me plaise.

Divine sourit avec la bouche du visagiste, puis s'empara de la brosse et du sèche-cheveux. Avec de grands gestes assurés, ceux qu'elle employait pour effectuer ses propres brushings, elle se mit à lisser les mèches ondulées. Pendant qu'elle travaillait, elle se revit un mois auparavant, quand elle s'était présentée à son propre rendez-vous – après tout, Pablo était le meilleur coiffeur de la ville – et que cette connasse avait déboulé pour se plaindre de sa coupe. Pablo avait cédé face au raffut parce qu'il n'avait pas le choix, et l'avait invitée à s'asseoir avant de lui humidifier les cheveux et de sortir ses ciseaux.

Divine avait été retardée de près d'une heure, et tout ça pour un demi-centimètre de moins sur les pointes.

Comme si cette emmerdeuse se coiffait tous les matins à l'aide d'un mètre à ruban ?

Alors, oui, dans la vie, il faut parfois s'attendre à un retour de bâton.

Il fallut une éternité pour sécher le mélange d'extensions et de cheveux naturels, mais Divine ne craignait aucune intrusion. Elle avait verrouillé la porte d'entrée et la vue était limitée depuis la vitrine. En outre, le coin était tranquille. Le salon de Pablo était situé dans le quartier chic de la ville, au milieu d'une rue grouillant de magasins qui vendaient du linge de maison en soie, de la papeterie hors de prix et des chaussures italiennes.

C'était le territoire des femmes de la haute société, ce qui signifiait qu'à part ce salon tout fermait à 18 heures.

En règle générale, le métier de ces mannequins vivants consistait à être à la maison assez tôt pour faire à manger et plaire à leur mari.

D'ailleurs, la nana sur le siège avait tout d'une seconde épouse. Parée de faux seins, le visage tendu au Botox, maigre comme un clou, elle était sèche et hystérique. D'un autre côté, voilà ce qui arrivait quand on avait des goûts de luxe et qu'on s'était vendue à un vieux croûton pour obtenir ce qu'on ne pouvait pas se permettre.

Cela étant, elle s'offrait peut-être des cinq à sept avec son prof de Pilates.

Quand Divine reposa enfin le sèche-cheveux et la brosse, cette conne se penchait en avant, faisant gonfler sa coiffure avant de s'admirer dans la glace.

Elle aimait.

— Eh bien, je ne vous paierai pas. Ce n'est pas ce que j'ai demandé et je déteste. (Sauf qu'elle faisait la moue avec ses lèvres siliconées, comme si elle posait pour un photographe.) Je ne paierai pas.

Tant mieux. Moins de risques d'impliquer Pablo. Divine n'avait aucune envie de perdre son coiffeur, qui n'était qu'un intermédiaire dans cette histoire, un pantin qui ne se souviendrait de rien.

La cliente ramassa son ridicule sac siglé. Manifestement, personne ne lui avait dit qu'il fallait avoir quinze ans pour porter ce genre d'accessoire.

— Je ne sais pas si je reviendrai.

Divine, en revanche, connaissait la réponse : non.

Pablo se répandit en obséquiosités, flattant l'ego de la victime avec son faux accent alors que cette dernière s'enfermait dans le vestiaire.

Disposant d'un peu de temps, Divine se dirigea vers la réception. Elle voulait consulter le prochain rendez-vous de Pablo, mais tout était sur ordinateur et ses talents en informatique se résumaient à de simples recherches sur Internet.

C'était la fin de la semaine, n'est-ce pas ?

Quand la femme sortit, vêtue d'un ensemble à la mode semblant avoir été conçu par un créateur cubiste, daltonien et revanchard, elle semblait déjà s'être habituée à sa chevelure blonde qu'elle balançait dans tous les sens.

Cette conne méritait de mourir à plus d'un titre.

« Pablo » escorta sa cliente jusqu'à la sortie. Le temps était venu pour Divine de quitter son hôte. Alors qu'elle se séparait du pseudo Sud-Américain, elle prit soin d'effacer tout souvenir de sa dernière cliente. Autant qu'il le savait, la femme qui était désormais blonde ne s'était jamais présentée, et quand son cadavre serait retrouvé, la police ne serait pas en mesure de remonter jusqu'à lui.

Divine n'avait pas utilisé les produits du salon. Trop compliqués.

Elle s'était servie de colorations achetées dans le commerce.

Et pendant l'application, elle s'était faufilée par la porte de derrière pour jeter l'emballage ainsi que le tube et le flacon usagés dans une voiture garée deux boutiques plus loin.

Personne ne ferait le lien avec Pablo. Et dans le cas contraire, le coiffeur passerait haut la main le test du détecteur de mensonges, parce que, en ce qui le concernait, il n'avait jamais vu cette conne ce soir-là.

Dehors, l'air était frais, et Divine emprunta l'apparence d'un homme anonyme alors qu'elle emboîtait le pas à la blonde. La femme sortit aussitôt son portable, comme si elle était impatiente de raconter le traumatisme qu'elle avait subi au salon.

Désolée, ma belle. Hors de question.

Lançant un éclair d'énergie, Divine mit hors-service le Smartphone, ce qu'on pouvait, là encore, considérer comme un service public. Elle avait sûrement sauvé la mise à quelqu'un qui se moquait éperdument de cette tragédie capillaire.

Alors que la femme s'arrêtait pour essayer de régler le problème en tapant le téléphone contre sa paume, Divine la dépassa, les mains dans les poches de son jean, tête baissée, l'air calme.

La démone longea la rangée de boutiques plongées dans le noir, jetant un regard autour d'elle. Personne sur les trottoirs ni sur la route ; tout était désert.

Elle sut que sa proie avait repris sa marche quand elle entendit le claquement de ses escarpins sur le béton. Ainsi que ses jurons, bien entendu.

Lorsque les clignotants d'une Range Rover noire apparurent à l'angle de la rue suivante, Divine sourit. Une voie transversale coupait la série de magasins environ trois mètres plus loin, et c'était exactement ce dont elle avait besoin.

Par la simple force de sa volonté, la démone éteignit quatre lampadaires, ralentit l'allure et laissa le bruit de pas la rattraper.

L'exécution devait être parfaite.

Dans tous les sens du terme.

Divine fit volte-face juste au bon moment et agrippa la chevelure blonde, d'une poigne assez forte pour soulever la femme du sol. Puis, dans une rapide série de mouvements, la démone prit le contrôle de la situation, immobilisant les bras et les jambes qui s'agitaient et plaquant une main en travers de la bouche de sa victime.

Avoir l'avantage de la force lui permit de traîner la femme dans la rue transversale, et elle s'enfonça davantage dans les ténèbres alors qu'elle éteignait de nouveaux lampadaires.

Il n'y avait pas de temps à perdre. Certes, ce quartier de Caldwell était mort le soir, mais une voiture pouvait passer à tout moment, l'empêchant de savourer ce meurtre en paix.

Alors que les ombres denses les engloutissaient, Divine ne craignait pas d'offenser le Créateur. Elle était sur Terre depuis la nuit des temps et ce genre de saloperie n'était qu'un moyen d'exprimer sa nature.

Et personne ne pourrait prétendre que ce crime faisait partie du plan de la démone pour remporter la partie contre Jim Heron. C'était un sujet annexe.

Maintenant… si cette femme était assassinée avec le même mode opératoire que celui utilisé pour un précédent meurtre ? Si les symboles gravés sur sa peau étaient les mêmes que ceux découverts sur d'autres cadavres ? Si les victimes présentaient des similitudes au niveau de leur apparence physique ?

Et si cet assassinat affectait Jim Heron, au point de le distraire, de le troubler et de l'empêcher de travailler correctement ?

Eh bien, comme dirait sa thérapeute, c'était à lui de se contrôler.

Si Jim ne pouvait pas le supporter, ce ne serait pas la faute de Divine, et encore moins son problème.

Chapitre 32

Mels se réveilla en sentant des mains parcourir son ventre et plonger entre ses cuisses. À moitié endormie, elle bascula sur le dos et se tourna vers la source de chaleur, cherchant la bouche de Matthias dans l'obscurité. Aussitôt, ils se retrouvèrent dans la même position que celle qu'ils avaient occupée durant la majeure partie de la nuit, son corps plaqué contre le sien, le désir envahissant son sexe, la tension lui vrillant les entrailles.

Son amant fit descendre ses lèvres et écarta les couvertures, puis il s'arrêta sur la poitrine de Mels et se mit à la titiller tandis qu'il insinuait ses doigts agiles dans son intimité.

L'idée qu'elle perdrait bientôt Matthias renforçait l'intensité de leurs ébats, comme si c'était la première fois qu'ils se touchaient, comme si le corps de la jeune femme comprenait ce que son esprit se répétait sans cesse : « Savoure pour graver ces souvenirs dans ta mémoire. »

Jamais un autre homme ne lui donnerait autant de plaisir.

— Jouis pour moi, exigea-t-il contre son téton.

Elle serra les cuisses contre la main de Matthias, puis son bassin fut secoué de spasmes, le poignet de Matthias frottant contre son clitoris.

Alors qu'elle gémissait son nom dans l'obscurité et se raidissait, l'orgasme se poursuivit au-delà de la première vague de plaisir, et elle s'y abandonna avec l'espoir de faire durer ces sensations fugaces.

Mais rien n'était éternel dans la vraie vie.

Quand Matthias nicha son visage dans le cou de la jeune femme et l'attira tout contre lui, elle aurait voulu qu'il soit nu, lui aussi, mais chaque fois qu'elle avait tenté de lui retirer son tee-shirt ou même de glisser les mains en dessous, il avait détourné ses gestes.

Ouvrant un œil, elle grommela à la vue de l'horloge. 6 h 30.

La nuit était terminée.

Merde, elle était sur le point de fondre en larmes.

Et elle avait oublié de prévenir sa mère qu'elle ne rentrerait pas. En outre, elle n'avait pas de voiture. Et aucune envie d'aller au travail.

Génial comme réveil.

— Je ferais mieux d'y aller, dit-elle d'une voie bourrue.

— Oui.

Il relâcha son étreinte, déposa un baiser sur sa bouche, puis s'écarta d'elle.

Était-ce le moment ? se demanda-t-elle. L'heure pour lui d'honorer sa promesse ?

— Tu veux dîner avec moi, ce soir ? demanda-t-il à la place.

Le sourire qui illumina le visage de Mels était si radieux qu'il aurait pu éclairer la chambre comme un flash d'appareil photo.

— Avec plaisir.

Savoir qu'elle le reverrait dans douze heures l'aida à se diriger vers la salle de bains pour se rhabiller. Puis, tel un gentleman, il l'escorta jusqu'à la porte, encore en tee-shirt et caleçon.

Campé dans l'embrasure, il la regarda l'air de vouloir dire quelque chose… mais préféra l'action à la parole : il l'embrassa avec tant de fougue qu'elle crut qu'ils ne se décolleraient jamais pour prendre une bouffée d'air.

Mels s'en alla avant d'en être incapable et le trajet en ascenseur sembla durer une éternité.

Dehors, elle fut heureuse de trouver une ligne de taxis, bien qu'il soit à peine 7 heures.

Grimpant à l'arrière de l'un d'eux, elle croisa le regard du chauffeur dans le rétroviseur.

— 242, Pine Way.

— En banlieue, hein ?

— Oui.

Il acquiesça, passa la première et ne prononça plus un mot, au grand soulagement de Mels.

Tandis qu'ils rejoignaient l'autoroute et se fondaient dans la circulation qui commençait à se densifier, elle contempla la ville en contrebas. Il y avait une certaine beauté dans ce paysage urbain, songea-t-elle en admirant les vitres des gratte-ciel qui reflétaient les teintes roses et orangées de l'aurore, les routes relativement dégagées, le jour qui se levait à peine et donnait un air jeune au centre-ville.

D'un autre côté, après une nuit de sexe et l'assurance de revoir Matthias le soir même, elle avait sans doute tellement d'endorphine dans les veines qu'elle était incapable de voir le monde autrement que comme une carte postale.

Son bonheur s'estompa lorsqu'ils arrivèrent devant le grand portail du cimetière de la Pineraie.

« Que dirais-tu si je te disais que je crois à l'enfer. Et pas d'un point de vue religieux, mais parce que j'y ai séjourné. »

Mels ferma les yeux, l'angoisse remontant le long de son échine pour s'installer à la base de son crâne.

« Je crois que j'ai été renvoyé sur Terre dans un but précis. Je ne sais pas lequel, mais je vais tâcher de le découvrir. Peut-être une seconde chance. »

Matthias avait paru sensé lorsqu'il avait prononcé ces paroles. Il avait eu l'air convaincu de ce qu'il avançait, et quand elle avait plongé le regard dans le sien, elle avait failli y croire, elle aussi.

Mais les fous étaient ainsi : ils semblaient normaux, en dehors du fait fondamental et dévastateur qu'ils voyaient le monde à travers un filtre, totalement différemment du reste de la population. Mais à leurs yeux, ce qu'ils percevaient était la réalité.

Si bien qu'ils pouvaient vous regarder bien en face et vous sortir les pires conneries avec une sincérité désarmante.

À l'écouter, il s'était réveillé nu sur une tombe, avait trouvé moyen de se vêtir avant de franchir une enceinte haute de trois mètres. Puis il s'était jeté sous ses roues.

Sans oublier qu'il s'était fait flanquer à la porte de l'enfer.

Que des gens le traquaient.

Et qu'il était armé.

Un frisson la parcourut alors que l'émotion cédait place à la logique, et que pointait la conclusion qu'elle s'était mise en danger.

Sauf qu'il ne lui avait jamais fait de mal, ni ne l'avait même menacée. Et ils étaient restés dans un endroit public : une chambre d'hôtel avec des murs peu épais.

Et l'homme qui lui avait sauvé la vie à l'hôpital s'était porté garant de Matthias.

Qu'était-il ? Cinglé ou paumé ?

Et surtout, quel rôle avait-elle à jouer dans toute cette histoire ?

Fatiguée, saisie d'une migraine, Mels se frottait la tête lorsque le taxi s'arrêta devant la maison de sa mère. Après avoir payé le chauffeur, elle remonta l'allée, se gardant de jeter un coup d'œil aux volets de la lucarne de sa chambre que son père avait créés.

Il l'aurait sermonnée s'il l'avait vue rentrer à l'aube, avec les mêmes vêtements que la veille, les cheveux en bataille malgré le chouchou qui les retenait, et les lèvres gonflées.

Lorsqu'elle ouvrit la porte, elle n'eut pas besoin de sentir le café ni d'entendre le cliquetis d'une cuillère contre un bol de porcelaine pour savoir que sa mère était réveillée. Elle aussi avait probablement passé une nuit blanche…

Traversant la salle à manger, Mels aperçut une grille de mots croisés à moitié terminée à côté du fauteuil préféré de sa mère, ainsi qu'une tasse au fond de laquelle séchaient les restes d'un chocolat chaud.

Elle s'en empara et se dirigea vers la cuisine.

— Salut. Écoute, je suis vraiment désolée de ne pas avoir appelé. C'était grossier de ma part. J'ai juste perdu la notion du temps.

Helen Carmichael ne leva pas le nez de ses céréales, et quand elle demeura silencieuse, Mels éprouva des difficultés à respirer.

— Tu sais le plus étonnant ? dit sa mère au bout d'un moment.

— Non.

— Si tu n'habitais pas ici, je n'aurais pas su que tu n'étais pas rentrée. Je ne me serais pas inquiétée. (Elle fronça les sourcils.) Tu ne trouves pas ça étrange ? Tu es adulte. D'un point de vue légal et en pratique, tu n'es rien d'autre que ma colocataire. Tu n'es plus une mineure dont je dois m'occuper. Alors on pourrait s'attendre à ce que ça ne me touche pas.

Mels ferma les yeux, percevant la distance entre elle et sa mère si grande qu'elle se demandait comment elles faisaient pour s'entendre.

Bien sûr, c'était sa faute. Et elle recouvrait bien plus que le simple fait de ne pas avoir appelé la veille.

Jurant tout bas, Mels s'approcha et se versa une tasse de café. Quand elle se retourna, elle vit le soleil tomber sur le visage de sa mère, et une douleur la traversa comme un coup de couteau : cet éclairage semblait accentuer chaque trait, chaque ride, chaque imperfection, jusqu'au moment où sa mère lui parut si vieille que Mels dut détourner le regard.

Dans le silence, elle songea à son père. À tout ce qu'il avait manqué depuis sa mort, à tous ces jours, ces semaines, ces mois. À toutes ces années.

À tout ce temps que sa mère avait passé à le pleurer. À la maison que cette femme avait dû gérer toute seule. À ses nuits interminables à cause d'une fille égoïste.

Mels s'avança et s'assit. Non pas de l'autre côté de la table, mais à côté de sa mère.

— Je crois que je suis en train de tomber amoureuse.

Quand Helen leva brusquement la tête, Mels était un peu choquée, elle aussi. Elle n'avait pas parlé de sa vie intime depuis… son emménagement, et même auparavant, elle ne s'était confiée qu'en de rares occasions.

— Vraiment ? murmura sa mère, les yeux écarquillés.

— Oui, c'est… enfin, c'est l'homme que j'ai renversé en voiture.

Mme Carmichael inspira une goulée d'air.

— Je ne savais pas que tu avais eu un accident. Est-ce que c'était… quand tu m'as dit que tu t'étais cognée dans la douche ?

Mels baissa les yeux vers ses mains.

— Je ne voulais pas t'inquiéter.

— J'imagine que ça explique la disparition de ta voiture.

— Ce n'était pas grave. Vraiment, je vais bien.

Enfin, si ce n'était qu'elle se sentait nulle d'avoir menti.

Dans le silence qui suivit, elle s'attendit à ce que sa mère la sermonne au sujet de Matthias ou de Fi-Fi.

Au lieu de cela, elle se contenta de dire :

— Il est comment ?

— Euh… (Mels combla la pause en sirotant son café.) Il ressemble beaucoup à papa.

Sa mère esquissa un sourire affectueux.

— Ça ne me surprend pas.

— Il est… oui… Je ne sais pas comment l'expliquer. Il me rappelle papa, c'est tout.

— Il est catholique ?

— Je ne sais pas.

Ils n'avaient jamais discuté de religion ; enfin, hormis cette histoire de séjour en enfer, mais maintenant que sa mère évoquait le sujet, Mels se dit qu'elle aimerait qu'il le soit.

— Je lui poserai la question, ajouta-t-elle.

— Que fait-il comme métier ?

— C'est compliqué.

Merde, avait-il au moins un boulot ?

— Est-ce qu'il est gentil avec toi ?

— Oh oui, très. C'est un homme… bien. (Ou cinglé. À ce stade, elle n'en savait rien.) Il prend soin de moi.

— C'est important, tu sais. Ton père… a toujours pris soin de nous.

— Je suis vraiment désolée pour hier soir.

Sa mère saisit sa tasse et porta le regard au loin.

— C'est merveilleux que tu aies trouvé quelqu'un. Et que tu sois rentrée saine et sauve ce matin.

Oh merde… Mels n'y avait pas songé : non seulement sa mère l'avait attendue, mais elle avait sans doute revécu la nuit où la police avait frappé à sa porte.

— Je peux te poser une question sur papa ? demanda soudain Mels.

— Bien sûr.

Seigneur, elle n'arrivait pas à croire qu'elle s'aventurait sur ce terrain.

— Est-ce qu'il te traitait correctement ? Parce qu'il était souvent absent, n'est-ce pas ? À cause de son boulot.

Sa mère reporta les yeux sur sa fille.

— Ton père était très impliqué dans cette ville. Son travail était très important pour lui.

— Et toi ? Où était ta place dans sa vie ?

— Oh, tu me connais. Je n'aime pas être le centre de l'attention. Je te ressers un café ?

— Non, merci.

Mme Carmichael se leva avec son bol, se dirigea vers l'évier et vida le muesli qu'elle n'avait pas entamé dans la poubelle.

— Alors, parle-moi de cet homme mystérieux. Comment s'appelle-t-il ?

— Matthias.

— C'est un joli prénom.

— Il est amnésique. Il ne peut pas m'en dire beaucoup plus.

Sa mère haussa les sourcils, mais Mels ne lut aucune critique, aucune inquiétude, aucune crainte sur son visage. Juste de la sérénité et de l'acceptation.

— Il est entre les mains d'un bon médecin, j'espère ?

— On l'a examiné aux urgences, oui. Et il va bien. Sa mémoire revient.

— Est-ce qu'il vit à Caldwell ?

— En ce moment, oui. (Mels se racla la gorge.) Tu sais, j'aimerais que tu le rencontres.

Helen se figea près de l'évier. Puis elle cligna rapidement des yeux, semblant avoir du mal à garder son calme.

— Ce serait… avec plaisir, oui.

Mels acquiesça, même si elle ignorait si cette rencontre serait possible. Mais elle avait donné si peu à sa mère, et pour l'instant, Matthias était – ou du moins semblait être – l'élément le plus important de sa vie.

Si bien qu'il lui paraissait opportun d'ouvrir son cœur à son sujet.

Même si, bon sang, c'était un sentiment étrange et embarrassant de se confier après tout ce temps… Elle avait l'impression de se retrouver en train de parler de son premier soutien-gorge, de son appareil dentaire ou de son permis de conduire.

Plus important, ce fut ce matin-là, dans cette cuisine, que Mels comprit que, malgré son âge, elle n'avait pas grandi. Enfin, pas vraiment. Elle avait tiré un trait sur sa vie à bien des égards après la mort de son père, réprimant ses sentiments pour les enfouir sous des plans de carrière qui avaient viré à une frustration générale et permanente.

Matthias l'avait secouée.

Réveillée.

Et elle n'aimait pas ce qu'elle voyait dans les traits du visage de sa mère.

— Oui, dit Mels. Je ne sais pas combien de temps il restera en ville, mais… j'aimerais vraiment que tu le rencontres.

Helen hocha la tête et sembla prendre un temps démesuré à passer l'éponge sur le plan de travail.

— Quand tu voudras. Je ne bouge pas.

Seigneur, c'était vrai, n'est-ce pas ?

Et pourquoi Mels avait-elle l'impression que c'était un fardeau à porter ?

Mels jeta un coup d'œil à l'horloge digitale près de la cuisinière et se leva avec sa tasse.

— J'imagine que je ferais mieux de me préparer.

— Tu veux emprunter ma voiture pour la journée ?

— Tu sais ce que… Oui, merci.

Un sourire éclaira le visage de sa mère, chassant une partie de la tristesse qui avait plombé l'atmosphère depuis… une éternité, semblait-il.

— C'est bien. J'aimerais t'aider dans la mesure de mes moyens.

Sous l'arcade du salon, Mels s'arrêta.

— Je suis désolée.

Dans le sourire que lui adressa sa mère, elle lut non pas de la faiblesse, mais de l'acceptation.

Bizarre. Elle se rendit compte alors combien ces deux expressions étaient différentes, et elle se demanda comment elle avait pu les confondre.

— Ce n'est pas grave, Mellie.

— Si, répondit Mels en tournant les talons pour se diriger vers l'escalier. Je suis impardonnable.

Au vu de sa situation, ce n'était vraiment pas le moment pour Matthias de proposer un rendez-vous à une femme.

Mais il lui était impossible de ne pas sentir de nouveau Mels nue contre lui dans ce lit.

Ou sur le sol. Contre le mur. Dans la salle de bains.

N'importe où.

Pourtant, l'heure était venue de partir. Il était resté trop longtemps à Caldwell, trop exposé dans cet hôtel… et trop proche de Mels.

Il était temps de décoller.

Le cœur lourd à l'idée de devoir quitter Caldwell, il franchit le seuil du *Marriott*, le pistolet de Jim muni de son silencieux glissé dans la ceinture de son pantalon, une casquette de base-ball achetée à la boutique de l'hôtel vissée sur le crâne, juste au-dessus de ses lunettes de soleil.

L'air était frisquet, et avec la couverture nuageuse qui s'était installée pendant la nuit, les températures ne grimperaient sûrement pas…

— Tu vas te chercher des croissants ?

Matthias s'arrêta et se retourna. Jim Heron était apparu comme par magie derrière lui, et d'une façon bizarre, il n'en fut pas surpris.

Ce qui étonna Matthias fut l'émotion qu'il éprouva en rivant son regard dans celui de Jim.

— Merci, dit-il d'une voix bourrue en tendant la main.

L'homme haussa ses sourcils blonds et se figea au beau milieu du trottoir, alors que les piétons le contournaient pour reformer un groupe compact et pressé juste après l'avoir dépassé.

— Quoi ? demanda Matthias en gardant le bras tendu. Tu es trop fier pour accepter un peu de gratitude ?

— Non, c'est la première fois que tu remercies quelqu'un.

Dans le silence, l'écho de cette phrase résonna avec clarté dans le cœur de Matthias, et il sut que Jim disait la vérité.

— J'ai tourné la page, marmonna-t-il.

Jim lui serra la main.

— Mais tu me remercies de quoi ? demanda-t-il.

— D'avoir pris soin de Mels hier soir. Je te dois une faveur.

Jim marqua une pause.

— De rien, répondit-il enfin d'une voix tout aussi austère. Et je crois deviner ce que tu fais dehors à cette heure. Viens chez moi. J'ai plein de munitions, là-bas.

Comme ça lui permettrait d'économiser le peu d'argent qui lui restait, Matthias accepta.

— Où es-tu garé ?

— Par là.

Il traversa rapidement la rue et se retrouva assis à côté de Jim dans un 4 × 4 noir.

Alors qu'ils s'engageaient sur l'autoroute, Matthias éprouva le besoin paranoïaque de jeter plusieurs coups d'œil à la banquette arrière. Pourtant, celle-ci était vide.

Alors pourquoi…

— Et cette mémoire ? s'enquit Jim.

— Toujours pareil.

Matthias n'en dit pas davantage, parce que cette histoire de séjour en enfer semblait trop bizarre pour être évoquée à ce moment-là. C'était une chose de partager ce délire avec Mels. S'en ouvrir à Jim lui donnerait l'impression de baisser son froc devant cet homme.

Et ça, pas question.

Matthias tendit le bras et alluma la radio.

— … corps d'une femme a été découvert à l'aube sur les marches de la bibliothèque de Caldwell. Trisha Golding, seconde épouse de Thomas Golding, P.-D.G. de CorTech, a été retrouvée égorgée et en partie dénudée tôt ce matin par un employé de la voirie. La police est aussitôt intervenue et se trouve toujours sur les lieux. Officiellement, les autorités refusent de confirmer l'existence d'un nouveau tueur en série en ville, mais d'après une source policière, plusieurs liens auraient été établis entre ce meurtre et celui d'une autre jeune femme blonde découverte…

Alors que le reportage se poursuivait, Matthias remarqua que Jim serrait le volant si fort que ses jointures étaient blanches.

— Qu'est-ce qui se passe ?

— Rien.

Ouais, c'est ça, songea Matthias. Mais ce n'étaient pas ses oignons et il avait assez de soucis de son côté.

Juste une nuit de plus, se promit-il. Une dernière nuit avec Mels, ensuite il s'achèterait un billet de bus avec ses cent derniers dollars pour prendre la direction de Manhattan.

Quelque chose l'attendait là-bas. Il le sentait.

Mais autant chercher une aiguille dans une botte de foin. New York était une ville gigantesque et il ne lui restait que très peu d'argent. Pourtant, il avait le sentiment que s'il parvenait jusqu'à la Grosse Pomme, ses pas le conduiraient à… cette créature.

Raison pour laquelle il avait besoin de munitions : pas question de courir de risques.

Les bonnes surprises n'avaient pas été légion ces derniers temps.

À l'exception de Mels Carmichael.

Chapitre 33

Mels ne parvint pas jusqu'au *CCJ*.

Son portable sonna juste après qu'elle eut quitté la maison, et quand elle le sortit de son sac pour décrocher, elle poussa un grognement. Trois messages vocaux avaient été déposés sur son répondeur, tous en provenance de ce connard de Dick.

Quelque chose s'était passé pendant qu'elle s'était livrée à… d'autres activités.

— Allô ?

— Vous ne consultez jamais votre putain de téléphone ?

— Je suis désolée.

Elle n'allait pas expliquer qu'elle avait été « occupée », au risque que Dick en tire des conclusions hâtives. Et pour une fois, il aurait eu raison.

— Qu'est-ce qui se passe ?

— Vous savez, un journaliste est sur le pont vingt-quatre heures sur vingt-quatre, sept jours sur sept, Carmichael.

Certes, mais cela ne faisait que deux jours qu'il la considérait comme tel.

— Il s'est passé quelque chose ?

— Vous n'avez pas écouté la radio ce matin ? (Comme elle ne répondait pas, il lâcha un juron.) Une autre blonde a été retrouvée morte. Sur les marches de la bibliothèque de Caldwell. Vous devriez être là-bas depuis une heure…

— D'accord, j'y vais.

À cette réponse, Dick marqua une pause, comme s'il aurait voulu lui dire de se magner le cul et qu'elle lui ait coupé l'herbe sous le pied.

— Ne foirez pas.

— Ce ne sera pas le cas. (Mels sourit pour elle-même.) Au fait, une de mes sources m'a filé un tuyau très intéressant au sujet de cette prostituée. J'ai un scoop.

Il parut sincèrement impressionné.

— Vraiment ?

— On en parlera plus tard.

Elle raccrocha, se gardant d'ajouter « je l'espère », pour éviter toute équivoque entre elle et son patron. Du reste, il était impensable que Monty ne la laisse pas balancer l'info. Moucharder était sa façon à lui d'exister.

Allumant la radio, elle…

— … les autorités refusent de confirmer l'existence d'un nouveau tueur en série en ville, mais d'après une source policière, plusieurs liens auraient été établis entre ce meurtre et celui d'une autre jeune femme blonde découverte…

Ça alors ! Mais qui pouvait bien être cette « source » ?

De toute évidence, Monty n'était pas monogame.

La bibliothèque municipale de Caldwell lui avait toujours fait penser à celle de *S.O.S. Fantômes*, c'est-à-dire celle de New York. D'ailleurs, c'était à se demander si les architectes n'avaient pas pris modèle sur sa cousine de Manhattan, même si cette dernière était plus grande et mieux agencée : la façade était ornée des inévitables colonnes corinthiennes, le fronton gravé à l'effigie des mêmes divinités, et deux énormes lions montaient la garde de chaque côté de l'entrée imposante de style néoclassique.

Elle gara la voiture de sa mère, inséra quelques pièces dans le parcmètre et traversa Washington Avenue en courant. Localiser la scène de crime fut un jeu d'enfant. À vrai dire, Mels ne pouvait pas la rater : le cordon de sécurité avait été établi en plein milieu de l'escalier en pierre qui s'élevait jusqu'aux trois portes principales.

Accroché d'un lion à l'autre, le ruban de police barrait tout accès. Aussi, elle demeura à l'écart en essayant de repérer Monty.

Pour une raison étrange, il n'était pas dans les parages, et comme les autres journalistes, elle ne tira pas grand-chose des policiers qui se bornaient à marteler : « Conférence de presse à 11 heures. »

Au bout d'un moment, Mels se dirigea vers la boulangerie de l'autre côté de la rue pour commander un café noir et un énorme pain aux raisins. De retour près de la scène de crime, elle entama sa viennoiserie et s'aperçut que la solitude ne lui réussissait guère. Revigoré par les glucides, son esprit rejouait chaque seconde de la nuit précédente…

Mais toutes ses pensées n'étaient pas tournées vers le sexe. Des doutes planaient entre les baisers qu'elle se repassait mentalement, une peur étrange qui plombait l'air et la rendait nerveuse.

Ils auraient beau dîner ensemble ce soir, Matthias partirait quand même.

Laissant une foule de problèmes derrière lui…

Avec une lugubre résignation, Mels sortit son téléphone. Composant le numéro du portable de Tony, elle attendit une sonnerie… deux… trois…

— Où est mon petit déjeuner ? demanda-t-il.

Mels éclata de rire.

— Toujours à la boulangerie, j'en ai peur.

— Pas grave. Je t'obligerai à emprunter ma voiture de temps en temps.

— J'ai celle de ma mère aujourd'hui. Mais demain, on pourrait reprendre notre marché. Dis-moi, est-ce que tu as pu parler aux types de la balistique ?

— Oui. J'en ai trouvé un prêt à te rencontrer.

— J'imagine qu'il fait partie de la police ?

— Tu lis dans mes pensées.

— Je dois me rendre au commissariat pour une conférence de presse dans une heure. Je le retrouverai là-bas.

— D'accord, mais je dois te prévenir. Il est un peu mal à l'aise vis-à-vis de tout ça. Il ne veut pas de problèmes, et s'il a accepté, c'est uniquement parce que je lui ai présenté la femme qu'il a épousée il y a deux ou trois ans. Il s'appelle Jason Conneaut, et il est technicien. Laisse-moi lui passer un coup de fil et voir comment il veut gérer la situation. Il refusera peut-être que tu viennes.

— Merci beaucoup, Tony. Appelle-moi ou envoie-moi un texto.

— D'accord.

Raccrochant, elle songea qu'elle serait dans une position délicate si la douille qu'elle avait trouvée dans sa poche avec sa petite monnaie correspondait à certaines autres.

Une partie d'elle n'était pas sûre de vouloir connaître la vérité. Mais cette angoisse était la raison précise qui la poussait à aller jusqu'au bout. C'était une chose d'être à côté de la plaque parce qu'elle était amoureuse d'un type instable sur le plan émotionnel, et craignait d'avoir mal. C'en était une autre de laisser ces conneries se mettre en travers de son boulot, de sa sécurité ou de l'intérêt général.

Les yeux rivés sur les marches de la bibliothèque, elle n'appréciait pas du tout la tournure de ses pensées.

Et pas simplement au sujet des zones d'ombre entourant Matthias.

Pendant longtemps, elle avait vécu une existence monotone, étriquée, frustrée, mais elle avait été incapable de trouver la volonté d'effectuer des changements, coincée au point mort à Caldwell, si bien qu'elle n'avait même pas vu la tombe qu'elle s'était creusée.

À présent, la question était : que faire pour y remédier ?

— Alors, tu vas revoir cette journaliste, n'est-ce pas ?

Assis sur le canapé de Jim et occupé à recharger son pistolet, Matthias n'avait aucune envie de discuter de Mels.

— Merci pour les munitions. Et pour le déjeuner.

Quand, à 11 heures, le colocataire de Jim lui avait servi un sandwich au pastrami, Matthias n'avait pas très faim. Mais l'appétit vient en mangeant, et du repas, il ne restait désormais que des emballages froissés et des paquets de chips vides.

— N'est-ce pas ? répéta Jim.

Matthias se frotta un sourcil du bout du pouce.

— Oui. Mais après, je me tire.

— Où ça ?

— Nulle part en particulier.

— Caldwell est une ville agréable. Assez grande pour s'y cacher, assez petite pour garder le contrôle.

Ce n'était pas la question, songea Matthias. Et malgré toute la confiance qu'il avait en Heron, il ne dévoilerait rien au sujet de son départ pour Manhattan.

Dans un coin, le vieux poste afficha brièvement le logo d'une chaîne de télévision régionale, suivi du plateau du journal. Dès que l'image changea, Jim se retourna et riva le regard sur l'écran, si concentré qu'on aurait dit que ses yeux allaient exploser.

— WCLD-Six pour tout savoir sur les dernières infos, la météo et le sport.

La présentatrice avait les cheveux trop blonds, la voix trop aiguë, les mains trop agitées, un physique légèrement au-dessous du niveau de New York, mais nettement au-dessus de celui du Midwest.

— L'information du jour, reprit-elle, est la découverte tôt ce matin du corps d'une femme assassinée sur les marches de la bibliothèque municipale de Caldwell. Le chef de la police,

M. Funuccio, a tenu une conférence de presse à 11 heures et notre équipe était présente...

Tandis que le reportage se poursuivait en fond sonore, Matthias porta son attention sur le changement qui s'opérait chez Heron. Et il n'était pas le seul : le colocataire entra avec la poubelle vide, jeta un coup d'œil à Jim et ressortit aussitôt en lâchant un juron.

Bizarre...

— ... un motif étrange sur le ventre de la victime. Les images que nous sommes sur le point de vous montrer peuvent heurter la sensibilité des plus jeunes téléspectateurs.

Sur l'écran apparut une peau balafrée de cicatrices, des symboles semblant constituer une sorte de message...

Matthias cligna deux fois des yeux. Puis une partie de son cerveau rompit ses digues avec tant de violence qu'il poussa un hurlement et porta les mains à la tête...

Une prison noire... des silhouettes qui s'agitaient... une âme qui n'avait pas sa place dans ce cloaque.

Oh, Seigneur, elle n'avait rien à faire là...

À mesure que la mémoire lui revenait, une atroce douleur s'emparait de lui, son corps se rappelant avec une intensité viscérale tous les sévices que ces créatures lui avaient infligés, le cauchemar de la veille se métamorphosant en un souvenir vivace, les événements récents se jetant sur lui pour le lacérer à grands coups de griffes et de crocs.

— Matthias ? Matthias, putain, mais qu'est-ce qui se passe ?

Jim se tenait devant lui, mais son ancien patron ne le voyait pas, aveuglé par ses paupières qui battaient sans cesse.

— Oh... Seigneur..., gémit-il alors qu'il chancelait sur le côté.

L'enfer... Il avait séjourné en enfer, torturé, aspiré dans cette prison éternelle après avoir été tué par...

— Isaac Rothe, bredouilla-t-il. Il m'a tué, n'est-ce pas ? Il m'a tiré dessus à cause...

D'Alistair Childe. L'homme dont Jim lui avait parlé, celui dont le fils avait été assassiné et dont la fille avait été menacée… Matthias avait traqué cette dernière, mais quelqu'un la protégeait, un type redoutable et très entraîné, qui, au final, avait remporté la manche en tirant une balle dans la poitrine de Matthias.

Matthias était mort sur le sol de la maison du vieux Childe…

D'autres souvenirs lui revinrent : les impacts le frappant comme des coups de poing, la douleur faisant hurler ses membres et ses articulations.

— Matthias, mon pote…

Soudain, la vision d'une jeune fille blonde avec des symboles gravés sur le ventre, enveloppée d'un fourreau en lambeaux, maculé de sang, fendit toutes ces images… et s'incrusta en lui.

— Elle était en bas avec moi. (Soudain, sa voix devint plus forte et plus claire, isolée du maelström dans son crâne.) La fille… Elle était coincée avec moi.

Une pause suivit. Ou alors il avait aussi perdu l'ouïe ?

— Qui ? demanda Jim d'une voix glaciale.

— La blonde…

Deux étaux lui enserrèrent les avant-bras, et il sut que Jim l'avait empoigné.

— Dis-moi son nom.

— La blonde…

— Comment s'appelle-t-elle ? (La voix de Jim se brisa.) Dis-moi…

— Je ne sais pas… (Matthias se sentit secoué comme un prunier, comme si Heron tentait de faire tomber la réponse.) Je ne sais… Je sais juste qu'elle était innocente… qu'elle n'avait pas sa place…

Jim jura dans sa barbe.

— Qui est-elle ? demanda Matthias.

— Est-ce qu'elle allait bien ?

— Il n'y a pas d'abri en enfer, répliqua-t-il. On était tous coincés, et ils étaient sans pitié.

— Qui ça ?

— Les démons.

Chapitre 34

— Eh bien, sans Tony, je ne serais pas marié.

Mels lâcha un petit rire, puis remarqua que l'homme marchant nonchalamment à son côté jetait des coups d'œil par-dessus son épaule.

— Tony est un mec génial.

— Le meilleur.

Après la conférence de presse, elle avait rejoint Jason Conneaut dans une zone commerciale, à quelques pâtés de maisons du commissariat. Il était évident qu'il voulait passer inaperçu au milieu de la foule, et question anonymat, c'était réussi : rien ne les distinguait parmi le flot de badauds entrant et sortant des magasins.

Juste un couple en vadrouille.

— Voilà la douille, déclara-t-elle en lui passant discrètement l'enveloppe enflée d'une petite bosse. Je l'ai mise dans un mouchoir en papier pour ne pas la perdre.

— Vous pouvez me dire où vous l'avez trouvée ?

— Non. Mais je peux vous dire ce que je cherche. (À son tour, elle balaya les lieux du regard.) Je veux savoir si elle provient du même pistolet que celui utilisé lors de la fusillade au *Marriott*, l'autre soir.

L'ami de Tony riva ses yeux clairs dans les siens.

— Si c'est le cas, je serai sommé de révéler ma source.

— Je vous faciliterai même la tâche : je vous dirai de qui je la tiens et où trouver cette personne.

En priant le ciel pour ne pas avoir à en arriver là.

Le pote de Tony se détendit.

— Bien. Parce que je ne veux pas d'embrouilles.

Mels s'arrêta et lui tendit la main.

— Vous avez ma parole.

Il la serra et ajouta :

— Ça risque de me prendre quelques jours.

— Pas de problème. Appelez-moi quand vous serez prêt. Je ne vous harcèlerai pas.

Après qu'ils se furent séparés, Mels s'en alla faire du lèche-vitrines, marquant une pause de temps à autre. La ville avait fermé ce quartier à la circulation pour créer une zone piétonne depuis un bon moment, pourtant c'était la première fois que Mels s'y aventurait. Et elle appréciait de se fondre dans la masse, de feindre d'avoir une vie normale, où son petit ami n'était pas un inconnu armé et côtoyant des types louches comme Jim Heron.

Elle se tenait devant une boutique quand elle fronça les sourcils et sortit son portable. Mais ce n'était pas pour décrocher ni écrire un texto.

Elle consultait la date.

Bon sang, c'était le jour anniversaire de la mort de son père.

Au début, elle fut incapable d'expliquer ce qui avait provoqué cette pensée, puis elle remarqua qu'elle s'était arrêtée devant la vitrine d'un magasin de chaussures, pourvue d'une affiche marquée « Soldes d'hiver » suspendue au-dessus d'une rangée de bottes fourrées, qui pouvaient toujours s'avérer utiles au printemps quand on habitait le nord de l'État de New York : la météo était souvent capricieuse fin avril, si bien que l'on pouvait passer d'un soleil radieux à des journées grisâtres et pluvieuses, voire à des blizzards… Ou même avoir droit à de la neige fondue et à des pluies verglaçantes… qui transformaient les routes en patinoires, rendaient le freinage impossible… et augmentaient les risques d'accidents de voiture. Surtout lors de courses-poursuites policières.

Elle ferma brièvement les yeux, puis se surprit à passer un coup de fil.

— Allô ?

Au son de la voix de sa mère, Mels sentit des larmes poindre.

— Tu n'as rien dit ce matin… et j'ai oublié.

Une pause suivit.

— Je sais. Je ne voulais pas te le rappeler s'il y avait une chance que ça t'ait échappé.

C'était la première fois qu'elle se montrait vulnérable. Mais même trois ans après le drame, le manque et le chagrin étaient trop forts pour qu'elle parvienne à garder son sang-froid.

— Comment te sens-tu ? demanda Mels.

La surprise dans la voix de sa mère lui donna envie de se gifler.

— Je… Eh bien, maintenant que tu m'as appelée, je vais mieux.

— Il doit te manquer autant qu'à moi.

— Oh, oui. Tous les jours. (Elle marqua une seconde pause.) Tu vas bien, Mels ?

Elle prononça cette phrase l'air de dire : « Qui êtes-vous et qu'avez-vous fait à mon enfant ? »

— Tu as des projets pour aujourd'hui, maman ?

— Les filles du bridge m'emmènent dîner.

— Bien. Je serai peut-être encore un peu… en retard ce soir.

— Pas de problème. Et merci de me prévenir. Merci… (Un bruit étranglé interrompit ce murmure.) Merci d'avoir appelé.

Mels posa les yeux sur les semelles épaisses des chaussures soldées.

— Je t'aime, maman.

Un long silence s'installa. Interminable.

— Maman ?

— Je suis là, répondit la voix éraillée, suivie d'un reniflement. Je suis là.

— Tu me rassures. (Mels détacha le regard des bottes, du centre commercial, des gens.) Je te préviendrai si je passe la nuit chez lui, d'accord ?

— Oui, s'il te plaît. Et moi aussi, je t'aime.

Après avoir raccroché, Mels retourna au commissariat comme en transe, entra par la porte principale et se dirigea droit vers le parking où elle avait laissé la voiture de sa mère.

Elle ne se rendit pas aux bureaux du *CCJ*.

Prenant la direction de la banlieue, elle s'efforça de s'arrêter aux feux rouges, de mettre son clignotant avant de tourner, de ne pas faire de queues-de-poisson... mais elle n'avait aucune idée de l'endroit où elle allait.

Jusqu'au moment où la grille du cimetière de la Pineraie se dressa au loin.

Une partie d'elle protesta. Elle ne voulait pas se trouver là. Pas alors que sa vie était en plein chambardement. D'un autre côté, puisque l'heure était au drame, autant jouer le jeu à fond.

Elle repéra facilement le carré où était enterré son père, et quand elle s'arrêta sur le bas-côté, elle ne fut pas surprise de voir qu'on y avait planté toutes sortes de fleurs printanières, tels des jonquilles, des tulipes et des crocus.

Un geste de sa mère, bien sûr. Qui venait sans doute non pas pour des occasions spéciales mais régulièrement.

Mels descendit du véhicule et traversa la pelouse vert clair, les jeunes pousses reprenant leur place et couvrant ses pas.

D'autres tombes étaient jonchées de débris, des petits bouts d'écorce arrachés à des troncs, des morceaux de lichen ou de la mousse en parsemant le sommet ou la base. Pas celle de son père. La sienne brillait comme un sou neuf, sans garder le moindre vestige des trois années passées.

Quand Mels finit par s'agenouiller, elle effleura la croix incrustée dans le granit gris.

La voix grave de Matthias lui revint, quand il parlait de l'enfer avec une conviction qu'elle aurait pu afficher en discutant de son métier, de sa vie à Caldwell ou de la perte de son père.

Ses paroles trahissaient une expérience vécue.

Mels porta de nouveau la main sur le crucifix. Bizarre. Elle n'avait jamais prêté trop d'attention aux signes religieux que les gens faisaient graver sur les stèles, qu'il s'agisse d'anges aux ailes déployées, de la Vierge Marie, la tête penchée, ou d'étoiles de David. Quelle que soit la religion, elle les avait considérés comme des décorations, rien qui pouvait les approcher de Dieu.

Pourtant, en cet instant, elle avait le sentiment contraire.

Elle était heureuse que la tombe de son père porte le symbole de la foi, et qu'il n'ait jamais raté une messe le dimanche. Même si, en grandissant, elle avait eu horreur de perdre une grasse matinée.

Soudain, submergée par une peur panique et irrationnelle, elle pria pour qu'il soit au paradis.

Avoir un proche en enfer serait… insupportable.

Jim était en train de devenir dingue.

Alors que Matthias s'effondrait sur le canapé, il remuait les lèvres, s'efforçant de prononcer quelques paroles… mais aucun son n'en sortait. Comme si un bouchon s'était formé sur l'autoroute reliant son cerveau à sa bouche.

— Parle, aboya Jim en essayant de parvenir jusqu'à Matthias. Est-ce que tu la connais ? Tu l'as vue ? Est-ce qu'elle va bien ?

Matthias fit de nouveau mine d'articuler, surtout quand Jim le secoua une nouvelle fois.

— Matthias…

— La fille… Elle est là-bas. (D'un geste brusque, Matthias retira ses lunettes et fixa Jim d'un regard absent.) En enfer. La blonde est là-bas. J'étais avec elle.

— Est-ce qu'elle va bien ? (Question stupide. Bien sûr que Sissy souffrait.) Qu'est-ce que…

— J'y étais vraiment, dit l'homme en tentant de se relever, comme si se tenir debout l'aiderait à s'éclaircir les idées. Et on m'a renvoyé sur Terre pour… Pour quoi, d'ailleurs ? Qu'est-ce que je suis censé faire ?

Même s'il était obnubilé par Sissy, Jim s'efforça de revenir à des préoccupations plus immédiates : c'était le moment qu'il avait attendu. Son créneau. Sa porte d'entrée.

Mais merde… Sissy…

Jim se racla la gorge. À deux reprises.

— Euh, tu es de retour parce que tu dois faire le bon choix, cette fois.

— Lequel ?

— Le carrefour. (Jim pria pour que ses paroles aient un sens.) Tu… euh… tu vas arriver à un moment où tu devras prendre une décision, et si tu ne veux pas retourner d'où tu viens, tu devras choisir le bon chemin, pas… celui que tu empruntes d'habitude.

— Alors, c'est vrai ? Je veux dire, le paradis et l'enfer ?

— Et tu as une seconde chance.

— Pourquoi ?

— La démone a triché.

Soudain, Matthias le regarda droit dans les yeux.

— Tu y étais. En enfer… Oh, Seigneur, tu étais là… et cette femme, cette créature… Merde, l'infirmière !

— Pardon ?

— Celle qui s'est occupée de moi à l'hôpital après mon accident, que j'ai croisée à l'hôtel !

L'espace d'un instant, Jim se serait giflé.

— Laisse-moi deviner. Une brune ?

— C'était elle en enfer. Et tu étais là, toi aussi… Elle t'avait attaché à une… (Il s'interrompit subitement.) Euh, enfin bref… tu étais là.

Génial. Merveilleux.

Matthias avait assisté à son viol ?

Une horrible pensée l'assaillit tout à coup. Si son ex-patron avait été témoin de la scène, il devait en être de même pour Sissy. Bon sang. Lui qui regrettait déjà qu'elle l'ait vu juste après…

Il serra les poings, saisi d'une envie de meurtre.

— Quel est ton rôle dans tout ça ? s'enquit Matthias en plissant les yeux.

Un bruit sourd interrompit la conversation, le son bien trop familier pour que Jim le confonde avec un autre. Impossible. Il avait dû se tromper.

Non, songea-t-il en empoignant son 40 millimètres. C'était bien une balle venue se loger dans du bois. Il en eut la confirmation quand Adrian déboula dans le studio. L'ange dégainait son pistolet, l'air furieux.

— On a de la compagnie, aboya-t-il.

— Ce n'est pas Divine.

Jim l'aurait sentie, et même s'il aurait adoré la voir, histoire de lui dire sa façon de penser, il ne percevait aucune vibration maléfique.

— Non, un visiteur d'un autre genre.

Bordel. Les XOps avaient dû planquer devant le *Marriott* et les prendre en filature. Ce n'était pas une surprise ; simplement, le moment était très mal choisi vu que Matthias avait toujours l'air déconnecté. Il allait mieux, certes, mais n'avait pas totalement repris ses esprits.

— Je m'en charge, dit Jim d'une voix énervée. Je connais leurs méthodes d'entraînement.

— Qu'est-ce qui se passe ? demanda Matthias en se relevant.

— Rien, répondirent en chœur Jim et Adrian.

Matthias empoigna le pistolet qu'il avait rechargé, avec un sursaut d'énergie qui étonna Jim.

— Laissez-moi…

— Reste avec Adrian.

— Hors de question.

— Pour ta gouverne, c'est toi la cible.

— Et tu crois que du coup, ma main va trembler ? (Matthias posa le regard sur Ad.) Qu'est-ce que t'as vu dehors ?

— Pas grand-chose. J'ai entendu une branche craquer sur le côté et vu une tache noire bouger, qui n'était pas une ombre. L'instant d'après, j'étais touché. Fait chier.

Un silence glacial s'installa alors qu'Ad prenait conscience de ce qu'il avait dit. Tout comme Matthias.

— Tu as besoin de consulter un médecin ? demanda Matthias.

— Non, je vais bien.

Lorsque l'ange se retourna, un trou de la taille d'un pois apparut dans son blouson, pile au milieu du dos, comme s'il avait été exécuté. Manifestement, les XOps formaient toujours leurs recrues à devenir des tireurs d'élite : si Adrian avait été vivant au sens conventionnel du terme, il serait mort en quelques secondes, son cœur réduit en bouillie dans sa cage thoracique.

L'agent avait dû être surpris quand sa cible s'était contentée de lancer un regard noir par-dessus son épaule, comme si un spectateur avait fait éclater une bulle de chewing-gum dans un cinéma… avant de disparaître comme par enchantement.

— Tu dois porter un sacré gilet pare-balles, marmonna Matthias.

— Reste là, ordonna Jim. Ad…

Soudain, le vent se leva, le mugissement impliquant bien plus qu'un changement météorologique, le ciel s'assombrissant sous l'effet non pas d'une tempête, mais de l'arrivée des démons.

Merde ! Jim jeta un regard à Adrian et sut qu'ils étaient en danger. Le visage de l'ange arborait cette expression mauvaise qu'il prenait quand il n'était pas d'humeur à écouter qui que ce soit. Et ça ne rata pas : dégainant sa dague de cristal, il se dématérialisa devant l'œil médusé de Matthias, se jetant seul dans la mêlée, manifestement prêt à y laisser sa vie.

— Est-ce que je rêve ? demanda Matthias d'une voix calme.

Jim le regarda et sortit sa propre dague.

— Reste ici. On s'en charge.

Matthias n'avait pas l'air perturbé par cette disparition. D'un autre côté, il venait de récupérer une partie de sa mémoire, alors il savait que les démons existaient. Et la réalité est extrêmement tangible lorsqu'elle prend la forme de salves de plomb.

Mais ça n'empêcha pas Matthias de porter la main à son pistolet.

— N'y pense même pas, lança Jim. Tu dois rester à l'abri.

Courant vers la sortie, il se retourna pour vérifier que Matthias l'avait écouté, mais Rex attira son attention. Le chien s'était faufilé jusqu'au cagibi où reposait Eddie et s'était posté sur le seuil… comme pour protéger la dépouille de l'ange.

Bien.

À ce stade, Jim était prêt à accepter toute aide.

Tandis que Matthias écartait les rideaux pour jeter un coup d'œil au-dehors, Jim se dématérialisa en priant pour maîtriser la situation avant qu'il ne vienne une idée stupide à son ancien patron.

Ce n'était vraiment pas le moment de se retrouver avec deux francs-tireurs.

Chapitre 35

Alors qu'il scrutait l'allée en gravier, Matthias sentit une odeur pestilentielle. Pire qu'un relent de détritus abandonnés depuis des semaines. Et elle ne s'infiltrait pas qu'à travers son nez ; elle pénétrait tous les pores de sa peau, lui retournait l'estomac… et il savait de quoi il s'agissait.

C'était la puanteur de l'enfer. L'horrible infection qui avait pourri dans sa chair.

La démone était de retour.

Elle venait le chercher.

Une peur paralysante s'empara de ses membres, le figeant, le rendant incapable de penser ou d'agir. La torture et l'impuissance, cette éternité en enfer était un supplice qu'il ne pourrait supporter une nouvelle fois…

Hors de question.

Le guerrier en lui se réveilla, coupant court à toute émotion pour livrer passage à la détermination froide et implacable qui l'avait défini pendant si longtemps, fermant la porte à tout hormis au fait qu'il ne se laisserait pas capturer. Jamais il ne retournerait en enfer.

Quel que soit le prix à payer, il ne retournerait pas là-bas.

Son pistolet était chargé. Son corps prêt. Son esprit aiguisé.

C'était tout ce qu'il savait. Le reste, on verrait bien.

Il scruta la pièce à la recherche d'autres issues. Rien. La porte latérale était la seule. À moins, bien sûr, de prendre les fenêtres en considération.

Dans la salle de bains, il trouva exactement ce qu'il cherchait : une vitre d'un mètre de large sur un mètre cinquante de haut qui donnait sur la forêt, à l'arrière de l'appartement. Un rapide coup d'œil lui apprit que le ciel s'était assombri, au point qu'on se serait cru au crépuscule, le soleil non pas voilé mais entièrement recouvert par l'épaisse couverture nuageuse qui était arrivée de Dieu sait où. Mais l'objet de sa crainte n'était pas un orage : au sol, parmi et autour des pins, des ombres s'agitaient, et pas sous l'effet d'une lampe torche.

Une rage soudaine monta en lui.

Un carrefour ? Sûrement pas. Une vengeance, plutôt. Il avait l'occasion de faire payer ces enfoirés et s'assurerait de leur en foutre plein la gueule avant de se barrer.

En libérant le loquet de la fenêtre, il avait l'impression d'être attendu et se sentait prêt à répondre aux attaques de tous ceux qui se mettraient en travers de son chemin : XOps, flics ou démons.

La lucarne s'ouvrit sans difficulté et sans un son, mais elle laissa entrer la bourrasque qui soufflait au-dehors, le vent froid lui fouettant le visage. Se hissant à la force des bras, il se faufila à travers l'ouverture en se félicitant pour deux raisons : d'abord, d'avoir perdu son corps athlétique, car l'ampleur de son torse et de ses épaules ne lui aurait jamais permis un tel exploit, et ensuite, qu'il fasse noir comme dans un four alors qu'on était en plein après-midi.

L'obscurité était son alliée : en cet instant, il faisait une cible facile.

Environ un mètre cinquante plus bas, une corniche de quinze centimètres de large cernait le garage, et après quelques gestes maladroits, il parvint à pivoter, à poser ses pieds et à fermer la fenêtre. S'il prenait à droite, il devrait contourner l'angle menant à l'escalier. À gauche ? Le toit descendait en pente douce, atténuant la distance au sol et réduisant les risques de voir sa jambe blessée se briser comme du verre lorsqu'il atterrirait.

À gauche, donc.

Longeant la saillie, il s'agrippa à l'appui de fenêtre aussi longtemps qu'il put avant de devoir planter ses ongles dans le crépi pour éviter que son centre de gravité ne l'entraîne dans une chute en arrière.

Le vent ne lui facilitait pas la tâche.

Mais Matthias parvint jusqu'à l'avant-toit.

Sans perdre de temps, il avança vers le rebord et lâcha prise. Dès qu'il se réceptionna sur un tas de feuilles mortes et de terre meuble, il s'accroupit et sortit son pistolet. Les bois bruissaient de mouvements, laissant penser qu'un grand nombre de soldats ou de démons rôdaient derrière le garage.

Tout son corps était immobile à l'exception de son œil.

Le manque de vision rendait les tirs à longue distance hasardeux, si bien qu'avec sa mobilité réduite Matthias n'avait pas d'autre choix que d'attendre.

Si la montagne ne vient pas à Mahomet…

Des bruits de pas lourds et précipités lui parvinrent de la gauche, le sol vibrant sous les impacts.

Matthias braqua son pistolet dans cette direction.

Une ombre tridimensionnelle déboula des abords du garage, la créature sans visage et sans forme piquant un sprint sur ce qui lui servait de jambes. Mais tout n'allait pas pour le mieux dans son petit monde glauque : elle semblait blessée, un nuage de fumée planant dans son sillage tandis qu'elle courait comme si sa vie en dépendait.

Ce qui la talonnait brouillait la frontière entre le bien et le mal.

Le colocataire de Jim avait l'air d'un ange justicier alors qu'il pourchassait sa proie. Brandissant une dague de cristal, la rage déformant ses traits, Adrian était déterminé à tuer ce démon.

Et ce fut exactement ce qu'il fit, sous le regard de Matthias.

D'un bond, l'homme parcourut la distance qui le séparait de la créature. Mais c'était perdu d'avance ; Ad misait tout sur son couteau en verre et c'était une très mauvaise idée : l'arme était trop fragile pour couper ne serait-ce que du papier.

Mauvaise impression.

Lorsque la lame s'enfonça dans le cou de la créature, cette dernière laissa échapper un hurlement strident comme le son d'une pointe métallique crissant sur du métal, un son identique à celui que Matthias avait entendu pendant l'éternité qu'il avait vécue en enfer. Puis le démon s'effondra sous l'impact, plaqué au sol sous le poids d'Adrian.

Soudain, Matthias eut l'impression d'être projeté dans un film gore en 3D. Adrian immobilisa la créature en la dépeçant morceau par morceau – un bras par-ci, une jambe par-là – et le sang jaillit. Ou plutôt l'acide. Quand une goutte atterrit au dos de la main de Matthias, la brûlure fut telle qu'il lâcha un juron et se frotta avec de la terre...

Une deuxième silhouette surgit de derrière un arbre, comme si l'apparition avait été engendrée par le tronc. Cependant, Adrian était aux aguets ; il fit volte-face pour l'affronter tandis que la première se tordait de douleur.

Sans perdre de temps, il lui enfonça sa dague dans le crâne. De toute évidence, c'était la seule façon de tuer ces saloperies : un nouveau hurlement déchirant et l'ombre avait disparu. Volatilisée.

Au moment où Adrian se retournait vers la créature gisant au sol, deux autres sortirent de l'arbre qui avait donné naissance à la précédente, comme si le conifère vomissait ces enfoirés.

Matthias n'hésita pas un instant. La haine qui couvait en lui le dotait d'une force surnaturelle lorsqu'il surgit de sa cachette et ouvrit le feu, tirant tour à tour sur les deux démons, le sang acide giclant de tous les côtés alors que ces saloperies se tournaient vers lui.

— Viens me chercher si tu l'oses ! cria-t-il.

Adrian pesta, mais Matthias ne lui prêta aucune attention. Déchaîné, il se rua sur ses deux adversaires en continuant d'appuyer sur la détente d'un geste assuré.

— Chope une dague !

L'injonction d'Adrian lui parvint à travers sa rage et Matthias jeta un coup d'œil par-dessus son épaule. À peine avait-il tourné la tête qu'une de ces armes se dirigeait vers lui en pivotant sur elle-même, fendant l'air selon une trajectoire parfaite.

De sa main libre, Matthias l'attrapa en plein vol et passa aussitôt à l'action : son instinct prit le contrôle, son corps répondant avec rapidité et coordination. Armé du 40 millimètres, il tira plusieurs coups pour repousser la créature sur sa gauche tandis qu'il plantait la dague dans la tempe de celle de droite.

Adieu, connard.

Sans perdre de temps, il se tourna vers l'autre et lui infligea le même sort, alors que du sang jaillissait dans tous les sens, qu'il avait la peau exposée à plusieurs endroits, et que ça faisait un mal de chien.

D'autres ombres surgirent.

Un déluge impossible à maîtriser. Et il était à court de munitions.

Matthias jeta le pistolet désormais inutile par-dessus son épaule et s'accroupit, tous les sens aux aguets. Un carrefour, hein ? Manifestement, on y était. Et si la bonne décision évoquée par Jim Heron était le sens du sacrifice ?

Pigé.

Alors que l'ombre la plus proche se ruait sur lui, il ressentit une bouffée de tristesse à l'idée de ne plus jamais voir Mels, que c'était fini, qu'il ne s'en sortirait pas vivant.

Mais… s'il existait un lieu de châtiments éternels, peut-être en était-il de même pour le paradis. Peut-être monterait-il au ciel plutôt que de descendre dans les entrailles de la Terre.

Peut-être trouverait-il le moyen d'entrer en contact avec Mels pour lui faire savoir que les anges n'étaient pas une invention.

Parce qu'il en était sûr, à présent.

La jeune femme en était un.

Posté devant le garage, Jim, invisible, attendait l'agent des XOps de pied ferme. Dès que celui-ci se pointerait, Jim fondrait sur lui pour lui braquer un pistolet sur la tempe. Il ne courrait aucun risque avec Matthias et n'avait aucune envie que Divine surgisse de nulle part pour lui sauver une nouvelle fois la mise.

Son ennemie était déjà bien assez présente, vu le nombre de démons qui grouillaient à travers ces bois.

Il espérait qu'Ad maîtrisait la situation.

D'ailleurs, le fait que les séides étaient apparus au même moment que cet agent était de très mauvais augure… et lui faisait craindre le pire pour la journaliste.

En général, quand Divine attaquait, Jim en faisait les frais, et il ne pensait pas que cette journée dérogerait à la règle.

Où es-tu? se demanda-t-il en scrutant l'orée de la forêt, à l'affût du moindre mouvement. Cette balle n'avait pas été tirée par une ombre. Ça, au moins, il en était sûr. Et personne d'autre ne savait où ils se trouvaient, ni n'avait de raison de se pointer avec une rafale de plomb en guise de comité d'accueil.

Les hurlements dans la forêt le rendaient nerveux, et il brûlait d'envie de se jeter dans la mêlée. Mais Matthias se trouvait dans le studio et Jim ne laisserait pas une chance à cet agent de se faufiler à l'intérieur et d'éliminer son ancien patron.

« En enfer. La blonde est là-bas. J'étais avec elle… »

Jim fit craquer ses phalanges. Il avait de plus en plus de mal à refouler sa soif de vengeance, sa rage menaçant de le briser bien plus sûrement que les tortures de Divine. Cette salope avait eu le nez creux en tuant ces femmes. De cette manière, elle ravivait le souvenir de Sissy, aussi assourdissant qu'une sirène d'incendie, aussi vif qu'une putain d'enseigne au néon.

C'était la ruse la plus efficace à employer pour lui faire perdre son sang-froid…

Sur la droite, une ombre bougea, qui n'était pas un des séides de Divine. C'était un homme vêtu de noir des pieds à la tête, le visage masqué.

À la faveur de son invisibilité, Jim le regarda se faufiler d'un tronc à l'autre. Sa concentration forçait l'admiration. Malgré la bourrasque, le combat qui se jouait à l'arrière-scène, et le manque relatif de couverture, l'homme demeurait imperturbable, esquissant chaque pas avec précision. Et il était bien équipé, avec un pistolet puissant muni d'un silencieux, et sûrement un gilet pare-balles sous son pull-over noir… Après tout, les types capables d'intégrer les XOps étaient peu nombreux, difficiles à entraîner et très chers à entretenir.

Le genre de ressources qu'on ne gaspillait pas.

L'homme était seul, du moins autant que Jim pouvait en juger. Les agents opéraient parfois en duo, mais c'était rare et réservé aux missions à cibles multiples.

Et manifestement, seul Matthias les intéressait.

Mais ils ne le tueraient pas. Pas tant que Jim le protégerait.

Traversant le gravier, il s'approcha de l'homme, sans perdre de temps à le narguer ni à apparaître comme par magie juste pour lui flanquer la peur de sa vie.

Se rappelant ses années d'entraînement, Jim laissa le type le dépasser puis marcha sur ses pas, restant en retrait même lorsqu'il se rendit visible. Puis, d'un geste vif, il lui agrippa les deux côtés du cou et lui brisa la nuque d'un mouvement sec. Jim le laissa s'effondrer au sol et resta sur ses positions.

Si d'autres agents rôdaient dans les environs, ils l'auraient désormais repéré

Une seconde.

Deux secondes.

Trois secondes.

Jim patienta encore un moment avant d'être sûr que l'agent avait opéré en solo. Enjambant le cadavre, il fonça en direction de l'arrière de la maison…

La bataille battait son plein.

Les bois grouillaient de séides affrontant Adrian et… Merde, c'était bien Matthias avec une dague de cristal ?

En tout cas, ça y ressemblait.

Et il se battait comme un beau diable.

Son premier réflexe fut de se joindre au combat, mais Jim se ravisa. Cette embuscade flairait le piège à plein nez. Et il ne croyait pas que les séides tueraient Matthias. Non, pas alors que Divine était intervenue pour le sauver au *Marriott*.

Plissant les yeux, il émit un long sifflement, le bruit aigu fendant les grognements et les jurons.

Quand Adrian regarda vers lui, Jim leva ses paumes pour lui demander s'il avait pigé.

Lorsque l'ange acquiesça et se remit au travail, Jim jeta un nouveau coup d'œil à Matthias. Il était déchaîné, son corps brisé opérant avec une redoutable coordination, suffisamment pour infliger de graves blessures. Et les séides étaient loin de le traiter avec douceur une fois le combat engagé.

Mais il est vrai qu'ils étaient concentrés sur Adrian, aucun d'eux ne s'attaquant directement à Matthias, sauf si ce dernier les y obligeait.

Divine leur avait manifestement donné l'ordre de l'épargner ; Jim s'était assez frotté à eux pour savoir qu'ils étaient capables d'une stratégie offensive bien plus musclée, et l'assaut qu'affrontait Adrian en était la preuve.

Il était temps de partir.

Jim fit le tour du bâtiment à toute vitesse et, d'un geste, fit disparaître le cadavre, de manière que, si quelqu'un venait à s'égarer dans les parages, il ne trouve pas un homme mort sur le seuil.

Puis il déploya ses ailes pour s'élancer dans les airs.

La journaliste était en danger et il devait la sauver.

Chapitre 36

D'après ce qu'Adrian pouvait en juger, le dernier séide apparut juste après le départ de Jim.

À peine l'ange avait-il disparu que la source apparemment intarissable de démons se tarit, tendant à prouver que cette attaque n'avait été qu'une diversion.

Dix minutes plus tard, la dernière ombre était éliminée, le crâne percé par une dague de cristal brandie par Matthias.

Lorsque Adrian se retourna vers son coéquipier, il soufflait comme un bœuf et de la fumée s'élevait de ses vêtements, brûlés par l'acide qui avait giclé sur ses épaules.

Cet enfoiré d'éclopé avait retrouvé ses esprits juste à temps.

— Ça va ? s'enquit Adrian entre deux inspirations profondes.

Les jambes de Matthias se dérobèrent sous lui, et il s'abandonna à la gravité, se laissant tomber au sol… du moins jusqu'au moment où le sang noir rongea ses habits pour s'attaquer à son caleçon.

L'homme se leva d'un bond comme si on lui avait donné un coup de pied au cul.

— Putain ! Cette saloperie me…

— Ne frotte pas, crétin ! Tu vas en avoir partout sur la main, après.

Et voilà comment Matthias se retrouva en caleçon sous les yeux d'Adrian.

Matthias déboutonna son pantalon noir en toute hâte et le vêtement tomba le long de ses fesses plates et de ses jambes maigres.

— Ça va mieux ? demanda Ad d'une voix sèche en regardant autour de lui.

— Oui, si ce n'est que je me gèle les couilles.

Ad reporta les yeux sur le bas du corps de l'homme… et pour une raison étrange, il songea à la journaliste dans cette chambre d'hôtel, la veille, Matthias et elle excités comme des fous, mais incapables de faire l'amour.

Ça doit craindre un max.

Se raclant la gorge, il désigna le garage d'un geste de la tête.

— J'ai de quoi te changer, si tu veux.

— Merci.

Matthias se pencha, utilisa la dague de cristal pour déchirer les jambes du pantalon, puis dégagea ses mollets, laissant les restes calcinés se consumer doucement sur le sol, comme si une voiture avait explosé avant d'être abandonnée sur le bas-côté.

Levant les yeux, il lança la dague, qui pivota sur elle-même avec une parfaite coordination avant d'atterrir dans les mains d'Adrian.

— Merci pour l'arme. C'était sympa.

Pas de questions. Pas de demandes d'explications. Juste un : « Hé, c'était cool, mon pote. »

Adrian s'empressa de le rejoindre en se disant que Jim avait eu raison au sujet de son ancien patron. Même à moitié nu, quelques vêtements encore fumants, Matthias demeurait inébranlable, le genre de type qu'Adrian appréciait vraiment.

Parvenu au coin, Matthias s'arrêta.

— On dirait qu'on a de la compagnie.

Le cadavre de l'agent était étendu comme un paillasson à la lisière de la forêt, le corps à moitié sur les graviers. Et il était dans un sale état : il gisait à plat ventre, mais sa tête était tournée vers l'arrière, ses yeux immobiles rivés sur le ciel.

Ça devait faire un mal de chien.

Ad s'approcha et s'accroupit.

— Monte à l'appart pendant que je me débarrasse de lui.

— Sûrement pas. (Ad tourna la tête et vit Matthias planté devant lui, le fusillant du regard.) Ces créatures dans les bois appartiennent à ton monde. Et ça (il désigna le cadavre) au mien. Trouve-moi un froc pendant que je le fouille.

Manifestement, ce type avait des couilles, même si elles ne fonctionnaient pas.

— Et apporte-moi une ceinture, marmonna Matthias tandis qu'il s'agenouillait et s'affairait sur la dépouille. Je ne fais plus ta taille.

Adrian n'était pas du genre à obéir aux ordres, surtout provenant d'un simple humain. Mais l'ancien patron de Jim avait gagné son respect dans cette forêt, et Ad ne pouvait qu'admirer la façon dont il s'occupait de l'homme venu le tuer.

Ad scruta rapidement la propriété, puis se dématérialisa pour réapparaître à l'intérieur du studio. Aucune raison de s'en priver vu que Matthias était concentré sur sa tâche. Après s'être assuré que Rex et Eddie allaient bien, il s'empara d'un pantalon en cuir et chercha du regard un accessoire pouvant faire office de ceinture.

De retour en bas, il jeta le pantalon à Matthias.

— Tiens.

Matthias marqua une pause dans sa fouille et tenta de se lever. Quand il chancela, Adrian lui tendit sa main.

Matthias leva les yeux comme pour l'envoyer se faire foutre, mais lorsqu'il échoua une deuxième fois à se redresser, il empoigna le bras d'Adrian. Ce dernier n'eut aucun mal à l'attirer vers lui, mais sans cet effort insignifiant, Matthias ne serait jamais parvenu à décoller du sol.

Lorsque l'homme baissa la tête pour retirer ses chaussures, Ad sentit une douleur lui traverser la poitrine. Être infirme était une épreuve épouvantable, et pourtant, par la simple force de sa volonté, Matthias s'était battu comme un lion dans ces bois. Il avait même volé au secours d'Adrian au moment où ce dernier risquait d'être blessé.

— Merci, dit Adrian.

Matthias haussa légèrement les sourcils, ce qui était, semblait-il, sa façon d'être sidéré.

— De quoi ?

— De m'avoir filé un coup de main.

— Tu aurais pu t'en sortir tout seul, rétorqua-t-il d'une voix bourrue en enfilant le pantalon.

Ce dernier était bien trop large pour lui, et quand Adrian lui tendit une rallonge électrique, Matthias le toisa d'un air médusé.

— Je n'ai pas trouvé mieux.

Matthias glissa le câble noir à travers les passants et le serra à fond avant de faire un nœud. Puis il se remit au travail.

— Pas de portable, une carte d'identité avec photo, mais pas grand-chose d'autre, des munitions, une corde à piano, un bon couteau, mais pas aussi tape-à-l'œil que les vôtres. (Matthias balaya les lieux du regard.) Il faut trouver sa voiture et se débarrasser du corps. Ils enverront d'autres agents, mais nettoyons ce bordel avant que la situation se complique. Mieux vaudrait éviter que la morgue n'égare un nouveau cadavre…

— Je vais chercher les clés du pick-up. En attendant, planquons-le dans le garage.

— OK.

Ad se dirigea vers le véhicule que Jim conduisait avant de se retrouver pris dans cette bataille entre le bien et le mal. Quand il fit marche arrière, Matthias avait ligoté les bras et les jambes de l'agent et traînait le corps en direction du hayon qu'Adrian avait ouvert.

Il boitait tellement sous l'effort qu'on aurait dit qu'il avait reçu un coup de batte dans la jambe… et que celle-ci s'était brisée en deux.

Adrian lui prêta main-forte en passant les bras sous les aisselles du macchabée. Pas de commentaire. Pas de protestation.

— T'as peur qu'il se réveille ? demanda l'ange d'une voix traînante en désignant d'un coup de tête le fil en cuivre que Matthias avait utilisé pour attacher la victime.

— Ces derniers temps, je ne me fie plus aux apparences.

Le pick-up qu'Adrian avait sorti n'était pas neuf, mais il était en bon état. Au contraire de Matthias, qui grimpa péniblement dans la cabine en poussant un grognement.

Lui était vieux et abîmé.

Le combat qu'il avait mené avec tant d'acharnement avait laissé des séquelles sur son corps, chaque fente, chaque riposte, chaque attaque marquant ses muscles et ses articulations d'une empreinte douloureuse. Il avait l'impression d'avoir été percuté par une voiture.

Encore une fois.

Mais il aimait ça. Tout… depuis l'affrontement jusqu'au nettoyage de la scène… lui procurait une sensation agréablement familière, comme un vieux jean usé ou une adresse à laquelle il aurait vécu pendant des années.

Adrian longea la ferme aux murs blancs qui semblait inoccupée puis freina au croisement avec la route principale.

— Une préférence ? demanda-t-il.

Comme pour le combat, Matthias analysa la situation avec rapidité, clarté et une parfaite assurance.

— D'après moi, l'agent a longé l'allée après avoir quitté l'autoroute, en provenance de Washington. Puis il a rebroussé chemin pour jeter un nouveau coup d'œil.

— Alors à droite.

— Non, à gauche. Il a dû repasser une troisième fois pour repérer le meilleur endroit où se garer. Et une fois localisé, il en aura trouvé un autre, moins évident. (Matthias désigna cette direction.) À gauche.

— Vous partagez tous le même cerveau, ou quoi ?

— Les types que je recrutais correspondaient à un profil bien précis.

— Lequel ?

Matthias riva son regard sur l'homme à côté de lui.

— Le tien. Sans tous ces bouts de métal sur le visage.

— Tu me fais rougir.

Quand Adrian tourna à l'embranchement, Matthias se fendit d'un sourire, puis se mit à scruter le bas-côté. Ils étaient vraiment en pleine cambrousse, arbustes et arbrisseaux massés des deux côtés de la route, comme des fans devant un cordon de velours.

Un kilomètre. Trois kilomètres. Cinq…

— Là, dit-il en pointant l'index droit devant lui.

Comme si Adrian n'avait pas vu la voiture banalisée cachée le long de la route, enfouie parmi les hautes herbes.

Ralentissant l'allure, Ad dépassa la voiture à la vitesse d'un escargot. La berline était garée comme si elle était en panne, et la police avait apposé un autocollant rose vif sur la carrosserie pour sommer le propriétaire de déplacer son véhicule sous peine de devoir le récupérer à la fourrière.

Adrian rebroussa chemin et s'approcha.

— T'es sûr qu'il s'agit…

Matthias sortit du pick-up et n'eut aucune peine à retirer l'adhésif.

— S'il avait été authentique, j'aurais eu besoin d'un racloir.

Jetant le bout de papier dans le pick-up, il recula puis regarda des deux côtés. Personne aux alentours ni le long de la route.

Utilisant le pommeau de sa canne, il…

Brisa la vitre côté conducteur.

Puis il tendit le bras et déverrouilla la portière. Pas d'alarme. Mais les voitures des XOps en étaient toujours dépourvues. La consigne numéro un, hormis celle d'abattre sa cible, était de ne pas attirer l'attention. Jamais. Parce que, après, c'était le bordel pour nettoyer la scène.

Naturellement, ils n'avaient pas trouvé de clés sur l'agent, mais ça faisait aussi partie du protocole. Les XOps ne laissaient jamais de traces : pas de corps, pas d'armes. Pas de voitures non plus. La clé était sûrement fixée au châssis pour que ses camarades puissent récupérer la berline. Mais il n'avait pas le temps de s'allonger et de folâtrer dans les herbes hautes.

Matthias se retourna.

— Tu peux me filer une dague ?

Ad lui en tendit une, et Matthias se pencha derrière le volant de la berline pour insérer la pointe dans la fente du revêtement en plastique qui recouvrait la colonne de direction. Du plat de la main, il enfonça la lame d'un geste sec et fit sauter le cache pour exposer les fils.

Aux yeux du grand public, l'industrie automobile avait dépassé le stade de la manipulation physique et les voitures étaient désormais contrôlées par leur système électrique et leur cerveau électronique. Si bien qu'il n'était plus possible de démarrer la voiture en court-circuitant le Neiman.

Une bonne nouvelle pour les automobilistes ; une mauvaise quand on avait besoin de flexibilité pour commettre un crime. Voilà pourquoi les véhicules des XOps étaient modifiés pour s'adapter à ce genre de mission. Si on n'avait pas le temps de trouver la clé, de la récupérer, ou si on se retrouvait empêtré dans une série d'impondérables, il suffisait de grimper en bagnole pour prendre le large.

Quelques fils en contact, le pied sur le champignon, et hop ! Hasta la vista.

De retour au garage, Matthias se gara à la place du pick-up et sortit tant bien que mal du véhicule. S'appuyant sur le capot, les flancs et le coffre, il tâtonna au-dessous de la carrosserie…

Bingo.

Le boîtier magnétique qu'il extirpa mesurait environ dix centimètres de long, cinq de large, et deux d'épaisseur.

Toutefois, il était équipé d'un pavé numérique.

Aux confins de son esprit, une série de quatre chiffres vacilla à la limite de sa conscience.

Adrian s'avança.

— C'est quoi…

Matthias l'interrompit d'un geste.

— Une sec…

Fermant les yeux, il changea de tactique. Puisque forcer sa mémoire n'avait donné aucun résultat jusqu'à présent, autant essayer la manière douce.

En espérant qu'il ne tomberait pas dans les pommes comme la dernière fois, juste avant l'attaque.

Respire. Respire. Respire…

Le code lui revint soudain à l'esprit, libéré du joug qui l'avait étouffé. Mais il déboula accompagné d'une foule d'amis…

D'un coup, son cerveau fut submergé de mots de passe, de combinaisons alphanumériques et même de séquences de couleurs.

Une main lui agrippa le bras. Celle d'Adrian.

Il arrivait au bon moment : Matthias sentait ses jambes flageoler, sa tête prise d'un tournis qui lui donnait l'impression d'être transformée en une fichue ballerine.

Dépassé, il ne pouvait qu'assister à la scène qui se jouait derrière ses paupières, l'interminable suite de numéros défilant avec la violence d'un taureau chargeant à travers la foule.

Cependant, il parvint à retenir quelques informations.

Surtout lorsque des renseignements d'une autre nature se mirent à déferler. Comme des numéros de comptes, des sites Internet… et des dossiers personnels.

Chapitre 37

— Monty, où es-tu, bon sang ?

Consultant sa montre, Mels regagna le hangar à bateaux en jetant un dernier coup d'œil pour s'assurer que sa source n'était pas arrivée par la direction opposée. Personne. Juste les rampes de mise à l'eau désertes, les hirondelles en rogne, et les rangées de barques et de gilets de sauvetage.

Quand Monty avait téléphoné pour lui donner rendez-vous au bord du fleuve, elle avait refusé de jouer de nouveau les espionnes, et maintenant qu'il était en retard, elle se demandait s'il boudait parce qu'elle lui avait gâché son plaisir.

— Nom de Dieu !

Une flopée d'hirondelles fondit à l'intérieur du bâtiment, l'obligeant à se recroqueviller et à nicher la tête entre ses mains tandis que les oiseaux virevoltaient en cercle avant de repartir au-dehors.

— Monty, où es-tu ? demanda-t-elle dans le vide.

Se dirigeant vers l'une des rampes, elle contempla l'eau et éprouva une sorte de malaise en ne parvenant pas à distinguer le fond. C'était à se demander ce qu'il y avait vraiment là-dessous…

Elle dressa l'oreille en entendant un grincement.

— Monty ?

Au loin, un enfant poussa un cri de joie. Un Klaxon retentit.

— Il y a quelqu'un ?

D'un coup, la lumière du jour se voila, comme si Dieu avait décidé de faire des économies d'énergie ou que quelqu'un ait jeté une bâche au-dessus de Caldwell.

Dans l'obscurité, Mels eut l'impression que la pièce se refermait sur elle.

OK. C'était le moment de partir.

Mels plongea la main dans son sac tout en se dirigeant vers la sortie, une pointe de paranoïa l'incitant à chercher sa bombe lacrymo…

Quelqu'un la devança, lui bloquant la voie.

—Monty ?

—Désolé pour le retard.

Elle se détendit au son de la voix familière.

—J'étais sur le point de partir.

—Je ne te laisserais jamais tomber.

Mels fronça les sourcils alors que l'homme esquissait un pas en avant. Puis un autre.

—C'est quoi ce parfum que tu portes ?

—Ça te plaît ?

Du tout. Le policier avait plutôt l'air d'avoir besoin d'une bonne douche.

—Alors, tu as des infos pour moi ?

—Oh, oui.

Il s'approcha tout en continuant à s'interposer entre la sortie et Mels, puis se posta juste devant elle, les mains dans les poches, tête basse, comme s'il contemplait ses pieds.

La fillette qui jouait sur la balançoire du parc s'esclaffa de nouveau, le rire s'infiltrant dans la salle tel un courant d'air et renforçant la sensation d'isolement.

Je dois me tirer de ce traquenard, se dit-elle tout à coup.

—Écoute, Monty, je dois y aller…

L'homme leva les yeux, un air menaçant brillant dans ses pupilles noires. Ce n'était pas Monty. Elle ignorait de qui il s'agissait…

Mels attaqua la première : le poing serré, elle assena au type un direct à la mâchoire, qui lui projeta la tête en arrière. Puis elle lui balança un coup de poing dans le ventre, et il se plia en deux, ramenant le visage à portée de main. L'agrippant des deux côtés de la tête, elle leva une jambe et le gratifia d'un coup de genou dans le nez avant de le pousser violemment sur le côté.

Alors, elle fonça vers la porte…

Le type était là. Juste devant elle.

Tournant la tête, elle essaya de repérer un second agresseur. Personne n'aurait pu se déplacer si vite…

Ces yeux. Ces yeux noirs.

« Si je te disais que je crois à l'enfer. Et pas d'un point de vue religieux, mais parce que j'y ai séjourné. »

Mels recula en chancelant, jusqu'au moment où elle glissa sur une flaque. Ou alors, l'homme au regard d'obsidienne l'avait poussée sans la toucher…

Tandis qu'elle partait en vol plané, elle projeta les bras en avant sans parvenir à retrouver l'équilibre…

« Splash ! »

Quand elle tomba dans l'Hudson, elle reçut un choc. L'eau était froide et le courant puissant ; le fleuve semblait vouloir s'emparer d'elle pour l'aspirer et l'entraîner au fond. Lorsqu'elle ouvrit la bouche, un goût répugnant l'envahit alors qu'elle se débattait pour tenter de remonter à la surface.

Mais impossible de résister, comme si un contre-courant venu d'Hawaï avait élu domicile dans l'Hudson.

Scellant ses lèvres pour éviter de boire la tasse, elle sentit une chaleur monter et irradier dans sa poitrine. Prise de panique, elle eut un regain d'énergie et puisa au fond d'elle la force de se battre, luttant avec acharnement pour sauver sa peau.

En vain.

Ses mouvements ralentirent.

Son pouls s'accéléra.

Le feu embrasa ses poumons.

Au bout d'une éternité, le vrombissement dans ses oreilles s'apaisa, de même que le froid de l'Hudson et la douleur dans sa poitrine. Ou alors tout continuait et elle perdait simplement conscience.

Comment était-ce possible ?

Comment était-ce possible, bordel ?

Dans un vague recoin de son esprit, elle s'attendit à voir sa vie défiler et s'arma de courage face aux regrets, aux visages des gens qui lui manqueraient le plus, dont Matthias ferait assurément partie…

Au lieu de cela, elle ne fit que suffoquer davantage en se disant : *Oh, merde, c'est comme ça que ça se termine ?*

Une dernière pensée peu exaltante.

Jim suivit le sort de localisation qu'il avait jeté sur la journaliste et apparut devant un club nautique situé le long de la rive de l'Hudson. Au-dessus de lui, le ciel était si nuageux qu'on se serait cru en pleine nuit, mais ce n'était pas cette obscurité sinistre qui l'inquiétait.

À peine se retrouva-t-il dans le périmètre qu'il perçut la présence de Divine aussi nettement qu'une sirène, et un frisson lui parcourut la nuque…

Puis le signal de la journaliste disparut.

Ouvrant la porte du hangar à la volée, il s'arrêta net à la vue de Divine se tenant seule, ses escarpins plantés sur les planches des plates-formes d'amarrage.

— Surprise ! dit-elle en levant le menton et en rejetant ses cheveux en arrière.

L'espace d'une fraction de seconde, il faillit se ruer sur la démone, brûlant de nouer les mains autour de sa gorge et de serrer pendant qu'elle se débattrait, de serrer jusqu'à la décapiter.

Mais il était venu pour la journaliste.

Scrutant le complexe, il… ne trouva rien. Personne. Juste le clapotis des vagues sous le bois, l'eau poursuivant son incessant murmure.

— Où est-elle ? s'enquit-il.

— Où est qui ?

Dans l'eau, se dit-il.

Jim bondit en avant et écarta la démone du chemin en espérant qu'elle atterrirait sur son cul décharné, tout en jetant un coup d'œil aux cales vides. Seigneur, l'eau était boueuse, le manque de lumière la rendant insondable.

— Qu'est-ce que tu cherches ? demanda Divine.

Scrutant les environs, il ne vit que les flots agités. Mais il n'était pas dupe. La démone n'était pas là par hasard… et ne restait pas sans raison.

— Casse-toi. Maintenant.

— On est dans un monde libre.

— Seulement si tu perds ce match.

Divine éclata de rire.

— Ce n'est pas comme ça que j'envisage les choses…

D'un bond, Jim se retrouva nez à nez avec elle.

— Barre-toi. Sinon, je t'explose la tronche.

Une lueur mauvaise étincela dans le regard de Divine.

— Ne me parle pas sur ce ton…

Sans même s'en rendre compte, il mit une main autour de la gorge de Divine et commença à serrer, prêt à réaliser son fantasme…

Soudain, une lumière envahit la salle. Non, c'était lui qui luisait.

Peu importe. Il était si en colère qu'il aurait pu se transformer en boule à facettes sans s'en soucier, surtout lorsqu'il posa sa seconde main autour du cou de la démone. Et l'espace d'un instant, Divine laissa échapper un rire méprisant, puis se rembrunit. Elle se mit à lutter pour respirer, tentant de s'arracher à l'étreinte de l'ange, d'abord prise de colère, puis d'un sentiment proche de la peur.

La lueur qu'il irradiait se propagea à travers tout son être et se renforça, au point de projeter des ombres. Et toujours il serrait, repoussant la démone jusqu'au moment où elle se retrouva acculée contre les barques empilées sur des contremarches, écrasée sous le poids de Jim. Tremblant d'énergie, il savait qu'il excitait la démone, ce qui n'était pas réciproque. Oui, il était dur, mais quelle partie de lui ne l'était pas ? Tous ses muscles étaient tendus, depuis sa mâchoire jusqu'à ses cuisses, depuis ses épaules jusqu'à ses fesses.

Il allait la tuer.

Là, tout de suite. Rien à foutre de Nigel et de ces connards d'Anglais qui le supervisaient. Rien à foutre du match, de la guerre, du conflit, quel que soit son nom. Rien à foutre de…

Une explosion retentit derrière lui, l'eau giclant sur ses jambes.

Il entendit quelqu'un inspirer une grande goulée d'air, puis une toux sèche.

Jim rompit sa concentration l'espace d'une seconde pour voir ce qui se passait, et Divine en profita pour réagir. La démone se coula hors de son étreinte, se désintégrant en un essaim de molécules noires avant de foncer droit sur Jim en poussant un hurlement.

L'impact fut comme des milliers de piqûres d'abeilles sur chaque millimètre de sa peau, et Jim cria, non pas de douleur mais de frustration, avant de s'écrouler au sol.

Plutôt que de contre-attaquer, Divine prit la fuite, s'élançant dans le ciel qu'elle avait assombri, fusionnant avec les nuages maléfiques.

Disparue… pour l'instant.

Affalé par terre, il la regarda partir en lâchant un juron à travers sa bouche entrouverte… puis reporta son attention sur la journaliste tentant d'émerger du fleuve.

Près de la cale la plus proche, deux bras jaillirent des flots, des mains blêmes s'accrochant aux planches, les ongles s'enfonçant dans le bois. Puis, au prix d'un effort surhumain, la femme se hissa hors des profondeurs du fleuve.

Elle se retrouva allongée auprès de lui, dégoulinante, tous deux immobiles et à bout de souffle.

— Faut… arrêter…, haleta-t-elle, de… se… rencontrer… comme… ça.

Chapitre 38

Au loin, quelqu'un parlait. Le colocataire de Jim. Cependant, Matthias ne parvenait pas à se concentrer sur les mots, son système nerveux obstrué par tous ces profils, ces adresses Internet et ces codes, depuis son numéro de compte bancaire jusqu'à la combinaison du cadenas de son vélo au lycée… en passant par le dossier de Jim Heron.

— Matthias, qu'est-ce qui se passe ?

Ce n'était pas une question, mais un ordre. Et il voulait lui obéir. Ad et lui avaient développé une sorte de complicité depuis l'attaque de ces créatures démoniaques, si bien qu'il se sentait obligé de lui répondre.

Sauf qu'il en était incapable.

Quelque chose lui agrippa les fesses. Non, c'était le sol ou un siège. Ad l'avait forcé à s'asseoir. Cillant, il tenta de voir à travers le jeu vidéo qui se jouait devant lui, mais en vain.

— Matthias, mon pote. Tu dois me parler.

D'une main tremblante, il se frotta les yeux. Après cela, il se sentit mieux. Lorsqu'il les rouvrit, il se retrouva nez à nez avec les piercings d'Adrian.

— Ça y est ? Tu es revenu ? demanda l'homme.

Au bout d'un moment, Matthias marmonna :

— Pourquoi t'as fait ça ?

— Fait quoi ?

Il désigna son visage farouche d'un geste de la main.

— Ces piercings. Tu crois vraiment que t'en avais besoin pour avoir l'air d'un dur à cuire ?

Le colocataire marqua une pause, puis éclata de rire.

— Elle était sexy. Plus j'en faisais, plus j'avais l'occasion de passer du temps avec elle.

— La tatoueuse ?

— Ouais.

— Alors c'était pour une fille ?

Adrian haussa les épaules.

— La douleur rendait le sexe encore meilleur.

— Je vois.

À cette remarque, Matthias détourna le regard. Bizarre. Avant de sauter sur cette mine, baiser lui apparaissait du même ordre que manger et respirer : un besoin naturel. À présent… la perte de cette partie de lui-même semblait revêtir une importance démesurée.

Mais pour être honnête, c'était surtout lié à Mels. S'il ne l'avait pas rencontrée, il ne s'en serait pas soucié, comme il s'en était fichu au cours des deux dernières années.

— Alors, tu viens de faire un AVC ? demanda le colocataire.

— Juste des souvenirs qui me sont revenus.

Ce n'était pas une partie de plaisir, mais, avec un peu de chance, il se rappellerait pourquoi il éprouvait un tel besoin de se rendre à Manhattan.

— L'important, c'est que tu ailles bien.

Le fait de ne pas être interrogé sur les détails, qu'il n'aurait pas dévoilés de toute façon, dénotait un tact que Matthias apprécia.

— Oui. Maintenant, occupons-nous du cadavre.

Lorsqu'il s'efforça de se relever, il vacilla, les jambes en coton.

— Je vais te chercher ta canne et tes lunettes de soleil, dit le type en quittant le garage.

Livré à lui-même, Matthias était déterminé à ne pas rester les bras croisés. Levant une main, il s'accrocha au pare-chocs de la berline et se hissa en poussant un grognement.

À tâtons, il se pencha par la portière du côté conducteur et ouvrit le coffre.

Il regardait dans le vide quand l'ange revint. Saisissant sa canne, il chaussa ses Ray-Ban et secoua la tête.

— On ne trouvera rien sur la bagnole ni à l'intérieur. Les XOps ne laissent aucune trace. (Il fit le tour pour se tenir au-dessus du corps.) Je propose qu'on balance le cadavre dans le fleuve à la tombée de la nuit.

Merde, et son dîner avec Mels…

— Disons plutôt minuit, corrigea-t-il en fermant le coffre. Non, 2 heures.

— Tu as rendez-vous ce soir ?

Alors que l'autre l'observait d'un air inquisiteur, Matthias demeura silencieux ; il ne parlerait pas de Mels. Mais il ne pouvait confier cette tâche à personne d'autre, principalement parce qu'il devait voir la berline sombrer dans ce cimetière marin en personne : tant qu'il n'aurait pas totalement recouvré la mémoire et décidé d'agir dans un sens ou dans un autre, il ne pouvait courir le risque d'impliquer une tierce personne.

Rien de tel qu'un cadavre pour alerter la police. Et les XOps voudraient le récupérer.

Adrian frotta sa mâchoire carrée.

— Et si je te disais qu'on peut s'en débarrasser tout de suite ?

— Comment ?

— Fais-moi confiance.

— Tu te prends pour Houdini ?

— Non. Je n'ai pas de camisole assez grande pour cet enfoiré. Mais je sais où l'emmener.

Adrian prononça ces mots avec un regard serein, une respiration posée, un ton assuré.

Matthias n'avait aucune confiance dans les paroles des gens. Mais il se fiait aux émotions, bien plus difficiles à feindre.

À moins, bien sûr, d'avoir affaire à un mégalomane.

Matthias repensa à Ad combattant dans les bois. Une telle dextérité ne pouvait être que le résultat de plusieurs années d'entraînement et d'expérience.

— Alors, c'est quoi, ton plan ? demanda Matthias.

— Le balancer maintenant.

— Dans le fleuve ? En plein jour ?

— Personne ne le remarquera à l'endroit où je pense.

Matthias jeta un coup d'œil au cadavre et l'imagina se décomposer au fond de l'eau.

— On le fout dans le coffre.

Adrian se dirigea vers le corps pendant que Matthias rouvrait le coffre. La rigidité cadavérique avait déjà opéré son travail, ce qui était pratique pour porter le macchabée, un peu moins pour le caser dans un endroit relativement étroit : ils eurent toutes les peines du monde à faire plier les genoux et le torse, bien plus que s'ils avaient eu affaire à un sac de golf, qui avait l'avantage d'être pourvu de poignées.

— Je prends le volant.

— Ça te plaît de contrôler, hein ?

— Carrément.

Ils grimpèrent dans le véhicule et Matthias démarra en court-circuitant une nouvelle fois le Neiman. Marche arrière, demi-tour, et ils s'en allèrent.

— Où est-ce qu'on va ? demanda Matthias.

— Reste sur la gauche, en direction du nord.

Ils avaient parcouru près de huit kilomètres quand Adrian s'adressa à Matthias.

— Alors, elle te plaît, cette journaliste, hein ?

— Je ne m'en souviens pas.

— Menteur.

— Je suis amnésique, tu sais.

— Elle te plaît.

Matthias tourna la tête.

— Tu songes à te reconvertir en entremetteur ?

— On va rouler un bon moment. Je ne fais que meubler la conversation.

— Le silence est une vertu. (Il marqua une pause.) En outre, je ne vois pas en quoi ça t'intéresse.

— J'ai baisé une nana hier soir.

Matthias haussa les sourcils derrière les lunettes de Mels.

— Eh bien, tant mieux pour toi. Tu veux une médaille ?

— C'était comme… tu sais, quand tu éternues ?

— Arrête tes conneries.

— Je suis sérieux. Quand tu éternues, ça te soulage d'une irritation.

Matthias l'observa avec attention, puis songea qu'il comprenait ce que l'autre voulait dire.

— Tu es blasé, c'est tout.

— Non, ta relation avec cette journaliste m'a fait réfléchir.

Ne demande pas. Ne demande pas…

— C'est-à-dire ?

— Prends à gauche, là. On va couper par la berge.

Matthias obtempéra en songeant qu'il valait sûrement mieux que la conversation s'arrête là.

— À droite.

Il freina et écarquilla les yeux en avisant la côte fendant l'orée de la forêt.

— C'est un sentier.

— Sauf si on l'emprunte en voiture. Dans ce cas, c'est une route.

Matthias quitta l'asphalte pour suivre les traces de pneus gravées sur le sol accidenté. Drôle de promenade. Entre les flaques d'eau, la pente, et les branches mortes de la taille d'un cadavre, la route n'était plus peu praticable, mais impraticable.

Finalement, ils arrivèrent au pied d'une petite falaise. Et six mètres en contrebas ? Un immense lac.

Alors que Matthias garait la berline, il jeta un coup d'œil à Adrian.

— C'est parfait.

— En effet.

Le bassin avait l'air de constituer un affluent du fleuve dont le rôle était de canaliser les eaux de pluie depuis les montagnes jusqu'à l'Hudson, quand le niveau était trop élevé. Ce qui, par bonheur, était justement le cas, grâce aux averses printanières. Par ailleurs, le site était parfaitement isolé : des conifères partout, pas de maisons, pas d'autres routes, personne.

Il n'y avait qu'un seul problème.

— On n'a pas de voiture pour rentrer. Et je ne peux pas marcher aussi loin…

Adrian pointa l'index en direction de la gauche.

Au milieu des arbres, enfouie sous les feuillages, se trouvait la Harley d'Adrian.

Matthias se retourna vers lui.

— Quand diable as-tu eu le temps de conduire ta moto ici ?

Le colocataire de Jim se pencha en avant.

— Vu ce qu'on a affronté cet après-midi, tu tiens vraiment à ce que je t'explique ?

Matthias cligna des yeux, la partie rationnelle de son esprit se contractant brièvement avant de se détendre.

— Bonne remarque.

Adrian descendit du véhicule et commença à dégager le chemin jusqu'au rebord de la falaise, écartant de grosses branches sur le côté comme si elles ne pesaient pas plus lourd que des trombones. Pendant ce temps, Matthias fit marche arrière pour leur donner un peu d'espace, puis s'employa à trouver une grosse pierre et à la traîner jusqu'à la portière ouverte, côté conducteur. Il ne leur restait plus qu'à la poser sur l'accélérateur, passer la marche arrière et décamper.

Adrian devrait s'en charger.

— Vous, les humains, vous choisissez toujours la difficulté, marmonna le colocataire en comprenant le plan de Matthias.

Celui-ci jeta un coup d'œil par-dessus son épaule.

— Les humains ?

— Laisse tomber.

Trois minutes plus tard, Adrian bondit hors de la berline alors que cette dernière s'élançait dans un vrombissement, effectuait un vol plané du haut de la falaise et plongeait dans le lac avec un énorme bruit d'éclaboussure.

Matthias s'avança jusqu'au rebord et regarda les bulles remonter à la surface.

— Et c'est assez profond.

Le rugissement d'un moteur lui fit tourner la tête. Adrian avait enfourché sa moto et donnait de grands coups de pied pour dégager la Harley des broussailles.

Ce n'était pas la façon la plus discrète de quitter les lieux. Mais avec son boitement, Matthias était difficilement en position de réclamer du silence.

Quand il grimpa derrière Adrian, il se rappela que la berline était dotée d'un GPS, si bien qu'à un moment donné les XOps viendraient sortir le cadavre du coffre. Mais au moins, il ne leur avait pas facilité la tâche. Quant à la proximité avec l'appartement de Jim ? Les XOps savaient déjà où il habitait.

Du reste, Jim n'était pas visé.

Allongée sur le dos, les yeux rivés sur les chevrons du hangar, Mels tentait de retrouver ses repères tandis que de l'eau dégoulinait de ses cheveux et de ses vêtements.

D'abord, elle ressentit un froid glacial. Puis de la gratitude. Puis une incompréhension totale…

Elle avait été entraînée vers le fond, les poumons en feu, à deux doigts de la mort. Mais juste avant de céder à l'épuisement, la force qui l'avait maintenue sous l'eau l'avait soudain relâchée, permettant à la jeune femme de remonter à la surface, vers l'air dont elle avait tant besoin.

Quand elle s'était extraite des flots, crachant l'eau de sa gorge, elle avait peu à peu retrouvé la vue, et depuis le rebord du quai, elle avait vu Jim Heron se battre…

Les hirondelles regagnèrent leurs nids en battant des ailes, signe que le temps s'écoulait.

— Tout va bien ? lui demanda Heron dans un marmonnement, comme s'il était blessé.

Elle n'eut pas le temps de lui répondre qu'il se mit à vomir. Roulant sur le flanc, il se recroquevilla, les bras serrés sur son ventre alors qu'un violent haut-le-cœur lui soulevait l'estomac.

Certes, elle avait failli se noyer, mais de toute évidence, c'était lui qui avait besoin de voir un médecin. Tâtonnant autour d'elle, elle pria pour que son sac ne soit pas tombé au fond du fleuve…

Ouf. Il était près de l'endroit où elle avait senti cette pression sur son corps, caché parmi des flotteurs.

Mels voulut se lever et aller le chercher. Mais dès qu'elle se retrouva à la verticale, elle fut prise de tournis et dut se traîner à travers le quai, le corps secoué par de violentes quintes de toux. Mais elle n'abandonnerait pas.

Ils avaient besoin d'aide.

Parvenue devant son sac, elle l'ouvrit. Son téléphone était toujours là. Ainsi que son portefeuille et son imperméable pliable, qui s'avérerait bien utile une fois qu'elle aurait retiré ses vêtements trempés.

De toute évidence, elle n'avait pas été victime d'un vol.

Marchant en crabe jusqu'à Heron, elle lui demanda :

— J'imagine que vous ne me laisserez pas appeler les secours ?

Il secoua la tête jusqu'au moment où il se remit à vomir.

Bien sûr qu'il refuserait.

— Alors qui puis-je appeler ?

Elle dut répéter sa question à deux reprises avant qu'il ne lui énonce le numéro, qu'elle composa aussitôt en se demandant qui décrocherait.

« Dring… Dring… Dring… »

Soudain, un grondement lui parvint, comme si son interlocuteur se trouvait à côté d'un avion à réaction. Puis un bruissement, le téléphone semblant avoir changé de main… et le rugissement s'estompa quelque peu.

— Allô ?

Une pause. Puis sans raison valable, elle éprouva un pincement au cœur.

— Matthias ? (N'entendant que le bruit du vent, elle haussa la voix.) Matthias ? Matthias !

Il dut crier pour lui répondre.

— Mels ? Mels ! Est-ce que tu…

— Je suis avec Jim. Heron, je veux dire. Écoute, on est dans le pétrin…

— Qu'est-ce qui s'est passé ?

— Je vais bien, mais Jim est blessé…

— On lui a tiré dessus ?

— Je ne sais pas ce qui…

— Où es-tu ?

Tandis qu'elle lui indiquait leur adresse, elle se pencha sur le côté et jeta un coup d'œil par la porte ouverte du hangar. À l'autre bout de la pelouse, la fillette qui riait tout à l'heure jouait dans le parc, accompagnée de sa mère. Hormis elles, personne en vue.

Difficile de savoir si elle devait s'en réjouir.

— Mels, est-ce que tu es en sécurité ?

Fouillant dans son sac, elle sortit son 9 millimètres, toujours enveloppé dans son étui. Ôtant la sangle, elle empoigna l'arme et vérifia le chargeur. Plein.

— Oui, ça ira.

— Écoute, Adrian et moi, on doit se dégotter une bagnole. Là, on est sur sa moto. Mais on arrive juste après.

— Fais de ton mieux. Je gère en attendant.

Elle raccrocha, gardant le portable dans sa main gauche et le pistolet dans la droite, puis se dirigea vers Jim.

Une odeur nauséabonde émanait de lui, la même que celle qu'elle avait sentie quand le prétendu Monty l'avait abordée. Et à moins de mal interpréter les signes, c'était cette puanteur qui le rendait si malade.

Tendant le bras, elle posa la main sur son épaule.

— Je ne vous laisserai pas.

Jamais. Il l'avait sauvée à deux reprises, si bien qu'à présent elle le considérait comme un ange gardien.

Malgré son air dur.

Heron leva les yeux, semblant s'extirper du vortex de sa nausée.

— C'est moi qui suis censé vous protéger.

Elle fronça les sourcils.

— Pourquoi ?

— Parce que… vous êtes sa chance.

— La chance de qui ? demanda-t-elle dans un souffle.

Il fut interrompu par un nouveau haut-le-cœur, mais elle connaissait déjà la réponse.

— Est-ce que Matthias vous a envoyé…

Son téléphone sonna et elle sursauta. Numéro inconnu.

Pas question de décrocher.

Elle avait déjà assez de soucis pour le moment.

Chapitre 39

Trois cent cinquante ans. Quatre siècles, peut-être. Merde, un millénaire.

Ce fut le temps qui sembla s'écouler tandis qu'ils parcouraient le trajet séparant la banlieue rurale du centre-ville de Caldwell.

Matthias était à deux doigts de devenir dingue quand Adrian finit par se garer sur une place de parking à côté d'un parc. Moins d'une seconde plus tard, ils descendaient du véhicule, abandonnant le pick-up comme un vieux tas de ferraille dans une casse.

Mais malgré la panique, Matthias se garda de courir. Aidé de sa canne, il avançait à grandes foulées, sans précipitation, comme un badaud parti se balader avec un ami. Rien de particulier.

Caché derrière les lunettes de soleil de Mels, il scruta le parc. Désert, à l'exception d'une mère et de sa fille sur les balançoires.

Un vieux hangar à bateaux était situé sur la rive du fleuve. Avec ses fenêtres à croisillons et sa silhouette imposante, il était campé sur la berge. Et plus ils s'approchaient, plus Adrian semblait avoir des envies de meurtre.

Pareil pour Matthias.

L'embrasure était large, mais l'intérieur aussi sombre que le ciel avant l'arrivée des démons. Alors qu'il s'accoutumait à l'obscurité, Matthias aperçut des tas de barques empilées aux couleurs déteintes – bleues, jaunes et rouges – ainsi qu'un mur de flotteurs orange. Des oiseaux s'élancèrent des rives, planant au-dessus de la demi-douzaine de cales vides.

Pour une raison étrange, il détestait le clapotis de l'eau ballottant autour des planches, et ces bruits de succion, comme si le fleuve cherchait à le happer.

— Mels ? appela-t-il à voix basse. Mels ?

Plus loin, émergeant entre des bateaux à voile et ce qui ressemblait à une collection de gouvernails, la jeune femme apparut.

— Oh, merde, Mels…

Plantant sa canne dans le sol, Matthias se précipita vers elle pour la prendre dans ses bras…

— Tu es trempée, dit-il en s'écartant soudain.

— Je sais. Jim est par…

— Qu'il aille au diable.

Par-dessus l'épaule de Matthias, elle aperçut Adrian et se figea, semblant le reconnaître.

— Euh, il est juste derrière. Je ne sais pas ce qu'il a, mais il est vraiment mal en point.

Le colocataire réagit aussitôt et se dirigea vers l'espace où elle s'était cachée en compagnie de son sauveur.

— Qui t'a fait ça ? grogna Matthias en ôtant son manteau à la hâte avant d'en envelopper la jeune femme pour essayer de la réchauffer. Pas Jim, quand même ?

— Seigneur, non ! (Elle s'écarta, mais serra le coupe-vent autour d'elle.) Je… J'ai glissé et je suis tombée à l'eau, voilà tout…

— Tu étais seule ?

— J'avais rendez-vous avec un informateur au sujet d'un article. Certaines personnes n'aiment pas être vues en public avec un journaliste. (Elle croisa les bras et leva le menton.) Et je n'apprécie pas trop ce ton inquisiteur.

— Tant pis.

— Pardon ?

— Tu crois vraiment que je vais croire que tu es tombée dans le fleuve ? Et comment Jim pouvait-il savoir que tu étais là ?

D'ailleurs, comment avait-il atterri là ?

— Les accidents, ça arrive, non ? (Mels se pencha en avant.) Et quant à Heron, pourquoi ne pas lui poser directement la question ?

Adrian émergea juste à ce moment-là, traînant Jim par la taille, ses chaussures raclant le sol.

Ouais. OK. Personne n'obtiendrait rien de lui : il était inerte et pâle comme un linge.

— Il faut le mettre à l'abri dans un endroit chaud, marmonna Adrian, comme s'il se parlait à lui-même.

— Ma chambre d'hôtel n'est pas loin, indiqua Matthias avec un geste de la tête par-dessus son épaule. Emmenons-le là-bas.

— On ne pourra pas traverser le hall sans attirer l'attention…, rétorqua Mels.

— Bonne idée, trancha Adrian. (Il rajusta le poids de Jim sur ses épaules et s'adressa à lui.) Tu peux donner le change un moment, hein, patron ?

Patron ? songea Matthias.

— Je viens avec vous, déclara Mels en disparaissant derrière les voiliers. Donnez-moi une minute.

Soixante secondes plus tard, elle sortit, littéralement transformée. Elle avait troqué son pantalon et son chemisier trempés contre une robe noire, attaché ses cheveux en une queue-de-cheval basse et enfilé une paire de ballerines.

Qui aurait cru qu'un sac de fille pouvait contenir toute une garde-robe ?

Elle marcha droit vers Matthias.

— À partir de maintenant, je te prierais de ne plus employer ce ton-là avec moi. Pour cette fois, je passe l'éponge. Mais la prochaine, je te gifle. C'est clair ?

OK. C'était tout juste s'il ne bandait pas.

— Allons-y, annonça-t-elle en se penchant sous l'aisselle de Jim et en passant le bras de l'ange par-dessus son épaule. Merde, tu pèses ton poids…

Ils se dirigèrent vers la porte, et quand Matthias vit Mels toucher Heron, il fut saisi de l'envie de le balancer à la flotte avec une ancre autour du cou.

Il les suivit parce qu'il voulait des réponses. Et qu'il la voulait, elle.

Bon sang, rien n'était plus sexy qu'une femme en colère. Mais merde, avoir frôlé la mort à deux reprises ?

Il ne partirait pas tant qu'elle ne lui aurait pas raconté ce qui s'était passé.

Quand le pick-up s'arrêta devant les voituriers du parking souterrain du *Marriott*, aucun des types en livrée ne s'attendait à en voir descendre une troupe de cirque ambulant. Et pourtant, c'est ce qu'ils contemplèrent.

Surprise ! songea Mels alors qu'elle sortait la première.

Elle se figurait que, de loin, elle avait l'air présentable dans sa tenue bricolée, mais de près, elle sentait le poisson pourri, et ne portait qu'un imperméable noir avec des chaussettes à talons renforcés en guise de chaussures. Mais la direction ne risquait pas de la virer pour attentat à la pudeur.

Mels avait l'air d'une épave repêchée dans l'océan Arctique, car la jeune femme avait encore les os transis par la peur et l'eau glaciale.

Le suivant à sortir fut Matthias, et le voiturier s'éloigna d'un pas. Bonne idée : il était d'une humeur massacrante, le visage si tendu qu'il semblait sur le point d'exploser. Mais c'était sa faute, pas celle de Mels. S'il voulait parler, il pouvait le faire d'adulte à adulte, sans avoir à hausser le ton.

Se penchant à l'intérieur, il aida Jim à descendre, comme si celui-ci souffrait simplement du décalage horaire ou d'une petite gastro. Et Heron joua le jeu. Même s'il tremblait pour qui l'observait attentivement, il avança tout seul jusqu'à l'entrée du hall inférieur, prenant soin de marcher d'un pas stable et assuré.

Adrian se hâta de le rattraper et passa un bras autour des épaules de Jim pour l'aider à rester sur ses jambes.

D'une certaine manière, elle était persuadée que ce n'était pas une coïncidence si l'homme qu'elle avait rencontré au motel était lié à Heron. Mais ce n'était pas le moment de creuser la question.

Et c'était bizarre. Les gens qui entraient et sortaient ne semblaient pas accorder le moindre regard à Jim. Et manifestement, ce n'était pas dû à leur discrétion.

Comment auraient-ils pu rater quelqu'un qui avait l'air soûl comme un cochon et vacillait sur ses jambes ? D'ordinaire, c'était le genre de spectacle qui attirait l'œil.

C'était comme si Jim n'existait pas.

Un frisson lui hérissa la nuque…

À ce moment précis, Adrian regarda par-dessus son épaule, ses yeux étincelant d'une lueur qui n'avait rien d'humain… sans sembler menaçante.

— Tu viens, Mels ?

S'arrachant à ces pensées, elle monta l'escalier et rejoignit les trois hommes devant l'ascenseur.

— Oui, j'arrive.

Le manque d'oxygène avait manifestement affecté son cerveau. Ou alors, sa glande surrénale était juste en alerte rouge après les deux derniers jours, et qui pourrait l'en blâmer ? Ce n'était pas une raison pour sombrer dans le délire. Jim Heron n'était pas invisible. Les gens n'agissaient pas de manière étrange. Et la vie n'était pas une bande dessinée peuplée de super-héros.

Après tout, elle était journaliste : elle s'en tenait aux faits, point barre.

Une fois au rez-de-chaussée, ils traversèrent le hall jusqu'à une autre batterie d'ascenseurs. Par bonheur, la plupart des gens attendant avec eux étaient épuisés par leur voyage, au point que Jim aurait pu leur passer devant sur une planche à roulettes, déguisé en clown et jouant du ukulélé qu'ils n'auraient pas cillé.

Oui, voilà pourquoi personne ne leur prêtait attention.

Quand on est victime du décalage horaire, on ne remarque plus rien autour de soi.

— Faut que j'aille aux toilettes, balbutia Jim dans un souffle.

— Deux minutes, répondit Ad.

L'ascenseur arriva rapidement, et avant qu'ils s'en rendent compte – et que Jim ne vomisse partout –, ils étaient parvenus au sixième étage, courant presque pour porter l'éruption imminente à portée des toilettes de Matthias.

À peine étaient-ils entrés dans la chambre que Jim et Adrian disparurent dans la salle de bains.

La laissant seule avec…

— Je suis désolé, dit Matthias.

Elle haussa les sourcils. Vu son air renfrogné, il n'avait pas décoléré, si bien qu'elle s'attendait à tout sauf à des excuses.

— Tu as raison, renchérit-il, je n'aurais pas dû t'agresser comme ça. (Il se passa la main dans les cheveux et les laissa en bataille.) En fait, j'ai de plus en plus de mal à ne pas te considérer comme ma nana, ce qui implique que quand je te retrouve dans un endroit isolé, trempée jusqu'aux os, transie de froid et manifestement bouleversée, je m'en veux de ne pas avoir été là quand tu avais besoin de moi.

Elle le regarda, bouche bée.

— Tu es une femme de caractère, poursuivit-il, et tu peux te défendre, mais ça ne m'empêchera pas de réagir comme n'importe quel mec de base quand sa nana se retrouve blessée ou en danger. J'ai beau être impuissant, je ne suis pas une gonzesse. (Il lâcha un juron.) Je ne dis pas que c'est bien, juste que c'est comme ça.

Il la regarda droit dans les yeux.

Dans le silence qui suivit, la seule pensée qui vint à l'esprit de Mels fut… *Moi, aussi, je t'aime.*

Parce que c'était ce qu'il lui disait à cet instant. Elle le lisait dans son regard déterminé, son ton posé et sérieux, sa mâchoire carrée.

Seigneur, il lui rappelait tellement son père : « *Tire d'abord, pose des questions plus tard, mais appelle toujours un chat un chat.* »

— Ce n'est pas grave, dit-elle d'une voix bourrue. Je sais que la situation a été tout sauf normale ces derniers temps. Tout le monde est à cran.

Avoir envie de lui dévoiler ses sentiments la bouleversait. Pourtant, elle refréna cet élan. C'était… trop tôt. Elle ne le connaissait que depuis… quoi ? Deux jours ? Trois ?

Soudain, Matthias se mit à arpenter la pièce, l'angle de sa canne indiquant qu'il avait mal. S'arrêtant devant la fenêtre, il écarta les rideaux et regarda au-dehors. *Il n'admire pas la vue*, se figura-t-elle. On aurait dit qu'il avait besoin d'un prétexte pour marquer une pause.

— Je veux que tu me promettes une chose, lança-t-il d'une voix sèche.

— Quoi ?

— Quand je serai parti, je veux que tu prennes l'habitude de mettre ta ceinture de sécurité.

L'espace d'un instant, Mels demeura silencieuse, le rappel de son départ lui faisant l'effet d'une gifle.

— Euh…

Il regarda par-dessus son épaule.

— Je suis sérieux, Mels. Tu le feras pour moi ?

La jeune femme traversa la chambre et s'assit sur le lit, des pensées se bousculant dans sa tête : elle avait vraiment envie d'une douche… Seigneur, pourvu qu'on ne trouve pas ses vêtements avant qu'elle ait l'occasion de les récupérer… Était-elle vraiment entrée dans l'hôtel en ressemblant à une pute nue sous son imperméable ?

Mais tout cela n'était que de la dissonance cognitive, une stratégie d'évitement.

Décidant de se ressaisir, elle rétorqua :

— Tu sais pourquoi je n'en porte pas ?

— Tu es pressée de mourir.

— Mon père la portait et c'est à cause d'elle qu'il a été tué dans cet accident de voiture. (Matthias se retourna lentement et elle hocha la tête.) La ceinture l'a cloué sur place. Sans elle, il aurait bondi de son siège avant d'avoir la moitié du corps écrasée. Son véhicule a percuté un camion avec un plateau chargé de matériel agricole. Et le bout métallique a pénétré à travers la portière. Quand les secours sont arrivés, il était toujours vivant, parce que la pression ralentissait la perte de sang. Merde, il était encore conscient. Il… (Elle dut se racler la gorge.) Il savait qu'il allait mourir dans cette fichue bagnole. Dès qu'il serait désincarcéré, il succomberait à l'hémorragie et… il le savait. Il était éveillé, lucide. Il a dû tellement souffrir. Je ne… je ne sais pas comment les gens gèrent ce genre de moment. Mais tu sais comment il a réagi ?

— Dis-moi, l'encouragea Matthias d'une voix douce.

L'espace d'une seconde, Mels revécut la confrontation qu'elle avait eue par la suite dans le bureau du commissaire. Quand le patron de son père avait refusé de lui donner les détails de sa mort.

Sauf qu'elle était la fille de Carmichael et qu'elle avait le droit de savoir.

— D'abord, il a demandé si le suspect avait été appréhendé, et est monté sur ses grands chevaux quand il s'est avéré que ses collègues avaient préféré le secourir. (Elle s'esclaffa.) Puis il… il leur a fait jurer que ma mère ne découvrirait jamais comment il était mort. Il voulait qu'elle pense qu'il était décédé sur le coup, et c'est ce qu'elle croit. Je suis la seule de la famille à savoir… combien il a souffert. Enfin, il leur a dit de prendre soin de maman. Il était très inquiet pour elle. Pas pour moi. Parce que moi, j'étais aussi forte et indépendante que lui. On était de la même trempe

Elle ravala un sanglot. Des larmes lui piquèrent les yeux.

Puis tombèrent en silence.

Elle s'essuya la joue.

— Découvrir qu'il me considérait comme ça a été l'un de mes plus grands moments de fierté.

Un instant de silence suivit. Puis un autre. Et encore un autre.

Bizarre, se dit-elle. Cette conversation dans le bureau du commissaire avait changé sa vie, et pourtant Mels l'avait rangée dans un recoin de sa mémoire pour ne plus jamais y repenser.

Mais à présent, dans cette chambre d'hôtel, avec le regard de Matthias rivé sur elle et Jim Heron vomissant ses tripes de l'autre côté du mur… tout commençait à s'emmêler, comme si le passé et le présent étaient des wagons qu'on aurait enfin accrochés ensemble.

Elle s'arracha à ses songes pour se concentrer sur le présent.

— Quoi qu'il en soit, depuis que je sais la vérité, je n'ai jamais pu… (Elle s'éclaircit la voix.) Ce n'est pas que je veuille mourir. Appelle ça de la logique mal interprétée, si tu veux, mais je ne veux pas mourir.

Oh non, vraiment pas.

Quand Matthias s'approcha d'elle et s'assit, elle s'attendait à entendre : « Mais tu connais les statistiques, il y a très peu de risques pour que tu te retrouves dans la même situation que lui, etc. »

Au lieu de cela, il se contenta de nouer ses bras autour d'elle.

Cette gentillesse, ce geste protecteur, ce silence compréhensif lui procurèrent une sensation étrange et bouleversante.

Elle se pencha contre son torse.

— C'est la première fois que j'en parle, murmura-t-elle.

Il lui embrassa le sommet du crâne, et avec un frisson, elle s'abandonna à son étreinte. Et le soulagement fut phénoménal.

Elle ne s'était pas rendu compte du fardeau qu'elle portait seule depuis toutes ces années.

Nichée contre lui, alors que la chaleur de leurs corps s'amplifiait, elle prit conscience qu'en s'excusant il lui avait avoué son amour… et qu'elle avait fait de même en lui racontant cette histoire.

Preuve que les sentiments profonds peuvent s'exprimer avec différents vocabulaires.

— Il a besoin de s'allonger, annonça Adrian depuis l'embrasure de la porte de la salle de bains.

Matthias serra Mels plus fort.

— Il peut prendre mon lit.

— Merci, mec.

Mels se leva et fut surprise de voir Matthias l'imiter. Puis ils se retrouvèrent étendus sur la chauffeuse devant la fenêtre, elle blottie tout contre lui.

C'était comme s'il ne pouvait plus supporter qu'elle s'éloigne.

Et elle ressentait la même chose.

Chapitre 40

Adrian porta Jim jusqu'au lit et le glissa sous les couvertures. Le sauveur tremblait comme une feuille, son squelette se débattant contre sa prison de chair, s'efforçant de se libérer, mais au moins, il ne vomissait plus.

Ad se redressa et balaya la pièce du regard. Matthias et Mels étaient blottis l'un contre l'autre dans un fauteuil, la tête de la jeune femme posée sur l'épaule de l'ancien patron des XOps.

Il était évident que Divine avait voulu faire basculer la manche en sa faveur en tentant d'éliminer la journaliste, et Jim l'en avait empêchée. C'était à se demander dans quel état de désespoir était la démone.

Impossible de le savoir, cependant. Même pour un ange.

— Vous voulez manger ? demanda-t-il aux deux tourtereaux.

— Il n'a pas besoin d'un médecin ? rétorqua Matthias.

— Juste d'un peu de temps.

— C'est quoi, son problème ?

— Intoxication alimentaire.

— Mon cul.

Ad regarda Mels avec insistance, mais demeura silencieux, non pas par manque de respect envers elle ni parce que c'était une représentante du sexe faible. Matthias faisait partie des leurs ; il avait séjourné en enfer et connaissait Divine, même s'il ne s'en souvenait pas totalement. Du reste, il était impliqué jusqu'au cou dans cette histoire.

Ce qui n'était pas le cas de Mels. Et moins elle en saurait, plus elle garderait sa santé mentale une fois que tout serait terminé, en supposant qu'elle survive : on risquait de subir un énorme choc en découvrant à quel point la réalité était malléable et combien de cauchemars étaient en fait bien réels. Et une fois ces informations assimilées, il était impossible de revenir en arrière, à l'époque où vos seuls soucis concernaient le teinturier, vos impôts et le fait d'avoir assez de lait pour vos céréales du matin.

Une évidence qui expliquait une bonne partie des appels reçus lors des émissions de radio nocturnes.

Mais au moins, Matthias comprit le message. Il acquiesça et n'insista pas.

En les voyant tous les deux, Ad se sentait presque triste de savoir qu'ils étaient condamnés à se séparer. Au mieux, Matthias serait bientôt parti. Au pire, il se tenait au bord d'une pente glissante qui les entraînerait tous jusqu'au mur de la démone. Quant à Mels ? Vu la cruauté dont Divine était capable, mieux vaudrait pour la journaliste qu'elle finisse simplement dans un cercueil.

Étrange, songea-t-il. Il n'avait ressenti que de la douleur et de la rage depuis la mort d'Eddie. Mais à la vue de ce couple, il…

Oh, et puis zut. Il avait ses propres problèmes, dont le plus urgent était de remettre Jim sur pied.

— Je vais bien, dit l'autre ange, comme s'il avait lu dans ses pensées.

— La ferme et repose-toi.

— T'es nul comme infirmière.

Toutefois, il obéit, sûrement parce que son corps ne laissait pas le choix à son cerveau.

Mels se redressa.

— Il faut le faire examiner par un médecin.

— Si ça peut vous rassurer, il s'est déjà retrouvé dans cet état. Donnez-lui juste une heure ou deux. (*Peut-être un peu plus longtemps.*) Il ira bientôt mieux. Où est le menu du *room service* ?

— Qu'est-ce qui lui est arrivé ? s'enquit-elle.

Ad se retourna vers le bureau.

— Ah, le voilà. Voyons voir… (Parcourant le livret plastifié, il consulta la liste des plats.) Ça m'a l'air délicieux.

Tandis qu'il hésitait entre un faux-filet et un rôti de bœuf, derrière lui, la conversation allait bon train, Matthias enjoignant à Mels de se calmer et l'assurant qu'ils auraient les réponses quand Jim se réveillerait.

Peut-être, peut-être pas, songea Adrian.

Après leur avoir passé le menu, Ad s'empara du téléphone et commanda à dîner. Raccrochant, il jeta un coup d'œil au couple.

— On vous gâche la soirée, hein ?

Un ange passa.

— Je peux vous laisser, dit Jim en se redressant.

— Tu vas arrêter, oui ? lança Adrian, se sentant soudain à l'étroit. Et merde, je vais attendre la bouffe dans le couloir.

En vérité, il avait le cerveau en ébullition, et tout dans cette chambre risquait de lui taper sur les nerfs : cette femme, Matthias, Jim et sa gerbe. Il avait soudain envie de s'en prendre à tout le monde, à lui-même, à ce connard d'Eddie pour avoir eu le culot de mourir, à Divine…

Mais s'agissant de cette dernière, ce n'était pas une nouveauté.

Dans le couloir, il ferma la porte, s'adossa au battant et ferma les yeux.

— Maman, c'est encore l'ange !

Oh, putain…

Il avait oublié de se rendre invisible.

Ouvrant les paupières, il contempla la fillette avec ses grands yeux noisette. Ce soir, elle avait les cheveux attachés avec un ruban assorti à sa robe bleue, et son sourire était si franc, si sincère, qu'il eut l'impression d'être âgé d'un million d'années.

— T'es un ange ! (La créature fluette paraissait incapable de s'exprimer autrement que par des exclamations, semblant croire qu'il fallait crier pour se faire entendre des hauteurs où trônait Adrian.) Je peux voir tes ailes ?

La mère déboula dans le couloir et arriva à leur niveau, arborant le même air lessivé, manifestement épuisée par le poids du monde dans lequel elle vivait.

— Je suis désolée. Viens…

— S'il te plaît ? Je veux voir tes ailes.

Ad secoua la tête.

— Je n'en ai pas. Désolé.

— Si. Tous les anges ont des ailes.

— Je ne suis pas un ange.

La mère passa un bras autour de l'épaule de sa fille, manifestement prête à la porter comme un sac de patates si la petite refusait de la suivre.

— Dépêche-toi !

L'adulte évitait de croiser le regard d'Adrian, mais l'enfant le dévorait toujours des yeux.

— Dépêche-toi, bon sang !

Les jérémiades commencèrent, mais la fillette se laissa entraîner.

— Je veux voir tes ailes…

Adrian baissa les yeux sur ses bottes et les riva sur l'embout métallique, laissant la mère conduire son précieux chargement jusqu'aux ascenseurs et quitter l'étage.

— Plutôt dur avec la petite, non ?

En reconnaissant le ton aristocrate et familier, Adrian poussa un juron.

Génial. Une visite céleste. Il ne manquait plus que ça.

— Bonsoir, Nigel.

L'archange demeura silencieux jusqu'à ce qu'Adrian lève les yeux. Comme d'habitude, il était sur son trente et un, vêtu d'une élégante veste en lin surmontant un gilet assorti d'un blanc si éclatant qu'Adrian envia Matthias et ses lunettes de soleil. La cravate était blanche avec des rayures roses. De même que le carré de soie.

On aurait dit une publicité pour des berlingots.

— J'ai eu envie de prendre de tes nouvelles, dit Nigel, le dédain transformant l'amabilité en condescendance.

Ou alors c'était dû à l'humeur d'Adrian.

— Pas de celles de Jim ?

— Des siennes aussi.

— On va très bien. On s'amuse comme des fous, et vous ?

Alors que l'archange plissait ses yeux brillants, ses pupilles se réduisant à deux fentes, Ad dressa la tête.

— Dites-moi : si le sort de l'équipe vous préoccupe autant, pourquoi ne pas ressusciter Eddie ?

— Ce n'est pas en mon pouvoir, mais en celui du Créateur.

— Alors, parlez-lui. Rendez-vous utile.

— Je n'apprécie guère ce genre de ton.

— Tant pis pour vous. (Tandis que Nigel le fusillait du regard, Ad reporta son attention sur ses bottes.) Ce n'est pas le bon moment pour me demander quoi que ce soit.

— Ce qui est fort regrettable, car c'est justement le moment où on a le plus besoin de toi.

Adrian leva les mains en l'air avec agacement.

— Nigel, mon pote, patron ou ce que vous voulez… Foutez-moi la paix, OK…

— Ce que tu as dit à cette enfant est vrai. Tu n'es pas un ange. Pas avec ce genre de comportement.

Ad se cogna la tête contre le mur.

— Allez vous faire foutre. Allez tous vous faire foutre.

Un long silence suivit, au point qu'il se demanda si l'archange n'avait pas regagné le paradis.

Mais au bout d'un moment, Nigel reprit la parole d'une voix douce.

— Nous comptons tous sur toi.

— Je croyais que c'était le boulot de Jim de sauver l'humanité ?

— Il est malade. Et le tournant a lieu maintenant.

— Je croyais que vous n'étiez pas censé intervenir, dit Adrian en levant les yeux vers l'Anglais.

— Je suis autorisé à prodiguer des conseils.

— Mais, bon sang, que voulez-vous que je fasse ?

Nigel se contenta de secouer lentement la tête, semblant tellement déçu qu'il en avait perdu l'usage de la parole.

Puis il disparut.

Ce qui, si on interprétait son départ de manière symbolique, signifiait qu'il ne voulait pas qu'Adrian intervienne, point barre.

À l'autre bout du couloir, la porte réservée au personnel s'ouvrit et un employé s'avança en poussant un chariot métallique. Il marchait vite, comme un automate.

— C'est pour la 642 ? demanda Adrian alors que le type s'approchait.

— Oui.

— C'est moi. (Il plongea une main dans sa poche de derrière et en retira son portefeuille, sortit un billet de 20 dollars et le tendit au jeune homme.) Où est-ce que je signe ?

— Merci ! (L'homme présenta un bordereau blanc.) Ici.

Ad griffonna sur le formulaire et frappa à la porte. Quand Matthias lui ouvrit, le serveur voulut entrer dans la chambre, mais Ad se posta en travers de l'embrasure.

— On s'en occupe.

— D'accord. Laissez-le dehors quand vous aurez fini. Passez une bonne soirée.

Ça, c'était peu probable.

Matthias tint le battant ouvert, et quand Adrian poussa le chariot dans la pièce, le grincement des roues lui parut comme un vacarme assourdissant. Idem quand la porte se referma. Ainsi que lorsque la journaliste et Matthias posèrent le repas sur le bureau et demandèrent à Jim s'il se sentait en état de manger.

Ad recula. Le bourdonnement dans sa tête lui donnait l'impression que la pression atmosphérique était montée en flèche. Tirant sur le col de son tee-shirt – comme si ça allait arranger la situation ? –, il heurta un objet.

Aïe, la porte.

Bon, il était temps de sortir.

La vérité était qu'il était plus doué pour la colère que pour les responsabilités. Plus compétent pour se battre que pour élaborer une stratégie. Et cet enfoiré de Nigel ne lui avait rien donné contre quoi décharger sa rage.

Cependant, maudire le monde entier ne ramènerait pas Eddie. Sa haine ne changerait pas la donne, ni le fait que chacun d'entre eux, même cette salope de Divine, était bloqué sur cette route et dans l'impossibilité d'en dévier à cause de ce fichu règlement.

Toute cette histoire lui donnait envie de hurler. Et Eddie lui manquait tellement qu'il avait l'impression de ressentir en permanence une douleur au ventre. Quand son pote était là, il avait toujours compté sur lui pour jouer le rôle de garde-fou… pour prendre des décisions et l'éloigner du précipice le cas échéant.

Sauf qu'il était adulte.

Il était peut-être temps de se prendre en main.

Tout à coup, il braqua le regard sur le couple de l'autre côté de la pièce. Mels ôtait les couvercles des plats tandis que Matthias restait en retrait, la dévorant du regard.

Surgie de nulle part, la voix de Jim retentit dans la tête d'Adrian.

« Matthias est l'âme à sauver, mais elle est la clé de toute cette histoire. »

Eddie n'aurait pas perdu de temps à trépigner et à laisser monter la frustration, ne se serait pas laissé distraire par des serveuses dans des couloirs crasseux, serait resté sur le qui-vive même quand la situation lui aurait paru injuste.

Adrian prit une profonde inspiration, et lorsqu'il expira, la voie lui apparut de manière limpide.

Appliquant la logique d'Eddie, il sut comment agir pour se rendre utile.

Cela changerait un peu les règles du jeu, mais… tant pis. Nigel voulait qu'il s'implique ? D'accord, mais ce serait selon ses termes.

Du reste, c'est ce qu'Eddie aurait fait.

Assis sur la chauffeuse avec son plat sur les genoux, ses jambes fatiguées et douloureuses soulagées de son poids, Matthias contemplait Mels, qui mangeait sur le bureau.

Encore des frites. Avec un hamburger cuit à point. Et un soda.

La douce lueur de la lampe métallique flattait son visage, atténuant les cernes sous ses yeux et l'hématome près de sa tempe. Pourtant, il les remarqua, de même que la tension qui lui raidissait les épaules. Elle avait frôlé la mort à deux reprises en vingt-quatre heures, et même s'il était prêt à considérer la chute de la dalle comme un accident, pouvait-il en dire autant de ce qui s'était passé dans ce hangar ?

Il avait l'affreux pressentiment que quelqu'un avait tenté de la blesser. Ou pire.

Pourtant, elle semblait si calme.

Il songea à ses confidences au sujet de son père et se dit que s'il était encore en vie, ce type serait en train d'écumer les rues à la recherche de celui qui l'avait poussée dans l'eau glaciale.

Matthias se figura que c'était désormais à lui de s'en charger, et il était prêt à relever le défi.

Semblant deviner qu'il la regardait, elle tourna la tête et lui adressa un sourire.

— Tu ne manges pas ?

Ce n'était pas de nourriture dont il avait faim. Pas le moins du monde. Qu'elle ait failli se noyer lui donnait envie d'être nu contre sa peau, comme si c'était le seul moyen de s'assurer qu'elle était bel et bien vivante.

Et de fait, il s'imagina combler la distance qui les séparait, l'attirer contre lui et la déshabiller en l'embrassant avec fougue.

Ce n'était pas un mauvais plan, sauf que le lit était occupé… et puis, il doutait que le danger ait un effet aphrodisiaque sur les femmes.

— Matthias ?

Il hocha la tête et s'empara de sa fourchette, fourrant la nourriture dans sa bouche et mâchant comme un robot. Le silence qui suivit était lourd d'attentes : Adrian attendant que Jim se sente assez bien pour se lever ; Jim attendant de récupérer ; Matthias attendant d'avoir un moment seul avec Mels, suivi d'un tête-à-tête avec Jim pour découvrir ce qui s'était passé dans ce hangar à bateaux.

— Je peux te parler une minute ? demanda soudain Adrian.

Matthias leva la tête. Le type se tenait debout devant le lit, énorme silhouette noire aussi lugubre qu'un croque-mort.

Comment se faisait-il que l'ami de Jim n'ait pas été recruté par les XOps ? se demanda Matthias.

— Euh, oui, bien sûr.

— En privé.

Il s'essuya la bouche avec une serviette, puis jeta le carré de tissu blanc sur l'accoudoir du siège et se leva.

— Où ça ?

Adrian regarda autour de lui, puis désigna la salle de bains d'un signe de tête.

— Je reviens tout de suite, dit Matthias à Mels.

La petite pièce était déjà exiguë entre les toilettes, le lavabo et la baignoire. Avec Adrian à l'intérieur, elle se réduisait à la taille d'une boîte d'allumettes.

— Qu'est-ce qui se passe ? demanda Matthias.

— Retire tes lunettes, s'il te plaît.

— Peur de ne pas pouvoir lire dans mes yeux ?

Pas de réponse. Alors, il ôta ses Ray-Ban et toisa son interlocuteur de son œil valide.

— Tu es très important dans toute cette histoire, dit Adrian d'une voix basse et posée. Alors on doit tout faire pour t'aider.

— Jim et toi ?

— Oui.

— Qui es-tu exactement ? Parce que je ne me souviens pas de toi chez les XOps. (Il plissa les yeux.) Et rien à voir avec cette foutue amnésie. Je ne t'ai jamais vu de ma vie.

— C'est vrai. Mais tu ne m'oublieras jamais.

— Mais de quoi tu parles… ?

L'homme leva soudain les bras et lui enserra la tête entre les mains. Puis il braqua son regard dans le sien et ses pupilles semblèrent changer de couleur, prenant une teinte inconnue.

Matthias voulut reculer, se dégager de cette étreinte, mais impossible de bouger. Il était coincé, aussi sûrement que si ses pieds étaient vissés au sol…

D'une voix déformée, l'autre homme se mit à parler dans une langue étrangère. Le timbre était grave et rythmé, presque une chanson… sauf que c'était plus qu'un son. Les syllabes prenaient de la consistance dans l'air, formaient des brins de lumière irisée qui encerclaient son corps, l'un après l'autre, à l'infini, comme les fils d'un écheveau.

Il lutta de toutes ses forces, tentant de se débattre, puisant son énergie dans le souvenir de son supplice en enfer…

En vain. Et pendant ce temps, cette toile d'araignée continuait de s'échapper de la voix d'Adrian, de ces paroles, de cette mélopée, et se tissait autour de lui pour le recouvrir des pieds à la tête, formant un carcan qui l'enserrait toujours plus fort... pour l'emporter loin de la salle de bains.

Matthias poussa un cri, mais ce fut comme si le son ne se déplaçait pas, comme si ce qui lui arrivait se produisait sur un plan différent...

Puis il fut aspiré avec une telle violence qu'il eut l'impression que ses organes étaient précipités à travers sa peau, que son corps était à l'envers. La douleur le submergea et un gémissement remonta le long de sa gorge pour franchir ses lèvres tandis qu'il se débattait pour se libérer...

Tout se mit à bouger.

Au début, la vibration n'était qu'un vrombissement à peine perceptible, mais elle se réverbéra et se multiplia. D'un coup, il fut secoué comme un prunier, coincé à l'intérieur du cocon, se cognant d'un côté à l'autre à un million de kilomètres-heure... jusqu'au moment où il crut mourir.

Un mouvement de rotation s'enclencha. Lentement, d'abord, puis de plus en plus vite, la cage de lumière tournoyant autour de lui à une vitesse vertigineuse. Alors qu'il était pris dans cette centrifugeuse, sa pression artérielle monta en flèche jusqu'à ce qu'il ait l'impression d'imploser, les yeux exorbités, les poumons à peine capables d'inspirer de l'air, le corps poussé à la limite de l'endurance physique.

Il allait exploser, toutes les molécules de son corps éparpillées aux quatre coins...

Le maelström commença à s'apaiser et la structure s'éleva de ses pieds pour remonter le long de ses chevilles, de ses tibias, de ses hanches, de ses épaules, puis de sa tête, le libérant enfin.

Il vacilla sur ses jambes et s'écroula au sol comme un tas d'os.

Mais ce n'était pas fini.

La joue sur le carrelage, il leva les yeux et eut une vision stupéfiante : le halo plana un instant au-dessus de l'autre homme, puis descendit pour recouvrir Adrian en commençant par la tête, suivie des pectoraux et du ventre… jusqu'au moment où il fut totalement absorbé par le tourbillon de lumière.

Derrière les filaments, l'homme luttait contre l'invasion, le corps agité de spasmes et de soubresauts, grimaçant de douleur, signe qu'il subissait la même torture que Matthias.

« Crac ! »

Dans un craquement assourdissant, le chaos se dispersa de la même façon qu'il était apparu : les fils se dénouèrent un par un et s'évanouirent dans l'air comme de la fumée, le cocon se décomposant brin par brin… jusqu'à ce qu'Adrian s'effondre au sol.

Matthias dressa la tête et baissa les yeux sur son propre corps. Puis il jeta un coup d'œil à celui d'Adrian.

D'une manière grotesque, tous deux avaient atterri dans la même position, une main levée, l'autre à terre, une jambe écartée, l'autre pliée.

Chacun était l'image inversée de l'autre.

Matthias tendit le bras vers le colocataire…

Il cligna des yeux à deux reprises et sursauta.

Levant une main, il l'approcha puis l'éloigna de son visage.

Avec un cri, il se tourna vers le meuble et s'agrippa au rebord pour contempler son reflet au-dessus du lavabo.

Ce qu'il découvrit le stupéfia.

Son œil opaque, celui qu'il avait perdu au cours de sa tentative de suicide deux ans auparavant, était aussi bleu que l'autre.

Se levant d'un bond, il se pencha devant le miroir, nez à nez avec lui-même, cherchant la vérité dans la glace. Et il la trouva, même si elle paraissait invraisemblable : les cicatrices sur sa tempe s'étaient bel et bien estompées.

Au point que s'il ne les avait pas cherchées, il ne les aurait même pas distinguées.

Matthias recula et contempla son corps. Même taille. Même poids. Mais les douleurs avaient disparu, de même que l'engourdissement et les élancements qui lui vrillaient les os avec une telle constance qu'il ne les remarquait qu'en leur absence.

Il retroussa la jambe de son pantalon. Il restait des cicatrices sur la peau, mais comme celles du visage, ce n'était rien en comparaison de ce qu'elles avaient été. Et quand il plia les genoux, il n'éprouva aucune souffrance, alors que d'habitude il suffoquait.

Il regarda l'homme gisant par terre.

— Qu'est-ce que tu m'as fait ?

Adrian grogna en se redressant, puis se leva péniblement. Quand il fut enfin debout, une grimace lui fit baisser les yeux sous ses sourcils froncés.

— Rien.

— Alors, c'est quoi, ce bordel ?

L'autre type se retourna.

— Je vais voir Jim.

Saisi d'une peur soudaine, Matthias le retint par le bras.

— Qu'est-ce que tu m'as fait ?

Mais au fond de lui il savait. Avant même qu'Adrian regarde par-dessus son épaule massive, il le savait.

Il avait été guéri. Par un quelconque miracle, Adrian, le colocataire ou peu importe son identité, avait réussi là où, pendant deux ans, médecins, opérations, médicaments et rééducation avaient échoué.

Son corps avait récupéré de ses blessures.

Parce que Adrian en avait hérité.

Les yeux rivés sur l'œil opaque d'Adrian, Matthias ne se perdit pas en considérations métaphysiques. Pas plus qu'il n'éprouva d'étonnement, de soulagement ni de reconnaissance.

Tout ce qui lui venait à l'esprit était *Mais comment je vais expliquer ça à Mels ?*

Chapitre 41

— Salut, maman, comment ça va ? (Pendant que sa mère lui répondait, Mels fourra une autre frite dans sa bouche.) Oui, je suis toujours au travail. Mais je voulais t'appeler pour que tu saches que j'allais bien.

Seigneur, tant de sous-entendus dans de si simples paroles.

Elle ferma les yeux et se força à garder une voix posée.

— Oh, reprit-elle, tu sais ce que c'est au *CCJ*. Il y a toujours de l'agitation… Alors, comment s'est passée ta partie de bridge ?

Pour une fois, au lieu de se sentir accablée par cette conversation banale, elle en fut ravie. La normalité, c'était la sécurité, aux antipodes d'un fleuve glacial, d'une étreinte invisible et du spectre de la mort.

Mels était vivante. Et sa mère aussi.

C'était… très agréable.

Et elle fut surprise d'éprouver autant d'intérêt pour la réponse à sa question. Ainsi que pour les détails qu'elle demanda par la suite, sur la manière dont Ruth, leur voisine, avait joué. Puis elle éclata de rire lorsque sa mère lui raconta comment elle avait perdu son atout. Elle écoutait vraiment, se souciait véritablement de ce que sa mère lui disait, et elle comprit alors qu'elle avait vécu ces deux dernières années comme un robot.

Manifestement, ce plongeon dans l'eau froide avait achevé de la réveiller.

Ouvrant les yeux, elle braqua le regard sur Jim Heron, immobile sous les couvertures.

Que s'était-il réellement passé dans ce hangar à bateaux ?

— Mels ? Tu es là ?

Elle resserra son étreinte sur le téléphone, bien qu'elle ne risquât pas de le lâcher.

— Oui, maman.

Comment cette soirée se serait-elle déroulée si l'issue avait été autre ?

Une vague de peur lui glaça les os, remplaçant sa moelle par du Freon, puis un frisson lui fit battre des pieds sous son siège et tapoter sur son bureau à côté de son assiette presque vide.

Elle regarda en direction de la salle de bains en se demandant ce que Matthias fichait. L'espace d'un instant, elle avait entendu un bruit sourd, comme s'il avait actionné la douche, mais à présent seul le silence régnait.

— Mels ? Tu es bien silencieuse. Tout va bien ?

J'ai failli mourir ce soir…

À l'évidence, le calme qu'elle affichait depuis qu'elle s'était extraite de l'Hudson s'expliquait par le choc : à présent, une crise de larmes menaçait d'éclater.

Mais Mels ne s'écroulerait pas au téléphone avec sa mère.

— Je suis vraiment désolée… Je suis juste… heureuse d'entendre ta voix.

— C'est gentil de ta part.

La conversation se poursuivit, toujours sur des banalités, puis Mels annonça qu'elle rentrerait tard.

— Mais je suis dans le centre-ville, au *Marriott*. J'ai mon téléphone allumé et je ne suis pas loin.

— Je suis vraiment contente que tu aies appelé.

Mels leva les yeux vers le miroir surplombant le bureau et s'aperçut qu'elle pleurait.

— Je t'aime, maman.

Un silence s'étira. Puis sa mère lui retourna ces trois mots, d'un ton surpris qui ne fit qu'augmenter le débit des larmes.

Deux fois en une journée. Elle ne se rappelait même plus quand ça lui était arrivé pour la dernière fois.

Lorsque sa mère raccrocha, Mels eut toutes les peines du monde à retrouver le bouton pour mettre fin à l'appel. Puis elle s'empara de la serviette sur ses genoux, la tendit entre ses paumes, se pencha vers le tissu et l'appliqua sur son visage.

Ses épaules s'affaissèrent, secouées de sanglots, et la chaise émit un grincement. Impossible de stopper l'explosion. Aucune pensée, pas même une image.

Et elle ne craquait pas juste à cause de sa chute dans le fleuve ou de Matthias ; sa tristesse dépassait le présent, remontait jusqu'à la mort de son père.

Elle pleurait parce qu'il lui manquait et qu'il était mort jeune. Elle pleurait à cause de sa relation avec sa mère. Elle pleurait parce qu'elle avait frôlé la mort. Et parce que le prochain départ de Matthias lui donnait l'impression que l'homme qu'elle aimait mourrait très bientôt…

Elle sentit une main chaude sur son épaule et tourna la tête. Dans le miroir, elle vit Jim Heron debout derrière elle…

— Vous luisez, dit-elle en fronçant les sourcils. Vous…

Des ailes.

L'homme avait des ailes sur les épaules, de belles ailes transparentes qui se dressaient dans les airs, lui donnant l'air d'un…

Mels fit volte-face et leva les yeux pour confronter Jim, mais personne ne se tenait auprès d'elle. L'homme était toujours dans le lit, sous les couvertures, semblable à une montagne immobile et silencieuse.

Quand elle se retourna, elle n'aperçut que son propre reflet dans la glace.

À ce moment-là, la porte de la salle de bains s'ouvrit.

Matthias sortit lentement, tenant l'encadrement d'une main pour se stabiliser.

Dès qu'elle le vit, elle sut que quelque chose avait changé.

— Matthias ?

Il s'approcha d'elle à pas comptés, comme s'il avait voyagé sur un bateau et que le roulis lui soit resté dans les jambes.

Puis la porte du couloir s'ouvrit et se referma, livrant passage au collègue de Jim.

— Matthias ?

Une fois en face d'elle, il s'agenouilla. Et lorsqu'il leva la tête, elle eut un hoquet de surprise…

Sur le lit, Jim commençait à reprendre ses esprits, la colère, plus que le repos, lui éclaircissant les idées et lui donnant la motivation nécessaire. Son corps était encore infecté, mais l'ange ne supportait plus de rester allongé en attendant de se sentir mieux.

Écartant les couvertures, il se redressa en poussant un grognement.

Puis il pesta en s'apercevant qu'il était nu… et en sentant son estomac se révulser.

— Je peux t'emprunter des vêtements ? demanda-t-il alors que Matthias et Mels se tenaient près du bureau.

Son ancien patron se racla la gorge.

— Euh, oui. Dans le sac à tes pieds.

Jim se pencha pour le ramasser. Le bagage provenait de la boutique de l'hôtel, et lorsqu'il l'ouvrit, l'ange s'efforça de ne pas vomir. À l'intérieur, il trouva deux pantalons noirs et des tee-shirts aux couleurs de la ville de Caldwell.

— T'es sûr d'être en état ? demanda Matthias.

— Oui. Où est Ad ?

— Il vient de partir.

Jim tenta de capter les ondes de son équipier ; celui-ci était dans le couloir, devant la porte. Parfait.

Pour éviter de se montrer nu devant une femme, il demeura assis. Le tee-shirt était un peu étroit et le pantalon lui arrivait aux chevilles, mais sa tenue était le cadet de ses soucis.

Lorsqu'il se leva, il tituba et posa une main sur le mur.

— T'es sûr de ne pas vouloir te reposer encore un peu ? demanda Matthias.

— Oui.

— Tes clopes, ton portable et ton portefeuille sont à côté de la télé.

— Tu me sauves la vie.

De fait, à peine eut-il aperçu le paquet de cigarettes et son briquet noir qu'il fut capable de prendre une profonde inspiration. S'emparant de ce nécessaire de survie, il le fourra dans ses poches et se dirigea vers la sortie. Il ne regarda pas en arrière. Impossible.

Pour le moment, il était bien trop furieux pour soutenir une conversation.

— Appelle-moi si tu as besoin d'aide. Ad a mon numéro, marmonna-t-il avant de quitter la pièce.

Il balaya le couloir du regard.

— Adrian ! aboya-t-il.

L'ange apparut à l'autre bout du corridor, son corps puissant appuyé contre un guéridon surplombé d'un bouquet de fleurs et d'un téléphone, les sourcils froncés comme s'il avait mal à la tête.

— J'ai rendez-vous, annonça Jim. Je reviens.

Son équipier lui adressa un petit signe de la main et acquiesça.

— Prends ton temps.

— OK.

Jim ne prit pas la peine de marcher. Tant mieux, parce qu'il avait laissé ses bottes et ses chaussettes dans la chambre de Matthias.

Il déploya ses ailes et s'envola.

Pour regagner le hangar.

La nuit était tombée et les lumières extérieures étaient si vives qu'elles éclairaient l'intérieur, projetant des ombres dépareillées. Perchés sur les poutres, les oiseaux considéraient Jim d'un air suspicieux.

Il marcha en direction de la cale déserte où Mels était « tombée », prêt à tuer son ennemie.

Manifestement, cette salope n'avait pas changé d'un iota. Le Créateur avait eu beau la punir, de toute évidence, le sermon n'avait pas porté ses fruits.

Rien d'étonnant.

Jim ferma les yeux et invoqua la démone, exigeant qu'elle se présente devant lui.

Pendant cette attente, son corps récupéra toute sa force, comme si sa fureur rechargeait ses batteries.

Naturellement, Divine prit tout son temps pour se manifester. Et tandis qu'il faisait les cent pas, pieds nus sur les planches froides, les poings serrés, il ne pensait qu'aux révélations de Matthias à propos de Sissy, coincée dans le puits d'âmes… et à la façon dont Divine avait travesti ces deux femmes pour les faire ressembler à sa nana…

Qui ne l'était pas vraiment.

Il s'imagina Mme Barten s'emparant du journal et tombant sur le reportage à la une du *CCJ*. Comme si perdre sa fille d'une manière aussi atroce n'était pas suffisant ? À présent, elle devait être confrontée à un tueur en série ?

— Tu m'as convoquée ? dit la démone d'une voix sardonique.

Jim fit volte-face et le premier détail qu'il remarqua fut la tenue de Divine : le corps de son ennemie, aussi sublime qu'artificiel, était moulé dans une robe bleue qui ne lui était pas inconnue.

Souvenirs, souvenirs… C'était celle qu'elle portait le soir où ils s'étaient rencontrés au *Masque de fer*, ce club de l'autre côté de la ville. Et il se remémora cette nuit où il l'avait remarquée, campée sous ce plafonnier : la beauté du diable.

En termes de temps, cette croisée des chemins s'était produite à peine quelques semaines auparavant, mais Jim avait l'impression que des années s'étaient écoulées.

La haine le faisait bander, une érection qui n'était pas liée au fait qu'il la trouvait attirante. En fait, c'était tout le contraire.

Il voulait la déchiqueter et l'entendre hurler. Qu'elle sache ce que ça faisait d'être à la merci de quelqu'un qui s'en foutait.

Il voulait qu'elle le supplie…

Comme si elle avait deviné ses pensées, la démone se fendit d'un large sourire.

— Tu voulais me demander quelque chose, Jim ?

Chapitre 42

Mels entendit la porte se refermer derrière Jim Heron, mais ne prêta pas attention à l'homme ni à son départ. Elle avait les yeux rivés sur le visage de Matthias. Par une sorte de… miracle, il avait été métamorphosé : son teint autrefois terreux à cause de la douleur était désormais radieux. Ses cicatrices s'étaient estompées. Et ses yeux…

Ses yeux.

Son iris opaque était à présent limpide, comme si le problème avait été causé par une lentille de contact défectueuse qu'il venait de retirer.

Pourtant, aucun élément extérieur n'était responsable de cette transformation.

— Qu'est-ce que…

Ce fut tout ce qu'elle put dire, la voix coupée par l'hébétement.

— Je ne sais pas. (Matthias secoua la tête.) Je n'en ai… aucune idée…

Elle tendit le bras et caressa les cicatrices à peine visibles.

— Tu es guéri.

Comment était-ce possible… ?

D'un mouvement brusque, Mels braqua le regard sur le miroir, l'image de Jim Heron debout derrière elle lui revenant dans les moindres détails.

Soudain, elle entendit la voix de Matthias… *« Je crois à l'enfer… parce que j'y ai séjourné… »*

Oh, Seigneur… et le mot était bien choisi.

— Il y a autre chose derrière tout ça, n'est-ce pas ? dit-elle d'une voix blanche. Et Jim Heron n'y est pas étranger.

En guise de réponse, Matthias lui effleura la paume du bout des lèvres pour y déposer un baiser.

Dans le silence qui suivit, elle songea à une phrase qu'elle avait dite à son père des années auparavant. À cette époque, elle était une adolescente rebelle, en désaccord avec le monde entier : alors qu'ils revenaient de l'église, elle avait déclaré qu'elle ne croyait pas en Dieu, ni au paradis ou à l'enfer, et que, par conséquent, elle ne comprenait pas pourquoi on devait lui gâcher tous ses dimanches matin.

Son père avait levé les yeux du rétroviseur et répliqué :

— Ce n'est pas parce que tu n'y crois pas que ça n'existe pas.

Elle porta le regard sur le visage de l'homme qu'elle aimait, incrédule devant cette transformation. Pourtant, elle pouvait faire courir la pointe de ses doigts sur sa peau désormais lisse.

Elle réfléchit et parvint à la conclusion que rien n'avait de sens dans cette histoire : ni la façon dont elle avait commencé devant ce cimetière… ni les deux hommes qui entouraient Matthias… ni sa chute dans ce fleuve… ni cette métamorphose.

Mais comme l'avait dit son père, ce n'était pas pour autant que ça n'existait pas.

— Je veux t'embrasser. (Matthias braqua le regard sur sa bouche.) C'est tout ce que je sais.

Et elle aussi. Dans ce tourbillon de confusion et d'émotion post-traumatique, la seule pensée cohérente, tangible, était qu'elle voulait être avec lui à tout prix.

Mels approcha ses lèvres à un demi-centimètre des siennes et murmura :

— Je crois que le lit est libre, maintenant.

Matthias se rapprocha à son tour, lui effleurant la bouche. Puis il se leva et passa un bras sous les genoux de Mels, l'autre sous ses aisselles.

— Attends, je suis trop…

Elle n'eut pas le temps de terminer sa phrase, car il la souleva de sa chaise et la transporta jusqu'au lit sans boiter ni flancher.

— Qu'est-ce qui s'est passé dans cette salle de bains ? demanda-t-elle encore.

Plutôt que de lui répondre, il l'allongea sur le duvet, puis s'assit sur elle à califourchon, sa carrure imposante se dressant devant elle.

— Je ne sais pas… et c'est la vérité. Je suis entré et… Adrian… Écoute, ce n'est pas le moment d'en parler. Faisons… autre chose. Mettre des paroles dessus ne le rendra pas plus compréhensible.

Elle avait le sentiment qu'il avait raison. Rien n'avait d'importance, hormis le besoin d'être avec lui. Et cette sensation se renforça lorsqu'il fit courir un doigt le long de sa gorge jusqu'à son décolleté.

— Où as-tu dégotté cette robe ?

— C'est un imperméable. Pliable. J'en garde toujours un dans mon sac.

— Pas de fermeture Éclair, alors ?

— Non.

Il esquissa un petit sourire, mais se renfrogna aussitôt, semblant se souvenir de la raison pour laquelle elle avait changé de vêtements.

— Ne pense pas au hangar, lui dit-elle. Pas maintenant.

Après tout, il n'y avait aucune raison pour qu'elle soit la seule à se taire.

— Comment l'oublier ? dit-il d'une voix lugubre.

Pourtant, il l'embrassa, penché au-dessus de son corps, s'employant à dénouer le lien qui maintenait le manteau fermé.

— Tu es nue là-dessous ? demanda-t-il dans un souffle.

— Comme un ver.

Il recula légèrement.

— Je ne sais pas si c'est la chose la plus sexy que j'ai jamais entendue…

— Ou bien ?

— Ou si je veux tuer tous les types qui t'ont vue là-dedans.

— On ne voit rien à travers.

— Ce n'est pas le problème.

La possessivité dans la voix grave de Matthias la fit sourire, surtout lorsqu'il écarta le tissu et promena ses larges mains le long de son corps. Puis ce fut au tour de sa bouche, de ses lèvres, et de ses dents qui la mordillaient doucement, s'attardant sur chacun de ses seins jusqu'au moment où les pointes durcies se dressèrent.

Elle l'interrompit avant qu'il aille trop loin.

— J'adorerais prendre une douche. Tu veux te joindre à moi ?

Sous ses paupières mi-closes, les yeux de Matthias étincelaient.

— On est bien, là.

— Viens avec moi.

Elle se redressa et il roula sur le côté.

— Et si je te regardais ?

— Comme tu veux.

Pour toute réponse, il émit un grognement sans équivoque, et elle décida de lui donner un aperçu du spectacle : elle se leva, étira les bras au-dessus de la tête et cambra le dos, mettant en valeur ses seins lourds et tendus.

Surtout lorsqu'elle les prit en coupe et en caressa les pointes.

— Bon… sang, haleta-t-il.

Mels prit tout son temps pour faire le tour du lit, le laissant la dévorer des yeux tandis qu'elle portait les mains à ses hanches puis à ses fesses. Il y avait tant de liberté dans cette intimité, dans la façon dont la lumière du bureau l'éclairait de côté, et dont son regard ardent suivait chacun de ses mouvements.

— Tu viens ? demanda-t-elle.

— Oui… (Il fit mine de se redresser, mais fronça les sourcils, baissant les yeux pour s'inspecter d'un air confus.) Euh… oui.

— Tu peux garder tes vêtements, dit-elle d'une voix douce, pour éviter qu'il ne se sente gêné. Et la baignoire est assez grande pour deux.

Il secoua la tête comme pour s'éclaircir les idées.

— Oui. (Il lâcha un rire maladroit.) Désolé, mon vocabulaire est très limité en ce moment.

Se retournant, elle entendit un bruissement quand il se leva du lit, puis sentit ses paumes chaudes sur sa taille lorsqu'il l'attira contre lui. Embrassant l'épaule de Mels, il aventura une main vers ses seins et les empoigna pour les caresser.

— Mels… Bon sang, c'est tellement bon. (Il plaqua sa bouche sur son cou puis la porta derrière son oreille.) Tu es…

— Tu veux voir à quel point je suis douée avec une savonnette ?

— Oh, putain.

— Je prends ça pour un « oui ».

À l'intérieur de la salle de bains, elle se pencha et actionna le robinet de la douche pendant que Matthias abaissait le couvercle des toilettes et s'asseyait dessus, se frottant la mâchoire d'un air affamé.

— Tu le laisseras ouvert, bien sûr, dit-il.

— Le rideau ?

— Oui.

— Et dans le cas contraire ?

— Je l'arracherai de la tringle.

Elle écarta la protection.

— Je vois. Et je ne peux pas te laisser saccager cet endroit, n'est-ce pas ?

Mels s'avança sous la pomme de douche et se cambra de nouveau pour approcher son ventre de l'eau. Puis elle se retourna et se mouilla les cheveux, penchant la tête en arrière, le jet chaud caressant sa peau comme autant de mains sur son corps.

Celles de Matthias.

La savonnette fournie par l'hôtel était déjà bien entamée, et quand Mels l'humecta, elle sentit une odeur de gingembre, l'air humide charriant le parfum jusqu'à ses narines.

Elle passa le morceau de savon doux et glissant en travers de son cou et de ses seins, puis plus bas, jusqu'à son ventre et par-dessus ses hanches… Elle se savonna avec soin, la mousse recouvrant sa peau avant de couler le long de son ventre en une délicieuse caresse, qui descendait parfois jusqu'à son sexe.

Matthias ne bronchait pas, promenant les yeux partout sur elle, comme si chaque partie du corps de Mels méritait son attention.

L'espace d'un instant, elle perdit le rythme, le mystère de la guérison de Matthias lui revenant à l'esprit…

— Besoin d'aide pour le dos ? demanda-t-il soudain.

Sa voix rauque lui fit retrouver sa concentration.

— Patience.

— Je n'en ai aucune.

— Apprends. (Il jura dans sa barbe et elle lui sourit avant de s'incliner vers ses jambes, exhibant sa poitrine généreuse et luisante.) Ça fortifie l'âme.

— C'est l'effet que tu me fais. Et nom de Dieu, ne t'arrête jamais.

Obtempérant volontiers, elle s'attarda longuement sur sa cheville et son mollet, ses seins oscillant d'avant en arrière en un mouvement extrêmement excitant…

— Laisse-moi prendre le relais. (Il se pencha en avant et s'empara de la savonnette.) J'ai besoin de te toucher.

Elle ne lui refuserait pas ce plaisir. Ni celui-là ni un autre.

Il plongea les mains dans la cascade qui s'était formée sur le côté de son bassin, puis les porta sur sa peau, la mousse soyeuse transcendant le contact tandis qu'il savonnait l'arrière de sa jambe et s'attardait tout près de son sexe… avant de lui effleurer l'intérieur de la cuisse, ses caresses lui embrasant les sens d'une manière exquise qui n'avait rien à voir avec la température de la douche.

Mels ferma les yeux.

Elle était à la fois dans son corps et au-dehors, rivée au carrelage et s'élevant dans les airs, tiraillée entre l'envie de prolonger cette délicieuse torture… et le besoin d'atteindre cette libération qui menaçait déjà de la faire défaillir.

— Donne-moi l'autre jambe.

Ouvrant les paupières, Mels posa la main sur son épaule pour garder l'équilibre et leva l'autre pied.

Elle mourait d'envie qu'il enfouisse sa tête entre ses cuisses.

— Tu es trempé, dit-elle d'une voix rauque.

Il leva ses yeux ardents vers elle.

— J'espère qu'on est deux dans ce cas. (Elle acquiesça et il émit un petit rire de gorge.) Dis-le pour moi.

— Quoi ?

— Combien tu es mouillée, juste là… (Il lui effleura le sexe, son index s'immisçant dans son intimité, frottant juste assez fort pour qu'elle pousse un petit cri… avant de retirer la main.) Dis-le.

À ce moment-là, il ouvrit la bouche et glissa le doigt qui l'avait touchée entre ses lèvres, ses joues se creusant tandis qu'il aspirait, un grondement de plaisir résonnant dans sa poitrine.

— Dis-le ! ordonna-t-il.

— Je suis toute mouillée…, bredouilla-t-elle dans un gémissement.

Il lui adressa un sourire sensuel, empli d'érotisme.

— Lave-toi les cheveux.

Il parlait avec les yeux rivés sur son corps.

Parfait. Elle aimait faire monter la pression…

Mels s'empara de la petite bouteille, qui était déjà ouverte, et quand elle versa le shampoing dans sa paume, le liquide était épais et doré comme du miel.

Matthias ne quitta pas sa poitrine du regard alors qu'elle tendait les bras vers le sommet de son crâne. Ces seins qui le captivaient tant se soulevèrent au gré de ce va-et-vient, et elle sut que son désir montait à la façon dont il lui caressa la jambe de la cheville à la cuisse, s'aventurant un peu plus haut à chaque passage.

Jusqu'au moment où il s'arrêta sur son entrejambe.

Il lui frôla de nouveau le sexe de ses doigts humides et elle tressaillit de plaisir. Le moment était venu de se rincer, et tandis que l'eau chassait le shampoing de ses cheveux, il la titillait, l'explorait, la friction l'amenant au bord de l'extase.

— Je veux te voir jouir, ordonna-t-il.

Aucun problème. Le timbre de sa voix et la façon dont il la pénétrait étaient si excitants qu'elle fut rapidement emportée par un orgasme foudroyant, et elle plaqua la main sur le carrelage mouillé alors que des vagues de plaisir déferlaient de son clitoris pour se propager au reste de son corps.

Un son sortit de sa bouche… Son nom, oui c'était ça. Et elle le répéta.

Matthias coupa l'eau pendant qu'elle recouvrait ses esprits. Puis il l'enveloppa d'une serviette.

— C'était bon ? demanda-t-il en la soulevant.

Elle répondit « oui ». Du moins, c'était le mot qu'elle avait en tête, mais Dieu sait ce qu'elle prononça réellement…

D'un geste avide, Matthias plaqua la bouche contre la sienne et l'embrassa avec ardeur pendant qu'il l'essuyait à l'aide du tissu-éponge. Puis il la souleva pour la porter jusqu'au lit.

Tandis qu'il l'allongeait, elle crut qu'il allait de nouveau l'embrasser et ferma les yeux tout en levant le menton.

Et effectivement, il l'embrassa. Mais pas sur la bouche.

Il descendit jusqu'à son entrejambe et lui écarta les cuisses, s'abattant sur son sexe, l'aspirant entre ses lèvres. La sensation envoya de nouveau Mels au bord de l'extase, le corps secoué d'un orgasme qui n'était pas qu'une simple libération physique, mais aussi l'apogée d'un désir intense.

Sur la berge du fleuve, dans le hangar à bateaux, Divine sentait la chaleur émanant de l'ange en face d'elle. Et ce n'était pas que de la colère.

Il la désirait.

Mieux encore, il se détestait : il méprisait l'érection qui formait une bosse sur le devant du bas de survêtement qu'il portait.

Le voir dans cet état lui faisait l'effet d'un aphrodisiaque plus puissant que l'absinthe et les huîtres. Elle en aurait presque oublié qu'il l'avait dupée lors de la dernière manche.

Presque, mais pas totalement. Elle l'entendait encore prononcer ces mots :

« J'ai menti. »

Et aussitôt, de son côté aussi, la rage le disputa au désir, les deux extrêmes se transcendant l'un l'autre.

Jim laissa échapper un grondement féroce, toute sa puissance s'exprimant dans sa voix grave et menaçante.

— Je veux que t'arrêtes tes conneries, Divine.

— De quoi parles-tu au juste, Jim ?

Elle s'exprimait d'une voix lascive, d'une part parce qu'elle le désirait, de l'autre parce qu'elle savait que ça l'emmerderait.

Lui faire savoir qu'elle partageait son excitation l'énerverait encore plus.

Seigneur, si elle avait su qu'ils se verraient ce soir, elle aurait passé plus de temps à se pomponner.

— Je veux que tu laisses cette journaliste tranquille.

— Laquelle ? Elle travaille à la télé ou dans la presse ?

D'un geste brusque, Jim agrippa une mèche des cheveux de la démone et tira si fort qu'elle faillit jouir sur l'instant.

Il se pencha en dévoilant ses dents.

— Marrant, je ne pensais pas que tes méthodes étaient efficaces sur toi.

— Cette première victoire avec Matthias m'appartient, cracha-t-elle, la tête penchée sur le côté.

— Revancharde, hein ?

— Je m'en fous, du moment que ça me permet de gagner.

— Ah, parce que tu crois en prendre le chemin ? (Il s'approcha, la forçant à se courber davantage.) Je ne vois pas les choses comme ça.

Ils luttaient chacun de leur côté, les yeux dans les yeux, le corps tendu. Et tout autour d'eux, le silence régnait, et pas simplement parce que la nuit était tombée. Jim avait jeté un sort : même ivre de colère et rongé par la haine, il conservait assez de lucidité pour s'assurer de ne pas être interrompu par ces fouineurs d'humains.

Quelle délicate attention.

Elle se dégagea de son étreinte, perdant une poignée de cheveux bruns au passage.

Douloureux. Mais amusant.

— Tu me veux, dit-elle en passant une main au-dessus de la partie chauve.

Aussitôt des mèches repoussèrent, formant des boucles parfaites.

— Je veux que tu crèves, oui.

— D'abord, je suis immortelle. Et ensuite, laisse-moi te donner une petite leçon, Jim…

— Je ne veux rien de ta part.

Elle sourit en contemplant l'érection de Jim.

— Je n'en suis pas si sûre. Et si j'étais toi, j'écouterais attentivement… Tu es nouveau dans cette bataille. Le Créateur et moi existons depuis toujours. C'est Lui qui m'a créée, Jim. Il tient autant à moi qu'à ton patron, Nigel. Je suis le contrepoids. Sans moi, il n'y aurait pas de paradis, de bonté, et toutes ces conneries de paix et de compassion. Parce qu'il faut une antithèse pour que les humains puissent apprécier Ses dons et exercer leur libre arbitre. Je suis Son idée.

L'ange croisa les bras.

— Alors pourquoi est-ce que cette bataille a pour enjeu ta destruction ?

— Plutôt celle de Nigel.

Elle le toisa de haut en bas, mesurant son corps du regard, ce corps massif et musclé qu'elle avait savouré de bien des manières, parfois avec le consentement de son propriétaire, parfois sans.

— Tu sais, je t'ai choisi moi aussi. Ce n'était pas juste ton patron. Au départ, j'étais d'accord avec Nigel pour que tu sois envoyé sur le terrain. Tu étais à la fois bon et mauvais. (Divine s'avança vers lui.) Alors, si tu as un problème avec la façon dont sont traités les seconds rôles, comme cette journaliste, c'est ta putain de faute.

— La mienne ?

Elle posa un doigt sur son torse.

— Tu étais censé incarner le bien et le mal à parts égales. Mais je dois avouer que tu m'as déçue en représentant mal mon camp. Par conséquent, tu ne m'as pas laissé d'autre choix que d'agir de la manière dont j'ai été conçue pour conduire les affaires…

Lorsqu'il leva de nouveau la main, elle se saisit de son poignet et le maintint comme dans un étau.

— Si tu me touches encore une fois, je vais te baiser la gueule plutôt que de te baiser tout court.

— Je ne veux pas de toi. Tu me dégoûtes.

D'un geste vif, elle porta la main à sa queue et serra.

— Vraiment ?

Jim lui donna une violente tape sur le bras et recula. Puis il s'efforça de parler d'une voix calme.

— Ton histoire de blondes ne fonctionne pas sur moi, Divine. Tu perds ton temps.

— Ah non ? Ou c'est juste ce que tu veux me faire croire ? (Elle s'avança, comblant la distance qui les séparait.) J'opte pour la seconde hypothèse.

— Ça ne m'affecte pas, démone. (Il se pencha vers elle.) Et tu cours à ta perte si tu continues à violer les règles. Tu crois vraiment que remettre une âme en jeu est le seul châtiment que le Créateur puisse t'infliger ? (Jim s'approcha davantage jusqu'au moment où leurs bouches se frôlèrent.) Je crois qu'Il est capable de bien pire.

Juste pour l'emmerder, elle lui mordit la lèvre inférieure, savourant le goût du sang.

Il ne protesta pas.

Non, au lieu de cela, il tourna la tête et cracha. Puis il la regarda comme s'il allait la tuer à mains nues.

Délicieux.

Seigneur, elle était plus que prête à se faire prendre violemment, une séance de sexe bestial qui laisserait des marques et lui ferait mal pendant des jours.

Et dans le silence tendu, elle considéra les options qui s'offraient à elle. Continuer à le sermonner ? À l'asticoter ?

Ou sortir une allumette et allumer la mèche de la bombe.

— Si j'étais toi, je serais plus gentil avec moi, dit-elle en tirant la langue pour laper le sang frais qui perlait sur la lèvre de Jim. Parce que j'ai quelque chose que tu veux, n'est-ce pas ? Et la situation pourrait rapidement devenir inconfortable pour ta nana si l'envie m'en prenait. Comment s'appelle-t-elle déjà ? Ah oui, « Sissy ».

« Boum. »

Chapitre 43

Alors que Matthias descendait le long du corps de Mels, le sexe n'occupait qu'une partie de son esprit. L'autre était concentrée sur les derniers développements qui s'opéraient au-dessous de sa ceinture.

Il bandait comme un âne.

Alors qu'il lui faisait l'amour avec sa bouche, il n'arrivait pas à croire qu'il avait une telle érection, à ce moment précis, savourant la friction entre son bas-ventre et le matelas.

Surprise !

Il avait remarqué ce changement pour la première fois lorsqu'il avait déshabillé Mels sur le lit. Un seul regard à ses seins parfaits et Matthias avait senti un tressaillement au niveau du gland.

Il avait baissé les yeux vers son bassin puis avait cru que son imagination lui jouait des tours.

Sauf que lorsqu'il s'était levé pour la suivre dans la salle de bains, il aurait juré qu'une bosse déformait son pantalon.

Et maintenant qu'elle jouissait contre son visage, le goût de son intimité coulant au fond de sa gorge, il savait qu'il ne rêvait pas.

Il tendit le bras et plongea la main entre ses jambes.

Le gémissement qu'il poussa pénétra les entrailles de Mels.

Il était dur.

Comme un roc.

Et fou de désir, de toute évidence : une seule caresse au-dessus de ce survêtement et il s'effondra contre la jambe de Mels, éperdu de surprise, de gratitude…

Mais la logique coupa court à sa joie en lui rappelant qu'il avait beau avoir une érection, cela ne signifiait pas qu'il était en mesure d'aller jusqu'au bout.

— Matthias ?

Celui-ci se racla la gorge. Manifestement, Mels se doutait de quelque chose, car elle se souleva des oreillers.

— Qu'est-ce qui se passe ?

Il se redressa et s'agenouilla sur le matelas. Puis il lui prit la main et l'approcha. Il ne se fiait pas à sa voix, mais il n'avait pas à parler. Dès qu'elle le sentirait, elle comprendrait.

Il se rappela cette histoire de dingue dans la salle de bains avec Adrian. Il n'avait toujours aucune idée de ce qui s'était passé, mais en plus d'avoir recouvré la vue, il était désormais dur, et plus que prêt à faire l'amour. Et grâce à ce type, il semblait en être de nouveau capable.

Il en aurait pleuré.

Être en elle, être en elle pour de bon…

Cet homme était un ange, capable de miracles.

Matthias prit la main de Mels et la posa sur lui. À ce contact, il sentit ses hanches remuer, sa queue se tendre vers ses paumes, et le choc du plaisir lui fit serrer les dents.

Mels se raidit.

Parle, idiot. Dis quelque chose.

Au lieu de cela, il ne put que se frotter contre elle, basculant le bassin en une sorte de supplique.

Et bon sang… Mels prit le relais, une expression d'extase se peignant sur son visage, une lueur dansant dans ses yeux alors qu'elle l'agrippait à travers le tissu.

Tombant sur le côté, il la laissa s'emparer de lui, son corps se relâchant tandis qu'elle s'agenouillait entre ses jambes et tendait le bras vers la ceinture du pantalon en cuir qu'Adrian lui avait prêté.

— Ça ne te dérange pas ? lui demanda-t-elle.

Il appréciait le fait qu'elle soit sensible à sa gêne vis-à-vis de ses cicatrices. Mais… celles-ci n'étaient plus si visibles.

— Non, si toi non plus…

Elle mit un terme au débat en dénouant le câble qui lui entourait la taille.

— Original, comme ceinture.

— Elle est noire.

— Effectivement, ça s'accorde, approuva-t-elle.

Puis il se retrouva nu à l'exception de son caleçon.

Étrange, alors qu'il se délectait de cette vue sur ses seins, il aurait pu se faire amputer des deux bras qu'il n'en aurait rien eu à faire.

Il baissa la tête, et pas pour inspecter ses jambes.

Bon, ce n'était toujours pas le fruit de son imagination : sa queue saillait contre le fin tissu de son caleçon, semblant prête à y percer un trou pour arriver jusqu'à Mels. Et c'était étrange… Autrefois, lorsqu'il fonctionnait, ce membre long et épais ne lui avait pas paru faire partie de lui-même. C'était peut-être une séquelle de son passé. Peu importe. Toujours est-il qu'à cet instant son sexe semblait déborder d'énergie, encore plus que son esprit.

Pourtant, il devait avertir la jeune femme que la situation risquait de tourner au vinaigre…

À peine l'avait-elle touché, à peine sa main chaude l'avait-elle enserré à travers le tissu que Matthias fut parcouru d'un violent frisson, et il ouvrit la bouche en grand pour laisser exploser un juron.

Quand il rouvrit les yeux – il n'avait même pas remarqué qu'il les avait fermés –, il vit son visage s'approcher du sien.

— C'est bon ? demanda-t-elle d'une voix rauque.

Même si elle connaissait la réponse.

Puis elle le déshabilla complètement.

D'un geste brusque, il l'agrippa par les épaules et l'attira vers sa bouche, l'embrassant avec fougue. Alors, elle se mit à le caresser avec vigueur, son poignet s'activant le long de son pénis lentement au début, puis plus vite, remontant au-dessus du gland et serrant sa verge à chaque passage.

Matthias s'abandonna totalement aux caresses qu'elle lui prodiguait, et dans ce délicieux égarement, il l'embrassa à pleine bouche et enfouit sa main dans ses cheveux épais, à la naissance de son cou.

Plus. Il en voulait encore plus...

D'un mouvement vif, il l'attira vers son torse et roula pour la chevaucher.

— Je veux être en toi, dit-il contre sa bouche.

Elle acquiesça aussitôt.

— Je vais voir si j'ai des préservatifs.

Après un baiser furtif, Mels quitta le lit pour aller chercher son sac. Elle farfouilla quelques secondes, puis marmonna : « Merci, mon Dieu. »

Quand elle se retourna, elle brandissait une boîte de capotes.

— Que les choses soient claires, ce sont celles d'une amie. Je les transportais pour elle quand on est sorties. C'est la vérité.

Et il la croyait.

Mais trêve de paroles.

— Viens, dit-il en lui prenant la main.

En un éclair, il enfila le préservatif et ils se retrouvèrent dans la même positon, elle les jambes écartées, lui à califourchon au-dessus du sexe de Mels.

Alors qu'il l'embrassait, goûtant ses lèvres douces, elle le guida vers son intimité. Puis il prit le relais. D'un violent coup de reins, il bascula le bassin en avant et la sensation se répercuta jusqu'aux tréfonds de ses entrailles, l'humidité de

Mels envahissant tout son membre, la chaleur de son étreinte le rendant encore plus dur.

Mels poussa un cri, enfonçant ses ongles dans le dos de Matthias, son corps tressaillant contre le sien, son sexe parcouru de spasmes alors qu'elle atteignait l'orgasme.

— Oh, Seigneur, grogna-t-il en l'écrasant contre son torse tandis qu'il entamait des va-et-vient au milieu de la jouissance de Mels.

Il avait eu l'intention d'aller doucement. Vraiment.

Mais quand elle noua les jambes autour de ses fesses et se frotta contre lui, il perdit tout contrôle. Saisi d'un instinct bestial, il ondula des hanches avec ferveur, de plus en plus vite, de plus en plus fort.

Et elle répondait à chacun de ses assauts, accueillant sa fougue, réclamant son corps…

L'orgasme qui le parcourut fut aussi violent que cette détonation dans le désert, et Matthias explosa en mille morceaux, projeté dans les airs.

À cette différence près qu'au lieu de le faire plonger en enfer il l'envoya droit au paradis…

Quand Mels sentit l'érection de Matthias s'enfoncer profondément en elle, elle l'étreignit avec force, absorbant son orgasme alors qu'elle jouissait à son tour. Le serrant dans ses bras, elle enfouit le visage dans son cou et son épaule et sentit la puissance de ce corps métamorphosé.

C'était un… miracle.

Il n'y avait pas d'autre mot pour le décrire.

Quand elle recouvra enfin ses esprits, il la dévisageait, le visage grave… voire sinistre.

— Je vais bien, dit-elle avec un sourire. Tu ne m'as pas fait mal.

Matthias ouvrit la bouche, mais se contenta de l'embrasser avec douceur.

Il était encore dur.

Il roula sur le côté, gardant Mels serrée contre lui.

— Je ne veux pas en rester là, dit-il d'une voix bourrue.

Elle non plus.

Matthias s'empressa d'enfiler un nouveau préservatif.

Cette fois, la jeune femme mena la danse.

Et elle voulait le chevaucher.

Se plaçant à califourchon sur ses hanches, elle plaqua les mains sur ses épaules et commença à onduler du bassin, son érection entrant et sortant de son sexe, enflammant de nouveau leurs corps. Tandis que le rythme s'accélérait, ils bougeaient en cadence, rivés l'un à l'autre, s'abandonnant à la montée en puissance.

Ils atteignirent l'orgasme à l'unisson. Matthias explosa en Mels, inondé par sa jouissance, le plaisir si vif et si constant que ça en devenait presque douloureux…

Enfin, après ce qui parut un siècle, ce fut terminé.

Mels s'effondra sur lui, puis roula sur le dos pour s'allonger à son côté.

Il la regarda droit dans les yeux et dit :

— Tu étais incroyable.

— Mauvais pronom.

Il écarta une mèche derrière son oreille. Puis, d'un geste délicat, il lui effleura le visage comme pour le mémoriser.

— Tu pars ce matin, murmura-t-elle, saisie d'une peur subite.

Il hocha lentement la tête.

Mels ferma les yeux et retomba sur les oreillers. Glissant son avant-bras sous sa tête, elle contempla le plafond.

Bon sang… c'était affreux.

— Je suis amoureux de toi, dit-il d'une voix douce.

Elle tourna brusquement la tête. Matthias la dévisageait toujours, le regard impassible et pénétrant, son visage dur empreint de gravité.

Un instant, elle voulut le gifler. Il quittait la ville pour une destination inconnue, en sachant qu'il ne reviendrait jamais, et lâchait cette bombe ?

Qu'il aille se faire foutre.

— Je voulais juste que tu le saches.

— Avant de partir, marmonna-t-elle.

— Certaines choses méritent d'être dites.

Elle se retourna vers lui et plaqua les mains contre son corps, de crainte qu'elles n'agissent de leur propre volonté.

— Si c'est vrai, alors pourquoi partir ?

— Je n'ai pas le choix.

— Ah. Parce que quelqu'un te force à sauter dans un car ? (Elle se reprocha son ton cynique.) Et merde… Écoute, je ne veux pas que tu me quittes. Mais tu le sais déjà. Donc restons-en là.

Il l'aimait.

Et quand elle le regarda, son visage trahissait ses propres sentiments.

Plutôt que de le gifler, elle lui caressa la joue.

— Qu'est-ce que je vais devenir sans toi ?

Et comment se faisait-il qu'un parfait inconnu ait autant d'importance pour elle ? Elle avait dépassé l'adolescence, cette période de la vie où le premier gars venu était susceptible de devenir le héros d'une tragédie grecque. Pourtant, elle était prête à fondre en larmes parce qu'il ne lui restait presque plus de temps à passer avec lui.

— Est-ce que tu me donneras des nouvelles ? demanda-t-elle.

Pour toute réponse, il l'embrassa, et les yeux de Mels la piquèrent si fort qu'elle dut ciller plusieurs fois.

Ils refirent l'amour avec lenteur et douceur, mais l'effet fut tout aussi dévastateur que lorsque la passion les avait dévorés : alors qu'il la caressait, la pénétrait, qu'ils bougeaient à l'unisson, elle grava dans sa mémoire le moindre de leurs gémissements, de leurs mouvements et de leurs soupirs.

Elle chérirait ce souvenir jusqu'à la fin de ses jours.

Chapitre 44

Jim était assis, nu comme un ver, sur le quai devant le hangar. Les mains tremblantes, il sortit son paquet de clopes, puis son briquet, et eut toutes les peines du monde à approcher la flamme de l'extrémité de sa cigarette.

Pendant tout ce temps, le clapotis de l'Hudson contre les cales l'oppressait, lui donnant l'impression d'être pris au piège.

— Elle n'est pas la clé de cette histoire, déclara Divine derrière lui.

Seigneur, son ouïe était bien trop sensible. Quand la démone remonta sa fermeture Éclair, il eut l'impression d'entendre un cri dans sa tête, et personne ne devrait remarquer le bruit de pieds glissés dans des escarpins.

— La journaliste, insista la démone comme si elle attendait une réplique. Matthias est perdu. Rien ne pourra le sauver.

Jim tapota sa cigarette et regarda la cendre emportée par le courant.

Divine avait raison sur un point : elle était parvenue à aggraver son humeur. Il se sentait souillé, moralement et physiquement, à cause de sa colère, du sexe, de la partie qui se jouait.

Les sauveurs n'étaient pas censés être désespérés. Et pourtant, en cet instant, il sombrait dans un océan de pessimisme.

Divine s'approcha et ses talons hauts apparurent dans le champ de vision de Jim, la peau de crocodile bleu vif lui brûlant les rétines.

Il n'avait pas eu l'intention de la baiser.

Mais il l'avait fait. À deux reprises.

L'affrontement avait pris des proportions épiques… et avait laissé des traces : les barques auparavant bien empilées étaient à présent éparpillées dans tous les sens depuis qu'il l'avait plaquée contre elles. Les bouées étaient disséminées à travers tout le hangar. Plusieurs gilets de sauvetage étaient déchirés, le sol constellé de peluches rouges comme du sang maculant un champ de bataille.

On aurait dit qu'un ouragan avait ravagé l'Hudson.

Jim ne savait même plus s'il l'avait prise deux ou trois fois.

La démone s'agenouilla, son visage à la beauté factice s'immisçant dans son espace vital :

— Jim ? Tu es là ?

Il n'en était pas si sûr.

— On approche de la fin de la manche, susurra-t-elle. Quand ce sera fini, on pourrait peut-être s'offrir un peu de vacances ? Partir au soleil et rendre la destination encore plus chaude ?

— Plutôt mourir.

Elle se fendit d'un sourire sincère, comme si tout allait pour le mieux dans le meilleur des mondes.

— Alors, rendez-vous est pris.

La démone se redressa et il la suivit du regard tandis qu'elle se relevait. Si belle, si maléfique.

— Tu veux que je laisse la journaliste tranquille ? dit-elle. Très bien. Je le ferai. Parce que je crois que la partie est déjà gagnée. Je ne faisais qu'assurer mes arrières avec elle. Mais Matthias et son passé se chargeront de l'enterrer. Après tout, il m'appartient. C'est un menteur et un mégalomane, et ses choix la briseront, même si tu essaies de le baratiner et de l'amadouer avec des histoires de moralité. Et même si tu te sers d'elle pour le rallier à ton camp, tu ne parviendras jamais à laver la corruption de son âme, et ses péchés reviendront le hanter.

Jim tira de nouveau sur sa cigarette.

— Et surtout n'oublie pas : on recommence quand tu veux, dit-elle d'un petit air satisfait. Dès que tu auras besoin de te défouler. À bientôt, ennemi adoré.

Divine se volatilisa, abandonnant Jim au babillage de l'eau et au froid de la nuit. Quand il jeta son mégot dans le fleuve, l'ange songea à tous les écologistes qui auraient hurlé en le voyant agir.

Il se contenta d'en allumer une autre.

La fuma en entier.

En sortit une troisième.

Il resta un long moment, nu dans la brise, à enchaîner cigarette sur cigarette et à souffler des ronds de fumée, écœuré par lui-même. Ce qu'il venait de faire avec Divine était encore pire que le viol qu'il avait subi dans son puits d'âmes.

Là, il l'avait voulu. La première fois où il avait couché avec elle en sachant ce qu'elle était, c'était contre sa volonté.

Posant les yeux sur le fleuve de l'autre côté de la cale, il regarda le clair de lune effleurer les crêtes des flots, le courant, ou peut-être le vent de la nuit, agitant l'onde d'un léger remous, juste assez pour permettre à l'astre de jouer avec les vagues.

C'était magnifique, malgré l'eau boueuse due aux pluies printanières. Malgré son humeur massacrante. Malgré le fait qu'il se détestait et exécrait cette guerre au point d'hésiter à abandonner.

Cette lumière était la grâce à l'état pur.

À l'époque où il avait accepté le rôle de sauveur, il n'aurait jamais cru être affecté à ce point. Après avoir travaillé pour Matthias pendant toutes ces années au sein des XOps, il pensait avoir vu le pire de lui-même. Et de l'humanité.

Jamais il ne se serait attendu à tomber si bas.

Et il avait besoin de croire en quelque chose.

Quelque chose de tangible, de plus puissant que la peur de la perte du paradis, où se trouvait sa mère… et où il se trouverait peut-être un jour, lui.

Il se leva, sentant le poids du monde peser sur ses épaules, et se dirigea vers le survêtement, trop petit de deux tailles, qu'il avait emprunté à Matthias. Divine le lui avait arraché à un moment donné et le pantalon s'était retrouvé sous l'une de ces foutues barques.

Au moins, il n'était pas tombé dans le fleuve.

Jim ramassa le vêtement, agrippa la ceinture et le secoua.

Un bout de papier s'échappa de la poche.

Et malgré l'obscurité, l'ange sut de quoi il s'agissait dès qu'il le vit.

Jim tira sur son pantalon tout en s'approchant pour ramasser l'article de journal. Plié en deux, il avait atteri à quelques centimètres à peine de l'eau, presque perdu.

Jim ne voulait pas le regarder, n'avait aucune envie de voir la photo qu'il avait mémorisée, refusait de lire un traître mot du texte qu'il avait appris par cœur.

Mais ses mains ne l'entendaient pas ainsi.

L'instant d'après, il contemplait le visage de Sissy, ce jeune et ravissant visage, au regard intelligent. Incapable de détourner le regard, il tenta d'expliquer cette fascination par le fait que cette image représentait tout ce qu'il détestait chez Divine.

Mais ce n'était pas la seule raison.

Il fit courir ses doigts sur les pixels noirs et blancs, effleura la fine chaîne en or qu'il portait autour du cou, celle que Mme Barten lui avait donnée… et se souvint de ce moment qu'il avait passé avec Sissy, lorsqu'il lui avait parlé de Rex, comme pour lui lancer une bouée à laquelle se raccrocher quand le désespoir menacerait de l'emporter…

Dans un moment d'affreuse lucidité, il comprit que Divine était en train de gagner. Malgré un score de deux à un en faveur de Jim, le meurtre de ces blondes l'avait atteint et ancrait dans son esprit la rage et l'amertume qu'il éprouvait au sujet de Sissy.

Excellente stratégie.

Cette fille était vraiment son talon d'Achille.

Jim contempla la lumière irradiant du fleuve, puis reporta le regard sur l'article.

Divine ne changerait pas. Elle continuerait à exploiter cette faiblesse ; c'était sa nature, comme elle l'avait elle-même admis.

C'était donc à lui de changer.

Lâchant un juron, il replia l'article et longea la cale. Parvenu au bout, il passa sous le toit du hangar et s'arrêta au clair de lune.

Il s'empara du bout de papier et commença à le déchirer en deux, une main s'éloignant de l'autre…

Il ne tarda pas à s'interrompre.

— Et merde, marmonna-t-il. Fais-le. Fais-le, bordel !

Mais un obstacle obstruait son système nerveux, l'ordre émis par son cerveau détourné vers une autre direction.

Il se passa une main à travers les cheveux. Il voulait laisser partir Sissy. Vraiment.

Il priait même pour ça.

Malheureusement, la pensée lui vint qu'elle ne se contentait pas de souffrir dans l'antre de la démone. Elle était sous le contrôle de Divine. Ce qui signifiait qu'elle n'était pas en sécurité.

Son ennemie était capable du pire.

Il devait faire sortir Sissy de ce trou à rats…

Chapitre 45

Mels se réveilla en sursaut, l'obscurité qui l'entourait la replongeant dans ce fleuve, la privant de nouveau d'air…

Dès qu'elle vit le filet de lumière filtrant de l'autre côté de la porte, elle revint à la réalité. La chambre d'hôtel. Matthias…

Elle roula pour se retrouver face à son amant, profondément endormi, dont le torse se soulevait et s'abaissait à intervalles réguliers. Allongé sur le dos, il avait les bras à l'extérieur des couvertures, les mains le long des flancs, semblant prêt à bondir hors du lit.

Ou reposant dans un cercueil.

Une pensée macabre.

Seigneur, quelle nuit.

Mels était descendue à la boutique, ouverte vingt-quatre heures sur vingt-quatre, et la nuit s'était déroulée semblable à la précédente, entrecoupée de sexe torride et de phases de sommeil, de celui qui vous emporte lorsque vous êtes exténué.

Enfin, à l'exception du fait qu'ils étaient allés bien plus loin, cette fois.

Soudain, il ouvrit les yeux.

— Ça va ?

— Comment savais-tu que j'étais éveillée ?

Il haussa une de ses épaules nues.

— Je ne dors jamais vraiment.

— J'imagine.

Matthias posa le regard sur le plafond, immobile au point qu'on était en droit de se demander s'il respirait. Et alors elle comprit qu'ils avaient couché ensemble pour la dernière fois. Que s'était-elle imaginé ? Que toutes ces galipettes auraient pu le faire changer d'avis ?

Non, mais ç'a été bien plus que du sexe. Du moins la concernant…

Dans l'affreux silence qui suivit, elle s'autorisa un moment de tristesse et, semblant deviner ses pensées, Matthias lui prit la main et la serra.

— Je vais prendre une douche, dit-il.

Il se pencha et déposa sur ses lèvres un baiser appuyé, mais soudain il se leva si vite qu'elle eut un mouvement de recul.

Tu parles d'une transformation. On aurait dit qu'il n'avait jamais boité de sa vie.

Surtout lorsqu'il traversa la pénombre pour pénétrer dans la salle de bains.

Une seconde plus tard, la lumière s'alluma et Matthias ouvrit le robinet.

Mels consulta sa montre. Sept heures.

Il était temps de rentrer chez elle pour prendre une douche et se changer. Avec un peu de chance, sa mère serait partie à son cours de gym, et elles n'auraient pas à se regarder en chiens de faïence. Cela ne signifiait pas que Mels déplorait cette nuit, juste qu'elle détestait cette matinée.

Mais c'était parce que sa relation était terminée et non parce qu'elle regrettait de l'avoir entamée.

Quittant la chaleur du lit, elle se dirigea vers le bureau, alluma la lampe et se rappela qu'elle n'avait ni sous-vêtements, ni habits.

Seigneur, elle avait l'impression que cette chute dans le fleuve était arrivée à quelqu'un d'autre. Du moins, jusqu'à ce qu'elle sente les élancements dans ses côtes et ses avant-bras dus au moment où elle s'était extraite de l'Hudson.

Jetant un coup d'œil en direction de la salle de bains, elle songea un instant à le rejoindre. Non, il risquait de croire qu'elle se dégonflait, qu'elle tentait de le séduire dans l'espoir de le faire changer d'avis.

Elle avait sa fierté.

Même si elle lui emprunterait un caleçon. Pas question de rentrer chez elle nue sous un imperméable.

Elle se dirigea vers le sac dans lequel Jim Heron avait farfouillé et trouva deux boxers. Elle s'empara de l'un d'eux et l'enfila. Il lui allait, et elle découvrit un autre bas de survêtement ainsi que deux tee-shirts.

Elle dut retrousser le pantalon au niveau de la ceinture, et elle nageait dans le tee-shirt, mais tout était noir, et quand elle glissa ses pieds dans ses chaussettes et mit l'imperméable autour de ses épaules, elle avait beaucoup moins l'impression de ressembler à une prostituée.

Matthias se trouvait toujours sous la douche.

Elle fut tentée de filer à l'anglaise pour leur éviter la gêne des adieux. Elle jeta un coup d'œil à la porte et mit son sac sur son épaule. Elle pouvait toujours lui laisser un message ?

Non. Elle refusait de se comporter en lâche…

Le bruit étouffé de son alarme sonna dans son sac.

Plongeant la main à l'intérieur, elle trouva son fichu téléphone et le sortit. Le « bip » strident et insupportable lui fit grincer des dents, mais c'était bien le but : jamais une sonnerie plus agréable n'aurait réussi à la réveiller.

Après l'avoir désactivée, elle reporta le regard sur la porte entrouverte de la salle de bains.

L'attente lui tapait sur le système et Mels consulta son répondeur pour passer le temps. Trois messages.

— Bonjour, ici Dan, de *Caldwell Auto*. On a examiné votre voiture, et pour être honnête, elle est bonne pour la casse. Un véhicule aussi vieux, avec ce genre de dégâts ? On pourrait la réparer, mais je ne peux pas vous garantir qu'elle ne vous lâcherait pas une semaine plus tard. Je vous conseillerais plutôt de prendre l'argent de l'assurance et d'en acheter une neuve. Appelez-moi…

Pour une raison étrange, l'idée que sa voiture était morte lui fit monter les larmes aux yeux.

Bon sang, Mels devait recouvrer son sang-froid.

Le deuxième message provenait de son salon de coiffure, pour lui rappeler son rendez-vous avec Pablo.

Quant au troisième…

— Salut, c'est l'ami de Tony ? Jason ? De la balistique ?

L'intonation du type transformait chaque phrase en question, comme s'il n'était pas sûr de son propre prénom.

— Écoutez… J'ai besoin de vous parler au plus vite. Cette douille que vous avez découverte ? On a trouvé une correspondance. Elle provient de l'arme qui a été utilisée lors de la fusillade au *Marriott*. (Un frisson lui parcourut la nuque et s'étendit au reste de son corps.) Ce qui signifie que nous devons vous interroger. Là, il est 22 heures et je vais me coucher, mais demain à la première heure, je présenterai mon rapport et votre…

À ce moment-là, la douche s'interrompit dans la salle de bains.

Mels se pencha sur le côté et regarda Matthias sortir de la baignoire. Il semblait bien plus imposant à présent, et quand elle baissa les yeux, elle ne vit que des cicatrices estompées sur le bas de son corps, rien qui soit susceptible de provoquer un sentiment de honte. Ni un boitement.

L'ami de Tony parlait toujours quand Matthias se retourna pour s'emparer de la serviette qu'il avait posée sur le couvercle des toilettes…

Mels faillit lâcher son téléphone.

Un énorme tatouage représentant la Faucheuse dans un cimetière lui recouvrait le dos, du sommet des épaules au bas de la taille. Et en dessous, des dizaines et des dizaines de marques étaient alignées en rangs serrés.

C'était exactement le même que celui qu'Eric lui avait montré…

Sortir. Tout de suite.

Mels fonça vers la porte, mais n'y parvint pas à temps.

Au moment où elle se mettait à courir, Matthias sortit de la petite pièce humide, lui bloquant la route.

Si Matthias avait pris une douche, c'était moins pour se laver que pour soulager un affreux mal de crâne. Il n'avait jamais été doué pour les adieux ; sauf que jusqu'alors, l'explication tenait au fait qu'il n'avait jamais éprouvé de sentiments envers qui que ce soit.

Mais l'idée de quitter Mels lui faisait un mal de chien.

Que lui dirait-il ? Parviendrait-il à la laisser partir ?

Il noua une serviette autour de sa taille, sortit de la salle de bains et…

Mels s'arrêta devant lui comme stoppée net pendant un sprint. Vêtue de quelques vêtements qu'il avait achetés à la boutique, elle avait l'air affolée.

— Mels…

— Éloigne-toi de moi.

Elle fouilla dans son sac, et il devina aussitôt qu'elle en sortirait son pistolet.

Effectivement, elle braqua le canon droit sur son torse.

Il leva les mains en l'air.

— Qu'est-ce qui se passe ?

— Joli tatouage. Oh, et je viens de découvrir que tu as tué ce type ici, à l'hôtel. La douille correspond.

— Quelle douille ?

— Celle que j'ai trouvée devant ce garage. Quand je suis venue te voir la première fois. Tu te rappelles, n'est-ce pas ? Eh bien, je l'ai donnée à un spécialiste qui a effectué une comparaison balistique, et ton pistolet est bien celui qui a été utilisé lors de cette fusillade.

Matthias ferma les yeux. Merde, cette douille devait provenir du pistolet de Jim, celui qu'il avait pris, celui qu'il avait utilisé pour tirer sur l'agent dans le couloir du sous-sol.

— Est-ce que tu as aussi fait disparaître le cadavre de la morgue ? Vu ce tatouage que vous avez tous les deux dans le dos, j'imagine que vous êtes liés, mais ne t'embête pas à m'expliquer. Je ne croirai rien de ce que tu me diras. (Mels secoua la tête, l'écœurement se lisant non seulement sur son visage mais dans tout son corps.) C'étaient des bobards. Toute cette histoire n'était qu'un mensonge, c'est ça ? L'amnésie… le boitement… ces fichues cicatrices, ton œil. (Elle jura comme un charretier.) Bon sang, c'était une putain de lentille de contact, hein ? Avec du maquillage pour que tes blessures paraissent encore plus graves ? Oh, Seigneur… (Elle esquissa un mouvement de recul.) L'impuissance aussi, c'était du cinéma, pas vrai ? J'imagine que l'envie de baiser a fini par prendre le dessus, au risque d'être démasqué ? Ou est-ce que tu en as eu tout simplement marre de jouer la comédie ?

Alors qu'il mourait intérieurement, Matthias ne pouvait que croiser les bras et encaisser les coups. Il ne lui en voulait pas d'extrapoler : c'était plus facile que de croire à un miracle, et les conclusions qu'elle tirait, même si elles le rendaient dingue, lui auraient paru la seule explication possible s'il avait été à sa place…

Quand elle s'arrêta enfin de parler, il ouvrit la bouche puis la referma en s'apercevant qu'il n'avait rien à ajouter. Il avait détesté lui mentir, mais elle s'en ficherait.

Merde, elle aurait tout aussi bien pu appuyer sur la détente. Il avait l'impression qu'elle l'avait blessé à mort. Mais en toute honnêteté, c'était sa faute. Tout était sa faute : même si des pans entiers de son passé demeuraient dans l'ombre, il avait su qu'il irait droit dans le mur en tombant amoureux d'elle.

Au final, il ne pouvait que s'écarter et la laisser partir. Et c'était peut-être mieux ainsi. Après cette dispute, elle ne chercherait plus jamais à le revoir.

Dès qu'il esquissa un pas sur le côté, Mels se dirigea vers la porte, gardant le pistolet braqué sur lui. Puis quand elle sortit dans le couloir, elle jeta un coup d'œil en arrière.

— Il n'y a qu'une chose que je ne comprends pas, murmura-t-elle d'une voix blanche. Pourquoi t'être donné toute cette peine ? Qu'est-ce que tu veux de moi ?

Tout, songea-t-il.

— Alors, c'était juste un jeu, cracha-t-elle. Eh bien, j'ignore à quelle récompense tu t'attendais, mais je te le dis tout de suite : n'essaie plus jamais d'entrer en contact avec moi sous quelque prétexte que ce soit. Oh, et j'appelle la police dès cet instant pour leur dire tout ce que je sais sur toi. Même si je ne sais pas ce que ça représente au juste.

Sur ce, elle disparut, et la porte se referma derrière elle.

Matthias ferma les yeux et s'adossa au mur.

Il s'était douté que la quitter serait douloureux. Mais de cette manière ? Alors qu'elle le prenait pour un manipulateur et un menteur ?

Cependant, dans son cœur, il savait qu'elle avait raison. Il avait toujours été un expert en mensonges.

Un conspirateur.

Un manipulateur…

La migraine s'abattit sur lui avec violence, et ce fut la dernière… Non parce qu'il mourut, mais parce que, sur la moquette rase de la chambre d'hôtel, juste au pied de la porte que Mels venait de franchir, tous ses souvenirs remontèrent à la surface. Absolument tous.

Du début à la fin, en passant par toutes les atrocités du milieu, sa mémoire explosa comme une bouteille de champagne, faisant sauter le bouchon qui la maintenait enfermée, emplissant ses neurones, prenant le contrôle de son cerveau.

Il eut l'impression que dix mille postes de télévision avaient été allumés dans la pièce, tous avec le volume poussé au maximum, le vacarme si assourdissant que c'était un miracle si les gens dans la rue ne l'entendaient pas.

C'était un tsunami qui balayait la rive, effaçait ces derniers jours d'innocence relative avec Mels, dévastait le paysage qu'il avait créé pour elle et lui, dévoilant la terre corrompue sous les sentiments qu'il avait découverts avec elle.

C'était, à plus d'un titre, pire que les supplices qu'il avait subis en enfer.

Parce que, après avoir vu ce qu'il était, sous toutes les coutures, sans fard pour masquer la laideur, il sut que la partie dans laquelle il était engagé n'aurait pas une fin heureuse.

Son âme était pourrie jusqu'à la moelle.

Et Matthias savait depuis longtemps qu'on récolte toujours ce qu'on sème.

Chapitre 46

Une fois chez elle, Mels prit la plus longue douche de sa vie : après s'être frottée à l'aide d'un gant savonneux, elle se tint sous le jet jusqu'à épuisement de l'eau chaude.

Quand la température devint glaciale, Mels ferma le robinet, sortit et noua une serviette autour de son corps rougi en se maudissant d'avoir averti Matthias qu'elle préviendrait la police. À l'heure qu'il était, il devait déjà être loin. Quoique, étant donné la paranoïa dont il avait toujours fait preuve, il serait sûrement parti de toute façon, maintenant qu'elle avait découvert la vérité.

Au moins, elle avait fait son devoir. Depuis le taxi, elle avait appelé De La Cruz à son domicile et lui avait tout raconté, malgré l'horrible sensation d'avoir déshonoré son père par son comportement honteux.

L'inspecteur avait aussitôt pris la situation en main : la chambre de Matthias serait fouillée d'un instant à l'autre. Si ce n'était pas déjà fait.

Merde. Mels aurait dû rester là-bas pour s'assurer que Matthias ne leur filerait pas entre les doigts, mais au moment où elle était partie, elle n'avait pensé qu'à sa propre sécurité.

Seigneur, elle se sentait sale… souillée, et ses émotions étaient un vrai capharnaüm.

Et elle était convaincue qu'elle souffrirait moins si elle avait eu une explication. Pourquoi elle ? Pourquoi maintenant ?

Qu'avait-il voulu d'elle ?

Mais ces interrogations étaient sans doute aussi vaines que de demander à un camionneur fou pourquoi il avait choisi d'écraser tel piéton plutôt qu'un autre.

Elle entra dans sa chambre et s'habilla avec plus de soin que d'habitude. De même, elle retarda son départ d'un quart d'heure, le temps de boucler quelques mèches à l'aide d'un fer à friser. Une grande nouveauté.

La dernière fois qu'elle l'avait sorti, c'était à l'occasion du mariage d'une amie, environ un an et demi auparavant.

Puis elle décida de se maquiller et enfila même une paire de ballerines.

S'armant de courage, elle contempla son reflet au dos de la porte de la penderie.

Merde. C'était toujours elle.

Elle avait espéré voir quelqu'un d'autre dans le miroir, quelqu'un qui n'avait pas passé la nuit à baiser avec un type qu'elle ne connaissait que depuis deux ou trois jours… et qui se révélait être un dangereux criminel.

— Oh, Seigneur…

Écœurée, elle se retourna, descendit l'escalier et se prépara un café. Mais elle ne parvint pas jusqu'aux tasses rangées dans le placard. Elle resta figée devant sa chaise près de la table, alors que le bruit de la cafetière, qui finissait son cycle, s'élevait de plus en plus fort au-dessus du comptoir.

Dans le silence étouffant, elle ne pouvait s'empêcher de se repasser le film de son histoire avec Matthias, et ce, dans les moindres détails : l'accident de voiture devant le cimetière, sa visite à l'hôpital… le jour où elle l'avait suivi jusqu'au garage, le moment où ils s'étaient retrouvés dans son hôtel… la première nuit… la dernière.

Depuis le début, elle soupçonnait une entourloupe, et à présent, elle n'avait plus que ses yeux pour pleurer.

— Quelle conne… Mais quelle conne…

La tête entre les mains, elle se massa les tempes à l'aide des pouces en se demandant combien de temps s'écoulerait avant qu'elle cesse de s'autoflageller.

Un long moment. Peut-être une éternité.

Une partie d'elle aurait voulu remonter le temps et retourner à la nuit où Dick s'était approché de son bureau pour recommencer à la harceler. Si seulement elle avait quitté le travail plus tôt, à 17 heures comme les autres journalistes, elle aurait pu éviter la scène du patron vicelard… et tout ce qui avait suivi.

Si seulement…

Elle s'assit et resta prostrée, dans la cuisine accueillante de sa mère, alors que les minutes s'écoulaient et que le soleil évoluait dans le ciel, cessant de lui chauffer le dos pour baigner son profil et le côté de son corps. Et à l'instar de l'astre, elle modifia elle aussi son point de vue, étendant son introspection à d'autres domaines que Matthias, comme sa carrière, ce qu'elle éprouvait à habiter dans cette maison, et la façon dont elle avait vécu ces dernières années depuis la mort de son père.

Avec le recul, il était clair qu'elle avait eu besoin de ce coup de semonce. Malgré toute sa motivation, elle avait fait du surplace, vivant chez sa mère sans être là pour elle, pleurant son père sans même en avoir conscience.

Mais franchement… Si le but était de remanier sa vie, pourquoi ne pas s'être contentée de changer de coiffure ou de prendre un chien, n'importe quoi de moins dramatique que de se lancer dans une liaison désastreuse ?

Avec d'éventuelles conséquences judiciaires.

Elle baissa les mains, se renfonça dans son siège et contempla la chaise où sa mère avait l'habitude de s'asseoir. La lumière du soleil filtrant à travers la fenêtre réchauffait le bois, ce qui expliquait pourquoi sa mère aimait tellement cette place à table.

De plus, on pouvait surveiller l'ensemble de la cuisine, au cas où un plat mijoterait sur le feu. Fronçant les sourcils, Mels se rendit compte qu'elle s'était assise sur la chaise de son père, celle à gauche de sa mère, celle qui faisait face au couloir menant à la porte d'entrée. Enfant, elle avait toujours occupé le siège opposé.

Encore une manière de prendre la place de son père.

Et tout bien réfléchi, il n'était pas impossible que la vraie raison qui l'avait poussée à démissionner du *Post* avait été de rentrer à Caldwell pour prendre soin de sa mère.

Plus elle y réfléchissait, plus l'idée lui semblait plausible. D'abord parce qu'elle avait été marquée par les dernières paroles de son père au sujet de sa femme. Et ensuite, parce que, après l'enterrement, sa mère s'était retrouvée seule, totalement perdue. Comme toute fille digne de ce nom, et pour respecter ce qu'elle s'imaginait être la volonté de son père, Mels était intervenue pour combler le vide… mais ce sacrifice l'avait rendue folle et amère vis-à-vis de sa mère, de son boulot au *CCJ*, de sa vie à Caldwell.

Une initiative louable, mais inutile et contre-productive. Personne ne lui avait demandé de faire ça. Ni sa mère ni son père.

Mels promena le regard sur la cuisine et la salle à manger, puis sur le porche et le jardin. Tout était en ordre. Et pourtant, elle ne contribuait en rien à l'entretien de la maison : sa mère se chargeait de tout.

Elle secoua la tête en se demandant depuis combien de temps elle avait endossé le rôle de père de famille sans même s'en rendre compte. D'un autre côté, était-ce vraiment une question à se poser après ce désastre avec Matthias ? De toute évidence, le relationnel n'était pas son point fort…

Un cliquetis résonna dans l'entrée, puis la porte s'ouvrit, et quand la lumière inonda le couloir, la silhouette menue de sa mère apparut en ombre chinoise. Helen Carmichael portait un tapis de yoga et parlait au téléphone lorsqu'elle referma derrière elle et pénétra dans le vestibule.

— Oh, je le sais bien, et j'ai confiance dans les gens, tant qu'ils ne me prouvent pas que j'ai eu tort. Alors, oui, je crois que tu devrais couper les ponts avec elle.

Sa mère s'interrompit pour la saluer d'un signe et poser ses affaires sur le plan de travail, près du réfrigérateur. Puis elle fronça les sourcils, comme si elle avait deviné que l'humeur de sa fille n'était pas au beau fixe.

— Écoute, Maria, est-ce que je peux te rappeler ? D'accord, merci. À plus tard.

Elle raccrocha et posa le portable à côté de son sac en toile.

— Mels, qu'est-ce qui ne va pas ?

Mels se renversa dans son siège et songea à son père quand il adoptait la même posture. La chaise avait toujours grincé sous son poids, mais, dans son cas, elle n'émettait pas un son.

— Je peux te poser une question vraiment idiote ? demanda-t-elle à sa mère. Et surtout, ne te vexe pas.

Sa mère s'assit lentement auprès d'elle.

— Je t'en prie.

— Tu te rappelles quand papa était encore avec nous ? Quand il s'installait là pour payer les factures ? (Mels tapota la surface de la table.) Avec ce carnet de chèques ouvert, le gros, avec trois chèques par page ? Il s'asseyait là, rédigeait les chèques, les mettait dans des enveloppes et notait tout dans le registre.

— Oh, oui, répondit sa mère d'un air triste. Chaque mois. Réglé comme une horloge.

— Il avait des lunettes de lecture, qui lui tombaient au bas du nez et ça l'agaçait terriblement. Il passait son temps à grimacer comme s'il avait les orteils coincés dans un étau.

— Il détestait faire les comptes. Mais il s'en acquittait tous les mois.

Mels se racla la gorge.

—Comment est-ce que tu… Je veux dire, c'est toi qui paies les factures maintenant. Mais où ? Quand ? Je ne t'ai jamais vu signer un chèque.

Sa mère esquissa un sourire.

—Ton père voulait tout faire manuellement. Il ne faisait pas confiance aux banques. J'en étais venue à croire que ce rituel était l'expression physique de sa méfiance envers les administrations. Je ne suis pas comme lui. Toutes mes charges sont prélevées automatiquement, depuis les échéances de la voiture jusqu'à la facture d'électricité en passant par mon assurance. Mes comptes sont en ligne : je les consulte une fois par semaine pour me tenir au courant. Ça économise du papier, des timbres et les trajets à la poste. Plus efficace.

Mels sentit un frisson de surprise la parcourir, mais, après tout, sa mère n'était pas une enfant.

—Mais… et le jardin ? Papa tondait la pelouse, qui s'en occupe désormais ?

—Juste après sa mort, je me suis renseignée auprès des voisins. En général, le mari ou le fils de la famille s'en chargent, et je m'y suis essayée, mais c'était bien trop pénible ; mieux valait payer quelqu'un. J'ai fait appel à des professionnels parce que je ne voulais pas avoir à me demander toutes les semaines si le travail serait fait. En plus, ils ratissent les feuilles mortes au printemps et en automne. Mels, quelque chose te tracasse ?

—À vrai dire, oui. (Elle passa de nouveau la main sur la table, à l'endroit où son père avait géré les choses à sa manière.) Je… euh… j'ai peur d'avoir passé les dernières années à essayer d'incarner papa pour toi, et non seulement ça n'a pas marché, mais je ne t'ai pas assez épaulée. Et tu as parfaitement réussi à prendre soin de toi-même.

Un long silence s'installa.

—Tu sais, murmura sa mère, je me suis demandée pourquoi tu restais. Tu étais si malheureuse, ici, et à l'évidence, tu m'en voulais.

— Ce n'est pas ta faute. Et c'était stupide de ma part. (Mels pianota sur la table.) Je voulais juste… Il aurait voulu que je prenne soin de toi. Ou en tout cas, que quelqu'un veille sur toi.

— Il était comme ça. (Elle secoua lentement la tête.) Il a toujours été vieux jeu. Un homme un peu macho avec des valeurs très traditionnelles. Mais comme je l'aimais, je le laissais faire.

— Mais tu n'avais pas besoin d'être surprotégée, n'est-ce pas ?

— J'avais besoin de lui. Il me rendait très heureuse. (Une lueur de tristesse assombrit son regard.) C'était le genre d'homme qui devait prendre le contrôle ; je l'ai épousé et je t'ai eue jeune. Mais j'ai grandi.

— Et… est-ce que ça posait des problèmes dans votre couple ?

Seigneur, ça semblait si indiscret.

Un long silence suivit.

— Je l'aimais, il m'aimait. Au bout du compte, rien n'a pu entamer notre amour.

— Je suis tellement désolée.

— De quoi ?

— Qu'il soit mort et t'ait laissée toute seule.

— Je ne suis pas seule. J'ai une vie, maintenant. Une vie riche, pleine d'amis et d'activités. Et ce qui m'inquiète le plus à ton sujet, c'est que ça n'a pas l'air d'être ton cas. Tu es à l'époque de ta vie où tu peux faire ce que tu veux, réussir là où tu le souhaites, choisir ta propre voie. C'est ce que j'ai fait avec ton père… et je suis heureuse de ne pas avoir hésité, parce que lui et moi avons été privés d'une trentaine d'années de vie commune. Tu mérites le même bonheur, entourée de l'homme et des gens que tu aimes, dans un endroit où tu seras bien.

Des larmes piquèrent les yeux de Mels.

— Je ne comprends pas pourquoi je ne m'en suis pas rendu compte moi-même. Je suis journaliste. Je devrais avoir tiré au clair ma propre vie.

— Les choses ne sont pas toujours si faciles et claires. (Sa mère tendit le bras et recouvrit la main de Mels.) Ces dernières années ont été très difficiles. Mais je me fais une place dans ce monde… et je crois que tu devrais faire pareil.

— Tu as raison. (Mels s'essuya les joues et partit d'un petit rire.) Tu sais sur quoi je travaille en ce moment ?

— Dis-moi.

— Un article sur des personnes disparues. Je ne m'en sors pas. Après avoir passé des heures à mon bureau, à décortiquer des statistiques, à chercher des sources, à poser des questions et à tout remettre en cause, je ne suis pas plus avancée que les autres journalistes.

— Mais tu finiras peut-être par trouver les réponses ?

Mels croisa le regard de sa mère.

— Je crois que j'aurais mieux fait de regarder dans le miroir. Ça va te paraître bizarre, mais… depuis le décès de papa, je suis aux abonnés absents de ma propre vie. Je ne sais pas si ça a un sens.

— Bien sûr que oui. Vous étiez proches, tous les deux. Je suis sûre que tu le sais déjà, mais il était très fier de toi.

— C'est drôle… En grandissant, je me suis souvent demandé s'il n'aurait pas préféré un fils.

— Oh, pas du tout. Il te voulait. Il disait que tu étais l'enfant parfaite. Rien ne le rendait plus heureux que toi, et c'était une des raisons pour lesquelles je l'aimais tant. Ce lien père-fille est tellement important. Je suis bien placée pour le savoir. J'étais la chouchoute de mon père. Et je voulais que tu connaisses ça, toi aussi. Et tu l'as eu. Je regrette juste que ça n'ait pas duré plus longtemps.

— Mon Dieu, je t'aime, maman. (Mels bondit de sa chaise et contourna la table. Tombant à genoux, elle noua ses bras autour de la femme.) Je t'aime tellement.

Quand Helen l'étreignit à son tour, elle se dit que jamais elle n'en avait eu autant besoin.

Dans cette cuisine, baignée de soleil, serrée dans les bras d'une mère qui la comprenait alors qu'elle avait été persuadée du contraire, elle prit conscience que son père n'était pas la seule personne extraordinaire dans cette famille. Et elle eut le sentiment que s'il n'était pas mort, ce moment n'aurait peut-être jamais eu lieu.

Comme dit le vieux dicton : « Dieu ne ferme jamais une porte sans ouvrir une fenêtre. »

Mels se renfonça dans son siège et s'essuya de nouveau les yeux.

— Enfin, c'est la vie.

Sa mère sourit.

— Ton père disait tout le temps ça.

— Est-ce qu'il a été aussi gentil avec toi qu'avec moi ?

— Absolument. Ton père était une perle rare. Et sa mort n'y changera rien. Jamais.

Mels se leva.

— Je… euh… j'ai préparé du café. Tu en veux ?

— Oui, s'il te plaît.

Quand Mels se retourna pour se diriger vers la cafetière et le placard, elle se dit qu'au moins tout n'était pas perdu. Malgré le chagrin qu'elle éprouvait à cause de Matthias, cette discussion lui avait apporté un peu de paix… et l'avait poussée à remettre sa vie en question.

Elle n'avait peut-être pas retrouvé toutes ces personnes disparues, mais elle avait cessé d'être égarée dans sa propre existence.

Chapitre 47

Au *Marriott*, Adrian s'était trouvé aux premières loges pour assister au départ de Mels : assis dans le couloir, il avait vu la jeune femme quitter la chambre de Matthias et compris, à son air furieux, qu'il y avait de l'eau dans le gaz.

Une impression renforcée par le pistolet qu'elle tenait dans la main.

De toute évidence, Adrian avait sacrifié sa vie sexuelle pour rien.

Lorsqu'elle monta dans l'ascenseur, Adrian voulut se lever, et pour la première fois de sa vie, il resta cloué au sol.

Son corps refusait d'obéir, la douleur dans ses articulations le ralentissait et son incapacité à percevoir la profondeur perturbait son équilibre.

— Mais qu'est-ce qui t'arrive ?

Ad jeta un coup d'œil vers la gauche. Jim était arrivé tel un aigle royal. Ou plutôt un poussin dépenaillé. On aurait dit qu'il avait été traîné à travers un rosier avec ses cheveux en bataille, ses vêtements froissés, et des valises, voire des malles, sous les yeux.

L'autre ange se figea dès que leurs regards se croisèrent.

— Qu'est-ce que tu as fait ?

Ad le laissa tirer ses propres conclusions. Inutile d'être un génie pour deviner ce qui s'était passé, et Jim ne fut pas long à la détente : il tourna lentement la tête vers la porte de la chambre de Matthias.

— Vous avez échangé vos corps ?

— Tu m'as dit qu'elle était la clé. Alors j'ai fait en sorte qu'il puisse s'en rapprocher. Pour ainsi dire.

Ad se frotta la nuque, anticipant un sermon, voire un feu d'artifice de reproches. Franchement, il n'avait pas l'énergie nécessaire pour affronter une nouvelle dispute.

— Tu vas bien ? demanda Jim d'une voix bourrue.

— Oui, juste un peu courbaturé. Et je surmonterai le problème de vision. Ne t'inquiète pas, je suis assez en forme pour me battre…

— Je me fous de ça. Je veux juste savoir si tu vas bien. C'est permanent ?

Adrian le regarda, médusé.

— Euh… probablement.

— Seigneur… (Il se retourna vers la porte de la chambre.) C'est vraiment un gros sacrifice de ta part.

La voix de l'ange était empreinte d'admiration et de respect. Ad se sentit si gêné qu'il riva le regard sur ses bottes.

— Ne t'enflamme pas. Ça n'a pas marché.

— Qu'est-ce que tu veux dire ?

— Mels est partie il y a quelques instants. Et pas en quête de victuailles. Manifestement, ça a tourné au vinaigre, là-dedans.

— Merde. (Jim se racla la gorge.) Bon, j'ai parlé avec Divine. Je lui ai dit de foutre la paix à cette journaliste.

— Comment ça s'est passé ?

L'autre ange croisa les bras et pinça les lèvres.

Oh, merde, songea Adrian.

— Tu as encore baisé avec elle, n'est-ce pas ? demanda-t-il d'une voix blanche.

Jim toussota.

— J'étais en colère. Elle aussi. C'est… arrivé, voilà tout.

— Eh bien, j'imagine que c'est une façon de régler ses comptes. Qui a gagné ?

— Ce n'était pas le propos.

Adrian n'en était pas si sûr.

— Où est-elle, maintenant ?

— Je ne sais pas.

Jim jeta un coup d'œil en direction de l'ascenseur, semblant inquiet au sujet de Mels.

— Va voir si elle va bien, dit Adrian. Je surveillerai le prince charmant.

— Je ne serai pas long.

— Prends ton temps. J'ai la situation en main. (Il dégaina sa dague de cristal, et quand il la brandit, la lame étincela à la lumière.) Crois-moi.

Jim hésita.

— Appelle-moi si tu as besoin d'aide.

— OK, mais ce ne sera pas le cas.

Et en un éclair, Jim avait disparu.

Adrian boitilla jusqu'à la porte et toqua. Quand il entra, il surprit Matthias en train d'enfiler son pantalon.

— J'ai frappé, dit Ad d'une voix sèche.

Matthias termina de s'habiller, serra la ceinture de son bas de survêtement, et rentra son tee-shirt aux couleurs de l'équipe de base-ball de Caldwell.

— T'as du bol que je ne t'aie pas tiré dessus.

Effectivement, le pistolet n'était pas loin, et Ad savait qu'il avait été rechargé après le combat dans la forêt. Cela étant, le 40 millimètres n'aurait pas eu plus d'effet sur lui qu'une piqûre de moustique.

— Tu t'en vas ? demanda Adrian.

D'un pas rapide, l'homme s'assit sur le bord du lit et chaussa ses baskets noires.

— Tu couches souvent devant les portes ?

— Je couche souvent tout court.

Matthias marqua une pause.

— Tu boites, tu es au courant ?

Ad haussa les épaules.

— Mal aux pieds.

— Foutaises.

— Je n'ai rien à ajouter sur ce sujet.

Matthias lâcha un juron en se levant pour s'emparer de son portefeuille et de son coupe-vent.

— D'accord. Mais faut qu'on se tire. Les flics sont en route. Ou ils le seront bientôt.

— Comment ça ?

— Mels va tout leur balancer. Elle va nous dénoncer, Jim et moi, comme les auteurs de la fusillade au sous-sol, l'autre nuit. Ah, et au fait, j'ai retrouvé la mémoire.

— Toute ta mémoire ?

— Oui.

Merde.

— Félicitations.

— Pas vraiment. (L'homme s'exprimait de manière rapide et concise.) Écoute, Jim m'a parlé d'un carrefour…

Ad acquiesça.

— Qu'est-ce qui s'est passé avec Mels ?

— Elle a deviné qui j'étais vraiment.

— Ça ne va pas nous faciliter la tâche.

— Eh bien, elle a ouvert les yeux, et ça l'a aidée, elle. C'est tout ce qui compte. Je n'aurais jamais dû coucher avec elle.

Sur ce, Matthias se tut et Ad aurait presque pu voir de la vapeur s'échapper de son crâne.

— Je sais ce que j'ai à faire, dit-il au bout d'un moment. C'est la seule façon de… régler la situation. Je sais exactement ce que j'ai à faire.

Frustré, Ad laissa sa tête retomber en arrière.

Ce n'était vraiment pas le moment de sortir de nouvelles idées géniales.

— Faut qu'on se tire, déclara Matthias en se dirigeant vers la porte. Mais d'abord, un petit casse avant de tout remettre en ordre.

— C'est pas un peu contradictoire ?

Sans prendre la peine de répondre, Matthias sortit dans le couloir. Adrian jura et s'empara de la canne posée près du meuble de la télévision. L'idée s'avéra payante. Certes, la béquille lui donnait l'allure d'un vieillard, mais au moins il put presser le pas. Cependant, difficile de se faire à l'idée d'être tributaire d'un tel accessoire.

Pas vraiment son style.

Alors que Matthias poussait la porte de la sortie de secours et descendait les marches en béton, la voix de Mels le hantait.

« C'étaient des bobards. Toute cette histoire n'était qu'un mensonge, c'est ça ? »

Cette phrase se répétait sans cesse, comme une litanie, jusqu'au moment où il pria pour être de nouveau frappé d'amnésie.

Le pire était qu'il ne lui avait jamais menti à propos de ses sentiments. Pas plus qu'au sujet de son état physique, de l'endroit où il pensait avoir séjourné… et risquait de retourner.

Mais au cours de son existence ? Oui, il avait trahi un nombre incalculable de gens.

Et il avait bien l'intention de se racheter.

Après avoir blessé Mels et maintenant qu'il avait retrouvé la mémoire, il ne pouvait pas rester les bras croisés face au tissu de mensonges qu'il avait confectionné pendant si longtemps.

Il méritait ce châtiment. Il paierait pour ses crimes et… ferait son devoir.

Enfin.

Continuant à descendre l'escalier d'un pas vif et silencieux, il lui vint à l'esprit que son complice, pour ainsi dire, ne devait pas être en mesure de suivre son allure. Ce qui lui paraissait toujours aussi dingue. Il jeta un coup d'œil par-dessus son épaule et…

Matthias s'arrêta net et agrippa la rampe.

Derrière lui, Ad planait à environ sept centimètres du sol, comme s'il était équipé de chaussures antigravité.

— Mais qui es-tu à la fin ? murmura-t-il dans un souffle.

Aussitôt, l'homme regagna le plancher des vaches.

— Rien de spécial.

— Fous-toi de moi.

— On n'est pas censés fuir les flics ? Tu veux vraiment qu'on en discute maintenant ?

Il avait raison, mais cette question était cruciale. Ne serait-ce que pour la santé mentale de Matthias.

— Réponds-moi juste : dans quel camp es-tu ? Et avant que tu me rétorques que ce n'est pas le problème, je te rappelle que j'ai été en enfer. Et je ne parle pas du Moyen-Orient.

— Je suis dans le camp du bien.

— Ça ne me dit rien. Même le diable croit être dans son bon droit.

— Elle ne l'est pas.

— « Elle », hein…

Adrian haussa les épaules comme s'ils parlaient de sport… de voitures… ou de feuilletons télévisés, et Matthias jura dans sa barbe.

— Alors tu connais le diable, et tu es juste un type lambda. Tu endosses toutes mes blessures, physiques et morales, et tu n'es rien de spécial.

Le colocataire haussa de nouveau une épaule, l'air totalement indifférent à la tempête qui secouait le cerveau de Matthias.

« C'étaient des bobards. Toute cette histoire n'était qu'un mensonge, c'est ça ? »

— Tu sais, dit Matthias d'une voix rude, j'ai entendu dire que le diable était une manipulatrice doublée d'une menteuse.

— C'est la vérité.

— J'imagine que ça nous fait un point commun.

— Oui, mais c'était avant, n'est-ce pas ?

— Quel rôle joue Jim Heron dans tout ça ?

Adrian poussa un long soupir.

— Arrête de te poser des questions, Matthias. Pense à toi. C'est le seul conseil que je puisse te donner. Fais juste ce qu'il faut, même si tu dois en souffrir.

Matthias braqua le regard sur cet œil borgne. Un handicap qui avait été le sien à peine douze heures plus tôt.

— Tu parles d'expérience ?

— Pas du tout. Bon, on peut y aller, maintenant ?

Soudain, Matthias repensa à cette soirée avec Mels, qui s'était terminée en désastre, mais cette soirée… et tout ce qui concernait Mels… l'avaient aidé à trouver son âme. Sans ça, et sans elle, il aurait quitté Caldwell et tiré un trait sur son passé.

— Merci, murmura-t-il. Je te dois une fière chandelle.

— Je ne vois pas de quoi tu parles.

De toute évidence, il se heurtait à un mur. Pas de problème. Il comprenait : la gratitude était parfois plus difficile à supporter que la douleur.

Au moins, il savait ce qu'il avait à faire. Mais une autre question le taraudait…

— Est-ce que Jim est comme toi ? demanda-t-il.

Ad avait l'air d'en avoir marre de parler, mais tant pis.

— Réponds-moi, aboya Matthias. J'ai besoin d'avoir un minimum d'infos.

Adrian se frotta la mâchoire.

— Tu en parleras avec lui quand ce sera fini, d'accord ? Pour l'heure, mon rôle est de te garder en vie pour que tu puisses prendre la bonne décision quand le moment sera venu. Tu ne sais pas à quel point c'est important. Alors, bon sang, pour une fois dans ta misérable vie, fais le bon choix.

— Bien reçu, répondit Matthias en tournant les talons avant de reprendre sa route.

Chapitre 48

À plusieurs pâtés de maisons du *Marriott*, dans la salle de rédaction du *CCJ*, Mels, assise dans sa chaise musicale, se balançait d'avant en arrière en fredonnant un vieil air américain. Sa messagerie était ouverte sur son ordinateur et, de temps à autre, le gestionnaire de réception automatique transférait de nouveaux messages dans sa boîte aux lettres. L'écran de veille s'affichait à intervalles réguliers, lui aussi, et chaque fois que les bulles colorées apparaissaient, Mels tendait le bras et agitait la souris pour le faire disparaître.

Le seul appel qu'elle avait passé depuis son arrivée avait été à l'intention du contact de Tony, au bureau de la police scientifique. Elle lui avait dit qu'elle avait appelé l'inspecteur De La Cruz et rempli une déposition dans laquelle elle racontait tout.

Depuis, elle guettait la sonnerie du téléphone pour être au courant de la situation, mais De La Cruz et son équipe étaient sans doute occupés à fouiller une chambre vide du *Marriott*.

Matthias serait parti depuis longtemps…

— Pstt…

Elle se secoua et jeta un coup d'œil de l'autre côté du couloir. Tony était penché en avant sur son siège avec un gâteau au chocolat dans sa paume, et le tendait vers Mels comme s'il s'agissait d'un diamant.

— Tu m'as l'air d'avoir besoin de réconfort.

— Merci.

Elle se força à sourire, puis se dit qu'une bonne dose de sucre et de colorants l'aiderait peut-être à s'extirper de sa torpeur.

— Je ne suis pas dans mon assiette, aujourd'hui.

— Je vois ça. Tu viens de passer une heure les yeux rivés sur ton écran.

— Beaucoup d'e-mails à consulter.

— Alors il serait peut-être temps de les lire.

Elle déchira l'emballage du gâteau, et quand elle croqua dedans, le glaçage s'effrita, projetant des miettes de chocolat partout sur ses genoux. Avant qu'elles fondent et fusionnent avec le tissu de son pantalon, Mels les ramassa et les jeta dans la corbeille.

Seigneur, cette cochonnerie était délicieuse.

— Hé, écoute, Tony… Je sais qu'on n'a jamais parlé carrière, mais est-ce que tu considères ce journal comme un aboutissement ? Je veux dire, est-ce que tu te vois passer le reste de ta vie professionnelle ici ?

Son ami haussa les épaules.

— Je ne réfléchis pas beaucoup à ce genre de conneries. Je me contente d'écrire mes articles, de faire mes recherches. Je suis serein quant à l'avenir. Peu importe si ce poste devait être mon dernier. (Il s'empara d'un gâteau et déchira l'emballage.) Mais je m'attends à ce que tu partes.

— De Caldwell ? Vraiment ?

— Oui. (Il prit une bouchée.) Tu n'as jamais creusé ton trou, ici. Jamais établi ni entretenu de contacts.

Il avait raison, bien sûr. Et c'était peut-être la raison pour laquelle elle n'avait pas accompli grand-chose au cours de ces deux dernières années. Oui, Dick était un connard doublé d'un misogyne, mais il était fort possible qu'elle se soit servie de ce prétexte pour fournir le minimum d'efforts.

— Je crois que j'ai envie de rentrer à New York. (Elle éprouva un choc en prenant conscience que ce n'était pas une supposition, mais une certitude.) Le moment est venu.

Sa mère se débrouillait très bien toute seule. C'était Mels qui avait besoin de trouver sa voie. Et elle avait le sentiment qu'elle se situait au sud.

— Tu es une excellente journaliste. (Tony prit une autre bouchée.) Et ce qu'on te confie ici n'est pas à la hauteur de tes talents. Je crois que Dick en est conscient.

— Ça ne colle pas entre lui et moi.

— Il ne s'entend pas avec les femmes de manière générale. (Tony roula le papier alu en boule et le jeta dans la corbeille.) Alors, qu'est-ce que tu comptes faire ? Tu as des contacts à Manhattan ?

Mels ouvrit son tiroir et sortit une carte qu'elle y avait déposée le jour où elle avait emménagé dans ce bureau. Celle-ci était au nom de Peter W. Newcastle, rédacteur en chef, et elle était ornée du logo du *New York Times*.

Mels avait rencontré Peter à plusieurs reprises et il travaillait toujours au *Times*. Elle avait encore lu son nom le dimanche précédent.

— Oui, je pense, murmura-t-elle. Hé, avant de partir, j'ai quelque chose à t'offrir.

— Une invitation à déjeuner ?

Elle s'esclaffa.

— Désolée, mais non.

Sortant de sa prostration, elle s'approcha de son écran et ouvrit le dossier contenant toutes les recherches qu'elle avait effectuées sur ces personnes disparues. En contemplant les mots qu'elle avait tapés, les tableaux qu'elle avait créés, les références qu'elle avait répertoriées, elle ne put s'empêcher de penser que tout cela avait constitué sa vie avant que cette dernière soit bouleversée par une tornade.

Des souvenirs de Matthias l'assaillirent comme autant de couteaux plantés dans sa chair, la douleur lui coupant la respiration.

Fermant les yeux un instant, elle s'efforça de se ressaisir.

— Je te l'envoie par e-mail, dit-elle d'une voix rude.

Tony s'empara d'une barre chocolatée et pivota en direction de son écran.

Un moment plus tard, elle l'entendit marmonner dans sa barbe puis il se retourna vers elle.

— C'est… incroyable. Absolument incroyable. Je n'ai jamais vu… Depuis combien de temps est-ce que tu compiles tout ça ? Et quelle est ta piste ? Qui sont tes… Attends, tu ne serais pas en train de me refiler le bébé ?

Mels sourit d'un air triste et acquiesça.

— Considère-le comme mon cadeau de départ. Tu as été si généreux envers moi depuis que j'ai été embauchée. Et tu pourras peut-être avancer plus loin que moi. (Elle jeta un coup d'œil à son écran et considéra tout le travail qu'elle avait accompli.) Je stagne depuis des semaines, mais j'ai le sentiment que cette liste sera entre de bonnes mains avec toi. Si quelqu'un peut découvrir la vérité au sujet de ces disparitions, c'est bien toi.

Alors que Tony écarquillait les yeux, elle sut qu'elle avait pris la bonne décision. Pour elle, pour lui… et surtout pour tous ces disparus, ces âmes qui s'étaient volatilisées dans la nuit.

Tony trouverait la réponse. D'une manière ou d'une autre.

Dans une partie de l'hôtel réservée au personnel, Matthias longeait un couloir du sous-sol, marchant avec désinvolture. Franchissant les portes, il lut les petites plaques fixées sur le côté et jeta un coup d'œil aux divers employés du secrétariat, des ressources humaines et de la comptabilité, tous plongés dans leur travail, parlant au téléphone, ou pianotant sur leurs claviers.

Une atmosphère studieuse. Parfaite pour passer inaperçu dans un endroit où on n'est pas censé se trouver. Le plus important était de marcher d'un pas déterminé, comme si l'on avait rendez-vous, et de regarder les autres d'un air blasé : deux éléments indispensables au succès d'une infiltration, encore plus que de porter un costume et une cravate, le but étant d'éviter de donner une excuse ou l'occasion à l'un des employés de se lever et de lui barrer le chemin.

Dieu merci, Adrian avait accepté de patienter dans le hall. Un type comme lui, bardé de piercings, n'aurait pas manqué d'attirer l'attention.

Matthias poursuivit sa route, persuadé que tôt ou tard il finirait par trouver ce qu'il cherchait : un ordinateur libre, connecté à Internet. Et l'occasion se présenta trois portes plus loin, sous la forme d'un bureau désert, entièrement équipé. La petite plaque désignant l'occupant des lieux avait été retirée de son support, et aucun effet personnel n'encombrait le bureau. Pas de manteau non plus. Ni de fenêtre, d'ailleurs. Encore mieux que ce qu'il avait espéré.

Il se faufila à l'intérieur et ferma le battant en songeant que sa tâche aurait été facilitée s'il avait eu accès aux ressources des XOps : rien de tel qu'un badge avec votre photo et un titre d'informaticien pour écarter toute suspicion. En l'occurrence, il n'avait qu'un pistolet chargé, muni d'un silencieux.

Quand il s'assit dans le fauteuil en cuir noir, il ne faisait aucun doute dans son esprit qu'il était prêt à tout, et que si quelqu'un le surprenait, il n'hésiterait pas à tirer et traînerait le cadavre sous le bureau.

Mais bon Dieu, il priait pour ne pas avoir à en arriver là, et pour bien des raisons.

Il se pencha et alluma l'ordinateur, mais interrompit le démarrage avant qu'un écran apparaisse pour lui demander son mot de passe. Plongeant sous le pare-feu du système d'exploitation, il prit le contrôle, entra une adresse IP et se connecta à Internet.

Le système informatique des XOps était un énorme mastodonte, géré par les meilleurs experts qu'il avait pu recruter, qu'il s'agisse d'ingénieurs issus des plus prestigieuses écoles, d'arrogants morveux de quinze ans à peine, ou de pirates internationaux. Et tous ces petits génies avaient été réduits au silence grâce à des moyens de pression... ou au canon d'un pistolet.

Après tout, l'architecte de votre château en connaît toutes les issues, et Matthias avait tenu à garder secrète la porte dérobée qu'il était en train d'utiliser pour pénétrer dans le réseau.

Un jour ou l'autre, quelqu'un finirait sans doute par découvrir qu'il avait accédé au serveur grâce à un compte fictif, mais cela prendrait des semaines ou des mois. Si cela arrivait un jour.

Il était entré.

Un bref regard à l'horloge en bas de l'écran lui apprit qu'il n'avait pas plus d'une minute avant de risquer d'être identifié par un autre utilisateur.

Trente secondes lui suffiraient amplement.

Fourrant la main dans sa poche, il sortit la clé USB qu'il venait d'acheter à la boutique de l'hôtel. Après l'avoir insérée dans le port de la façade de l'unité centrale, il exécuta un transfert de données dont la portée était cataclysmique, mais le contenu relativement faible en termes d'octets.

Après tout, les agents des XOps étaient peu nombreux, leurs missions courtes et clairement délimitées.

Et tu parles de renseignements ! Ces fichiers étaient la clé de voûte de sa stratégie de fuite, son assurance vie. Matthias avait créé cette planque digitale, ainsi que sa fonction de mise à jour automatique, dès les débuts du système informatique des XOps. Elle était tout aussi importante que les armes et l'argent en espèces qu'il avait cachés à New York. Mais aussi à Londres, à Tanger, à Dubaï et à Melbourne.

Dans son métier, l'empereur restait sur le trône tant qu'il avait le pouvoir. Et on ne savait jamais quand le vent risquait de tourner.

D'ailleurs, en recouvrant la mémoire, Matthias avait découvert comment il avait conservé son influence, l'avait renforcée, nourrie, comment il était resté en vie, maître de l'organisation, jusqu'au moment où la puanteur de ses crimes s'était mise à suinter à travers ses pores, où son âme, ou le peu qu'il en restait, s'était flétrie et décomposée ; où il était devenu si insensible qu'il s'était presque mué en objet, avant de comprendre que la mort était la seule issue, et qu'il ne lui restait qu'à en choisir la date et le lieu.

Un désert, par exemple, devant un témoin… avec une bombe qu'il aurait fabriquée pour s'acquitter de cette tâche.

Mais il n'avait pas su maîtriser tous les paramètres, car Jim Heron ne l'avait pas abandonné, et par la faute de ce dernier, il n'était pas mort selon le calendrier prévu.

Cela étant, sans l'interférence de Jim, il n'aurait jamais rencontré Mels.

Et il ne serait pas en train d'utiliser ces informations.

C'était mieux ainsi.

Même si le prix à payer était de perdre Mels.

Juste avant de tout couper, il fut saisi d'un irrépressible élan de curiosité. En toute hâte, il se déconnecta de son compte fantôme et de son dossier secret, puis s'identifia à l'aide d'un compte créé pour l'un de ses administrateurs près de six mois auparavant.

Celui-ci était toujours actif. Et le mot de passe n'avait pas changé. Une omission stupide.

Matthias entra dans la base de données du personnel et tapa un nom.

Au centre de l'écran gris, un minuscule sablier pivota lentement, une rotation qui sembla prendre une éternité. En réalité, elle ne dura sûrement pas plus d'une seconde ou deux. Puis le profil de Jim s'afficha et Matthias parcourut rapidement les annotations.

Il ne craignait pas d'être repéré sur le réseau. Et il le serait. Des agents ne tarderaient pas à débouler devant cet ordinateur.

Naturellement, ils sauraient que c'était lui, et n'en seraient pas surpris.

Le prochain profil qu'il consulta fut le sien, et il reporta son attention sur celui de Heron avant de se déconnecter. Il ignorait ce qui clochait au juste, mais un détail le tracassait sans qu'il soit en mesure de l'identifier. Cependant, il n'avait pas le temps de se pencher sur la question. Du moins pas dans ce bureau.

Matthias débrancha la clé USB et la serra dans son poing. Après avoir éteint l'ordinateur, il entrouvrit la porte, jeta un coup d'œil des deux côtés, puis s'engagea dans le couloir. Alors qu'il s'éloignait…

— Est-ce que je peux vous aider ? demanda une voix féminine.

Il marqua un temps d'arrêt et se retourna.

— Je cherche les ressources humaines. Je suis au bon endroit ?

La femme était petite et trapue, bâtie selon le modèle d'un lave-vaisselle ou peut-être d'un classeur à tiroirs. Du reste, elle était vêtue d'un tailleur gris acier, et ses cheveux étaient coupés au carré, comme si elle devait prouver qu'elle était dévouée à son travail, à toute heure du jour et de la nuit.

— Je suis la directrice. (Elle plissa les yeux.) Qui venez-vous voir, au juste ?

— Je postule à un poste de serveur au restaurant. La réception m'a envoyé ici.

— Oh, bon sang. (Mme la vice-présidente écumait de rage.) Encore ? Je leur ai pourtant répété de ne pas diriger les gens ici.

— Oui, je comprends. Vous savez où je pourrais trouver le maître d'hôtel ?

— Prenez ce couloir jusqu'au hall et longez le restaurant. Quand vous apercevrez la sortie de secours, vous verrez une porte marquée « Bureau ». Demandez Bobby.

Matthias lui adressa un sourire.

— Merci.

Elle tourna les talons et s'en alla. En l'entendant marmonner, il supposa qu'elle était déjà au téléphone avec la personne qu'elle comptait enguirlander.

Bon courage, songea-t-il en s'éloignant.

Chapitre 49

— Ça va, mon pote ? demanda Jim en portant Rex dans l'escalier jusqu'à l'appartement au-dessus du garage.

Le chien avait surveillé le studio toute la nuit, ses yeux vifs contrastant avec son pelage ébouriffé.

Parvenu à l'intérieur, Jim posa l'animal et gagna la cuisine.

— Juste des croquettes ce matin. Désolé. Mais je te rapporterai un sandwich à la dinde, ce soir, d'accord ?

Rex acquiesça d'un jappement, et Jim se dit que les sandwichs n'étaient sans doute pas une nourriture très saine, mais que la vie était trop courte pour bouder des plaisirs aussi simples que manger ce qu'on aimait. D'autant que Rex en raffolait.

Jim fit couler l'eau dans l'évier, rinça un petit bol rouge et le remplit. Puis il le posa par terre à côté d'une tasse remplie de croquettes, esquissa un pas en arrière et regarda Rex renifler, goûter, puis entamer son petit déjeuner.

Le laissant à son repas, Jim se dirigea vers la porte et sortit ses cigarettes. Il en alluma une sur le palier, souffla la fumée et s'appuya d'une main à la rampe.

La journaliste était au travail : il était passé la voir juste après avoir quitté le *Marriott*. Et vu qu'il n'y avait aucun signe de Divine et que le sort de localisation était toujours opérationnel sur Matthias et sa nana, Jim avait décidé de regagner le studio pour s'assurer que tout allait bien.

À présent, il ne savait pas trop quoi faire… hormis écouter Rex mastiquer bruyamment.

Au loin, un camion passa tranquillement de l'autre côté du champ. Plus près, des corbeaux s'interpellaient en croassant, nichés dans les pins. Derrière lui, Rex poursuivait son repas.

Tout était si paisible qu'il faillit hurler.

Pendant sa deuxième cigarette, il prit soudain conscience qu'il s'attendait à ce que Nigel se manifeste. Ce snobinard d'Anglais avait le chic pour apparaître aux moments les plus critiques et c'était, semblait-il, le cas à présent. Jim n'arrivait pas à croire à ce qu'Adrian avait fait. Cette abnégation, ce sacrifice au profit de l'intérêt général, cette force d'esprit… C'était à la limite de l'inconcevable.

Eddie aurait été fier de lui.

Mais quelle était la voie à suivre, désormais ? Jim ignorait où se trouvait le carrefour et il ne faisait aucun doute que Divine manigançait un mauvais coup.

— Nigel, mon ami, marmonna-t-il en soufflant la fumée. Où es-tu ?

Rien. Il tapota sur sa cigarette en commençant à se demander si le savon que le Créateur avait passé à Divine n'avait pas eu des retombées plus larges. Tout semblait indiquer que les archanges passaient eux aussi cette manche sur le banc de touche.

Très bien…

Au moment où il se retourna, un véhicule apparut de l'autre côté du champ. Celui-ci roulait à vive allure, suivi d'un second parfaitement identique.

Les flics.

Et comme par hasard, ils bifurquèrent à gauche pour descendre l'allée en trombe.

— On a de la compagnie, Rex, marmonna-t-il en écrasant son mégot dans le cendrier posé sur la rampe. Viens, mon pote. Disparaissons pour contempler le spectacle.

Tandis qu'il se faufilait à l'intérieur, les deux voitures déboulèrent devant l'entrée, de la poussière s'élevant de leurs roues lorsqu'elles pilèrent sur le gravier.

Et bien sûr, son téléphone sonna juste au moment où les flics descendaient de leurs véhicules. Son chien sous le bras, Jim décrocha et regarda à travers les rideaux.

— Je suis occupé, Ad.

— Où es-tu ?

— Au garage. Et la police vient de débarquer. Dis-moi que tu t'es débarrassé du cadavre.

— On l'a balancé à la flotte, ainsi que sa voiture. Ils ne trouveront rien.

— Alors pourquoi les flics sont là ?

— Je ne sais pas. Attends. (Jim entendit une conversation étouffée.) Matthias est avec moi. Il dit que c'est la douille que Mels a ramassée lors de sa visite au garage. Elle l'a fait analyser, et bien sûr, elle correspond à celles retrouvées au sous-sol du *Marriott*. Tires-en les conclusions qui s'imposent…

— Génial.

La voix d'Adrian se réduisit à un murmure.

— Au fait, ton ancien patron est doué en informatique.

— Qu'est-ce qu'il mijote ?

— Je crois qu'il va dénoncer les opérations des XOps.

— Quoi ? (Jim faillit oublier de garder la voix basse.) Comment le sais-tu ?

— Lui et moi avons quitté l'hôtel ensemble, et sur le chemin de la sortie, il a fait un petit détour par une salle d'ordinateurs. Il détient une clé USB avec tout un tas d'informations dessus. J'étais juste derrière lui quand il a opéré le transfert.

Qu'est-ce que Matthias comptait en faire… ?

La journaliste, se dit Jim. Il allait la lui donner et lui dire de faire son boulot.

Tu parles d'un virage à cent quatre-vingts degrés ! Matthias avait voué sa vie à garder le secret sur les XOps. Il avait tué, torturé, trahi des amis et des alliés dans ce but, harcelé la Maison Blanche et effrayé les dirigeants du monde entier, payé des pots-de-vin, opéré du chantage, dupé des gens, enterré les vivants et les morts.

Et voilà qu'il vendait la mèche ?

— On y est, dit Jim dans un souffle. C'est le croisement.

— On dirait bien. (La voix d'Ad reprit son volume normal.) Toujours est-il qu'il est dans tous ses états à ton sujet. Il ne veut pas que tu te fasses tuer et m'a dit de t'appeler.

Voilà qui était étonnant.

— Dis-lui que je le remercie, mais que je peux m'occuper de ces types. Où va-t-il ?

— Il refuse de me le dire et insiste pour être seul.

— Alors, dis-lui que tu comprends, mais suis-le.

— Pigé, patron.

Jim raccrocha et se frotta le visage. Il avait, semblait-il, remporté la manche… parce que le carrefour pouvait consister en n'importe quel croisement qui nécessitait un choix ou une décision prouvant la qualité de l'âme concernée.

Et cet homme était en train d'abandonner son trône sur l'empire du mal. Non pas en abdiquant, mais en faisant tout sauter.

Mais il était trop tôt pour exécuter la danse de la victoire : au rez-de-chaussée, les flics piétinaient devant la porte close du garage, où se trouvaient le pick-up, le 4 × 4 et les Harley. Puis ils s'engagèrent dans l'escalier. Par bonheur, Rex demeura silencieux.

Un coup à la porte.

— Police de Caldwell ! cria quelqu'un.

L'un des officiers mit ses mains en coupe et se pencha vers la fenêtre pour jeter un coup d'œil à l'intérieur.

Jim leva sa main invisible et le salua d'un petit signe amical, un geste à interpréter comme un doigt d'honneur, en fait. Cette descente signifiait probablement qu'il était temps de lever le camp : il serait impossible d'avoir la paix après le passage de la police, en particulier une fois que les flics auraient interrogé le propriétaire des lieux.

Mais, pour l'heure, Jim avait d'autres chats à fouetter.

Surtout lorsque la police décida de s'asseoir sur ses droits civiques, et força la serrure.

— Mels Carmichael. (La journaliste fronça les sourcils.) Allô ?

Personne. Elle raccrocha et consulta l'horloge. Treize heures. S'emparant de son manteau, elle se leva et salua Tony d'un geste.

Franchissant la porte de la salle de rédaction, elle se demanda si elle n'aurait pas dû demander à son ami de l'accompagner. La dernière fois qu'elle avait eu rancard avec Monty, elle avait failli ne pas en revenir vivante.

Sauf que, cette fois, elle n'avait pas rendez-vous près du fleuve, mais dans une grande librairie du centre-ville, un lieu public très fréquenté.

Une fois sur le trottoir, elle jeta un coup d'œil au ciel et à la circulation, puis décida de ne pas prendre de taxi. Monty lui avait donné rendez-vous dans la galerie commerciale où elle s'était rendue la veille pour rencontrer l'expert en balistique, et celle-ci ne se trouvait qu'à cinq pâtés de maisons. Du reste, marcher lui éclaircirait peut-être les idées.

Ou pas.

Elle passa tout le trajet à se retourner en se demandant si quelqu'un la suivait.

Mais rien ne valait une bonne bouffée de paranoïa pour dissiper le coup de barre de début d'après-midi. Encore plus efficace qu'un expresso, et gratuit.

Le centre commercial était encore bondé, les gens profitant du soleil d'avril pour sortir et se bousculer entre les boutiques et ces chaînes de restaurant où vous pouviez déguster un menu gargantuesque pour 15 dollars. La librairie se trouvait tout au fond, et lorsqu'elle y parvint, Mels fit mine de flâner à travers les rayons.

Au moins, si elle quittait Caldwell, elle n'aurait plus jamais à supporter Monty et ses stupides tendances à vouloir jouer les espions.

Conformément aux instructions, elle gagna l'arrière du magasin, monta les trois marches, longea la section « Romance et fiction », puis poursuivit jusqu'au rayon « Militaire ».

Évidemment. Parce que quand on était censé détenir des informations confidentielles, on ne voulait pas les divulguer devant la section « Santé et beauté ». Un décor composé de livres illustrés sur les armes et les guerres semblait bien plus viril.

— Te voilà, murmura une voix.

S'armant de courage, Mels se tourna vers Monty. Ouf ! c'était bien lui. Même front proéminent, même bouche pincée, même paire de lunettes, qu'il garda sur le nez, croyant sans doute que ce genre d'accessoire l'aiderait à passer inaperçu dans un grand magasin. Encore un plan génial.

Zut, ses Ray-Ban… Matthias les avait conservées.

— Alors, qu'est-ce que tu as pour moi ? demanda-t-elle d'une voix bourrue en se forçant à se plonger dans la conversation.

Elle avait du mal à se concentrer. La dispute avec Matthias l'avait tellement ébranlée que tout le reste ne semblait plus qu'un lointain souvenir. Mais des femmes étaient mortes et Mels était déterminée à clore son enquête avant de quitter la ville.

Monty s'empara d'un livre sur les avions de combat de la Seconde Guerre mondiale et parcourut les pages d'un air désinvolte.

— Tu te souviens de la victime retrouvée sur les marches de la bibliothèque ? Les symboles sur mes photos correspondent à ceux découverts sur son ventre.

— Elle aussi avait le ventre mutilé ?

— Oui.

— Hum, voilà qui est intéressant. (Et éminemment suspect.) Mais les marques ne correspondent toujours pas à celles du corps de la première victime, Sissy Barten. Ce qui est le problème.

— Mais tu ne trouves pas ça curieux ? Deux femmes mortes avec des inscriptions identiques au même endroit, et tuées de la même manière ?

— Tu es sûr de vouloir mon avis ?

— Pardon ?

— Eh bien, j'aurais bien une opinion, mais elle risque de ne pas te plaire. C'est peut-être toi, le tueur.

Il tourna la tête si vite que ses lunettes de soleil sautillèrent sur son nez.

— Quoi ?

— Reprenons les choses depuis le début. La première victime a été découverte dans la carrière. Elle est blonde, jeune, et on l'a égorgée. La deuxième est une prostituée aux cheveux teints en blond, lissés, découverte égorgée. La troisième ? Blonde et égorgée. Et voilà qu'au milieu de tout ça tu te pointes avec des photos de la deuxième victime montrant des symboles qui n'apparaissent nulle part ailleurs que sur tes clichés. N'oublions pas que c'est une prostituée, la personne idéale pour commencer à copier les crimes d'un tueur en série. Tu la paies, tu la tues, mais tu es interrompu avant d'avoir pu graver ces marques sur son estomac. Alors tu prends ces photos, tu les retouches et tu me les montres parce que tu as besoin d'un témoin de ton œuvre.

Il referma le livre d'un geste, puis retira ses lunettes et la considéra d'un air grave.

— Ce n'est pas du tout ce qui s'est passé.

— Alors comment expliques-tu tes clichés ?

— Puisque je te dis que quelqu'un a effacé les marques !

— Ne le prends pas mal, mais ce sont des conneries. Les cicatrices ne disparaissent pas comme ça.

Dès que ces paroles franchirent ses lèvres, elle songea à Matthias, puis se rappela que la magie n'existait pas. En revanche, le maquillage, si. Elle en avait elle-même utilisé pour camoufler ses hématomes. Et lui aussi.

Monty se pencha en avant.

— Je ne te donnerai plus d'informations. J'avais un tuyau à te filer, mais tu peux aller te faire voir. Et démissionner. J'ai suffisamment d'influence pour m'assurer que plus personne ne t'adressera la parole dans ce métier.

Mels ferma les yeux et se mordit la langue.

En vérité, elle ne pensait pas que Monty était le tueur. Être égocentrique ne faisait pas de vous un assassin, et elle s'était lancée dans cette tirade parce qu'elle en avait marre d'être menée en bateau.

— Je suis désolée, dit-elle au bout d'un moment. (*Flatter l'ego, faire des yeux de biche.*) J'ai exagéré. Je ne voulais pas t'offenser.

— Va falloir que t'apprennes le métier, marmonna Monty.

— Oh oui, tu as raison. (*Oh, apprends-moi, grand fou… Beurk.*) Alors… qu'est-ce que tu voulais m'annoncer ?

Il prit tout son temps pour lui répondre, et elle dut déployer de nouveaux efforts pour l'amadouer. Cependant, au bout d'un moment, il se laissa convaincre.

— Quelqu'un nous a apporté une douille qui correspond à celles retrouvées au sous-sol du *Marriott*.

Mels haussa les sourcils.

— Vraiment ?

— Oui. La source est confidentielle, mais les techniciens ont confirmé qu'elle provenait bien de l'arme utilisée sur la scène de crime. Et voilà où ça devient bizarre… Le flingue appartient à un homme décédé du nom de Jim Heron.

Elle n'arrivait pas à croire que Monty lui rapportait ses propres actes.

Le policier se pencha.

— La question est : comment est-ce qu'un type mort peut se retrouver impliqué dans une fusillade ?

— Quelqu'un s'est servi de son arme, rétorqua-t-elle d'un ton catégorique.

Monty haussa les épaules.

— Des inspecteurs ont été envoyés à sa dernière adresse connue pour essayer de tirer cette histoire au clair. Et je n'ai pas besoin de te préciser l'importance de tout ce qui peut être lié à la disparition de ce corps au *Marriott*.

— C'est vrai…

Eh bien, au moins sa déposition aurait servi à quelque chose. Et Mels n'avait pas eu d'autre choix que d'évoquer Jim Heron lors de sa discussion avec De La Cruz : il lui avait peut-être sauvé la vie à deux reprises, mais c'était un assassin, et faire obstruction à la justice n'était pas seulement un délit ; de son point de vue, c'était une faute morale.

— Je te tiendrai peut-être au courant de la suite, dit Monty. Ça dépend.

— De quoi ?

— Si je suis encore en rogne contre toi.

Tandis qu'il s'éloignait d'un pas nonchalant, elle lâcha un juron avec l'envie de donner un coup de pied dans la pile de livres posée à côté d'elle. Le meilleur moyen de garder un indic n'était certainement pas de l'accuser de meurtre. Et mieux valait éviter de l'insulter avant d'avoir obtenu les informations.

D'un autre côté, que lui avait-il appris de plus que ce qu'elle savait déjà ?

S'appuyant sur ses coudes devant un ouvrage en trois volumes consacré aux trajectoires de vol des Alliés, elle se pencha en avant en se maudissant…

— Ne te retourne pas.

Chapitre 50

Campé derrière Mels, Matthias savait qu'il ne disposait que de très peu de temps : elle n'avait sûrement aucune envie de respirer le même air que lui, et elle était tout à fait le genre de femme à l'envoyer promener… ou pire.

— Je sais que tu ne veux pas me voir…

— Ni te parler, cracha-t-elle.

— Mais j'ai quelque chose à te donner…

— Je n'en veux pas. (Et vu la tension émanant de ses épaules, elle avait l'air de songer à le gifler.) Je ne veux rien de toi.

Il se pencha, posa la clé USB sur l'étagère et la fit glisser dans le champ de vision de Mels.

— Tu crois que j'ai tué cet homme ? Alors jette un coup d'œil à ça. (Il tapota le revêtement en plastique.) C'est toute mon histoire.

— Une vie de mensonges ? Désolée, mais je ne lis pas de fiction.

— Ce n'est pas de la fiction. (Il pianota de nouveau du bout des doigts.) C'est la vérité. Tous mes crimes. Tout ce que j'ai caché.

Elle tourna lentement la tête vers les étagères, et Matthias la dévora du regard : contemplant son profil, il reçut comme un coup de poignard au ventre, l'entamant jusqu'à l'os. Il aurait voulu la toucher, l'attirer contre lui, enfouir la tête dans ses cheveux et sentir son parfum.

Au lieu de cela, il rapprocha la clé USB.

— Tout est là-dedans. Et je te le donne.

— Pourquoi ?

— Parce que, après l'avoir consultée, après avoir vérifié les informations – et je sais que tu le feras –, tu croiras ce que je vais te dire maintenant : s'agissant de toi et de ce qui s'est passé entre nous, je t'ai toujours dit la vérité. J'étais vraiment amoureux, et pour la première fois de ma vie. Et je devais te le dire avant de…

— Va te faire foutre. Je ne veux pas de ta confession, et je ne croirai jamais un mot sortant de ta bouche…

— Prends cette clé. Ouvre-la. Le répertoire est facile à parcourir. (Il recula.) Juste une mise en garde : ne lis pas les fichiers sur un ordinateur connecté à Internet. Prends un portable. C'est plus sûr.

Elle secoua la tête.

— Tu te mets le doigt dans l'œil si tu crois que je vais…

— Tu veux l'article de ta vie ? Tu l'as. (Matthias se racla la gorge.) Mais garde à l'esprit qu'il s'agit de documents explosifs, alors ne les partage pas avec n'importe qui.

— Je ne les regarderai même pas.

— Si. Tu le dois. Dans l'intérêt général, je t'en prie, ouvre ces fichiers.

Matthias leva une main et la tint au-dessus des cheveux de Mels, qu'elle avait légèrement bouclés et laissés détachés, puis la descendit, semblant vouloir les caresser. Mais il se ravisa… et disparut dans le magasin.

Les XOps ne s'en prendraient pas à Mels : Matthias avait intégré un protocole d'autodestruction dans l'organisation. Si jamais une fuite se retrouvait dans la presse, tout le monde se disperserait, nierait en bloc, et se fondrait dans la foule du pays dans lequel les agents choisiraient de s'installer.

Après tout, quand on levait le voile sur leurs meurtres, les assassins n'avaient pas tendance à avouer leur culpabilité et à accepter leur châtiment avec docilité. S'ils restaient groupés pour affronter l'orage ou – et c'était la partie la plus importante – contre-attaquaient, ils risquaient la prison à vie voire la peine capitale pour crime contre l'humanité.

En outre, s'il leur venait l'envie de s'en prendre à la personne qui avait dénoncé leurs activités, ils viseraient la balance, pas la journaliste.

Matthias avait le sentiment que tout se passerait bien, et son instinct ne le trompait jamais. Jamais.

Il ne quitta pas la librairie.

Fort de ses années d'expérience et d'entraînement, il se fit passer pour un client avec une casquette de base-ball vissée sur la tête, une capuche serrée autour du cou et un livre sous le nez.

En vérité, c'était un assassin aguerri, qui ne laisserait aucune empreinte, aucune trace de son passage dans ce magasin.

Il ne lâcha pas Mels des yeux.

Surtout quand elle se saisit de la clé USB.

Mels s'empara de la clé USB, le revêtement en plastique mordant dans sa paume. Elle détestait le son de la voix de Matthias, et surtout, elle méprisait la façon dont son corps semblait le reconnaître, alors qu'elle le haïssait du plus profond de son âme.

— Va te faire foutre, Matthias. Tu peux reprendre ce truc et te le…

Elle se retourna d'un bond, prête à lui lancer l'objet à la figure.

Il avait disparu.

Elle contourna l'étagère en courant, jeta un coup d'œil au rayon devant elle, aux piles sur la droite et sur la gauche… à la foule grouillant à travers le magasin.

— Bordel…

Mels fit le tour de la librairie, fouilla du regard l'ensemble de l'étage, puis le rez-de-chaussée près des magazines, et même plus loin, au niveau des caisses. Matthias n'était nulle part. Merde, il s'était peut-être faufilé par une porte réservée au personnel.

Franchissant la sortie, elle s'avança sous la pâle lumière du soleil et mit ses mains en visière pour scruter la foule.

« S'agissant de toi et de ce qui s'est passé entre nous, je t'ai toujours dit la vérité. J'étais vraiment amoureux, et pour la première fois de ma vie. »

Bon, le plus judicieux était de jeter ce petit cadeau d'adieu à la poubelle et d'oublier ce drame pour se concentrer sur ce qui importait vraiment, comme prendre sa vie en main et finir son article.

Pour autant qu'elle le sache, il avait simplement téléchargé une compilation de ballades des années 1980 sur iTunes.

N'ayant plus rien à faire dans la galerie commerciale, Mels regagna les bureaux du *CCJ*, poussa la porte de la salle de rédaction et s'arrêta pour savourer ce chaos si familier : les sonneries des téléphones, les murmures des voix et les bruits de pas des gens qui arpentaient leurs bureaux ou se rendaient à la cafétéria pour se servir un café.

Cet endroit lui manquerait…

Merde… Elle allait vraiment partir.

Cette prise de conscience s'abattit sur ses épaules non pas comme un fardeau, mais comme un soulagement. Et Mels s'imprégna de cette sensation positive, tant elle avait besoin de ressentir une émotion qui, pour une fois, ne lui laissait pas un arrière-goût d'échec.

Cette querelle avec Matthias lui avait coupé toute inspiration aussi sûrement que si elle avait reçu un coup de poing au ventre.

Regagnant son bureau, elle s'installa dans son siège et ébaucha sa lettre de démission. Le style semblait dur et formel, mais quelle autre option avait-elle ? Après avoir retravaillé son texte, et reformulé le début, elle l'enregistra sans l'imprimer. Il lui restait des choses à régler, et Dick était le genre de connard à lui dire d'aller se faire voir avec ses deux semaines de préavis.

Du reste, mieux valait d'abord assurer ses arrières. Vu la conjoncture économique, personne ne démissionnait sans avoir un autre travail en vue.

Se renfonçant dans sa chaise, elle contempla de nouveau l'écran de son ordinateur.

Difficile de savoir combien de temps s'écoula avant qu'elle se décide à sortir la clé USB de sa poche. Quinze minutes ? Cinquante ? Une heure et demie ?

Elle la fit tourner dans sa main et, au bout d'un moment, ôta le capuchon blanc pour exposer la partie métallique.

Elle se pencha pour la brancher dans le port USB… mais se ravisa à la dernière seconde.

Se levant, elle mit son sac sur son épaule et traversa l'allée en direction du bureau de Tony.

— Je m'en vais pour la journée effectuer des recherches pour un article. Si quelqu'un me cherche, tu peux lui dire d'appeler sur mon portable ?

— Pas de problème, dit-il lorsque son téléphone sonna. Tony DiSanto. Ah, salut, j'attendais que tu me rappelles…

Alors qu'il la saluait d'un geste et se plongeait dans sa conversation, elle se rappela qu'elle n'avait toujours pas de voiture.

Une fois dehors, il lui fallut patienter un bon moment avant d'arrêter un taxi, et à 16 heures, on n'était pas loin de l'heure de pointe, si bien que le véhicule se retrouva coincé dans un embouteillage sur l'autoroute. Enfin chez elle, elle constata que sa mère était sortie et, en consultant le calendrier sur le mur, découvrit que c'était la soirée bingo et se demanda pourquoi elle n'avait pas remarqué toutes ces annotations dans les cases auparavant. Bridge, Pilates, yoga, bénévolat à l'église, accueil au service pédiatrique de St. Francis, déjeuners et dîners avec les copines…

Elle balaya la cuisine du regard, soulagée à l'idée que sa mère ne serait pas seule après son départ.

Dans le frigo, elle prit une boisson énergisante parfumée à la framboise et gagna l'étage, les marches en bois grinçant sous son poids. Dans sa chambre, elle ferma la porte et se tourna vers sa penderie.

Pour une raison étrange, elle songea qu'elle devrait sortir ses valises dépareillées et commencer à faire ses bagages.

Mais plutôt que de s'attaquer à cette tâche par ailleurs bien trop prématurée, elle tourna la tête. Son vieil ordinateur portable se trouvait sur son bureau en bois peint, celui sur lequel elle faisait ses devoirs quand elle était au collège et au lycée.

Elle s'avança et s'assit sur la chaise filiforme, puis sortit la clé USB.

Avant de l'insérer, elle passa le bras derrière l'ordinateur pour débrancher le câble du modem. Puis elle alluma l'appareil et désactiva la WiFi.

— Je dois avoir perdu la boule.

Elle brancha la clé et une fenêtre apparut au milieu de l'écran. Parmi les options pour « Disque amovible (E:) », elle sélectionna « Ouvrir le dossier pour lire les fichiers ».

— Qu'est-ce que…

Le répertoire était si volumineux qu'elle dut le faire défiler. Documents Word, PDF, fichiers Excel… Les titres étaient des codes alphanumériques qui faisaient sans doute partie d'un système d'archivage, mais qui n'avaient aucune logique pour elle.

Elle en choisit un au hasard, double-cliqua, puis fronça les sourcils en se penchant vers l'écran.

On aurait dit des fiches d'identification, avec photo, nom, date de naissance, taille, poids, couleur de cheveux et d'yeux, dossier médical, certificat d'entraînement et missions. Et Seigneur, quelles missions… Triées par dates, celles-ci étaient accompagnées d'annotations indiquant le pays, la cible et… le mode d'exécution.

— Oh, mon Dieu…

Revenant au répertoire principal, elle ouvrit un autre fichier, qui semblait énumérer des sommes d'argent, d'énormes sommes d'argent… puis un autre, codé, contenant des contacts à Washington, les services que ces individus avaient demandés… et encore d'autres informations à propos de recrutement et d'entraînement…

« Tu veux l'article de ta vie ? Tu l'as. »

Tandis que la lumière faiblissait et que la nuit tombait sur Caldwell, Mels lut l'intégralité des documents, assise à son petit bureau.

Au bout d'un moment, elle examina de nouveau les fiches, cette fois avec attention.

D'une certaine façon, ces hommes étaient tous les mêmes, leurs visages et origines ethniques se mêlant pour former l'archétype de la machine à tuer. Et si ces missions étaient véridiques, les médias s'étaient fourvoyés en attribuant la mort de certaines personnalités à des causes naturelles, à des accidents ou à des ripostes d'insurgés. Quant aux autres cibles, Mels les croyait toujours vivantes… mais peut-être que la presse internationale n'était pas encore au fait de la réalité.

Était-il possible que ces documents soient authentiques ?

Se renfonçant dans son siège, elle but une gorgée de son jus de fruit, désormais à température ambiante, et essaya de s'imaginer un instant que tous ces renseignements étaient vrais.

Dans ce cas, la paranoïa de Matthias n'était pas injustifiée… et cela expliquerait pourquoi il était en cavale le soir où elle l'avait percuté avec sa voiture. Et peut-être aussi pourquoi il usurpait l'identité de quelqu'un d'autre, ainsi que la raison pour laquelle, malgré son amnésie, il avait eu l'impression que l'adresse inscrite sur son permis de conduire n'était pas la sienne.

Et c'était peut-être aussi pour cela qu'il avait tué ce type au sous-sol du *Marriott*.

Si Matthias avait appartenu à cette organisation – et le degré de confidentialité de ces informations semblait le confirmer –, alors il paraissait logique que s'il cherchait à démissionner, un assassin soit envoyé à ses trousses.

Et il n'aurait pas d'autre choix que de se défendre…

Parcourant les fiches une troisième fois, elle remarqua que toutes étaient ornées d'une croix rouge, verte ou orange à côté du nom…

Jim Heron faisait partie de ces hommes. Ce qui, d'une certaine manière, ne l'étonnait pas.

Et son nom était accompagné d'une marque orange. Ce qui, en supposant qu'elle ait deviné la signification de ce code couleur, signifiait qu'il n'était pas vivant, mais pas considéré comme mort non plus.

Intéressant.

Poursuivant sa lecture, elle émit un hoquet de surprise. Sept pages plus bas, elle trouva un nom avec une croix rouge et l'annotation « Caldwell, New York, récupéré » ainsi que la date de la veille.

C'était le type retrouvé mort au *Marriott*.

Celui que Matthias avait tué.

Et, oh… une autre marque orange. Vu pour la dernière fois à Caldwell, État de New York, vingt-quatre heures auparavant.

Elle aurait parié qu'il s'agissait d'un deuxième homme envoyé sur les traces de Matthias.

Mels avala une nouvelle gorgée de sa boisson, le goût sucré si écœurant qu'il lui arracha une grimace. Quand son cœur se mit à battre la chamade, elle sut que ce n'était pas à cause de la caféine.

Et si tout était vrai…

Revenant au répertoire, elle examina de nouveau avec soin les autres fichiers et s'employa à reconstituer la structure de l'organisation, y compris sa stratégie de recrutement et la circulation de ses flux financiers. Rien n'était indiqué concernant l'emplacement de son siège, ni le genre de support administratif dont elle disposait, ni la façon dont ses « clients » pouvaient entrer en contact avec elle.

Était-elle liée au gouvernement ? Au secteur privé ?

S'emparant d'un stylo, elle griffonna quelques notes sur un calepin.

Étant donné l'identité des cibles, Mels avait l'impression que cette organisation fantôme avait des ramifications très étendues au sein de l'administration et un frisson glacial la parcourut. Les personnalités éliminées étaient pour la plupart des hommes d'État étrangers, ce qui évoquait un plan d'action bien trop vaste pour être conçu par un seul individu, un groupe d'intérêts communs ou même une société multinationale.

C'était l'œuvre de toute une nation.

Et vu ce qui s'était passé au cours des trois dernières années, il paraissait clair que ces attentats servaient la position de l'Amérique à travers le globe.

S'emparant de son stylo sur le bureau, elle songea à d'autres commandos, comme ceux de la Navy, ou les Rangers. Ces hommes étaient des héros, des soldats agissant pour une cause juste et dans les limites de leur engagement.

Ce réseau de tueurs était totalement en dehors de cela.

Le dernier feuillet était sans doute le plus effrayant : une liste de toutes les missions exécutées au cours de la décennie précédente, avec les noms des victimes et une colonne répertoriant les dégâts collatéraux.

Ces derniers n'étaient pas nombreux. Pas nombreux du tout. Et ils ne comptaient ni femme ni enfant. Du moins, à en croire ce qui était écrit.

Vu la manière dont fonctionnait cette organisation, Mels en déduisit que ce n'était pas dû à une objection morale, mais plutôt à une volonté de discrétion.

Encore une fois, elle connaissait le nom de quatre-vingt-dix pour cent des victimes et ces types étaient tous de parfaits salauds, le genre à massacrer leurs propres citoyens, à diriger des dictatures sanglantes ou à commanditer des actes terroristes.

Quant à ceux qui lui étaient inconnus, ils étaient probablement de la même trempe.

Ce groupe d'assassins avait, semblait-il, mis le mal au service du bien : au regard du C.V. de leurs cibles, force était d'avouer que leurs crimes n'étaient pas injustifiés.

C'était un peu l'éthique de son père, mais à une échelle mondiale…

Mels se replongea dans les fichiers.

Le nom de Matthias n'apparaissait nulle part. Ni sa photo.

Mais elle se doutait de la raison.

Il était à la base de tout. Le cerveau.

« S'agissant de toi et de ce qui s'est passé entre nous, je t'ai toujours dit la vérité. J'étais vraiment amoureux, et pour la première fois de ma vie. »

Elle se frotta le visage et jura entre ses mains.

Il lui avait donné cette clé en gage de sincérité. Et malgré tous ses efforts pour trouver des mensonges, un élément de fiction qui se serait révélé en contradiction avec la dure réalité, la quasi-totalité de ces informations étaient vérifiables : Mels avait lu les articles, les dépêches, les commentaires entourant ces morts.

C'était la réalité…

C'était l'article de sa vie.

Chapitre 51

De l'autre côté de la rue, en face de la maison de Mels, Matthias se tenait dans l'ombre d'un grand érable, les bras croisés, les pieds écartés.

Il l'apercevait dans la chambre du haut, penchée sur son bureau, les sourcils froncés sous la lumière du plafonnier. De temps à autre, elle se renfonçait dans sa chaise et regardait fixement le plafond avant de reporter les yeux sur son ordinateur.

Elle lisait tout.

Sa tâche était accomplie.

Alors pourquoi ne se sentait-il pas en paix ? C'était sûrement son carrefour, cette confession qui parviendrait au monde entier par l'intermédiaire de Mels. Avec cette simple clé USB, il avait anéanti des années de travail et entraîné son organisation dans une chute libre qui lui serait fatale. Les agents se disperseraient. Les politiciens jureraient n'avoir eu aucune connaissance de ces manœuvres. Un comité sénatorial ou parlementaire serait mis sur pied. Et après plusieurs mois d'enquête et des milliers de dollars payés par les contribuables, l'affaire serait classée.

Et ensuite, une autre ramification serait établie. Cette nation, par ailleurs respectueuse des droits, chercherait toujours quelqu'un pour s'occuper du sale boulot, parce qu'il fallait parfois s'abaisser au niveau de ses ennemis et patauger dans leur fange.

C'était la réalité.

Alors pourquoi n'était-il pas en route vers sa planque à Manhattan, avant de mettre les voiles pour un pays lointain ?

Ce n'était pas à cause de Mels.

La quitter était un déchirement, mais c'était nécessaire. Disparaître sauverait la vie de la jeune femme, et c'était tout ce qui comptait, même si elle lui manquerait jusqu'au jour où il mourrait, cette fois pour de bon.

Ce n'était pas non plus à cause de sa conscience. Il n'éprouvait pas le besoin de se rendre dans le seul but que ses ennemis le retrouvent et le tuent quand il serait en prison. Sa seule chance de survie était au-dehors, et passer son existence en cavale ne serait pas une mince affaire.

En fait, ce ne serait rien de plus qu'une cage ambulante.

Il paierait pour ses crimes pendant le restant de ses jours.

Alors, bordel, quel était le problème ?

Soudain, un souvenir lui revint, de lorsqu'il s'était retrouvé avec Jim dans cette cabane au milieu du désert, du sable sous les pieds de son agent, le détonateur sous les siens.

Matthias ne s'était souvenu de rien après l'explosion, ni de la douleur atroce qu'il avait dû ressentir, ni des kilomètres à travers les dunes, ni du 4 × 4 dans lequel Isaac Rothe était arrivé, ni de cette première nuit interminable après sa tentative de suicide. Mais il savait ce qui s'était passé un peu plus tard : Jim était venu à son chevet pour le menacer de révéler ce qu'il avait failli accomplir.

Alors, il avait accordé à Jim le droit de démissionner des XOps. Son passeport pour la liberté.

Le seul de toute sa carrière.

Puis, deux ans après, leurs chemins s'étaient de nouveau croisés à Boston. Contrairement à ce qui s'était produit de l'autre côté du globe, Matthias ne conservait qu'un vague souvenir de ce passé récent, les détails encore troubles dans sa mémoire alors que le reste de sa vie était clair comme de l'eau de roche.

Au bout de la rue, un homme tourna à l'angle d'un pas nonchalant, puis s'avança dans le cône de lumière d'un lampadaire. Il promenait un grand chien et il était vêtu d'un costume bizarre, un rien désuet…

C'était l'homme du restaurant du *Marriott*.

Matthias plongea la main dans sa poche pour la poser sur la crosse de son pistolet.

Dans sa situation, il ne pouvait pas se permettre d'être pris au dépourvu.

L'homme se rapprocha, passant d'un halo jaunâtre à l'autre.

Le chien était un lévrier irlandais.

Et lorsqu'ils le dépassèrent, l'homme regarda Matthias avec une lueur dans les yeux.

— Bonsoir, monsieur, dit-il avec un accent britannique.

Le dandy poursuivit sa route et Matthias fronça les sourcils. Un détail clochait…

Soudain, il s'aperçut que ce type ne projetait pas d'ombre. Mais comment était-ce possible ?

Matthias jeta un bref coup d'œil à la fenêtre de Mels. La jeune femme était en sécurité, toujours assise à son bureau, plongée dans la vie de Matthias, et quand elle composa un numéro sur son téléphone avant de le porter à l'oreille, il se demanda qui elle appelait.

Il était temps de partir.

La concernant, ça devenait un leitmotiv.

Il jeta un regard par-dessus son épaule, s'attendant à voir l'homme et l'imposant animal.

Envolés.

OK. Là, il perdait la boule.

Tournant les talons, il regagna sa voiture de location et sortit la clé munie d'une petite étiquette plastifiée. Lorsqu'il ouvrit la portière, il pensait encore à Jim Heron, comme si ce type s'était enraciné dans son cerveau.

Matthias grimpa dans le véhicule, actionna la fermeture centralisée et démarra le moteur. Puis il balaya les environs du regard pour s'assurer que tout était désert et que le promeneur au chien n'avait pas décidé de réapparaître comme par magie.

À ce moment-là, une berline apparut au coin de la rue principale et roula paisiblement pour s'arrêter devant la maison de Mels. La porte du garage se leva et une femme plutôt coquette sortit du véhicule. Avant de franchir la porte d'entrée, elle s'interrompit juste un instant pour appuyer sur le bouton qui refermait le vantail.

Mels n'était pas seule.

Bien.

Matthias enclencha la première et s'en alla en songeant aux informations, au défi, à l'occasion qu'il lui avait offerts. À l'adieu qui, du moins l'espérait-il, l'inciterait à considérer leur courte relation sous un angle positif.

C'était un homme mauvais, et elle avait fait ressortir la seule part de bien qu'il ait jamais eue. Peut-être le croirait-elle un jour. Après tout, la vérité était certes sordide, mais avec un peu de chance, elle avait servi une cause…

Matthias sursauta, une onde de choc le parcourant alors qu'il se rappelait la dernière chose qu'il avait vue avant de se déconnecter de l'ordinateur du *Marriott* : sa fiche, l'actuelle, celle qu'il avait délibérément omise sur la clé USB…

Seigneur.

Ça n'avait aucun sens.

Pour les XOps, Matthias était mort. Ça avait été là, juste sous ses yeux, si évident qu'il n'avait pas prêté attention à la croix rouge à côté de sa photo.

Alors pourquoi avaient-ils envoyé un tueur à ses trousses ?

Il freina à hauteur d'un feu rouge au moment où tout devenait clair.

— Oh… merde.

Le premier agent était venu au *Marriott*. Le second s'était rendu chez Jim. Et dans les deux cas, tout le monde avait supposé qu'ils voulaient la peau de Matthias.

Sauf qu'il n'était pas la cible.

C'était Jim Heron.

Son dossier portait une marque orange, ce qui signifiait que son décès n'avait pas été constaté de visu lorsqu'il était « mort » à Caldwell. Aux yeux de l'organisation, et ils avaient raison, Heron était en vie.

Et ils voulaient le tuer.

La première règle des XOps avait toujours été de ne rien laisser au hasard. Et la décision de Matthias de laisser partir Jim n'avait pas fait l'unanimité. Alors maintenant qu'il avait disparu ?

Heron était dans leur ligne de mire.

Chapitre 52

Si Jim ne pouvait qu'admirer la méticulosité de la police, il commençait à en avoir marre. Les flics s'étaient pointés en début d'après-midi, et n'avaient toujours pas quitté les lieux alors qu'il était près de 21 heures.

Après l'effraction, ils s'étaient contentés d'un bref coup d'œil. Les choses sérieuses avaient véritablement commencé quand ils avaient téléphoné au propriétaire, qui, après avoir été informé du décès de son locataire, était accouru et leur avait donné l'autorisation de fouiller l'appartement.

Comme à son habitude, le vieil homme était en costume de pingouin et donnait l'impression d'avoir davantage sa place dans une maison de retraite plutôt qu'à monter et descendre l'escalier, s'affairant à proposer des « rafraîchissements ». Mais il s'était montré très aimable, et avait ouvert toutes les portes. Sauf une.

Personne, pas même lui, n'avait pu se faufiler dans le minuscule espace où reposait Eddie. Pour la bonne raison que le sort qui protégeait le cagibi l'avait transformé en coffre-fort.

Les flics avaient inspecté la baraque du sol au plafond, mais n'avaient pas trouvé grand-chose. Pas de flingues, parce que Jim les avait tous récupérés. Pas d'ordinateur, parce qu'il se trouvait sous son aisselle. Quelques douilles au-dehors provenant de son entraînement au tir. Des mégots de cigarette dans un cendrier, et de la bouffe dans le frigo. Rien de transcendant.

Le deuxième acte débuta lorsque les techniciens débarquèrent armés de leurs pinceaux et de leurs rouleaux de ruban adhésif, accompagnés d'un photographe qui mitraillait les lieux. Ensuite, les flics avaient disposé du ruban jaune tout autour de la maison avant de le clouer à un arbre de chaque côté de l'allée. Un dernier coup d'œil, quelques clichés à l'extérieur, et enfin, ils débarrassèrent le plancher.

Plutôt que de rester les bras croisés, Jim, muni de son ordinateur et de son téléphone, en avait profité pour chercher un nouvel appartement. Ses équipiers et lui devaient déménager, et il avait eu la bonne idée de conserver quelques fausses identités.

Lorsque la dernière voiture de police s'en alla, suivie de la fourgonnette de la scientifique, Jim posa Rex.

— J'ai cru qu'ils ne partiraient jamais.

L'animal jappa pour acquiescer et s'étira de tout son long, même si cette irruption ne l'avait pas traumatisé le moins du monde : il avait passé son temps à dormir, avachi sur le bras de Jim, telle la serviette d'un serveur. Mais à présent, il voulait sortir.

Jim alla d'abord pisser un coup, puis envoya un texto à Adrian pour le prévenir que la voie était libre.

Ouvrant la porte, il rompit le sceau que la police avait apposé.

— Oups.

Portant Rex jusqu'au rez-de-chaussée, il laissa le chien faire ses besoins près de son buisson favori.

Au moment où l'animal le rejoignait en trottinant et où Jim se préparait à lui faire remonter l'escalier, une voiture déboula sur la route principale de l'autre côté du champ, roulant à tombeau ouvert avant de tourner dans l'allée qui menait à l'entrée du garage.

Matthias était au volant.

Jim percevait ses ondes de manière parfaitement claire. Et Adrian était avec lui. Conformément à ses instructions, l'ange ne l'avait pas quitté d'une semelle et l'avait tenu au courant grâce à une série de textos : apparemment, Matthias avait retrouvé Mels dans une librairie du centre-ville puis s'était procuré une voiture de location flambant neuve… pour se rendre au domicile de la journaliste, comme pour y jeter un dernier coup d'œil.

Manifestement, Matthias avait bel et bien offert les clés de la boîte de Pandore à cette femme en lui communiquant les données des XOps.

Alors… pourquoi ne se passait-il rien ? S'il s'agissait du carrefour, et tout portait à y croire, Matthias aurait dû être en route pour le paradis, Jim ayant remporté la manche. Au lieu de cela, il fonçait droit en direction de Jim.

Ou alors, la victoire ne serait proclamée qu'au moment où la journaliste amorcerait son enquête ?

Non, c'était son choix, pas celui de Matthias, et c'était ce dernier qui importait. Ses actes, ses décisions. Jim l'avait compris à ses dépens lors de la première manche avec son ancien patron : quand Matthias avait appuyé sur la détente, avec l'intention de tuer Isaac Rothe, ce simple geste avait suffi pour le condamner. Le fait qu'Isaac n'était pas mort n'y avait rien changé.

C'était l'intention qui avait compté.

Jim posa Rex à l'intérieur et dévala les marches en se demandant où était l'entourloupe.

La portière s'ouvrit avant que la voiture ne soit garée, ce qui n'était pas de bon augure.

Matthias sortit d'un bond et se faufila sous le ruban de police.

— On s'est trompés.

— Hein ?

—Les agents venaient te tuer. Ils me croient mort. Je l'ai vu dans mon dossier. Et les XOps ne perdent pas leur temps avec les morts, à moins de vouloir récupérer le cadavre.

Jim fronça les sourcils. Il s'était imaginé que les XOps pensaient qu'il mangeait les pissenlits par la racine.

—Ils me croient toujours en vie ?

—Je suis entré dans le système, et c'est écrit dans ton dossier : statut non confirmé.

—Pourtant, tu es venu constater mon décès.

Matthias fronça les sourcils, comme fouillant dans sa mémoire.

—Ah oui ?

Eh bien, voilà qui expliquait l'inscription sur le fichier des XOps.

Matthias agita la main comme si les détails étaient le cadet de ses soucis.

—Écoute, ces tueurs n'ont débarqué qu'aux moments où on était ensemble, et le premier m'a peut-être vu, mais il était mort avant d'avoir pu transmettre l'info aux autres. Réfléchis. Depuis le début, c'est toi qu'ils traquent.

Et alors ? se demanda Jim. Ce n'était pas comme s'ils pouvaient le blesser.

Puis une pensée lui vint tout à coup.

—Alors qu'est-ce que tu fous là ? Je croyais que tu devais partir.

L'homme regarda autour de lui, scrutant les ombres.

—Je voulais te prévenir pour que tu fasses gaffe.

Jim secoua la tête lentement, incrédule. Avec l'ancien Matthias, cette conversation n'aurait jamais eu lieu. L'intérêt personnel était tout ce qui comptait.

—Je fais toujours gaffe, rétorqua Jim d'une voix douce. Tu devrais le savoir.

—J'imagine que je te suis redevable.

—Ça ne te ressemble pas.

— Peu importe. Je ne veux pas te retrouver mort un matin.

Il continuait à promener le regard, inspectant les environs des yeux, grâce à Adrian qui se tenait un peu plus loin, tel un garde du corps invisible.

— Tu m'as sauvé la vie, il y a deux ans, et je ne l'ai pas pris pour une faveur. Mais aujourd'hui… Grâce à toi, j'ai vécu des instants précieux qui valent toutes les tortures que je devrai subir très bientôt.

— Tu en as l'air bien sûr.

— Tu fais partie de ce jeu, ou peu importe son nom. C'est forcé. Alors, tu sais les supplices qui m'attendent. Et quant aux XOps, dans quelques jours, une semaine au pire, tout sera terminé. Tu seras au courant. Tout le monde le sera. Si j'étais toi, je disparaîtrais.

OK, tout ça était bien beau, mais où était le carrefour ?

— Tu es venu juste pour me dire ça ? demanda Jim.

— Il y a certaines tâches dont on doit s'acquitter en personne. Et tu es… important pour moi. Je peux me perdre… ce n'est pas grave. Merde, c'est même inévitable. Mais je ne vivrai pas avec ta mort sur la conscience. Pas si je peux l'empêcher.

Jim cligna des yeux et fut surpris de constater que le poids qui d'ordinaire lui comprimait la poitrine s'était quelque peu allégé.

Il fut surpris d'éprouver une telle émotion. À vrai dire, il ne s'en serait jamais cru capable.

Matthias prit une profonde inspiration.

— Et je resterais si je pouvais, mais je ne peux pas. Je dois partir, et du reste, je sais que tu as un bon équipier. Ton colocataire sait se battre, c'est le moins…

Une autre voiture tourna dans l'allée, fonçant en direction du garage.

— Putain, mais tout le monde s'est donné rendez-vous ici, ou quoi ? marmonna Jim.

Mais il croyait deviner de qui il s'agissait.

Pas les flics. Ni un agent des XOps.

—Je crois que ta nana est là, murmura-t-il à Matthias.

Tandis que les phares de la voiture de sa mère éclairaient le garage dans les bois, Mels crispa ses mains sur le volant.

Matthias se tenait près d'une berline munie de plaques de l'État du Missouri. Une voiture de location, à l'évidence. À son côté, Jim Heron se dressait telle une sentinelle.

Aucun des deux ne semblait particulièrement heureux de la voir. Tant pis pour eux.

Devant le ruban de police, elle pila, coupa le moteur et descendit pour rejoindre les deux hommes.

Dans le silence tendu, elle remarqua sans raison valable que la nuit était magnifique, des nuages lumineux traversant le ciel, dessinant une fresque chatoyante au milieu des étoiles et de la lune étincelante.

—Je dois te parler, dit-elle d'une voix bourrue. Seul.

Matthias se tourna vers Jim et lui murmura quelques mots, puis l'autre type s'éloigna. Pendant tout ce temps, Matthias la dévisageait comme s'il s'était attendu à ne jamais la revoir, la dévorant du regard, fasciné.

Mels lutta contre l'envie de l'imiter. Seigneur, elle se sentait toujours attirée par lui. Et ce n'était pas juste stupide, mais suicidaire.

Croisant les bras, elle leva le menton.

—Apparemment, tu as échappé aux flics. Et tu comptes continuer.

—Je t'ai dit que je partais. (Il parlait d'une voix hargneuse.) Qu'est-ce que tu fais ici ?

—J'ai examiné ces fichiers. Tu ne pensais pas que j'aurais des questions ?

—Aucune que tu me poserais.

—Mieux vaut s'adresser à Dieu qu'à ses saints.

Il la regarda droit dans les yeux, l'air calme et inflexible, comme un homme qui n'avait rien à cacher.

— C'est pourtant assez explicite…

— C'était ton œuvre, n'est-ce pas ? (Elle donna un coup de menton en direction de Heron.) Tu étais le chef. Tu les recrutais, donnais des ordres, maîtrisais toute l'organisation.

— Donc tu crois que je devrais aller en prison.

— Eh bien, oui. Encore qu'à en croire ce que j'ai lu, le monde te doive une fière chandelle. (Elle s'interrompit un court instant.) Pour être honnête, je suis sidérée que tu m'aies confié cette clé USB.

— J'étais sérieux. (Il baissa la voix.) Il faut que tu me croies quand je te dis que j'étais sincèrement amoureux de toi. Je ne peux pas supporter l'idée que tu penses que je t'ai menti à ce sujet. Quant à cet agent au *Marriott*, il voulait ma peau et c'était soit moi, soit lui. On n'avait pas le choix.

— Jim Heron et toi ?

— Oui.

— Et tu as récupéré le corps ?

— Non. Quelqu'un d'autre s'en est chargé. C'est une procédure standard chez les XOps.

— C'est le nom de cette organisation ?

— Elle n'en a pas officiellement, mais c'est comme ça qu'on l'appelle.

— Certaines fiches portaient une croix orange. Qu'est-ce que ça signifie ? (Elle désigna Jim.) La sienne en avait une, par exemple.

— Ça veut dire qu'on a reçu des informations suggérant la mort de cette personne, mais que le décès n'a pas été confirmé et que le cadavre n'a pas été récupéré.

— Jim est pourtant bien vivant.

— Oui.

Un long silence suivit et Mels repensa à leurs deux corps bougeant au même rythme sous les draps, si proches, son cœur contre le sien, jusqu'au moment où le monde avait cessé d'exister, leur fusion balayant tout le reste.

— Qu'est-ce que je peux dire pour t'aider ? murmura-t-il. Qu'est-ce que je peux faire ?

— Dis-moi où tu vas.

— Je ne peux pas.

— Sous peine de devoir me tuer, c'est ça ?

— Jamais. Je ne te ferai jamais de mal.

Une autre pause suivit, et dans le silence tendu, elle songea à ce qui s'était passé juste avant qu'elle vienne : à peine avait-elle fini d'examiner les fichiers qu'elle avait éprouvé le besoin urgent de le voir. Un bref coup de fil à ses sources au sein de la police lui avait appris qu'il n'avait pas été arrêté au *Marriott* et que personne ne savait où il se trouvait. Finalement, elle avait décidé de se rendre chez Heron parce qu'il était son seul contact.

Et à présent elle se tenait devant Matthias, sans voix.

Elle avait envie de lui crier dessus, comme s'il avait vécu cette existence dans le seul but de lui nuire.

Elle avait envie de maudire leur… Seigneur, ce n'était même pas une relation. Plutôt une collision, qui avait impliqué bien plus que sa seule voiture.

Elle avait envie de se jeter à son cou… parce qu'elle lisait la vérité dans son regard… à la fois concernant cette organisation et ce qu'il éprouvait pour elle. Cette situation n'avait ni queue ni tête, mais les sentiments… pouvaient-ils être sincères ?

— Et maintenant ? demanda-t-elle d'une voix rauque, principalement pour elle-même.

— C'est-à-dire ?

— J'ai le sentiment que même si je rappelais les flics sur-le-champ, tu prendrais la fuite.

Il inclina la tête.

— Oui.

— Alors que vas-tu faire pour le reste de ta vie ? Fuir ?

— Esquiver la mort. Jusqu'à ce qu'elle me retrouve et m'envoie en enfer. Et c'est ce qui arrivera.

Un frisson lui parcourut l'échine, lui hérissant le cou, affûtant tous ses sens, et elle perçut tout ce qui l'entourait, depuis l'odeur des pins flottant dans l'air jusqu'à la fraîcheur de la nuit en passant par ces nuages qui évoluaient lentement dans le ciel.

Matthias semblait accablé de chagrin.

— Mels, il faut que tu saches que je ne savais pas quoi faire. Je n'ai pas feint mon amnésie, et quand les souvenirs me sont revenus, je te les ai cachés parce que… j'aurais voulu ne jamais voir cette expression sur ton visage ce matin, et je savais que ça arriverait. C'était inévitable. Tu comprends, ce que j'ai fait n'avait rien d'admirable. Mais avec toi, j'étais différent. (Il se passa la main dans les cheveux et la posa près de son œil, effleurant les cicatrices qui avaient presque disparu.) Quant à ça, je ne peux pas l'expliquer. Mais ce n'était ni du maquillage ni une lentille de contact. Et c'est la vérité. Pareil pour l'impuissance. Je ne t'ai pas menti là-dessus.

Merde. Il avait l'air si sincère, comme s'il se trouvait nu devant elle.

Sauf que… c'était l'apanage des imposteurs, n'est-ce pas ? On leur donnerait le bon Dieu sans confession, et ils avaient le chic pour deviner quelle approche, quelle formulation fonctionnerait le mieux sur leur interlocuteur.

Les bons menteurs étaient bien plus que des baratineurs. C'étaient des manipulateurs égocentriques.

— Je ne peux pas te croire, rétorqua-t-elle d'une voix bourrue.

— Et je ne peux pas t'en vouloir. Pourtant, c'est la vérité. Le jour de mon jugement approche. D'une façon ou d'une autre, mon passé me rattrapera et je suis serein face à ça. J'ai eu de la chance : on m'a renvoyé pour redresser mes torts, pour te donner cette clé afin que tu puisses révéler au monde l'existence de toute l'organisation. C'est le seul moyen de me racheter, et ça te permettra aussi d'obtenir ce que tu veux : l'article qui bâtira ta carrière. Au final, on aura tous les deux ce qu'on mérite.

Curieusement, aux yeux de Mels, son travail n'avait jamais paru aussi secondaire.

— Tu sais ce qui me dérange encore ? demanda-t-elle, hébétée. Je n'ai jamais compris pourquoi je suis tombée si amoureuse de toi. Ça me perturbe depuis le début. Je ne comprends pas la logique. Je veux dire… pourquoi un inconnu, un type qui ne se connaissait même pas lui-même ? Mais tu m'as pourchassée, et tu as toujours ce que tu veux, n'est-ce pas ? Alors, maintenant, sois honnête avec moi. Pourquoi… moi ?

— Pour la plus simple des raisons.

— C'est-à-dire ?

Il resta muet si longtemps qu'elle crut qu'il ne répondrait pas.

— Je suis tombé amoureux de toi, avoua-t-il finalement d'une voix chevrotante. Je suis un monstre, c'est vrai. Mais j'ai ouvert les yeux dans cet hôpital, et dès l'instant où je t'ai vue… tout a changé. Je t'ai poursuivie… parce que je suis amoureux.

Mels poussa un soupir en fermant les yeux, le souffle coupé par la douleur qui lui comprimait la poitrine.

— Oh… Seigneur.

— Non !

Au cri de Matthias, elle ouvrit brusquement les paupières, puis tout se mit à bouger au ralenti.

Il la poussa violemment sur le côté tandis qu'un minuscule objet sifflait à ses oreilles et ricochait sur le mur du garage.

Une balle.

Mels tomba sur le gravier et glissa le long de l'allée. Tentant de ralentir, elle enfonça les mains dans le sol tout en roulant sur le dos.

Et là, elle assista impuissante à toute la scène.

Au moment même où la lune perçait les nuages, et qu'une lumière argentée baignait le paysage nocturne, Matthias bondit dans les airs, la trajectoire le plaçant droit devant Jim Heron.

Mels poussa un cri, mais trop tard. Le clair de lune l'éclaira au moment même où il se jetait en travers du second coup de feu… qui était à l'évidence destiné à Jim.

Elle n'oublierait jamais le visage de Matthias.

Mortellement blessé, il avait les yeux rivés non pas sur le tueur ni sur l'homme qu'il sauvait. Ils étaient braqués sur la lumière céleste, et son visage était… serein.

Comme si cet ultime geste l'avait apaisé jusqu'aux tréfonds de son âme.

Mels tendit la main, comme pour l'arrêter, le rattraper, ou faire remonter le temps, mais la fin était venue pour lui, et… Seigneur, on aurait dit qu'il s'y était attendu.

Et même qu'il l'accueillait.

Un cri aigu remonta du fond de sa gorge.

— Matthias !

Il s'effondra au sol et le fait qu'il n'essaie même pas d'amortir sa chute témoignait de la gravité de sa blessure.

Des larmes lui brûlèrent les yeux alors qu'elle tentait de ramper vers lui…

Mais elle était retenue par des mains invisibles.

Chapitre 53

Au bout du compte, le clair de lune lui avait montré la voie. Il avait parlé à Mels en la regardant droit dans les yeux parce qu'il devait la convaincre, et que ce serait sa seule occasion. Et pour tout dire, il n'avait jamais proféré des paroles aussi sincères, même si certaines paraissaient complètement dingues. Si par miracle elle finissait par le croire, il pourrait mourir tranquille, au sens propre comme au figuré.

Et là, il avait eu la chance de lui dire qu'il l'aimait. De vive voix.

C'était plus qu'il n'avait espéré ou mérité.

Mais au moment de cet aveu, la lune avait percé à travers les nuages, projetant des ombres sur le sol, des ombres d'arbres, de branches, de voitures… de gens.

Dont l'agent en noir qui s'était faufilé jusqu'à la lisière de la forêt.

Et qui avait braqué son pistolet en direction de l'allée.

Le premier réflexe de Matthias avait été d'écarter Mels de la ligne de mire, et quand la jeune femme heurta le gravier, il entendit la première balle percuter le garage. La deuxième décharge serait fatale. Mais pas pour elle.

Jim se tenait devant la voiture de location, sans protection, aussi visible qu'une cible en carton.

En un éclair, Matthias s'interposa entre Jim et la seconde balle pour servir de bouclier humain. Se projetant dans les airs, il parvint à calculer le saut et la trajectoire à la perfection.

Quand il sentit la balle pénétrer dans sa poitrine et le frapper au cœur, il se dit : *Ça y est.*

Son dernier moment sur Terre.

Et c'était bon, si bon. Il avait commis un nombre effroyable d'atrocités, de crimes, au cours de son existence, mais au moins il terminait sur une note positive, admirable, en laissant à Jim le temps nécessaire pour dégainer son pistolet et éliminer l'assassin.

Ce qu'il ferait. Heron était l'un des meilleurs. Depuis toujours.

Épaulé par son redoutable équipier, il réglerait son compte à ce tueur.

Et Mels avait entendu la vérité, même si elle n'y croyait pas.

Pendant ce bref instant où il échappait à la gravité, Matthias leva les yeux vers le ciel. Dans quelques secondes, il serait de retour en enfer, alors autant admirer une dernière fois la voie lactée…

Seigneur, cette lune, si belle, si étincelante, qui baignait tout ce drame de sa lumière pure et opaline…

L'attraction terrestre reprit ses droits, et lorsqu'il atterrit, sa vue devint d'une incroyable clarté, si bien que, comme il s'y attendait, il vit Jim empoigner son 40 millimètres, attendre un instant… puis, quand le tireur sortit la tête pour jeter un coup d'œil au carnage, appuyer sur la détente et le tuer d'une balle dans le crâne.

L'agent s'écroula sur le dos, raide mort. C'était un tir de haute précision, que seul un expert aurait pu réussir.

Et il signifiait que Mels était en sécurité.

Gisant au sol, Matthias tourna la tête vers la jeune femme, qui luttait pour échapper à des mains invisibles, les bras tendus comme pour tenter de le rejoindre.

Dès l'instant où Jim cria : « C'est bon ! », elle parvint à se dégager et rampa vers lui.

Matthias la sentit prendre sa main, et quand il leva les yeux vers son visage, elle était plus belle que la lune.

Il lui sourit, puis vit qu'elle pleurait.

— Non, grogna-t-il. Non, tu vas bien…

— Appelez une ambulance ! s'écria-t-elle.

C'était trop tard, mais il apprécia l'intention.

Bizarre. Il ne ressentait aucune douleur. Pourtant, il était en train de mourir ; il le savait au fait qu'il avait du mal à respirer. Mais il n'éprouvait aucune souffrance, pas même une gêne. En revanche, il se sentait étourdi, un bourdonnement lui encombrant la tête.

Au seuil de la mort, il était tout à fait vivant.

Il serra sa main.

— Je t'aime…

— N'y songe même pas, aboya-t-elle.

— C'est… ce que… je ressens…

— Non. À mourir. Ne meurs pas dans mes bras. (Elle dressa brusquement la tête.) Appelez les secours !

— Mels… Mels, regarde-moi. (Quand elle obtempéra, il sourit malgré la fin qu'il savait proche.) Laisse-moi te regarder… Tu es si belle…

— Maudit sois-tu…

— Oui, je le suis. Écoute-moi. Non, écoute, simplement. Je veux que tu mettes ta ceinture de sécurité… Mets-la… Promets-le-moi…

— Va te faire foutre, reste avec moi et oblige-moi à la porter.

— Mets… la…

— Ne me quitte pas…, gémit-elle. Pas maintenant, pas au moment où je suis si… perdue.

— Mets-la.

Ce furent ses ultimes paroles, et Mels fut sa dernière vision. Soudain, Matthias se mit à suffoquer, ses cellules assoiffées d'un air qu'elles n'auraient jamais, le chaos envahissant son esprit, lui volant les derniers moments qu'il passait avec elle.

Et ce fut la fin.

Sa vue se voila, son corps s'immobilisa, ses sens s'interrompirent.

À l'exception de son ouïe.

La voix de Mels l'enveloppa.

— Reste avec moi…

Dieu qu'il en avait envie ; vraiment.

Cependant, ce n'était pas son destin.

Tandis que l'agent s'écroulait au sol comme une masse, Jim baissa son pistolet en se maudissant. Adrian et lui avaient été si absorbés par le spectacle qui s'était joué devant eux qu'aucun n'avait prêté attention à l'assassin qui s'était faufilé dans la forêt.

D'un autre côté, s'ils étaient intervenus… Merde, qui aurait pu deviner que Matthias se prendrait une balle ?

— Adrian, va jeter un coup d'œil, siffla Jim.

Ad acquiesça et disparut. Quelques secondes plus tard, l'ange signala que la voie était libre.

— Appelez les secours ! cria Mels de l'endroit où elle était accroupie, serrant la main de Matthias.

C'était le vrai carrefour, songea Jim. Et Matthias l'avait franchi haut la main.

Ils avaient gagné…

Mels se dressa d'un bond et lui jeta un regard noir.

— On a besoin d'une ambulance…

Un rai de lumière perça le firmament, cent fois plus étincelant que le clair de lune : c'était l'ascension de Matthias, les rayons baignant son corps d'un halo presque impénétrable.

L'espace d'un instant, Jim se contenta de contempler la scène. Le cadavre de Matthias se dédoubla et son corps astral, nimbé d'une lueur chatoyante, s'éleva lentement vers le ciel en direction de la Demeure des âmes.

Il avait réussi.

Cet enfoiré avait réussi.

Ce moment où Matthias avait, de son plein gré, sacrifié sa vie au profit d'une autre, où il s'était jeté dans la trajectoire d'une balle – même si Jim n'aurait pas été blessé –, avait représenté le carrefour… et signé sa victoire.

— Il est mourant ! (La voix de Mels l'arracha à ses songes.) Il est…

— Mort, dit Jim d'une voix lugubre, levant la main pour dire adieu à son vieil… ami, supposait-il.

— Non !

Reportant son attention sur Mels, Jim s'approcha et s'accroupit.

— Je suis désolé, mais il est parti.

D'un geste brusque, elle empoigna le tee-shirt de Jim, le regard féroce, les lèvres retroussées, une lueur de rage brillant dans ses yeux.

— Il n'est pas mort.

Elle relâcha son étreinte et sortit son téléphone…

Jim le lui arracha des mains.

— Il est parti. Je suis vraiment désolé, mais il n'est plus avec nous. Et vous devez vous en aller…

— Mais qu'est-ce que vous racontez ? Rendez-moi mon téléphone.

— Mels…

Elle se jeta sur lui, et il ne se défendit pas, la laissant décharger sa colère tandis qu'elle lui martelait le torse à grands coups de poing. Au bout d'un moment, il la fit pivoter et l'immobilisa, dos à lui, afin d'éviter qu'elle ne lui arrache un œil.

Quand elle finit par s'apaiser, elle avait le souffle court et sanglotait.

— Il est parti, dit Jim d'une voix rude. Et je suis vraiment navré. Vraiment navré pour vous. Mais vous devez m'écouter. Vous devez vous en aller. Croyez-moi, vous ne voulez pas être mêlée à cette histoire. Il m'a dit ce qu'il vous avait donné, alors je sais que vous comprenez quand je vous dis qu'il serait dangereux que vous soyez impliquée dans ce qui va suivre. Rentrez chez vous et exploitez ces infos. Il n'y a que de cette manière que vous serez en sécurité. Dès que vous ferez sauter leur couverture et que le monde découvrira leur existence, l'organisation s'effondrera. Mais d'ici là elle est toujours en place, et ça signifie que vous êtes en danger. Rentrez chez vous. Faites votre boulot, et vite.

La femme s'effondra entre ses bras et resta prostrée, vidée de toute énergie, la tête inclinée en direction du corps de Matthias.

— Vous savez que j'ai raison, dit Jim d'une voix douce. Et je prendrai soin de lui. Je vous le promets.

Soudain, Adrian émergea de la forêt.

— Tu ne croiras jamais qui je viens de croiser. Nigel.

Jim fronça les sourcils.

— Je n'ai pas détecté sa présence.

— Moi non plus. Mais il était là.

Pour tenir Divine à distance ? se demanda-t-il. Ou peut-être était-ce à cause de lui que ni Adrian ni lui n'avaient senti l'assassin approcher ?

— Il est parti ?

— Ouais. Sans un mot. Il m'a juste fait un signe avant de disparaître.

Bizarre. Mais pour l'heure, Jim avait d'autres chats à fouetter.

— Ad, raccompagne-la.

— Entendu.

— Mels ? (Jim la fit de nouveau pivoter.) Vous devez partir. Vous n'êtes pas en sécurité, ici. Rentrez et reposez-vous.

— Il ne peut pas être mort…

— Si. Vous savez que c'est vrai. Faites-moi confiance, il est entre de bonnes mains. Maintenant, partez… Laissez Adrian vous reconduire. Je ne veux pas vous perdre, vous aussi.

Mels laissa Jim l'escorter jusqu'à la voiture qu'elle avait empruntée à sa mère, et quand il ouvrit la portière, elle s'installa dans le siège passager. Vu sa docilité, il était évident qu'elle était sous le choc ; ils devaient agir vite avant qu'elle reprenne ses esprits et tente de se rebeller.

Avant de refermer la portière, il se pencha en avant.

— Il y a quelqu'un à qui vous devez parler. Isaac Rothe. Un ancien membre des XOps. Vous le trouverez dans l'annuaire à « Childe », avec un « e », à Boston. Dites-lui que vous l'appelez de ma part, d'accord ?

Elle acquiesça, mais il n'était pas sûr qu'elle l'ait véritablement entendu

Sauf qu'elle tendit le bras et lui serra la main.

— Je vous en prie… ne l'abandonnez pas. Je veux dire…

— Je prendrai soin de lui. Je vous le jure.

Les yeux dans les siens, Jim lui effleura le visage pour l'apaiser et lui apporter un peu de réconfort malgré son chagrin.

Oh, bon sang… En sentant la force de l'amour qu'elle portait à Matthias, il en avait mal pour elle. Mais il lui était aussi reconnaissant. Après tout, que disait ce vieux dicton ? L'amour d'une femme…

Peut déplacer des montagnes.

Jim ne s'était pas trompé : Matthias avait été l'âme à sauver, mais Mels avait représenté la clé.

— Je vous le jure, répéta-t-il. Maintenant, partez et rédigez votre article.

Fermant la portière, il donna un coup sur le toit et Ad recula, exécuta un demi-tour au bout de l'allée, et s'en alla.

Une fois seul, Jim tourna les talons et chercha Nigel du regard, mais l'archange n'était nulle part en vue. Rien n'apparaissait à horizon… hormis la forêt… et les deux cadavres gisant sur le gravier.

Matthias était monté au paradis.

En serait-il surpris ? se demanda Jim.

Certes, il avait tout fait pour s'amender avant de partir, et payé le prix ultime en sacrifiant sa propre vie.

Ses crimes pèseraient lourd dans la balance de la justice, mais il avait renoncé à sa propre existence pour sauver celle d'un autre…

Jim s'approcha du corps de son ancien patron, médusé devant l'étendue du chemin parcouru par ce dernier. D'un autre côté, séjourner en enfer avait de quoi transformer un homme. Tout comme l'amour.

Jim s'agenouilla.

— Si tu m'avais dit qu'on se retrouverait là… je ne t'aurais jamais cru.

La réalité était parfois plus étrange que la fiction.

Jim se frotta le visage et se laissa tomber à genoux auprès de celui qui avait régi sa vie pendant si longtemps. Dans le silence, il devint particulièrement attentif à sa respiration, à la façon dont l'air froid pénétrait dans son nez et sortait, chaud, de sa bouche.

De nouveau, il se passa la main sur le visage.

Dans le ciel, la lune fit une nouvelle apparition, baignant les lieux de lumière au point qu'il dut fermer les yeux. Pour une raison étrange, il ne voulait rien voir de cet instant. C'était au-dessus de ses forces.

Certes, il avait remporté cette manche, mais Matthias était mort, et cette perte résonnait au plus profond de son être.

De plus, Adrian continuait de souffrir. Et Eddie n'était plus. Quant à lui ?

Il se sentait vide. Si vide. Comme si ces orgasmes qu'il avait eus avec Divine avaient purgé la dernière partie de son âme.

Mais il devait reprendre ses esprits, et se débarrasser des cadavres.

Il jeta un coup d'œil à l'agent, se moquant éperdument de l'endroit où il jetterait les restes. En revanche, le sort de Matthias lui importait vraiment. Où pourrait-il l'ensevelir ? Après tout, c'était rendre hommage aux défunts que de traiter leur dépouille avec dignité. Même si leur âme était montée au ciel, c'était important. Et cet homme lui avait sauvé la vie... Du moins, c'est ce que Matthias s'était imaginé.

Ils étaient quittes.

Tout à coup, une convocation lui provint du ciel : Nigel et son groupe de dandys l'appelaient au paradis afin qu'il assiste à la levée du drapeau de la victoire, aux côtés des deux précédents.

Non, se dit-il. Pas question.

Qu'ils aillent se faire foutre, eux et leur tournoi.

Gardant les deux pieds sur Terre, il coupa la communication. Ras le bol des archanges, ras le bol de Divine, ras le bol du Créateur.

Pour le moment, il n'était pas d'humeur. Dans une minute, une heure, un jour, il serait peut-être prêt à reprendre du service, mais en cet instant ? Qu'ils aillent tous au diable.

Il prendrait soin de Matthias de la seule façon possible. C'était tout ce qu'il savait.

Lâchant un juron, il se força à pivoter sur le côté, puis passa les bras sous les genoux et les épaules de Matthias. Quand il le souleva, Jim se sentait aussi mort que son ancien patron. Pourtant, ça n'avait aucun sens. Il avait désormais deux victoires d'avance dans cette guerre. Plus qu'une, et il pourrait refermer cet étrange chapitre de sa vie. Tourner la page.

Il aurait dû se réjouir...

Matthias sursauta violemment et inspira une grande goulée d'air.

— Nom de Dieu ! s'exclama Jim.

Avant de lâcher l'homme comme une botte de foin.

Chapitre 54

Après que son « chauffeur » eut garé la voiture de sa mère dans le garage, Mels resta vissée à son siège, le regard rivé sur les outils de jardinage couverts de poussière.

— Vous pouvez partir, maintenant, dit-elle.

Elle ne lui accorda pas le moindre regard et pria pour qu'il s'en aille au plus vite mais il ne broncha pas.

— Si vous ne sortez pas immédiatement de cette voiture, menaça-t-elle d'un ton calme, je vais crier jusqu'à ce que le pare-brise explose. Et je ne crois pas que ce soit souhaitable, ni pour vous, ni pour moi.

— C'était un mec bien.

Mels ferma les yeux et serra lentement les bras autour de son corps. Elle avait toujours cru que la perte de son père serait la plus grande douleur qu'elle aurait à endurer.

Celle de Matthias semblait encore pire. Mais peut-être était-ce dû au fait qu'elle était toute récente ?

— Ça ira pour lui, dit le type.

— Il est mort.

— Et il va bien.

Seigneur, elle avait envie de pleurer, d'éclater en sanglots. Mais elle se sentait gelée à l'intérieur.

— Regardez-moi, dit l'homme. (Comme elle ne bougeait pas, il lui toucha doucement le menton et lui fit pivoter la tête, même si elle refusait de le regarder.) Je ne suis pas censé dévoiler ce genre d'infos, mais je crois que vous avez besoin de réconfort ce soir. Croyez-moi, je sais ce que c'est.

— Vous ne pourrez rien dire qui...

— Votre père se trouve à l'endroit où va Matthias. Et ils vont bien...

— Comment pouvez-vous être si cruel...

— ... là où ils sont...

— Un cimetière n'est pas un bon endroit !

Il se contenta de secouer la tête.

— Ils connaissent le repos éternel, et ça n'a rien à voir avec le lieu où leurs corps sont enterrés. Et vous les reverrez, mais pas avant longtemps.

Finalement, elle croisa son regard et...

Mels, médusée, contempla les yeux d'Adrian, surtout celui qui était aveugle, et qui ressemblait tant à celui que Matthias avait arboré. Et son visage était barré de cicatrices qui n'existaient pas auparavant. Au même endroit que celles de Matthias.

On aurait dit qu'il avait prélevé toutes ces blessures directement sur la peau de Matthias.

D'une main tremblante, elle voulut lui toucher le visage, mais il s'éloigna.

— C'était vrai, marmonna-t-elle. Matthias n'a pas maquillé ses blessures.

— Soyez en paix, dit l'homme d'une voix déformée qui semblait entrer par son esprit plutôt que par ses oreilles. Vous n'avez pas à vous inquiéter pour eux. Ils sont en sécurité.

À ce moment-là, elle sut au plus profond d'elle ce qu'il était.

Et ce qu'était Jim Heron.

Elle avait entraperçu la vérité dans le miroir du *Marriott*, et à présent, elle la voyait de nouveau.

— Vous êtes un ange, murmura-t-elle avec un mélange d'effroi et d'admiration.

Ces mots semblèrent briser le lien mental, et Ad recula d'un mouvement brusque.

— Non, je ne fais que passer dans votre vie.

Mensonges, songea-t-elle.

Tout à coup, l'homme descendit de voiture, claqua la portière et appuya sur le bouton pour refermer la porte du garage. Et en un éclair… il avait disparu.

Mels jeta un coup d'œil par-dessus son épaule, le chercha du regard derrière la voiture tandis que l'auvent s'abaissait. Sortant d'un bond, elle voulut crier son nom, mais…

— Vous êtes toujours là. Je le sens.

Pas de réponse. Pas de trace…

— Mels ?

Elle fit volte-face. Dans l'embrasure qui menait à la cuisine, la silhouette de sa mère se découpait en ombre chinoise.

Mels courut vers elle et trébucha, manquant de perdre l'équilibre, puis se précipita dans ses bras.

— Mels ? Qu'est-ce qui se passe ? Tu trembles… Oh, mon Dieu, Mels…

— Je suis désolée… Je suis désolée…

Sa mère la souleva du sol.

— Mels ? Pourquoi es-tu désolée ? Qu'y a-t-il ?

Des larmes se mirent à couler en un flot ininterrompu et toutes ses digues rompirent sous la pression de ces années de frustration.

Sa mère la soutint tandis qu'elle s'effondrait entre ses bras.

Dire qu'elle avait toujours cru être la plus forte des deux.

Chapitre 55

— Ça fait un mal de chien, connard !

Jim faillit perdre la boule en contemplant son ancien patron, qui était, ô surprise, bel et bien vivant.

La seule pensée qui lui traversa l'esprit fut : *Ne me dis pas que je vais devoir me farcir une troisième manche avec toi.*

Matthias se redressa en se massant la nuque, puis toisa Jim d'un regard noir.

— Tu m'as fait tomber sur la tête.

— Tu es mort !

— Oh, et c'est une excuse ? (Il se leva et balaya les gravillons de son pantalon.) Et pour ta gouverne, je sais ce que t'es.

Jim palpa ses poches.

— En manque de nicotine, ouais.

— Tu es un ange.

— Vraiment ? (Lorsqu'il trouva le paquet de cigarettes, il fut tenté de sortir les dix qui restaient, de les coincer dans sa bouche et de les allumer toutes en même temps.) Tu m'as bien regardé ?

— J'ai rencontré ton Créateur.

Jim se figea avec son briquet à mi-chemin de ses lèvres.

— Tu as bien entendu, dit Matthias d'un air un peu hautain. Au fait, il te salue et te fait dire qu'il adore les sandwichs à la dinde.

— Pardon ?

Matthias haussa les épaules.

— Ne me demande pas ce que ça signifie. Mais j'ai fait sa connaissance et je crois qu'il t'aime bien. Il m'a parlé de votre match. Bon courage, d'ailleurs…

Jim leva la main.

— Minute. Qu'est-ce que tu fous là ?

Matthias se mit à faire les cent pas, semblant choisir ses mots, ou peut-être se repasser une conversation dans son esprit.

— Eh bien, voilà le problème. Non pas que je ne te fasse pas confiance, mais… c'est ma nana. Je dois la garder en sécurité. C'est le seul moyen.

— Tu parles de quoi ?

Matthias se frappa le torse du poing.

— Je reprends du service. Enfin, façon de parler…

— Ça n'a aucun sens…

— C'est une simple question de libre arbitre. Je suis monté au paradis. (Il leva les yeux vers le ciel et fronça les sourcils, comme s'il ignorait comment tout cela avait pu lui arriver.) Il y avait cet énorme château, et même des douves à l'entrée. Un Anglais m'attendait devant les portes fortifiées, à l'autre bout de cette passerelle en bois. En fait, je l'avais déjà vu avant… Au *Marriott*. Et puis après, en train de promener son chien. Quoi qu'il en soit, j'ai compris tout seul que je n'avais qu'à traverser le pont-levis pour être accueilli pour l'éternité.

Il s'interrompit, les yeux rivés sur le sol.

— Et ? demanda Jim en soufflant la fumée.

— Je n'ai pas pu. Je savais que si je traversais, je ne pourrais plus rebrousser chemin. Je veux dire, je trouvais ça hallucinant. C'était merveilleux, mais… ce n'était pas ma place.

— Attends que je comprenne. Tu veux retourner en enfer ?

— Pas du tout. Le Créateur a surgi de nulle part et on a discuté. Au final, j'ai juste troqué une version de cet endroit contre une autre. Pour moi, le paradis est avec cette femme, et je passerai le reste de ma vie à essayer de le lui prouver. Même si rien ne garantit que… enfin, laisse tomber. Mais en tout cas, je veux essayer.

— C'est impossible.

— Qu'est-ce que tu veux ? Le Créateur aime le libre arbitre. Peut-être parce que si les gens font le bon choix, ça atteste Sa création ? Je ne sais pas.

Jim s'approcha brusquement de Matthias, pris d'une étrange fureur.

— Foutaises. Si on a le droit de choisir, alors pourquoi chacun ne resterait-il pas avec ceux qu'il aime ?

Comme sa mère.

Comme Sissy, putain.

Bon sang, il en avait marre d'être mené en bateau.

— Les gens reviennent d'entre les morts, déclara Matthias. Ça arrive tout le temps.

— Pas tout le monde.

Pas en ce qui le concernait. Bordel, il en avait ras le bol, de ces conneries.

— J'ai eu de la chance. Écoute, si ça te pose un problème, va lui parler.

Jim se mit à arpenter l'allée, cigarette au bec, fulminant, au point qu'il faillit donner un coup de pied au corps de l'agent juste pour se défouler.

— Jim ? dit lentement Matthias. À quoi tu penses ?

À cet instant, la solution se présenta d'elle-même. Une parole que Nigel avait prononcée au début de cette manche lui revint en tête, s'enracina, et un plan germa dans son esprit. Un plan si machiavélique qu'il hésita malgré sa colère. Mais alors, il se rappela la description de l'enfer que lui avait dressée Matthias, puis contempla le visage de l'homme. Son visage plein de vie, comme si on ne lui avait jamais tiré dessus.

La fureur qui embrasa ses entrailles lui était très familière. C'était la même force qui l'avait poussé à baiser Divine, la même fièvre qui s'emparait parfois de lui et le rendait cruel, la même saloperie qui l'avait incité à tuer ses deux premières victimes : les hommes qui avaient assassiné sa mère.

C'était le diable en lui, se dit-il, cette rage qui s'était mise à bouillir… et s'attiédirait bientôt, mue en une détermination glaciale qui changerait la donne.

Mais comme Matthias l'avait dit, certaines choses ne pouvaient être accomplies que par soi-même.

— Écoute, Jim, faudrait qu'on se débarrasse du corps et qu'on cherche sa bagnole. J'aurais bien besoin d'un véhicule qui ne soit pas une voiture de location, et avec un peu de chance, je pourrais localiser son GPS et m'en débarrasser.

— Ouais, dit Jim d'un ton désinvolte. Bien sûr.

— Ça va ?

Non.

— Ouais. (Il écrasa le mégot contre le talon de sa botte.) Tout baigne.

Chapitre 56

Les rayons dorés de l'aube filtraient à travers la forêt et créaient des ombres au moment où Jim et Matthias accomplissaient leur tâche.

Qui ne s'était pas bornée à se débarrasser du macchabée, loin de là.

Jim alluma la dernière de ses cigarettes, puis s'assura que deux des Harley étaient correctement arrimées au plateau du pick-up. Les motos étaient à l'étroit, mais pas question d'abandonner celle d'Eddie.

Jim les évacuerait au volant du pick-up. Matthias chevauchait la moto d'Adrian et ce dernier conduisait le 4 × 4.

Parce que le corps d'Eddie y était entreposé.

— Prêts ? s'enquit Matthias.

Quand Jim acquiesça, l'homme chaussa une paire de Ray-Ban, démarra la Harley, et appuya sur les gaz, le grondement s'élevant puis retombant dans le silence de ce début de matinée.

La flottille s'en alla, Jim en tête, et oh ! quel dommage, celui-ci rompit le ruban de police en sortant du garage, la grille du pick-up l'arrachant au passage.

Désolé, les gars.

Mais au moins ils laissaient la voiture de location de Matthias derrière eux ; les flics auraient matière à enquêter.

Parvenu sur la route principale, il prit la direction du nord sans se presser, puis fit le tour de la ville, afin de s'assurer de ne pas être suivi, et à 10 heures, ils s'arrêtaient devant leur nouveau Q.G.

La nuit avait été longue, et c'était agréable de se poser un moment. Déménager le studio n'avait pas pris longtemps, car Jim possédait très peu d'effets personnels. Mais se débarrasser du cadavre avait été une autre paire de manches. Par chance, Ad lui avait indiqué l'endroit idéal : un précipice dans les montagnes, du haut duquel il avait déjà balancé le premier corps.

C'était mieux ainsi. Les XOps auraient bientôt d'autres chats à fouetter, mais en attendant, ils auraient de quoi s'occuper et se rendre utiles.

Sur le chemin de la falaise, ils avaient découvert la berline du deuxième agent. Elle était stationnée sur le bas-côté, à proximité de l'endroit où le premier s'était garé. Mais Jim avait dissuadé Matthias d'utiliser ce véhicule. Ils confieraient le pick-up à son ancien patron dès leur installation dans leur nouvelle planque. C'était plus sûr que d'essayer de trouver le GPS sur la voiture banalisée, et on pouvait se procurer des plaques d'immatriculation à bas coût si on savait à qui s'adresser.

Le ventre de Jim émit un gargouillement si bruyant que Rex, lové sur le siège passager, dressa la tête.

— Ouais, désolé. J'imagine que t'aimerais bien casser la dalle, toi aussi ? dit-il d'une voix bourrue. Ça te dirait un sandwich à la dinde ?

Quand il tourna la tête, « l'animal » croisa son regard sans sourciller et le toisa de ses yeux bruns en amande. Puis il leva l'une de ses pattes hirsutes et fouetta l'air entre eux. Comme s'il commandait deux, non trois gros sandwichs.

Ainsi, le Créateur était avec lui, songea Jim. Et depuis le début.

Il se demanda ce que le patron penserait de son prochain coup.

À en juger par l'air sinistre de Rex, Jim se demanda s'il n'était pas déjà au courant.

— Désolé, murmura-t-il, mais il y a certaines tâches qui doivent être accomplies par soi-même.

Au moment où l'horloge afficha 9 h 54, Jim s'arrêtait dans l'allée de leur nouvelle planque, et lorsque le 4 × 4 et la Harley se garèrent derrière lui, quelqu'un siffla d'admiration.

Ce qui était à l'évidence ironique.

— On dirait une maison hantée, dit Matthias en coupant le moteur.

— C'est pas cher et à l'écart, rétorqua Jim à travers la fenêtre ouverte.

Et malgré la laideur de l'endroit, il ne percevait nulle part la présence de Divine.

Prenant Rex sans ses bras, il s'extirpa de derrière le volant pour constater qu'Adrian lui-même avait l'air un peu surpris. Ce qui, vu ce qu'il transportait, n'était pas peu dire.

— T'as pas trouvé plus délabré ? marmonna-t-il.

Bon, il n'avait pas tort. Mais qui d'autre aurait loué à un type aussi louche que Jim ? Sans demander de références ?

Certes, c'était une ruine : tout, depuis les briques du second étage jusqu'aux volets branlants du premier, était peint dans des tons gris. Même la vigne qui serpentait le long de ses flancs et s'amassait devant son énorme entrée était dégarnie, les racines squelettiques semblables à une infection qui se serait propagée depuis la terre noire.

Le terrain sur lequel était bâtie la demeure couvrait environ dix hectares, un champ dévasté s'étendant dans toutes les directions jusqu'à un bosquet d'arbres.

Au loin, on apercevait d'autres grosses maisons, mais aucune dans un tel état de vétusté.

Les voisins devaient adorer cette baraque.

— Y a l'eau courante ? demanda Adrian.

— Oui. Et l'électricité.

— Miracle.

Jim s'avança vers la boîte aux lettres. Quand il voulut ouvrir la trappe, celle-ci se dégonda et lui tomba dans les mains.

— Voilà la clé.

— Ah, parce qu'ils prennent la peine de verrouiller ce trou à rats ?

Quand il avait appelé la propriétaire pendant la descente de police, cette dernière avait paru abasourdie, comme si elle n'aurait jamais cru pouvoir louer la maison. Au cours de leur discussion, Jim avait craint qu'elle ne lui demande des garanties et qu'il s'avère incapable de l'hypnotiser par téléphone, mais elle n'avait rien exigé. Tout ce qui lui importait était une caution représentant deux mois de loyer, payée par virement bancaire. Et il avait volontiers accédé à sa requête : après un échange de RIB, elle laisserait la clé dans la boîte aux lettres. Ce qu'elle avait fait.

Et hop, l'affaire était dans le sac.

Jim remonta l'allée pavée jusqu'à l'entrée, ses bottes n'émettant aucun son, comme si l'ardoise amortissait le bruit de ses pas. Rex ne le suivit pas. Ni les deux hommes.

Quelle bande de chochottes.

La clé n'était pas ordinaire. Elle était forgée en vieux laiton, avec une tige de l'épaisseur d'un doigt. Jim s'attendait à devoir batailler avec la serrure… mais la clé entra comme dans du beurre et la porte s'ouvrit tout en douceur.

Comme si la maison était ravie de l'accueillir.

Au lieu de l'intérieur couvert de toiles d'araignées et de tentures poussiéreuses auquel il s'attendait, il découvrit un hall décrépit, mais propre, les portes éraflées, le papier peint défraîchi et les meubles vieillots, vestiges d'une opulence depuis longtemps perdue.

À gauche, une salle de séjour avec, derrière, ce qui ressemblait à un salon. À droite, la salle à manger. Droit devant, un immense escalier. Et en dessous, une verrière qui donnait sur les terrasses à l'arrière de la maison.

Jetant un coup d'œil en haut, il estima que la surface pouvait bien couvrir les huit chambres qui avaient été annoncées.

Tournant les talons, il passa la tête à travers la porte ouverte.

— Bon, vous venez ? Ou vous n'avez pas encore fini de pisser dans votre froc ?

Ils lui lancèrent une bordée d'insultes et de jurons.

Peu importe.

— Et n'entrez pas les mains vides, conclut-il.

Se dirigeant d'un pas lourd vers l'arrière de la maison, il trouva une cuisine datant d'avant-guerre et une cour qui s'étendait à perte de vue.

La maison avait dû être grandiose à son âge d'or…

Quand il entendit la sonnerie lente et régulière d'une pendule, il se demanda où elle se trouvait.

Un, deux, trois, quatre…

D'une oreille distraite, il écouta le comptage des heures s'égrener tandis qu'il regagnait l'entrée et cherchait du regard le gros bibelot chargé de mesurer le temps.

Huit, neuf…

Les sourcils froncés, Jim s'engagea dans l'escalier en s'imaginant que l'horloge devait être sur ce grand palier, à mi-chemin entre les étages.

Ce n'était pas le cas.

Dix.

Juste au moment où l'adrénaline de Jim montait en flèche, Adrian et Matthias entrèrent en transportant un meuble, leurs voix résonnant à travers la maison.

Au lieu de descendre les aider, l'ange poursuivit son ascension en direction de la seconde salle de séjour.

Onze.

Il posa le pied sur la dernière marche.

Douze.

Rien. Du moins à première vue. Juste des portes ouvertes encadrant le petit palier, les chambres groupées autour d'un tapis d'Orient et un coin banquette de la taille de son ancien studio…

Treize.

Treize ? Impossible. Il avait dû rêver.

Se frottant la nuque, il hésita et faillit changer d'avis. Mais il n'était pas une poule mouillée, et cette pendule n'avait pas sonné un coup de trop.

Point.

Secouant la tête, il dévala l'escalier jusqu'au rez-de-chaussée.

— Je dois y aller, dit-il à ses camarades.

Adrian demeura silencieux et arbora un air renfrogné, laissant supposer que l'ange avait deviné la destination de Jim. Et comme par hasard, il marmonna :

— Sois prudent.

Matthias posa un bac rempli à ras bord de linge sale. Ah non, propre.

— Je ne vais pas tarder à partir.

Jim éprouva une soudaine douleur au ventre, comme s'il avait reçu un coup de poing à l'estomac.

— Ouais. D'accord.

— Je ne te reverrai plus, n'est-ce pas ?

— Non. C'est comme ça que ça marche.

— Comme chez les XOps, hein ? Tu fais ton boulot et puis tu te casses.

— Quelque chose dans le genre.

Même alors que la manche était finie, Jim n'avait rien dit à Matthias sur son boulot. Et ce dernier n'avait rien demandé non plus. Mais son ancien patron n'était pas idiot.

Tous deux se dévisagèrent un long moment, jusqu'à ce que la tension devienne insupportable pour Jim.

— Bonne chance avec la journaliste, dit Jim.

— Bon courage pour… (il regarda autour de lui) la suite.

— Merci, mon pote.

Matthias se racla la gorge.

— Je te dois toujours une faveur.

— Non, après la nuit dernière, on est quittes.

Ils se saluèrent par une poignée de main vigoureuse qui rappela à Jim la première qu'ils avaient échangée. À l'époque, ils venaient d'entamer l'entraînement des XOps, sans avoir la moindre idée de ce qui les attendait. C'était à peu près pareil à présent. Sauf que c'était un adieu au lieu d'un bonjour.

— Si tu as besoin de moi…, commença Matthias.

— Prends soin de toi, c'est tout.

Ils se donnèrent une accolade, une étreinte virile et brutale qui dura suffisamment longtemps pour qu'ils se séparent en ayant chacun mal à l'épaule.

Puis, sans dire au revoir, Jim tourna les talons et… se volatilisa.

Dans les profondeurs de l'enfer, Divine était assise sur sa table de travail, ses jambes en putréfaction pendant dans le vide, tête basse, ses mains griffues agrippant le rebord si fort qu'elles s'enfonçaient dans le bois.

Elle avait violé le règlement. Et perdu.

Elle avait tenté de jouer selon les règles. Et perdu.

Plus qu'une victoire, et Jim remporterait la partie.

La honte était presque pire que le spectre de la défaite : la démone s'était toujours vantée de sa faculté à ravir les âmes des créatures imparfaites du Seigneur. Et Jim n'aurait pas dû échapper à la règle. D'ailleurs, quand ils avaient baisé dans le hangar à bateaux, elle s'était sentie folle de joie, s'imaginant progresser avec l'ange et sûre de faire basculer Matthias dans son camp.

Au lieu de cela, ce crétin avait fait le mauvais choix. Et bon sang, qui aurait pu prédire un tel dénouement ? Ce pauvre bougre s'était si bien comporté pendant toutes ces années, avec un penchant exemplaire pour la violence calculée. Et voilà qu'à la dernière minute, il faisait sa chochotte ? À cause d'une nana ?

Mais putain !

Et le pire, c'était que Divine n'avait rien pu faire pour l'en empêcher : elle s'était rendue sur la dernière scène, inquiète par le geste qu'il avait eu envers cette journaliste, prête à intervenir au moment le plus critique... pour se retrouver face à Nigel montant la garde tel un dogue allemand.

Impossible d'opérer avec l'archange dans les pattes. Et bordel, Jim persistait à la trahir vu sa façon d'influencer ces âmes.

À ce train-là, elle courait à sa perte...

Divine leva la tête, une décharge d'énergie l'extirpant de ses songes.

Jim.

Pas question de le laisser descendre. La dernière chose dont elle avait besoin était de le voir parader devant elle.

Restant sourde à son appel, elle demeura sans broncher, submergée par cet horrible sentiment de défaite, qui ne laissait rien passer, pas même ses TOC.

Qu'allait-elle faire... ?

— Oh, mais bordel ! (Elle jeta un regard noir en direction du cercle sombre, tout en haut de son puits.) Fous-moi la paix, Heron. Je ne veux pas te voir.

Le signal s'amplifia, de plus en plus strident.

Il se passait peut-être quelque chose ?

Voilà qui serait amusant.

En un éclair, Divine se métamorphosa, revêtant le corps dans lequel Jim avait pris tant de plaisir à jouir l'autre soir.

Sa coiffure était parfaite comme d'habitude, mais la démone la rajusta tout de même.

Puis elle lui livra passage, sa présence l'électrifiant dès l'instant où il se trouva à portée et apparut sous sa forme physique.

Intéressant… Elle ne lisait aucun triomphe sur son visage, pas de « Ah ah ! », pas d'arrogance machiste due à sa victoire.

Il se tenait devant elle, insoumis, mais sans la narguer.

Divine plissa les yeux.

— Tu n'es pas venu jubiler ?

— Je ne perdrais pas mon temps à ça.

Non, probablement pas. Contrairement à elle. De toute évidence, cette partie de lui tenait de Nigel.

— Alors, pourquoi es-tu là ? (Elle descendit de la table et marcha lentement en cercle autour de lui.) Je ne suis pas d'humeur à baiser.

— Moi non plus.

— Et donc…

— Je suis venu conclure un marché.

Elle lui rit au nez, hésitant même à lui cracher au visage.

— On a déjà pactisé une fois, et au cas où tu l'aurais oublié, tu n'as pas respecté ta part du contrat.

— Cette fois-ci, ce sera différent.

— Comment puis-je en être sûre ? Et qui te dit que je suis intéressée ?

— Tu l'es.

Elle s'arrêta devant la table et posa la main dessus dans l'espoir de lui remémorer comment elle l'avait baisé à cet endroit précis.

— J'en doute.

L'ange sortit la main de derrière son dos. Dans sa paume se trouvait un drapeau de la victoire, perché au bout d'un petit mât.

Divine haussa les sourcils.

— Tu t'es mis à la couture ?

— Non, je te propose un échange.

La démone s'arrêta de respirer, même si elle n'en avait pas besoin pour vivre. Était-il en train d'envisager… de lui céder une de ses victoires ?

En tout cas, c'était conforme au règlement, songea-t-elle. Du moins d'un point de vue technique. Cette victoire lui appartenait… et, a priori, il était en droit de la lui céder si tel était son choix.

— Est-ce que Nigel sait que tu es là ? demanda-t-elle d'une voix douce.

— Il n'a rien à voir là-dedans. C'est juste entre toi et moi.

Ah. Donc l'archange avait piqué une crise… ou n'était pas encore au courant.

Et si ce marché était conclu, le score serait de deux partout, au lieu de trois à un. Ce qui changerait complètement la donne.

La démone esquissa un sourire.

— Dis-moi, mon amour… Qu'est-ce que tu veux au juste ?

Même si elle le savait.

Voilà que la partie prenait un tour intéressant. Sa thérapeute avait raison : sous l'effet d'un stimulus suffisamment intense, il était possible de reprogrammer son cerveau, ou celui de quelqu'un d'autre, afin de déclencher une réaction donnée.

Peut-être qu'au bout du compte toute cette coloration capillaire le valait bien.

Comme le proclamait la pub de L'Oréal.

Roulant des hanches, Divine s'avança jusqu'à son amant, son sexe se gorgeant de désir dans le silence tendu.

— Dis-le-moi, Jim, et j'y réfléchirai. Mais j'aimerais que ces mots sortent de ta bouche.

Il resta un long moment silencieux.

— Je veux Sissy, répondit-il enfin d'une voix forte et claire.

Épilogue

Trois semaines plus tard…

— Vous êtes prête ?

Mels acquiesça et plissa les yeux, éblouie par le soleil au zénith. Levant sa main en visière, elle répondit :

— J'ai hâte !

Redd's Garage & Service était tout à fait le genre d'endroit que son père aurait fréquenté, un centre de réparation automobile rempli de mécanos de la vieille école, bardés de tatouages datant de l'armée, le visage maculé de cambouis, faisant leur boulot à l'aide de clés à molette plutôt que d'ordinateurs.

Et contrairement à ceux de *Caldwell Auto*, ils avaient considéré que Fi-Fi valait la peine d'être sauvée.

Quand la Honda de Mels sortit de l'atelier, la jeune femme était dans le même état qu'une star attendant l'apparition de sa nouvelle Lamborghini.

Et de fait, que ces types aient pu réparer cette vieille guimbarde tenait du miracle. Dieu sait comment, ils avaient réussi à la ressusciter.

— Oh, ça alors ! (Mels s'approcha tandis que le mécanicien s'extirpait de derrière le volant.) C'est… c'est vraiment un miracle.

C'était le seul mot qui lui venait sans cesse à l'esprit : sa voiture, qui ne l'avait jamais lâchée malgré sa vétusté, avait été sauvée de la casse, de nouveau prête à avaler des kilomètres.

Pour tout dire, Mels éprouvait une certaine affinité avec la Civic. Elle aussi avait subi un accident, rafistolé son existence, et était prête à tailler la route. Avec l'aide de Fi-Fi, bien sûr.

— Merci. Merci beaucoup, murmura-t-elle en clignant rapidement des yeux.

Après une brève signature en bas d'une feuille, elle s'assit dans le siège conducteur et fit courir ses doigts sur le volant. Il avait fallu remplacer certaines parties du tableau de bord à cause du déploiement de l'airbag, et l'habitacle dégageait une odeur différente, un peu comme celle de l'huile propre. Mais le ronronnement du moteur était toujours le même et la sensation n'avait pas changé.

Mels ferma un instant les yeux, transpercée d'une douleur à présent familière.

Puis elle les rouvrit, tendit le bras par-dessus son épaule et attacha sa ceinture de sécurité. Enfin, elle démarra et se faufila dans la circulation.

Les trois semaines précédentes avaient été... enrichissantes. Effrayantes. Vides. Revigorantes.

Et hormis son travail, son seul réconfort avait consisté à coucher son histoire sur le papier. Toute son histoire, du début à la fin, parsemant son récit d'anecdotes au sujet de son père et de détails sur l'homme dont elle était tombée amoureuse.

Sans toutefois s'attarder sur les conséquences.

S'engageant sur l'autoroute, elle laissa les autres voitures lui imposer son allure, plutôt que de serpenter entre elles avec impatience. Puis elle s'arrêta dans une épicerie fine sur le chemin de la maison, parce qu'il était plus de midi, et qu'elle était épuisée et affamée après avoir fait ses cartons et déposé toutes ses affaires dans une petite remorque.

Comme on ne l'attendait pas à Manhattan avant le lendemain matin, elle s'offrirait peut-être une sieste dans la véranda une fois rentrée chez sa mère.

Bizarre. Elle en faisait beaucoup ces derniers temps, étendue sur le sofa qui avait vue sur le jardin, la tête calée sur un coussin, les jambes croisées au niveau des chevilles, un plaid tiré jusqu'aux hanches. Il faut dire qu'elle avait du sommeil à rattraper.

Juste après que Matthias était mort sous ses yeux, elle avait passé de nombreuses nuits blanches, le cerveau tournant à toute allure, jusqu'à lui donner l'impression de devenir cinglée. La scène se rejouait sans cesse dans son esprit, depuis l'impact en face du cimetière jusqu'à Matthias s'écroulant devant le garage. Depuis leur rencontre à l'hôpital jusqu'à cette nuit où ils avaient fait l'amour. Depuis ses premiers doutes jusqu'au moment où ils s'étaient évanouis.

En passant par l'épisode de la clé USB.

Alors que le trafic ralentissait à l'approche d'un chantier, elle jeta un coup d'œil à la radio. S'armant de courage, elle se pencha et tourna le bouton…

— … enquête explosive menée par le *New York Times* au sujet d'une organisation secrète qui, pendant des décennies, aurait opéré en sous-marin au cours de plusieurs missions aux États-Unis et à l'étranger…

Elle éteignit.

Braquant le regard sur le tableau de bord flambant neuf, elle serra le volant avec force.

Après avoir passé trois jours sans dormir, à soupeser ses options, elle avait passé un coup de fil à son contact au *Times* et s'était rendue à son bureau pour s'entretenir avec lui.

Quand elle lui avait confié la clé USB et le nom d'Isaac Rothe, elle lui avait simplement fait promettre de ne pas lui demander comment elle se les était procurés, ni insister pour en savoir plus, parce qu'elle n'avait rien à ajouter.

L'histoire avait finalement éclaté au grand jour la veille au matin, à la une d'un grand quotidien, avec les ressources, le cran et la portée nécessaires pour donner à ces informations l'ampleur qu'elles méritaient. Et les retombées ne s'étaient pas fait attendre : agences gouvernementales scandalisées, sénateurs et membres du Congrès s'indignant devant les caméras et les micros, jusqu'au Président, qui avait programmé une intervention au journal télévisé de 21 heures.

En fin de compte, Mels avait décidé de confier cette bombe à quelqu'un d'autre pour deux raisons : d'abord, elle tenait trop à la vie pour préjuger que ces révélations n'entraîneraient pas de représailles, et ensuite, si elle avait signé l'article, cela aurait signifié qu'elle s'était servie de Matthias, qu'il n'avait été qu'une source à ses yeux, qu'elle l'avait aidé non pas par bonté d'âme, mais par intérêt personnel.

C'était dans la même veine que lorsque Matthias lui avait donné ces informations pour lui prouver sa sincérité. Elle les avait transmises à un tiers afin que personne ne puisse l'accuser de ne pas l'avoir aimé.

Encore que personne ne soit au courant de son existence.

Rien n'avait été mentionné dans le journal au sujet de sa mort, ni de son cadavre. Et quand elle était revenue au studio à un moment de ces trois jours de crise, elle n'avait trouvé qu'une meute de policiers affairés sur une scène de crime.

Aucun véhicule, aucun effet personnel, aucun signe d'habitation.

Jim Heron et son ami s'étaient volatilisés.

Fin de la piste.

C'était étrange. Elle avait retrouvé le sommeil la nuit qui avait suivi son retour de Manhattan, après son entretien avec Peter. Preuve qu'elle avait pris la bonne décision quant à la clé USB…

Elle ne s'était pas attendue à avoir des nouvelles du journaliste. Et contre toute attente, trois jours avant la publication de l'article, il l'avait appelée pour lui annoncer la date de parution… et lui proposer un emploi, ajoutant qu'il cherchait quelqu'un dans son genre, quelqu'un de tenace et d'appliqué pour un poste de journaliste junior. Elle l'avait aussitôt interrompu en lui répondant que le fichier lui avait été donné tel quel, qu'elle n'était intervenue d'aucune façon pour compiler, organiser ou formater ces informations.

— Mais c'est vous qui avez trouvé cette source, n'est-ce pas ?

Eh bien, oui. Et en chemin, elle avait eu le cœur brisé.

Au final, elle avait accepté l'offre de Peter Newcastle. Elle n'était pas idiote, et elle était prête à se remettre au travail et à accumuler les heures supplémentaires. Voilà qui l'aiderait peut-être à gérer la douleur…

Dieu que Matthias lui manquait.

Ou plutôt ce qu'ils auraient pu partager.

Parce qu'il lui avait dit la vérité. À propos de tout.

Parvenue dans l'allée de la maison de sa mère, Mels gara Fi-Fi derrière la remorque et laissa la fenêtre baissée, parce que le ciel était sans nuages et qu'aucun orage ne se profilait à l'horizon.

Elle mangea la moitié de son sandwich accoudée au plan de travail, but un soda, et passa un coup d'éponge juste au cas où sa mère reviendrait plus tôt de son voyage au lac George.

Une petite sieste ?

Oui, avec plaisir.

S'avançant sur le carrelage de la véranda, elle entrouvrit la baie vitrée et sentit la chaleur s'engouffrer à l'intérieur. Il faisait vingt-quatre degrés au soleil et l'odeur de l'herbe fraîchement coupée embaumait l'air, les jardiniers étant passés tondre le gazon dans la matinée.

Le canapé était douillet à souhait et Mels s'allongea en prenant soin de tirer la couverture sur ses jambes. La tête sur des coussins, elle contempla tour à tour les plantes posées sur de petites tables, le rocking-chair et le gros fauteuil dans un coin.

Une atmosphère si familière, si rassurante.

Sans s'en rendre compte, elle ferma les yeux et s'endormit… mais quelques instants plus tard, un bruit étrange la réveilla.

Un grattement.

Sursautant, elle leva la tête. De l'autre côté de la baie vitrée se trouvait un petit chien au pelage hirsute, la tête inclinée, avec des yeux bienveillants sous des sourcils touffus.

Mels se redressa.

— Hé, bonjour, toi.

L'animal gratta de nouveau, mais avec douceur, comme s'il voulait éviter de rayer la vitre.

— Euh… les chiens ne sont pas les bienvenus ici, mon pauvre. (Ses parents n'avaient jamais eu d'animaux.) Tu es perdu ?

Elle s'attendait à ce qu'il détale à son approche, mais il resta devant la porte et s'assit sur son postérieur, comme si la politesse l'exigeait.

Dès l'instant où elle voulut refermer la baie, il se faufila à l'intérieur et se mit à tourner autour d'elle en agitant la queue.

Mels s'accroupit et tenta de trouver un collier ou une plaque…

— Salut.

Mels se figea.

Puis elle se retourna si vite vers la baie vitrée qu'elle tomba à la renverse.

Debout, dans la lumière du soleil, entre les montants… se tenait Matthias.

Mels porta les mains à la gorge, éprouvant soudain des difficultés à respirer.

Il la salua d'un geste.

— Je… euh… ouais, salut…

Tandis qu'il bredouillait, elle se dit que c'était finalement arrivé. Au lieu d'aller mieux, son cerveau avait totalement disjoncté…

Impossible… C'était juste un rêve. Elle s'était endormie sur le canapé et s'imaginait que ses vœux avaient été exaucés.

Cette voix ressemblait pourtant à celle de Matthias.

— Je sais que je t'avais dit que je ne reviendrais pas, mais maintenant que l'histoire a été révélée au grand jour, j'ai pensé que tu aurais peut-être envie de me revoir.

— Tu es mort.

— Non. (Il leva un pied, s'apprêtant à franchir le seuil, mais s'interrompit.) Je peux entrer ?

Elle acquiesça, hébétée. Quelle autre réponse lui donner ?

Et dans ce rêve, il était exactement comme avant : grand, le visage dur, intense. Cependant, il ne boitait pas, ses deux yeux fonctionnaient, et ses cicatrices étaient les mêmes qu'au moment où il l'avait quittée.

Quand cet ange l'avait emmenée loin de lui.

Matthias s'adossa à l'encadrement.

— Tu m'as surpris en donnant ces infos à quelqu'un d'autre.

Manifestement, son subconscient était au fait de l'actualité.

— C'était la meilleure solution. Le choix le plus sûr.

— Oui, je…

— Je t'aime. (À son tour, il sursauta, ébahi.) Désolée, mais je devais te le dire. Je vais bientôt me réveiller et je m'en serais voulu si je ne te l'avais jamais dit. Même si ce n'est que dans mes rêves.

Il ferma les yeux comme s'il encaissait un coup au ventre.

— Je sais ce que cet ange t'a fait, expliqua-t-elle. Tu sais, à propos de tes yeux et du reste. Alors, je sais que tu ne m'as pas menti sur ce point. Ni sur tes sentiments. Et pour être honnête, c'est ce qui m'a permis de tenir.

Au bout d'un moment, il ouvrit les paupières.

— Ce n'est pas un rêve.

— Bien sûr que si.

— Je suis vivant, Mels. Je suis là pour de bon.

— Hum, hum. (Que dirait-il d'autre dans sa version imaginaire de la réalité ?) Je veux juste que tu saches que je comprends ce que tu as fait, et je suis vraiment heureuse que tu aies révélé toute cette histoire à propos des XOps. Tu as agi comme qu'il fallait. Et de la bonne manière. Alors, tu ne peux pas avoir atterri en enfer, si ?

Matthias s'approcha d'elle, s'agenouillant sur le tapis vert vif qui était censé représenter une parcelle de gazon au milieu des dalles.

— Ce n'est pas un rêve. (Il tendait une main tremblante et lui toucha le visage.) Crois-moi.

— C'est tout à fait ce que je voudrais que tu dises, murmura-t-elle en saisissant son poignet. Oh, Seigneur…

Tandis qu'elle inspirait son odeur, son cœur brisé se serra si fort que la douleur était insupportable, car elle savait qu'elle se réveillerait bientôt, que ce serait terminé, et qu'elle devrait retourner dans un monde où il lui manquait terriblement, où ce qui aurait dû être dit ne l'avait pas été, où ce qui aurait pu arriver ne pourrait jamais se passer.

Un endroit où elle serait seule. Un endroit glacial.

— Viens là, dit-il en l'attirant contre son torse.

Elle s'abandonna et posa la tête contre lui, écoutant son cœur battre derrière son sternum. Et Matthias se mit à lui parler, à lui répéter que c'était la réalité, d'une voix basse et éraillée, comme s'il luttait contre ses propres émotions.

Lorsqu'elle sentit une truffe froide et humide contre le dessous de son bras, elle s'écarta.

— Hé, bonjour, mon beau.

— Je vois que tu as fait la connaissance de Rex.

— Il t'appartient ?

— Il appartient à tout le monde.

Hein ?

— Il a déboulé ici. Juste avant ton arrivée.

— C'est parce qu'il se soucie de toi. Et... est-ce que tu aurais par hasard de quoi le nourrir ? Je crois qu'il a faim.

— Juste la moitié de mon sandwich.

Le petit chien s'assit et agita la queue comme s'il comprenait chaque mot, acceptait volontiers l'offrande et n'hésiterait pas à se porter volontaire pour finir tous ses restes.

D'une certaine manière, elle n'arrivait pas à croire qu'elle parlait de choses aussi futiles, mais les rêves sont toujours si étranges...

— Oh, bonjour ! Qui est ton ami ?

Mels sursauta et leva les yeux vers l'embrasure de la cuisine. Sourire aux lèvres, sa mère se tenait dans l'encadrement avec ses sacs de voyage sur l'épaule, et un coup de soleil sur le nez.

— Maman ?

— Je suis rentrée un peu plus tôt. (Elle posa ses bagages et se passa une main dans les cheveux.) Tu ne nous présentes pas ?

Tout à coup, Mels se remémora la voix de son père, quand il lui disait qu'elle n'avait pas besoin de croire en quelque chose pour que ce soit réel.

Un frisson la parcourut de la tête aux pieds alors qu'elle promenait le regard entre sa mère et... l'homme qui se tenait en face d'elle.

Un silence gêné s'installa tandis qu'elle serrait la main de Matthias de toutes ses forces. Jusqu'au moment où il poussa un cri de douleur.

Elle comprit alors que ce n'était pas un rêve.

Matthias ne se serait jamais attendu à rencontrer les parents d'une fille, et encore moins dans des conditions pareilles... alors que la femme qu'il aimait le considérait comme le fruit de son imagination et que la mère de cette dernière restait sur le seuil de la porte, semblant hésiter à entrer ou à disparaître.

Avant que la situation ne devienne encore plus bizarre, il s'écarta de Mels et se leva. Puis il lissa son tee-shirt en espérant ne pas avoir l'allure d'un S.D.F., même si c'était bien ce qu'il était. Déraciné, mais au moins rasé de près.

Il avait passé les trois dernières semaines dans des hôtels voisins afin de garder un œil sur Mels, la surveillant de loin pour s'assurer qu'elle allait bien. Et ça avait été le cas.

Ce qui ne signifiait pas que tout s'était passé comme prévu. Tous ces matins où elle s'était rendue au journal, il s'était imaginé qu'elle travaillait sur son histoire, mais non. Après ce voyage à Manhattan – où il l'avait suivie, profitant de l'occasion pour passer par sa planque afin de récupérer son fric et ses affaires –, elle avait rebroussé chemin, à plus d'un titre.

Lorsque l'article était enfin paru dans le journal, Matthias s'était aperçu qu'elle n'en était pas l'auteure.

D'une certaine manière, il ne l'en aimait que davantage.

Il s'approcha et tendit une main vers Mme Carmichael.

— Euh… Je m'appelle Matt. Je suis un ami de Mels.

La mère de Mels ne lui ressemblait pas du tout. Plus petite, plus délicate, avec des cheveux poivre et sel et des yeux verts étincelants. Mais elle était absolument charmante… et dotée d'une poigne qui lui rappelait tout à fait sa fille.

— Helen. Enchantée. (Et vu la lueur qui brillait dans ses yeux, elle disait la vérité.) Vous restez dîner avec nous ?

Il regarda Mels. Quand elle sembla incapable de répondre, il se dit : *Pourquoi pas, après tout ?*

— Oui, madame. Si ça ne vous dérange pas.

— Oh, merveilleux ! s'exclama-t-elle, les mains jointes avant de se pencher vers la boule de poils qui l'avait accueillie dans sa propre maison. C'est votre chien ?

— Celui de tout le monde, répondirent en chœur Mels et Matthias.

— Eh bien, il est le bienvenu, lui aussi. Oui, mon beau, tu es un gentil toutou. (Après cette démonstration d'affection,

Helen leva les yeux.) Je vais acheter de la viande à griller au barbecue. La soirée s'annonce très douce, alors autant en profiter.

Sur ce, elle tourna les talons, s'empara de ses clés de voiture et s'en alla, semblant deviner que ses deux hôtes avaient à parler à l'abri d'oreilles indiscrètes.

Hormis celles du chien.

Matthias se tourna vers Mels, qui le regarda.

— Tu es vraiment revenu ?

Il hocha la tête.

— Oui.

— Je t'ai vu mourir.

Il prit une profonde inspiration. Il avait passé beaucoup de temps à se demander comment tout lui expliquer avant de décider que, si l'occasion se présentait, il resterait vague. Il n'avait aucune envie qu'elle le prenne pour un menteur. Ou pire, un malade mental.

— C'est l'impression que ça donnait, oui.

— On t'a emmené à l'hôpital ? Où es-tu allé ?

— Jim s'est occupé de moi.

— Je croyais que ça signifiait qu'il avait enterré ton cadavre.

Il se promit de lui dire la vérité, mais plus tard. Pour l'heure, elle semblait avoir le cerveau en ébullition. Alors lui raconter qu'il était monté au paradis et avait rencontré Dieu n'était sans doute pas la meilleure idée.

— Ce n'est pas comme ça que ça s'est passé. (Il s'accroupit.) Disons simplement que j'ai été sauvé. Et que je ne pensais qu'à te retrouver.

Des larmes montèrent aux yeux de Mels et coulèrent sur ses joues.

— Je croyais ne plus jamais te revoir.

— Je suis là, maintenant. Puis-je t'embrasser ?

En guise de réponse, elle tendit les bras vers lui et les noua autour de son cou, sa bouche trouvant la sienne, leurs deux corps s'unissant.

Et c'était mieux que le paradis.

D'ailleurs, s'il n'avait pas craint que ça mène à des discussions houleuses avec les voisins, il l'aurait prise, là, tout de suite, mais ils auraient tout le temps de faire l'amour plus tard, quand ils auraient plus d'intimité.

Si Dieu le voulait.

S'écartant, il ramena les cheveux de la jeune femme derrière ses oreilles.

— Il y a une chose que tu dois savoir. Je ne me rendrai pas.

— À la police ?

— Si je le faisais, je me ferais tuer en prison. Par un agent ou un ancien ennemi. Mais… j'ai déjà purgé ma peine. J'ai payé ma dette.

Il avait mérité son séjour en enfer, et même si d'un point de vue humain, il n'y était resté que quelques jours, dans les entrailles de la Terre, il s'était écoulé une éternité, comme une condamnation à perpétuité.

— Et je te fais le serment qu'il n'y aura plus de mensonges, plus de tromperies, rien. Je me trouverai un boulot de caissier au supermarché du coin, ou de serveur, je… je ne sais pas ce que je ferai. Mais je trouverai, et ce sera un travail honnête.

Mels étudia son visage, puis lui effleura la joue.

— Si tu es en paix avec toi-même, je le suis aussi, murmura-t-elle. Qui suis-je pour te juger ? Et c'est drôle, mon père aurait apprécié ta manière d'agir. Je ne dis pas que j'approuve, c'est juste que… tu t'es toujours bien comporté avec moi. Et je vais peut-être passer pour une égoïste, mais c'est tout ce qui compte. Enfin, ça, et le fait que tu aies dénoncé les activités des XOps.

— Cette époque de ma vie est terminée. À jamais.

En grande partie grâce à elle… et à Jim Heron… il n'avait plus ce mal absolu en lui.

Elle esquissa un sourire et Matthias l'embrassa de nouveau, s'attardant sur sa bouche, agrippé à ses hanches.

— Je t'aime, dit-il.

Elle lui retourna le compliment, ses lèvres frôlant les siennes, et il se reput de leur douceur, de toute cette situation, de son salut, du soulagement, du simple bonheur d'être avec elle. Et il eut aussi une pensée pour Jim Heron, à qui il devait une fière chandelle.

Il ne le reverrait plus. Il le savait au fond de lui. Tant pis… Rien ne lui importait du moment que Mels était auprès de lui…

Entendant un jappement, ils dressèrent l'oreille et tournèrent la tête.

Rex s'était faufilé dans la cuisine. Assis devant le réfrigérateur, il attendait, une patte en l'air.

Cette interruption tombait à pic, se dit Matthias, qui était à deux doigts d'arracher les vêtements de Mels.

Ils se levèrent et prirent la direction de la cuisine.

— Tu n'aurais pas de sandwich à la dinde, par hasard ?

— Il se trouve que si.

Matthias se pencha pour déposer un baiser sur la bouche de la jeune femme.

— Parfait. Rex en raffole.

— Alors, il n'a qu'à le finir. Ça, et puis tous les restes dans le frigo.

Quand ils ouvrirent la porte, l'animal se mit à tourner autour d'eux en agitant la queue avec enthousiasme, nullement embarrassé par son boitement.

Matthias embrassa de nouveau Mels.

Puis ils s'agenouillèrent et déchiquetèrent le sandwich pour l'offrir au chien, morceau par morceau.

Après tout, se dit Matthias, c'était la moindre des politesses. Étant donné que Dieu lui avait permis de retrouver la femme qu'il aimait… et qui était indispensable à sa survie.

Achevé d'imprimer en novembre 2013
Par CPI Brodard & Taupin - La Flèche (France)
N° d'impression : 3002487
Dépôt légal : décembre 2013
Imprimé en France
81120976-1